學術論文集叢書

千面李喬

——2022李喬文學、文化與族群論述國際學術研討會論文集

陳惠齡　主編

敬讀優特名論的感受　李喬

國際研討會上十五位文學名家對「小人物李喬」著作的深論示教，面對，老人十分激動……

1. 李喬是鄉下土人，直言直覺而平凡的言

2. 一生作品，來自土地抱住對應，體現生命存在的無限——一種存在的「對話」。

3. 宗澤的地球經地，結構奇妙；不幸背後是人類最大悲劇，即台灣人四百年只有「背後」存在的「文化與傳統」——世界唯一悲慘；四百餘年存在就未有自己的國家，因後來占據者比前占據者邪惡——世人皆惜而悲，以後無所改變！

4. 再就「存在界」而言，就是「動態中」力的對抗結構；簡要言，就是「反抗」。「小小的生物而言——放在「人」而言，「反抗」就是愛」個人到老也，一生的存在現象：生命與土地互動——世界一個体系，生命土地互動而愛為唯一力量。土地，生命合一，就是形成愛，因愛而「存在」不失——」

5. 面對「國際研討會十五位「文人」的論述，個人感恩、世上最有福的「好命人」。謹敬為「作者」、為「讀者」感恩、感謝，在此向世上各地各位深深三敬禮！

李喬 2023.11.16 夜 敬筆。

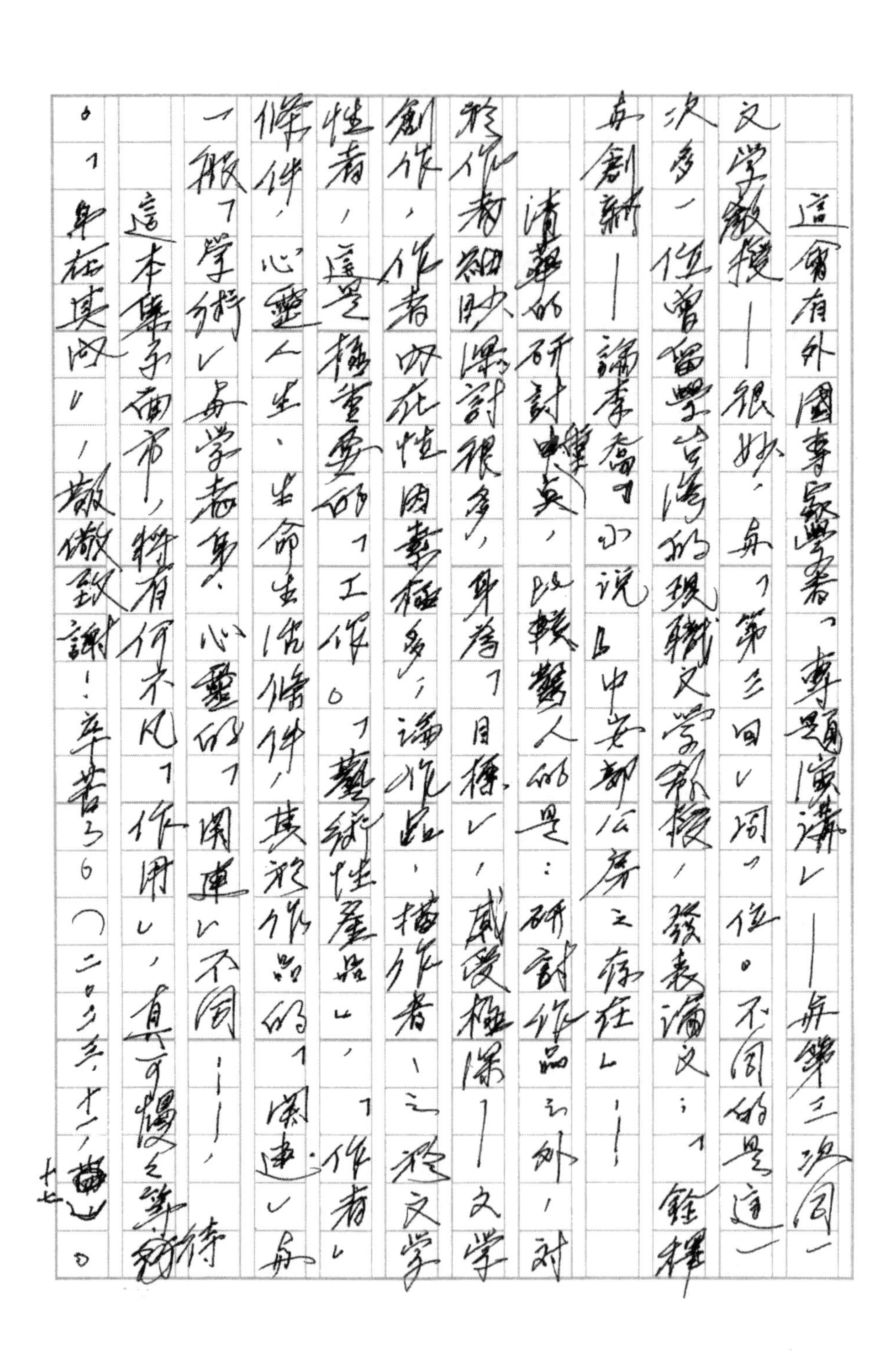
這會有外國專家學者「專題演講」──與第三次（同一
文學教授」──很好，與「第三回」詞「位」。不同的是這一
次多一位曾留學台灣的現職文學教授，發表論文：「詮釋
與創新──論李喬「小說」中安部公房之存在」──！
讀者的研討中英，比較動人的是：研討作品之外，討
論作者細膩深討很多，身為「目標」，感受極深──文學
創作，作者的本性因素極多；論作品、論作者、之於文學
性者，這是極重要的「工作」。「藝術性產品」，「作者」
條件，心靈、人生、生命、生活條件，其於作品的「關連」與
一般「學術」與學者、心靈的「關連」不同──！
這本集子面市，將有何不凡「作用」，真可慢之以等待
。「與在其內」，敬致謝！李喬 6（二〇二三、十一、廿三）十七

感佩與感懷

李喬

清華大學於二〇二二年舉辦的「李喬之文學、文化與族群論述國際學術研討會」的「會議論文集」，據說其論文、會議內容，將以專書問世，身為內容的「點滴」，得要表達三兩感激與感想。

「老人」寫作前後約六十年。八十五後大腦的「三道路」，兩條已「停止」；九十以後的現在思想感情，深邃絕未消縮。但真正是語言文字不能「使用」了。

一生的寫作，被公私大學與研討四回。第三回在民國九十六年。清華的這次，內容真正「全集」了。內容除了作品評述外，對於「作者」刻劃，「解剖」最深細。身為「目標」，感受一直難忘——！

序　一
揭開新一波李喬文學研究的序幕

二〇二二年七月卸下清華大學台灣文學研究所所長職務之前的重大任務之一，即是協助陳惠齡教授舉辦這場「李喬文學、文化與族群論述國際學術研討會」。卸任後，承蒙她的周到與盛情，特為論文集撰寫〈序文〉，與其稱之為〈序文〉實為這場學術盛會側記，以茲紀念。

舉辦國際學術會議本是一項學術勞動服務，惠齡教授本著對李喬老師的敬意，在 COVID-19 疫情期間仍不辭辛勞，廣邀國內外知名學者，舉辦這場以李喬為名的學術盛宴。疫情期間會議舉辦單位雖無需送往迎來準備食宿，但，卻得承擔網路連線諸多不確定性的風險。原本大會準備採線上與實體同步進行，特別租借國立清華大學國際會議廳備用。豈知，二〇二二年五月臺灣仍深陷疫情高峰期，大會被迫全面改採線上會議的形式，讓我們備感壓力。

這場大會的議題設計非常的多元而有趣，貼近當代社會的學術課題，其中含括身體圖式、文化論述、外譯傳播、族群議題、文學政治、跨媒介、反抗哲學等各方面。在閉幕前甚至演出改編自李喬作品〈藍彩霞的春天〉的劇作，為配合線上會議，改採事前錄製播放的方式。最後在座談會上，重新聚焦討論「李喬作品的經典性及其文學史」的定位等，完整體現李喬文學的深度與廣度。

在第一天議程大會特別邀請廣島大學名譽教授三大直木教授擔任專題演講的講者，講題是〈李喬文學在日本的介紹與翻譯〉，並由我協助口譯的工作。三木教授做事態度嚴謹認真，為了這場專題演講事前就準備好 PPT，不斷與我確認講稿內容和需要口譯的段落，力求精準掌握演講時間。對於國際連線講演活動不甚熟悉的他，卻因日本疫情校園管制，只能在家孤軍奮戰。豈知，開幕結束上線打完招呼後，隨即面臨網路斷線的命運，他的焦急之情實可想像。由於在前半年我才剛舉辦過東亞殖民地文學線上國際會議，曾經歷過口譯者斷線，臨時一邊接線，一邊調度尋找遞補口譯者的混亂場面。因此，再一次面對突然斷線的問題，就比較鎮定從容不迫地，依序將順過的 PPT 內容逐頁照稿宣讀，化解網路斷線靜默等候的尷尬場面，也讓三木教授認真準備的內容可以順利在會中呈現。我想若不是三木教授事前一再與我確認 PPT 內容，我也無法在短時間內反應，並順利地代讀化險為夷，結束這場驚魂記。

二〇二二年十二月客家委員會出版了《李喬全集》（黃美娥主編，全四十五卷），李喬文學研究勢必因此再掀起另一波高峰，這場國際會議可算是為新一波李喬研究揭開序幕。李喬文學未來想必將經由各種類型的轉譯形式，綻放出各式各樣的花朵，為臺灣文學的園圃增添新意與多彩。最後，再次感謝陳惠齡教授及其帶領的清大台文所團隊，辛勤付出澆灌這塊的文學園地。

王惠珍

二〇二三年十月十六日序於清華園

國立清華大學台灣文學研究所

序　二

李喬為臺灣客家文學代表性作家，是臺灣文學史上巨擘，在國際文壇亦有其影響力。李喬自一九五九年發表首部作品〈酒徒的自述〉起，長期投入筆耕，其創作手法兼容現代主義與現實主義，作品深刻展現臺灣社會的多元面貌，與臺灣現實多重對話，勾勒出臺灣人特殊的歷史際遇。李喬累積質量可觀的小說、敘事詩、散文和影視文學作品，多部作品並藉由外譯推廣，開啟臺灣作家推廣至國際舞臺，與世界接軌的寬闊路徑。在作家身分之外，李喬亦是文化理論家，他闡述個人概念，發表與關於臺灣文化的理論，。

李喬作品為臺灣文學史上的經典，亦為臺灣文學的里程碑，其作品組構為內涵深厚的李喬學。由本所舉辦的「2022李喬文學、文化與族群論述國際學術研討會」，在主辦人陳惠齡教授精心策畫下，研擬會議七大主題，以「李喬學」研究為核心概念，以文學、文化與族群三大面向，增廓李喬學的研究視域與方法論。本次國際研討會邀請日本、加拿大、韓國、香港等國際學者與國內專家五十位學者共同與會，議程豐富，包括專題演講、七場次論文發表、座談論壇、戲劇表演與作家出場等。研討會因為疫情關係改為線上舉行，受到各界熱情回饋，計有九百次線上觀看次數，受到各界矚目。

本論文集中，包括三木直大教授專題演講〈李喬文學在日本受容的三階段及其今後的開展〉，「李喬作品的經典性及其文學史定位」座談會紀錄，與十四篇精彩的論文，呈現出李喬學跨世代與跨國學者學術網絡的交會，匯聚出篇篇具有獨特觀點的論述，在此展現出探索李喬作品多元的面向，包括：身體論述、土地倫理、魍神敘事、翻譯研究、文本互涉、影視改編、文獻探究、劇場敘事等議題，進一步思考李喬作品和戒嚴體制與冷戰框架對話之可能，提煉出李喬文學研究與當代社會與文化思潮互動，並從性別、轉譯、生態、鄉土、跨域等視角介入，這些嶄新的研究視角，深化李喬學的深廣度，並持續推進李喬學的研究課題。

清大臺文所從創所以來致力於深化臺灣文學研究的深廣度，和臺灣學界與當代臺灣高度對話，深入臺灣文學在地發展，並具有國際視野，以進行區域文學的比較研究。此次舉辦「2022李喬文學、文化與族群論述國際學術研討會」，和學界朋友一起探索李喬學的獨特風景，並增加和國外學術單位交流切磋的機會，本所深感榮幸。

論文集順利付梓，要感謝主辦人陳惠齡教授及其團隊的付出，與王惠珍所長任內給予研討會的支持，及本所老師不辭辛苦地協助，並謝謝行政助理陳素主小姐與蕭亦翔同學的辛勞。最後，向臺灣文學國寶級作家李喬老師及其家人表達誠摯謝意。

王鈺婷

國立清華大學台灣文學研究所教授兼所長

主編序

一　會議緣起：經典作家李喬

李喬（1934-）文學在臺灣文學史上，是備受肯定的「經典」，多部作品經由外譯傳播到日本、歐美，在國際文化場域中亦極具代表性與影響力。自一九五三年創作伊始，迄至八十歲後的李喬，猶是筆耕不輟，作品斐然而豐沛，總計有十九部長篇小說、三部中篇小說、二百多篇短篇小說，及古典詩詞、現代詩、散文等多元創作，並兼有電視電影劇本等。在文學之外，有「臺灣文化長工」之稱的李喬，亦著有文學文化理論、歷史思想與客閩原漢族群評論等作，在臺灣文學作家群中，可謂獨樹一格。

一生獲獎無數的李喬，自一九六八年榮獲「第三屆臺灣文學獎」（即後來的「吳濁流文學獎」），二〇〇六年再獲頒「國家文藝獎」，陸續並獲得許多獎項，二〇一九年復又榮獲第三十八屆「行政院文化獎」。名作《藍彩霞的春天》已有英譯版，復於二〇一八年出版西班牙文和中文雙語譯本，其後李喬短篇小說集也陸續遠征中南美洲，二〇二三年並於厄瓜多舉辦線上「李喬文學研討會」。凡此殊榮與獎項，雖是錦上添花，卻昭顯李喬文學朝向世界與國際學術研究的開展氣象。

從早期短篇小說創作，即已披露李喬在生活境遇中所面臨與觀察到的各種人間議題及社會現象，洎至《寒夜三部曲》等大河與長篇小說時代，及其後所展開「七十歲後」的作品中，如採以「後設小說」書寫形式的《重逢：夢裡的人》，或深度介入臺灣社會與政治文化的《幽情三部曲》（《咒之環》、《V與身體》、《散靈堂傳奇》）等作，皆可見作家內向性的生活實相、生命經驗與創作歷程等原生生成的脈絡，如何被轉換為一種觀察文本，並與社會意識、時代氛圍，形成一種互文並置的關係。

然而李喬的文學使命，自非拘牽於如何回應真實，而是意在揭露臺灣歷史與政治社會的公共議題，藉此提出批判與超越的討論空間。李喬的文化論述強調土地、認同、國家、殖民，以及反抗等核心理念的分析，其文化批評的精神尤在於「反省」之後的主體性建構。

李喬身為客籍作家，長期投入客家文化推廣運動，然源於個人生命歷程中涵納的複雜族群經驗，諸如童年時期成長於與原住民接壤的蕃仔林；知識背景與學思養成的脈絡，則主要獲益於新竹師專時期，外省籍師長們澆灌古籍詩文、心理學、文學理論等諸多的啟蒙教導。凡此豐富的經歷，使其作品或論述中的「族群性」內涵，迥非只是臺灣社會刻板化族群分類與界線的複製或延伸，反而能以更細膩的社會觀察、族群文化省思，甚至是以悲憫存在的宗教哲理，引領邁向多元族群融合的超越之境。

李喬六十年來的創作，始終懸繫於銘刻臺灣人特質、土地與血脈的故事，並以此結合自身的生命歷程、學思背景、文學因緣、歷史意識、文化信念、存有哲學和宗教信仰等，組構成豐富多姿的「李喬學風景」。特別是李喬在文學作品、文化與族群論述中，具有跨越個人與集體，連綴內在與外在，兼攝反思與超越的特色，充分表顯作家所融匯的創作、思辯與實踐的合一。由是，「李喬學」研究的三個關鍵詞，大致可以「文學」、「文化」、「族群」論述，作為重要的脈絡檢索重點。自二〇〇七年由臺師大臺灣文化及語言文學研究所與長榮大學臺灣文學研究所合辦之「第五屆臺灣文化國際學術研討會」；至二〇一六年由中正大學臺文創應所主辦之「第八屆經典人物國際學術研討會」，皆是以李喬其人其作為會議主題。有鑑於前兩次以李喬為主議題的研討會，距今已隔數年，而在此期間，「八十歲後」的李喬迭有新作出版，如二〇一五年以降出版者，計有《情世界：回到未來》、二〇一六年散文集《草木恩情》、論述著作《我的心靈簡史》；二〇一七年依序出版文化論述《臺灣文學造型》、長篇小說《亞洲物語》、散文集《游行飛三友記》；二〇一八年則發表長篇小說《生命劇場》；再加上二〇一九年付梓成書，可歸為個人概念思想集之《思想　想法　留言》等，總計即有八本新著。《草木恩情》和《游行飛三友記》兩部連作，尤是李喬「一生文學生涯」中極為特殊的散文區塊，不僅展呈自傳性文體與自然鄉土的情境性建構，透過生態系結構而召喚個人記憶與公共歷史的對話關係，深具老作家回溯生命體驗、個人精神史與在地田野誌的重大意義。

除了豐沛的新作出版外，由「客家委員會」策劃、「臺灣李喬文學協會」執行《李喬全集》堂皇巨帙之編纂，已於二〇二二年陸續出版。凡此臺灣學界盛事，皆有助於建構更整全、豐富與更具開拓性意義的「李喬世界」及「李喬文本風景」。此外，《藍彩霞的春天》亦於二〇一九～二〇二〇年，由客家委員會規劃改編為「臺灣客家歌舞劇——藍彩霞的春天」文化大戲，從南至北巡迴演出，皆見李喬作品轉向影視的多元與跨域展現。就作家生命及其創作所植基的社會與世界的語境樣態變貌而觀，宜乎將這些新作及作品的改編、轉譯，以及近期相關作家研究的史料文獻整理成果，安置於其總體生命背景中，藉此考掘作家「順著生命之流」的軌轍，探索「現在進行式」的作家書寫意識，進而推廓至其論述及文學新形態發展內涵的觀察現象。職是之故，有關李喬斯人斯作、跨媒介影劇、外譯流動傳播等新視域與新議題，非但不宜止歇，反而更應積極展開相關的研究。

國立清華大學臺灣文學研究所遂於二〇二二年五月二十～二十一日，假清華大學第二綜合大樓八樓會議廳舉辦「2022李喬文學、文化與族群論述國際學術研討會」，冀能拓展李喬學的研究方法與觀照視野。後因應疫情嚴峻而改採全面線上會議方式，但各項活動仍按原定議程進行。

會議以外部研究和內部研究並重，透過專題演講、論文發表及座談論題，統攝核心課題為：一、李喬學研究的國際傳播視域；二、李喬作品的認識論與方法論；三、李喬的文化關懷與歷史意識；四、李喬文學新形式及影劇跨域；五、李喬生命存有觀和宗教意識；六、李喬多元族群書寫的破與立；七、李喬的理論展演及反抗哲學。本次研討會除邀請廣島大學名譽教授三木直大教授擔綱專題演講外，並依學者撰寫之論題，概分為七場次研討子題：第一場：文學・新形態・身體論述。第二場：客家・族群性・社會脈絡；第三場：精怪・鄉土性・文化論述；第四場：呈現・跨媒介・外譯傳播；第五場：介入・土地觀・反抗哲學；第六場：洄溯・生態系・生命意識；第七場：戒嚴・恐性症・文學政治。此外亦邀請陳萬益老師主持座談會，論題為「李喬作品的經典性及文學史定位」，點綴在學術活動間的，則是由李舒亭老師帶領「過家劇團」，演出《藍彩霞的春天》改編之劇目，藉此呈現李喬作品的劇場美學形態。最後作家現身活動，則是本次研討會的最高潮與圓滿的落幕時刻。

二　論文集收錄概況：李喬學資料庫

兩天會議除專題演講外，發表論文總計二十四篇，與會學者計有臺灣學者專家及來自日本、韓國、加拿大和香港等國際學者，透過跨國跨界的交界視野與學術交流網絡，提出平行與影響研究之比較性議題。李喬的學術研討由是而進入「臺灣」、「國際」與「翻譯」的對話情境，展開跨國界、跨語言與跨文化的全球性視域。而今會議的具體成果——《千面李喬——2022李喬文學、文化與族群論述國際學術研討會論文集》即將順利出版，咸信透過本次會議會後論文集的正式刊行，將能提供未來李喬學的重要研究資源。

本論文集收錄與會專家學者佳構鉅作，十分可觀，除了其中有幾篇論文因尊重作者另有考量，或因故未能收錄外，總計收錄十六篇論文，及一篇專題講稿和一篇座談會實錄逐字稿。三木直大教授的講稿：〈李喬文學在日本的介紹和翻譯（日本における李喬文學の紹介と翻訳）〉，分就三個時間脈絡，來綜覽日本學界對於李喬研究的三個面向：一九八〇年代側重「臺灣文學定義」及如何回應「臺灣問題」等政治性議題；二〇〇〇年代則關注李喬在日本受容之文學階段，如文學概念圖式、歷史敘事等創作手法所突顯的「臺灣想像」；其後則從小說的構造論，轉入李喬論核心，進入日本李喬研究的學術階段。這是一篇從跨國視野來談李喬文學傳譯與知識生產的宏闊偉論。

至於輯錄的十六篇會議論文，則分就不同歷史階段的脈絡、跨界跨域與跨媒體的構設框架，以及不同文類的譜系，進行「李喬文本」的討論。屬乎作品外譯、接受現象與比較視野課題者，計有林姵吟〈翻譯臺灣史：以李喬

《寒夜三部曲》英譯和楊小娜《綠島》的中譯為例〉一文，主要聚焦分別被英譯和中譯的兩部作品個案，藉此思考在跨語言文化的交流中，有關「臺灣性」的型塑能動性。另有明田川聰士〈詮釋與創新：論李喬〈小說〉中安部公房之存在〉，則是透過李喬小說與安部小說並列比較，提出文化引介的影響及其對存在主義文學的閱讀、挪用與新創。

關乎生態倫理與土地、地方意識的論文，則有羅詩雲〈向生態懺情：論李喬《草木恩情》與《游行飛三友記》的生態倫理與懷舊意識〉一文，從生態、環境和人的關係來探究作家的自我譬況，並推導出重新理解李喬的生命景觀。至於楊雅儒〈無救與呼救——論李喬文學創作的土地倫理〉的課題重點，則引人如苦難意識、有情諦視而至感恩悔罪等宗教義理，來探討李喬深涉自然物種、人與土地互動的省思及轉變。陳惠齡〈曠野妖、鄉土性與族群觀：論李喬的魍神敘事〉，旨在盤點李喬諸作中帶有民俗怪談的「魍神」敘事，如何投射特定歷史時空中的客庄鄉野色彩，進而引渡出荒林景觀、族群文化與鄉土歷史意義的議題。

李喬的文學政治性，向是學界關注的熱點，反抗與批判的文學觸角，鮮明對應彼時社會政局。陳龍廷〈從李喬小說〈蜘蛛〉、〈恐男症〉論戒嚴時代的性愛恐懼症〉一文，透過兩篇小說，揭示戒嚴體制下的風聲鶴唳，「掃紅」肅清之餘，對於民眾影響更大的尤在於性的壓抑，所謂「恐性症」。陳佩甄〈心靈的分斷：李喬〈告密者〉與冷戰感覺結構〉，則進一步揭示政治意識型態如何透過「冷戰感覺結構」中的恐怖主義和歇斯底里症，滲透常民生活，形成社會與個人心靈的分斷結果。孫湊然〈荒誕世界中的反抗者——李喬短篇小說初探〉，另以李喬描寫荒誕世界的〈人球〉和〈恐男癥〉為中心，分析作品內在的文學藝術性和隱藏在其中的臺灣文學的本質和反抗精神。

相較於關注文類文本主題和作者論的研究方向，改編、轉譯及劇場形式的跨界實踐，則是另一種李喬學研究的新形態。透過藝術媒介來進行呈現和詮釋的跨領域論文，計有黃儀冠〈從後殖民觀點重探李喬小說影視改編之族群傳播與歷史敘事〉，通過李喬作品影視的傳播，對於族群認同建構所涉及的虛構／史實，混融／本質等等議題的爭論，進行梳理與重整。劉亮延〈臺灣大眾劇場的接受論初探：重讀《藍彩霞的春天》〉一文，則嘗試連結大眾劇場脈絡，並取徑詮釋學，來觀察表演藝術研究中虛構性閱讀（間接文本）轉移至接受性閱讀的可能性。

李喬作品前行研究的成果斐然，雖然使研究版圖的開拓，有點艱辛，然而這正是研究發問的起點，而非結論。申惠豐〈「李喬」文學知識的建構與趨勢──以文獻計量方法進行探究〉一文藉助大數據，探討歷來討論李喬相關文獻的年代、類型、主題以及關鍵詞等之共現關係，藉此呈現論述的演變並展望未來發展的可能趨勢。多元歧義的理論方法，也展現在高鈺昌〈(不)發聲的身體：《V與身體》的身體論述及其意涵〉文中，將《V與身體》視為作者「老人之書」之一，並試圖回到身體的內部，說明小說呈現身體感和身體主體的內在性思維。而蔡造珉〈能劇上演，最後的狂言──李喬悲愴絕望的《生命劇場》？〉，則取譬於「能劇」搬演，再佐以插科打諢的「狂言」，來觀看李喬書寫「家庭劇」及其對社會、政治、自然生態的悲憤激情。

引領進入李喬浩大的文學時空座標中，打開新視界，來理解其「變」與「不變」，則有許素蘭〈自我超越與終極關懷──小說家李喬的變與不變〉以李喬七十歲後的三部具階段性意義的長篇為對象，探討其在文學形式上不斷地自我挑戰、自我超越的多元多樣的風貌。蔣淑貞〈李喬中長篇小說一甲子來的遞嬗演變〉一文，則是羅列存在主義式的告解；個人、社會與國家的改造；地方精神的實踐；親密邏輯的構築等四個主題，來呈現李喬的思維邏輯進程。

上述十六篇論文分就獨創的角度與框架，而各具豐富的研究內涵，彼此激盪，交會出精彩的對照與對話，此外也更多一層文本內與外，及原文與域外譯著的比較視野，可謂精彩揮灑出不同的知識生產氣象。

「李喬作品的經典性及文學史定位」的論壇，則是一種即時性的交流，不再以作品故事的呈現為主，更多是強調李喬文本如何隨著社會實境，踐履文學的功能性、參照關係與經典性意義，最後則是給予作家定位。座談會由陳萬益教授擔綱主持人，與談學者計有與李喬情誼深厚的詩人醫生曾貴海先生；臺灣文學界的知名前輩鄭邦鎮教授；此前承辦「李喬・七十後」研討會的江寶釵教授；目前擔任《李喬全集》主編的黃美娥教授；以及新生代作家楊富閔博士等，分從各面向來講論李喬斯人斯作及其文學史定位。陳萬益教授的開場白，先就李喬文學研究逐年的提升，而讀者以及研究者也都能夠與時俱進，特別是本次座談會有五位老中青世代的學者、作家參與，此正是世代承衍的現象。接著詩人醫生曾貴海率先就「正典」概念入手，他從象徵語言及修辭學上的能力，以及原創性，來定位李喬文學，並指出作家對於生命萬象的審查力、神秘感及對於宗教信仰探索的獨特性。而當只有李喬能夠寫李喬的作品，這才是李喬文學最重要的特質。江寶釵教授則認為李喬一再借用文學實踐來反傳統、反當代、反典型，進而創造了作品極端的個人性，卻又因此營造出一種新的典型性；此外也取用場域概念，說明李喬作品與文學史的對話，其中至關重要的是，對於客語復振及客家文化內涵的建構。鄭邦鎮教授也談及李喬的文學反抗性，卻是從另一種鄰近視角，透過他自己的參選經驗及編輯《臺灣文藝》等與李喬的交往經歷，稱揚李喬是真正「講人話」與「做人事」的獨特作家，而此正是李喬生命的抵抗意志及臺灣精神的展現。黃美娥教授則將焦點放回到文獻資料與文本本身，她認為作家經典性形成的基礎，來自於作家全集的出版與作品的完整性。因此透過主編《李喬全集》及引介內容來思索李喬的文學史地位。此外也提點應注意李喬創作與同時代共時性發展的參照意義，而透過戰後第二代作家李喬的自覺性寫作，顯然也承繼前代賴和的反抗哲學意識。最後登場的與談人是年輕作家學者楊富閔博士，他分享的是「臺灣文學向前行」的溫馨故事。除了生動敘述在文學創作路途中與李喬老師的幾度緣遇，更別具學術洞見地析論《小說入門》三種版本刊行現象，所透顯李喬小說理念的衍異及文學場域的變化。最後並藉此書發出美麗的請柬，邀請大家走入文學之門。

主持人陳萬益教授的總結，則是從臺灣文學史的發展脈絡，先談及李喬賦予臺灣文學的正解及其承繼葉石濤先生的臺灣意識理念：「不論先來後到、不論哪個族群，只要你有臺灣意識、你寫臺灣的事情就是『臺灣文學』」；其次則從閱讀李喬作品中燈妹、藍彩霞到葉貞子諸女性形象，提煉並歸結出李喬賦予臺灣人文學、文化典型的重新塑造，正映照出其創作精神及「勇者」言行的風骨，並據此向李喬先生致敬。

三　誌謝與致敬

討論「李喬」，是一件很困難的學術工程。其一，嫻熟各種理論的李喬，有其複雜的創作意圖、屢屢創異的書寫方法、喜歡後設地自我詮釋，加上持續創作至八十六歲的歷程，這些種種皆蔚為可觀的「文本性」；其二，李喬研究已堆疊成為巨量的資料，甚至是一種資料庫。看似已組構成豐富多姿的「李喬世界」，但這個為讀者「已知」或評論者「熟知」的作家李喬，是否可再建構更整全與深層的「李喬學」？或是可以轉易為另一種「能指」，藉以解讀更深層意義的「文本風景」？

感念「李喬文本」的富厚淵深，提供清華大學台文所舉辦「2022李喬文學、文化與族群論述國際學術研討會」的基石。此外，也要向參與本次研討會的六十三位學者致意，感謝每一位協助者和參與者：引言、講演、主持、發表、講評、座談、表演等專家學者，以及連續兩天守候直播臺觀看會議的李喬文學愛好者。其中各場次主持人、引言人（感謝彭瑞金、陳芳明、陳貴賢、林淇養、陳萬益、王惠珍、石婉舜等教授），或幽默串場，或不假辭色，嚴格把關時間，或精彩統攝並開廓議題討論，即使改為線上方式，猶見學界大將風範。又據悉本次會議在無意中竟然召聚了歷任臺灣文學館館長（鄭邦鎮、李瑞騰、陳益源、廖振富、蘇碩斌），這是別具意義的美好插曲。

感謝文化部、客委會、清華大學人社院及人文社會研究中心、王默人周安儀文學講座和臺灣李喬文學協會給予研討會的經費挹注或支持鼓勵，以及李舒琴、李舒亭姐妹的同工與協力。特別致謝清華大學台文所王惠珍前所長暨全體同仁熱情參與，系辦行政助理給予諸多作業流程的協助，以及由蕭亦翔同學帶領本所及華文所碩博研究生組成地表最強的線上研討會工作團隊。

《千面李喬——2022李喬文學、文化與族群論述國際學術研討會論文集》的出版，承蒙惠賜講稿和論文的十七位學者增輝篇壤，以及前後兩任所長王惠珍教授和王鈺婷教授特別賜序，皆讓我銘感在心；而蕭亦翔同學從收稿、聯絡、協助校勘到出版期間的種種付出與任事周到，令人對學界新秀刮目相看。特別致謝臺北萬卷樓圖書公司梁錦興總經理、張晏瑞副總、林以邠執編、林秋芬校對等大力協助，使論文集得以順利問世。

「千面李喬」一詞，最足以形容經典作家李喬在文學作品、創作理論、文化與族群論述的豐富面向。本論文集透過「文獻與方法」的知識生產，「臺灣與國際」的學術傳譯，「老將與新秀」的代際對話，增廓豐沛多元的「李喬學」研究新視域，並謹以此向九十高齡的作家李喬致敬——以「反抗哲學，土地認同」作為一生文學創作、文化思想的核心，令人仰之彌高的作家典範！

謹誌於國立清華大學台灣文學研究所

二〇二三年十一月第二個主日

目次

敬讀優特名論的感受……李　喬　I
感佩與感懷……李　喬　II

序　一……王惠珍　I
序　二……王鈺婷　III

主編序……陳惠齡　V

專題演講

李喬文學在日本受容的三階段及其今後的開展……三木直大　3

學術論文

（不）發聲的身體
——《V與身體》的身體論述及其意涵……高鈺昌　21
從李喬小說〈蜘蛛〉、〈恐男症〉論戒嚴時代的性愛恐懼症……陳龍廷　45
李喬中長篇小說一甲子來的遞嬗演變……蔣淑貞　63
無救與呼救
——論李喬文學創作的土地倫理……楊雅儒　75
曠野妖、鄉土性與族群觀
——論李喬的魍神敘事……陳惠齡　109

翻譯臺灣史
──以李喬《寒夜三部曲》英譯和楊小娜《綠島》的中譯為例
……林姵吟 133
存在主義風潮下的主體追尋
──論李喬〈小說〉與其安部公房閱讀史……明田川聰士 155
能劇上演，最後的狂言
──李喬悲愴絕望的《生命劇場》？……蔡造珉 183
自我超越與終極關懷
──小說家李喬的變與不變……許素蘭 213
向生態懺情
──論李喬《草木恩情》與《游行飛三友記》的生態倫理與
懷舊意識……羅詩雲 225
心靈的分斷
──李喬〈告密者〉與冷戰感覺結構……陳佩甄 257
從後殖民觀點重探李喬小說影視改編之族群傳播與歷史敘事…黃儀冠 285
荒誕世界中的反抗者
──李喬短篇小說初探……孫溱然 359
「李喬」文學知識的建構與趨勢
──以文獻計量方法進行探究……申惠豐 375
臺灣大眾劇場的接受論初探
──重讀《藍彩霞的春天》……劉亮延 399

座談會

李喬作品的經典性及文學史定位
……陳萬益、曾貴海、江寶釵、鄭邦鎮、黃美娥、楊富閔 437

2022「李喬文學、文化與族群論述國際學術研討會」會議議程表…455

專題演講

李喬文學在日本受容的三階段及其今後的開展*

三木直大**

摘要

二〇二二年，《李喬全集》（客家委員會）全四十五冊在臺灣開始出版，「李喬文學、文化與族群論述國際學術會議」（清華大學）也還舉行了。日本新世代研究者的明田川聰士參與了前者的編輯，明田川和作者也參與了後者。借此機會，在這裡整理在日本的李喬文學一九八五年的初次翻譯短篇〈小說〉到現今的接受李喬文學趨勢，並想思考未來的研究發展。

關鍵詞：外國文學、研究與翻譯、文化政治、翻譯文學、大眾消費

* 卓于綉譯，王惠珍監譯。

** 日本廣島大學榮譽退休教授。

一　序論

在日本的李喬研究，包含文學作品的介紹與翻譯在內，可區分為一九八〇年代、二〇〇〇年代及現在三個階段。表徵各階段的關鍵詞：分別為政治、文學及學術。在研究上，三者固然無法相互切割分離，但何者居於優勢則和那個時代密不可分。所謂的「時代」是指臺灣的時代、日本的時代、臺灣與日本間相互關聯的時代。但如果將翻譯文學在市民讀者群中的普及程度，外國文學的大眾消費化作為第四個階段的話，那麼很可惜的是，李喬文學在日本尚未有廣泛的讀者群。

目前在日本已有許多作為外國文學的臺灣中文文學，由學者（非專業譯者）翻譯後，在文化場域中被廣泛閱讀的作品。這當然與臺灣政府所推動的文化戰略有很密切的關係。臺灣文學作為日本的翻譯文學以大眾消費的方式賣書，同時也成為一種在日本消費的文化。聽說二〇二三年有家公司決定日本高中國語課本中採用吳明益的〈天橋上的魔術師〉，如此一來，臺灣文學就會漸漸擴及到市民讀者層吧，這絕非壞事。臺灣文學在日本擴大市民讀者層，在文化政治上有很大的意義。一定程度的大眾化將使得研究不再受限於學術場域，將自由延展到文學評論，或許這才是外國文學研究的理想狀態。

現在回顧李喬文學，《寒夜》[1]翻譯出版時，這本書在日本大眾消費化是很有可能的。當時，最相葉月的《絕對音感》[2]是當時的流行暢銷書。之後，她連續發表許多暢銷作品。她曾在《朝日新聞》（2006年2月19日朝刊）上發表有關《寒夜》的書評。最相的曾祖父及祖父都曾經擔任過臺灣總督府的官吏，而她撰寫的〈書評〉也從批判日本的殖民地統治和對祖父的記憶談起，當時如果能像現在一樣在東京的臺灣文化中心舉辦活動，讓一般市民讀者有機會與作家對談，喚起與臺灣有淵源或感興趣的市民讀者層的話，那麼《寒夜》或許有可能成為當年的暢銷書也說不定。但當時的出版社和翻譯者

1　李喬：《寒夜》日文版（東京都：國書刊行會，2005年）。

2　最相葉月：《絕對音感》（東京都：小學館，1998年）。

均力有未逮。出版社方面也擔心怕「新臺灣文學」系列銷售不佳，造成巨大的庫存壓力。雖然《寒夜》銷售一空，但現在也仍然未能再增刷。

二　「政治」的階段

(一)

在日本，李喬最早被翻譯的作品是由松永正義翻譯〈小說〉，收錄於《臺灣現代小說選III　三腳馬》[3]。以壹闡提（李喬）筆名寫的〈我看「臺灣文學」〉，是由陳正醍翻譯，收錄在《臺灣現代小說選II　終戰の賠償》[4]。《臺灣現代小說選》的主要翻譯者，是戴國煇發起主辦的研究會所發起的臺灣近現代史研究會的成員，也就是若林正丈等戰後出生的第一世代的臺灣研究者。這部叢書於八〇年代中期開始出版，是日本國內最早有系統出版臺灣中文文學的翻譯集[5]。這三冊無疑地為日本的臺灣文學研究奠定了基礎。

所謂政治的階段，是指必須將臺灣文學和定義問題一併提出的時代。松永正義在《臺灣現代小說選I　彩鳳的心願》收錄的〈台湾文學の歷史と個性（臺灣文學的歷史與個性）〉中從殖民時代的「臺灣」與「臺灣文學」解說起；而《臺灣現代小說選II　終戰の賠償》則收錄由陳正醍翻譯的壹闡提（李喬）的〈台湾文學を考える（我看「臺灣文學」)〉(1981)；以及松永正義的解說文續篇〈八〇年代の台湾文學（八〇年代的臺灣文學）〉。八〇年代中期在日本「臺灣文學」這個詞彙尚未通用。因此，這個系列的企劃者想讓「臺灣文學」這個用詞在日本流通，他的意圖十分明顯。

3　李喬著，松永正義翻譯：〈小說〉，《臺灣現代小說選III　三腳馬》（東京都：研文出版社，1984年）。

4　李喬著，陳正醍翻譯：〈我看「臺灣文學」〉，《臺灣現代小說選II　終戰の賠償》（東京都：研文出版社，1984年7月）。

5　第四冊《鳥になった男（消失的男性）》出版於一九九八年，別冊《デイゴ燃ゆ（浮游群落）》則出版於一九九一年。

此外，《臺灣現代小說選III　三腳馬》除了收錄〈小說〉這篇作品之外，還有若林正丈的〈語られはじめた現代史の沃野（現代史沃野初探）〉。這篇解說文以若林正丈與葉石濤相遇開始，隔天看報時得知林義雄事件為終。文中提到〈小說〉中的「那年」與《寒夜》三部曲（執筆創作期間為1977-1980年）之第二部《荒村》所描述的「那年」事件（應指大湖竹南事件）設定相同。同樣的人物角色也出現於〈小說〉中的「這年」（二二八事件），強調這是李喬文學中「壓迫（鎮壓）構造」的「高度象徵性」。

若林的解說讀出李喬小說再現臺灣的各種歷史事件的深遠意涵，所以說它是「現代史沃野」。在此首先意味著，在二十世紀臺灣悲慘的歷史中，埋藏著許多現代史研究所必須探究的課題。若林的解說文除了理當強調李喬文學作品的傑出性之外，更說明在八〇年代〈小說〉作為政治小說，在那個時代它是極富緊張感的作品，在小說創作手法上也帶有很高的實驗性質。此外，若林也指出如果將第三部《孤燈》視為既有的短篇小說的「集大成」之作。那麼〈小說〉就是第二部《荒村》的延伸發展。若林文中引用謝松山[6]的論點，指出《寒夜》三部曲與〈小說〉受到卡繆《鼠疫》的影響，若林更進一步分析《鼠疫》的奧蘭市與李喬作品中「島」的歷史這兩者之間的相似性，提出閱讀理解《寒夜》三部曲時的各種觀點與角度。若林對於殖民地時期抗日運動研究的關心，對當時臺灣的政治情況的視角，即對東亞政治學的地勢圖的重視，以及他本身作為臺灣政治史研究者所懷抱的問題意識是相重疊。如何閱讀理解該作品同時也與日本如何回應「臺灣問題」之政治責任這個課題息息相關，而這也是政治面向之意義所在。

上述問題與研究之政治學也有著密不可分的關係。松永正義於〈日本における台湾文學の研究について（關於日本的臺灣文學研究）〉[7]中也指出，日本的「臺灣研究」與戰後日本國內發展的「中國研究」的情況關係密切。當時日本的中國研究太多，因近代日本侵略中國而引發之理念性的「贖罪」

6　謝松山：〈簡介《寒夜三部曲》〉，《文學界》第4期（1982年10月），頁59-65。

7　松永正義：〈日本における台湾文學の研究について（關於日本的臺灣文學研究）〉，《言語文化》第30號（1993年）。

意識。但另一方面，對殖民地臺灣的「反省」觀點卻置之不理。導致出現中國的研究等於正統；臺灣的研究等於異端的思維方式。過去竹內好的研究會「中國之會」曾出現與臺灣相關的討論，尾崎秀樹《近代文學の傷痕（近代文學的傷痕）》[8]以及接續發展的《旧植民地文學の研究（舊殖民地文學研究）》[9]，雖然可稱之為戰後日本思考臺灣文學的先驅，但仍屬「殖民地文學研究」的範疇。一九六九年《中國》雜誌上曾連載〈無花果〉並介紹過吳濁流，但嚴格來說無法稱之為戰後臺灣文學研究。若林此時開始在《世界》及《中國研究月報》上發表有關臺灣論點說，臺灣現代史研究會的青年研究者們積極展開臺灣研究，這與日本戰後的中國觀之間形成一種緊張感，也反映在對李喬文學的理解方式以及《臺灣現代小說選》的工作上面。關於這一點，岡崎郁子也是如此。她曾翻譯過《臺灣現代小說選III　三腳馬》中所收錄的陳映真〈山道（山路）〉，岡崎在〈台湾郷土文學の香——李喬（臺灣鄉土文學之香氣——李喬）〉[10]這篇論文中，試圖超越僅以政治小說的觀點來閱讀李喬文學，前半以散文方式寫出她與李喬見面時的印象，從中描繪出作家的具體形象及作品呈現的整體世界觀。但是，後半則將陳映真的「第三世界文學論」與李喬的「臺灣文學本土化論」相互對照，藉此凸顯八〇年代中期李喬文學的特質，也提出族群政治學與文學政治學之論點。

除此之外的李喬作品還刊載於臺灣獨立建國聯盟的《臺灣青年》（第348號，1989年10月5日）上對戴國煇《臺灣》[11]的書評，文中李喬除了提出自身觀點之外，也批判戴對二二八事件的敘述，同時對松永及若林的工作給予正面評價。另外還有一篇〈醜陋的臺灣人〉也同樣刊載於《臺灣青年》（第353號，1990年3月5日）。前者的戴國煇《臺灣》書評是由彭雙松所翻譯，原

8 尾崎秀樹：《近代文學の傷痕（近代文學的傷痕）》（德島：普通社，1963年）。

9 尾崎秀樹：《旧植民地文學の研究（舊殖民地文學研究）》（東京都：勁草書房，1971年）。

10 岡崎郁子：〈台湾郷土文學の香——李喬（臺灣鄉土文學之香氣——李喬）〉，《津田塾大學紀要》（東京都：津田塾大學紀要編集委員会，1987年）。

11 戴國煇：《臺灣》（東京都：岩波新書，1988年）。

刊載於臺灣《民眾日報》上的報導；後者則是由鴻星洋部分翻譯，源自評論集《臺灣人的醜陋面》[12]。這本著作似乎有全文之翻譯，但因為沒有出版流通，所以無法確認內容。

（二）

接著李喬文學的翻譯出現在九〇年代前半。收錄於《バナナボート：台湾文學への招待（香蕉船——臺灣文學的邀請）》[13]的〈密告者（告密者）〉（1982），以及收錄於《悲情の山地——台湾原住民小說選》[14]的〈パスタアイ考（巴斯達矮考）〉（1977）的兩篇作品。《バナナボート》是「發現與冒險的中國文學」共八冊系列叢書的其中一冊，由山口守監修，其他譯者還有下村作次郎、澤井律之、野間信幸等關西地區生於日本戰後的臺灣文學研究的第一世代學者。收錄作品的選別工作由山口守與譯者共同執行，而書中收錄的〈告密者〉與〈小說〉在李喬短篇小說中屬於同一系列作品。一九八七年臺灣解嚴，接著日本的中國文學研究以一九八九年中國天安門事件為轉捩點，從八〇年代初中華人民共和國推行改革開放路線為始，從此日益抬頭的日本中文現代文學研究，於此時期出現分歧進入切換期，逐漸分化為中國語現代文學研究，轉換期又再往中國文學研究、臺灣文學研究、馬華文學研究分化推移。本系列叢書的出版也正是此切換變化的具體表徵。後者由吳錦發編輯的《悲情的山地》中收錄了由吳錦發所選定之〈巴斯達矮考〉。這篇作品的翻譯者下村作次郎，原是從事臺灣文學研究中殖民地文學的研究者，他從這時候開始精力充沛地進行臺灣原住民文學研究與翻譯，這是他轉換期的譯作。

---

12 戴國煇：〈醜陋的臺灣人〉，《臺灣人的醜陋面》（臺北市：前衛出版社，1988年）。

13 李喬：〈密告者（告密者）〉，白先勇等著，野間信幸翻譯：《バナナボート：台湾文學への招待（香蕉船——臺灣文學的邀請）》（東京都：JICC，1991年）。

14 李喬：〈パスタアイ考（巴斯達矮考）〉，吳錦發編著，吳薰、山本真知子翻譯：《悲情の山地——台湾原住民小說選》（東京都：田畑書店，1992年）。

臺灣於同一時期由前衛出版社出版了《臺灣作家全集》。中華人民共和國於一九九二年出版郭楓主編的《臺灣當代小說精選（1945-1990）》，由北京三聯書店出版的全系列叢書共四冊。隔年一九九三年人民文學出版社發行了同樣由郭楓主編的「詩歌系列」，書中選擇收錄的作家與作品中也包含了臺灣本土派作家及詩人。郭楓為外省籍臺灣詩人，作品選別上表現出即使今日也相當罕見的高自由度，書中當然也收錄了李喬作品（第一冊中收錄〈人球〉、〈小說〉、〈泰姆山記〉、〈山女〉）[15]。本系列叢書的出版成為日本中文現代文學研究者開始關注臺灣文學的重要契機之一，筆者也是如此。關於這一點，除了上述松永的論文之外，下村本人也在〈日本における台湾文學研究（日本的臺灣文學研究）〉[16]中有詳細彙整。

一九九五年至一九九九年期間《發言者》雜誌上長期連載若林正丈翻譯李喬的「台湾からの手紙（來自臺灣的信）」（不定期刊載，共十九篇）。連載從①〈台日恩仇記——日本想往那裡躲？〉為始，此外還有⑧〈凝視中國——臺灣人的想法〉、⑪〈論李登輝——集愛、恨、憎、期待於一身的人物〉及⑯〈臺灣的「後現代現象」〉等，李喬在各篇中以辛辣尖銳的批判精神，檢視九〇年代臺灣民主化運動時期的政治、社會、文化各個層面，從其自身對東亞政治局勢的觀點提出建議、針砭時事，開展臺灣論、日本論及中國論。九〇年代後半以日文可讀到的臺灣論、東亞論這一點來說，這篇連載是值得特書一筆的好文。《發言者》是前東京大學教授的西部邁所編輯創刊的評論性雜誌，發行期間自一九九四年四月至二〇〇五年三月。雜誌屬性帶有強烈的保守性質，因此包括筆者在內的臺灣文學研究者當中，幾乎大家都不知道。連載的原委不是很清楚，但可能正因為是《發言者》所以才有可能連載吧。連載之評論基本上均為未發表至其他刊物的作品，雖不甚清楚《發言者》讀者如何理解「來自臺灣的信」，但如果沒有讀者支持，恐怕無法完

---

15 中國社會科學院文學研究所編：《臺灣作家小說選集》（北京市：中國社會科學出版社，1982年），第2卷，收錄李喬的作品：〈桃花眼〉、〈那棵鹿仔樹〉。

16 下村作次郎：〈日本における台湾文學研究（日本的臺灣文學研究）〉，《天理大學學報》第169期（1992年）。

成長達十九次的連載。此時正值李喬撰寫《文化・臺灣文化・新國家》[17]的時期。在日本，如果當初能在小林善紀出版《臺灣論》[18]前就將「來自臺灣的信」集結成冊出版的話，就能夠讓日本人對臺灣殖民地統治期的殖民地主義問題，有更深刻的認識。

三　「文學」的階段

接下來是岡崎郁子與三木直大共同翻譯的《寒夜》[19]，從〈小說〉翻譯出版起算已經過了二十年，它是國書刊行會「新臺灣文學」共計十二冊（1999-2008）系列叢書的其中一冊。這部叢書是承繼《バナナボート（香蕉船）》而來，同樣與日本國內現代中國文學研究之分化有密不可分的關係。但這部叢書與十五年前研文出版社的《臺灣現代小說選》不同的是，書中收錄了白先勇《孽子》、李昂《自傳の小說》、朱天心《古都》等長篇小說，因為這些作品使得臺灣現代文學在日本進而被視為同時代的一種海外文學。之所以把它劃分為「所謂文學的階段」理由正是源於此。叢書的編輯委員為藤井省三、山口守及黃英哲等三位，這部叢書是利用臺灣政府文化部（文化建設委員會）出版獎助最早出版的書籍。如果沒有這筆獎助金，將無法出版這部叢書，日本讀書界對臺灣文學的認識也可能會更晚。叢書的翻譯者大多在大學任教的中文現代文學研究者，若非如此恐怕也無法完成翻譯工作。翻譯者除了拿到幾本翻譯出來的著作之外，均是無報酬的工作。

國書刊行會版的《寒夜》並非三部曲的全文翻譯，只譯出第一部《寒夜》及第三部《孤燈》，翻譯時也僅使用齊邦媛所製作英文的摘要版《大地之母》[20]為翻譯原稿。因此內容上完全不包含第二部《荒村》。岡崎負責

---

17 李喬：《文化・臺灣文化・新國家》（高雄市：春暉出版社，2001年）。

18 小林善紀：《臺灣論》（東京都：小學館，2000年）；後由賴青松、蕭志強翻譯：《臺灣論——新傲骨精神》（臺北市：前衛出版社，2001年）。

19 李喬著，岡崎郁子、三木直大譯：《寒夜》（東京都：國書刊行會，2005年）。

20 齊邦媛：《大地之母》英文摘要版（臺北市：遠景出版事業公司，2001年）。

《寒夜》，而三木則負責《孤燈》的翻譯。三木所撰寫的〈解說文〉中，綜述作品中橫跨多語境敘述的問題，同時也簡單地介紹了《荒村》，並補充翻譯摘要版中遭刪減的內容，即是明基戀人阿華在馬尼拉爆炸死亡（自殺）的場景。在〈解說文〉中和岡崎郁子協力，將《寒夜》三部曲的舞臺（蕃仔林）地圖化，整理出家族系譜。報紙上除了最相葉子的書評以外，也有與那覇惠子的書評。她寫著：「跟阿漢之間，生了十個孩子，而獲得非常窄小的土地的燈妹，在某種意義上象徵沒有自己決定權利的臺灣的一個『獨立』的樣態。」(《東京新聞》，2006年2月26日）

在「新臺灣的文學」系列叢書有一冊《客家の女たち（客家的女性們)》（2002）收錄了三木翻譯的李喬兩篇短篇小說〈山の女（山女)〉(1969）及〈母親（母親的畫像)〉(1994)。彭瑞金負責選取作品並撰寫解說文，內容上不只聚焦客家文學，更特別選擇以女性為主角的文學作品，是別具用心的一冊。〈母親（母親的畫像)〉與〈山女〉都是帶有濃烈的鄉土色彩的作品，相較於實驗性較強的〈小說〉與〈告密者〉，文體也不一樣。但現在想起來，〈母親的畫像〉標題不應翻譯為〈母親〉，而應翻為〈母親の肖像（母親的肖像)〉較恰當，我自己反省了一下。這兩篇作品未必都屬於寫實主義的文體，作者使用「畫像」作為篇名也別具深意，我在翻譯當下並未能考慮到這一點。只是在「譯者後記」說明〈母親〉裡的「阿妹伯」也同樣在《寒夜》出現。另外《客家の女たち（客家的女性們)》出版的同時，日本《亞洲文化》雜誌第二十五號（亞洲文化綜合研究所，2002年）正刊行「臺灣的客家文藝」特輯，青流（不詳）翻譯的李喬〈從《寒夜》看臺灣客家先民的開拓精神〉也列於其中。

接著，三木為《殖民地文化研究》第三號（2004）翻譯〈阿妹伯〉並撰寫〈解說文〉。文中提出以作家流浪到苗栗的臺北城守衛備兵為人物原型，創造出超越「族群」政治認同的阿妹伯人物形象。從同一原型衍生出《寒夜》的邱梅，文中以作品論的觀點解釋兩者在人物設定上的差異。為了區分李喬作品中較屬於鄉土文學的作品與實驗小說的作品，以「蕃仔林世界」作為關鍵詞，描繪出三木式的李喬文學概念圖式。因為是延續翻譯鄉土文學的短篇作品的關係，才得以承擔繼續《寒夜》的翻譯工作。三木透過此翻譯過程中思考「蕃仔林世界」短篇小說群也應可視為撰寫《寒夜》之準備工作[21]。但是透過《寒夜》的翻譯工作，讓我深刻感受到李喬這位作家，在長篇小說中以巧妙的方式融合了大眾娛樂要素。如若林所指出的，李喬的長篇與短篇作品之間有其相互關聯之處。而我想進一步提出的是，李喬在其長篇與短篇的創作方法截然不同。讓我想到「饒舌體敘事」的概念。「饒舌體敘事」既包含作為方法的「意識流」敘述，但更重要的是作品對設定之「說話者」，由作家所操作的方式，使用「臺灣想像」一詞作為關鍵詞使用。對我而言，李喬這位作家是如何作為一位說故事的作家且具有方法性的作家，這件事是我最關心的。之後作為長篇小說的敘述方法，而使人意識到「臺灣想像」(『寒夜』的故事／Roman，意味著臺灣的想像和創造)。在這裡所思考的問題，一個是：什麼是「歷史小說」，而另一個是：什麼是「大河小說」。我以此為論述主題，發表了李喬長篇小說論〈試論《孤燈》——李喬小說的歷史敘述與文學虛構〉[22]，以及以此論點為基礎之〈李喬《寒夜》與饒舌體敘事〉[23]。

關於「大河小說」，我援引了安東尼奧．葛蘭西（Antonio Gramsci）的〈大眾文學論〉中的「民族—大眾」論點[24]。這裡我思考的是《寒夜》三部曲中的讀者論構造，讀者如何重讀／重寫蕃仔林世界登場人物的「臺灣想像」所謂讀者論的構造。若將讀者論構造與「大眾性」換位閱讀，藉此思考《寒夜》作為「國民文學」的「大河小說」在一九八〇年前後的時代中所扮演的角色。《寒夜》這部創作不僅止於作為中華民國臺灣化路線之抗日表徵

21 深化上述「解說文」論點之後，三木發表了〈李喬《寒夜三部曲》和臺灣想像〉(《臺灣想像與現實：文學、歷史與文化探索》，UCSB，2004)，文中將《寒夜》三部曲之出場人物形象與李喬文學中之「臺灣想像」相互扣連。

22 三木直大：〈試論《孤燈》——李喬小說的歷史敘述與文學虛構〉，《臺灣大河小說家作品學術研討會論文集》(臺南市：國家臺灣文學館，2006年9月)。

23 〈三木直大：李喬《寒夜》與饒舌體敘事〉，山田敬三編：《南腔北調論集——中國文化的傳統與現代》(東京都：汲古書院，2007月)。

24 安東尼奧．葛蘭西：〈大眾文學論〉，《獄中札記》，日譯版《葛蘭西選集》(東京都：合同出版社，1962年)，第3卷。

的影響，更與邁向民主化時代中的「臺灣想像」密不可分。這與「大眾性」並不矛盾，是順應時代脈動的方式，試圖說明順應時代的作品中人物之表象而將歷史敘事「神話化」（或是故事化）。就這一點而言，李喬的《孤燈》不同於大岡昇平《野火》（1952），兩者之間存在著異質性。《孤燈》中雖然曾出現過與大岡《野火》同樣的「吃人（飢餓）」主題，但這與建構「臺灣想像」的敘事之間無法相提並論，本篇論文即以作品論觀點處理了上述的問題。儘管如此，這些討論雖然觸及了『族群』的解構和重建的鏈結關係，但是內容卻有限並不充分。最有問題的是，第二曲《荒村》並沒有翻譯，也缺乏對於〈荒村〉的作品分析，只能算是「大地之母」的討論。

關於《寒夜》中歷史敘述問題，在翻譯出版後，得到臺灣史研究者周婉窈的協助，到苗栗與李喬訪談，並發表〈寒夜的背景〉（《殖民地文化研究》五號，2006年）[25]。《寒夜》出版後日本有幾位具有戰爭經驗的讀者提問，例如出征時的斜肩帶的顏色，在日本（內地）是白色的，但在《寒夜》中卻是紅色的，接受到這樣的投書。在三人的訪談中，以「歷史事實與虛構」為主題，討論《寒夜》中歷史記憶的表象問題等，針對李喬的長篇小說進行討論，指出《寒夜》非「歷史小說」，而應稱為「歷史素材小說」。

三木將此課題與「現代性」及「鄉土性」兩大臺灣文學核心主題相整合，並歸納於〈李喬文學中的現代性・鄉土性・大眾性〉[26]。關於「現代性」與「鄉土性」，因當時三木正在處理林亨泰等臺灣現代詩等主題，而李喬文學中的「現代性」與「鄉土性」也以不相互矛盾的方式並存。現在回頭重新閱讀自己的論文，與當初討論「阿妹伯」時相同，關於說明我自身為何如此深受《寒夜》吸引的論述，作為「寒夜」論尚有不足之處。但最大的問題可能還是在於思考《寒夜》時，遺漏了當初未能翻譯的《荒村》，而未加以討論的緣故。

---

25 李喬、三木直大、周婉窈、黃華昌採訪，阮文雅記錄整理：〈縱談《寒夜》的歷史與文學〉，《文學臺灣》第61期（2007年1月），頁230-250。

26 三木直大：〈李喬文學中的現代性・鄉土性・大眾性〉，《李喬的文學與文化論述（上）》（臺北市：臺灣師範大學，2007年）

另一位《寒夜》翻譯者岡崎郁子則以此翻譯為契機發表了〈李喬『寒夜三部曲』における日本語表現法及びその時代性（李喬《寒夜三部曲》中的日語表現方式及其時代性）〉[27]。岡崎討論的是臺灣文學中日語所發揮之作用，這個主題與她長期關注的黃靈芝論有密切關係。岡崎的論文經常從作家對語言的操作，及其方法或思想上的態度來思考文學，先從文學及語言的問題著手，再藉此將論點擴展至臺灣文學的特殊性及歷史性。以上與《寒夜》日譯本相關，同時亦可視為李喬在日本受容之文學階段。

此外，李喬以貴賓的身分受邀參加二〇〇九年殖民地文化學會大會，以日語演講〈臺灣「特殊後殖民情境」之文化現象〉。殖民地文化學會是二〇一一年去世的以西田勝為主所設立的學會，本次演講內容由若林正丈校對譯文，刊載於《殖民地文化研究》第九號（2010）。李喬在演講時，順應當時的臺灣政治與文化情況在歷史脈絡中予以定位，說明何謂「臺灣人」。內容與上述九〇年代後半〈來自臺灣的信〉一脈相承。這時李喬繼會議前一年（2008）去世的葉石濤之後，擔任該學會之顧問。又再另一年的大會，鄭清文出席發表討論李喬的短文〈鋼製ワイヤロープの高度：李喬文學の達成〉[28]。

四　「學術」的階段

《寒夜》譯本出版經過約十年後，明田川聰士與三木共同翻譯的《曠野にひとり（飄然曠野）》[29]出版。對三木而言，翻譯《寒夜》時，感覺上就

---

27 岡崎郁子：〈李喬『寒夜三部曲』における日本語表現法及びその時代性（李喬《寒夜三部曲》中的日語表現方式及其時代性）〉，《吉備國際大學政策マネジメント學部研究紀要》第4號（2008年）。

28 鄭清文：〈鋼製ワイヤロープの高度：李喬文學の達成〉，《殖民地文化研究》第10號（2011年）。

29 李喬著，明田川聰士、三木直大翻譯：《曠野にひとり（飄然曠野）》（東京都：研文出版，2014年）。

像正在翻譯同時代的臺灣文學一般。但到了這個時候，卻很想以臺灣文學史的觀點來思考李喬作品。這其實也顯現出臺灣文學在日本作為外國文學的受容情況，不只是李喬文學，雖尚未充分普及，但也有一定的積累。《曠野にひとり（飄然曠野）》是中島利郎所編輯的「臺灣鄉土文學選集」共五冊系列叢書的其中一冊，系列名稱中表達出編輯者對「鄉土文學」抱持的理念。這本「短篇小說選」排除已翻譯過的作品，盡可能地展現出李喬短篇小說世界的多元性為目標，我們兩個（明田川與三木）先草擬案子，再與李喬商量後，最後選定了十篇作品和書名。當時李喬已不再創作短篇作品，因此作品之選別乃參考《李喬短篇小說精選集》[30]，以及共十冊的《李喬短篇小說全集》[31]為文本。三木為了表現作家的多元性，選擇以李白為主角的武俠小說〈慈悲劍：度化李白〉，但山口守於日後發表的書評（《殖民地文化研究》第14號，2015年）中指出，或許應該將〈泰姆山記〉列入選集較妥當。《曠野にひとり（飄然曠野）》中，由三木撰寫〈關於作家〉概要性介紹，而明田川則負責收錄作品的解說〈作品介紹〉。三木的解說文偏於小說的構造論一方，但是明田川的〈解說文〉中幾乎含括了他的自身論文中所展開的李喬論核心論點。因此，在明田川的研究出現之後，在日本展開了新的李喬受容，因此，將這個階段稱之為學術的階段。

接著由明田川翻譯的《藍彩霞の春（藍彩霞的春天）》[32]在日本出版。這本書是臺灣行政院客家委員會所企劃的「客家文學的珠玉」共四冊的其中一冊。這本書在臺出版時間為一九八五年，但初刊時間更早，大約與李昂發表《殺夫》是同一個時期。《藍彩霞的春天》以犯下殺人罪的妓女為主角，探討臺灣社會中女性與性產業的問題，深入時代揭露性（sex）、性向（sexuality）與性別（gender）問題展開小說的冒險。同時也是李喬嘗試有別於《寒夜》的世界觀與創作方法所撰寫的長篇小說。李喬曾寫信給正在翻

30 李喬：《李喬短篇小說精選集》（新北市：聯經出版社，2000年）。

31 李喬：《李喬短篇小說全集》（苗栗縣：苗栗縣立文化中心，1999-2000年），共十冊，附錄一冊。

32 李喬著，明田川翻譯：《藍彩霞の春（藍彩霞的春天）》（東京都：未知谷，2018年）

譯《寒夜》的三木，表示自己對《孤燈》女主角阿華的女性描述較拙劣。除了貫穿整部《寒夜》三部曲的女主角是燈妹之外，實際上李喬也有許多其他描寫女性的作品。在這些作品中，不論燈妹或其他女主角，都是理想化（或說「肖像」化）的女性形象，角色本身大多蘊含著臺灣正面或負面意涵的隱喻性。但阿華與燈妹不同，她承擔隱喻的角色，活不下去的女性。從《孤燈》的阿華與《藍彩霞的春天》女主角的人物設定上，兩人的性格都很強烈。從這點來看，《藍彩霞的春天》中關於藍彩霞的人物建構，雖然和黃春明〈看海的日子〉女主角白梅同樣均為妓女，但不同的是《藍彩霞的春天》和同時期的〈小說〉相同，可以說是李喬式寫實主義文體的故事架構，強烈表現出其存在主義的受容與人生觀的作品。以上是現在日本國內李喬文學的翻譯史。但很遺憾的是尚未有《埋冤・一九四七・埋冤》的日譯本。

日本國內的臺灣文學研究者仍是少數，以上雖依序說明了日本的李喬文學受容史，畢竟在日本李喬文學的前行研究仍屈指可數。在這樣的情形下，最近明田川聡士出版了《戦後台湾の文學と歷史・社会——客家人客家人作家・李喬の挑戦と二十一世紀台湾文學（戰後臺灣文學、歷史與社會——客家人作家李喬的挑戰與二十一世紀臺灣文學）》[33]。這本書的架構是以明田川的博士論文（李喬專論）為基礎，其中他針對若林的《寒夜》論進行補充（或重讀），是該書很大的課題，收入這本論著中的論文中也提出一些新的觀點。他和我的粗枝大葉不一樣，明田川在書中針對上述日本國內的李喬文學前行研究，並將重點置於探討作品發表時的歷史和社會問題之上，進行作品分析。

例如在第四章〈李喬〈小說〉與臺灣文學界之安部公房受容史〉文中，以鍾肇政翻譯的《砂の女（砂丘之女）》為始，討論生於殖民時期的日語世代作家們，如何透過日語，以較快的方式接觸到存在主義文學，進而從日本同時代的安部公房作品中，尋求描述臺灣白色恐怖時期的社會景況，思考文

33 明田川聡士：《戦後台湾の文學と歷史・社会——客家人客家人作家・李喬の挑戦と二十一世紀台湾文學（戰後臺灣文學、歷史與社會——客家人作家李喬的挑戰與二十一世紀臺灣文學）》（兵庫縣：關西學院大學出版會，2022年）

學創作層面中的後殖民議題，意義深遠，也重新開展了上述政治階段中〈小說〉的閱讀理解方式。第三章中討論的對福克納作品的影響分析也是如此。例如，如果將“Yoknapatofa Saga”重新視為美國南部的「鄉土文學」，那麼《寒夜》的分析視野可能可以再進一步深化。

此外，第二章〈李喬《埋冤・一九四七・埋冤》中從孤兒意識之超克〉這篇論文中，明確指出「上卷」二二八事件的歷史記錄方法，與「下卷」之敘事性架構兩部分相互建架而成的關係[34]。文中探討作家於「下卷」描寫的「臺灣女性被中國兵士強姦而生下的私生子」的「浦實」(うらみ日文發音與怨恨相同)，作者透過這個角色呈現出為「生存」而奮戰，以及其奮戰背後所象徵的當代意義涵，堪稱極為出色的文學研究。第一章〈一九七〇年代官製文學のなかでの抵抗と台湾意識の再編成──李喬『結義西來庵』における抗日表象の重層性（在一九七〇年代官制文學中的抵抗和臺灣意識的再編成──李喬《結義西來庵》中抗日表象的重層性)〉也討論了在臺灣還尚未出現深入討論的《結義西來庵》，將之視為李喬文學以實驗手法闡述歷史事件的作品，並重新評價這部作品在文學史上的地位。

但是，關於他的李喬論仍有許多需要繼續開展的課題。例如：有必要從《結義西來庵》到《埋冤・一九四七・埋冤》的李喬歷史小說透過歷時／共時兩方面的分析，敘述李喬的臺灣認識（認同）變與不變的問題。明田川的論著每一章都是獨立的，讀者較難描繪作家李喬整體的形象。又李喬自認是客家作家，《寒夜》也是客家文學，這本書未處理這個課題。另外，對於李喬文學的存在主義受容，基於作品分析的論述有所不足。例如，明田川使用「存在主義運動」這個關鍵詞，但在臺灣只有存在主義的「流行」，並未沒有到「運動」的程度。[35]即使說存在主義但內涵也多歧，的確在臺灣卡繆很

34 這種上部構造和下部構造的雙層歷史小說的方法是跟大岡昇平之作為紀錄文學的《レイテ戦記（雷伊泰戰記）》和作為虛構的小說的《野火》的構造類似。這部小說接續《寒夜三部曲》成為李喬歷史小說的完成。

35 黃雅嫺：〈存在主義在臺灣：沙特與卡繆篇〉，《啟蒙與反叛：臺灣哲學的百年浪潮》（臺北市：臺灣大學出版中心，2018年），頁291-326。

流行，但相較之下沙特的作品翻譯卻很少。當時這兩位對史達林主義的立場也有影響。作者對此關注仍有所不足。

五　結語──邁向新開展階段的李喬研究

李喬自《埋冤．一九四七．埋冤》發表之後，二○○○年代暫時進入創作停滯期。然而，有後設要素作品的《重逢──夢裡的人：李喬短編小說後傳》（2005）成為轉折點，李喬在二○一○年代仍相繼出版了一系列長篇小說。隨著《咒之環》出版，李喬文學又再次重新出發，在文學上展開全新的探索。所以關於《幽情三部曲》（2010-2013），先就以「『我』是什麼？『我』是誰？」作為第一部《咒之環》的開始，繼續推展研究二○一○年代的李喬長篇小說論。李喬開始撰寫後設長篇小說，先不論作品之成敗，這無疑已可視為李喬文學的下一個里程碑。李喬是不斷與時並進的作家，為了深入理解這位與我們同時代的作家，在日本國內應繼續開拓延伸李喬文學受容之新階段，這是我對明田川的期待，當然也是我自身所背負的課題。

學術論文

（不）發聲的身體
──《V與身體》的身體論述及其意涵

高鈺昌*

摘要

本文嘗試以李喬的《V與身體》作為分析的對象，說明文本中的身體，所映現出的身體論述及相關意涵。過往有關此小說的身體研究，多關注文本中身體與國體的連結，及其折映出的政治隱喻和殖民意涵；而本文則是試圖回到身體的內部，說明此文本中的身體書寫，呈現出怎樣的身體感和身體視野。

為何以身體說話？身體為何能說話？而意識、身體與人的關係又為何？本文認為，作為作者的「老人之書」之一，此文本的書寫，呈現出薩伊德（Edward W. Said）的「晚期風格」，作者面對身體的衰頹，逆常於外在的關注，因而回到人的內在，原初身體的細緻觀察和剖析，亦因此得以創造出嶄新的敘事角度、美學形式和小說發聲位置。另外，本文亦嘗試以梅洛-龐蒂（Maurice Merleau-Ponty）有關身體哲學的概念，說明小說中有關身體、器官的描述，呈現出一種身體主體、身體圖式（Body image）的思考，身體即是意識，而意識並非獨立於身體之外，是一種具有身體性的現象；並嘗試對照當代臺灣和華語文學的身體書寫研究，指出此一文本如何藉由身體主體的內在性思維，生產出身體書寫的嶄新面貌，開展出身體作為一種小說美學形式的獨特意涵。

關鍵詞：李喬，《V與身體》，身體書寫，梅洛-龐蒂，晚期風格

* 教育部大學社會責任推動中心博士後研究員。

從你，我看到了逐漸擴大的河口，宏偉地注入大海。

——華特・惠特曼（Walt Witman）〈致老年〉[1]

一　看得見的國體，看不見的身體與文體

如果生命終將成為歷史，人的肉身亦將經驗滯緩的進程，那麼作為一位小說和文學藝術的熱情踐履者，又將如何於此時，完成自身無悔的創作？李喬於二〇一三年出版《V與身體》時，便曾自稱這部小說：「是個人對小說形式與主題的終極挑戰。世評如何不計，一個癡迷老小說人，到此已無遺憾。」[2]是癡迷小說之人，亦是自感老之已至之人，同時，更是不計世人評論的臺灣文學桂冠，李喬此部小說以身體（們）作為小說的敘述者和描述的焦點，成為其晚年的重要作品。

為何於寫作的晚年之際，小說中業已耳順之年的身體，會成為寫作者關注的對象？此一文本的可能寫作原因，如研究者所推臆，可能來自於寫作者曾在世紀之初，生了一場大病，因而涉獵了相關身體和醫學的知識。[3]也因此，對於自身身體的切身體驗和感受，可能成為了寫作者的前行背景。但除此，筆者更認為，緣由疾病對於人此一原始存在——身體的內在凝視與反覆對話，小說才得以完成小說形式與主題的終極挑戰；文本中，人、身體、主體的交相思辨和敘事視角、不同字體的跳接轉換，恰好顯現了此一文本獨特的身體書寫視野，更成為了寫作者晚期風格的小說美學，其嶄新語法的獨特來源。

所謂「晚期風格」的概念，最早來自於阿多諾（Theodor W. Adorno）的闡述，其認為諸多重要藝術家的晚期作品，其所謂寫作的成熟（Reife），並

1　轉引自：西蒙・波娃（Simone de Beauvoir）著，邱瑞鑾譯：《論老年》（臺北市：漫遊者文化公司，2020年8月），第二部，頁40。

2　李喬：〈後記〉，《V與身體》（新北市：印刻文學生活雜誌出版公司，2013年6月），頁388。

3　彭瑞金：〈為臺灣解咒——《V與身體》的解讀〉，《文學臺灣》第90期（2014年4月），頁110。

不同於果實之熟，其作品可能並不圓美（rund），且溝紋處處、充滿裂隙，甚而並不甘芳。[4]而文學評論者薩依德（Edward W. Said），則更進一步界定，那些偉大的藝術家，於人生的晚期，通常已知肉體開始衰頹、健康開始變壞，並意識到「終非其時」（an untimely end）的可能到來；也因此，在此之際，「他們的作品和思想如何生出一種新的語法，這新語法，我名之曰晚期風格。」[5]此外，晚期風格的藝術表現方式，亦會展現出「每每使凡常的現實出現某種奇蹟似的變容（transfiguration）」；[6]並具有逆理、踰矩、反常、離經的特性。[7]

李喬過往的寫作課題，經常勾連著臺灣歷史、殖民歷史的思考，而同樣的，《V與身體》中主角何碧生身體的沉痾，亦沉重聯繫、映現著臺灣二二八和白色恐怖的歷史時間。眾多的研究者，對於此文本分析的面向，皆側重於何碧生的身體與臺灣國體之間的對應和連結，例如李永熾認為，何碧生即猶如臺灣，其身體則有如臺灣眾生，「而V則如臺灣的政治人物，臺籍政治人物不體恤臺灣內部努力討聲的人民，任意妄為，把臺灣搞得面目全非，臺灣終會崩潰。」[8]而同樣的說法，彭瑞金亦認為，何碧生的種種行徑、他的V和身體，以及有關他身上的種種事件，「都是『臺灣』象徵，也是臺灣現象。」[9]且其更進一步界定文中的V與身體，就是國民政府與臺灣人民的宰

4 提奧多．阿多諾（Theodor W. Adorno）著，彭淮棟譯：《貝多芬：阿多諾的音樂哲學》（臺北市：聯經出版事業公司，2009年3月），頁225。

5 愛德華．薩依德（Edward W. Said）著，彭淮棟譯：《論晚期風格──反常合道的音樂與文學》（臺北市：麥田出版社，2010年3月），頁84。

6 愛德華．薩依德（Edward W. Said）著，彭淮棟譯：《論晚期風格──反常合道的音樂與文學》（臺北市：麥田出版社，2010年3月），頁84。

7 彭淮棟：〈譯者序──反常而合道：晚期風格〉，愛德華．薩依德（Edward W. Said）著，彭淮棟譯：《論晚期風格──反常合道的音樂與文學》（臺北市：麥田出版社，2010年3月），頁52。

8 李永熾：〈序一：沉淪與救贖〉，李喬：《V與身體》（新北市：印刻文學生活雜誌出版公司，2013年6月），頁7。

9 彭瑞金：〈為臺灣解咒──《V與身體》的解讀〉，《文學臺灣》第90期（2014年4月），頁122。

制和權力關係，臺灣人的V，就是自稱中華民國、臺灣省者流，「臺灣人的V讓臺灣人民受盡痛苦、折磨、屈辱，和何碧生的V讓何碧生的身體受到的折騰、屈辱如出一轍。」[10]此外，若以疾病文學的視角討論此一文本時，賴松輝則認為，許多的疾病文學，都是以病體比喻政體，並將身體的疾病，比喻為國體、社會的病兆，而李喬的這部小說，則是「兼含癮病的病徵、症狀，以及生理病理機制，指涉臺灣現實政治。」且這部小說在以小喻大、以病體比喻政體外，還「揚棄大敘事的歷史素材小說，圍觀身體空間的生理機制隱喻，擴大了疾病書寫的範疇。」[11]綜上所述，將主角的身體及其疾病，對應為臺灣外在社會、國體的境況，成為多數的研究者討論這部小說的主要焦點。

然而有趣的是，此一焦點，或許並非為書寫者所接受。李喬在一次的會議中，當前述的研究者李永熾，進行相關臺灣國體與身體的論述時：「《V與身體》以身體象徵臺灣歷史，生於二二八事件那一年的主角何碧生，就是隱喻臺灣人歷經白色恐怖後的茫然」，李喬卻回應道，「我愈聽越怕」，並強調《幽情三部曲》「並非為臺灣政治而寫」，更對著來賓說：「給我大一點的空間嘛！」而研究者蔣淑貞，對於李喬這段回應話語的解讀，則是認為：「這個大一點的空間，除了有李喬非常在意的小說形式的創新之外，也應該包括對於人性的探討。」[12]

於焉此一「大一點的空間」，即是在國體和身體的眾多相關分析外，本文所欲討論、關注、填補的主要空間，[13]亦即為前述作者自身和蔣淑貞所欲

10 彭瑞金：〈為臺灣解咒——《V與身體》的解讀〉，《文學臺灣》第90期（2014年4月），頁125。

11 賴松輝：〈癮、欺騙、宰制——論李喬《V與身體》醫學話語的政治隱喻〉，《文史臺灣學報》11期（2017年12月），頁263-264。

12 李喬的「幽情三部曲」，為《V與身體》與其《咒之環》、《散靈堂傳奇》的合稱。蔣淑貞記錄了此一會議的相關發表和回應。詳見蔣淑貞：〈逆寫當代愛情：李喬《情世界——回到未來》之知識與價值〉，陳惠齡主編：《自然、人文與科技的共構交響——第二屆竹塹學國際學術研討會論文集》（臺北市：萬卷樓圖書公司，2017年4月），頁256。

13 至於蔣淑貞另一所認為的，大一點的空間——有關人性的探討，並非為本文主要關注的問題。而針對此一人性探討的部分，論者楊雅論，對於文本中惡的討論、如何呈現

指出的，有關此本小說形式的問題。至於此一形式的創新，本文以為其開展的契機和基點，即為來自於小說家對於身體哲學的認識和思考。而曾貴海在此本小說的序言中，曾如此說道：

> 二十世紀以來的西方哲學，特別是法國當代哲學家梅洛-龐蒂（M. Merleau-Ponty, 1907-1960），強調心靈的肉身化主體或身體的靈性化，肉是身體靈性的昇華，逐步將身體建構成主體的位置。李喬這部《V與身體》的小說比較接近肉身化心靈的思想，偏向身體主體的地位，但心靈還是存在的，它不只是身體內部介質的化學反應而已。正如李喬所說V在與V相對的自己身體才產生意義，但V還是具有形上學的存有，因此小說就在V與身體各為主體的基礎上展開了臺灣文學史上最富創意而深刻的身體書寫。[14]

此一界定和論述，以扼要的方式，提及了李喬文本中的身體思考，可能內蘊著梅洛-龐蒂肉身化主體、偏向身體主體地位的思維，也因此，得以讓此一文本，成為臺灣文學史上一種有關身體書寫的獨特存在。而延伸此一說法，本文亦認為，此一小說中的身體書寫，的確映現出一種梅洛-龐蒂（Maurice Merleau-Ponty）有關身體哲學的思考，然而小說中怎樣的身體書寫和身體景觀，與梅洛-龐蒂哪些有關身體哲學的思維和論述，產生出相互深刻的聯繫和對應關係，且又如何被小說家創造性地，轉化為一種小說美學的形式，則是本論文所更欲細緻探究、分析的面向──小說中的身體，到底如何清楚呈現出一種「身體—主體」的思考，且小說到底如何拆解、解構了人、自我、意識和身體的疆界，由此作為一種小說美學的嶄新敘事和發聲形式。而若再

出基督教的「拯救」態度，業已有過深刻的論述。詳見楊雅儒：〈詛咒、養生、安魂──論李喬「幽情三部曲」斯土／斯民之裂解／和解歷程〉，《東吳中文學報》第34期（2017年11月），頁342-344。

14 曾貴海：〈序二：還有明天。那麼，愛──序說《V與身體》〉，李喬，《V與身體》（新北市：印刻文學生活雜誌出版公司，2013年6月），頁17。

以「晚期風格」的概念視之，曾有研究者以此一概念界定，李喬於二〇一〇年所寫作的《格理弗Long Stay台灣》和《咒之環》的創作史位置，[15]而本文亦延續此一概念，認為李喬於二〇一三年所寫作的《V與身體》，依舊持續展現出獨特的晚期風格，而此一風格，即是藉由對於身體內部的自省以及相關知識的涉獵，踰矩、反常、離經於過往一般身體書寫有關身體的描述和觀察，並巧妙使用了「器官—身體」作為小說的主述者們，以去除人類身體作為一整體的對話姿態，進而開創出獨特的小說形式和視角。而最後，由此再回到，前述曾貴海有關此一小說「展開了臺灣文學史上最富創意而深刻的身體書寫」的定位，本文亦嘗試再藉由若干當代臺灣文學和華語文學，有關身體、疾病書寫研究的整理與對話，再試圖更進一步清楚地說明，這部小說，到底如何呈現出一種嶄新、殊異的身體書寫視野。

文本中被建構的身體，的確具有其繁複的外部性，《V與身體》中，何碧生年老患病的身體，鮮明對應著臺灣歷史的傷痕與臺灣社會、政治的腐敗，國體與身體的連結，業已如前述眾多主要相關研究的關懷，指出此一文本，如何承接著李喬自身過往文學與歷史關懷，充分映現著身體的外部性所欲指涉和聯繫的課題。然而，此一文本中被生產的身體，亦具有其豐富的內部性，「身體—器官」成為了各自說話、獨立發聲的敘述者，眾身／聲喧嘩的肉身主體，成為既矛盾而又相互合作的身體家族。本篇論文即是嘗試觀看此一文本中身體的內部性，並嘗試從梅洛-龐蒂的身體哲學概念，說明此一文本所呈現出的身體感；並論述此一獨特的身體感，如何生產出身體書寫的嶄新面貌、開展出身體作為一種小說美學形式的獨特意涵。本文以下，將接續論之。

---

15 林溫晴：〈雲霧深處期盼曙光——從《格理弗Long Stay台灣》、《咒之環》看李喬文學的「晚期風格」〉（臺南市：國立成功大學臺灣文學系碩士論文，2018年）。

二　衆身／聲喧嘩──主體、意識與身體的思辨

（一）身體即為意識

李喬在小說開始之前的〈解說〉裡，即明確地說明：「『V與身體』的思考重點是：認定身體各部門是擁有獨立意識的存在體。」[16]而此一對於同一身體，卻擁有各自不同獨立意識的界定，便成為了這本小說，其獨特敘事美學構成的重要基礎。這些具有獨立意識的身體主體們，每當文中的何碧生在從事各種行為時，文中以楷體字標示的他們，就會開始各自發聲，並對於V和何碧生，提出自己的看法或批判。甚而當何碧生入睡失去意識時，何碧生的身體亦仍未選擇沈默，「在這異國他鄉，何碧生昏睡著，身體的各部門卻意興盎然地討論：對V的重新認識，評價，以及與V相處之道。」（《V與身體》，頁131）他們總是一直在發出自己的聲音，且能夠開起一場又一場，並不聽命於何碧生、也並不聽從何碧生的V的，僅僅屬於身體們的閉門會議。當各個器官，皆能夠獨立發聲，且成為擁有自身意識與發語權的敘述者時，人的身體，與意識、主體間的傳統二元藩籬，早已變得蕩然無存。這就如同梅洛-龐蒂對於身體的看法：「我就是我的身體（I am my body）」。[17]

在梅洛-龐蒂的哲學思考中，他將身體上升至意識和存在的位階，「我通過我的身體意識到世界」，[18]他認為身體並非是意識的對象物，而是身體，便是意識、存在的本身。他認為，早在我們進行反思之前，我們的身體就已經在和世界進行對話，身體是以一種主體的姿態，與世界相互參與。另外，我們的身體，早在反思之前，就因為感官知覺間的整體聯接，進而形成一個完形的身體圖式（body image），且身體早在反思之前，就已蘊含著以我的身體

---

16 李喬：《V與身體》（新北市：印刻文學生活雜誌出版公司，2013年6月），頁38。

17 Maurice Merleau-Ponty, *Phenomenology of Perception*, Colin Smith, trans. (New York: Routledge , 2002), p.202.

18 莫里斯・梅洛-龐蒂（Maurice Merleau-Ponty）著，姜志輝譯：《知覺現象學》（北京市：商務印書館，2001年2月），頁116。

為基點，而衍生出的時間與空間意義；我們的身體，原本即是一個具有充分能動性的行動者。而所謂的身體習性（habit），就是一種身體主體與世界的對話，所謂世界的意義，就是由身體主動地與世界進行辯證、對話所產生的。[19]

此外，上述所謂的身體圖式概念，是為身體的感官之間，會產生出一種對於自己身體姿態的整體性察覺（total awareness）。[20]身體圖式同時也意味著一種肉身的意向性（incarnate intentionality），是在世存有的身體，於反思之前，在各種處境中履行著任務；同時，在處境中進行工作的身體本身，亦也蘊含著空間的意義。而此一工作的身體所具有的空間性，亦是一種處境的空間（spatiality of situation）。[21]簡而言之，身體和身體圖式，為了因應各個處境中的任務，身體各部位會以統一的、整體的、相互關聯的運作方式，與當下的處境進行對話；[22]而為了更進一步闡述何謂身體圖式和肉身的意象性，他還使用了「韻律」一詞加以描述。梅洛-龐蒂說，身體知覺在和世界的交會之中，會產生一種韻律，也就是說，知覺本身會在身體的經驗之中，協調出一種特定的韻律。比如人在從事運動、繪畫等實踐時，會處於一種狀態，即是必須透過身體所有的知覺，去協調出某一種韻律，甚至是，去協調出某種音樂的節奏感，或是某種力度、某種速度，並在這樣的狀況下，生產出其創作。而這樣試圖與韻律合一的協調狀態，也會轉化為一種身體的習性，這便是所謂的身體圖式和肉身的意向性。[23]

19 整理自：楊綺儷：〈純粹身體之辯證──當代臺灣劇場舞蹈東方體熱之反思〉（臺北市：國立臺灣師範大學體育學系博士論文，2004年），頁91-92；Maurice Merleau-Ponty, *Phenomenology of Perception*, Colin Smith, trans. (New York: The Humanities Press, 1962), pp90-147.

20 Maurice Merleau-Ponty, *Phenomenology of Perception*, Colin Smith, trans. (New York: The Humanities Press, 1962), p100.

21 Maurice Merleau-Ponty, *Phenomenology of Perception*, Colin Smith, trans. (New York: The Humanities Press, 1962), p100.

22 楊綺儷：〈純粹身體之辯證──當代臺灣劇場舞蹈東方體熱之反思〉（臺北市：國立臺灣師範大學體育學系博士論文，2004年），頁119。

23 龔卓君：《身體部署──梅洛龐蒂與現象學之後》（臺北市：心靈工坊文化公司，2006年9月），頁10。

也因此我們可以說，李喬小說對於身體概念的描述和界定，以及文本中每一次何碧生身於某種處境或進行某種行為時，身體器官間彼此齟齬、各自發表以及最終協力運作的發聲話語，並非只是一種文學技巧的使用而已，其背後所映現的身體哲學，便如同梅洛-龐蒂身體圖式概念的再現。而此一所謂身體圖式的韻律，小說在〈感官的原野〉的篇章中，則指稱為「調子」：

> 「所以……」耳叔微微輕搧耳廓示意，「本來身體家族都以自己的節奏調子存在著，遇到不上道的V，五感官家族合作一體，那就以自己的方式與外界交通……」
> 「是啊，存在就是不容易。五感官可以這樣進入『有形而無形』——無形實有形——有無俱泯而持續中……這就是夠了。」
> 「夠、夠了，有意思。」皮大嫂與舌小妹同時表示。
>
> ——《V與身體》，頁161

身體和五感，共感著一種有形而無形的調子，身體器官各有其發聲的話語，身體部位各自獨立的話語，以各自的節奏、調子，再與身體們共構成另一種協和的韻律，而不需經過V的意識，自行運行。在此一篇章中，腦幹、神經、眼、耳、鼻、舌、皮質……等，反覆上演著自我表述和相互傾吐，自身功能、特性和苦衷的對話錄。於最後，器官們在完成淋漓的對談後，皮質總結出身體和各種感官合而為一的感受：「整體的、廣深的密織存有億萬奧秘的觸覺，溫冷痛癢覺，深部感覺，本體感——匯成『完整一』的感覺；不用說、不能說，而實際一切明明白白。五感官合一明明白白……」（《V與身體》，頁162）何碧生身體內部的家族們，紛紛感到舒暢且歡欣，並外顯為何碧生的一抹笑容（《V與身體》，頁162）。此一有關身體主體，和知覺、器官之間聯覺、合作的運作方式和感知融會，亦如同梅洛-龐蒂有關身體知覺間，關係和特性的闡述。「五感官合一明明白白」的來由，以及文中的腦阿公，也曾提及的，「這也證明『五官相連』之理啊！」（《V與身體》，頁144）即如同梅洛-龐蒂所認為的，身體的感官知覺之間，具有一種相互交流、融通、聯覺（synaesthetic perception）的特性，我們對於物體的知覺，並非僅是藉由單一感官的運作，而是憑藉著整體感官的交融，才能使得事物的意義呈現，並超越了原先各部位感官相加的總和；而藉由此一知覺和知覺間的關係，我們便能整體、全面地掌握，我們所知覺的物體，其被深層隱匿卻實際存在的各種特性和各種層面。[24]

除此之外，梅洛-龐蒂也描述了，聯覺之中各個知覺感官之間是相互開放的，但卻並非經驗著同一種共時性，也因此，每種感官都在表達著自身特定的身體感；所謂的「感覺」，並非僅以一種固定的知覺形式加以呈現，它只意味著，是一種身體之內、感官之間的溝通和共時化作用。而回到前述的韻律，梅洛-龐蒂亦界定，我們身體的韻律，在嘗試與其他的身體產生共時化的作用和共存的狀態時，即會生產出自身身體的「風格」（style），這種風格，會生產出自身獨特的時間感和空間感。以整體觀之，吾人不同的身體部位，就如同旋律的各個部分，此一旋律並非只是相互的並列，卻是相互地包容和纏繞著。[25]而從這樣的角度，觀看《V與身體》不同器官的發聲，我們即可發現，在一個何碧生的身體之中，每個身體器官，皆擁有自己說話的聲線、語氣和方式，並以各自的角度，與其他身體的他者進行對談，表達他們與眾不同的身體感。他們形成各自與何碧生不同的V，對談的特殊風格，他們以各自的風格和韻律運行，在不同的時間感和空間感中，時而選擇發聲、時而選擇不發聲；而當需要共同運作時，他們在各自差異化的風格之中，亦能找到共同合作、運動的方向，在一種抵抗腸癌的身體整體性察覺之後，一種與腸癌對抗的韻律，將伴隨著日後身體們的相互纏繞，一併前行——小說的最後，身體與V決定共同合作抗癌，緊接著出現一連串身體與V紛出的笑

---

24 整理自：楊綺儷：〈純粹身體之辯證——當代臺灣劇場舞蹈東方體熱之反思〉（臺北市：國立臺灣師範大學體育學系博士論文，2004年），頁110；Maurice Merleau-Ponty, *Phenomenology of Perception*, Colin Smith, trans. (New York: The Humanities Press, 1962), pp229-230.

25 龔卓君：《身體部署——梅洛龐蒂與現象學之後》（臺北市：心靈工坊文化公司，2006年9月），頁104-105。

聲，他們以不同的字體標示：「哈哈！哈哈！哈哈！哈哈！哈哈哈哈！」（《V與身體》，頁387）笑聲的紛落，除開清楚顯現了身體不同的主體與何碧生不同的V，擁有各自不同韻律、節奏的發聲外，我們更無法辨明，是哪個器官、哪個V，於何時發出了自己的笑聲，然而，他們卻似乎共同在何碧生的身體之中，處在不同的空間位置和時間落差裡，一同織寫出笑聲的綿延韻律。

（二）意識們、身體們、主體們

在上述梅洛-龐蒂和《V與身體》有關身體的哲學思考中，主要是以身體作為出發點，探究身體與意識的關係，身體即是意識，並於最終達到了和解。然而如果從另一敘述視角，在《V與身體》的敘述中，文中的V——何碧生的V與意識——此一介於「我」、「自我」、「意識」和「精神」概念之間的代稱和敘事者，其又具有怎樣的特性，且又與身體具有怎樣的關係？

當文中的何碧生，沈溺於性愛的交易、注射毒品時，身體們和V們，曾有過激烈的齟齬，而V才終於幡然意識到，V是一群恆河沙數的主體：「大家聽清楚，V，何碧生的V，不是單一的——往常這個V專擅；好像說V只有一個，不對的；其他的V不吭氣而已。現在，『V們』要現身了！」（《V與身體》，頁128）上述這段話，來自身體的察覺和抗議，過往有某單一的V操控著何碧生身體的境況，實則一直是錯覺，V與身體一樣，從來都是V們與身體們的共生群體。而舊有有關V、我—本我（id）、自我（ego）和超我（super ego）的簡單區別，亦被身體裡的幹總長（腦幹）徹底予以否定：「真正的V，更複雜，而且分三層次也太刻板，V更複雜。本總長以參與建構的經驗說，V有V1、V2、V3、V4、V5……等等，V的成分太複雜了。當然V自己完全不知……」（《V與身體》，頁130）。

當V都不認識V自身的時候，反而是身體們更加清楚V的存在狀態，當文本中的V仍會強行否認其他V的存在，宣告：「放屁！放臭屁！什麼東西！V就是V，就是主人。身體內外，三魂七魄全歸V所有……」，自身是唯一的V且是何碧生唯一的主人時，參與建構V的幹總長，其不疾不徐的發聲，反而更加顯現出小說對於身體主體地位的愈加肯認。甚而，幹總長前述「參與建構」的描述，亦只是自謙之詞，幹總長其實更曾說過：「本總長參與了V『浮現』全程。實際情形是：由肉體而身體，身體成為萬千差異的個體，正是V存在的證據，而V與身體各部門的合同運作，是各有專司的。」（《V與身體》，頁129）並非只是簡單的參與而已，幹總長業已綜觀了不同的V從孕育至顯現的全部各種樣態。身體是萬千差異的個體，身體是V存在的證據和依據，V—意識亦是萬千差異的個體，而不同組合、不同分門的「V與身體」進行獨立的運轉，亦充分地與其他「V與身體」的構組搭配運作。我們甚而可以說，除開是身體主體成為了此一文本主要顯現的哲學概念，腦科學的關鍵功能和作用，更是占據了其小說身體和哲學觀的核心位置；[26]文本中的腦是身體家族的阿公，而幹總長和皮大嫂（皮質）亦每每在眾身／聲喧嘩之際，擔任最後的調停和總論者，此一小說中腦、身體和意識的關係，亦映現了近年來腦科學與哲學密切對話的近程。[27]

如小說的篇章所述，V會綁架身體，此外，V對於身體們「誤會很多、成見極深」，更認為他們經常無法忠實傳達訊息（《V與身體》，頁151-152））。無論是綁架抑或指責，如前所述，當他們面臨共同致命的訊息——可能共同死亡的訊息刺激時，亦如本文前述，仍將共笑泯恩仇，持續合作。然而除開對於身體可能擁有誤解、V意識到身體可能比V還要認識自身外，V亦也認識

26 蔣淑貞：〈逆寫當代愛情：李喬《情世界——回到未來》之知識與價值〉，陳惠齡主編：《自然、人文與科技的共構交響——第二屆竹塹學國際學術研討會論文集》（臺北市：萬卷樓圖書公司，2017年4月），頁257。

27 以學術專書為代表，格奧爾格．諾赫夫（Georg Northoff）的《留心你的大腦：通往哲學和神經科學的殿堂》，詳盡闡述了腦科學、神經科學和哲學間跨領域的關係。另近年來，科技部亦開始舉辦大量有關腦科學、神經科學，與哲學、人文領域的跨領域交流，例2020年6月科技部人文社會科學研究中心舉辦的「生之動：心智與詩思的交談」，即為其中一例。格奧爾格．諾赫夫（Georg Northoff）著，洪瑞麟譯：《留心你的大腦：通往哲學和神經科學的殿堂》（臺北市：國立臺灣大學出版中心，2016年10月）。邱怡瑄記錄：〈生之動：心智與詩思的交談〉，網址：https://www.most.gov.tw/most/attachments/1400454b-e92b-4c62-b509-58e898bd2e40，檢索日期：2022年3月16日。

到了一件事——我的侷限、我與我之間的溝通，僅能以有限的我相互討論，且我只能理解我自身有限的話語。文中的V，如此自述道：「『意識』就是V嗎？這個爭論由無聊的『理論界』去爭吵。當然V不只是『意識』而已，不過為了跟『V的成員們』溝通』，這就『自動縮小』：V就是意識。」（《V與身體》，頁333）V自身眾多存在的奧秘，能依靠身體給予答案，然而V眾多存在之間的認知交流，最終亦僅能以V們有限的自我對話和認知範疇，完成V的有限擴展。此段描述，藉由理論界的「托孤」，或許小說已將V的清楚界定，暫時擱置；然而，卻也因此給予了一個清楚的答案：無論是意識、無論是「我」、「自我」或是「精神」，都僅是有限對話的過程，而當我和意識，意識到我僅能理解自身之時，身體作為另一種人存在的主體、V曾完全疏忽缺漏的重要他者——藉由與身體、身體們的對話，意識或能擁有侷限之外的可能性，更能開展出此一文本無盡主體的眾聲喧嘩；此一小說的無盡對話、視角反覆跳轉的內在驅力，亦似乎來自於此。

小說中不只一處說道，V就是身體，身體就是V：

> 「人只會設定一元論二元論多元論等。因為人的知解只能這樣。」
> 「身體的整體呈現就是V，身體就是V的具現……」
> 「V就是身體，身體就是V。」
>
> ——《V與身體》，頁331-332

> 是的，這是運動，有規律有軌跡的移動，如日月經天自然的持續，已經成為生命形態特色之一：治療→痊癒→復發→治療→痊癒……軌道都是一樣的，只是被標示為「腸癌→……」如此而已。
> 啊哈！V就是身體身體就是V，V身體就是合一的完整體啊！
>
> ——《V與身體》，頁387

當一元、二元和多元，都成為了人只能如此理解的侷限時，那麼小說意在言外的，對於意識和身體的認知關係，互為主體、互相纏繞，或許就成為了可能的思維選項。身體即是意識，身體即是我，意識就是身體，我就是身體，肉身與意識相互纏繞，即便是多元，也難以指稱兩者關係的錯綜複雜，因而最終只有互相的等同，才能成為唯一辯證、理解後的出路。

於焉我的意識與我的意識能相互觀看，我的肉身與我的肉身能相互對話，「我」、「意識」與我的肉身能在小說中相互齟齬、對話、理解並合作運行。梅洛-龐蒂的身體主體哲學，著重於人的身體性，強調人是赤裸地「暴露於世界面前」（be exposed to the world）。其認為，身體在本質上，就是一具「世界中的身體」，任何的自我都是處在、屬於世界的身體之中，自我才得以存在。此一自我充分的身體性，讓任何自我都會暴露於他者的面前，任何的自我，都是屬於他者眼中、非屬於我的一個我。因此，自我有其被動狀態，經常處於受傷的危險性之中。此一身體主體，是一個「化為肉的主體」（embodied object），更是一個會被看、被感觸、被動、可受傷的主體。[28]由此，觀看文本中的何碧生，他的V們和所有的身體們，都毫無顧忌地暴露在彼此的面前，他們既攤開於外在臺灣政治、歷史的醜陋之中，更是攤開於內在於何碧生所有受傷的意識、受傷的身體器官面前，彼此成為彼此的主體與他者，由此形成身體內部與外部糾纏交織的小說世界。文本中的每一個我、每一個器官、每一組有關我和身體的對話，似乎都並不尋求固著的答案和位置；就如同上述的話語，這個身體、自我所交相運動、相互思辨的軌跡都是一樣的，文本中故事的表面，此一重複治療、痊癒、治療、痊癒的過程，雖是指涉何碧生和人此一存在的身體，皆會接觸、經驗到的醫病歷程；然實際上，其更可能潛在意味著，身體主體與世界互動的歷程，身體、意識、主體總是需歷經不斷自我敞開、相互對話、受傷的歷程，才能成就出一段又一段精彩的主體、自我和生命思索的形態。

身體是主體們，V是主體們，身體與V不同組合的組配亦是主體們，何碧生老年的身體，讓我們看見主體的藩籬全部重新打開，重新組配和對話的過程，人之將老，卻能看見人此一存在的主體，更多嶄新的位置和可能性；

28 宋灝：〈關係、運動、時間——由現象學觀察身體〉，《運動文化研究》28期（2016年6月），頁50-51。

疾病的設置在指向身體的可能終結之前，雖然也有著走向何碧生尋求自我救贖與懺悔的作用，但卻亦相對地，指向了各式主體們的燦爛新生。這樣小說內在書寫的嶄新主體和身體思維，開啟了這部小說與眾不同的美學形式。

三　身體作為一種美學形式

「讓身體發聲」，這樣的指稱，可能指涉對於身體的書寫及其寄寓的意涵，讓身體的相關描述得以成為一種比喻、象徵的工具，得而讓身體發聲。然而在這本小說中，身體成為了敘述的重要視角，為了方便讓讀者理解，文本甚而另外使用一種字體標示，標示出身體不同系統、器官的發聲話說。身體真正成為了發聲的主體，這樣的意涵，意味著身體不再僅是成為了人類意識、作者意識的工具，更是身體不再只是一種發聲的媒介而已——身體即是發聲的本身，身體器官們並非只是意識的隸屬，精神、自我優於身體的序階，藉由文本中身體主體的繁複對話，業已徹底予以泯除，身體本身，就是一個在一元論、二元論和多元論的認知範疇之外，複雜的發聲主體與系統。

曾有研究者認為，以書寫字體的差別，彰顯出敘事視角的差異，這本小說的美學實驗，充滿了巧思；而如此在小說語言的文字和形式層面，進行小說美學實驗的書寫實踐，亦曾出現在王文興和舞鶴的作品之中。此外，如此將身體器官予以「擬人化」，以各自顯現其價值的書寫，也曾經出現在來自道教經典的前文本之中。[29]此部小說的美學形式，以及賦予身體器官話語權、發聲權的定位，的確成為了這部小說值得追索的課題，而本文意欲進一步探究的是：此部小說形式和美學所欲挑戰的思維，或許即是當身體作為一種、多種（器官們）的敘事視角和發聲位置時，即被視為一種「擬人化」的文學技巧——實則身體即是人，當身體本身即是人時，我們又為何可能習焉將其視為一種擬人化的概念。此一還身以聲的多重敘事視角，內在所蘊含

---

29 楊雅儒，〈詛咒、養生、安魂——論李喬「幽情三部曲」斯土／斯民之裂解／和解歷程〉，《東吳中文學報》第34期（2017年11月），頁342。

的，或許即是解放了意識和身體的關係序階，嘗試開展出一種有關人與身體倫理思考的向度。

此一小說的美學，讓眾身／聲喧嘩了。而「眾聲喧嘩」一詞，向來都是臺灣文學和華語文學場域中重要的衍用詞彙。王德威在《眾聲喧嘩以後：點評當代中文小說》一書中曾說道，巴赫汀（Mikhail Bakhtin）的眾聲喧嘩（heteroglossia），是為指陳一種多聲複調的社會對話和實踐方式，亦映現在臺灣「政治解嚴、文化解構、身體解放」的百家爭鳴之中。而他認為眾聲喧嘩以後，我們應當回歸基本面，思考喧嘩一詞的倫理向度。此一倫理，意味著「折衝群己、出入眾聲」的對話性；其帶來包容妥協，但更帶來緊張反彈；且不僅預留對方的立場，更不斷地進行自我對話；此外，更意味著「主體的自我投射分裂、主客體間的頻仍互為賓主，使任何的對話不再停留於簡單的聽說之間。」[30]而從此一眾聲喧嘩的概念，看待《V與身體》的眾身／聲喧嘩，於「身體解放」的角度而言，本文認為，此一小說賦予了另外一種身體解放的意涵，除開性、性別、社會和文化、政治等權力對於身體的解放之外，此一小說的身體解放層面，更在於肉身的內部、肉身與意識的互為主體。於是所謂的出入眾聲，即是出入於身體與意識的內外之間，而所謂的「折衝群己」，折衝的對象，不再是人與外在他者的對話，而是人身體的內部，即是他者們集合的群體，身體們、意識們和主體們，不斷地獨立發聲、齟齬且合作著。而小說內部的主體四散分裂，主體與客體的位置來往切換，他們不是簡單的彼此聽與說罷了，而是共構為何碧生的身體協商運行，卻又各自獨立運作，形成不為外人所知的身體倫理。而從此一嶄新的身體倫理向度，本文亦認為，《V與身體》，置放在臺灣文學和華語文學場域相關的身體書寫研究之中，更是一獨特的存在。

如同前述眾多的研究者，對於此一文本的研究關懷，當代有關臺灣身體書寫的研究，多數都聚焦於身體如何作為一個象徵的符碼，爬梳其與外在國體、文化、社會、性別課題的連結，身體作為一個各種力量銘刻的介面，到

30 王德威：〈序〉，《眾聲喧嘩以後：點評當代中文小說》（臺北市：麥田出版社，2001年10月），頁19-20。

底如何映現出其與外部力量之間深刻的聯繫。疾病與身體的苦難，通常是身體書寫的發軔處，例如李欣倫有關身體的研究，延續其對於疾病書寫的關懷，身體的苦難成為重要的切入面向，其試圖探究當代臺灣的女作家，其文本中的女性身體如何作為一種隱喻，並映現了多少性別、家族、歷史和國族的苦難。[31]同樣的研究關懷，唐毓麗一直關注於文本中的身體課題，在《身體的變異》一書中，其關注的是臺灣女作家文本中的身體疾病書寫，如何具有敘事治療的作用，而那些描述肉身所面臨的疾病、苦難，又呈現出哪些生命的尊嚴與價值，此外，人又如何在這些苦難的歷練中，顯現出生命的美感與境界；[32]另外，她在《通過身體思考》一書中，延續同樣的關懷，在疾病、苦難的概念下，試圖顯現當代臺灣文學和華語文學中的身體，「在身體書寫上的重要意義，連帶討論了身體被賦予的各種象徵系統和交流網絡」。[33]除此，有關臺灣的原住民文學，則有研究者以身體與技藝、記憶作為切入的面向，認為身體往往是身分認同問題的最初現場，而原住民透過知識與技藝的踐履，才能完成文化主體的確立，而原住民文化之中的身體，則能與周遭環境達到和諧的狀態。[34]另將身體書寫的視角，延伸至華語文學的研究範疇，則有石曉楓的《狂歡之聲與冷酷之眼》，關注中國文革小說中的身體及其大量的性愛與暴力，如何映現了歷史的創傷與記憶，「身體是文化、社會與政治的產物，同時也影響、塑造並體現某一時代的政治、社會與文化。由此觀之，對於文學中的『身體書寫』進行研究，也應該有助於我們理解各個時代中社會秩序的衝突、變化……」[35]此外，亦有辛金順，試圖探究中國從晚清

---

31 李欣倫：《苦難敘事與身體隱喻：從身體感知的角度閱讀當代女作家作品》，臺中市：晨星出版公司，2016年1月。

32 唐毓麗：《身體的變異：疾病書寫的敘事研究》，臺中市：晨星出版公司，2015年1月。

33 唐毓麗：《通過身體思考：當代文學中的身體敘事》，臺中市：晨星出版公司，2021年1月，頁27。

34 陳伯軒：《知識、技藝與身體美學：臺灣原住民漢語文學析論》，臺北市：元華文創公司，2021年1月，頁29。

35 石曉楓：《狂歡之聲與冷酷之眼：文革小說中的身體書寫》，臺北市：里仁書局，2012年8月，頁8。

至民初，現代小說中的身體，如何成為了想像中國的國族隱喻和象徵。[36]

綜上所述，當今臺灣文學和華語文學的身體書寫研究，讓身體發聲的概念，即如同眾多的研究者對於這本小說的關注，身體作為一種象徵和隱喻的能指，映現著國體、歷史、性別、族群、文化……等力量的烙印與交織，此些發聲，大多指向外部的世界如何在我的肉身上，發出轟然劇烈或隱而不顯的聲音，而我苦痛、創傷的聲音，又如何回應於這樣的世界；又或是將疾病視為一種身體的苦難，並視為一種人生境界的艱辛歷練。此部小說，如前述眾多的研究者，的確亦有這樣身體書寫的複雜面向，具有以病體比喻政體、國體，和臺灣歷史傷痕的深刻對應，也有著小說的結尾，身體器官們共同合作，一起對付疾病的樂觀人生姿態。然而除此之外，本文更欲指出的是，這部小說的發聲，還亦有另一種發聲的面向，這亦是當代的身體書寫和身體書寫研究，相較尚未觸及的部分——有關身體內部的倫理對話。也就是說，身體即是世界的層面，庶幾鮮有人探索，身體的內部，此一內部的世界，其世界建構的內在思維與互動面貌為何？與我的關係又為何？此為本文前述，所欲試圖闡述、說明的身體面向，亦是此一文本，意欲編織、抒發的獨特身體之聲。也因此，這部小說穿插著身體的外部之聲與身體的內部之聲，兩種聲音旋律的貫穿，書寫者出入於身體內外的眾聲與眾生之間，勾勒出臺灣文學和華語文學的身體書寫和身體書寫研究，鮮有被創造、聽見的文學聲響。

小說主題的終極挑戰，卻是將主題歸回到人最初與世界交界的媒介肉身，不斷傾聽身體內部的共鳴；小說形式的終極挑戰，亦是因此，顯現出跳躍和嶄新的敘事視角，當然也完成了書寫者的自我許諾：「在形式和技巧上，盡量創用新的手法；我曾經約束自己：不許在連續五篇短篇小說中出現兩篇類似的技法。」[37]或許不僅僅是短篇小說，這部長篇小說，藉由身體主體的哲學思維探究，晚期風格的書寫者，對於內在身體的複雜探索，亦得以

36 辛金順：《中國現代小說中的國族書寫：以身體隱喻為觀察核心》，臺北市：秀威資訊公司，2015年3月。

37 李喬：〈與我周旋寧作我〉，李喬，《李喬短篇小說全集．資料彙編卷》（苗栗縣：苗栗縣文化中心，2000年1月），頁21。

開創出身體作為一種小說美學形式的嶄新實驗。

而最後，本文認為，此一小說對於身體的內在思維，得以開創出文體的嶄新樣貌，如此將身體對應於文體的研究，日後若有更進一步的追索，陳國偉對於臺灣當代推理小說的身體翻譯研究，行將會是此一研究的重要借鏡。陳國偉在《越境與譯徑》中，即是以「身體作為方法」:「觀看這些臺灣推理小說創作者，在不同的斷裂中，如何透過翻譯身體引渡對推理小說的想像，這些想像與在地實踐的背後，怎樣交織互構出一套翻譯身體驅力的方法……」[38]，而延伸其研究視角，《V與身體》的內在身體書寫，器官們的繁複發聲所帶來的身體想像和小說美學，是否仍有更多值得開拓的小說書寫空間，且又可能映現出怎樣對於小說類型的想像；且在本文有限的研究視野之下，是否仍有更多值得比較的，相同且殊異的身體書寫，這些都將是本研究，日後俟更進一步考察的地方。

四　結語──身內之物，身內之聲

在「大一點的空間」裡，李喬的《V與身體》以方寸之身的內部世界及其獨特發聲，開展出當代身體書寫的嶄新樣貌。

文本中的所有器官，得以成為眾多的敘述者，而這也意味著，人類身體及其主體的完整性，在書寫者的意圖中，進行了完全的拆解與顛覆。身外之物，常常是當今的身體書寫研究，對於人類肉身的探勘之地，象徵、權力與隱喻，烙印、寄寓在此，身體無庸置疑，是歷史、文化、政治、社會學的承載和複合之處。而《V與身體》中的身體，亦有此熟稔的刻畫，何碧生的童年陰影、何碧生的身體敗壞、何碧生至中國沈迷於性慾抒發的癮，都在在有著如其他研究者所闡述的歷史和政治指涉；過往的相關分析，皆深刻的說明了此一文本中，身體與外部的關係。而本文所欲嘗試分析、補充的是，此一

38 陳國偉：《越境與譯徑：當代臺灣推理小說的身體翻譯與跨國生成》（臺北市：聯合文學出版社，2013年9月，頁19。

小說的身體書寫，所開展出的另一種嶄新身體內部層面。身體即是世界的思維，得以將身內之物重構成一廣袤的世界，此一世界具有各種紛陳的發聲主體，器官、身體、意識、自我各自泯除其概念的分野，並於不同的時間和空間之中，各自共組成發聲的團塊，遊走於何碧生的身體之內和之外，肆意表述。由此，身外之物與身內之物，身外之聲與身內之聲，身體即是意識的多種主體紛陳，顯影成星羅棋布的世界。

本文以身體作為切入此一文本的主要視角，並借用梅洛-龐蒂有關身體主體和身體圖式等概念，用以說明此一小說身體主體的內在思維，同時，也嘗試對照若干當代重要的臺灣和華語文學的身體書寫研究，指出此一文本的特異之處。藉由這樣的身體哲學思維，身體既對外開展，亦對內敞開，意識與肉身，相互等同而又獨立，由此才能自由遊走於身體此一介面；而何碧生疾病的設置，雖然像是指向了身體的可能終結，以及在此之前的個人懺悔，但卻亦因此，開創出身體、主體們的眾聲喧嘩，完成一種以身體作為基礎的獨特小說美學，由此造就出此一小說嶄新的敘事方式和小說視野。李喬的晚期風格之作，藉由一身體衰頹的主角，踰矩、離經於一般的身體書寫，藉由身體們、器官們的發聲，既完成自我書寫史上的終極小說主題和形式，也完成了身體書寫和身體書寫的相關研究，另一可資探究的身體樣貌和小說世界。

晚年病癒後的李喬，回到人此一原始的存在肉身的繁複對話與重新觀看，由此完成了獨特的身體書寫。此一小說的閱讀歷程，可能並不甘芳，生理學、醫學的知識複雜堆疊，或臚列長篇，構成了讀者的節奏窒礙和認知挑戰，但其生產出的身體景觀和小說敘述的美學形式，卻是值得吾人繼續傾聽。而此一小說的相關研究，確認並未完成，在更多的文學比較視野以及身體作為切入的視角之外，仍有更多研究的韻母等待與V結合，[39]一同發聲，一起繼續運動下去。

39 李喬在小說的〈解說〉中曾說明：「V是聲母，不配上韻母不能發聲。不能發聲的事實就是V的隱喻」。《V與身體》，頁37-38。

參考文獻

一　專書

Maurice Merleau-Ponty, *Phenomenology of Perception*, Colin Smith, trans. (New York: Routledge , 2002).

Maurice Merleau-Ponty, *Phenomenology of Perception*, Colin Smith, trans. (New York: The Humanities Press, 1962).

王德威：《眾聲喧嘩以後：點評當代中文小說》（臺北市：麥田出版社，2001年10月）。

石曉楓：《狂歡之聲與冷酷之眼：文革小說中的身體書寫》（臺北市：里仁書局，2012年8月）。

西蒙・波娃（Simone de Beauvoir）著，邱瑞鑾譯：《論老年（第二部）》（臺北市：漫遊者文化公司，2020年8月）。

李欣倫：《苦難敘事與身體隱喻：從身體感知的角度閱讀當代女作家作品》（臺中市：晨星出版公司，2016年1月）。

李　喬：《V與身體》（新北市：印刻文學生活雜誌出版公司，2013年6月）。

李　喬：《李喬短篇小說全集・資料彙編卷》（苗栗縣：苗栗縣文化中心，2000年1月）。

辛金順：《中國現代小說中的國族書寫：以身體隱喻為觀察核心》（臺北市：秀威資訊公司，2015年3月）。

唐毓麗：《身體的變異：疾病書寫的敘事研究》（臺中市：晨星出版公司，2015年1月）。

唐毓麗：《通過身體思考：當代文學中的身體敘事》（臺中市：晨星出版公司，2021年1月）。

格奧爾格・諾赫夫（Georg Northoff）著，洪瑞麟譯：《留心你的大腦：通往哲學和神經科學的殿堂》（臺北市：國立臺灣大學出版中心，2016年10月）。

莫里斯・梅洛-龐蒂（M. Merleau-Ponty）著，姜志輝譯：《知覺現象學》（北京市：商務印書館，2001年2月）。

陳伯軒：《知識、技藝與身體美學：臺灣原住民漢語文學析論》（臺北市：元華文創公司，2021年1月）。

陳國偉：《越境與譯徑：當代臺灣推理小說的身體翻譯與跨國生成》（臺北市：聯合文學出版社，2013年9月）。

陳惠齡主編：《自然、人文與科技的共構交響——第二屆竹塹學國際學術研討會論文集》（臺北市：萬卷樓圖書公司，2017年4月）。

提奧多・阿多諾（Theodor W. Adorno）著，彭淮棟譯：《貝多芬：阿多諾的音樂哲學》（臺北市：聯經出版事業公司，2009年3月）。

愛德華・薩依德（Edward W. Said）著，彭淮棟譯：《論晚期風格——反常合道的音樂與文學》（臺北市：麥田出版社，2010年3月）。

龔卓君：《身體部署——梅洛-龐蒂與現象學之後》（臺北市：心靈工坊文化公司，2006年9月）。

二　論文

（一）期刊論文

宋　灝：〈關係、運動、時間——由現象學觀察身體〉，《運動文化研究》第28期（2016年6月），頁45-81。

彭瑞金：〈為臺灣解咒——《V與身體》的解讀〉，《文學臺灣》第90期（2014年4月），頁105-136。

楊雅儒：〈詛咒、養生、安魂——論李喬「幽情三部曲」斯土／斯民之裂解／和解歷程〉，《東吳中文學報》第34期（2017年11月），頁331-356。

賴松輝：〈癮、欺騙、宰制——論李喬《V與身體》醫學話語的政治隱喻〉，《文史臺灣學報》第11期（2017年12月），頁253-282。

（二）學位論文

林溫晴：〈雲霧深處期盼曙光——從《格里弗Long Stay台灣》、《咒之環》看李喬文學的「晚期風格」〉（臺南市：國立成功大學臺灣文學系碩士論文，2018年）。

楊綺儷：〈純粹身體之辯證——當代臺灣劇場舞蹈東方體熱之反思〉（臺北市：國立臺灣師範大學體育學系博士論文，2004年）。

三　電子媒體

邱怡瑄記錄，〈生之動：心智與詩思的交談〉（來源：https://www.most.gov.tw/most/attachments/1400454b-e92b-4c62-b509-58e898bd2e40，檢索日期：2022年3月16日）。

從李喬小說〈蜘蛛〉、〈恐男症〉論戒嚴時代的性愛恐懼症

陳龍廷*

摘要

在臺灣幾乎長達三十八年的軍事戒嚴，包括黨禁、報禁、集會遊行等，如何在一個作家的日常留下鮮明的烙印？

要進行解析李喬的短篇小說，可能需要重新從當年的社會文化脈絡來理解。戒嚴時代不僅政治上要掃紅，清除共產黨潛在臺灣的影響，而且還要透過新聞出版的檢查制度，以及所謂的「淨化運動」來徹底掃黃。對民眾影響更大的應該是對於性的壓抑，或性愛恐懼症（Erotophobia），也稱恐性症。

表面上看起來，李喬的這兩篇小說〈蜘蛛〉、〈恐男症〉同屬於一種性愛恐懼症的主題：恐妻症、恐男症。本文借著德勒茲地下莖（rhizome）的概念，橫向深入解讀這兩篇小說。藉著小說的解讀，或許可以讓我們更清晰地瞭解戒嚴體制，如何以壓抑者的姿態滲透到一般人的日常生活。

關鍵詞：性愛恐懼症、戒嚴、掃黃、李喬、象徵

---

* 國立臺灣師範大學臺灣語文學系教授。

一 前言

李喬是臺灣文學作家李能棋（1934-）的筆名，他寫的〈恐男症〉發表於一九八三年《聯合報》。

〈恐男症〉的主角楊世芬，三十一歲戀愛結婚，在「十三合作社」當會計。她已經結婚一年多，半年前才辦理結婚登記，懷孕三個月時，卻必須面對職場上的劉經理提出「婚後自動辭職同意書」進行逼退。四樓王太太買了錄放影機，邀他們夫婦一起欣賞，她勉強說：「我要正眼勇敢地，仔細看清楚這些淡紅、血紅、赭褐、黝黑的傲岸壯碩男性」。但實際的感受卻是相當不愉快：

> 可是，它，為什麼這樣霸道？這樣令人窒息？憑什麼它能這樣，可以如此？那毒蛇、毒蜘蛛的模樣，多麼可怕可恨！人世間為什麼有這樣惡劣的形象？雄赳赳氣昂昂？我看是殘酷愚昧，煞氣騰騰！昂揚雄偉？我看是兇狠醜陋，可笑蠢物！[1]

小說免不了要仿照佛洛伊德（Sigmund Freud, 1856-1939）來歸納一下陽物的性象徵：「只要目擊木棒、竹條、鏟柄、膠棒、筷子、鋼筆、電筒、日光燈管、機車把手、擀麵杖，她無論如何努力，都無法不想起男人的那話兒」[2]。比較特別的是上引文提及「那毒蛇、毒蜘蛛的模樣」，毒蛇具有長條狀特徵而聯想到陽物是很容易理解的，但是毒蜘蛛可能就有點不尋常。為什麼是毒蜘蛛呢？

李喬一九六九年刊登於《中國時報》的短篇小說〈蜘蛛〉，主角「我」是三十五、六歲的已婚男子，他對於後街嫖妓既充滿罪惡感，卻又難以自拔地一再沈淪心態。蜘蛛如果暫且視為既充滿罪惡感，卻又難以自拔地一再沈

---

1 李喬：〈恐男症〉，《李喬集》（臺北市：前衛出版社，1993年），頁158。

2 李喬：〈恐男症〉，《李喬集》（臺北市：前衛出版社，1993年），頁154。

淪於性愛象徵，那麼我們也比較容易能理解楊世芬對於性愛的心態。特別是對照她在社會上面對職場逼迫辭職的恨意，還有她在日常生活中無法克制的性幻想，看到丈夫「以嘴就水龍頭漱口」時往那裡想，低頭時目光卻「停滯在昌年褲子的拉鍊部位」，甚至最後連看到耶穌的受難像或者佛像，也都不由自主地往那裡想，而使她充滿罪惡感。她自己深刻懺悔：

> 我一定是一個淫娃，一個魔鬼，不是幻覺幻象，也非外在的刺激，是我本性上的問題……[3]

這種不斷責怪自已是「淫娃」是「魔鬼」，可以說是一種極端的性壓抑，或性愛恐懼症（Erotophobia）。

《重逢——夢裡的人：李喬短篇小說後傳》煞有其事地描述當年李喬在省立苗栗農工學校擔任輔導秘書時，小說人物楊世芬曾來請求諮商。經過初步的電話詳談後，疑似有精神疾病的問題，而轉介給臺北醫學院的陳永興醫師。李喬好奇地想要知道楊世芬「焦慮什麼？恐懼什麼？」但是醫師基於職業道德而三緘其口，愛莫能助之餘，只能說「衹好靠你小說家大膽的fictionize囉！」因此李喬寫成了〈恐男症〉，並認為這是一部「抗議小說」，並表示他有意以男女不平、宰制關係來影射臺灣的政治現實。[4]

然而《後傳》是否也是一本小說，或者是小說創作者的八卦花絮？較中肯的看法是，這本書「既不是憑空捏造，也不是挖掘已存在的事件，而是作者與逝去的時空人物，在瞬間重逢中所興發生命真實的感覺體驗」[5]。即使如《後傳》所一再宣稱的小說人物確實真有其人，「楊世芬」一旦親自現身在我們面前時，又如何能釐清是否仍然維持與當年一樣的精神狀態，否則如

---

3 李喬：〈恐男症〉，《李喬集》（臺北市：前衛出版社，1993年），頁155。

4 李喬：《重逢——夢裡的人：李喬短篇小說後傳》（臺北市：印刻出版社，2005年），頁216。

5 陳惠齡：〈「告白」與「技藝」的書寫退路——論李喬《重逢——夢裡的人：李喬短篇小說後傳》〉，《東吳中文學報》第34期（2017年），頁307-330。

何對照出當年的真實狀態？又或者只是同名同姓？如果我們一直糾結在什麼是真實的，那麼可能陷入同一性（identity）概念底下的陷阱：不斷地尋找最早的起源，或者不知不覺地將「小說」視為「真實」的拙劣模本？更何況李喬本身就是男性作者，如何能描寫女性人物的性幻想？可能一不小心就會陷入「政治不正確」的窘境。顯然從「真實」的角度來苛責「小說」，可能忽略了小說本來就具備虛構的特質。小說本身一詞「fiction」，本來就是指虛構的（法語 fictif／英語 fictitious）意思。小說的價值恐怕也不是來自與真實人物之間具有多少同一性，而是如何虛構這樣的人物，如李喬說的「大膽的（fictionize）」，還有如何藉著這些虛構來講什麼，或「影射」什麼？

在此思考一下法國哲學家德勒茲（Gilles Deleuze, 1925-1995）與瓜達希（Félix Guattari, 1930-1992）在《卡夫卡：邁向少數文學》所說的逃逸路線（*ligne de fuite*），或許能夠打開另外一條出路。德勒茲所說的逃逸路線，往往涉及陷阱、籠子、監獄、死巷、封閉的空間及脅迫機器，而故事則追尋逃逸者可能的路線，但也可能攔截、阻礙及殺害。[6]例如李喬〈泰姆山記〉描述主角的逃亡經歷當然也就是逃逸路線。在逃逸的路線中，過去並未消失，記憶在過去不確定的時空遊走，在過去的過去那個點追想的更遙遠的過去。不但有來自二二八事件，或白色恐怖的要角，有作者童年回憶的鄉野人物，也有日治時代重大武裝暴力革命的主角，甚至清代規模最大的反政府事件的主角。〈泰姆山記〉可說是讓我們隨著小說虛構人物充滿荒謬感的逃亡行動，而挖掘出臺灣歷史記憶的殘破、荒蕪的斷層。[7]如同德勒茲在分析普魯斯特（Marcel Proust, 1871-1922）《追憶似水年華》所提到的，那是一種穿越到柏格森主義（Bergsonism）虛擬的過去，一種非自主式的回憶。

德勒茲所說的逃逸路線不僅是一條路線的穿越（passes between），也經常涉及變成他者（becoming-other）的過程。變成[8]（法語 devenir／英語

---

6 Ronald Bogue著，李育霖譯：《德勒茲論文學》（臺北市：麥田出版社，2003年），頁151。

7 陳龍廷：〈聖山的尋與追：泰姆山記的互文性解讀〉，《書寫臺灣人臺灣人書寫：臺灣文學的跨界對話》（臺北市：五南圖書出版公司，2017年）。

8 德勒茲常用的詞彙，中文翻譯經常翻得很神秘。「devenir」有被翻譯為「生成」、「流

becoming）的概念，是他們重新解讀卡夫卡（Franz Kafka, 1883-1924）《變形記》、梅爾維爾（Herman Melville, 1819-1891）的《白鯨記》（*Moby Dick*）所提出的概念。依循這種概念，我們可以說〈恐男症〉的逃逸路線是「變成女人」，而〈蜘蛛〉則是「變成蜘蛛」。「變成女人」並不是要重新界定男／女性別的二元對立，也不是要以女性的主體取代一切，而是瓦解原先主體性的僵化視野。「變成蜘蛛」也不是想要重新界定人／蜘蛛的二元對立，而是藉此反省以往可能過於一廂情願想像的主體性，可能只是讓自己淪為荒謬的犧牲者而已。在此我們不再從單一的文本解讀單一文本，而是連結到不同的文本來解讀。無論是臺灣特有的歷史脈絡，或者不同的生物知識領域，不同的小說文本等諸多可能性來進行解讀。如德勒茲所提到的地下莖（rhizome）的概念，要思考如何藉著去領域化（*déterritorialisation*）的手法，打開了哪些未成形的、不確定的跨領域可能狀態？藉著這種狀態的解讀、釐清，或許可以更深刻地挖掘出這些小說所傳達的焦慮或恐懼的內涵是什麼？

二　「恐男」是恐懼什麼？

如果要思考一下李喬說的政治現實，必須重新審視〈恐男症〉創作的一九八三年，臺灣仍處於戒嚴時代。戒嚴，不僅在政治上要徹底掃紅，清除共產黨潛在臺灣的影響，而且透過新聞出版的檢查制度以及所謂的「淨化運動」要徹底掃黃。這篇小說反映的正是徹底掃黃運動，如主角楊世芬所自剖的情境：

> 她讀過許多言情小說，但她不曾接觸黃色刊物，她知道有些女伴偷偷傳閱春宮之類污穢照片。她不去看；她不是懼怕，或認為罪惡而躲

變」、「蛻化成」，我則依照法語的理解，而翻譯成接近口語化的「變成」。同樣的，「déterritorialisation」也被翻譯成「解域」、「解轄域化」、「解疆域化」、「脫離疆域」等，我則翻譯為「去領域化」，如此也比較接近學界常用的「跨領域」。

> 避，而是覺得無聊乏味罷了。對於男女之私，對於愛情，她有她的境界，她有她的選擇。[9]

這幾乎可以說是一種精神分裂症。上引文的「不曾接觸黃色刊物」，不看「春宮之類污穢照片」，對比她後來積極想要購買黃色書刊的心態，顯然是一種將愛情與性愛完全分開的心態。戰後臺灣文壇籠罩在警備總部的嚴密監控，以及鼓勵檢舉、查禁各類文藝活動的陰影之下。一九五四年《中央日報》以〈文化界某人士談文化清潔運動：籲請各界人士一致奮起撲滅赤色黑色黃色三害〉為標題，呼籲推行「文化消毒運動」，也就是「文化清潔運動」或「除文化三害運動」。[10]研究者指出：戰後以顏色來區分臺灣的文學環境，原已有指射不清的自由心證問題，加上官方執行者濫用權力而衍生出許多爭議，[11]或假借「掃黃」為名的言論管制。[12]一九六二年於徵信新聞報連載的《心鎖》，作者郭良蕙（1926-2013）接連被三個文藝社團開除會籍，小說最後也被認定是黃色小說而慘遭查禁。這部小說就大膽直白描寫女主角夏丹琪與其妹婿之間的亂倫情慾，不論情感如何高潔，性在愛情中占有極重要的地位。每一次性的關係以後，短暫的肉體上的歡樂後面就是更深痛久遠的後悔、矛盾及罪惡感。如此一來不單加強了《心鎖》的情感衝激（emotional impact），而且也使得主角夏丹琪的掙扎、矛盾更真實，更具有意義。[13]

「掃黃」不僅是箝制小說、社會新聞自由的利器，連歌謠也是監控的範圍。一九六四年天使唱片發行的《鹽埕區長》就曾經被查禁。雖然這張唱片

---

9 李喬：〈恐男症〉，《李喬集》（臺北市：前衛出版社，1993年），頁150。

10 參見中央日報，1954年7月26日，一版。

11 黃玉蘭：《臺灣五〇年代長篇小說的禁制與想像——以文化清潔運動與禁書為探討主軸》（臺北市：國立臺北師範學院臺灣文學研究所碩士論文，2005年），頁2。

12 黃順星：〈「掃黃」為名的言論控制：一九五〇年代內幕雜誌《鈕司》週刊的內容分析〉，《未完結的戰爭：戰後東亞人權問題》（臺北市：國立政治大學圖書館，2019年），頁155-218。

13 蔡淑芬：《解嚴前後臺灣女性作家的吶喊和救贖——以郭良蕙、聶華苓、李昂、平路作品為例》（臺南市：國立成功大學歷史學系碩士論文，2003年），頁15-16。

封面有「牛馬調」、「郭萬枝調」、「高雄民謠」等字樣，據考證應該一九三一年日蓄唱片發行，推動「業佃會」的社會宣傳歌《業佃行進曲》，郭明峰作曲[14]。若仔細考察《鹽埕區長》的歌詞，除了提及臺灣各地風月場所，如大稻埕江山樓、艋舺蕃薯市、中壢豬灶後等，情色的描述類似：「一尾鱸鰻蹺蹺�，趖入洞內欲迌迌；等待鰻滯用清楚，唉唷，趖出洞口軟荍荍」或「深山林內一條溝，溝中一粒紅石頭；千軍萬馬袂得到，唉唷，只驚一粒和尚頭」。即使最黃的歌詞，也都以象徵隱喻的方式呈現。[15]這些庶民詞彙的修辭隱喻，可能還需要大費周章才能夠讓現代讀者瞭解。

處於戒嚴年代的小說主角楊世芬，當然是不可能讀過《心鎖》之類的禁書，當然也不可能聽過《鹽埕區長》之類被查禁的唱片。她讀過的言情小說應該都通過顏色檢查，屬於完全沒有性愛的愛情想像。因此〈恐男症〉的「不是懼怕，或認為罪惡而躲避，而是覺得無聊乏味」，可能如同德勒茲在《資本主義與精神分裂 II：千高原》所說[16]：除非我們能知道肉體可以做什麼？否則其實一無所知。例如驅使肉體的感情是什麼？這些感情如何與別的感情相結合，而使得其肉體與別的肉體相結合，不管是毀滅或被毀滅，不管是為了交換行動或激情，或者與別的肉體連結成為更強大的肉體？顯然楊世芬對於性愛的無知，可說是來自戒嚴時代的「掃黃」，或「文化清潔運動」的深刻影響，一種對於性愛的極端漠視，或說是性的壓抑，或性愛恐懼症（Erotophobia），也稱恐性症。

再回頭思考楊世芬將「那捲成腳拇指大小二十公分長短的文件紙筒」聯想成陽物（phallus）幻覺：

14 國立臺灣歷史博物館「業佃行進曲（上）——臺灣音聲一百年」，網址：https://audio.nmth.gov.tw/audio/zh-TW/Item/Detail/9692a622-e223-42d3-84bd-7b6601a99271?fbclid=IwAR0GrNo1aK457GbN_ttLSsXRRDxvDh18cFP9D7VrI-HuFP6rdJezLbYROeE，檢索日期：2022年4月16日。

15 李友煌：〈高雄民謠萬枝調〉，《高市文獻》第16卷第4期（2003年），頁27-56。

16 Gilles Deleuze & Felix Guattari. *Mille plateaux: Capitalisme et schizophrénie, II.* Paris: Minuit, 1980. *A Thousand Plateaus: Capitalism and Schizophrenia.* Minneapolis: University of Minnesota Press, 1987, p.257.

> 突然，眼前光線一暗。不，不是光線變弱，而是那腳拇指大小二十公分長短的文件紙筒顏色變暗了。是淡淡的紅褐色。不對呀，它，怎麼會變色呢？這沒道理。可是，它，確實不再是蒼白的紙筒，而是……[17]

依照前後文敘述脈絡，那個捲成紙筒的文件，應該就是她就職時所簽署的「婚後自動辭職同意書」，也就是她心生恐懼的源頭。然而文件捲成紙筒狀並非實體飽滿，而是中空的，如果自由聯想的話，反而比較容易讓人想到陰道吧？那麼小說為什麼要將這樣的幻覺指向恐懼的對象？

「恐男」所恐懼的對象，恐怕不是簡化地指向男性陽物，指向父權社會而已，而其批判的「不合理單行法規」，[18]可能也不僅是指「婚後自動辭職同意書」而已，而是文字書寫背後戒嚴時代的箝制體制。「那捲成腳拇指大小二十公分長短的文件紙筒」，無論是一張戒嚴令的公文，就可以讓臺灣持續長達三十八年的戒嚴，或者一紙廣播電視出版法，就可以讓許許多多的書籍、雜誌、唱片因出版前必須送審而被禁或消音。更甚者，那一紙白色恐怖時代的判決書，就讓許多人莫名其妙被槍斃而從此被埋葬在六張犁亂葬崗。這些文字書寫背後的箝制體制，難道不讓人恐懼崩潰吧？

三　蜘蛛——變成被支配者或犧牲者

〈恐男症〉的主角曾描述她恐懼的對象「那毒蛇、毒蜘蛛的模樣」，毒蛇聯想到陽物（phallus）很容易理解，但是毒蜘蛛可能就有點不尋常。接著藉著小說〈蜘蛛〉，可以清晰地釐清這種恐懼。這篇小說以第一人稱「我」現身的主角極端恐懼蜘蛛，而寧可一而再、再而三地流連於後街。主角將自己「下流無恥」的想法付諸行動，竟然是來自於在廚房外面發現蜘蛛網。這讓他不得不想到高中時代的可怕回憶：

---

17 李喬：〈恐男症〉，《李喬集》（臺北市：前衛出版社，1993年），頁147。

18 林瑞明：〈愛恨分明的大地之子：李喬集序〉，《李喬集》（臺北市：前衛出版社，1993年），頁12。

> 關於雄蜘蛛完成繁殖任務後，就被妻子當做點心吸食的說法，是在遙遠的高中時候，生物課上聽到的。
> 這，一聽過就忘了，直到二十年後的最近，看到那蜘蛛，竟然會常常想起這些。連帶地那位乾乾扁扁黑黑瘦瘦的生物老師模樣兒，也老在腦海成放射狀的突現突隱。那是一副看了讓人很不舒服的形貌；……掛在八卦形絲網上的黑蜘蛛，不就是這個長相嗎？[19]

當他自己站在妻子的豪華梳妝鏡前端詳，竟然感覺自己額頭上的橫溝，加上消瘦雙頰的皺紋「真像蜘蛛頭背的斑紋」。這時他美艷動人的妻子冷不防地出現在背後，對比他「 副灰黃粗糙，無精打彩的醜八怪」：

> 「你很像……」她沒把話說完。
> 「蜘蛛！」我衝口說。
> 「嗯，真有一點兒像嘛！」她笑顏如花。[20]

他極其害怕，即使是週末下午，硬說自己要上班。所有藉口也被他的妻子當場拆穿：

> 「你討厭這個家！討厭和我相處！」
> 「唉！」我嘆氣。我並不討厭什麼，只是想躲，想逃避哪。
> 「孩子去野了，你也開溜，把我丟在屋裡。我又不會吃掉你！」她的鼻音越來越重。
> 「別這樣。沒辦法呀！我會盡快回來。」我是半閉著眼睛說的。[21]

可是週末下午辦公室根本沒人上班，又不敢回家，只好「買張南下的平快票

---

19 李喬：〈蜘蛛〉，《李喬集》（臺北市：前衛出版社，1993年），頁77-78。
20 李喬：〈蜘蛛〉，《李喬集》（臺北市：前衛出版社，1993年），頁79。
21 李喬：〈蜘蛛〉，《李喬集》（臺北市：前衛出版社，1993年），頁79-80。

跳上火車」。他第一次到後街找女人，即使心情忐忑，怕被警察捉，充滿罪惡感與偷偷的喜悅，仍然讓他自己「痛苦串聯成快樂，快樂跌落在虛無裡；這時，痛苦和快樂同時消失」。他回家途中，特別買了精緻的銀色別針。那晚熱情之夜，在床上讓他好像年輕二十歲，卻引起妻子懷疑：「你會不會是有對不起我的事，所以……」。他看到妻子裸露的背影，突然又想起蜘蛛：

> 就在一牆之隔的外面，廚房的屋簷下，正有一個黑色蜘蛛凝然搭在八卦網中央，任風飄蕩。我彷彿看見那猙獰的面目：頭背上的六枚單眼泛著藍光，四對胸腳，腳端帶著兩把勾爪，肛門周圍突起的疣子，正湧吐白絲。還有，不知什麼時候，爬過去一隻又小又醜的雄蜘蛛，緩緩舉起那隻末端膨大，內藏精液的觸肢，向雌蜘蛛伸過去……[22]

生活對話的「我又不會吃掉你」，可說是這篇小說的重點。一直最後讀者可能才會知道，這個「我」真的是害怕在完成交配繁殖任務之後，被妻子當做點心吃掉。作為生物本能的「吃」，只是將食物放進入嘴裡，經過咀嚼吞下，腸胃消化吸收後，變成補充身體的營養。男女關係的「吃」，卻指將對方占為己有的情慾，或者就是指性愛本身。因此看對眼的對象，生活用語說「他是我的菜」，而超級喜歡的對象就形容對方「美味可口」、「小鮮肉」，甚至說「恨不得將他一口吞下」。〈蜘蛛〉「我」的朋友羨慕他的妻子美艷動人，也不正經地說「嘿嘿！小心哪！別太貪，吃不飽的！」[23]

英國驚世駭俗的電影導演格林納威（Peter Greenaway, 1942-），他在一九八九年拍攝完成的《廚師、大盜、他的太太和她的情人》，就是以極其奢華的色彩隱喻的手法，將情人與情婦的關係從兩情相悅的情慾，演到最後變成人肉大餐，可說將食物和性慾的關係發揮到淋漓盡致。〈蜘蛛〉這篇小說的「我」面對妻子的花容月貌、豐滿晶瑩的胴體時，卻非常害怕得要死，害

22 李喬：〈蜘蛛〉，《李喬集》（臺北市：前衛出版社，1993年），頁85。

23 李喬：〈蜘蛛〉，《李喬集》（臺北市：前衛出版社，1993年），頁81。

怕自己變成食物而被吃掉。這種蜘蛛並非是臺灣常見的蜘蛛，主要分布於北美洲，會分泌強烈神經毒素。因雄蜘蛛在交配後，往往順便被雌蜘蛛吃掉，而獲得「黑寡婦」（Black widow）的綽號。[24]這是一種性食同類（sexual cannibalism）的現象，生物界除了寡婦蛛屬的蜘蛛以外，還有螳螂、蠍：

> 「雌雄動物共同完成繁殖活動後，雄的以身殉職，這大概是古代生物遺留下的原始習性。現在只有蜘蛛、螳螂、蠍子三種動物，還是這樣。」
>
> 「好可怕！」
>
> 「雌的螳螂和蜘蛛，是一面交尾，一面吸食丈夫的——從頭部開始。」
>
> 「那怎麼行呢？」同學們譁然。
>
> 「可以。」老師的臉頰，輕輕抽動一下：「雄螳螂只要保留第三對腳以下，沒有頭也還能完成任務。」
>
> 「為什麼不逃呢？」不知誰大聲嚷。
>
> 「這是生物的自然律啊！」老師好像在嘆息。
>
> 後來他還借題發揮，說了不少「勉勵」人類的話，尤其關於我們男人……
>
> 「男人有了孩子，不馬上犧牲，是要你負起比以身體供給子女營養更重、更久遠的責任！」他這麼下結論。[25]

〈蜘蛛〉的「我」總是不由自主地將男性老師以及自己都幻想成蜘蛛，以德勒茲詞彙來說，是一個變成-動物（un devenir-animal）。一個「變成-動物」在現實世界原本不是動物，而是突然之間變成動物。一個變成-動物並非指人馴化動物，或運用動物，更非指人模仿（imitation）動物，而是將人與動

---

24 Yong著，曾柏諺編譯：〈牡丹花下死？雄寡婦蜘蛛可不這麼想〉，國家地理雜誌網站。網址：https://www.natgeomedia.com/science/article/content-5301.html，發布日期：2016年10月5日，檢索日期：2022年4月16日。

25 李喬：〈蜘蛛〉，《李喬集》（臺北市：前衛出版社，1993年），頁87-88。

物視為一種鄰近關係，一種不可分割性（indiscernabilité）。以《變形記》來說，主角一早醒來發現自己變成一隻巨大的甲蟲。人變成甲蟲，在現實世界的人當然不會是甲蟲，因此他是一隻變成動物，也就是打破了人與動物既有領域框架，而重新獲得一種新的特質。「變成」（becoming）的概念，近年來幾乎是英美學術界的流行語，例如臺灣人本來就不是日本人，因此思考臺灣人在殖民時代對於日本的認同問題，書名標題就是《變成「日本人」：殖民地的臺灣與認同形成的政治》。美國前總統夫人出版傳記書《*Becoming*》，中文書名翻譯得很雅《成為這樣的我：蜜雪兒・歐巴馬》，但如果直譯為《變成蜜雪兒・歐巴馬》反而可能更貼切。蜜雪兒在嫁給歐巴馬之前，不可能冠夫姓，當然不會「變成蜜雪兒・歐巴馬」。此外，她如果沒有輔佐歐巴馬當選美國總統，今天當然也不會「變成蜜雪兒・歐巴馬」。

〈蜘蛛〉的「我」變成蜘蛛之後，最需要擔心的就是自己是否因為雄性動物的衝動，因精蟲沖昏頭，而成為對方的食物；那麼能不能只是單純滿足性愛，而不要讓自己陷入危險當中？這也就是「我」不斷地流連於後街的心理動機。古代的風流才子常說「牡丹花下死，做鬼也風流」，但是對變成蜘蛛的「我」而言，死在牡丹花下恐怖極了，竟然還自命風流，未免過於天真？雌蜘蛛的外號五花八門，社會新聞裡連續殺害丈夫、情夫而毀屍滅跡的，叫做「黑寡婦」。藉著睡過的男性黨主席們讓自己政治地位不斷竄升，而那些男人們卻從此一蹶不振的，則叫「主席殺手」。社會新聞的「粉紅收屍隊」，指專門找老榮民，或八旬以上老翁作為結婚對象，以便迅速地獲得豐厚遺產。「火山孝子」，則是指事業有成的男子，卻因同情風月場所女子藉口家人生病開刀急需用錢，或妄想替該女子繳清背負的債務，為她贖身，最後卻變成人財兩空被榨乾的凱子。最新的社會新聞則擴展到生活單純、思想單純的電子大廠工程師，或渴望愛情的寂寞熟女，只要是頗具身價，透過網路虛擬世界可以忽男忽女的特質，而將誘騙手法發揮到淋漓盡致的，就叫「愛情詐騙」（romance scam）。當然不能否認，有的當事人於意亂情迷之際，甚至不由自主地讚嘆這是天上掉下來的禮物。顯然無論是「黑寡婦」、「主席殺手」、「粉紅收屍隊」、「火山孝子」或「愛情詐騙」，淪為獵物者的特質幾乎清一色都是滿懷愛情的渴望，再加上一點點貪戀。在這些五花八門的愛情詐騙當中，「黑寡婦」應該可說是相當典型的原始樣貌：趁著獵物處於一廂情願的浪漫憧憬之際，毫不猶豫地一口吃掉對方。

一九六〇至一九八〇年代的臺灣布袋戲，曾盛行民間藝人集體創作的狠角色，叫做「一代妖后」、「魔鬼娘娘」或「一代妖姬豔俠胭脂虎」。其男性角色清一色是頂尖的武林高手，性格卻都具有「某奴」或「驚某」等特質，而戲劇的主要情節不斷地圍繞著嫁尪殺尪，拜師殺師，嫁三夫、殺三夫等，幾乎都是在挑戰所有傳統社會的道德觀念，無論是師徒如父子的關係，或夫妻有情有義等傳統觀念。在李喬完成小說〈蜘蛛〉的戒嚴年代，政府仍不斷透過各種教育、文化、藝術、宣傳，將吳鳳神話的「殺身成仁」推崇為一種至高無上的美德。這種強調犧牲小我，完成大我的精神，可說是一種政治正確。當年流行的言情小說不也總是強調犧牲自己，來完成偉大的愛情？然而這篇小說卻提醒我們犧牲的荒謬：為了那一點情慾的滿足而犧牲了自己的生命，最後的遺產正好送給老婆當嫁妝，那麼所謂的「愛情」是什麼呢？從「黑寡婦」的角度來看，這種自欺自人的犧牲或許只是送給獵物們的麻醉針吧？

對德勒茲而言，如果說作家是一個巫師，那因為寫作是一種變化，在寫作中滲透著不同樣貌的變化。透過寫作，可以一個變成女人，一個變成動物。相對於〈蜘蛛〉的「我」變成蜘蛛，〈恐男症〉可說是變成女人。主角楊世芬既然是一個變成女人，為什麼恐懼毒蜘蛛？一個變成女人，在現實中並非真的就是一個女人，在此暫且跳脫性別的二元對立，而先思考一種蜘蛛網式的隱喻，一種鋪天蓋地全面的監控。在戒嚴時代體制底下，不僅「髮禁」，要控制學生身體上頭髮長短要管；穿什麼衣服要管，要穿制服；什麼雜誌可以刊登要管；出版內容寫什麼文字要管，新聞用詞如果過於聳動，可能就如同報導「內幕」的新聞雜誌一樣，因「掃黃」而走入被禁的命運；[26]歌星唱

26 黃順星：〈「掃黃」為名的言論控制：一九五〇年代內幕雜誌《鈕司》週刊的內容分析〉，《未完結的戰爭：戰後東亞人權問題》（臺北市：國立政治大學圖書館，2019年），頁155-218。

什麼歌，出版什麼唱片都要管；民眾買收音機也要申請許可，廣播電臺播出什麼節目更要管；電視時代來臨更要管，播出節目要管，連每天播放結束時也要唱國歌；民眾講什麼話也要管，除了國語之外，客家話、原住民話、臺語等都被貶為不登大雅的「方言」；更重要的，民眾腦袋裡想的，還有法條規定的「思想叛亂罪」。如此一來，戒嚴體制鋪天蓋地的蜘蛛網，什麼都要管，什麼都要禁：要徹底檢查文字書寫、拍攝影像、音樂創作、廣播、電視播出內容，要禁止成立新政黨、禁止集會遊行等。這個時代天上如果會掉下什麼禮物，恐怕就是從不起眼的蜘蛛網突然掉下來的毒蜘蛛：不僅能讓結婚的女人失去工作而已，學生有髮禁，講母語要罰「掛狗牌」，流行歌有禁歌、出版界有禁書，雜誌社被查封，更恐怖的還有「思想叛亂罪」的羅織。

毒蜘蛛的威力不僅在於牠的毒性而已，最重要的是讓蜘蛛網裡的獵物也相信犧牲小我的政治正確，以至於可以勇敢地犧牲自己的身體、語言、想法、影像表現等種種自由。雖然從政治現實來看，戒嚴時代的完成大我，所謂「光復大陸的神聖使命」到最後根本就不存在，那麼臺灣為什麼要被犧牲掉呢？為什麼不是建設大臺灣呢？然而戒嚴時代所面對的處境，臺灣一直是被要求犧牲自己，被要求當成跳板，因此長久以來也幾乎完全缺乏自己的主體性。直到最後，臺灣變成犧牲者，臺灣變成被支配者，這種擔心恐懼不見得沒有道理。顯然下定決心直接面對問題，解決問題是一種態度，〈蜘蛛〉小說的結局這麼寫：

> 我上火車時，下了一個決心：回到家，馬上將那隻蜘蛛打殺掉，並掃落那面八卦蛛網。
>
> 還有，其他些改變：包括自己、妻子，和家庭……
>
> 可是，半個月不到，我又第三次「不知不覺」地逛到後街來……

如何能夠不再讓自己變成犧牲者？顯然就是不要再變成蜘蛛。然而在戒嚴體制底下，政府、政黨、軍隊、情治、媒體、教育的蜘蛛網羅織得那麼綿密繁複，黏在八卦蛛網的臺灣人早已被蜘蛛絲層層包裹，隨時都可能命喪在蜘蛛的毒牙。小說裡「我」的奮力掙扎，雖然看似滑稽，卻又如此真實地讓我們看到一種脫逃的意圖，一個想要掙脫當年臺灣種種政治現實束縛的悲劇英雄。雖然這樣的努力對蜘蛛而言，可能只是一再沈淪、一再絕望的宿命吧？

五　結語

李喬曾經應筆者邀請來臺師大演講時，提到他很喜歡一本美國小說《白鯨記》。巧的是，德勒茲提出「變成動物」的出發點之一，也是從《白鯨記》的閱讀開始。在此借助德勒茲的哲學概念重新來解讀李喬早期的短篇小說，或許是一個頗適當的切入點。

〈蜘蛛〉刊載於一九六九年的《中國時報》，〈恐男症〉刊於一九八三年《聯合報》。這兩篇小說刊登的地方都屬於戒嚴時代的主流媒體，所謂「兩大報」。從表面看起來，這兩篇小說同屬於性愛恐懼症的主題，差別只是恐妻症、恐男症而已。處於戒嚴時代層層嚴密的思想檢查之下，卻能夠透過小說來喘一口氣的最大關鍵，或許就在於德勒茲所說的地下莖理論：一種潛藏在地底下，卻藉著時代脈絡的土壤橫向生長的諸多可能。所謂的藏在地下，顯然就不僅是表面所看到的模樣。心理學家佛洛伊德是以「冰山」來思考，將眼睛所看到的部分視為意識層面，而看不見的層面則是潛意識。就文學書寫的實踐而言，德勒茲的思考卻是「巫師」。如果說作家是一個巫師，可以透過寫作「變成動物」，那麼這兩篇小說正好一個變成女人，一個變成蜘蛛。藉著本文以上的分析，〈恐男症〉的「恐男」，其恐懼的對象恐怕也不是那麼簡化地指向男性，指向陽物，指向父權社會而已，而是文字書寫背後所代表的戒嚴箝制體制。

〈恐男症〉楊世芬所恐懼的「那毒蛇、毒蜘蛛的模樣」，雖然毒蛇聯想到陽物（phallus）很容易理解，但是毒蜘蛛可能就有點不尋常，我們從這裡找到一條逃逸線索而連結到另一篇小說〈蜘蛛〉。

〈蜘蛛〉裡的「我」總是不由自主地將男性老師以及自己都幻想成蜘蛛，是一個變成-動物（*un devenir-animal*）。「變成蜘蛛」所看到的，不僅是一種性愛恐懼症，更重要的是，「變成犧牲者」或「變成被支配者」的悲哀。如德勒茲所說的，一個變成-動物在現實世界原本不是動物，而是突然之間變成動物。對於臺灣人而言，他原本並非生下來就是「變成犧牲者」或「變成被支配者」，而是突然之間變成了這種狀態。在戒嚴體制底下，政府、政黨、軍隊、情治、媒體、教育的蜘蛛網羅織得那麼綿密繁複，黏在八卦蛛網的臺灣人早已被蜘蛛絲層層包裹，隨時都可能命喪在蜘蛛的毒牙。小說裡「我」的奮力掙扎，讓我們看到一個想要掙脫當年臺灣種種政治現實束縛的悲劇英雄。雖然這種努力對於變成蜘蛛的「我」而言，恐怕只是一再沈淪、一再絕望的宿命吧？

不過幸好，我們終究不是蜘蛛。

參考文獻

Gilles Deleuze & Felix Guattari. *Mille plateaux: Capitalisme et schizophrénie, II.* Paris: Minuit, 1980. *A Thousand Plateaus: Capitalism and Schizophrenia.* Minneapolis: University of Minnesota Press, 1987.

Ronald Bogue著，李育霖譯：《德勒茲論文學》，臺北市：麥田出版社，2003年。

Yong著，曾柏諺編譯：〈牡丹花下死？雄寡婦蜘蛛可不這麼想〉，國家地理雜誌網站，網址：https://www.natgeomedia.com/science/article/content-5301.html，發布日期：2016年10月5日，檢索日期：2022年4月16日。

李友煌：〈高雄民謠萬枝調〉，《高市文獻》第16卷第4期，2003年，頁27-56。

李　喬：〈蜘蛛〉，《李喬集》，臺北市：前衛出版社，1993年，頁77-90。

李　喬：〈恐男症〉，《李喬集》，臺北市：前衛出版社，1993年，頁143-161。

李　喬：《重逢──夢裡的人：李喬短篇小說後傳》，臺北市：印刻文學生活雜誌出版公司，2005年。

林瑞明：〈愛恨分明的大地之子：李喬集序〉，《李喬集》，臺北市：前衛出版社，1993年。

陳惠齡：〈「告白」與「技藝」的書寫退路──論李喬《重逢──夢裡的人：李喬短篇小說後傳》〉，《東吳中文學報》第34期，2017年，頁307-330。

陳龍廷：〈聖山的尋與追：泰姆山記的互文性解讀〉，《書寫臺灣人‧臺灣人書寫：臺灣文學的跨界對話》，臺北市：五南圖書出版公司，2017年。

黃玉蘭：《臺灣五〇年代長篇小說的禁制與想像──以文化清潔運動與禁書為探討主軸》，臺北市：國立臺北師範學院臺灣文學研究所碩士論文，2005年。

黃順星：〈「掃黃」為名的言論控制：一九五〇年代內幕雜誌《鈕司》週刊的

內容分析〉，《未完結的戰爭：戰後東亞人權問題》，臺北市：國立政治大學圖書館，2019年，頁155-218。

蔡淑芬：《解嚴前後臺灣女性作家的吶喊和救贖──以郭良蕙、聶華苓、李昂、平路作品為例》，臺南市：國立成功大學歷史學系碩士論文，2003年。

李喬中長篇小說一甲子來的遞嬗演變

蔣淑貞*

摘要

李喬的小說作品包括短篇一九〇篇、中篇三部、長篇十九部，本文討論範圍僅限中篇與長篇。從第一本《晚霞》（手稿，未出版，1957年）到最後的《生命劇場》（2018），李喬寫作的時間超過六十年。作品類型多樣，其中有兩套著名的三部曲——《寒夜三部曲》和《幽情三部曲》，也有知名度較小的校園小說、武俠小說、和瓊瑤式愛情小說。本文羅列四個主題，依序呈現過去六十年以來李喬的思維邏輯，它們分別是（一）存在主義式的告解：個人深陷現實痛苦大網，嚮往掙脫，獲得自由；（二）個人、社會與國家的改造：小我必須經由反抗，並結合眾人之力，才能促成大我，意即小我的自由寄望於大我；（三）地方精神的實踐：大我令人失望，退而尋求小共同體的經營；（四）親密邏輯的構築：解離世界，自築伊甸園。在戲劇效果上，這四個主題依序呈現從悲劇到喜劇，然後悲劇重演，再到喜劇（悲劇→喜劇→悲劇→喜劇）的規律起伏，顯示作家心靈世界從懼怖憤懣、懷抱希望、戮力實踐、到臻於圓滿。換句話說，對於自由的追求，是從發現自己是其他人的囚犯，然後是自己的囚犯，因此必須從反抗外在壓迫開始，集合眾人之力，共謀更好的未來；在過程中，李喬發現另一種自由，是由福克納（William Faulkner）啟發，由「阿禎」式的人物[1]來代表，可以與塵世解離、再轉身投入紅塵的個體自由。

關鍵詞：李喬、長篇小說、寒夜三部曲、幽情三部曲

---

* 國立陽明交通大學人文社會學系副教授。

1 這裡特別指的是《生命劇場》中的莊宜禎，但李喬早期作品〈我沒搖頭〉的阿禎亦可包含在內，本文後面會加以說明。

一　前言

李喬的小說作品包括短篇一九〇篇、中篇三部、長篇十九部，本文討論範圍僅限中篇與長篇。中篇小說計有《晚霞》（手稿，未出版，1957年）、《青青校樹》（1978）和《格理弗Long Stay台灣》（2010）。長篇則包括《山園戀》（1971）、《痛苦的符號》（1974）、《蒼白的春天》（1976-1977）、《結義西來庵——噍吧哖事件》（1977）、《孤燈》（1979）、《寒夜》（1980）、《荒村》（1981，與《孤燈》和《寒夜》合稱為《寒夜三部曲》）、《奇劍妖刀》（1983）、《情天無恨——白蛇新傳》（1983）、《藍彩霞的春天》（1985）、《埋冤．一九四七．埋冤》（1995）、《大地之母》（2001）、《重逢——夢裡的人：李喬短篇小說後傳》（2005）、《幽情三部曲1：咒之環》（2010）、《幽情三部曲2：V與身體》（2013）、《幽情三部曲3：散靈堂傳奇》（2013）、《情世界——回到未來》（2015）、《亞洲物語》（2017）、《生命劇場》（2018）。

從第一本《晚霞》到最後的《生命劇場》，李喬寫作的時間超過六十年。作品類型多樣，其中有兩套著名的三部曲——《寒夜三部曲》和《幽情三部曲》，也有知名度較小的校園小說、武俠小說、和瓊瑤式愛情小說。其中《蒼白的春天》為殘稿，理由是這部作品連載期間，因雜誌社關閉而刊登不全，後又因手稿遺失，目前僅剩連載的部分。另外，《埋冤．一九四七．埋冤》因為內容較多，分為上、下兩冊。

閱讀這些多數為大部頭的作品，對於二十一世紀的讀者有何啟發？除了可以透過它們來回憶或探索臺灣過去百年來的歷史與社會變遷之外，它們對於現代人生存的困境與未來的「出路」提供了怎樣的描述、詮釋與反思？近年關心李喬作品的學術討論為數不少，已經採用「李喬學」一詞來呈現研究其作品的方法論與研究視域，足證李喬研究已經累積了豐厚的成果，且對於上述問題也提供了政治、文學、與文化理論方面的答案。本文僅就中篇、長篇小說做一提綱挈領式的整理，以鳥瞰的方式一覽李喬的精神世界。基於他個人的學思歷程內容廣博，包含了中西哲學、宗教、神話、古典詩詞、現代文學、文化人類學、天文物理學等，本文謹以屈原與霍金（Stephen

Hawking）的「問天」精神，來比喻李喬的創作動機和文學成就。

屈原的作品充滿了浪漫主義與地方色彩，而其代表作《天問》以提問的方式，表達了自己的觀念和價值。李喬曾在《痛苦的符號》的自序題款「距靈均自沉二二五〇年之前一日，四十生晨自序於苗栗」，顯見四十歲的作家在第二部長篇小說完成時，與屈原的心境有強烈的呼應。此外，在鮮為人知的武俠作品《奇劍妖刀》裡，主要人物之一名為「王天問」，顯然也與屈原有關。另外，二〇〇二年《寒夜》改編成電視連續劇時所用的片頭曲，也是用「問天」作為曲名。[2]至於李喬對霍金的仰慕，在他著名的《寒夜三部曲》的「序章」所引用的宇宙起源理論「黑洞」即可看出。另外在李喬屢次提及自己獨創的思想「反抗哲學」中，他也以「霍金式」的語言說出自己的思想精華：「天體以恐怖的沈默迅速航向毀滅，生命是唯一小小反抗。反抗就是愛。」霍金的最後一部作品《十問：霍金沉思錄》（*Brief Answers to the Big Questions*, 2018）整理了十個人類最為好奇的問題，如宇宙怎麼開始、我們能否預測未來、黑洞裡面是什麼、穿越時空、人工智慧、基因編輯、如何形塑未來等，對於這些問題，李喬的中篇、長篇小說如《格理弗Long Stay台灣》、《重逢——夢裡的人：李喬短篇小說後傳》、《情世界——回到未來》、《生命劇場》都有探討，也提出了自己的答案。一生縈繞在古今中外兩位大人物心中的困惑與問題，李喬也花了一輩子的時間思索，並且因時因地，在臺灣特殊的歷史條件下，創作了多部小說，並進行了某些小說技巧的實驗。

在提問的過程中，李喬形成了幾個生命基調，一個是佛教對於人生的悲觀看法，另一個是存在主義的反抗精神。當這兩種情感聚集起來的時候，我們看到屈原式的「幽憤」之情，瀰漫在幾乎是全部的作品中，尤其集中在《幽情三部曲》和之後的幾部長篇。

我們從作品中可以找出四個主題，依序呈現過去六十年以來李喬的思維

---

2 這首曲子的名稱在電視連續劇片頭字幕中是「問天」，但到了陳永淘出專輯時改成「天問」。

邏輯，它們分別是（一）存在主義式的告解：個人深陷現實痛苦大網，嚮往掙脫，獲得自由；（二）個人、社會與國家的改造：小我必須經由反抗，並結合眾人之力，才能促成大我，意即小我的自由寄望於大我；（三）地方精神的實踐：大我令人失望，退而尋求小共同體的經營；（四）親密邏輯的構築：解離世界，自築伊甸園。在戲劇效果上，這四個主題依序呈現從悲劇到喜劇，然後悲劇重演，再到喜劇（悲劇→喜劇→悲劇→喜劇）的規律起伏，顯示作家心靈世界從懼怖憤懣、懷抱希望、勠力實踐、到臻於圓滿。換句話說，對於自由的追求，是從發現自己是其他人的囚犯，然後是自己的囚犯，因此必須從反抗外在壓迫開始，集合眾人之力，共謀更好的未來；在過程中，李喬發現另一種自由，是由福克納（William Faulkner）啟發，由「阿禎」式的人物[3]來代表，可以與塵世解離、再轉身投入紅塵的個體自由。

二　存在主義式的告解

李喬年輕時服膺存在主義思想，認為現實是虛無的，而人的意識必須與現實（以及自己）對立才能構成自己。而一個人的精神所具有的「擺脫」現實的能力，[4]也構成它的自由。這時期的作品包括《晚霞》、《山園戀》、《痛苦的符號》、《蒼白的春天》、和《重逢──夢裡的人》。這些作品揭示主人翁的內在自我，讓我們加以注視、繼而看透、甚至揭露，但無法去歌頌它。對於這些找不到立足點的人，李喬認為他們痛苦的來源不脫「性」與「自卑」，若能克服，則可自立。

3　這裡特別指的是《生命劇場》中的莊宜禎，但李喬早期作品〈我沒搖頭〉的阿禎亦可包含在內，本文後面會加以說明。

4　「擺脫」在法文是arrachement，英文為uprooting，根除之意。我採用劉俊餘的翻譯。見卡繆《反抗者》，劉俊餘譯，臺北市：三民書局，1972年。

三　個人、社會與國家的改造

上述這種追求個人自由卻屢戰屢敗的主題，令人感覺生命似乎找不到出口，這原本就是現代主義小說常見的一個特點，李喬無論在內容上或形式上都發揮得淋漓盡致。然而，李喬在一個歷史契機之下，開啟了另一種小說的使命[5]，那就是探索本地的「先賢先烈」，以他們的「民族意識」和「偉大行動」彰顯受壓迫者求生存與求自由的人性。藉由鑽研史料、田野調查和人物訪談，李喬思考經過孫中山領導革命的「民族國家」如何可以解救受殖民者壓迫的臺灣同胞，因而寫出《結義西來庵──噍吧哖事件》。繼而在一九七〇年代黨外運動蓬勃發展之際，從楊逵處得知父親李木芳曾經參加農民組合，遂先後寫出《寒夜》、《孤燈》和《荒村》，後來集結為《寒夜三部曲》。這樣的書寫策略勢必強調有同族特徵的集體意志。此階段的作品亦可包括《情天無恨──白蛇新傳》、《奇劍妖刀》、《藍彩霞的春天》、《埋冤．一九四七．埋冤》、《大地之母》、《青青校樹》和《格理弗Long Stay台灣》。這些作品可以看成是他的文化改革論述《文化．臺灣文化．新國家》（2001）的具體展現。

對李喬來說，他強調的反抗雖然需要個人的痛苦經驗為背景，但在政治層面上他爭取的是一個「理」字，把理看成是一種價值，以價值為名而採取行動。只有在這個條件之下，一個人的反抗才能理直氣壯。在前一階段「存在主義式的告解」中，我們看到的是個體的孤獨受苦，在思想層次上等於是「我思索」；到了第二個階段，李喬把個體性的痛苦推廣到集體性的痛苦，個體離開他的孤獨，藉由反抗，形成一個公有的場所，在所有受壓迫的人身上，建立起一個生存的價值，誠如卡繆說的「我反抗，所以我們存在」。

李喬常說的「反抗就是愛」，對於「愛」的看法，除了有生命科學的解釋（人的反抗是為能生存，性愛是為了繁殖）之外，也可以升高到倫理層次。以卡繆的「反抗者」來說，一個人的反抗應尊重在其自身所發現的侷限，應

5　見林濁水〈【鄉巴佬異藝錄】26：李喬變臺獨的關鍵──蔣經國〉，《想想》，2013年7月12日，網址：https://www.thinkingtaiwan.com/content/977，檢索日期：2023年1月1日。

使大家能牽起手來，在長期緊張的局面中，不要因為疲倦或瘋狂而變得暴虐或沉淪自棄，而是要共謀生計。

四　地方精神的實踐

李喬曾公開表示，《幽情三部曲》並非為臺灣政治而寫。但我們發現，第一本《咒之環》裡的諸多角色與現實裡的政治人物幾乎可以對號入座。李喬在這三部曲以及隨後的《情世界——回到未來》、《亞洲物語》，皆表現出對於地方經營的熱情與重視，雖然過程充滿挫折，結局也多令人失望。

地方的經營，對李喬而言，最重要的是要有地方領袖人物，才能建立地方精神（ortgeist），[6]因此我們看到作品裡有許多「理想父親」型的角色，當然也看到不稱職的父親。此外，地方話語也是表現地方精神的方式，李喬這個時期的作品大量使用了原住民語、客家話、臺語、以及長期影響臺灣文化的英語和日語。

關於理想父親，李喬的第一部長篇《山園戀》，就已經出現了精神導師般的父親法路．瓦旦，這個家族從曾祖父開始好幾代皆為部落首領，可以看作是李喬對於理想父親的追求，也就是兒子從父親那裡可以繼承一個有尊嚴的「身分」，以此開展自己的生命敘事。這個故事有趣的地方，在於故事最後，法路．瓦旦的亡靈叮囑已經完成守護土地任務、且已經當上村長的兒子，說「不必再來這裡找（我）」，彷彿他已經用神奇的方式「治癒」了原來缺乏自信的兒子。另外，最常出現的理想父親是從《幽情三部曲》開始。第一部《咒之環》的「呂老」、第二部《V與身體》的腦阿公、第三部《散靈堂傳奇》的「李喬」；另外，《情世界——回到未來》的古台森、《亞洲物語》的嘎德利亞教授和《生命劇場》的莊秋潭。這群理想父親的叮囑，一定

---

6 Ortgeist（地方精神）和Zeitgeist（時代精神）是一組對立字，前者重視地方的特殊性來自社會、經濟、和藝術的整體環境，需要有領袖型人物進行長期的文化經營，形成地方共識與光榮感；而後者則強調時代變遷的力量，尤其是在科技、經濟生產模式、和社會影響力方面，遠非個人力量所能扭轉。

包括守護土地。若用佛洛伊德的《圖騰與禁忌》來比喻，臺灣的圖騰如果是「土地」，那麼父親代表的「禁忌」就是守住土地。李喬的「土地」觀便藉由他對於「（不）理想父親」的人物塑造表達出來。而這個「父親」在小說中，不斷由土地議題拉出族群神話、族群歷史、以及土地引發的族群恩怨情仇。若把前後期的父親加以比較，我們會發現後期的「理想父親」的創作是個「檔案身分」，重複性高，不如那位叫兒子痊癒之後就不用來了的父親有趣。《山園戀》的父親從開始到結束都以亡靈的身分陪伴著兒子，是敘事的推動者，幫助兒子完成自我，開展個性，而自我和個性都是在回答「我是誰」這個問題，也就是現代小說的主要提問。其他早期作品如《痛苦的符號》、《蒼白的春天》、《結義西來庵——噍吧哖事件》、《青青校樹》、《寒夜三部曲》、《奇劍妖刀》、《情天無恨——白蛇新傳》、《藍彩霞的春天》等，皆不乏出現象徵父親的人物，包括白髮監獄長、駝背大叔、來自中國的羅俊、學校輔導老師、辛苦開墾的彭阿強、愈挫愈勇但屢戰屢敗的劉阿漢、昏庸好色的明代皇帝、兩棲類出身卻瞧不起爬蟲類修行的法海和尚、因貧窮而賣女的劉金財等，他們或是充滿愛心但力不從心，或是唯利是圖迫害弱勢，或是個性懦弱不敢擔責，或是牝雞司晨大權旁落，總之他們的父職成效優劣與否，皆是個人或群體痛苦的根源。李喬後期作品的理想父親雖然也處理「我是誰」的大哉問，但是都在懷疑形上敘事（meta-narrative）——諸如神話、宗教、政治、科學——的正當性或有效性，使得敘事的地位不如修辭，故事的重點不再置於真理／真相（truth）價值，反而是在人物的表演性。一個理想的父親，在李喬的晚期作品中，彷彿具有領袖的特殊魅力，既有巫師一般的、類似天眼通的「直觀映像術」，也有知識分子的改革思想，洞悉國家與社會各種危機，更有各種解方，但其實踐動力往往寄望於下一輩的年輕人。

我們看到李喬七十歲後，不斷強調他的小說寫作是「形式大於內容」，形式的戲耍，令他一寫再寫，樂此不疲。他曾在二〇一〇年同時出版中篇小說《格理弗Long Stay台灣》和長篇《咒之環》，對於臺灣政治進行諷刺，兩書都具有一樣的主題，而且人物的身分擷取不脫學術界、反對運動、宗教機構、傳播媒體等，各種人物照著檔案編寫的情節走下去，結局一如預料，就是對政治改革失望。李喬七十歲以後的作品，有兩個特徵值得注意：一是好幾部作品都會出現的「智慧老人」類型的人，有時叫「呂烏／呂老」、有時稱「李喬／李老」，他類似《寒夜三部曲》中邱梅的角色，帶領年輕人克服生命困境，只是更為知性，善於議論。《咒之環》故事裡年輕的主角林海山，從求知、討教過程，得到解惑、頓悟，他的知識來自書本，淵博睿智則來自啟迪的老師、前輩、好友。這種「理想父親」的對照是「問題父親」，在《奇劍妖刀》和《寒夜三部曲》都出現過。第二個特徵則是本土語言的標記方式，在《咒之環》出現的海豐客語，書寫方式是羅馬拼音加上國語注音，例如「Vu` neŭ ㄘㄛˊ啊！」。這個標記方式一直沿用到最後一本長篇《生命劇場》，這顯然呼應了一九九〇年代本土運動如火如荼開展時，某些學者對於本土語言的熱情投入。例如胡萬川在文建會舉辦的民間文學研習營，教導如何記音，為了達到原語原音重現，他特別編了《民間文學工作手冊》。[7]《咒之環》裡也出現了呂老主持「民間文學講座」這個情節，應該是與此時的本土運動重拾母語的風潮有關。

五　親密邏輯的構築

經由第三階段的悲劇，李喬在最後一部作品《生命劇場》擺脫了臨老幽情，重拾關懷地方的熱情，把他熟悉的許多苗栗鄉鎮做了詳盡的地景描寫，當然也包括地方政治上的人事傾軋與利益交換細節，熟悉地方事務的讀者一眼可以辨識出小說裡的惡人指的是誰。但故事情節的主軸，則是放在莊秋潭一家的歷史，國家民族作為「大我」的主題已經拋諸腦後，現在是生態環境放在首位。湊巧的是，本書出版時間為二〇一八年七月，而瑞典環保少女童貝里（Greta Thunberg）則在該年八月二十日決定罷課，要求她的政府根據「巴黎協定」減少碳排放量，發放的傳單上面寫著：「我這樣做是因為不滿

7　對於客語的語音標示，與李喬同樣是苗栗人的楊政男、徐清明和龔萬灶皆貢獻良多，編寫《客語辭典》。

你們成年人正糟蹋我的未來。」李喬的《生命劇場》則是以老人莊秋潭之姿「乞求」人類重視氣候暖化導致全球生態危機的問題，而小說裡莊秋潭的兒子莊宜禎則和童貝里一樣都是有自閉症的人，他不善與人溝通，卻能與動物交談。

學界的文化論述已經把對於人類「未來」的討論，從傳統的時間視野改成空間的意涵。昔日持進步觀的理論實踐者，總是把未來看成是寬廣無邊的，永遠有改善的空間。但是現在擺在面前的是「我們只有一個地球」的事實，李喬以「家=地球」這個觀念來鋪陳「親人」關係，納入動植物為家庭成員，既然彼此同屬於一個生態系統，所以稱他們和人類一樣是「生態人口」；因此，李喬在第一章開場白就慎重地提醒讀者，說《生命劇場》不是童話寓言或奇幻故事，而是「寫實派——realistic」小說。如此一來，讀者的思維似乎也應該隨之改變，如今已經沒有「文化vs自然」的情形了。以前的想法是，人建造自己的住處「家」作為內部空間，再擴大此範圍以「城市」作為內部，象徵安全與舒適；而自然則是人類的外部空間，我們在「這裡」，自然界萬物在「那裡」。如今自然裡的生物既然與人類共處同一個生態系統，也就不再處於對立狀態，「野蠻vs文明」也失去意義了。瞭解到這種親密關係的理性邏輯，我們才能採取環保的行動；但是一般人，尤其是握有權力的政治人物，卻為了眼前的利益而逃避現實，甚至有許多人認為自然會修復自己，並反問：自然不是一直被稱作「大地之母」嗎？

相較之下，反而是有自閉症或亞斯柏格症的人如童貝里，才會堅持這個邏輯，要求大人馬上採取行動。她的振臂疾呼之所以會獲得響應，主要是因為她不是「正常人」，我們通常認為「正常人」必定有名利考量，所以不會輕易相信其大公無私的主張。李喬在《生命劇場》的第一章特別解釋如何使動植物講話而能為讀者接受，他採用的是「單一觀點」中的「特殊觀點」，其靈感除了來自福克納《聲音與憤怒》的中年智障男子「笨架」（Benjy）之外，也引用過去自己的作品人物為證，包括智障男孩、智障女孩、小母雞、黑狗，各自有自己的「想法做法、價值觀、意義的追求」。為了呈現動植物與人類一樣平等，便設定莊宜禎是個天生自閉症者，他的率真行為，反而為他帶來機會，構築自己的伊甸園。

中篇、長篇展現的思想複雜度，在理論分析層面上已經涵蓋現代、後現代、後殖民、後人類、後人文等主義，令人眼花撩亂，但也教人佩服。其作品從早期的生命困境到晚期的「認命」，讓我們再度想起「欲望的魚」畫作，那個鮮紅的環狀物是黑洞、是宇宙的起源、也是人類生命的起源，體積小而密度大。而「神秘的魚」在這個洞周圍不停擺尾，不停「反抗」，這是生命衝力，也象徵人的命運。關於命運，《咒之環》裡是這麼說的：

> 生命是個體的命運又是超個體的群體進行姿態。這個群體在個別之上，還有存續更大的「整體」也在命運中運行。而大小彼此又環環相扣，包括不同時空，親疏仇讎也在同一軌道上面，其中凹凸慾欠，在命運長河裡總是敉平而後順暢前行。然而進行中的命運，誰能透視那個總帳結存盈虧！於是悲劇賡續，猶如詛咒不息之環中。

李喬的中篇、長篇小說，完整地呈現了他的精神世界，作為讀者，我們進入這樣繽紛多彩、「活生生」的動態生命長河，跟著小說人物的意識流載沉載浮，經驗了個人生命的告解、改造社會國家的希望工程、以及小共同體的營造事業，最後構築了個人伊甸園，過程悲喜交織。掩卷之餘，不由得想到一個意象來禮讚作家，容我把他比喻為「奇點」（singularity），他自己就是一個小說宇宙的起源。

參考文獻

胡萬川：《民間文學工作手冊》，臺北市：行政院文化建設委員會，1996年。

楊政男、徐清明、龔萬灶：《客語辭典》，自印本，2013年。

Albert Camus, *L'Homme révolté*, French: GALLIMARD, 1951. 中譯本為劉俊餘譯：《反抗者》，臺北市：三民書局，1972年。

Stephen Hawking, *Brief Answers to the Big Questions*, United States: Bantam Books, 2018. 中譯本有：吳忠超譯：《十問：霍金沈思錄》，長沙市：湖南科學技術出版社，2019年；蔡坤憲譯：《霍金大見解：留給世人的十個大哉問與解答》，臺北市：遠見天下文化出版公司，2019年。

無救與呼救
──論李喬文學創作的土地倫理[*]

楊雅儒[**]

摘要

曾自稱「我絕望，但不敢絕情」的李喬（1934-，苗栗），筆下處處有情。本文觀察他二十世紀的小說涉及的鄉土多與「母性孕育」意象疊合，並結合先民開拓與族群競逐的歷史議題以彰顯守護土地的精神，至於書寫其他物類，如：《情天無恨》、〈修羅祭〉則滲透佛理思想；一九九三年改宗歸信上帝，二十一世紀以降，他對土地、物種的思索更融入「應許之地」的價值觀。

作者八十歲以降，因積澱了豐富的生命經驗與面對肉身年老的迫切感，他尤其關懷生命物種與地方產業，且雜揉佛教與基督宗教思想。本文除了爬梳其二十世紀的相關書寫，也將探討李喬《情世界：回到未來》（2015）、散文《草木恩情》（2016）與《游行飛三友記》（2017）及小說《生命劇場》（2018）如何深涉自然物種、人與環境互動的省思，期能綜觀李喬二十世紀小說的土地書寫主題與特色怎樣承衍與轉變，並論述作者為了呼籲讀者關心生態，多處挪用宗教修辭投射來自宗教視角的土地倫理價值，深刻展現保護生態與投身自然的意識與表現。

關鍵詞：李喬、自然書寫、《情世界》、《草木恩情》、《生命劇場》、《游行飛三友記》

---

* 感謝會議發表過程，評論人給予之意見。

** 國立臺灣大學臺灣文學研究所助理教授。

一　前言——從回眸臺灣來時路到逼近生命現實

從早期作品「蕃仔林」系列開始，李喬（李能棋，1934-）無不關注鄉與土，無論長短篇小說，多譜寫苗栗家鄉的今昔，回眸臺灣人的來時路，包含：社會不公義（如：〈泰姆山記〉）、歷史事件（如：《結義西來庵》、《寒夜三部曲》）、族群衝突（如：《咒之環》）等；二十一世紀開始，尤其他八十歲以降，因積澱了豐富的生命經驗以及面對肉身年老的迫切感，這時期所描的「鄉」所寫的「土」，自是與一九七○年代王拓筆下充滿艱苦、風霜的漁民、討海人的勞動，抑或與黃春明形容農民聆聽稻浪隨風吹產生如西北雨沙沙聲時即知準備割稻，或寫養豬貸款法及農村逐漸流逝之景不同。李喬不時傳達生命有限的自我提醒，自然也透過小說的人物透露他對「傳承」什麼給下一代的省思，或者希望下一代守住什麼理念，明顯窺見其書寫更逼近當下的環境現實，誠如：苗栗地方產業發展、世代價值觀差異、自然生態的破壞，乃至如何面對年老及告別人世的課題。這些從他近作皆可窺見，如：特寫植物與動物的散文：《草木恩情》（2016）與《游行飛三友記》（2017），夾雜百科式的介紹，並融入個人與草木動物接觸或交手的生命經驗，以此提出對自然生態或土地的觀感與理念。但其實，在這兩部散文之前，他撰有小說《咒之環》（2010）、《散靈堂傳奇》（2013）觸及「回歸自然」的意念，另《情世界：回到未來》（2015）、《生命劇場》（2018）明顯關注地方產業與善待其他物種的呼籲。莫非近年作者轉型自然書寫嗎？若然，那麼，據吳明益爬梳臺灣自然書寫之脈絡，可知戰後有鄉土文學和自然書寫中的簡樸生活文學代表：陳冠學田園式風格、孟東籬的愛生哲學；而進入八○年代後：

> 臺灣自然導向文學變得愈加蓬勃，無論是隱逸、田園、簡樸生活式的寫作，或是環境書寫（韓韓、馬以工、心岱等等），或是兼容觀察與批判色彩的自然書寫（劉克襄、徐仁修等等），都可以視為對當時環

境崩毀的一種覺醒，並且以書寫進行抵抗。[1]

吳明益進而認為「九〇年代開始，相關書寫則轉入一種較接近於『追尋』的姿態。」[2]包括解決環境問題抑或心靈的深層對話。那麼，試問：李喬在這些前行書寫上，是否有別於劉克襄以導覽之姿對鳥類、樹種詳實的觀察記述，或如馬以工關注環境保護運動，抑或類似簡義明形容的王家祥，「更願意直接面對與正視自然保育動物所無法避免的『政治／權力』的問題。」[3]？或者，李喬有其獨樹一格之創寫呢？針對《草木恩情》並兼及《游行飛三友記》，陳惠齡曾闡論《草木恩情》乃：

> 以「草木」為輻輳，從文字到現實生活的個人情志、區域生態、族群關懷、歷史追尋、庶民生活與家國敘事，甚至是鍼砭陳情的寫作姿態，在在透顯李喬有意借用草木，見證並建構另一種臺灣田野誌。[4]

何謂「另一種臺灣田野誌」？陳惠齡此處強調的是李喬運用其田野經驗、自然知識，來關懷臺灣自然與歷史人文面向，據其分析「就李喬呈現的『草木圖像』與『視覺詮釋』而言，固無法包覆臺灣田野史的整體，但對於地方性的草木圖誌，確有其深廣的繪製表現。」[5]李喬的「自然書寫」並非運用豐沛的文句修辭細緻摹寫花草動物的形貌樣態，亦非形同一般植物學嚴謹地客觀記錄植物的分類、命名、鑑定，也不在於如同民族植物學強調某族群對植物的認知或承載大量地方知識。不過，書寫到部分他在苗栗常見的動植物，

---

1 吳明益：〈戀土、覺醒、追尋，而後棲居——臺灣生態批評與自然導向文學發展的幾點再思考〉，《臺灣文學研究學報》第10期（2010年4月），頁67。

2 同前注，頁68。

3 簡義明：《寂靜之聲——當代臺灣自然書寫的形成與發展（1979-2013）》（臺南市：臺灣文學館，2013年），頁94。

4 陳惠齡：〈另一種臺灣田野誌——李喬《草木恩情》的自然書寫〉，《演繹鄉土：鄉土文學的類型與美學》（臺北市：萬卷樓圖書公司，2020年），頁215。

5 同前注，頁219。

則賦予生活運用、地方記憶等敘述。而更多的內容是他根據情之所至，描繪與動植物有互動往來的印象做連結，如：自省過去對待草木蟲魚鳥不成熟的行為，或批判社會經濟發展或人類消費行為過程對植物的強迫扭曲生長。這樣的價值觀背後，筆者所留意的誠如陳惠齡也揭櫫的：

> 李喬為大自然發聲，非僅控訴「人類自造孽」，而是更忠實地自我曝現，重申「大去之前，在此公開認罪」，請求寬恕。這樣的懺情，當然也見於《游行飛三友記》文中，頻頻回首清算檢視虐殺番薯鳥等「自然之孽」。[6]

亦即，他透過對物種與自然的書寫，不斷告解認罪，除了坦承自己過往對生命造成過的傷害，更為人類集體表示羞愧。循此，筆者進一步思索：受洗為基督徒的作者，除了「認罪」，還傳達了什麼土地倫理（指處理「人與土地」及「人與土地上動植物」關係的一種倫理規範。[7]）或者其旨在表述「地方意識」，抑或將他念茲在茲的《聖經》義理融入其中？

而李育霖觀察自然書寫時，注意到當作家描寫昆蟲或動物，「人類重新反省自身作為主體以及動物作為客體的主客觀認知結構。換句話說，作家嘗試透過書寫，捐棄以人為中心的環境與世界觀，進而繪製一幅不再基於主客觀認知結構下的環境。」[8]也許，李喬的企圖尚未全面重繪一個扭轉主客觀認知的環境，卻可就其《生命劇場》發掘他打破以人為世界中心的思考，敘事手法穿插採用老茄苳、樟樹、鱸鰻等視角，揣想並陳述其心聲，不時將「人」翻轉為客體審視與批判。

曾自剖：「我絕望，但不敢絕情」[9]的李喬，其實筆下處處有情，但或許

---

6 陳惠齡：《演繹鄉土：鄉土文學的類型與美學》，頁226。

7 蔡振興：《生態危機與文學研究》（臺北市：書林出版公司，2019年），頁41。

8 李育霖：《擬造新地球：當代臺灣自然書寫》（臺北市：臺大出版中心，2015年），頁9。

9 楊雅儒：《人之初・國之史：21世紀臺灣小說的宗教修辭與終極關懷・我絕望，但我不絕情──李喬訪談錄》（臺北市：翰蘆圖書出版公司，2016年），頁279。

作者對人類社會真的不抱存希望，故新世紀以來，其《咒之環》（2010）和《散靈堂傳奇》（2013）結局均安排主角回歸山林，如：《咒之環》的林海山遠離社會運動、政黨、學術圈，選擇當一名自耕農；《散靈堂傳奇》蕭阿墨成立新興宗教，也參與地方社會運動，但最後也回歸山林。或能多少窺探作者內心趨向。因此，本文論述架構上，擬先概述他二十世紀的小說涉及「鄉土」時多與「母性」、「孕育」意象疊合，藉由先民開拓與族群競逐的歷史議題彰顯守護土地的精神，至於書寫其他物類，如：《情天無恨》、〈修羅祭〉則滲透佛理思想，然而，從《情天無恨》到《情世界：回到未來》作者透顯的萬物有情是否展現了不同屬性的思想？又，經其一九九三年改宗歸信上帝，二十一世紀以降，他對土地、物種的思索更融入了「應許之地」的價值觀。論文後半段將聚焦探討李喬《情世界：回到未來》（2015）、散文《草木恩情》（2016）與《游行飛三友記》（2017）及小說《生命劇場》（2018）如何雜揉佛教與基督宗教思想，深涉自然物種、人與環境互動的省思，期能綜觀李喬二十世紀小說的土地書寫主題與特色怎樣承衍與轉變，遞增來自宗教視角的土地倫理價值，展現保護生態與投身自然的意識與表現。

二　母土・鄉土・國土

（一）大地為母親——孕育者的地觀

作為李喬的生長環境「蕃仔林」，指的是苗栗大湖山區這地帶，蕃仔林分上下兩區，他自述：「上蕃仔林，朝西巍峨林莽巨巖山區，中間夾一山泉小溪。南塊只我李家茅屋一棟，北塊遙遙相對高度有一小庄，住五六人家。」[10]對於生長地，他特別能感受窮苦階層者的苦樂，他形容：「那是最接近，匍匐於土地的一群人，不是別人，是家人家族鄰居。所以，土地、大

10 李喬：《我的心靈簡史——文化臺獨筆記》（臺北縣：望春風文化事業公司，2010年），頁21。

地是我的作品最切近、最根基的部分。」[11]

在「蕃仔林」系列作品中，〈飄然曠野〉（1965）的敘事者在生病的母親、愛慕的薇薇之間，交錯著表露對他們的心情，也不時交相投射兩者的形象。最後更敘述自己走過稻田、草莓園，呆立在曠野上，彷彿迷失，從母親的孕育到離開母體，擔憂母親邁向消逝，也不安會失去愛人，而在無邊的曠野中敘事者思索著如何往下前進，充分彰顯作者將母性與大地意象、生命的走向結合在一起；〈那棵鹿仔樹〉譜寫年輕人往都市發展，面對家鄉土地產生不同選擇，也捨不得苗栗鄉間地貌受到破壞，情節開頭就把家鄉的美景具體地描繪出來：

> 苗栗到大湖，十五道窿洞，這中間景致，最最好；甚麼畫家們都喜歡來「寫」甚麼「生」哟！這不管他，由在這兒長大，又老了的人看來，祇覺得，這些山水都很實在，很穩，很，很剛好就是！這裏，不是饅頭山，沒有闊闊坦坦發白的石卵枯河床。山，尖尖利利的，像倒過來放的大鋸子的齒，一稜一邊，轉直角，切一堆，削一片，劈一刀；上面的樹木桂竹林，密密團團地，像老母鵝肚底絨毛那樣，茸茸蓬鬆。遠看是淡藍，再遠是滲上淡紫，再過去就和天空接合著；走前去是滿眼青青黑黑，再前去，連自己也映印成青綠色的小點點了。[12]

透過明晰的視覺、觸覺書寫強化了作者對苗栗自然地景的親近、熟悉及愛慕。而將桂竹林的茂密視為老母鵝肚腹的絨毛，又結合自然與母性孕育的意象。

作者因為寫家鄉與童年的人事物，又因緣閱讀余清芳革命檔案資料、弔古戰場、訪遺老，促使他後來撰寫《寒夜三部曲》，他自稱「這是庶民百姓的土地苦戀史」[13]。其中令讀者特別有感的「燈妹」一角，從棄嬰成為童養

11 同前注，頁57。

12 李喬：〈那棵鹿仔樹〉，《李喬短篇小說全集　第三集》（苗栗縣：苗栗縣立文化中心，1999年），頁278-279。

13 同前注，頁61。

媳，以至年輕守寡到改嫁，乃至後來成為人母，直到她過世時，劉明基深刻感受到：

> 阿媽，和死不死沒有關係，阿媽是永恆的。阿媽就是那個光、那個燈啊，百千燈作一燈光，亮在蕃仔林，亮在太平洋的上空、也亮在自己的巍峨靈臺之上。[14]

依此，呼應於作者自序所述的：

> 筆者認為萬物是一體的。而大地，母親，生命（子嗣）三者正形成了存在界連環無間的象徵。往下看：母親是生命的源頭，而大地是母親的本然；往上看：母親是大地的化身，而生命是母親的再生。[15]

楊翠解讀到燈妹的形象宛如人間肉身菩薩的形象，她的自我主體是經過辯證與實踐的：

> 「善良母神」的眾生渡化與自我實踐同時並行，燈妹的主體意識，是一個流變的進行式。而此種自我主體意識，則是一個脫離父族的女性，如何在流徙中，反覆自我辯證、自我增生、自我實踐所致。[16]

齊邦媛數度肯定《寒夜三部曲》，論其譜寫的生存之戰、人性尊嚴之戰、死亡之戰，甚且以荷馬《奧德賽》主題對應，同時，點出其小說懷有大愛大恨

14 李喬：《寒夜三部曲——孤燈》（新北市：遠景出版事業公司，2001年），頁515。

15 李喬：《寒夜三部曲——寒夜・序》（新北市：遠景出版事業公司，1991年），頁2。

16 楊翠：〈「大地母親」的多重性——論理橋《寒夜三部曲》、《情天無恨》、《蘭彩霞的春天》中的女性塑像〉，收入姚榮松、鄭瑞明主編，《李喬的文學與文化論述：第五屆臺灣文化國際學術研討會論文集》（臺北市：國立臺灣師範大學臺文所；臺南市：長榮大學臺灣研究所，2007年），頁623。

情懷與訴說天地不仁的哭聲，是「真情與真誠絕對投入而寫的孺慕詩。」[17]更以「母親的故事」[18]名之。這種凝視土地如母親的態度，其實在李喬作品俯拾即是。誠如《寒夜》即以鱒魚返鄉的表現傳達故鄉是「生命的發祥地，永恆的母親」[19]。這種將大地擬為母性形象，在希臘文化中以Gaia名之，《基督信仰中的生態神學：天地人合一》闡述：「近代生態學者和女性運動者引用希臘文化中這種『地母』的觀念，而發明所謂Gaia理論。這種理論視大地為一種具有生命，而且能夠反應的有機體；它具有一種抗拒不利於環境的改變的能力，而使環境保持於穩定狀態（homeostasis）中。」[20]可見認知大地如母孕育、包容萬物的觀念是普世性的，而李喬的童年生活與父親經常缺席，唯母親同在的生命經驗，更可理解他自童年成長對鄉土的理解包含貧窮、鄰人接泥土氣息的苦與樂，這種努力耕耘、渴盼收穫的情懷，就如孩子對母親的嚮往相似。

（二）資源地與戰場——從競逐者到應許者的地觀

> 回想過去，是種歷史的行動。一個人回想過去，就是在確認自己的歷史性。回想過去，是承認有變化，有演進，承認有偶然性和不連續性。[21]

李喬有大量的作品在回顧臺灣集體的過往，處理歷史事件與族群衝突，自然觸及開拓者、入侵者為了謀生存對土地的競逐。以《寒夜三部曲》而言，《寒

17 齊邦媛：《千年之淚》（臺北市：爾雅出版社，1990年），頁180。

18 同前注。

19 李喬：《寒夜三部曲——寒夜》，頁3。

20 谷寒松、廖湧祥：《基督信仰中的生態神學：天地人合一》（臺北市：光啟出版社，1994年），頁57。

21 布魯格曼（Walter Brueggemann）著；戚時逝等譯：《土地神學：從聖經信仰看土地的賞賜、應許和挑戰》（新北市：校園書房，2016年），頁73。

夜》譜寫一八九〇年至日本人殖民後，拓墾者彭阿強等人的故事，他們艱辛開墾，但也面臨地主、官方大租與小租等壓榨；守成不易，待《荒村》所寫的日治時期，則可見日軍的血腥屠殺，以及因應土地官有化的威脅所發起的各種農民運動，如：在苗栗地方舉辦的演講會，劉阿漢對俊梅表示會提及土地拂下問題、蔗農、佃租問題，進而形容劉阿漢自省因環境所迫，成為了一個怎樣的人：「祇是為生活，為生存，就像一隻餓極的猴子，誰搶奪牠裏腹活命的蕃薯，牠就舞爪露齒抗拒一樣。」[22]這是為了守護土地與家園、子孫而展現的反抗之姿。而其《結義西來庵——噍吧哖事件》亦呈現掠奪者將臺灣人視為次等公民，展現貪婪的面貌，提及反抗發生的原因與日方政策有關，一九一五年八月十七日舉行日本始政廿周年紀念的同時：「宣布了『儲糧報國』的壓榨手段：指定各區各庄各保，依生口計算，必須輸出米糧若干；鼓勵臺人以蕃薯為主食，把白米輸往『內地』（日本本國）。」[23]倘若追究作者何以大量爬梳臺灣歷史，甚且親赴臺南、高雄訪調，觀看忠魂塔骨倉的烈士遺骸，或許可從布魯格曼的一段話思索：「對空間的追求可能讓人從歷史中逃遁，對地方的渴望卻使人決定踏入歷史，以清晰可辨的子民的身分，踏上具體可辨的朝聖之旅。」[24]作者對地方、歷史的書寫在他改宗歸信上帝之前即已開展，雖非踏上所謂朝聖之旅，卻能藉此開展一條認識自我、重建自我的路途。認識了自我以後，作者進而關切一九七〇年代原住民青年的生存問題。刻畫原住民青年深受「農地重劃」政策影響，轉向都市謀生的《山園戀》敘寫男女主角分別要留守部落、前往都市的選擇，反映了他們面臨生命境遇的轉折與內心衝突，最後男主角選擇要與土地緊密連結，而女主角則在闖蕩後決定返鄉，這樣的抉擇自然反映了作者內心對鄉、對土的依戀感。

李喬於一九九三年十二月受洗為基督徒，當他對基督教義理思想逐漸嫻

22 李喬：《寒夜三部曲——荒村》（新北市：遠景出版事業公司，1986年），頁12。

23 李喬：《結義西來庵——噍吧哖事件》（臺南市：臺南縣文化局，2000年），頁137。

24 布魯格曼（Walter Brueggemann）著；戚時逝等譯：《土地神學：從聖經信仰看土地的賞賜、應許和挑戰》，頁7。

熟後，關於土地的思考也開始融入的神學性的觀點，他有篇雜文曾寫道：

> 實際上，臺灣長期為外來系統者所宰割。所以臺人被養成失憶的族類，於歷史、於現實人民是「不在場」的。土地非人民真正擁有，權力更是被強權剝奪。站在基督神學立場，土地與權力是人與上帝立約而擁有：一切歸諸上帝、上帝也是人民所共享有。[25]

面對人世間爭掠土地的暴力衝突，李喬訴諸超越世俗的理解方式詮釋土地並非人類真正擁有的，美國新教舊約學者、神學家布魯格曼（Walter Brueggemann）即闡述：「聖經主要關切的，就是流離失所、渴盼地土的議題。事實上，聖經所應許的，正是現代社會所否定的。」[26]那麼，李喬借鏡《聖經》思想，有無進一步在小說創作傳達創造／受造的問題，乃至所謂土地應許的神學價值觀呢？

《幽情三部曲》之一《咒之環》，以巴宰海夜祭的咒詛為始，回溯漢人對原住民的殺伐，這場原為收穫祭表達狂歡的祭典，卻宣告了備受敬仰的bahuh-adna（巴赫．蕁娜）準備出走，且噶海歌舞進行到最後，bahuh-adna（巴赫．蕁娜）現身指稱：

> pazeh啊，漢人啊！各族人啊！
> pazeh，乃無誠心敬祖靈，守家園。
> 要受咒！要被綑綁！
> 漢人啊，最壞！
> 傷害pazeh，毋同pazeh相好結同年；
> 爾汝無愛惜土地

25 李喬：〈臺灣文學與本土神學──由基督教談起〉，收入曾昌發編，《臺灣文學與本土神學》（臺南市：南神出版社，2005年），頁20。

26 布魯格曼（Walter Brueggemann）著；戚時逝等譯：《土地神學：從聖經信仰看土地的賞賜、應許和挑戰》，頁3。

爾汝毀壞河川，毒殺魚蝦

爾汝時時年年久久常常，

搶走pazeh牛豬雞鴨魚乾稻穀睡房。……[27]

後半段進而咒詛若未能改變作為，後代子孫也將遭受殺害。情節歷數一七〇一年漢人迫害道卡斯的「大甲割地換水事件」；墾戶郭拜壇在埔里大肆屠殺，尤以pazeh最多，埔里因而形同鬼域。此咒詛作為前述互相殺害的因造就的果。若要解開咒之環，須得從《聖經》找到方法：

創世記三章十七節：（亞當受誘，神的聲音說）：你聽從妻的話，吃了我吩咐不可以吃的那樹上的果子。因為你的緣故，地必受詛咒……。

第四章十一節：（該隱殺亞伯）神說：地從你手裡接受你兄弟的血；現在你必從這地受詛咒……

這兩段經文明白指出：受詛咒是因為人的行為。臺灣的災難來自臺灣的居民的罪孽。

並非因為住在臺灣而被詛咒，是臺灣因我們而蒙難。[28]

取經於上帝創世觀，彰顯創世者／受造者的關係受到破壞，誠如《基督信仰中的生態神學：天地人合一》所闡釋：

本來伊甸園要人去「耕種」和「看守」的，現在由於人類悲劇性的行為，跟土地疏離，所以，對他們來說，耕種土地乃變成困難和重擔。[29]

至於殺害手足，上帝也責難該隱，提出咒詛。谷寒松，廖湧祥認為：「這是

27 李喬：《咒之環》（新北市：印刻文學生活雜誌出版公司，2010年），頁42-43。

28 李喬：《咒之環》（新北市：印刻文學生活雜誌出版公司，2010年），頁324。

29 谷寒松，廖湧祥合著：《基督信仰中的生態神學：天地人合一》（臺北市：光啟出版社，1994年），頁126。

聖經首次對土地污染所表示的關心。此處耶典的作者告訴我們：該隱謀殺他的兄弟亞伯的行為削弱了土地生產的能力。」[30]雖然咒詛已成，但作者仍從《聖經》尋得救贖之道：

> 「臺灣人能不能從罪孽中──也就是災難中脫出？」
> ──上帝要拯救人，還是不能空口白話，必得以獨子潔淨寶血──也就是無罪孽的生命去「質押」，人方得脫罪。救贖來自認知有罪，承認罪孽，最最重要的要有補過的行動。[31]

何以巴宰海的bahuh-adna（巴赫・萼娜）下的咒詛，《聖經》中的認罪行動得以解咒呢？顯然作者一方面為原住民過去受的傷害抱不平，一方面其「地觀」已融入神學思考，故而並置「臺灣人對生命、土地的不敬重」與「亞當夏娃造就悲劇、該隱殺亞伯」兩組概念相互照鑑。而據情節內涵所指，bahuh-adna（巴赫・萼娜）因憤怒傷心離去，但上帝卻有拯救人的具體方案。由是觀之，作者此處彰顯土地不再是人類憑暴力占有的，也非過去描寫開拓者那種草根性或抗爭力道，而是收攝進《聖經》創造者／受造者的關係，即土地為上帝應許的，並由其訂立獎懲秩序，作者訴諸《聖經》修辭，可藉以提出對人們始終對立、互相傷害提出警示。

故事另一條線則寫活在二十一世紀的林海山所面對的「生存危機」，他雖然集福佬、道卡斯、客家、泰雅血統於一身，有太平天國時期流浪來臺的曾祖父，又跨足人類學、政治圈，卻始終感覺受到各種「排他性」，無法依血統、身分、語言，或者專業領域獲得歸屬感，最後敘事者透過「直觀映象術」察看林海山之墓，該墓碑上寫著「自耕農」，暗示他將離開政治學術圈，回到山海之間與土地親近，也唯有大自然能接納所有人。

---

30 谷寒松，廖湧祥合著：《基督信仰中的生態神學：天地人合一》（臺北市：光啟出版社，1994年），頁127。

31 李喬：《咒之環》，頁324。

至於《散靈堂傳奇》的主角蕭阿墨，世俗生活曾經歷過失落挫敗，但後來他逐漸找到重心，且成為一教之主，在獅潭舉辦的招魂安靈法會上，他特別在供桌上安放六座「聚靈碑」，其中包含：臺灣草木聚靈碑、臺灣河溪聚靈碑、臺灣土地聚靈碑——可見作者除了敘寫道教、佛教、基督教神祇外，也敬重大自然。

而該書號召若干文化界、宗教界、文學界朋友各自撰寫一篇祭辭給臺灣人祖先，亦能窺見不同族群（如：原住民、客家人、閩南人）、不同宗教（佛教、基督教、民間信仰）概念下對祖先、自然萬物、土地的觀點。誠如：巴代的祭弔文特別敬告土地神靈，請求指引亡靈；而范文芳的祭辭則對義民眾爺傳達商家以不人道方式飼養神豬的殘忍，是一種不敬之意；又以李喬之名跳入情節，其所寫祭文則請英魂返鄉，並稱高山鱒是「共祖」等。後來，蕭阿墨更創立臺灣角鳴黨，但他與妻子卻經常隱沒深山。綜觀這兩部長篇小說與本文議題最重要的連結在於，作者已透過主角開始傳達隱遁山林，以大自然作為依歸的理念，無論他們人生如何豐富、如何邊緣、如何活躍、如何辛苦，最後他們選擇與土地親近，以此承先啟後，預示李喬接下來致力於見證、記錄苗栗鄉土的物種、產業，以及自己長年的觀察與生活經驗，深化自然書寫。

三　觀萬物有情——從《情天無恨》到《情世界》

作者諦視萬物有情的觀點，並非在二十一世紀的小說散文方才大量闡述，在其短篇小說〈修羅祭〉早已可見，他譜寫黑狗洛辛的命運與敘事者「我」內心的掙扎與思考。由於洛辛時常面對人類想吞吃牠的處境，身為教師的「我」伸出援手，但洛辛卻像叛逆小孩，秉持不卑不亢、不與人親暱、有所食有所不食，不吃軟不吃硬，不全然接受主人的安排，違反了人類的集體生活型態，最終逃不了成為「香肉」的結局。作者融合了佛家苦難之說、六道之一修羅（Asura）的概念以及反抗論述，表示：

> 生命界裡面，有一類是天生下來就好瞋易慢常疑忌的；不管是動物還是人們，這些生命天生就要多受苦難魔劫的吧。你用多大外力改造他，改變的程度還是少得可憐；他自己也無可奈何的，躲進藕絲孔裡也沒辦法⋯⋯。[32]

性格如何導向悲劇，以及對自由的追求與反抗外力侷限等，成為該小說辯證的主旨。到了《情天無恨》新編白蛇傳故事，更是承繼白素貞有情，區別於男主角的懦弱。作者開章列舉生物學、天文學、佛教等認識論述說人類「渺小」，他借用佛教修行境界形容白蛇累經千年修行，不僅進入初禪天境界，還決心成為一個「新人」，作者細加描摹從動物之身轉為「人身」以後，白素貞真切體會身為人的生理本能與種種無明。而情節最精彩的是她與法海鬥法的片段，李喬挪用佛教密宗印訣概念，描繪法海以「怖一切為障者」印試圖摧毀白素貞，白素貞則在關鍵時刻體認到這個降魔的法印，同時能讓一切眾生如願，因此她施展此印對應，化解被毀的危機。另楊雅儒認為情節最後的創意之筆在於：

> 《情天無恨》雖引佛學思想，但渡化白素貞與法海者卻非觀音菩薩，而是「西王母」，筆者認為此乃取西王母變形神話中，初為人身豹尾、人面虎齒的形象，提醒人與其他物類當和平共處。而最後白素貞與法海皆得徹悟，不再執迷於「族類」之別，兩相和解，也釋去各自的我執。[33]

換言之，李喬從佛教印訣省思二者的對決出路，又轉化西王母神話，並承襲《聊齋》同情物類，反諷人類無情無義等，暗示要超脫人這個位格本身的限

---

32 李喬：〈修羅祭〉，《李喬短篇小說全集6．修羅祭》（苗栗縣：苗栗縣立文化中心，1999年），頁341。

33 楊雅儒：《人之初．國之史──二十一世紀臺灣小說之宗教修辭與終極關懷》（臺北市：翰蘆圖書，2016年），頁164。

制性。那麼，到了《情世界——回到未來》他又運用了什麼思想，表達對各種物類的關懷呢？

目前關於該書的前行研究尚且寡少，蔣淑貞〈逆寫當代愛情：李喬《情世界：回到未來》之知識與價值〉[34]從客家話的使用、書寫臺灣的未完成狀態及自傳色彩濃厚等幾個面向探討李喬《情世界：回到未來》，旨在論證該小說與《幽情三部曲》應可歸類於大河小說。戴華萱從情色書寫視角探討「李喬和鍾肇政一樣都是主張『性情愛合一』」[35]，「李喬對虛擬性愛將人類客體化的發展趨勢表示憂心並提出警告」[36]等觀點，某種程度，該書延續《V與身體》對身體、自我、慾望的審視。而黃稚雅碩論〈李喬小說超越向度追求中隱含之神學意義　以《情天無恨——白蛇新傳》、《情世界：回到未來》為例〉研討李喬作為臺灣基督徒小說家如何理解基督教教義，並從苦難觀點與神學書寫之建構、救贖的關係著手，探討《情世界：回到未來》展現了從苦難的超越到「超越苦難」主體。筆者則關注作者如何以「有情」之眼諦視土地與生命。

該小說情節自古台森慶祝七十大壽開展，他的三個孩子從不同地方返回苗栗銅鑼三義段齊心為他慶生，從而回顧古台森曾經歷離婚、單親撫養孩子、二度結婚，及退休後經營苦茶園產苦茶油的過程。

當古台森的兒女回苗栗為他慶生時，古台森即傳達希望未來兒女能守住苦茶園的心願，其兒女也分別表示願意回來播苗、插枝，或增設蜜蜂箱等。循此，情節回顧古台森在很年輕的時候就感受到：

---

34 蔣淑貞：〈逆寫當代愛情：李喬《情世界——回到未來》之知識與價值〉，收入陳惠齡主編；國立清華大學南大校區中國語文學系主辦；新竹縣政府文化局，財團法人新竹學租教育基金會協辦，《自然、人文與科技的共構交響——第二屆竹塹學國際學術研討會論文集》（臺北市：萬卷樓圖書公司，2017年），頁255-267。

35 戴華萱：〈如何測量情色的深度——李喬與鍾肇政、葉石濤的情色論對話〉，《臺灣文學研究學報》第24期（2017年4月），頁64。

36 戴華萱：〈如何測量情色的深度——李喬與鍾肇政、葉石濤的情色論對話〉，《臺灣文學研究學報》第24期（2017年4月），頁64。

> 生物弱肉強食，血腥殘忍……無奈的結構。反之；草木藻類，永遠的獻身供應，令人恭敬感恩……[37]

因此他選念植物研究所，而他的父親曾是擔任「前拖」的伐木工人，留下一片山園，由於古台森年少與大自然親近，於是，他離婚後，雖一度白天擔任特約導遊，夜間流連於體驗「性」的俱樂部一段時日，卻赫然慚愧地想起，其父親過世前贈與他的三義鄉雙峰山一甲多的山園，作者描繪他倏然清醒，下定決心要經營苦茶樹園，並動念想找個「伴」相偕經營。

在此背景下，作者觸及生態學概念，也敘寫臺灣苦茶樹產業的相關知識，舉凡：樹苗來源、種植方式、榨油方式，為詳實闡述搭建苦茶園與建蓋「桂竹榨油坊」具體細節，說明古台森帶工人到獅潭鄉桂竹竹材產地選購桂竹片，此外，他前往三灣、卓蘭、南投竹山了解一些苦茶油的製作與設備，雖然費三頁篇幅敘寫取油方法與特色，甚至圖表化其榨取後的營養成分，也許稍微打斷了小說閱讀上的流暢感，但這顯然也是作者除了敘事觀點以三種視角切入之外嘗試的實驗之一。至於此書是否引渡了神學表達地觀呢？由於作者「盡力」於抒發對感情的觀點，故藉古台森之口探問：

> 「《聖經》上的記載，上帝一再表示後悔造人；就不知道：上帝看了『今天的人類』，如何面對？」[38]

雖然此語針對性的氾濫與暴力而發，但筆者認為也可同步用於觀察口出此言的古台森形象傳遞的理念，從開卷至此，不難領略作者意圖將三灣、獅潭、銅鑼、三義、卓蘭等苗栗地方的產業特色加以介紹，準此，雖然小說家旨在大談性、情、愛，不過，亦可發掘他對苗栗「地方」的「有情」，倘若作者經由敘事者之口思忖上帝表示後悔造人的問題，那應不僅止針對性、感情關

---

37 李喬：《情世界：回到未來》，頁54。

38 李喬：《情世界：回到未來》，頁288。

係的議題，自然也包含看待土地、人與環境關係的態度，換言之，藉由描繪敘事者經營苦茶樹園，彰顯其「地方意識」，其書寫猶如蔡振興討論地方意識時表示：

> 這種認同並非「迷認」（misrecognition）、「認妄」或嵌有「排他性」的思想。相反的，它是一種「場所精神」（genius loci），表達「觀者與環境、人與地方的一種生態關係」（qtd. In Relph 66）。[39]

透過古台森傳遞他對自我興趣與志業的選擇，進而採取行動實踐對地方生態的了解與尊重，並取經各地專業者的作法，尋得適合的栽植方式、榨油之法，作者多處記述這些種植取油等知識性內容也絲毫不認為會影響其小說情節藝術，似乎透過古台森將這些照護或運作茶園的方式傳遞給兒女一樣地直接傳達給讀者。透過古台森的生命型態選擇，無論愛情價值或他珍愛鄉、土的倫理觀，均彰顯從擁有的土地為根基再創造新契機使其永續，乃是人們應當趨向之路，承此小說強調的地方意識，作者接續「以身作則」在兩部散文中傳達他與植物、動物的互動經驗與感念。

四　懺罪與感恩——《草木恩情》、《游行飛三友記》

吳明益觀察自然書寫的若干文學表述模式中，其中一種是作者經「多次經驗、思考、反芻、剪裁後的呈現」。[40]李喬長期生活於苗栗，自幼年的蕃仔林到後來的公館，他有充分的時間認識、體驗公館、銅鑼、三灣、大湖，乃至獅潭附近的自然人文，並反芻生活記憶剪裁而呈現。不過，延續對大自然與生態的關切，作者接續的兩部散文直接透露，其目的不僅只是轉化生活經

---

39 蔡振興：《生態危機與文學研究》，頁63。

40 吳明益：《以書寫解放自然：臺灣現代自然書寫的探索（1980-2002）》（臺北市：大安出版社，2004年），頁55。

驗，《草木恩情》前言自白因長期處在苗栗「山線」，初中又讀蠶絲科職校，最親密的始終是群山草木。但人類卻常以草芥為鄙卑的代稱。他為表達對草木的感恩，故撰此書。該書涉及的植物主要為山野常見的植物，可當食材、藥材、器材，每篇行文或著重生活經驗、或聚焦植物相關產業，抑或功能，但總有小篇幅的知識性材料，略述其生長期、外貌特徵、科屬、功能；而《游行飛三友記》乃泛指水中、陸地爬行、飛翔天空的三類生物，作者廣泛取材苗栗鄉間，乃至臺灣各地可見的動物，以動物為篇名，每篇大抵先鋪陳動物的身形大小、顏色、習性、出沒地帶或時間及行動特色，隱含百科式的介紹，不過綜觀而言，作者所述多半是自己與這些物類的接觸，融入生命經驗之後，就有了生動的記憶與近距離的認識，循此，對於自己曾經傷害這些動物，提出誠懇的告解，並大聲疾呼人類應多加省思自己對生態系統中其他物類的破壞與罪惡，以此召喚讀者珍愛生態系統的各種物類，更具說服力。

先觀《草木恩情》，或可分為若干主題：

一、彰顯苗栗特色。舉凡作者列舉的「老鴉胗」，這是他兒時與同學玩耍的玩具，有許多玩法，而今，是否還見得到這種黑色硬殼圓形種子呢？作為在地人他指路：

> 苗栗大湖進入卓蘭鎮，會經過「鯉魚潭水庫」；在路程過半的馬路右邊地方，設有一座觀賞臺，在近湖那邊，藤蔓交纏中，有一團不很強壯的「血藤」，那三出複葉，頂上一葉橢圓形，長十二至十五公分，葉子背面被毛，花成串下垂；花瓣蝶形，紫紅色……可是每次經過都未見到扁平的莢果，更不見成熟裂開露臉的「小老鴉胗」了。[41]

植物的生長環境隨著城鎮開發與生態產生變貌，不難嗅出作者嘆惋的氣息；又如作者喜愛「香絲樹」（相思樹）的內斂，提醒每年桐花收工時，在三義清水高速公路兩旁，就有密集的香絲花簇；而觀察「臺灣連翹」，他則注意

41 李喬：《草木恩情》（新北市：遠景出版事業公司，2016年），頁32。

到公館的環市路，路樹有阿勃勒、樟樹、楠仔各自展現風格，而作為陪襯的矮樹則穿插種植臺灣連翹，作者從其花葉外貌，進而懷想撰寫《臺灣連翹》的吳濁流先生。

二、產業觀察。由植物延展的相關產業，作者也進行不少考察，誠如：其直言批評大湖鄉為了發展草莓產業，砍掉兩百八十多棵五、六十年以上的老樟樹，作者為了那些「樹屍」難過數月，作者也藉此文爬梳樟樹種類、特色，及公館鶴岡村伯公廟後茄樟共生之景，他認為其模樣平凡卻能耐惡劣的生長空間，隱含「臺灣象徵」；又針對草莓，另撰一篇「刺波仔」，此為客家話對草莓的稱呼，該文提及農會經營草莓酒莊獲利豐富，他曾建議回饋同鄉年長者與孩童鮮奶，並揭豬該產業背後的弊病，闡述當地種莓人家總會提醒朋友如要避免農藥，不宜前往開放大眾採取的草莓區；此外，在苗栗產量占百分之八十以上的香茅油，作者也詳實摹寫從香茅開花到割採香茅草、焗香茅油的歷程、方法；同樣地，也涉及苦茶油的營養價值、冷壓方式、油色等，以及二〇一四年起在公館特色園區出現的冷壓取油法，及「正常」油價。另作者曾一度熱衷養蘭，他回顧過去臺灣輸出蘭花的種類、情景，當時高價蘭花曾是一種「通貨」，在官商之間作為一種行賄途徑。

三、對植物的感恩與相知相惜。由於作者在艱困的童年與這些植物密切接觸，生活不免仰賴自然資源，因此憑恃植物「救命」之處也有，作者特別感念鹹菜伯婆藉由苧仔救回他的母親，停止血崩；以及童年他曾罹患初期肺結核，正因為家裡仰靠「杉仔」賺得醫藥費，而由此感念逐漸轉換為身為人或知識分子的一份「良知」，不免傳達對人類破壞自然感到虧欠，如：人對植物收穫有利可圖，因此大量運用農藥，最後反過來影響飲用水品質，他直呼：「當然錯不在芋仔，而是我們人類自己造孽啊！神啊，救救我們吧！」[42]且作者頻以仁兄、老兄來稱呼草木，這點陳惠齡曾揭櫫其意義：「李喬與自然的關係，已不再是『我和它』的物我疏離，而是『我和你』的親密關係。」[43]

---

42 李喬：《草木恩情》，頁90。

43 陳惠齡：《演繹鄉土：鄉土文學的類型與美學》，頁226。

作者亦曾犀利批判以藝術為名，刻意造作盆栽植物的情形：

> 這大概是中國信佛盆景家首創的。真柏是生命力驚天的「生物」，盆栽家把盆中真柏的主幹，有時連主要支幹也是──剝掉三分之一乃至三分之二樹皮，讓那部分樹身赤裸現身。這時真柏就憑那三分之一的樹皮裹覆下存活下來。這狀態美名曰：「舍利幹」。筆者「欣賞」之餘，對這種藝術家暗斥一字：「幹！」[44]

諸如此類不滿於人們過度標榜某種口號，破壞植物的自然天性者多處可見，然而，他也並非採取人類學家式的偏偏雜揉藝術描繪、歷史資料及科學文獻報告，作者更多展現其情感，也隱約導入神學性的觀點，如：他省思桐花祭乃從「一種聚會同歡、反省中新認識，並有去固舊走向新天地等意」[45]角度，引入《聖經》新天地的概念。而從「Tokeso」百香果的高營養成分與產地說法延展，則寫道：

> 西班牙傳教師以百香果的花中心形似「十字架刑具」，核中三分裂極似釘根，而花瓣有紅斑，與耶穌頭部戴荊冠而受刺流血的形象極類似，因此西班牙人就植稱為「受難花」、「受難之果」。人間救難之方，說來倒是意義深長。[46]

乃從百香果外貌的聯想與實質影響談述其多重價值。而寫「禾仔」，作者稱美其謙虛優雅：

> 「祂」依時序成長，「浪花」、含苞，稻串現身，成熟金黃，成為生物

44 李喬：《草木恩情》，頁247。

45 李喬：《草木恩情》，頁105。

46 李喬：《草木恩情》，頁202。

> 界的維生至寶，而「祂」默默獻身。[47]

臺灣人的主食源自稻禾，作者乃以「祂」稱之，明顯視之為寶，也予以神聖化。陳惠齡認為李喬這本散文集營造的草木世界具有烏托邦特色：

> 草木世界具有的「我城」空間感，結合了作者李喬的童年往事，儼然成為幽異而神妙奇幻，同時兼具「隱蔽所」（Refuge）和「光明地」（Prospect）的烏托邦空間特質。[48]

在此隱蔽同時具有光明面向的大地上，作者從童年的好奇調皮、到作為知識分子觀察物種產業獲利過程的良心喊話，徙至身而為人對自然萬物的感恩，並代表自我與集體懺罪，進而欣賞植物蘊藏的神聖性，咸可見作者土地倫理價值觀之變化。

《游行飛三友記》也有類似之跡，從人類寫起，歸類於「倮蟲」下，雖先寫人，但旨在陳述人類製造的災難，並省思倮蟲的各種自毀行為，其主題如下：

一、特寫苗栗動物生態。書中所涉的動物，於苗栗鄉居或蕃仔林可見者，囊括了：番薯鳥、夜鷺、穿山甲、鹿仔樹、山羌、蝙蝠、石虎等，特寫這些動物也間接得以窺見苗栗山區的自然生態，如：作者童年曾住在海拔六、七百公尺處，在住家茅屋後方近山溪石壁見過、在鷂婆嘴下坡也見過一回。他表示：「客語稱『羌仔』，印象裡是：小、弱、無膽的image。譏笑膽小，或虛弱的人，指為：瘦羌羌，羌仔樣。羌仔（e）。」[49]另外他幼年時泰雅老酋長禾興曾在茅園獵捕過穿山甲，後來穿山甲等山獸變少，但他仍曾在十多年前，於公館與獅潭間的錫隘隧道，發現「一隻爬過汽車公路的鯪鯉，

---

47 李喬：《草木恩情》，頁252。

48 陳惠齡：《演繹鄉土：鄉土文學的類型與美學》，頁224。

49 李喬：《游行飛三友記》（新北市：遠景出版事業公司，2017年），頁134。

有一般家貓那麼大，不過長多了，有四十公分左右那麼長。」[50]細數今昔變化，體現作者生活其中，仔細留意周遭環境的用心與感情。

二、啟發創作靈感的動物。如：作者過去曾書寫過若干小說或以動物為題材，或以動物為題名者。誠如前文提及〈修羅祭〉，敘寫一隻黑狗洛辛，逃不了被人吞食的命運；事實上，李喬確實曾豢養一隻名為洛辛的狗，他回顧養狗經驗，充滿溫情，寫到其老、死，妻子如何餵牛奶、為狗洗溫水澡，令人動容；〈鱸鰻〉乃書寫一寡婦獨自育兒的故事，而在《游行飛三友記》，作者則詳述一般人如何喜好不同鰻魚的補效、口感、營養；至於〈大蟳〉則從劉倚節為大蟳放生，卻因大蟳夾緊不放，導致他被車撞上，換取自身滅亡，蘊含濃烈的存在主義觀點與反抗意味，似乎暗示人無法擺脫出生終得面對死亡的課題；不過，寫在《游行飛三友記》裡的紅毛蟹則敘寫其生存環境的困難，並反思螃蟹，或許是適合觀看欣賞的物類。

三、闡述其「人文省思」。除了觀察這些動物的生存樣態與特色，作者也從中發掘牠們與人類的關聯。誠如：批評人類製造的噪音，如：槍砲、巨吼均掩蓋了自然天籟；而談到位階低的魚類「矮哥豚」，指涉殖民者與被殖民者的關係：

> 「矮哥豚」還有一粗野名號：「蕃仔羼」(ㄌㄧㄣˋ)。
> 這名稱似乎有一種羞辱取笑。可是追搜反殖民者「弗蘭芝、法農」的「黑皮膚、白假面」乙書所謂，殖民者對被殖民者雖然歧視，但潛意識深處，對被殖民者還是深深恐懼而敬畏的。「蕃仔羼」隱藏臺灣版的「黑皮膚、白假面」的象徵意義也不一定。[51]

當初如何為矮哥豚取此名號，已難追查，不過，作者對昔時以蕃仔稱呼他者背後隱含的蔑視之意較為敏感，故針對其他物類的命名作者也深有感觸。而

---

50 李喬：《游行飛三友記》，頁184。

51 李喬：《游行飛三友記》，頁22。

從細菌、病毒的存在，作者更進一步涉及文化原罪的省思，他稱屬於：「『內在性』的佛教系統有『業』（Karma）的認定，『超越性』的基督教系統有『原罪』（original sin）的說法。」[52]而因為不同文化體系對人性之惡產生不同的防患觀念與懲處方式，他也提醒：「文化的反省與變遷，人是可以改進或變動的。」[53]循此文化性的思考延展，作者從社會良知逐步轉向以神學的角度來看待大地與生物。

四、懺罪的告白。自李喬七十歲以降已常看見他各種層面的悔罪論與罪惡的告解，此亦可間接窺見他實踐基督教義理的態度如何思行合一。而八十歲後問世的散文集，作者懷抱愧疚告解曾虐殺三、四十隻番薯鳥；於〈臺灣藍鵲（長尾阿鵲）、烏鳩（阿鳩箭）〉悔悟當年曾剪去藍鵲左右翅羽，導致牠們不能飛，自視當年此行「缺德」，也覺知右手留下被抓的爪痕是應得；他更坦承當兵時期電暈過泥鰍，並撈起牠們作為晚餐，自認屬於惡行的一部分；〈石斑仔（石鱝魚）、白哥仔（溪哥）〉一文則自述不再釣魚的關鍵，並且希望他人勿要只為釣魚之樂而釣的行為，他就曾差點為此與人產生衝突，足能發掘作者的醒悟不只自我要求，愛生護生的果決態度也拓及他人，這部分在《情世界——回到未來》亦有互文，描寫古台森見到兩個年輕人在電魚，婉言勸告對方，對方回以去報警好了，古台森就真的去報警；而另有一位釣客以特殊吊鉤專挑大魚，後來古台森也勸告他不要輕易教他人這種行為。對照於此，可知作者將生活經驗與理念融入小說和散文書寫。同樣傳達愛生、護生的呼籲，在〈貓仔〉、〈龜仔、團魚（鼈）〉亦可見。

從悔罪進而感恩、而禱告，他惦念曾被蟾蜍救過一命，也盼望人類能留些自然濕地，以免滅絕像小紅毛蟹這類物種。後記則類似禱詞：

> 「一切受造之物，一同嘆息勞苦，直到如今。」而今唯一祈求是：人類能夠少作孽，讓地球多保持幾年生物可以存活的狀態，這是代表生

---

52 同前注，頁238。

53 同前注。

界醫治的祈求，阿們。[54]

作者早在二〇一〇年問世的《我的心靈簡史》已提出「文化臺獨行動」的若干方針，其中一點為：「敦請『臺灣生態研究中心』完成下列工程」，他希望學校、大眾能閱讀生態環境理論；彙編認識土地、臺灣植被的各級叢書；並且帶領不同年齡層的人長期進行認識臺灣之旅，同時他肯定陳玉峰教授的相關行動。在本節闡述的兩本散文，恰可見這些呼籲落實在創作上。整體而言，作者懺悔過去對動物的傷害、感恩動物草木。別於其多數反抗書寫，他寫這些動植物，均懷抱謙卑之姿，一方面省思人類的破壞如何造罪；一方面向動植物學習，並提出觀察，賦予文化層面的思考。

五　聽眾生之聲——《生命劇場》

《生命劇場》目前尚且較欠缺前行研究，作者在文學形式上進行小說和戲劇式的自白展演，同時融入敘事者擬想生命若作為一場戲劇的話，當如何下臺？如何告別？

無論作為故事或戲劇，總是需要高潮，亦即故事內部的「危機」，該書情節的危機正是自然生態受到人類的迫害。情節結構以兩位退休教職員妻詹信林、夫莊邱潭家庭為軸，[55]敘及家族倫理課題，譜寫了幾個向人類說話或自白的角色，如：老樟樹、老茄冬、藍鵲、山豬、鱸鰻等，多處涉及生命存在的省思、人與土地的關係，並揣想動植物的心聲，雖屬擬人化的書寫，但作者在首章直稱這是「寫實派的——realistic」小說。

蔡振興曾經由史耐德（Richard J. Schneider）討論地方風味與生態系統結合之觀點，闡述所謂：

---

54 同前注，頁245。

55 作者無論在出場人物介紹，抑或首章寫「女男主人詹信林、莊秋潭」，皆標顯一反平常夫妻、男女詞序，似乎有意打破一般稱呼習慣。對應於情節，亦可窺見作者意圖瓦解人類為中心的思想。

> 「生物地區意識」是一種認同土地和土地上之社群的情感結構。人的社群、橡樹社群、松樹社群和其他各種社群彼此立足點平等。[56]

甚且他認為這種情感結構猶能用地方性的角度，補充由語言建立的認同政治。那麼，在李喬書寫中，既然以劇場為名，至少得以窺見這些非人類的社群表白，其敘事手法，形成了「眾聲／眾生喧嘩」的情形，削弱人類優於其他物種的中心立場，反映這些動、植物對人類的怨言，也投射作者認為這些動物、植物應與人類地位平等的認同感。

首先，這部小說安排的兩位退休教職員夫妻形象其實讀者並不會陌生，他們對家庭的重視，對兒女發展的關懷，乃至對苗栗地方的扎根，這些精神與作為在《情世界——回到未來》的古台森與妻子生活均已察見，而此作具體作法除了穿插動植物的自白，也透過這對退休夫妻養育的其中一個兒子來彰顯相關議題，這個兒子宜禎具有亞斯伯格症，與人互動的情志表達雖然比較不流利，然而，卻對萬物相當敏感，只要靠近、撫觸樹木，即能了解其意。故而在這場生命劇場裡頭，不時有樟木、茄冬、或山豬、藍鵲、鯉魚、鱸鰻、虎頭蜂、錦蛇登場發言，如山豬洛卡曾批判：

> 人，直直的山，還在挖、種什麼，後來山一塊塊一座座歪斜倒下滾落，沒有了，甚麼都，人就是一直這樣。卡卡一大片一大片倒下枯死，支和計，無處，左也躲無處，沒有怎麼辦？人，說聰明很多。這樣比獸鳥魚還有卡卡，誰最笨？祇說：地上長出來的，又不是人做出來的，地本來就在那裡的，人就說人所有，人有什麼有？[57]

此段落中許多特殊用字，是作者為了由動植物視角發聲設定的自稱與他稱，如：卡，代表植物的他稱；支代表獸類自稱；計代表鳥類他稱。刻意創造這

56 蔡振興：《生態危機與文學研究》，頁64。

57 李喬：《生命劇場》（新北市：印刻文學生活雜誌出版公司，2018年），頁43。

些稱呼方式，意味著作者傳達其土地倫理的精神，既如簡義明從《沙郡年紀》發掘李奧帕德強調人應扛起社群永續生存的責任，生態系的穩定性、整全性和多樣性乃是土地倫理的重要原則，[58]亦包含李喬尊重其他生命的發聲權，故而嘗試給予展演舞臺。這段山豬的自白正批評人類自以為中心，對土地資源盡情使用、占有、濫墾。另藉老樟樹香婆之口，則闡述公館的歷史、地貌，隘寮下圳溝的形成，以及公館原先沿橫屏山，在泥土淤積後，轉為田地，政府作壩，後來逐漸安定，並且敘述當地一則傳說：

> 某年某月、發大水（pot丶）（衝來），一位、賢孝又盡情个、細妹仔、分、水浸死哩。悲劇、發生哩，續產生一則、感人个、傳說。一段時間後，有人落水，浸水，突然、會出現、一位、當倩、頭毛蓬蓬、个、細妹仔，伸手、拉起、救人，或者推一橋板、過來，分佢搭等……[59]

除了表達溫暖善意，也間接勾勒苗栗自然人文；另其藉樟樹茄冬的對話中，涉及獅潭往三灣鄉前的百壽隧道，乃至錫隘隧道，以及大湖鄉一帶著名的老茄冬樹，暗示作者對在地老茄冬的關注。而桃花心木太籠仔長篇大論，評論政治、苗栗發展、人類互相傷害也破壞生態，末尾質疑：

> 聽說有創造他們的神，很多人又不信，毋，太籠祇有問問神啦。神啊！你做出來的，人類，這樣活下去，做壞事下去，能不能管管啊？如果管不動，怎麼辦，有一天……[60]

桃花心木的批評與向神呼救，無疑透露作者對人類行為的深切反省。而動物間的「有情」在書中也多處可見，誠如：山豬洛卡因為受傷，在旁發現的藍

58 簡義明：《寂靜之聲──當代臺灣自然書寫的形成與發展（1979-2013）》，頁23-24。

59 李喬：《生命劇場》，頁51-52。

60 李喬：《生命劇場》，頁91-92。

鵲擔心牠，從而觀想生死問題，藍鵲疲累地飛到仙山半山腰，雖有其他老藍鵲棲息，但牠特別感到寂寞。又如：野鯉魚阿錦自從鱸鰻自盡後，特別寂寞，時常不吃不動，沉入圳底，在在可見作者的書寫下，對比著物類有情、珍惜各種同伴，但人類卻大肆破壞環境進行以地方發展為理由的經濟利用，第十二章敘寫某宗教團體向三義地區茶園要求低價售地，原定建綜合大醫院，後來改建養老、孤兒院；又曾傳聞變更老樟茄、伯公一帶的土地開幼稚園，但實際上可能要設工廠……

不過，這對夫妻對自然抱持敬意，兩人真正觸動戀愛之情正因曾在進入獅潭錫隘隧道上共同搭救過一隻藍鵲，而退休後的他們有時會在黃昏散步到伯公廟前看茄樟樹，稱之「鶼鰈深情千年樹；茄樟長青萬代興」，以香婆、澀嬸名之，男主角會對兩棵老樹道「平安」，且「敬謹在胸前畫十字」[61]且以溫柔之姿撫摩樹皮，堪見敘事者在基督宗教信仰上秉存的敬意也融入生活中。然而，令筆者省思的尚有一點，前文曾引述《情世界——回到未來》中古台森嘆惋地表示根據《聖經》:「上帝一再表示後悔造人；就不知道：上帝看了『今天的人類』，如何面對？」[62]確實，《基督信仰中的生態神學：天地人合一》論及:「《聖經》也強調，人雖是創造的中心，人對自然界雖有統治權，但是自然界在創造中也具有地位和價值，而且這種地位和價值是不容忽視的。」[63]於是當人類對自然造成破壞，作者提問上帝如何面對人類的背後，自然反問人類當如何面對上帝。將人的罪惡，推至上帝面前探問，作者顯然尊崇上帝為造物主的至高性與俯望視角，然其《生命劇場》卻又安排樟樹、茄苳、山豬、藍鵲各自發表心聲，似乎企圖展現物我平等的認同。但倘若就《聖經》中自然萬物乃受造物，上帝具有創造與主宰自然的主動位置，那麼作者的書寫與批評的確打破了人類中心主義，卻仍存在生態萬物並非全然自由平等的概念，且期望呼救之聲，能達「神聽」，請神來管一管。準

61 李喬:《生命劇場》，頁49。

62 李喬:《情世界——回到未來》，頁288。

63 谷寒松，廖湧祥合著:《基督信仰中的生態神學：天地人合一》，頁173。

此，很顯然地，作者即便沒有特別引述《聖經》話語，也期盼在神的「看顧」、管轄之下，扭轉人類的自私，這正是作者融入宗教思考的表現。

書末，作者也確實把握機會，藉莊秋潭省思既而為老，未來的死又是如何的想法，循此，具體述說其宗教信仰的轉變，妻子詹信林年輕時傾向佛教，莊秋潭則接近基督教，兩人婚後逐漸體會二者的銜接點：

> 人性中確有「惡的質素」——這不能以「生活現實」觀念完全解釋；而惡的「擴張」或「斂縮」是文化力量推動的。[64]

所謂人性、文化之惡如何形成，作者早在《臺灣人的醜陋面》、《我的心靈簡史——文化臺獨筆記》多所論述。後來，莊秋潭對死亡提出看法：「來自於無，走向那無／神鬼存在，各有前途／喜怒哀樂，人間演出／從此一別，劇場清除」。[65]尊重不同宗教理解的死亡，也具體傳達生命劇場的短暫性，而莊秋潭提前交代後事，也辭別人間，但故事並未隨之結束，作者關切他的另一半如何轉念，故而描繪詹信林整理自己失去另一半的心情，再面對親朋子女與鳥獸游魚草木，最後心裡明白已經準備好，隨時可以走。書末兩行，引述了〈羅馬書〉8：22的「我們知道一切受造之物，一同歎息勞苦，直到如今。」引述這段《聖經》文字，作者再度表述深切的有罪感，因〈羅馬書〉第一章開始即揭示羅馬城的罪，接續不斷辯證著靈／肉、罪惡／救贖、死／活的議題，在李喬引用的章節之前，即〈羅馬書〉8：20-21為：「因為被造之物屈從在虛妄之下，並不是出於自願，而是出於使它屈從的那一位。被造之物自己也盼望著從使之衰朽的奴役中得到釋放，歸入神兒女榮耀的自由。」而要獲得釋放，則不要順著軟弱的肉體而活，就此義理，作者則藉以呼應該書批判的人類為了私慾將自取毀滅。

---

64 李喬：《生命劇場》，頁242。

65 李喬：《生命劇場》，頁246。

六　結語——自視無情無救，卻代眾生呼救

> 個人對人類致意：個人對人類完全絕望。不求救贖，因為個人得救無意義。不要來生，眾生痛苦無告，獨善何忍。就回到無機存在可也。忍不住還是乞求人類：多愛護游魚行獸飛禽萬物，不要太傷生存基地——地球。跪求
>
> ——李喬，《生命劇場》〈後記〉[66]

透過本文綜觀李喬的土地書寫，明顯可窺見在蕃仔林系列或《寒夜三部曲》主要視人地、臺灣為母性形象，故常借用有智慧、堅韌、樸實又溫柔的女性，在大河小說抑或短篇故事裡作為守護者形象，而在處理歷史素材，作者也經常譜寫這塊島嶼美好的資源，以及拓墾者面對各種競爭者、掠奪者的壓力；而書寫其他物類，也多蘊含佛教的苦難意識並以萬物有情視之。

二十一世紀以降，作者的聲腔並沒有轉為溫柔，而是繼續嘗試不同手法，加入各類雜學的知識性材料，並經營不同人稱視角的交互對話。新世紀的《咒之環》借鏡原住民夜祭儀式、人類學家弗雷澤（James George Frazer）的巫術研究、及《聖經》義理，以「咒詛」諦視臺灣人互相傷害的後續影響，由於對「人」絕望，他轉而面向自然生態，直抒對草木蟲魚等動、植物的感恩與悔罪，儘管作者依然悲觀，且身為基督徒的他已不求個人得救，卻仍為地球上其他物類呼救，在這幾部作品中，作者除了積極譜寫苗栗產業特色、見證自然人文的變化，也時而穿插《聖經》思想，傳達在基督信仰的視野之下，期許同為「受造者」的人類給其他物種多點活路，能視草木游魚鳥獸等為平等的生存者，兼用佛理概念，勸說人類勿要造業——筆者認為這是李喬這幾本涉及自然書寫的創作最能標顯個性之處，亦能窺見其「土地倫理」的變化。而近期之作，作者屢屢稱為是生命的最後一部創作，至《生命劇場》更直寫主角向世界告別的準備，因此，不難理解作者在思索

---

66 李喬：《生命劇場》，頁281。

自我歷史定位，他寫了一輩子的臺灣歷史、族群及政治，八十歲已降，著眼的更是周遭生活空間、地方發展，及世代價值變化，尤能彰顯他心繫斯土，關注天人物我之間的關係，而他過去鑽研的佛教、後來歸信的基督教，都成為相關書寫的重要養分。

參考文獻

專書

李　喬：《生命劇場》，新北市：印刻文學生活雜誌出版公司，2018年。
李　喬：《游行飛三友記》，新北市：遠景出版事業公司，2017年。
李　喬：《草木恩情》，新北市：遠景出版事業公司，2016年。
李　喬：《情世界：回到未來》，新北市：印刻文學生活雜誌出版公司，2015年。
李　喬：《V與身體》，新北市：印刻文學生活雜誌出版公司，2013年。
李　喬：《散靈堂傳奇》，新北市：印刻文學生活雜誌出版公司，2013年。
李　喬：《咒之環》，新北市：印刻文學生活雜誌出版公司，2010年。
李　喬：《我的心靈簡史——文化臺獨筆記》，新北市：望春風文化事業公司，2010年。
李　喬：《寒夜三部曲——孤燈》，臺北縣：遠景出版事業公司，2001年。
李　喬：《李喬短篇小說全集　第三集》，苗栗縣：苗栗縣立文化中心，1999年。
李　喬：《李喬短篇小說全集　第六集》，苗栗縣：苗栗縣立文化中心，1999年。
李　喬：《埋冤・一九四七・埋冤》，苗栗縣：苗栗客家文化廣播電臺，1995年。
李　喬：《寒夜三部曲——寒夜》，臺北縣：遠景出版事業公司，1991年。
李　喬：《臺灣人的醜陋面》，臺北市：前衛出版社，1988年。
李　喬：《寒夜三部曲——荒村》，新北市：遠景出版事業公司，1986年。
李育霖：《擬造新地球：當代臺灣自然書寫》，臺北市：臺大出版中心，2015年。
吳明益：《以書寫解放自然：臺灣現代自然書寫的探索（1980-2002）》，臺北市：大安出版社，2004年。

谷寒松、廖湧祥合著：《基督信仰中的生態神學：天地人合一》，臺北市：光啟出版社，1994年。

姚榮松、鄭瑞明主編：《李喬的文學與文化論述：第五屆臺灣文化國際學術研討會論文集》，臺北市：國立臺灣師範大學臺文所；臺南市：長榮大學臺灣研究所，2007年。

陳惠齡：《演繹鄉土：鄉土文學的類型與美學》，臺北市：萬卷樓圖書公司，2020年。

陳惠齡主編；國立清華大學南大校區中國語文學系主辦；新竹縣政府文化局，財團法人新竹學租教育基金會協辦：《自然、人文與科技的共構交響——第二屆竹塹學國際學術研討會論文集》，臺北市：萬卷樓圖書公司，2017年。

曾昌發編：《臺灣文學與本土神學》，臺南市：南神出版社，2005年。

楊雅儒：《人之初・國之史：二十一世紀臺灣小說的宗教修辭與終極關懷》，臺北市：翰蘆圖書出版公司，2016年。

蔡振興：《生態危機與文學研究》，臺北市：書林出版公司，2019年。

齊邦媛：《千年之淚》，臺北市：爾雅出版社，1990年。

簡義明：《寂靜之聲——當代臺灣自然書寫的形成與發展（1979-2013》，臺南市：臺灣文學館，2013年。

布魯格曼（Walter Brueggemann）著；戚時逝等譯：《土地神學：從聖經信仰看土地的賞賜、應許和挑戰》，新北市：校園書房，2016年。

期刊論文

吳明益：〈戀土、覺醒、追尋，而後棲居——臺灣生態批評與自然導向文學發展的幾點再思考〉，《臺灣文學研究學報》第10期（2010年4月），頁45-79。

戴華萱：〈如何測量情色的深度——李喬與鍾肇、葉石濤的情色論對話〉，《臺灣文學研究學報》第24期（2017年4月），頁41-67。

學位論文

黃稚雅：〈李喬小說超越向度追求中隱含之神學意義——以《情天無恨——白蛇新傳》、《情世界——回到未來》為例〉（臺南市：長榮大學神學系碩士論文，2018年）

Selected Bibliography

Li Chiao , *Life Theatre* (New Taipei City: INK, 2018).

Li Chiao, *The Three Friends from Swimming, Walking, and Flying* (New Taipei City: Vista Publishing, 2017).

Li Chiao, *The Generosity of Plants and Trees* (New Taipei City: Vista Publishing, 2016).

Li Chiao, *The World of Love: Back to the Future* (New Taipei City: INK, 2015).

Li Chiao, *V and Body* (New Taipei City: INK, 2013).

Li Chiao, *Legend of Sanlingtang* (New Taipei City: INK, 2013).

Li Chiao, *Ring of Curse* (New Taipei City:, 2010).

Li Chiao, *A Brief History of My Spirit - Notes on Cultural Independence of Taiwan* (New Taipei City: Wang Chung Feng Culture, 2010).

Lee Yu-Lin, *The Fabulation of a New Earth: Contemporary Taiwanese Nature Writing* (Taipei: National Taiwan University Press, 2015).

Wu, Ming-Yi, *Freeing Nature by Writing: An Exploration of Modern Natural Writing in Taiwan (1980~2002)* (Taipei: Daan Publishing House, 2004).

Coauthored by Luis Gutheinz and Liao Yun-Hsian, *Ecological Theology in Christianity: The Oneness of Heaven, Earth, and Man* (Taipei: Kuangchi Cultural, 1994).

Chen, Hui-Ling, *Interpretation of the Local: Types and Aesthetics of Local Literature* (Taipei: Wanjuan Publisher, 2020).

Yang, Ya-Ru, *The Beginning of Man. The History of the Nation: Religious Rhetoric and Ultimate Concern in Taiwanese Novels in the 21st Century* (Taipei: Han Lu Books, 2016).

Tsai, Sheng-Hsin, *Ecological Crisis and Literary Studies* (Taipei: Bookman Bookstore, 2019).

Walter Brueggemann (ed.); Chi, Shi-Shih et al. (trans.), *The Land: Place as Gift, Promise, and Challenge in Biblical Faith* (New Taipei City: Campus Books, 2016).

Wu, Ming-Yi, "Topophilia, Awareness, Find the Way, and then Inhabit the Island: Rethinking Several Issues about Taiwanese Eco-Criticism and Nature Oriented," *Journal of Taiwan Literary Studies* (10) (2010.4), pp. 45-79.

曠野妖、鄉土性與族群觀
——論李喬的魍神敘事*

陳惠齡**

摘要

在榛莽未闢的荒漠年代，臺灣的山林峻深幽邃，瀰漫於山區的曠野妖，又稱魔神仔或魍神，在《臺灣府志》被賦形為：「人形獸面、鳥喙鳥嘴、鹿豕猴獐，涵淹卵育；魑魅魍魎，山妖水怪，亦時出沒焉」的精怪。魔神仔作為一種被塑造出來的恐懼與想像，除了涵蘊民間傳說的歷史意義外，也透顯彼時生活經驗中一種集體行為的不安跡象與文化隱喻。從前現代到現代社會，在文明與怪物的啟蒙辯證中，文學魔神仔敘事的熱潮未見稍歇。例如多次表態對魔神仔／魍神題材興味盎然的李喬，在其長短篇小說中頻現的魍神傳說，即帶有認識臺灣傳統鄉野經驗，並引入理解產生此物的文化關鍵性；而王家祥則從閩南聚落型態中的魔神仔世界，轉化為小矮人的神奇傳說；至於矮小的魔神仔卻被翻轉為「巨人」的新形象，則是瀟湘神立基於「後外地文學」及「異國情調」式的書寫理念。在不同的世代記憶及多元脈絡下，諸多作家的主觀形塑，顯然都帶有一種可視的書寫企圖。本篇論文研析的文本，主要以李喬諸作中的魔神仔／魍神敘事為據，冀能渡引出其與自然山林

---

* 本文初稿宣讀於國立清華大學臺灣文學研究所主辦：「二〇二二李喬文學、文化與族群論述國際學術研討會」（2022年11月12-13日）。承蒙特約講評洪淑苓教授惠賜卓見，謹致謝忱。本文為科技部多年期專題研究計畫：「怪物、臺灣性與文化隱喻：魔神仔的文學想像與敘事演繹」（MOST 111-2410-H-007-097-MY2）之部分成果。感謝清華大學臺文所陳信穎、華文所陳敬鴻等同學協助檢索資料。

** 國立清華大學臺灣文學研究所教授。

景觀與鄉土歷史意義，此外，在此議題的思考框架上，也嘗試將魔神仔／魍神視為一種隱喻式的呈現，取其作為一種方法論的可能性，藉此「反照」某種社會文化的表徵與衝突，開拓魔神仔故事的另一種現代性視域。

關鍵詞：魔神仔／魍神、李喬、鄉土歷史、曠野、族群、怪物理論

一　前言──文學中的魔神仔／魍神[1]

關乎「安居土地」的庶民生命觀，是開啟本論題最基礎性的問題意識。在臺灣無以計其數的精怪魍魎信仰與民俗傳說故事中（遑論這個精怪是由自然界中的一種恐怖猛獸異類，轉化而成本土性的保護神祇或作祟妖物），皆表徵了人與環繞周遭的生活環境，以及與自然界萬物的依存關係，由此並反思人在自然中的角色與位置。

「魔神仔」（Mosina Goblinoid）之異名，計有毛神仔、盲神、毛生仔、芒神、尪神等，[2]在客家辭義中的「魍神仔」（客家標音mong^ shin` a`），取詔安腔調，意同於魑魅魍魎，也即是魔神仔。[3]魔神仔是一種被塑造出來的恐懼與想像的精怪？或是一種未經鑑定的物種？迄今未明。但在文明與怪物的啟蒙辯證中，文學魔神仔敘事的熱潮未見稍歇。在諸多的臺灣精怪民俗文化現象中，魔神仔傳說顯然也是最具普遍性與本土性，非外來神怪的一種民間文本，且也是臺灣文學作品中最頻密出現的鄉野故事材料。特別是現今文壇場域比比可見妖怪文本、妖怪學冒現，可謂一片「妖怪繚繞」，然則研究者應當如何看待這一波以魔神仔、精怪、神鬼為題材的創作浪潮的興盛成

1　必須特別說明的是，李喬在作品中大致是以客語詞彙「魍神」稱之。其論及「魍神仔」時，表明不贊成一般文章，將之稱為「魔神」，一是在「神」上置「魔」字的大不敬；二是認為「魍神」命意可見於世界各民族與族群。參見李喬以筆名「山泉水」發表〈簡述「臺灣鬼怪」〉一文，收錄於《文學臺灣》第117期（2021春季號），頁96-108。上述李喬提出有關「魍神」觀，或可視為客籍族群的論點。「魍神」或「魔神仔」的名目雖不同，其意涵與命意大致相同，本文命題主要是將李喬「魍神」作品植入於民俗學、人類學最常用的一般性名稱「魔神仔」的觀察脈絡中。援此，遂從洪淑苓教授建議，在論題名稱上改用「魍神」，俾能更符合客籍作家李喬的慣用語彙及族群文化型態，然在行文論述上，則採魔神仔與魍神並置意象，並將習用語「魔神仔」置於前。

2　有關「魔神仔」異名，可參考林美容、李家愷，《魔神仔的人類想像》（臺北市：五南圖書出版公司，2014年2月），頁11-13。此書是目前魔神仔研究中最重要的一本論著，惟本書主要從人類學文化研究出發，論及文學作品中的魔神仔篇幅較為有限。

3　參見「客家委員會客語辭彙」，網址：https://data.zhupiter.com/oddt/9196688/%E9%AD%8D%E7%A5%9E%E4%BB%94/，檢索日期：2022年5月1。

因？涉及臺灣本土性文化想像的魔神仔書寫文本，並不全然等同於鄉野民俗與民間信仰，或人類學研究視域中的魔神仔，而是有其多元化的文學想像、書寫意圖，以及豐富而多樣性的美學展演。從歷史民俗、人類學想像中釋放而出的文學魔神仔／魍神，有其正面性的意義，諸如。同樣的，藉由「裝置」與「棲身」於文學作品裡的魔神仔／魍神，也照見了不同時代與世代作家的魔神仔／魍神想像與敘事演繹。

例如多次表態對魔神仔／魍神題材興味盎然的李喬，[4]在其長短篇小說中頻現的魔神仔／魍神傳說，[5]即帶有認識臺灣傳統鄉野經驗，並引入理解產生此物的文化背景關鍵性；至於李潼《少年噶瑪蘭》，1992）文中，[6]則是將魔神仔繪製為「小綠人」形象；來到了王家祥的《魔神仔》，2002）文本，[7]則多涉及文獻所載矮黑人與閩南人、客家人的接觸史；在鄭清文「臺灣底童話」《採桃記》〈魔神仔〉（2004）中，[8]魔神仔則化身為森林中的「光點」，開啟孩童進入這趟暗夜而怖慄的山林美食之旅（頁207-225）；客籍作家甘耀明與李喬相同，亦以「魍神」取代「魔神仔」之名，其作《水鬼學校和失去媽媽的水獺》〈魍神之夜〉（2005）是一篇以抒情筆調曲曲勾繪魍神的童話小說。[9]在新世代作家的魔神仔敘事中，則另有新面貌，如何敬堯《幻之港：塗角窟異夢錄．魔神仔》，2014）的「魔神仔」則與民俗「魁儡戲棚」並置展演出一齣人性、鬼影與魔妖的故事。[10]邱常婷《魔神仔樂園》，2018），[11]則植入本土歷史、在地元素與民間傳說，並依據魔神仔的神／魔之性；矮小的魔神仔卻被翻轉為「巨人」的新形象，則是瀟湘神《魔神仔：

---

4 參見林美容、李家愷：《魔神仔的人類想像》，頁48，註解84。

5 李喬作品中有關「魍神」者，計有〈香茅寮〉（1962）等多篇，資料詳見下文。

6 李潼：《少年噶瑪蘭》（臺北市：天衛文化圖書公司，1992年）。

7 王家祥：《魔神仔》（臺北市：玉山社，2002年）。

8 李喬：〈序．童話新境、生命新景〉，鄭清文，《採桃記》（臺北市：玉山社，2004年8月），頁6。

9 甘耀明：《水鬼學校和失去媽媽的水獺》（臺北市：寶瓶文化事業公司，2005年）。

10 何敬堯：《幻之港：塗角窟異夢錄》（臺北市：九歌出版社，2014年）。

11 邱常婷：《魔神仔樂園》（臺中市：晨星出版公司，2018年）。

被牽走的巨人》，2021）立基於「後外地文學」及「異國情調」式的書寫理念。[12]

凡此，在不同的世代記憶及多元脈絡下，諸多作家的主觀形塑，顯然都帶有一種可視的書寫企圖。本篇論文研析的文本，主要以李喬諸作中的魔神仔／魍神敘事為據，冀能渡引出其與自然山林景觀與鄉土歷史意義，此外，在此議題的思考框架上，也嘗試將魔神仔視為一種隱喻式的呈現，取其作為一種方法論的可能性，藉此「反照」某種社會文化的表徵與衝突，開拓魔神仔故事的多樣化與豐富性。

二　李喬作品中的魍神／魔神仔裝置──從「曠野妖」到「山林想像」

在人類幻想世界中的居民，大致是以神妖鬼怪作為區分，嚴謹而觀，或宜分為「神鬼」、「精靈」和「妖怪」三種，且因各國不同的習俗、國情、文化與思維方式的差異，而有各種不同的造形與特質。[13]有關「神」的釋義，大致是從人與超自然力之間的關係，作為分類依據，而後統稱為天地萬物的創造者、崇拜者死後的精靈，或泛指一切的神靈。[14]「鬼魂」的出現，則主要涉及過去時間與當下空間的糾纏，以及「殘存又同時被排除的狀態」。[15]就宗教觀念而論，「神」是超自然體中的最高者；「精靈」被視為存在於神與人之間的超自然體，地位低於神而高於人。至於「妖怪」則被認為是具有碩大可怕的血肉軀體，有超自然的怪異本領，常由各種奇禽怪獸或龜蛇魚龍修

12 瀟湘神：《魔神仔：被牽走的巨人》（新北市：聯經出版事業公司，2021年）。

13 陳明姿：〈導讀──千奇百怪的幻想界居民〉，多田克己著、歐凱寧譯：《日本神妖博物誌》（臺北市：商周文化事業公司，2009年6月），頁10。

14 見「漢典」之「神」的條目釋義，網址：https://www.zdic.net/hant/%E7%A5%9E，檢索日期：2022年5月1日。

15 有關「鬼」的定義及其敘事，可參林芳玫〈鬧鬼〉一文，收於史書美等主編：《臺灣理論關鍵詞》（新北市：聯經出版事業公司，2019年3月），頁337-344。

煉或幻化而成。[16]此外，也可就人類學的視域與民俗學的界定，來討論這些妖物、鬼魅、幽魂、異變之形、人造之人等「非人」的變異形體。[17]

如林美容、李家愷著《魔神仔的人類想像》，是目前魔神仔研究中最重要的一本論著，其藉由比較民俗學與人類學想像，總結出六點：一、魔神仔本質上是精怪；二、魔神仔即臺灣版的矮人；三、魔神仔具有比較民俗學的意涵；四、魔神仔傳說故事是人類遠古生活經驗之集體無意識的迸發；五、魔神仔傳說故事提醒人類與大自然的關係；六、魔神仔傳說故事對當代民俗的意涵。[18]再依據民俗學研究者溫宗翰〈臺灣神怪軼聞經緯〉一文所論，神話中的巨人、動物、植物，通常是受人敬畏、尊敬的「神」；至於民間傳說中的神明、煞氣（神）、鬼、魔神仔等，非屬於「神」之位格，也無法通通視為「妖怪」。「妖怪」之屬，通常指自然界中懂法力、會害人的怪異物類，從民俗思維角度而觀，此類怪異不以妖怪稱之，而名之為「精」。至於其賦予魔神仔的定義，除了與前述精怪性質大不同外，則提出「通常魔神仔無法被控制降服成生活當中的守護兵將，大都被驅趕離去。」[19]

綜上，從「魔神仔」的被降服觀，即可見民間信仰中，對於魔神仔關注向度，顯然與人類學想像大異其趣（人類學、考古學者林美容的界定中，則是將魔神仔的本質界定為「精怪」）。不同於「鬼魂」故事主要來自於生者世界裡的死亡與逝者的意義系統，「精靈」或「妖怪」的再現，與萬物有靈論、大自然崇拜攸關，因此也被界定為一種對於原始的想像再現，甚至也廓及於原始蠻荒年代初民生活環境的一種描摹介質，如《臺灣府志》即對於臺灣山林峻深幽邃，彌漫於山區的曠野妖，如此形容：「至若深山之中，轍跡罕到。其間人形獸面、鳥喙鳥嘴、鹿豕猴獐，涵淹卵育；魑魅魍魎、山妖水

16 參見何光滬主編：《宗教學小辭典》（上海市：上海辭書出版社，2002年12月），頁150。

17 有關探索擾動秩序與倫理的「非人樣貌」諸論，可參《幼獅文藝》第767期（2017年11月1日），「非人之境」專題。

18 林美容、李家愷：《魔神仔的人類想像》，頁286-292。

19 溫宗翰：〈臺灣神怪軼聞經緯〉，收於《聯合文學》第388期（2017年2月），頁32-35。

怪，亦時出沒焉。則又別一世界也。」[20]文獻中的魑魅魍魎，山妖水怪，幾乎已可互聯於常識中的魔神仔形象，只是文獻尚未賦名為「魔神仔」。依據現今臺灣文獻中最早出現「魔神」字眼及其特質，當屬《臺灣日日新報》，茲以標題為「咄咄怪事」、「遇魔述異」之兩則報導為例，其描述大致如下：[21]

> 新城林國珍迷失，家人幾莫跡其蹤，前報經畧陳梗概，頃，有新人來云，則國珍已歸，祉國珍精神不如初，衣裳亦非前所著者。自言一向往頭份其地，南去二十五里也。問以所失銀項，及從何處得食？則所答皆屬惝怳。怪哉，其遇拐子之麻藥耶？抑果如世所云魔神耶？

> 臺地有謂魔神者，能作幻境迷人。近時傳一旅客遇之。（旅客東渡來台）上陸後，適際天陰，迷路誤行僻處，突見道旁華屋有一偉漢立於門前，似舊相識。……燈光忽滅，一定睛間，瞥見天空日朗，此身獨臥在荒草上。（底線為筆者所強調）

依據多則《臺灣日日新報》所載，且試著歸納臺灣本土性傳說中被魔神仔牽引的一些共相：一、主動招引受害者（如以手召喚人）。二、使受害者出現幻境（如華屋、美食）。三、遠離塵囂人煙（受害者被尋獲地點，或在山崖，或在田圃、荒野等）。四、使受害者精神恍惚（即使親友尋獲而呼名，心雖有知，而口終不能應）。五、受害者幻境中仍有生理反應（如疼痛、飲食男女之慾等，但即使因飢而食，自以為享受山珍海味，實際上為其所處周遭自然生物，如青蛙、螳螂、坵蚓、青草、泥土之類）。六、罕致人命。受害者以精神恍惚為多，身心俱疲，但大致能保命。至於指稱為「魍神」，如前所

20 〔清〕高拱乾纂輯：《臺灣府志．卷一　封域志　山川》（臺北市：臺灣銀行經濟研究室，1960年），頁9。

21 分見1899年10月4日版（明治三十二年）、1901年12月5日（明治三十四年）。《臺灣日日新報》中類近魔神仔之報導，約有八則。

述，其義大致綰結客家詞彙字音而來，如又名「亡神仔」，則意為「分亡神仔牽著」；「魍神仔」則直指「鬼魅」，相傳被其纏住時，會變得呆呆的，一直轉圓圈走不出來，還會被餵牛糞或蝗蟲，且相傳遇此情形，如能拉泡尿即可擺脫。[22]據此定義，顯見客語「魍神仔」與閩南所稱之「魔神仔」相類。

上述有關魔神仔、魍神的概述性知識，大致是一般耳聞的基本概念，[23]魔神仔到底是真有其人種？或是虛構想像之物？迄今依舊未明。然而魔神仔不僅早已進入文學書寫的題材視域中，且在美學表現上極其多元。以客籍作家李喬而言，自一九六二年發表〈香茅寮〉等短篇小說伊始，[24]至一九八一年《寒夜》以降諸長篇小說，[25]以迄二〇一八年《生命劇場》，皆可見作品中的「魔神仔／魍神」身影及相關敘事。[26]李喬嘗言對於「超現實」世界的理解與書寫緣由，或許可作為進入李喬精怪魍神書寫的一個入口：

---

22 「亡神仔」、「魍神仔」之義，分見參見《客家詞彙》（臺北市：中原週刊社，1989年），頁166；以及徐兆泉，《臺灣客家話辭典》（臺北市：南天書局，2001年），頁374。上引「魍神」兩類及其他釋義，參見鍾愛玲：《徘徊在「鬼」「怪」之間：苗栗地區「魍神」傳說之研究》（新竹市：國立清華大學臺灣文學研究所碩士論文，2007年），頁124-125。鍾愛玲此作以田調採錄為主，主要呈現「魍神」傳說與「鬼」故事之區辨，並提出「魍神」與「伯公」信仰、神秘數字「三」的關鎖性。本論文所關注的重點，主要措意於「魍神」的文學性文本，所及其表徵族群區域性生活經驗及集體無意識之投射。

23 由日治時期《臺灣日日新報》以至近年由「臺灣妖怪研究室報告」出版之《臺灣妖怪圖鑑》（臺北市：行人文化實驗室，2015年），皆可規模出魔神仔圖像的本質特徵。該《圖鑑》嘗試從文獻中，特別是以報紙報導為主，再輔以鄉野傳說、都市傳奇、歷史文獻等相關研究報告，總結研究摘要所述之妖怪圖像：「或生存在高山、叢林、湖泊、河流、海洋等自然環境中，且因殊異的習性、特徵及數量稀少，而被賦予神秘、危險，甚至邪惡的形象。」（頁4）在《圖鑑》中，概分十六種臺灣妖怪，其中排列第一，即為「魔神仔」，可見魔神仔在民間精怪中被討論的熱度。

24 收錄於《阿妹伯》，《李喬全集21．小說卷．短篇》（新北市：客家委員會，2022年）。

25 《寒夜：寒夜三部曲　一》，李喬：《李喬全集4．小說卷．長篇》（新北市：客家委員會，2022年）。

26 李喬：《生命劇場》《李喬全集19．小說卷．長篇》（新北市：客家委員會，2022年）。

> 我一生公開宣告「我迷信科學」。我的智能，理解科學層次不高。可是我的生命史，我的許多作品都超越了「科學邏輯」；臺灣文學傳統切除怪力亂神。可是我「破解」了。我的許多「虛構預置」的超現實事況，後來一一出現事實。而我不信一般的鬼神……但是，對於存在的奧祕，略有體會。[27]

映照於作家所言「對於存在的奧祕，略有體會」的具體實踐，則表現在多篇涉及鬼魅、精怪或民俗傳說的作品，如短篇小說〈鬼纏身〉、〈家鬼〉、〈孟婆湯〉、〈尋鬼記〉、〈某種花卉〉、〈水鬼．城隍〉等，或是長篇《咒之環》裡的諸多泛靈者，如番婆鬼（katuliu）、「派浪」nalin（鬼）、malanan nalin（惡鬼）等；或是《格理弗Long Stay臺灣》裡施展A.I.M直觀映像術，而窺見各歷史事件和人物；[28]《生命劇場》中尤多非人類角色等，敘述時皆以特殊字體處理，表徵有意識、能感知的山鯉魚「阿錦」、大山豬「洛卡」、藍鵲「長尾仔」、老狗「露露」、樟樹「香婆」、茄冬「𤁣嬸」等等。

李喬近期並撰有一篇〈簡述「臺灣鬼怪」〉，[29]內容概分八種鬼怪：過路七娘、山神、家鬼、王爺之一、魍神仔、垃圾鬼、城隍水鬼及秧雞（冤雞、夫惡鳥、補鍋鳥）。上述諸鬼怪，誠如上述的歸結，已大致被寫入李喬作品中，其中與「魍神仔」相關的作品篇什尤多。在此篇雜論中，李喬歸結從訪談中得出九點，以概述「魍神仔」的特質：一、客族魍神比福佬魍神兇暴。這可能與客族多山居而較窮困有關。二、魍神好像都是男性，未聽女性之說。三、遇到或被誘藏者，都在山窟或深林中，而附近有水潭或瀑布處。四、被迷藏者，大都有些神識不清，身旁或口中往往有蛙腿或牛糞。五、神識不很清醒，但來人可以相認。六、都不知為何置身陌生地方。七、幾人都說：遇見巨兔，而兔身有一台尺長。八、有一人在山區，全身插入難以容身

---

27 李喬：《生命劇場》〈前言〉，頁024。

28 李喬：《格理弗Long Stay臺灣》，收錄於《晚霞》，《李喬全集20．小說卷．長篇》（新北市：客家委員會，2022年）。

29 李喬：〈簡述「臺灣鬼怪」〉，《文學臺灣》第117期（2021春季號），頁96-108。

的水泥管中，頭臉外露而獲救時僅有磨傷。九、李喬分享經驗，一為尋獲失蹤兩三天的鄰居玩伴，一為自身左右腳分別陷落竹筒縫裡的「被魍神牽著了」的經驗。

綜理李喬對於魍神的認知說，大致與一般常識無多差異，但李喬在文中卻強調與「本人童年在深山孤獨生活」的地域情境有關。傳說中的魔神仔／魍神本質上是精怪，是一種超自然的存在，除了符合各民族文化之「物久成妖，物老而成精」的傳統概念，也是存在於自然界裡的一種物種。在李喬多篇小說中，常見魍神出沒的視景，皆為荒村僻野，如以昔時獨領風騷的經濟產業「香茅油」蒸餾為背景之〈香茅寮〉一文，即見作者以文字意象所勾繪的魍神／魔神仔登場的山林舞臺意象：

> 太陽，隱入西邊山腰裡，周遭景物，只留下黝黝輪廓。山風呼呼，近樹遠林，像無數黑色山妖魍神在婆娑起舞；四面陡立的青山，成了巨鬼搖晃抖動衣角裙邊兒——這個空間，剎那間夕陽的黃光消失，夜的無形重壓就加上來了。肅穆，蒼涼。[30]

以下即先從魔神仔／魍神出現的山林荒野背景，來談李喬作品中的「曠野妖」。尋溯「荒野」的字根，大概可歸結出三個意涵：一帶有「不聽使喚」的「野性」（wild）意涵；二就其古英文字dēor，也意指「動物」，荒野因而屬於野生動物的領域，人類無法控制；三則與「森林」（weald or woeld）有關，如果說耕地是人們熟悉的和人性的世界，則圍繞著耕地的森林，就像是危險的「陌生異地」，而「森林」（Forest）和「外國人」（Foreigner）又來自同一字根，原義皆為「位於外面的」之意。由此推衍出：森林像迷宮，經過的旅客遂有「冒險」、「喪失感」與「迷路」之虞。[31]

---

30 李喬：〈香茅寮〉，收錄於《阿妹伯》，《李喬全集21．小說卷．短篇》（新北市：客家委員會，2022年），頁169。

31 見段義孚著、潘桂成譯：《恐懼》（新北市：立緒文化事業公司，2008年4月），頁145-146。

上述華裔學者段義孚的立論，引渡出森林種種荒涼，及作為藏匿和潛伏之地，特別是因受到野生動物、強盜、魔鬼等騷擾，而極易召喚起恐懼感。其論雖未提及魔神仔怪物等類別，然而所述山林荒野背後的地景內涵，卻同樣符契於「魔神仔」傳說所產生的環境特性與郊野印象。而當暴露在森林各種危險中，所遭致「迷路」的情節，也是最典型的臺灣魔神仔／魍神敘事的核心圖景。

屬「蕃仔林故事」系列的〈我沒搖頭〉，是李喬最集中寫魍神的一篇，小說敘及涉險者進入山林割菅草而被魍神迷住的故事，完全合轍於典型的魔神仔母題，然則此作的敘事經營詭異卻並不悚慄，而是碰觸家庭悲劇的寫實題材。經常性飽受繼父虐待的阿楨，在他不自覺的「搖頭」癥候中，暗含著粗礪的心理創傷。值得關注的是作者藉「入林割菅草，入夜後迷了路，卻撞見了山魍」的情節，烘托出彼時的偏鄉山林即景：[32]

> 「喂！你是來割牛草的呀！這麼晚，不怕皮肉痛？」我聽到清清楚楚有人在耳邊這樣說。
>
> 「記住：不要回頭看，不要回答祂什麼！這就不會被迷住的。」我邊跑邊告訴自己。
>
> 盲仔潭很多水鬼。不過聽說水鬼和魍神常常為搶人結仇很深，所以給魍神迷住的人碰到水鬼時，水鬼一定會救他。

凶險的山林和水域，定調了魍神出沒的傳說地景。早在干寶《搜神記》卷十六即已將魍神和水鬼連貫起來：「昔顓頊氏有三子，死而為疫鬼：一居江

32 分見李喬：〈我沒搖頭〉，收錄於《人球》，《李喬全集25．小說卷．短篇》，頁034、036、037。

水，為瘧鬼；一居若水，為魍魎鬼；一居宮室，善驚人小兒，為小鬼。」[33]然而魍神和水怪的連鎖並置出現，也昭顯了魔神仔／魍神傳說故事的傳播功能論。首先是針對臺灣島嶼地景中最具凶險危機的深山榛莽與險溪湍流，向人們提出一種警告，爰是，曠野裡的魔神仔／魍神自然也平行投射出初民對於原始大自然的一種負面形象。其次，在臺灣無以計其數的精怪魍魎信仰與民俗傳說故事中，皆表徵了人與環繞周遭的生活環境，以及與自然界萬物的依存關係，只是有魍神山鬼躲在那裡的，卻是「不乾淨」之處。[34]值得探究的是，明知山林是險境，為何人還要上山歷險呢？

奇幻作家瀟湘神將「山與人的關係」視為魔神仔的本質，極具獨到知見，然而他強調「當今的人們，難道不是過分侵略這塊恐怖殘暴的自然領地」之論，則待商榷。[35]純就「領地畫界與逾越」的關注，或許是現今精怪學創作者與年輕研究者提出的一種創發性面向，可是卻忽略了前行代作家賦予人物「入山」必要性的歷史時代背景性因素。一如在李喬筆下的「蕃仔林世界」——魍神最活躍現身的場景，其書寫意識即植基於對彼時農村經濟、家庭結構、社會現實，甚至是戰時臺灣社會的飢餓與貧困的一種歷史省思。因此，如欲解釋李喬小說中的魔神仔傳聞，必須進一步探問其背後的社會性背景。

三　鄉土空間與歷史經驗
——客籍族群的區域生活文化現象

上述魔神仔所現身之處，大都為山林水澤，這空間特性固然表徵一種蠻

---

33 〔晉〕干寶撰，〔宋〕淘潛撰，李劍國輯校：《新輯搜神記・新輯搜神後記》（北京市：中華書局，2007年）。感謝洪淑苓教授提點《搜神記》等相關資料。

34 見李喬：〈新年憶舊〉：「聽說這裡『不乾淨』，有魍神山鬼躲在那裡，平常我是不敢進來的。」收錄於《李喬全集28・小說卷・短篇》，頁410。

35 瀟湘神：〈推薦序1：鬼怪故事背後的光〉，邱常婷：《魔神仔樂園》（臺中市：晨星出版公司，2018年12月），頁4。

荒想像，但此特殊性的出場空間場所性的解讀，亦可藉從區域性歷史文化的角度，來研究精怪文化如何鏈結於民群生活實際情景中可定位的具體現象。

如李喬以蕃仔林、叢林山澗作為背景的〈我沒搖頭〉、〈哭聲〉、〈新年憶舊〉等短篇小說，以及《寒夜》三部曲等作，皆帶有殖民年代的戰事和饑荒背景，以及客籍族群的區域生活文化現象。

（一）魔神仔／魍神作為介質的饑餓敘事

如《孤燈・九、山之女》開篇即點出歷史時間的座標點：「昭和20年元月一日」（1945），[36]臨二戰尾聲之際，頻頻遭到敵機空襲而青壯男性卻遠征於南洋戰場的蕃仔林，幾乎成了一處「女人荒村」。戰事下的饑饉與受苦受難，全交由女性來擔荷。小說敘及山村住民因物資缺乏，過度饑餓，而導致「發痧」（長久缺乏油分而引起之症狀），連用以充饑治療發痧的曬乾蕃豆也已用罄，遂相約至深谷巖壁的山溪捕捉美味的「山蛙」充饑。無食者入林捕山蛙是為了進食活命，但卻另有心理的可怖威脅：

> 據說那巖壁底下「很不乾淨」；一到日頭偏西，山溪深處總是陰風拂拂，令人毛骨悚然，而且一些人還聽到奇怪聲響，甚至什麼毛茸茸黑忽忽幌閃不定的「影子」。……
>
> ——《孤燈》，頁370

> 阿貞感到一股從未有過的懼怖；懼怖中隱含近於虔誠和敬畏之間的什麼。她覺得這裡好像是山嶽大地的心臟部位，是一些神秘力量的根源地；人，是不應該侵進來的。不過，同時她覺得這裡是世上最安全的地方；……「放心啦！這裡一定沒有魍神水鬼那些的。」阿貞說。
>
> ——《孤燈》，頁377

36 李喬：《孤燈：寒夜三部曲　三》，《李喬全集06・小說卷・長篇》（新北市：客家委員會，2022年），頁364。

此處預示魔神仔／魍神出現的情節，突現了饑餓女人由驚懼、敬畏而至自我慰安的千迴萬轉心境，間亦浮雕出客家族群歷來札根於貧瘠荒山的生存環境，所謂「入山唯恐不深，入林唯恐不密」的地域景象，以及連鎖而來敬畏自然萬物的崇祀之心。識者因論及客家族群基於對於高山叢林的敬畏：[37]

> 舊時人們無力完全征服大自然，對於不能觸及的部分，在不解、畏懼之餘，自然產生許多幻想，魅神仔當為其中最典型一項，人們敬山神，同時也祈避免魅神仔的侵擾。

客籍族群對於山林魍神，雖心存驚懼，但基本上則採取「敬而遠之」的生存哲學，此論亦可呼應李喬認為在「魍神」稱名上置「魔」字是大不敬之論。[38]而李喬小說中的魍神位格也確然不同於易致人於死境的「水鬼」，而只呈現為一種「精怪他者」的誌異想像。

然則李喬以魍神為介質的蕃仔林敘事，實蘊藏有多層次的鄉土生活經驗。如長短篇小說中皆出現的「鹹菜婆」向阿春要回兩碗米的故事，這又是另一種描寫斯人斯土的饑餓紀實與歷史遺事的聲音。故事敘及瀕臨生存本能情境的「鹹菜婆」一早喝了番薯湯，即攀爬陡坡，到已應征海外當軍伕的阿槐家，想索回之前周濟的兩碗帶有霉味的糙米。結果半途上卻遇到了頂著一頭蓬鬆亂髮，從草叢裡陡地冒現的野人阿春枝，讓鹹菜婆「好像見到魍神水鬼」般。[39]饑寒滄桑故事中最怵目驚心的畫幅，尤在於十四、五歲的阿春枝和痴呆媽媽阿春皆因窮極而衣不蔽體，無褲可穿，只能袒露下半身。於是乎

---

37 參見劉還月：《臺灣客家族群史．民俗篇》（南投市：省文獻會，2001年5月），頁17、20-21。

38 李喬：〈簡述「臺灣鬼怪」〉一文，收錄於《文學臺灣》第117期（2021春季號），頁96-108。

39 李喬：《孤燈：寒夜三部曲　三》，頁391。相近的故事情節亦見於〈山女〉，收錄於《山女》，《李喬全集24．小說卷．短篇》，頁328-345。另一短篇〈鹹菜婆〉，並未出現索米事件，而是另闢鹹菜婆在橫坑山洞藏大米和黃豆的另一故事線索。收錄於《故鄉．故鄉》，《李喬全集23．小說卷．短篇》，頁110-129。

在一長串的「饑餓」苦況中，又曝現了弱勢與更弱勢的比較層級。然而李喬賦予鹹菜婆、阿春等多位「山裡苦命女」的故事，非關饑餓辯證下的醜惡試煉，而是相濡以沫的平實而美善人性：

> 「阿婆，拿拿兩條去……」阿春趕了出來，手裡捧著番薯。鹹菜婆煞住腳步，又不甘心地回過頭去；……她再走幾步，忽然想說送點鹽粒給這傻女人，可是平白丟了兩碗米的惱恨又浮上心頭。
>
> ──《孤燈》，頁398

彭瑞金嘗就〈鹹菜婆〉、《山女》系列諸篇，精闢點明了「痛苦的人回到痛苦所由生的原點去，面對痛苦，就是李喬的救贖哲學，也是蕃仔林故事的基調。」[40]不同於彭文植基於「痛苦救贖哲學」的詮釋面向，本文則意圖挖掘小說人物與「魍神」的鏈結及其所體現或反照鄉民無告而卑下的處境──另一種「精神饑餓」。

（二）魔神仔／魍神再現作為情節轉折的契機

在李喬敘事中浮現的魔神仔／魍神，皆非屬「深描」（thick descrip-ttion）式的再現，而只見鬼聲魅影，然而除了營構懸疑不安的氣氛，透過魔魅的召喚與原始的想像外，卻也同時逼近了人物隱藏於內心的秘密。一如短篇小說〈哭聲〉一文，[41]敘及即將前往南洋戰場的阿福和阿青兩人，為一探不斷傳出淒厲哀切哭聲的「鴒婆嘴」秘境，而進入「蕃仔林」深山，終被鴒婆嘴精或魍神迷惑而產生「幻覺」的故事。「鴒婆嘴」是蕃仔林的一處禁區，昔時父祖輩之人上去後，就不再回來了，兩人明乎此而甘冒死亡的咒

---

40 《李喬短篇小說集5‧序》，頁6-7。

41 李喬：〈哭聲〉，收錄於《人球》，《李喬全集25‧小說卷‧短篇》，頁060-085。此文復改寫為《孤燈：寒夜三部曲　三》裡的第一章「哭聲」，兩位人物分為明基和永輝。（頁028-047）

詛，入林歷險的心態，實是一種自我分裂的主體意識，誠如阿青所言：「其實，我甘願死在這裡喲！被什麼鬼怪吃了也好，鷂婆精撕了也好，起碼，變成屎，屎變成土，還留在蕃仔林裡。」[42]山靈哭聲，遙擬隱喻的正是太平洋戰事下，瀕臨生死線的顫動，迫使身為烽火年代裡被迫而弱勢的犧牲者，在精神匱乏之下，竟然選擇寧可被山妖鬼怪迷住而生幻覺之症，來作為「逃逸」之路徑。

觀照亂世苟存，粉飾自求多福的，尚有〈我沒搖頭〉一文，也寓寄了彼時鄉土空間與歷史經驗的實境，並且重彩濃墨地勾繪了被魍神迷住後的怪現狀：

> 大家都知道，我們蕃仔林的魍神最可怕最厲害了，被迷過的人，我知道的就有七八個；有三個是死了才被找到的，最近一次是福興嫂。那是十幾天前的事：福興哥半年前當軍伕，被征去南洋工作。半個月前被送回來了──骨灰──那時福興嫂哭得死去活來。隔了幾天，她突然不見了。恩主公扶乩降筆，說是被西南方的魍神迷住了。於是全蕃仔林的人分頭去找，結果在半天高的石壁洞口找到。她衣褲破爛，兩眼睜得牛眼那麼大；嘴裡塞滿莫螟仔、牛屎、草葉等。[43]

文中的福興嫂，其生命悲劇始於丈夫命喪南洋戰場，其後竟也幻化為主人翁彭阿楨迷失在山林小徑時，所遇見的魍神人形。其後在〈我沒搖頭〉的連作〈蕃仔林的故事〉中，卻開啟了另一條情節副線──原本端壯賢淑的福興嫂被魍神「牽去」後，竟致性情丕變，而成為「騷嫫」(風騷貨)。[44]同樣是在現實中辛苦找食物的女人，但文本意涵卻釋放出相較於無瑕的過去，一種被壓抑的欲望，卻又企圖回到過去的想望：

---

42 李喬：〈哭聲〉，收錄於《人球》，收錄於《李喬全集25．小說卷．短篇》，頁074。

43 李喬：〈我沒搖頭〉，收錄於《人球》，收錄於《李喬全集25．小說卷．短篇》，頁036。

44 李喬：〈蕃仔林的故事〉，收錄於《人球》，收錄於《李喬全集25．小說卷．短篇》，頁042-059。

> 不得了！騷嫫發顛啦，把安仔當作死去的老公！她會把安仔勒死的！……「福興仔，你好狠心！不要掙嘛！陪陪我……」[45]

從歷史背景裡的饑餓寓言，通透了女性掙扎求存的生命創傷，再現了潛意識裡的匱缺與欲望。魔神仔／魍神情節顯然具有關鍵性的敘事轉折，而提供了可資解讀的軌轍，除了激發恐懼的情緒反應，也召喚出由「虛」轉「實」的反動敘事力道。

魔神仔／魍神在〈新年憶舊〉文中也同樣扮演牽動重要情節的契機，並融入於日據歷史記憶中，串連出一幕幕的警民追躲大戲：[46]

> 我們的目的地是石輝伯的家；石輝伯家有「磨石」。我們家到石輝伯家，要走過一道又深又寬的山坑，也就是叫做「橫坑」的幽暗谷地。聽說這裡「不乾淨」，有魍神山鬼躲在那裡，平常我是不敢進來的。……走到谷底時，我忽然想起一樁事：「聽說，好幾家都有米藏在這橫坑山洞，是不是？」

小說追溯一則往日過年節的惡夢，文中並置殖民者話語：「年三十／（遇上）日曜日」和庶民生活語：「除夕」，輾轉托出「除夕清早至神社參拜」的歷史情境。一九三六年皇民化運動開始，日殖政權即施行「宗教改革」政策，一方面是提倡日本神道，如神社的增建與昇格，以及神宮大麻的奉祀與神社參拜等；一方面則是壓抑臺灣固有宗教，[47]此外，也禁止島民過傳統農曆年節。引文呈現的鄉土民俗經驗，即直扣這一段紛擾的時代背景。

童年視景中魍神山鬼出沒的「橫坑」，原是一處恐怖地景，然而在除夕時分，卻成了一條通往「過我們的年」的希望之徑，惟有穿行此處，才能齊

45 同前注，頁051。

46 見李喬：〈新年憶舊〉，收錄於《昨日水蛭》，《李喬全集28・小說卷・短篇》，頁410。

47 相關資料，參見周婉窈，《海行兮的年代：日本殖民統治末期臺灣史論集》（臺北市：允晨文化實業公司，2004年），頁41-44。

聚於獨有磨石的石輝伯家，打蘿蔔粿來應景過年。而原本陰森，鬼影幢幢的「橫坑」，也幻化成蕃仔林村民獨享祕密，私藏米糧的寶地。在食物配給制度的逼迫與寒磣悽惶中，往橫坑山洞藏米糧、黃豆的場景描摹，也見於〈鹹菜婆〉一文，[48]這又是一齣憂傷年代裡的山野悲劇，其中更蘊藏來自作者最真誠的聲音：是童年的記憶，是對廣大人群的愛，是偉大的同情，是大地的鄉愁。[49]

四　結語——魔神仔／魍神敘事中的現代性精神

盤點臺灣文學藉魔神仔素材，造成敘事效果，呈現特定歷史時空；或投射歷史詮釋；或開闢族群與國族議題，表現臺灣島史者，皆可見作家群實踐其所建構魔神仔的文學想像。前行代作家所投射於魔神仔敘事的基調與關注，則主要措意於「鄉土世界」與「民間傳說」的前史意義，並兼有「回顧過去」種種在地元素與區域色彩的意味。

然而魔神仔／魍神敘事，固然有其非啟蒙的原始蠻荒性想像，在李喬文學作品中，卻益見豐饒多姿的庶民生活肌理的體現，以及循線演繹情節的文學表現形式，甚至也可納入「自我書寫」的窺伺與比擬中：

> 可是問題就在這裡；不知不覺地，也可以說自自然然地，我把「近年來的我」，包括冷靜思索的我、憤怒激昂的我、仇恨附身的我、悲傷失望的我、臺灣魍神水鬼化身的……所有不同形貌的我全部現形、躍上意識層面，藉許土金的謦欬動作「發作」出來。[50]

48 李喬：〈鹹菜婆〉，收錄於《故鄉‧故鄉》，《李喬全集23‧小說卷‧短篇》，頁118-119。

49 參見洪醒夫：〈偉大的同情與大地的鄉愁——李喬訪問記〉，收錄於彭瑞金編選：《臺灣現當代作家研究資料彙編‧27　李喬》（臺南市：臺灣文學館，2012年3月），頁162、164。

50 李喬：〈「死胎」與我〉，收錄於《來順伯婆事略》，《李喬全集30‧小說卷‧短篇》，頁149。

此處作者以現身說法之姿，後設地解說了寫作在這部分我出了「車禍」。因為寫許就是寫我自己；那麼縱心之所欲或翺翔或潛泳，無不是許土金的真實。真是人生一樂事。

文學作品中也別是批判隱喻性的修辭，如《荒村・六、千山落木》中述及劉阿漢一連幾日的入夜時刻遭跟蹤時，即納悶那跟在後面的，到底是「狗仔」還是「魍神」，或「過路七娘」在跟蹤。[51]將魍神與狗仔予以並置，顯現了跨界視覺的突梯效果，更表徵肅殺政局所挑動一種不安的心理。

透過魔神仔／魍神的再現，也寓有批判與反思的現代性精神。李喬嘗自陳撰作被魍神迷魂情節的〈我沒搖頭〉之際，因魍神「事涉迷信」（彼時社會氛圍封閉之故），以致未能完整交代事件，遂只寫到阿楨雖心底抗拒，無奈神志昏迷，既真猶幻的情境中，只見阿楨滿嘴草螟仔、蟲仔，還有牛屎……。[52]上述本事在《重逢——夢裡的人：李喬短篇小說後傳》中，[53]則增補並側寫鄉民為尋獲阿楨而展現客家民俗的重頭戲——以「跳童」迎延「義民爺」臨現福佑的儀典；[54]並附記臺灣榛莽未闢的荒漠年代，窮山惡水間，山難和水澇頻現，所演化成民間聞之駭然的「魍神仔」與「水鬼」神秘傳說：

> 在開拓年代，山高谷深而野徑難行，毒蛇熊豹會傷人，加上原住民出草伺候，所以迷失與山難不少，這就演化成老少婦孺駭怕的「魍神仔」長駐心底。
>
> 臺灣四面環海，每年雨水又集中在夏季與初秋，而河流湍急惡潭處處，所以每年死於水難的極多，於是各類水鬼十分活躍，這是可以想像的。
>
> ——《重逢——夢裡的人　李喬短篇小說後傳》，頁097

---

51 李喬：《荒村：寒夜三部曲　二》，《李喬全集05・小說卷・長篇》，頁481。

52 李喬：〈我沒搖頭〉，收錄於《人球》，《李喬全集24・小說卷・短篇》，頁040。

53 李喬：《重逢——夢裡的人　李喬短篇小說後傳》《李喬全集13・小說卷・長篇》（新北市：客家委員會，2022年）全書收錄三十七篇短篇舊作，敘述軸線則是「依循夢境的線索，實際上去探訪那些出現在我的短篇小說中的人物」。除作品內容概要外，文末亦有「補記」或「附記」等註解形式。

54 李喬：《重逢——夢裡的人　李喬短篇小說後傳》，頁094-096。

由是，〈我沒搖頭〉續篇所增衍「魍神仔牽到阿楨」的故事，不僅涵蘊民間傳說的歷史意義，也接榫了認識臺灣原生原味鄉土風貌的現代精神。

怪物的再現，本是一種僭越，一種顛覆，一種對原始的想像再現，[55]藉此釋放被啟蒙思維所壓抑的原始蠻荒想像，此即反動之敘事。誠如李喬直指「在『生命劇場』出現的人物，他、牠、它都是『主體』，不是人的相對『客體』」。[56]魔神仔／魍神文本在方法論上，可視為一種隱喻式的呈現，藉以「反映」某社會區域文化中的衝突或意涵。透過文學敘事的魔神仔／魍神再現，當不只是一種保守的蠻荒想像，也不是一種純流行文化風潮下的怪談誌異，理應更嚴肅來看待魔神仔的文學想像，並將之視為一種特殊的文學文類。

---

55 有關誌異文類中怪物的再現，可視為一種僭越、顛覆與對原始的想像再現之概念，可參梁一萍：〈夜地誌異：再現原民鬼魅〉，《中外文學》第33卷第8期（2005年1月），頁54。

56 李喬：《生命劇場・第一章》，頁032。

參考文獻

一　李喬作品

李　喬：《李喬短篇小說全集》1-10冊，苗栗縣：苗縣文化中心，2000年。

李　喬：《寒夜：寒夜三部曲　一》，《李喬全集04．小說卷．長篇》，新北市：客家委員會，2022年。

李　喬：《荒村：寒夜三部曲　二》，《李喬全集05．小說卷．長篇》，新北市：客家委員會，2022年。

李　喬：《孤燈：寒夜三部曲　三》，《李喬全集06．小說卷．長篇》，新北市：客家委員會，2022年。

李　喬：《重逢──夢裡的人　李喬短篇小說後傳》，《李喬全集13．小說卷．長篇》，新北市：客家委員會，2022年。

李　喬：《生命劇場》，《李喬全集19．小說卷．長篇》，新北市：客家委員會，2023年。

李　喬：《格理弗Long Stay臺灣》，收錄於《晚霞》，《李喬全集20．小說卷．長篇》，新北市：客家委員會，2022年。

李　喬：《阿妹伯》，《李喬全集21．小說卷．短篇》，新北市：客家委員會，2022年。

李　喬：《故鄉．故鄉》，《李喬全集23．小說卷．短篇》，新北市：客家委員會，2022年。

李　喬：《山女》，《李喬全集24．小說卷．短篇》，新北市：客家委員會，2022年。

李　喬：《人球》，《李喬全集25．小說卷．短篇》，新北市：客家委員會，2022年。

李　喬：《昨日水蛭》，《李喬全集28．小說卷．短篇》，新北市：客家委員會，2022年。

李　喬：《泰姆山記》，《李喬全集29．小說卷．短篇》，新北市：客家委員會，2022年。

李　喬：《告密者》，《李喬全集29．小說卷．短篇》，新北市：客家委員會，2022年。

李　喬：《來順伯婆事略》，《李喬全集30．小說卷．短篇》，新北市：客家委員會，2022年。

二　專書及專書論文

〔晉〕干寶撰，〔宋〕淘潛撰，李劍國輯校：《新輯搜神記．新輯搜神後記》，北京市：中華書局，2007年。

〔清〕高拱乾纂輯：《臺灣府志．卷一　封域志　山川》，臺北市：臺灣銀行經濟研究室，1960年。

《客家詞彙》，臺北市：中原週刊社，1989年。

王家祥：《魔神仔》，臺北市：玉山社，2002年。

史書美等主編：《臺灣理論關鍵詞》，新北市：聯經出版事業公司，2019年。

甘耀明：《水鬼學校和失去媽媽的水獺》，臺北市：寶瓶文化事業公司，2005年。

何光滬主編：《宗教學小辭典》，上海市：上海辭書出版社，2002年。

何敬堯：《幻之港：塗角窟異夢錄》，臺北市：九歌出版社，2014年。

李　潼：《少年噶瑪蘭》，臺北市：天衛文化圖書公司，1992年。

周婉窈：《海行兮的年代：日本殖民統治末期臺灣史論集》，臺北市：允晨文化實業公司，2004年。

林美容、李家愷：《魔神仔的人類想像》，臺北市：五南圖書出版公司，2014年。

邱常婷：《魔神仔樂園》，臺中市：晨星出版公司，2018年。

徐兆泉：《臺灣客家話辭典》，臺北市：南天書局，2001年。

彭瑞金編選：《臺灣現當代作家研究資料彙編．27　李喬》，臺南市：臺灣文學館，2012年3月）。

劉還月：《臺灣客家族群史．民俗篇》，南投市：省文獻會，2001年。
鄭清文：《採桃記》，臺北市：玉山社，2004年。
瀟湘神：《魔神仔：被牽走的巨人》，臺北市：聯經出版事業公司，2021年。
「臺灣妖怪研究室報告」出版之《臺灣妖怪圖鑑》，臺北市：行人文化實驗室，2015年。
段義孚著、潘桂成譯：《恐懼》，新北市：立緒文化事業公司，2008年。
多田克己著、歐凱寧譯：《日本神妖博物誌》，臺北市：商周文化事業公司，2009年。

二　專書論文及期刊論文

山泉水（李喬）：〈簡述「臺灣鬼怪」〉：《文學臺灣》第117期（2021春季號），頁96-108。
洪醒夫：〈偉大的同情與大地的鄉愁——李喬訪問記〉，收錄於彭瑞金編選：《臺灣現當代作家研究資料彙編．27　李喬》，臺南市：臺灣文學館，2012年3月），頁162、164。
梁一萍：〈夜地誌異：再現原民鬼魅〉：《中外文學》第33卷第8期（2005年1月），頁54。
彭瑞金：《李喬短篇小說全集5．序》，苗栗縣：苗縣文化中心，2000年），頁6-7。
溫宗翰：〈臺灣神怪軼聞經緯〉，收於《聯合文學》第388期（2017年2月），頁32-35。
《幼獅文藝》第767期（2017年11月1日）。

四　學位論文

鍾愛玲：《徘徊在「鬼」「怪」之間：苗栗地區「魍神」傳說之研究》，新竹市：國立清華大學臺灣文學研究所碩士論文，2007年。

五　報章雜誌及電子資源

《臺灣日日新報》，1899年10月4日（明治三十二年）。

《臺灣日日新報》，1901年12月5日（明治三十四年）。

「客家委員會客語辭彙」：https://data.zhupiter.com/oddt/9196688/%E9%AD%8D%E7%A5%9E%E4%BB%94/，檢索日期：2022年5月1日。

「漢典」之「神」的條目釋義：https://www.zdic.net/hant/%E7%A5%9E，檢索日期：2022年5月1。

翻譯臺灣史
——以李喬《寒夜三部曲》英譯和楊小娜《綠島》的中譯為例

林姵吟*

摘要

臺灣文學近年來透過翻譯持續著走向世界讀者的趨勢，可謂臺灣文學作為世界文學的指標之一。然而，在翻譯過程中，不同的讀者群對文本原意所承載的意義，有不同面向的理解。本論文以李喬《寒夜三部曲》的英譯本和臺裔美籍作家楊小娜《綠島》的中譯本為個案，探討跨語際翻譯過程中的得失，及其背後所折射的文化意涵，主要將細析兩部作品在其原始語言的語境中，和藉由翻譯在目標語言的語境中所衍生的不同反響。兩本小說皆觸及臺灣歷史，且均以家族史為主要敘事形式，頗具對讀之意義。論文指出，《寒夜三部曲》內容濃縮的英譯版中，原著厚重的歷史感不可避免地被稀釋，而後者在英語語境中，臺、美的政治脈絡被凸顯，中譯本語境則偏重人權和私人「小」歷史的閱讀。

關鍵詞：翻譯、李喬、《寒夜三部曲》、楊小娜、《綠島》

* 香港大學中文學院副教授。

在全球化的現今社會，人的認同不僅只是自我如何自覺的選擇，也與他者如何看待我們密切相關。誠如 Hutchinson 和 Williams 指出，自我和他者的關係對理解國家文學來說，至關重要，因此提出與其研究常被本質化的國族文學特色，不如檢視特定的「自我」和「他者」形象的「建構過程」（process of construction）。[1]儘管不少學者均提出具啟發性的框架來分析自我與他者之關係，[2]本文將按 Hutchinson 和 Williams 所言的「建構過程」，透過翻譯來檢視臺灣文史在世界中的生產和傳播。翻譯在本文中，將被視為釐清和配置差異（figuring/configuring difference）的手段，[3]並且在國族文學的建立上扮演重要角色。[4]在不假設有一個既定不變的「臺灣文學」的建構下，本文將探究臺灣文學（含臺灣作者的作品以及廣義地內容含括臺灣的作品），尤其是臺灣的歷史，在逐漸全球化的出版流通，及在當今全球小說市場中的受容問題。本文將主要採文本細讀方式，首先擷取李喬（1934-）自言「一生有限作品存量中最重要的一部」的《寒夜三部曲》（1979、1980、1981）為個案，[5]之後以臺裔美籍作家楊小娜（Shawna Yang Ryan, 1976-）「反向操作」，即先是英文，隨即被譯成中文出版的《綠島》（2016）為對照文本，探討臺灣的歷史，如何在跨語言文化的交流過程中，被不斷地協商和再定義，尤其將說明臺灣的當地特殊性，如何在文學的全球傳播下被弭平，或被不同地接

---

1 Rachael Hutchinson and Mark Williams, eds. *Representing the Other in Modern Japanese Literature: A Critical Approach* (London and New York: Routledge, 2007), p. 5.

2 參見拉岡（Jacques Lacan）*Écrits: A Selection*. Trans. Alan Sheridan (New York and London: Norton, 1977); Emmanuel Levinas, *Totality and Infinity: An Essay on Exteriority* (Pittsburgh, PA: Duquesne University Press, 1969); 德希達（Jacques Derrida）, *Of Hospitality* (Redwood City, CA: Stanford University Press, 2000).

3 Naoki Sakai, *Translation and Subjectivity: On Japan and Cultural Nationalism* (Minnesota, MN: Minnesota University Press, 1997).

4 David Damrosch, "Translation and National Literature," in *A Companion to Translation Studies*. Eds. Sandra Bermann and Catherine Porter (Hoboken, NJ: Wiley-Blackwell, 2014), pp. 349-360.

5 參見三部曲的自序。

受。之所以擇取這兩個個案，原因有二：一是兩部文本在內容上，皆以家族敘事架起二十世紀臺灣歷史的相似性，二是前者的英譯以在美臺人為主要預設讀者，[6]後者則為在美臺裔作者的英文作品中譯，在臺灣史的輸出和回傳臺灣這個面向，恰可相互對話。

一　「臺灣性」的翻譯
——從《寒夜三部曲》到《寒夜》中的歷史提萃

就臺灣文學的英譯渠道而言，學術出版社的貢獻十分關鍵，當中又以蔣經國基金會補助的哥倫比亞大學的 "Modern Chinese Literature from Taiwan" 書系，成效可觀。已出版的內容囊括不同族群背景的作家，對臺灣的特殊性（如原住民作家作品）和與西方社會歷史可比性高的作品（如現代主義小說）兼有。[7]書系主編之一的王德威指出，原文本的選擇標準包含文類（他認為小說是最適合美國市場的文類）以及題材的多樣性。[8]此書系雖呈現了臺灣文學的多重面貌，但什麼構成臺灣特色，或怎樣的作品最能代表臺灣，仍有商議空間。文本的選擇之後，翻譯過程中，譯作能否相對完整地傳達臺灣特色給預設讀者，則又是另一個問題。在文化翻譯的過程中，以接受方的讀者為主的「馴化」（domestication）以及以原作者為主的「異化」（foreignization），為兩種主要的翻譯策略。兩種策略各有利弊。儘管所有譯本最終皆無法不考慮讀者的接受度和閱讀經驗，致使「馴化」難以避免，但譯者也多會試圖保

6　書系主編之一齊邦媛在前言指出，希望英譯能「鼓舞不能直接閱讀中文的海外臺人的新一代」。*Wintry Night*. Trans. Taotao Liu and John Balcom (New York: Columbia University Press, 2001), p. vii.

7　若以短篇小說和詩歌來說，加州大學聖塔芭芭拉分校的臺灣研究中心出版的《臺灣文學英譯叢刊》（*Taiwan Literature: English Translation Series*）的影響力亦不容忽視，自一九九六年至二〇二一年底，已出版四十八期。

8　張瓊方：〈臺灣文學「放洋」記〉，《臺灣光華雜誌》，網址：https://www.taiwan-panorama.com/Articles/Details?Guid=03a1f091-e9c3-46e5-9e58-098ded436d98&CatId=2，檢索日期：2000年12月。

有原著的「正確性」(exactitude)或「客觀性」(objectivity)。[9]因此我們可進一步思考，在翻譯的過程中，什麼樣的元素被強調、淡化、或省略，而最終又是怎樣的「臺灣」被譯介出去。為了檢視「臺灣性」在翻譯過程的變化，下文將以上述哥倫比亞大學書系出版的李喬《寒夜三部曲》為例，來說明「臺灣」的形象在原作和譯本中的差異。

寫於一九七七至一九七九年臺灣鄉土文學論戰高點的《寒夜》三部曲，由《寒夜》、《荒村》、《孤燈》三部分組成。《寒夜》描寫一八九〇～一八九六年間，苗栗的客家家庭彭家篳路藍縷的生活。《荒村》寫臺灣人的抗日，聚焦彭家第二代燈妹和其丈夫劉阿漢，[10]如阿漢的抗日活動，身陷囹圄和死亡。背景時間主要為一九二五～一九二八年之間，但也處理了二〇年代前的抗日。《孤燈》寫彭家第三代，觸及了二戰期間的徵兵，包含了燈妹的小兒子明基被迫「志願」到菲律賓為日本作戰，在燈妹之死和明基的思想下結束。當中占比頗重的女性角色燈妹，以花囤女（即童養媳）、阿漢嫂、到阿漢婆等不同階段的生命歷程貫穿三部曲，尤以母親階段更為關鍵。因為土地在這部小說裡，為大地之母的化身，而燈妹可謂「永恆母親的典型」形象。[11]儘管故事中不乏現代女性，例如布店千金郭芳枝和明基的戀人蘇永華，但前者大抵是追隨抗日鬥士夫婿明鼎的幕後女性，後者為免明基的徵調，不幸淪為日人殖民者性暴力下的犧牲者，不脫以男性為主導的宿命。

有鑑於《寒夜三部曲》繁複的臺灣文史參照，書系主編之一齊邦媛在前言解釋，預設讀者除了沒有中文閱讀能力的海外臺灣移民後輩，亦盼能包括「對上世紀臺灣的文化歷史動力有興趣的一般讀者」。[12]然而她也同時擔

---

9 Susan Bassnett and Andre Lefevere, *History and Culture* (London and New York: Cassell, 1990), p. 54.

10 燈妹這位客家女性形象雖是三部曲的亮點之一，因本文焦點並非性別，故不展開關於燈妹形象的分析。相關討論，參見楊素萍：〈李喬「寒夜三部曲」之客家女性形象研究——以葉燈妹為核心〉(臺中市：國立中興大學臺灣文學與跨國文化研究所碩士論文，2011年)。

11 齊邦媛：《千年之淚》(臺北市：爾雅出版社，1990年)，頁182。

12 Trans. Taotao Liu and John Balcom, *Wintry Night* (New York: Columbia University Press, 2001), p. vii.

憂，英譯本能否傳遞中文原文的磅礴力量，如何能讓西方讀者保持興趣。齊邦媛的擔憂暗示了跨文化理解的困難（如果可能的話）。也正因李喬原著中的豐富歷史細節，使此三部曲成為探索譯者在翻譯過程中的操演的絕佳個案。在考量譯者、讀者、市場後，齊邦媛建議將三部曲在英譯計畫中，精簡為一冊。[13]左思右想後，李喬自行提議將三部曲第二部《荒村》排除，當中經他閱讀大量史料，費力考據而來的歷史紀錄，也因此被稀釋。在這部小說裡，為了貼近史實，李喬保留了數位角色的真實姓名，也儘可能地描寫歷史細節或加註。例如寫臺灣文化協會的成立和一九二四年的二林事件（林本源製糖公司與蔗農的紛爭）時，他的描寫即相當詳細，並使用註解表明資料來源，或對特定術語、人、事作補充。《荒村》含三十個註解，當中二十八個是史實，兩個則與文化相關，比起另兩部，含註量在三部曲中是最高的。殊為可惜的是，李喬的「深描」（thick description），[14]並不適合在英譯中逐字照搬，這也讓他頗感失望。[15]

李喬對史實的執著，在其六頁長的後記〈荒村之外〉亦可看出。儘管其小說人物劉阿漢已去世，李寫道「故事裡的其他主要情節……一個特殊的歷史仍繼續著」，[16]來指涉一九二九到一九三四年劉阿漢的三子劉明丁之死這五年間臺灣農民組合所面臨的狀況。他自剖創作《荒村》時的難題：因他尚未獲得能看透歷史迷霧的智慧，只能寫下寥寥數語。倘若日後他有看透迷霧所需的「距離」，便會考慮擴充後記成為具適當分量的補充，甚或一本書的長度。他告訴讀者，透過簡單對比，他們將理解《荒村》中徵引的歷史資料更廣也更厚重，[17]透露出他對臺灣歷史的念茲在茲。

李喬對歷史書寫的濃厚興趣，對英譯者來說，無疑增添了挑戰性。在

---

13 李喬：《寒夜》（新北市：遠景出版事業公司，2001年），頁v。

14 此借用著名人類學家格爾茲（Clifford Geertz）以印尼峇里島鬥雞儀式為例做說明的民族誌撰寫形式，表示李喬寫作三部曲時所下的歷史功夫。

15 李喬：《大地之母》（新北市：遠景出版事業公司，2001年），頁8。

16 李喬：《荒村》（新北市：遠景出版事業公司，2001年），頁519。

17 同前注，頁522。

「譯者介紹」中，譯者陶忘機（John Balcom）解釋，需讓預設讀者對臺灣的文化和歷史背景有基本認識，如此不但能讓他們的閱讀經驗更容易，也能讓譯文避免使用註腳。因此，他提供了臺灣從清代到日本投降的歷史摘要，點出李喬小說的重要性，正在於其對「臺灣經驗的特殊性」之處理，及對「自歷史浮現的臺灣意識和認同的本質」的探尋。[18]他指出，「從小說的感知中，我們可洞悉的八〇年代初臺灣，和臺灣的歷史一樣地豐富」。[19]「譯者介紹」還包含了簡短的書目，指出七個讀者或想再繼續補充知識的主要面向，分別是歷史時期（清代、日治下臺灣）、族群（客家、原住民），還有宗教、節慶、文學價值與歷史重要性。可見，編者和譯者均希望藉英文版的《寒夜》，將臺灣的現代史介紹給英語讀者。但因《荒村》可謂三部曲中的歷史核心，未譯《荒村》也意味著英語讀者所認識的臺灣將被稀釋。原文和英譯本相比較，可發現客家人的勤奮和對土地的愛，他們的開墾移居史被凸顯，而《荒村》中被大書特書的臺灣反殖民抗爭，卻被輕輕帶過。雖然英譯本包括了《寒夜》和《孤燈》，不過前者只約三分之一的內容被翻譯，後者則省略更多，僅原文的約百分之二十三點五得以被英譯。

英語一般比中文來得簡潔，但省略不譯的比例頗高。以中文《寒夜》為例，第四、五章在英譯本中被合成一章（「The Unexpected」），第三、七、九章亦多處省略，約只三分之一至四分之一部分被選譯。角色的對白，內心感受，日本在臺的軍事擴張，臺人武力抗日等皆被刪去。《孤燈》裡歷史人物的名字與歷史事件的細節也多處省略。第三章關於日軍偷襲珍珠港，日本在東南亞的軍事擴張，日軍在新幾內亞互相殘殺的註解均被略過。其他如哪一國家在哪天派遣哪一艦隊等細節也未譯。而第六章關於日本於一九四四年十月至十二月二十日在菲律賓的擴張也省去，除非與《孤燈》主人公劉明基有關的部分。總的來說，關於太平洋戰爭的諸多細節遭省略。若以中文精簡版《大地之母》和英譯本相比，精省依舊成立，英譯本的歷史濃度也不如

---

18 John Balcom, "Translator's Introduction." In *Wintry Night*. Trans. Taotao Liu and John Balcom (New York: Columbia University Press, 2001), p. 13.

19 同前注。

《大地之母》。原文整整兩頁的珍珠港事變描述，在譯本中被濃縮成寥寥幾行，麥克阿瑟的名字也略過不提。如果三部曲的體量將對讀者造成負擔，若只選兩部來分析，是否省去第二部，而第二部被選譯的部分，是否能讓情節更豐富，則見仁見智。Goodreads上即有讀者反應，可被省略的是第三部《孤燈》。如此，故事將終結於劉阿漢逃出監獄後的死亡，或許更顯完整。[20]但亦有讀者反應，雖然未能譯出完整的三部曲十分可惜，但儘管濃縮版省去了諸多事件，閱讀過程確實是順暢而不突兀的。[21]

二　《寒夜》臺灣意識的弱化及語言上「臺灣性」的遮蔽

對於以歷史敘事聞名的李喬，英譯的刪減極可能是件大事。李寫作三部曲的目的之一為表現其「臺灣意識」。在訪談中，李喬追溯其歷史寫作源起於一九七七年創作《結義西來庵》之際，過程中他學會如何編排歷史資料，並透過文學虛構重新呈現這些素材。除了將四百萬字的史料精簡到四頁紙，他也造訪不同與此事件相關的歷史遺跡從事田野調查，縝密地檢視自己的臺灣意識的生成，即，試圖瞭解自己是怎樣的人，以及不是怎樣的人。對他而言，從寫作《結義西來庵》而獲取的「訓練」，使他有能力書寫《寒夜》三部曲。

李喬欲再呈現臺灣歷史的意圖，至少獲得某程度上的成功。他回憶，有幾位歷史學教授將他的小說視為「通俗教科書」，要學生們讀《荒村》以更瞭解農民組合。儘管楊照指出，大河小說作家常使小說的敘事語氣支離破碎，而角色淪為推動主要事件的工具，[22]而李喬本人亦承認三部曲有未能更完善地將史實編入故事裡的缺憾，但姑且不論文學美感，歷史感確實是李喬

---

20 參見Powersamurai發表於2015年12月27日的評論，網址：https://www.goodreads.com/book/show/4998050-wintry-night。

21 參見Eric Hinkle發表於2014年5月27日的評論，網址同上。

22 楊照：〈歷史大河中的悲情──論臺灣的「大河小說」〉，載邵玉銘、張寶琴、瘂弦編：《四十年來中國文學》（臺北市：聯合文學出版社，1995年），頁187。

三部曲難以繞過的特點。排除《荒村》，精簡了《寒夜》和《孤燈》的歷史細節，三部曲在英譯本中，成了關於客家人對土地之愛與其奮鬥求存的家族史，而歷史在其中退居背景。略過原文的特殊時間和地理空間，英譯本讀來更接近坊間的多代際家族史，日本殖民則被淡化了。

除了歷史細節的省略，原著裡的語言豐富性也在翻譯過程中未能被完整呈現。雖是中文作品，但李喬在其中運用了客家話、閩南話、日語，和原住民語言。具文化特殊性的中文表述，如「丁憂」，通常指父母之死，李喬加了註解，解釋喪禮習俗，英譯本則省去。原住民用語，例如指獵人頭儀式的賽夏族語「malakem」也略去。小說裡亦有李喬自己發明的，他稱之為「漢音日語」（即，講日文發音「譯」成中文書寫系統）的「混語」，[23]如《荒村》中出現的「苛累哇」（これわ，這是）、逗悉得（どうして，為什麼）等。

李喬在《孤燈》後記中解釋，如此表述的原因有二。一是日本人說日語和臺灣人不同，二是他在情感上不想將日本人之間的對話和臺灣人之間的對話寫成一模一樣。他自言，使用了至少三種方式來呈現書裡的日語部分：加上語尾助詞（如嘎、哇、那拉）、發音和意義並重的譯寫，例如綺麗、訛獸（指說謊）、悉得路嘎（明白嗎？），以及純按發音來譯寫。最後這一方法雖容易引起混淆，不過李喬自信，即便讀者不完全理解這些詞彙，將無損他們對句意的掌握。[24]李的「漢音日語」，也可見於《埋冤1947埋冤》。在自序中，李提及「不少日音漢字無音，其時就加用羅馬拼音，如果是一段讀者必須全部理解的，便在日音後註漢語。這是最不得已的一招」。[25]

在《帝國逆寫》（*The Empire Writes Back*）中，論者指出「棄用」（abrogation，對殖民者文化類別的拒絕）和「挪用」（appropriation，依己意使用某一語言，儘管非自己的語言之過程）是被殖民者挑戰殖民者威權的兩種方

23 李喬：《孤燈》（新北市：遠景出版事業公司，2001年），頁517。

24 同前注。

25 李喬：〈自序之（二）〉，《埋冤1947埋冤》上下冊（苗栗縣：苗栗客家文化廣播電臺，1995年），頁21。

式。[26]鑑於李喬在國民黨統治下，中文作為「國語」的背景下寫就三部曲，李的「漢音日語」，可謂兼具「棄用」和「挪用」之效，其挑戰的不僅是日本帝國的霸權，亦是國民黨領臺後提倡的「標準」中文。以中文書寫（而非客語或臺語），李喬也將統治者的「國」語挪為己用，以凸顯書中的臺灣客家族群經驗。或許我們會好奇，何以李喬不以客家話進行創作。關於這點，李喬已說明，除了極少數的詩歌創作外，臺灣的歷史因素（例如日本統治），使純客家語寫成的小說並未出現，而今「要求用純客家生活語言寫小說，幾乎是不可能的」。[27]

以自成一格的中文表述來書寫臺灣殖民史，李的《寒夜三部曲》就「棄用」來說，展示了兩個層面。表面上看是拒絕使用日語，深層來看，「漢音日語」既非標準中文，也非標準日語，也因此挑戰了兩者的「正確」用法。因臺灣的重層殖民史，李喬的語言表述顯得特別，還有一個因素，便是其用挪用後來的殖民者語言，作為對前殖民者（日本）語言霸權的棄用。這雙重層次，使得其對以臺灣為中心的歷史思考，得以更有效地呈現。不過，若從臺灣原住民的角度來說，其被漢人宰制之情況仍被忽視。而對一般英語讀者來說，原文中蘊含的語言張力和文化位階的多重層次，更早已消弭於無形。

上文指出，歷史稀釋與語言的同質化是李喬《寒夜》英譯本的特色。雖然未能將李喬原著之豐富性照搬，但卻讓譯本的可讀性提高。若考慮原著的

---

26 Ashcroft Bill, Gareth Griffiths and Helen Tiffin. *The Empire Writes Back: Theory and Practice in Post-Colonial Literatures* (London and New York: Routledge, 1989), pp. 37-38.

27 參見李喬的序言〈客家文學、文學客家〉，收入李喬、許素蘭、劉慧真主編：《客家文學精選集──小說卷》（臺北市：遠見天下文化出版公司，2004年），頁3。以何種語言書寫也牽涉到何謂「客家文學」。羅肇錦強調客家語（不論全部或部分）寫作和客家思維，彭瑞金則更側重作品內容能否呈現客家文化的內涵，所以他將美國作家密契納（James A. Michener）觸及客家人移民夏威夷的作品《夏威夷》納入客家文學範疇。筆者認為，可有作者論、內容論、語言論等不同界定。以語言媒介和作者身分來論，過於僵化嚴苛，故此處筆者傾向以內容來判斷。相關討論參見杜國清：〈主體性與翻譯：談臺灣文學和客家文學〉，收入陳惠齡編：《傳統與現代：竹塹學術三百年──「第一屆臺灣竹塹學國際研討會」會後論文集》（臺北市：萬卷樓圖書公司，2015年），頁19-30。

語言特色，可以說，李喬為了增加三部曲的可信度之努力，除了歷史考據，也呈顯在他對主要族群語言特徵的處理上。當提及特定原住民族時，如賽考列克亞族、澤敖利亞族等名稱，在中文原著總會標示清楚。這些相對小的社群，其名稱對中文讀者來說，已十分陌生，也未必有標準的中文名稱，英譯將其以羅馬拼音拼出，可謂中規中矩。但當兩位原住民有如下對話時，原文中他們以「依索」（你）和「貢」（我）稱呼彼此，英譯卻無法傳達類似的原（住民特）色，即便以羅馬拼音表示也未必合適。

> 「同年：阿達樣，也去砍東洋蕃好嗎？」加里合彎社的人居然這樣說。「同年」是先住民給對方友好的稱呼。
> 「依索（你），阿達樣也討厭東洋蕃嗎？」
> 「是。依索和貢（我）阿達樣人，在臺員就都都好；東洋蕃來，人就太多……」[28]

「阿達樣」是原住民自稱或稱呼他人的用語。「同年」如上所述，為友善互稱。中文讀者可立即知曉對話者是原住民，相互友好。但英譯未點出其中一人來自加里合彎社（泰雅族），將回話部分「依索（你），阿達樣」直接以「泰雅族」代之。此例瑕不掩瑜，至於如何翻譯李喬的「漢音日語」，恐怕難度更高。李喬煞費苦心的不同語言表述，依筆者推斷，應只有閱讀原作的讀者方能明白、欣賞。英譯本所採的「馴化」策略，很可惜地未能傳達日人和臺人的文化差異。若李喬的歷史感對英語讀者來說顯得冗長，那麼，我們不妨叩問，什麼樣的臺灣故事，在情節和風格上較有可能吸引英語讀者。就這點來說，楊小娜以英語撰寫的《綠島》，提供了有趣參照。

---

28 李喬：《寒夜》（新北市：遠景出版事業公司，2001年），頁318。

三　美國代表世界？《綠島》的「克里奧」化臺灣史

對臺灣歷史的文學再現，在中文語境裡已自成系譜，上述的《寒夜三部曲》即是較早的代表作。[29]但以英文來寫臺灣史的小說，迄今為數不多，楊小娜的《綠島》可說是近幾年來口碑良好的代表作品。此書英文原著於二〇一六年出版，甫問世不久即成當年二月美國亞馬遜網站的選書，三月又成獨立書商協會選書。同月也入選誠品書店選為當月的外文選書。此外，在美國的主要報紙如《洛杉磯時報》亦獲好評。同年十一月即有印刻出版的中文譯本，可謂挾帶著光環被輸入回臺灣。之後又贏得二〇一七年美國書獎（American Book Award）和二〇一八年亞美研究協會（創意寫作類）書獎（Association for Asian American Studies Book Award）。在寫作《綠島》之前，楊已出版了一部關於美國西部荒廢城鎮的小說，《綠島》為其首次處理臺灣題材。其臺裔的身分，讓此書的寫作有了自我尋根的意蘊。

《綠島》聚焦於二十世紀後半的臺灣歷史，和李喬的移民墾荒後定居臺灣的時間段線相比，更加當代。不過，和《寒夜》的家族史核心敘事形式一樣，同樣採取了家族史的策略。家族史的書寫策略對臺灣史的文學再現來說十分常見。一九八七年解嚴以來，即有多位作家以多代際的家族史形式來書寫白色恐怖時期。《綠島》雖以英文寫成，但未嘗不可納入此範疇。在楊小娜之前，與李喬同為客家籍的女性臺美作家黃娟，已在其以臺灣為中心的「楊梅三部曲」中第二部《寒蟬》（2003）裡，處理了白色恐怖年代。然而，或許因其以中文書寫，主要讀者非在美國，因此就能見度和討論度來說，不若以英語撰寫，且先於美國流通的《綠島》。

《綠島》二〇一六年由跨國大出版社企鵝藍燈書屋（Penguin Random House）旗下的Knopf出版社推出精裝本。翌年Vintage出版社推出平裝本。版權經紀譚光磊一開始不確定臺灣讀者是否會對以英文處理二二八事件的小說

29 《寒夜》三部曲以家族史作為敘事核心，帶出臺灣現代歷史，為男女作家皆常用的手法。女作家的例子，如陳玉慧的《海神家族》、蕭麗紅的《白水湖春夢》、郝譽翔的《逆旅》，皆以跨代際的家族史為核心，烘托出臺灣如白色恐怖之歷史。

《綠島》感興趣，因為臺灣讀者在閱讀翻譯小說時，似乎對「外國」事物更感興趣，但最終認為，英文的二二八小說本身亦可自成一個賣點。[30]《綠島》描寫一個臺灣家庭如何在二二八和之後的戒嚴年代倖存下來。書名直接讓中文讀者聯想到被關押在國民黨統治下的政治異議分子，一如南非的Robben Island的同名監獄之島。據楊小娜言，除了此意，綠島其實也可是蒼鬱美麗（verdant and beautiful）的島，一如臺灣的別名「福爾摩沙」一樣。[31]故事分四部分，每部分皆以地名為開首，附加時間段線，分別是：臺北（1947-1952）、臺中（1958-1972）、柏克萊（1979-1980）、臺北（1982-2003），讓敘事有了自然的時序，也讓讀者大致理解小說敘述者（蔡醫師的最小女兒）的地理位移。小說以敘事者的母親在一九四七年二月二十七日開始產前陣痛揭開序幕，亦即敘述者的出生日，為接下來以女性為主的性別化歷史處理埋下了伏筆。個體的誕生被賦予國族誕生的寓言意味，一如侯孝賢《悲情城市》開頭文雄的情婦產下私生子的片段。整部小說，楊小娜不斷強調政治和家庭之間的糾葛。例如，敘述者的大姐生於一九三七年，時逢日本攻陷南京，也在一開始奠定了女性視角和美國對臺灣近代史的形塑的重要。蔡醫師為自由派的理想知識分子，公開宣稱如果蔣介石真正傾向民主，那麼新政府裡臺灣人應有自己的代表，這讓他被判刑十一年（1947-1958）。敘述者生於父親被逮捕約兩週後，「無父」的幼年更讓小說的女性敘事聲音顯得合理。

透過第一人稱敘述者（蔡醫師的幼女），和第三人稱敘述者的合併使用，楊小娜呈現了蔡醫師的妻子自立自強，且喜愛法國文學的文藝女士形象。蔡醫師刑期滿後返家，因仍在情治單位的監控下，人變得沈默，更凸顯其妻子嚮往巴黎的藝術家形象。他變得疑神疑鬼，也要妻子即便在談論非關政治話題時，亦降低聲量。他將兒子養的鳥釋放，暗指其對自由的渴望。為了家人安全，他同意寫信敦促他的政治犯朋友蘇明國返臺，但多數他的家人

---

30 《綠島》為譚光磊的美國同行，版權經紀人朋友Daniel Lazar所推薦。參見譚光磊：〈《綠島》的版權故事〉，《印刻》第159期（2016年11月），頁59。

31 Shawna Yang Ryan, “Q. and A.: Shawna Yang Ryan on the 1947 Incident That Shaped Taiwan’s Identity,” interview by Didi Kirsten Tatlow, *New York Times*, January 22, 2016.

不能諒解他對友人的背叛。

小說約開展三分之一，進入了七○年代，提及了冷戰氛圍下在臺中出現的美國大兵身影。敘述者的未來丈夫，柏克萊的博士生林偉首度登場。敘述者在林返回臺北探親空檔，與其碰面。林偉對西方的崇拜，迫切希望臺灣能發展的想法，和敘述者的自我滿足，對臺灣抱持信心的態度，形成鮮明對照。不過，讀者後來得知，林之所以對西方誇誇其談，實在是因心繫臺灣，和對國民黨的專制的不滿。約會不久，敘述者決定和林一道赴美。在等候美國簽證時，小說將臺灣的運動（棒球）國族主義的年代，臺灣退出聯合國，尼克森訪華等細節並置，再次凸顯了國族大歷史，和個人小歷史的交纏。

小說第三階段，從一九七九年臺灣的美國大使館關閉開始，啟動了《綠島》的美國敘事部分。這部分可被概述為敘述者的「美國夢」，即，住在舒適大房裡，育有兩個女兒的教授太太的生活。如此生活和臺灣七○年代的風雨飄搖，黨外運動開始勃興的喧囂時代相比，顯得「完美」但也相對平淡。雖然看似無憂無慮，但敏感的敘述者需面對的，是她美國友人關於亞洲女性，認為她們都是細心、嬌小、優雅等的刻板印象。不過最令她驚訝的，是發現其丈夫在美國，竟是一位支持臺獨的行動派，甚至邀請國民黨通緝的政治異議分子唐家寶到家裡避難。[32]兩位男性不顧特務的警告，依舊組織政治集會活動，女主人公完全不被允許參與。但國民黨特務聯繫上女主角，試圖從她身上，套出關於其丈夫的政治活動細節，要她幫忙勸說唐家寶，打消出版對國民黨不利的書的計畫。特務告知，唐家寶收取了國民黨的錢。林偉和唐家寶的聯繫，而其和特務之間的王不見王，使小說增添了偵探意蘊，而女主人公恰是聯繫兩方的中介。對其丈夫的政治活動感到無奈之下，女主人公直接面對唐家寶，但於事無補。蔡醫師八○年代再度被捕，女主人公敘述者請求特務幫忙，並同意交出唐家寶的書稿作為交換條件。之後蔡醫師獲釋，但唐家寶卻遭暗殺，宛若臺北陳文成事件和加州劉宜良事件的翻版，儘管警

---

32 楊小娜指出，唐的形象由不同政治異議人士，包括彭明敏、劉宜良（江南）、陳文成等共同構成。參見《綠島》（New York: Vintage, 2017），頁384。

方調查結論為唐的死因並非政治動機引起。

《綠島》第四，也是最後部分，因著林偉夫婦將唐的骨灰帶回臺灣交給唐的遺孀，故事場景回到了臺北。這部分扮演著啟悟作用，因為主角們反思各自私人生活中的轉變，對臺灣對過去（尤其是二二八事件）有了更深刻的認知。敘述者此時思索著是否與其丈夫離婚，因丈夫於唐家寶去世後告知她，自己曾經的婚外情。敘事者在臺灣被審訊導致流產，使她決定繼續留在婚姻裡。因為對她而言，家人意味著，共享別人所無法理解的經驗、歷史、和創傷。[33]至此，她也明白了為何當年母親亦是同樣選擇留在婚姻裡，這在某程度上象徵了跨代際的和解。小說以SARS肆虐的二〇〇三年作結，亦是敘事者母親過世的一年。服喪期間，她造訪了臺北的二二八和平公園，母喪和臺灣集體之殤並置，並忖度著父親選擇倖存，不惜出賣自己靈魂的決定。「無數的這麼些年來消失的人，背負著罪犯之名……只是為著想主張臺灣是他們的島。沒有人會為這些比殉難者更複雜者立碑」。[34]言外之意，失去性命的烈士們，有碑銘紀念其犧牲，但凡人在詭譎多變的時局和政治肅殺下究竟如何倖存下來，卻常乏人問津。

《綠島》的尾聲（coda）又將敘事帶回加州柏克萊，此時敘述者已五十六歲，終於有了勇氣找出唐家寶的手稿並開始閱讀。對她來說，這段過去一直縈繞心頭，揮之不去。但其大女兒對唐家寶，僅有非常模糊的印象，意味著歷史記憶的代際差別。與多數臺灣作家不同，楊小娜並未將二二八事件當作臺灣認同制高點的呈現，她強調的是國民黨的專制統治下，如何影響了受難家族的倖存。楊小娜將蔡醫師塑造為並非聖賢，而是難免有弱點的普通人，[35]凸顯了存活下來和出賣朋友的不道德之間的弔詭，隱約流露出生命比堅守任何政治理念要來得珍貴。

訪談中，楊小娜自陳，在寫作《綠島》的過程中，她心裡有兩組不同的預設讀者群體，一組是「記得二二八或對其有印象的臺灣人與臺裔美國人」，

---

33 Ryan, *Green Island*, 344.

34 Ryan, *Green Island*, 377，筆者自譯。

35 Ryan, *Green Island*, 381.

另一組則是「對臺灣一無所知的讀者」。[36]她試圖顧及兩群不同的讀者，也讓《綠島》這部小說產生了不同的反響。在第一群讀者群中，有人表示對楊小娜故事的「真實性」（authenticity）印象深刻，但當中（Reddit上的網民留言）亦有人認為，楊小娜不過是另一個想成為譚恩美的，內白外黃的女性作家（"just another Amy Tan wannabe, white-washed Asian woman"）。[37]楊小娜面對這樣的負評倒十分坦然，並不覺得驚訝。她不諱言地表示，譚恩美的寫作對於家族史的形式而言，「的確打下了重要基礎」。[38]

楊小娜對家族史的敘事形式的自覺耐人尋味，吾人不妨在英美世界走紅的華裔女作家名單上，再添上另一位也同具典範式的暢銷作家，即一九九一年以《鴻：三代中國女人的故事》（*Wild Swans*）成名的張戎。對西方讀者來說，或許這些亞洲女性作者之間，差異不大。譚恩美在一次於華盛頓特區英國大使館舉辦的晚宴裡，即曾被柴契爾夫人誤認為張戎。她在訪談裡一笑置之，說道：「張戎、湯婷婷（Maxine Hong Kingston）、Iris Chang，甚至Lisa See……別人常把我們這群人搞混」。[39]譚恩美的反應，似乎暗指了家族史的敘事在華裔英文文學中，已自成一個策略。雖然有些作家或許會有所謂的「影響的焦慮」，但從多部亞美文學例如《綠島》不約而同地採取了家族史的敘述策略來說，楊小娜的看法不難理解。如果我們可在譚恩美的《喜福會》裡讀到一絲湯婷婷般的鬼魅敘事和糾葛不清的母女關係呈現，我們也可以在譚恩美和楊小娜之間找出一些相似之處，例如兩人在作品中，皆偏愛處理反覆折磨人的過去。楊小娜對於將歷史和個人故事編織在一起，技巧上十分熟練。她二〇〇七年推出的第一本小說《1928年洛克鎮》（*Locke 1928*），即講述了在加州採礦鎮洛克的華人移民生活。而在《綠島》，她則從一個中產的由臺赴美的家庭主婦視角，演繹了臺灣尚未民主化前的歷史創傷。

---

36 參見丘琦欣（Brian H）刊載於《破土》（*New Bloom*）上2016年6月20日對楊小娜的訪問，網址：https://newbloommag.net/2016/06/20/interview-shawna-yang-ryan/。

37 Ryan, "Interview: Shawna Yang Ryan."

38 Ryan, "Interview: Shawna Yang Ryan."

39 參見Lisa Allardice於2005年12月5日在英國《衛報》（*The Guardian*）上對譚恩美（Amy Tan）的採訪，"All about Her Mother"。

《綠島》不只是在英文讀者群裡引發不同的迴響，在臺灣，中譯版也同樣引發了不同意見。蘇碩斌給楊小娜正面評價，認為其筆下默默無名的女主角，展現了一種女性的平凡幸福的追求。他寫道：「如果幸福有兩種，革命家追求平等正義、民主自由，無疑是陽剛偉大的幸福。那麼尋常小民呢？團圓用餐、安心睡覺，是不是平凡得有點卑微的幸福？」[40]換言之，在專制統治的暗黑時代裡，追求升斗小民的小確幸，本無可厚非。陳芳明、Wang Yi-huei，與翁稷安，則都點評了楊小娜個人的，以女性為中心的視角。陳芳明稱，《綠島》是以女性為中心的戰後臺灣史的「裡面史」（history from within）。[41] Wang Yi-huei則強調，《綠島》的價值在於其「攪亂臺灣文學裡以歷史為基礎的視角」，楊小娜「透過其臺灣脫離殖民後的敘述，敘事啟動了女性能動性。」[42]然而，研究歷史的翁稷安則認為，楊小娜對倖存者的描繪過於簡單，有些角色讀來十分平面，整體情節亦都在預料中，有流於「刻板印象的大結集」之虞。[43]總的來說，《綠島》充其量展現了「必要的平庸」，即尋常百姓如何試圖活下來，但對戰後臺灣史的書寫來說，貢獻不大，儘管他也補充，他的評價對於在海外成長，為臺灣之外的讀者而寫的作者來說太過嚴苛。這些不同評價顯示了論者留意到，楊小娜結合了女性主義的，私人層面的敘事和政治驚悚敘事，[44]試圖重述臺灣戰後歷史。蘇碩斌、陳芳明、Wang Yi-huei均對楊小娜聚焦女性的「軟」視角來重述「硬」政治表示歡迎，但也正是這個「平庸」部分，對翁稷安來說，導致小說的歷史深度不夠厚實。考慮楊小娜的人物原型參照，模板式的閱讀經驗，對較為熟知臺灣歷史的讀者來說，或許無可厚非，但若以楊小娜面向的英語讀者來說，《綠島》仍不失為一本值得一讀的入門書。

---

40 蘇碩斌：〈婆娑海洋上的綠島，平凡人的白色恐怖故事〉，*Open Book*, February 14, 2017.

41 陳芳明：〈未亡人的未亡史：《綠島》讀後〉，《印刻》第159期（2016年11月），頁28。

42 Wang Yi-huei, "Writing beyond History: Literature as Form in *Green Island*, Shawna Yang Ryan (2016)," *East Asian Journal of Popular Culture* 3, no. 2 (2017): 249-254.

43 翁稷安：〈必要的平庸：讀楊小娜《綠島》〉，*The News Lens*, February 25, 2017，網址：https://www.thenewslens.com/feature/228-70years/62180.

44 Ryan, "Interview: Shawna Yang Ryan."

當《綠島》的中文節錄出現在《印刻》雜誌時，第一章被選用。這樣的選擇原本十分自然，但這一章恰是全書聚焦二二八的一章，原文裡的女性敘述者也恰好徵引了日治時期評論者黃石輝著名的「你是臺灣人……應該去寫臺灣的文學」的鄉土文學觀點。[45]這些細節，或可被解讀成對臺灣認同的非直接強調和提倡。事實上，封面為楊小娜的該期《印刻》雜誌，為二二八文學的特輯，同時收錄了藍博洲刻劃幾位綠島政治犯的故事，一九七二年被羈押在綠島的政治受難者林樹枝的文章，並羅列了兩頁有關白色恐怖的文學作品書目。種種「跡象」，可說導向了一個尊重人權的閱讀視角。而該期中略有不同的，是楊照的強調臺灣歷史重層性的文章。[46]他鼓勵我們繼續拯救歷史書寫中被排除的聲音，但也同時指出，臺灣的歷史「大過於臺灣人」自身。就「重層性」來說，楊照和翁稷安所言的平凡倖存者的複雜性，可謂異曲同工。而就後面這點而言，《綠島》的跨國敘事，則提點了讀者海外異議分子的聲音。

英文世界關於《綠島》的評價，則與臺灣迥異。英文書評大都對楊小娜處理臺灣政治的方式給予正面評價，不過對書裡的個人層面敘事略有批評。例如《洛杉磯時報》的評論即言，《綠島》在「小層面」（granular level）上相對較不具說服力，「敘事者的婚姻似乎沒有投入太多情感，」[47]少了作者處理政治部分的力道。這意味著，多數臺灣論者推崇的個人視角入史，在英文評價裡，有可能被視作小說力有未逮之處。《紐約時報》的評語和《洛杉磯時報》的評語大同小異。書評主要聚焦在蔣介石統治下的臺灣社會，以及二二八事件對臺灣認同來說，究竟具怎樣的意義。[48]楊小娜坦承，戰後的臺灣史在美國的確相對不為人知，多數美國人在「蔣介石是好人之一」的印象

45 原文裡，女敘述者引用此段話，揣想若其父親當初選了文科，而非醫科，或許會留意到黃石輝的這段話。中譯版譯者採黃石輝一九三〇年代的中文原文，而非譯自楊小娜的英文。換言之，楊小娜原文裡的黃石輝引文，應是她的自譯。

46 楊照：〈臺灣的歷史大過於臺灣人的歷史〉，《印刻》第159期（2016年11月），頁29-31。

47 Steph Cha, "Review: In Her Novel *Green Island*, Shawna Yang Ryan Explores Taiwan under Authoritarian Rule," *Los Angeles Times,* February 29, 2016.

48 參見Didi Kirsten Tatlow的面談。

中長大。[49]在此書的澳洲企鵝出版社網站，《綠島》因其「史詩般的故事」（“epic story”）和「教育眾人的歷史小說」獲得讚譽。[50]儘管英語世界亦留意到楊小娜揉合歷史與個人（且女性中心）家族史的「克里奧」化（creolization）手法，[51]《綠島》的歷史部分和讀者能從中認識臺灣，仍是這部作品在英語世界更為無異議地被認可的特色。不同受眾反應不同誠屬自然。排除英語世界讀者對臺灣都理解有限的本質化設定，至少可歸納出，對臺灣理解不多的讀者，閱讀《綠島》有助於他們瞭解臺灣的歷史，而私人層面部分，已有太多小說更細緻地處理，因此相比下，《綠島》這部分顯得乏善可陳。反之，對臺灣有所認識的讀者，《綠島》對二二八和戰後政治迫害的勾勒並不突出，但也因楊小娜將重心擺在蔡醫師家人的倖存經驗，反而在眾多「史詩」式處理的文學作品中，別具特色。

整體來說，中文譯本文字通暢，且因原本即是臺灣的故事被「還原」成中文，在某程度上，已讓「異化」變得不大可能。有趣的是，楊小娜的原文，保留很小部分的中文。最明顯的例子是小說開頭的綠島小夜曲部分。[52]原文先列出三小行中文原文歌詞，隨即提供英文譯文四小行，看似一首中英文皆有的小詩。在歌名〈綠島小夜曲〉之後，原文加了括弧，標示這首歌是「臺灣情歌」和「反抗歌曲」（TAIWANESE LOVE SONG／SONG OF RESISTANCE）。[53]就小說情節來說，此看似微不足道的添加，頗有點出私人和政治之間糾葛的畫龍點睛之妙。謝靜雯的中譯，省略英文部分，中文維持不變，少了原著裡，因突然出現中文，和大寫的英文字將帶來的「異化」

---

49 參見Paul Farrelly對楊小娜的訪談，*Modern Chinese Literature and Culture*, June 23, 2016.

50 參見《綠島》的澳洲企鵝書店網站，〈Green Island: A Novel〉。

51 Blackwell的網路介紹，即稱《綠島》是家庭和國族交織的抒情故事，參見網址：https://blackwells.co.uk/bookshop/product/Green-Island-by-Shawna-Yang-Ryan/9781101872369.

52 另一明顯的例子是蔣介石半文半白的二二八事件後的中文官方文告。英文原著裡，中文的出現必然帶來視覺衝擊。中譯本則以不同字體，區別蔣介石的文告和小說原有的敘事。

53 原著全用大寫字體。

效果。不過，譯者自行加註，指出楊小娜原文不夠精確之處，說明當初綠島並非火燒島，其政治意蘊為後人附會，〈綠島小夜曲〉原無反抗意思。如此「去政治」的說明，雖也仍符合原作者對「綠島」這個書名的雙關理解，不過似乎透露出譯者有意無意地傾向於家族故事的解讀。饒富意味的是，當原著以羅馬拼音和一句英文（為日文口號的英譯），呈現出蔡醫師投身日本軍隊時，[54]中文譯本在面對臺灣讀者時，將蔡醫師喊的口號，策略性地「還原」成日文和中文，間接可見臺灣的多語歷史，及其對應的殖民語境。

四　結語

作為一個文化交流的手段，翻譯的過程持續地在歷史脈絡，國力強弱的階層化，讀者品味等不同驅力影響下進行著。也因此，它提供了一個分析臺灣文學或歷史如何在（外銷）市場上被定位和被接受的極富價值的角度，而英文翻譯成中文的「逆向操作」，反之亦然。囿於篇幅，本文僅聚焦兩部作品分別英譯和中譯的個案。李喬的《寒夜》三部曲，說明了忠實的翻譯和譯文可讀性之間的平衡難題。為了提高可讀性，臺灣的歷史和地緣特點被沖淡，文化或族裔的參照（例如李喬多語、多元的人物對話表述）也難免被磨平。中文版原著裡的重層殖民，並未被再現於英譯本中。英譯本將情節精簡化，最後成了一部強調彭家胼手胝足地落腳臺灣之家族史，或可充當編者齊邦媛原先預設的，作為海外不諳中文的臺灣人後代的一本臺灣參考讀物。英譯本為流暢、具情節起伏的家族故事，應也不無類型的考量。畢竟家族史平易近人，可譯的文本選擇也多。在跨文化翻譯中，接納度一般也較少爭議性，唯與李喬原著欲呈現在臺灣這片土地上墾殖的人民的心靈史及其與土地的深刻連結之初衷相比，落差在所難免。

若將李喬的三部曲看作探討臺灣認同的個案文本，那麼，彭家所代表的客家族群的再現，作為臺灣性的體現，倒是避開了福佬人的文化沙文主義可

54　原文為「Rippani shinde kudasai, rippa ni shinde kudasai, please die beautifully...」，原著頁36。

能的偏狹，不失為一個「中庸」的權宜回應。客家族群長期以來，經歷多次遷徙、流動，且與其他族群混化共居的情形十分普遍，與其他族群一樣，並不存在其文化上的絕對純粹性。也因此，客家文學作為臺灣認同的例子，不但可排除盲目地將原住民視作臺灣文化原味「本真性」（authenticity）的代表，亦迴避了福佬族群，為翻轉國民黨戰後的威權，過度修正後的文化沙文主義危機。李喬的三部曲所聚焦的客家族群，暗指了「臺灣性」既非靜態不變的，也非與生固有的，而是可被不斷地形塑，以肆應臺灣的現實。

李喬的個案展示了臺灣在英譯過程中，在地細節的稀釋。楊小娜的《綠島》，則說明具吸引力的故事情節，可能比臺灣歷史細節（但粗略的刻劃倒不失為可行之計），在將臺灣文學推向世界時更為關鍵。雖然臺灣的特色，在嚴肅的臺灣讀者群中，歷史的複雜度和倖存者的生命經驗，仍同樣地不免被淡化。若將《寒夜》與《綠島》並置，純就英語世界的讀者來說，前者從十九世紀末延伸到二戰結束，而後者恰接續了前者，從國民黨接收臺灣開始，演繹了跨及臺、美兩地的臺灣戰後史。若為理解臺灣的歷史文本來說，可謂在時間段線上相互輝映，以一九四五年左右區別開來，但也前後連貫。兩部小說在Goodreads上，皆有讀者反饋，有助於他們更理解臺灣豐富的歷史。例如有《寒夜》的讀者說，英譯本是具教育意義的臺灣歷史介紹，並在閱讀過程中，逕自作了有趣的文化比對。例如先民來臺墾殖可對照在美洲印第安部落的探險者，而臺灣抗日，則讓其聯想到法國的抵抗納粹，可惜這部分正是被排除的第二部，著墨太少，殊為可惜。[55]同樣地，《綠島》的讀者也表示，讀完此書讓其初步瞭解了臺灣歷史的複雜性，想知道更多關於臺灣的歷史。其中至少有兩讀者點出，向來抱持著冷戰邏輯，認為臺灣和中國的區分，只是國（自由中國）共（共產中國）分治，沒想到接收臺灣的國民黨和臺灣人之間的矛盾，[56]皆印證了翻譯臺灣，或書寫臺灣，對臺灣之外讀者

---

55 參見Irene的讀者意見，網址：https://www.goodreads.com/book/show/4998050-wintry-night。

56 參見Wihelmina Jenkins和Tanya的讀者意見，網址：https://www.goodreads.com/en/book/show/25763894。

的獲取歷史知識的價值。翻譯確實可增進對「異國」（歷史）的認知，而臺灣史的文學再現，雖然家族史不啻為討喜的類型，但就語言來說，未必需侷限於中文書寫。兩部小說在敘事上，皆對女性有所著墨，觸及了歷史敘事的性別向度。《寒夜》的燈妹形象突出，但不論燈妹或是其他進步女性角色，大多仍不脫男性輔助者角色。《綠島》則為女兒輩重思父輩的創傷和丈夫的政治理想，女性敘述聲音鮮明，但這位敘述者主要扮演相夫教子的中產家庭主婦形象，未涉足男性（父親、丈夫）為主導的政治界域，亦如其出賣友人而活的父親一般，是平庸的非烈士倖存者代表。

若就翻譯而言，《寒夜》的英譯說明李喬的苦心孤詣，對譯者與預設讀者來說，因歷史的濃度過高，而不得不被稀釋。《綠島》的中譯則透露，當譯本「回流」至小說觸及的地理空間原點時，對「理當」更瞭解這段歷史的臺灣讀者來說，英文原著在原發行地美國所獲的象徵資本難以複製，而且可能因讀者的期待不同，導致（譯本）厚度不足的危險。每次翻譯，均是在特定時空下的文化跨界，亦是在不同因素共同形塑下的改寫。歷史元素的過多和不足，端看受眾的期待，得失之間的平衡，除了作者意圖和風格，也是譯者的翻譯策略考量。《寒夜》的英譯短版，讓讀者們覺得意猶未盡，而《綠島》的歷史創傷處理，對部分臺灣讀者來說，也的確顯得力有未逮。一部小說畢竟難以面面俱到，文學也毋需提供創傷的解決之道。《綠島》中至少有兩個橋段，流露出多數時候，傷痛經驗是難以，甚至無法用文字和語言來傳達或是被理解的。[57]一是蔡醫師遭審訊時，楊小娜試圖以蔡醫師女兒的「後見之明」，揣摩著父親心理。小說寫道，「爸爸仰望媽祖被燻黑的臉龐。她【媽祖】就跟他們【被審訊的四人】一樣一直靜默不語。她的緘默是她不朽的第一個徵兆。」[58]這召喚神明的策略，與吳明益《睡眠的航線》中的菩薩低眉俯瞰人間，聆聽但不介入，異曲同工。另一例是蔡醫師自言在威迫之餘

57 針對此點，劉威廷曾以「不可譯性」來討論，參見氏著：〈臺灣重層語系研究——以《綠島》及其翻譯交涉為例〉，《彰化師大國文學誌》第四十、四十一期（2020年12月），頁101-105。

58 《綠島》中譯本，頁55。

寫下，用讓友人能感受到非出自他本意的方式寫下構陷信，[59]結果友人無法感受，導致被捕入獄。多年後兩人相見，友人對蔡醫師的「曲筆」文風毫不領情。正因創傷書寫多數是遲來的後見之明，身歷其境者的說詞，已未必能讓預設的收受者領會，更遑論真正經歷者抱持緘默或已死去，那麼，歷史書寫將僅能由倖存者或晚輩代筆。小說作者的角色大抵接近此狀況。如此一來，作者如何再現，而譯者又如何中介，便更加值得深究。

59 《綠島》中譯本，頁209。

存在主義風潮下的主體追尋
——論李喬〈小說〉與其安部公房閱讀史*

明田川聰士**

摘要

臺灣文學自六〇年代起不斷吸收來自歐美各地的新興文藝思想，作家們在這波來自西方現代主義潮流中求新求變，嘗試各種不同以往的表現手法，讓臺灣文學一時間迸發出多種流派與獨特的風格。而李喬自六〇年代起就開始關注日本作家安部公房（1924-1993）及其作品，對安部小說中的存在主義風格產生共鳴。筆者於本論文中將李喬一九八二年的代表性短篇小說〈小說〉與安部公房一九六二年的《砂丘之女》並列相較，借此探討李喬如何以他自身獨特的詮釋與理解重新思考存在主義，並將之視為臺灣民主化運動中，思考主體性的有力思想資源。最後，本論文也透過李喬對存在主義文學的認識、閱讀與挪用，討論他如何在戒嚴體制下，挪用海外文學思想與手法展演出其政治書寫，希望以此呈現當時海外思潮及日本文學對臺灣文學的介入與影響。

關鍵詞：李喬、安部公房、存在主義、文化引介

---

* 本篇論文由卓于綉譯，譯者為日本東京理科大學教養教育研究院講師。筆者感謝特約討論人中興大學臺文所朱惠足教授於會議上提出的寶貴意見，在此表達誠摯謝意。

** 日本獨協大學國際教養學院副教授。

一　前言

李喬從七〇年代末至八〇年代期間多數創作均是以臺灣近現代史為題材，一九八一年完成的《寒夜三部曲》也是他以臺灣史為敘事背景之著名代表作。利用史實並於敘事中安排虛構之人事物是李喬慣用的創作手法之一。他所創作的小說總是顯露出對臺灣社會的強烈關懷，不斷利用重寫歷史的方式挑戰霸權支配，表達出其獨特的反抗思想。

綜觀李喬七〇年代起的文學作品，不難從中看出深受海外思潮或西方文學影響，除了著名的美國作家威廉・福克納（William Faulkner, 1897-1962）之外，李喬顯然也對阿爾貝・卡繆（Albert Camus, 1913-1960）、尚-保羅・沙特（Jean-Paul Sartre, 1905-80）、法蘭茲・卡夫卡（Franz Kafka, 1883-1924）等存在主義作家抱持著強烈的關心。本論文嘗試將視角從歐美轉向鄰旁日本的文學與思潮，探討李喬對安部公房（1924-1993）的閱讀史及所受之文學影響。

臺灣文學自六〇年代起不斷受到從各界引入之海外思潮影響，文學家們也在這個過程中求新求變，將之反映於自身創作，使得臺灣文學一時間迸發出多種流派雜陳的獨特風格。一九八二年發表的〈小說〉是李喬最具代表性的短篇小說之一，筆者於本論文中將〈小說〉與安部公房一九六二年的長篇小說《砂丘之女》並列相較，試圖從中思索李喬對日本存在主義文學的認識、閱讀與挪用，也藉此討論李喬如何於戒嚴體制下，挪用海外文學思想與手法展演出其政治書寫。[1]最後也希望呈現出當時海外思潮及日本文學等對臺灣文學之介入與影響。

1　李喬：〈小說〉，《文學界》第1期（1982年1月）。本論文所引用的部分援自李喬：《李喬短篇小說全集・第9卷》（苗栗縣：苗栗縣立文化中心，2000年），頁11-50。以下引文於文末直接標明篇名及頁碼。另外，關於安部公房的〈砂丘之女〉，請參照安部公房：《安部公房全集・第16卷》（東京都：新潮社，1998年）。

二　六〇年代西風東漸氣氛下的臺灣文學思辨

李喬從六〇年代正式展開其創作生涯，而當時臺灣文學界也正深受西方現代主義文學思潮影響。相較於繼承中國傳統文學內涵的「縱的繼承」，紀弦（1913-2013）等現代詩人及文學創作者們選擇了積極引介西方思潮，進而倡導「橫的移植」，在這一縱一橫的諸多論戰中，為六〇年代臺灣文學界帶來一股前所未有的新鮮活力。當時臺灣文學界積極引介歐美作家、作品及文學研究理論等，較具代表性的刊物如《現代文學》、《筆匯》等雜誌都經常刊登海外文學的中文翻譯或評論。李喬於一九八一年〈我看「臺灣文學」〉中談及自身之文學史觀時，提到在國民黨政權支配下，許多中國近現代作品都被列為禁書，但「相對地，西洋的，尤其美國的和日本的文學理論與作品卻源源開入這久被蹂躪的海島臺灣」，[2]戰後臺灣也因此深受「日本、歐美的強烈影響，尤其一九四九年之後的二十多年間，臺灣的文壇幾乎全籠罩在歐風美雨之下」。[3]李喬自身的思想與創作也深受海外思潮影響，他在自傳性評論〈與我周旋寧作我〉（1974）中有如下闡述：

> 在我開始習作那幾年，正是所謂文藝「現代化」口號很熱鬧時期。……對於「新」的，我的原則是：絕不以不懂為懂——看不懂，假裝作懂：同時也不以無知為知——自己學識不夠不瞭解，就說自己不瞭解的東西是「鬼畫符」。[4]

從上述文中可知李喬將進入臺灣的海外思潮視為臺灣文學的新側面，並期許自身深入認識與理解。對於李喬面對現代主義文學或其他西方文藝思想的態度，葉石濤（1925-2008）曾評論道：

2　壹闡堤：〈我看「臺灣文學」〉，《臺灣文藝》第73期（1981年7月），頁210。

3　同注2，頁211。

4　李喬：〈與我周旋寧作我〉，《李喬短篇小說全集・資料彙編》（苗栗縣：苗栗縣立文化中心，2000年），頁19。

> 鍾肇政或李喬接受西化的影響也不是不可能，畢竟一個作家需要不斷地吸取新的技巧、嘗試新的創作方法才可能進步，才能拓展他的視野，這也沒有什麼奇怪的。不過他們接受西方文學的動機純粹是為了豐富他的文學、創新他的文學，這和盲目地奉西方文學為圭臬的膜拜是不相同的。[5]

葉石濤雖未具體談到李喬或鍾肇政（1925-2020）等人是如何將西方文學手法表現於自身創作，但言談中已充分說明李喬對海外思潮所抱持的態度與想法。在積極吸收學習之餘，不過分淺薄地滿足於表面上的西化，而是透過西方文學的衝擊與震盪，豐富自身創作。

李喬一九六五年的〈飄然曠野〉蘊含了濃厚的現代主義色彩，而這部幾乎可以稱之為李喬的自傳性小說，從主角青年的觀點出發，以自述的方式深刻展現青年在情人與罹患絕症的母親兩者之間搖擺不定的煎熬。[6]這部作品發表之後，李喬嶄新的表現手法在文學界獲得不少迴響，鍾肇政評論道：「屢次地在其作品中擷取了各種意識流手法，加以嘗試性的運用，成積（原誤，績）都相當圓滿」。[7]〈飄然曠野〉以意識流寫作手法，透過主角第一人稱層層推演出其自身複雜而糾纏的內心世界。主角反覆且糾葛的心理狀態與自我詰問，凸顯出主體於孤立無援、不安與無奈的情境仍不得不面對生存的境況。除了表現出意識流之寫作風格之外，在主題上也同時表現出存在主義小說之特徵。

李喬於新竹師範學校在學期間便對西方哲學懷抱濃厚興趣，這段時間所累積的思想資源深切地影響了他後來的創作。[8]加上六〇年代臺灣文學界對西方文學思潮求知若渴的風氣，《現代文學》、《筆匯》、《文學季刊》等刊物

---

5 葉石濤著，張良澤、彭瑞金、洪毅訪問：〈從鄉土文學到三民主義文學——訪葉石濤先生談臺灣文學的歷史〉，葉石濤：《葉石濤全集．第18卷》（臺南市：國立臺灣文學館、高雄市：高雄市政府文化局，2008年），頁294。

6 李喬：〈飄然曠野〉，《徵信新聞報》，1965年8月15日，第7版。

7 鍾肇政：〈飄然曠野裡的李喬〉，《自由青年》第35卷第4期（1966年2月），頁24。

8 許素蘭：《給大地寫家書——李喬》（臺北市：典藏藝術家庭公司，2008年），頁40-41。

頻繁地刊載沙特、卡繆、卡夫卡等存在主義作品，將歐美、日本等文學作品引介入臺灣，使得臺灣文壇洋溢著一股展新活力。當時積極參與文學刊物出版的何欣（1922-1998）曾提到：

> 那時節存在主義像一陣狂風般，其力似乎是不可抗的，存在主義哲學方面的著作有了譯本，獲得了廣大讀者的喜愛，沙特和卡繆的作品分析介紹，出現在雜誌上和報紙副刊上，沒有讀過「嘔吐」、「異鄉人」，甚至卡夫卡的小說的「文學愛好者」，彷彿就像沒有讀過好作品似的。[9]

西方存在主義哲學及文學作品在臺灣文學界掀起一股熱烈風潮，作家們急切地想得知這股風潮的真切風貌，以及它所帶有得可能性。葉石濤首先撰寫了卡繆作品的評論，鄭清文也表示自己正熱衷於閱讀日文新潮文庫版的《異鄉人》，[10]而李喬則是在一九八〇年的散文〈窮山月明〉回顧其閱讀史：

> 記得在十七八年前的臺灣文壇，正是現代主義現代小說橫掃一切的時刻。我也不能免俗，一度沈緬（原誤：湎）於實存哲學（存在主義）的醇醪裡，沙特、卡繆、貝克特、齊克果、卡夫卡等大師經常登上我心靈原野。[11]

臺灣文壇盛行西方文藝思潮時，李喬也深受存在主義吸引，大量閱讀多位代表作家作品，汲取其思想。其實早從六〇年代開始，李喬便開始自覺性地嘗試嶄新的創作手法，將存在主義思想開展於自身創作。李喬以自身獨特方式

9 何欣：〈六十年代的文學理論簡介〉，《文訊月刊》第13期（1984年8月），頁41-42。

10 葉石濤：〈卡繆論〉，《葉石濤全集・第13卷》（臺南市：國立臺灣文學館、高雄市：高雄市政府文化局，2008年），頁87-96；松崎寛子：《鄭清文とその時代——郷土を愛したある臺灣作家の生涯と臺灣アイデンティティの變容》（東京都：東方書店，2020年），頁107。

11 李喬：〈窮山月明〉，《李喬短篇小說全集・資料彙編》（苗栗縣：苗栗縣立文化中心，2000年），頁30。

所演繹出之存在主義不僅散見於他的創作之中，也同時以此為核心建架出自身之文學系譜。

李喬在一九八五年一篇介紹古今中外海內外文學經典的散文〈小說人「應讀書」書單〉中，推薦了沙特、卡繆、卡夫卡等存在主義作品，應讀書單中也包含了安部公房的《砂丘之女》。[12]安部公房這部作品自一九六四年刊行英文版之後，陸續被翻譯成各國語言，在國際上深受好評。[13]李喬曾評論安部公房為「在日本，在世界文壇上，都稱得上特異的作家，最富有『原創力』的作家之一」，[14]可見李喬對安部公房之推崇。

李喬發表於一九七〇年的短篇小說〈人球〉，其作品描述主角靳之生不斷遭受挫折，在極端自我壓抑後，終於在床上變形為人球般的胎兒。這部看似古怪的特異作品，大量運用多種嶄新的寫作手法來展現主角喪失自信的心理過程，主角孤立無援且極致孤獨的內心狀態最後被表象化為現實，退化為人球。[15]許多研究者已指出李喬〈人球〉與卡夫卡名著《變形記》有許多相似之處，尤其小說結尾選擇將主角內心具體表象化於現實世界的方式，就如同卡夫卡《變形記》中的推銷員主角變身為蟲子一般。[16]

關於〈人球〉的創作經過，李喬於受訪時曾提到如下內容：

> 我讀過卡夫卡的《蛻變》、安部的《デンドロカカリヤ》(一種菊花)，《人球》寫一半，這兩篇一先一後跑出來了，於是寫不下去了，我衹好寫出自己小說和它們的不同點，有八、九點，然後繼續寫，寫完了。[17]

---

12 李喬：〈小說人「應讀書」書單〉，《新書月刊》第20期（1985年5月），頁14-16。

13 ヴラスタ・ヴィンケルヘーフェロヴァー著，竹田裕子譯：〈チェコでの安部公房〉，《すばる》第15卷第6號（1993年6月），頁208；木村陽子：《安部公房とはだれか》（東京都：笠間書院，2013年），頁48-59。

14 李喬：《小說入門》（臺北市：時報文化出版企業公司，1986年），頁43。

15 李喬：〈人球〉，《中國時報》，1970年2月12-13日，第10版。

16 詳見葉石濤：〈論李喬小說裡的「佛教意識」〉，《葉石濤全集．第14卷》（臺南市：國立臺灣文學館、高雄市：高雄市政府文化局，2008年）。

17 李喬：〈個人反抗與歷史記憶〉，《李喬短篇小說全集．資料彙編》（苗栗縣：苗栗縣立文化中心，2000年），頁77。

李喬於訪談中透露創作〈人球〉時自己正沈浸於卡夫卡與安部公房的思想世界，甚至因身陷其中無法自拔而導致寫作停頓。但一如李喬面對海外思潮時之態度，在積極吸收、深入瞭解之後，回到自身所處之社會境況進行反芻，檢視其中之相異處，最後再將之轉化為李喬式認識，將其思想反映於作品中。如此之反身性思考，藉由跳脫至外部以新的視角重新檢視自身，似乎是李喬在面對現代主義或其他海外思潮時的認識模式。他將〈人球〉、《蛻變》與安部公房的短篇小說〈Dendrocacalia〉（日文為デンドロカカリヤ）相互並列，跳脫作者之主體立場，從另一視角思考三者之相異處，再回到作者自身以切換視角之方式完成寫作。

安部於一九四九年發表〈Dendrocacalia〉，小說中主角時而因為某種心理上的轉變而變身為菊科屬葉狀植物，故事最後主角甚至被植物學家放入植物園溫室，徹底地成為對象物。安部巧妙地利用變身題材，深刻地將主角的內心世界顯像化，而外顯之後的內心又再次凸顯出現實世界的嚴重扭曲與不合理。[18]

李喬在一九六七年十月十八日曾致信予鍾肇政，信中提到臺灣目前尚未有〈Dendrocacalia〉的中譯版，希望鍾肇政可以考慮翻譯這部作品。李喬在信中寫道：「該〈デントロカガリヤ〉（原誤，デンドロカカリヤ）似迄無譯文，何妨再為國人揮筆？」。[19]因此，可知李喬自六〇年代起便開始透過日文出版品接觸安部公房，可能從中獲得啟發，進而嘗試將變形主題融入至自身創作，最後成就了〈人球〉。安部公房的〈Dendrocacalia〉，描述主角變身為葉狀植物，此過程被視為不斷地趨向於極惡，雖然主角極力抵抗不願變身，但最終仍蛻變為無法作為之物。[20]反觀李喬〈人球〉，主角靳之生對於變身或退化為胎兒卻不排斥，反而懷抱著一種奇異的想望，似乎胎兒人球才是主角在面對嚴酷現實環境時得以安身立命的生存型態。

---

18 白川正芳：〈夢の象徴〉，《ユリイカ》第8卷第3號（1976年3月），頁196。

19 鍾肇政、李喬：〈情深書簡〉，鍾肇政：《鍾肇政全集．第25卷》（桃園縣：桃園縣文化局，2002年），頁102。

20 高野斗志美：《安部公房論．增補版》（東京都：花神社，1979年），頁155。

即使在處理存在主義小說之變形主題時，李喬也並非全然模仿，而是利用變形題材向安部公房〈Dendrocacalia〉致敬。李喬在面對安部作品時，並非單純地套用或仿造，而是吸取其嶄新的觀點豐富自身之文學深度。在深入理解後，從外部視點跳脫創作主體之地位，再回到貼近自身境況之觀點進行反芻，最後反饋於創作。除了題材上的挪用之外，本論文將繼續探討李喬如何透過安部公房作品深入存在主義思想脈絡，並將之轉化挪用至自身創作。

三　李喬〈小說〉中之薛西弗斯意象

李喬〈小說〉首次刊載於一九八二年《文學界》創刊號上，小說中描述「那年」與「這年」兩個不同時空下，主角曾淵旺於戰前、戰後被不同政權追捕與壓迫的經過。作者巧妙地將小說敘事鑲嵌於歷史事件中，以相互揉雜的方式「回想臺灣人民的一段悲傷歷史」。[21]小說時代背景從日本殖民統治時期開始，曾淵旺位在苗栗代代相傳的茶園慘遭臺灣拓殖製茶株式會社與三井株式會社掠奪，他因此淪為製茶工廠的勞工。時空落在「那年三月十二日」(〈小說〉，頁11)，他因參加文化協會與農民組合集會遭到追捕，從住家逃至牛舍，「那年四月十八日」(〈小說〉，頁29）被警察課逮捕，負責嚴刑拷問的就是甘為日人鷹爪的臺灣人鍾益紅與李勝丁。失去祖傳農地的他並非因為懷抱偉大理想才參與抗議運動，而「只是活不下去了，才反對害他活不下去的人、或事」(〈小說〉，頁14)。小說在主題上類似於之前的《寒夜三部曲》，展現小人物受權力壓迫但又必須在邊緣求生的痛苦與無奈。

然而，與《寒夜三部曲》不同的是，〈小說〉中的曾淵旺不只在日本殖民統治時受異族壓迫，即便在日本敗戰，臺灣島上經歷政權交替後景況也尚未好轉。文中以「那些風風雨雨，那場驚人的變故已經過去半個月」(〈小說〉，頁20）來暗喻二二八事件，描寫苗栗鄉民們自主集會，曾淵旺也與同伴一同參加，時間軸此時來到「這年三月十三日」(〈小說〉，頁20)，政權當

21 作者不詳：〈編後記〉，《文學界》第1集（1982年1月），頁222。

局展開戶口調查，於是他又從自家的同一扇窗戶躲到牛舍，但終究還是在「這年四月十七日」（〈小說〉，頁40）被捕。最令人哭笑不得的是，這次負責拷問的人仍是升級為警察幹部的鍾益紅與李勝丁，於是他又再次面臨與二十年前同樣的偵訊、審問與逼供。

〈小說〉操作「那年」與「這年」兩個象徵性的時間點，其中「那年」暗指日本殖民統治期間苗栗發生的農民運動，也就是一九三二年的大湖竹南事件；而「這年」則是指二二八事件。[22]李喬將兩個時間點相互穿插交錯，凸顯戰前與戰後不同時空背景下，政權更迭但民眾仍受同樣壓迫的荒謬性。以小說書寫徹底展演歷史極為扭曲的承續與斷裂，透過強烈的社會批判讓讀者意識臺灣近現代史的不合理性，而這個不合理性也恰恰是我們正身處於其中的現實世界。

〈小說〉中「那年」的曾淵旺逃到牛舍，感嘆道：「眞是無聊透頂。我還是我，牛舍還是牛舍，狗還是狗！……我好無聊。我實在孤單。我多麼無助。我太可憐了」（〈小說〉，頁32-33）。時至戰後國民黨政府統治，他又再次地躲進牛舍，感嘆道：「可是，好無聊，好寂寞，好不甘心，可是無聊又怎麼樣？寂寞又如何？不甘心能造反嗎？」（〈小說〉，頁42）。小說不斷描寫主角的心理狀態，以呈現在權力體制壓迫下之孤獨與絕望：

> 於是，他慢慢地努力聚集信心、耐心，也決心專心準備承擔必然還會再來的那些「體刑」；要堅忍支持下去，忍受下來；不要反抗，不要出現任何不馴神色，要靜靜地接受，默默熬下去。
>
> 他這樣想，也這樣做。他覺得自己充滿了希望……
>
> ——〈小說〉，頁40

戰前的日本殖民統治，曾淵旺為求生存而不得已起身反抗，參與抗議運動。

---

22 若林正丈：〈語られはじめた現代史の沃野〉，鄭清文、李喬、陳映真著，中村ふじゑ、松永正義、岡崎郁子譯：《三本足の馬——臺灣現代小說選3》（東京都：研文出版，1985年），頁184-204。

面對嚴峻的體刑，提醒自己必須堅持，壓抑著內心的反抗精神，忍耐與堅持讓他獲得了些許希望。但戰後，他又再度面臨同樣的壓迫時，此時內心的心理狀態似乎已有些許轉變：

> 「唉！」他不覺又嘆了口氣。
>
> 他想不該嘆氣的。還是搖頭吧。他繼續搖頭。他再被押上警車；這是一部遮上黑幔的警車，裡面漆黑不見五指。
>
> 不過沒關係。他根本不想看什麼，也不想聽什麼。他閉上眼睛養神。
>
> 他想以坐式做吐納功夫，可惜不很成功。
>
> 他現在能做的，只有繼續搖頭而已。
>
> ──〈小說〉，頁49

戰後這年，曾已不想主動看見、聽見，而只能閉眼，讓權力凌駕其身。反覆到來的壓迫令他喪失對現在、過去及未來的希望。[23]「那年」的堅忍還得以讓他充滿希望，但到了「這年」已漆黑不見五指，希望消失，而他僅存的只有搖頭。〈小說〉最後以「那年七月三日（內容重複，從略。）」（〈小說〉，頁49-50）、「這年七月五日（內容近似，從略。）」（〈小說〉，頁50）諷刺性地彰顯不斷重複到來的權力壓迫。

李喬於二〇〇八年在成功大學的演講時，提到自己對存在主義的看法，他認為：「人生存在的問題是要人自己面對的，沒有辦法交給上帝。……人是在自己去面對才真正存在」，[24]強調苦難中面對現實痛苦的重要性。〈小說〉中的曾淵旺雖然一次又一次逃到牛舍，面臨拷問體刑，從充滿希望到眼前一片漆黑，在現實無情地壓迫下，即便只能繼續搖頭，其存在本身仍足以透露現實的荒謬性。

---

23 彭瑞金：〈導讀──李喬「小說」〉，向陽編：《20世紀臺灣文學金典──小說卷．戰後時期．第一部》（臺北市：聯合文學出版社，2006年），頁214。

24 李喬：〈小說研究場域與現代文學理論譜系〉，《文學臺灣》第71期（2009年7月），頁132-133。

從這個角度來看,〈小說〉可能是李喬最貼近自身存在主義認識的創作。李喬在上述演講稿中將絕境求生的人比喻為希臘神話的薛西弗斯(Sisyphus),他說道:

> 最有名的薛西弗斯(Sisyphis)(原誤,Sisyphus)的神話,宙斯要他在那個坑裡面永遠推那個巨石,一推到山頂上又壓下來,他一直做,好像無謂地永遠不會達到結果的,因為你達到山頂上達到目標,在巨石的壓迫下得不到解放,到山頂上又下降下來。所以都是無謂的、沒有結果的。另外一個角度來講,石頭壓下來,我努力把他推上去,這個過程你就存在;當人面對無可抵抗的巨石壓下來的時候,莊嚴不是藉神的力量,而是你自己要把它一直推;推的過程,證明我是我,我是存在的。[25]

〈小說〉中曾淵旺於「這年」被捕後,嚴酷的現實考驗再度到來,負責拷問的鍾益紅與李勝丁已升級成為警察幹部,這其實也表現出作者將現實的壓迫與無情升級。但即便現實環境被推向極致之絕望,主角也帶著自我意識,以搖頭或嘗試做著並不成功的吐納功夫予以面對。〈小說〉中主角的心境變化與現實環境,實與李喬藉著薛西弗斯所談論存在主義時有異曲同工之妙。曾淵旺在反覆受到壓迫卻得不到解放的處境中,只能在絕望中繼續往前推進,在歷史的循環中證明自身之存在。

這種在無奈與困頓中必須不斷肯認自身存在的意象同樣也出現在安部公房的《砂丘之女》,這部安部的著名小說內容描述仁木順平這位青年教師,為了採集昆蟲來到海邊的沙丘。村落的居民們將住家建於沙丘斜面,宛如住在地下蟻穴。仁木在村民的勸說下,沿著繩梯往下住進一名女性的家中。住在沙丘內的仁木與女性必須每天不斷挖沙,才能一方面確保住屋不被沙塵淹沒,也同時換取日常生活所需的飲水及用品補給。仁木雖然一而再、再而三

25 李喬:〈小說研究場域與現代文學理論譜系〉,頁133。

的企圖從洞穴逃脫，但最後都無法成功，只能繼續和沙丘內的女性同住，過著挖沙換取生活所需的日子。最後，仁木趁著女性懷孕送醫的機會成功逃出沙洞，但爬出洞穴之後，卻又自行選擇再次回到沙丘洞穴內生活。

《砂丘之女》的沙丘宛如地底蟻穴一般，充滿濃厚的超現實異樣色彩。讀者彷彿可以透過閱讀感受到沙塵的巨大力道，同時也被整個虛構的沙丘景象包圍。[26]安部於撰寫〈Dendrocacalia〉之後，他的寫作風格從一九五一年的《牆三部曲》之後便逐漸轉向超現實主義。[27]不論《牆三部曲》或《砂丘之女》在日本及世界各地都有極高的評價，尤其《砂丘之女》更被譽為經典代表作。

安部於東京大學醫學部就讀期間撰寫的第一部作品《終點的道標》，在一九四八年發表後即備受矚目，大江健三郎認為這部作品「比日本的任何作家或評論家都要更激烈且根本地追問存在的意義」。[28]安部對存在的探問在他後續的作品中變得更加鮮明，一九六二年的《砂丘之女》主角必須不斷挖沙換取物資，這似乎對人的存在進行最極致的詰問，人活在希望的底層也必須持續地發出絕望的聲響。[29]毫無終點地挖著沙，主角必須不停地挑戰自然宛如宿命。安部從這個不斷循環的過程中，讓主角透過充滿絕望的世界進行自我探索，從中追尋存在的意義。正是因為如此，這部作品也被諸多文學評論者視為日本存在主義的代表作之一。[30]

鍾肇政等作家自六〇年代起便積極地將安部的小說翻譯為中文。《砂丘之女》於一九六七年在臺灣刊行中譯本，出版時該作品即被定位為存在主義小說。鍾肇政自身對中譯本的解說〈安部公房與砂丘之女〉，其部分段落內

26 磯貝英夫：〈砂の女〉，《國文學——解釋と教材の研究》第17卷第12號（1972年9月），頁55。

27 渡邊廣士：《安部公房》（東京都：審美社，1976年），頁57。

28 大江健三郎：〈解說〉，安部公房，《他人の顏》（東京都：新潮社，1989年），頁286。本論文所引用的日文文獻，均由筆者譯成中文。

29 大江健三郎：《持續する志》（東京都：文藝春秋，1968年），頁341。

30 紅野敏郎：〈《砂の女》〉，《國文學——解釋と鑑賞》第36卷第1號（1971年1月），頁104。

容近似於大江健三郎的說法，[31]這也可以看出六〇年代臺灣知識分子及作家們接觸海外文學作品時之途徑與方法。鐘肇政在這篇解說中提到：

> 安部是把文學表現的主力傾注在與砂搏鬪的人之精神運動上面，而並不是把落入圈套進了砂洞無法出來的一個人的經歷體驗，寫成一部小說的。因此通過那個教師的對砂的搏鬪過程而絕望地發現的世界，也就是現實世界的一個新的側面，便與我們的現實世界的具體生活相疊在一起。我們與教師一起搏鬪，這使我們發現怎樣地和現實生活上的絕望的困難搏鬪下去的方法。[32]

鍾肇政認為《砂丘之女》的關鍵乃在於主角必須不斷地搏鬥，搏鬥過程所產生的絕望與掙扎，會促使我們重新看待世界與自身。安部在《砂丘之女》中雖然設定了一個完全不具現實感的超現實環境，但在鍾肇政眼中這個非現實的設定卻宛如「現實世界的一個新的側面」，意即「我們的現實世界的具體生活」。更重要的是，當日本諸多論者將《砂丘之女》視為存在主義作品時，鍾肇政卻更進一步地從中獲得生存或存在的啟示，我們必須與教師一起搏鬥，「這使我們發現怎樣地和現實生活上的絕望的困難搏鬥下去的方法」，認為在思考存在時，更必須同時思索如何與絕望對抗。

除了鍾肇政之外，《砂丘之女》中譯版刊行不久後，葉石濤也有如下評論：

> 《砂丘之女》的那被擄的博物教師和女人住在砂之威脅中生活，假若時時刻刻不把砂弄出，就有被砂埋沒的危險。那不斷地滑落下來的砂等於薛西弗斯的大石頭。因此，永無休息的挖砂弄出的工作，才給他

---

31 大江健三郎：〈解說——安部公房案內〉，大江健三郎、江藤淳編：《われらの文學7・安部公房》（東京都：講談社，1966年2月）。

32 鍾肇政：〈安部公房與砂丘之女〉，安部公房著，鍾肇政譯，《砂丘之女》（臺北市：純文學出版社，1967年），頁9。

們帶來生存的意識。[33]

葉石濤將仁木的處境與薛西弗斯意象相扣連，與譯者鍾肇政同樣地強調《砂丘之女》的存在主義面向，認為對存在永無止境的探問是人類生存之必然。而李喬也在一九六七年四月《砂丘之女》中譯本出版後，旋即於一九六七年四月十三日致信給譯者鍾肇政：

> 三讀尊譯的「砂の女」，如果不是「先」有卡繆「異鄉人」，砂作實在是絕響──我是說「砂」，好像是「異」的改善與引申……[34]

李喬將安部公房《砂丘之女》與卡繆《異鄉人》並列，不僅將之視為存在主義文學，同時更是存在主義代表作《異鄉人》的改善與引申。在六〇年代西風東漸的臺灣文學界，文學家們迫切地汲取海外新興思潮時，安部的《砂丘之女》也在鍾肇政的譯介下進入臺灣文學界。先是葉石濤以希臘神話薛西弗斯意象與之相扣連，將對生存與存在之意識置於關鍵，李喬也同樣地讚賞《砂丘之女》的存在主義特徵，並稱之為絕響之作。以下將討論安部《砂丘之女》進入臺灣文學界所受到之迴響，以及李喬〈小說〉如何透過薛西弗斯意象與《砂丘之女》相關聯。

四　戒嚴體制下的臺灣與文化引介

六〇年代現代主義等西方思潮席捲臺灣文學界，卡夫卡、卡繆等存在主義文學及安部的《砂丘之女》幾乎都在同一時間刊行中譯本，在文壇引發熱烈迴響。但當時臺灣在政治體制上正值言論、出版均受箝制的戒嚴時期，呂

---

33 葉石濤：〈林海音論〉，《葉石濤全集．第13卷》（臺南市：國立臺灣文學館、高雄市：高雄市政府文化局，2008年），頁188-189。

34 鍾肇政、李喬〈情深書簡〉，鍾肇政：《鍾肇政全集．第25卷》（桃園縣：桃園縣文化局，2002年），頁80。

正惠於〈西方文學翻譯在臺灣〉一文中指出，六〇年代現代主義等海外思潮固然風靡臺灣文學界，但介紹海外現代主義文學的刊物，大多是發行部數較少的文藝雜誌或僅僅只是文學同好間流傳的刊物，刊登於《現代文學》上的翻譯作品其實為數不多。[35]臺灣對日本文學的譯介情況也是如此，在一九六八年川端康成（1899-1972）獲得諾貝爾文學獎，以及一九七〇年三島由紀夫（1925-1970）自殺之前，臺灣文學界對日本現代文學的認識非常有限。[36]高幸玉於〈日本小說在臺灣的翻譯史〉中提到川端康成的獲獎，自從泰戈爾（Rabindranath Tagore, 1861-1941）以來，東洋人終於在相隔半個世紀之後再度榮獲諾貝爾文學獎。此後，臺灣讀書市場也瞬間瀰漫著一股川端康成熱潮，這股風潮帶動了翻譯日本文學的腳步。[37]鍾肇政曾於一九六九年出版的《世界文壇新作家》中談到臺灣的這股川端康成熱：

> 川端康成獲得諾貝爾獎後，此間文壇掀起了一陣「川端旋風」，翻譯他的作品，報導其軼事，出版其作品，連篇累牘，熱鬧之極。似乎連帶地，日本文學也重新受到我們文壇的注目。[38]

川端獲得諾貝爾文學獎之後，臺灣開始注意到日本現代文學，在這股風潮下，三島由紀夫、芥川龍之介（1895-1927）、井上靖（1907-1991）等作家的作品陸續在臺灣被翻譯成中文出版。翻譯過川端康成等多數日本文學作品的李永熾指出，臺灣於二次世界大戰結束後，由於社會及文化建制上極力去除日本化，約莫有二十年期間，文學、文化方面幾乎與日本斷絕關係，「臺灣出現川端旋風後，臺灣對日本文學的態度才有所改變」。[39]

---

35 呂正惠：〈西方文學翻譯在臺灣〉，封德屏編：《臺灣文學出版——五十年來臺灣文學研討會論文集》（臺北市：行政院文化建設委員會，1996年），頁245。

36 同注35，頁245。

37 高幸玉：〈日本小說在臺灣的翻譯史——1949至2002〉（臺北縣：輔仁大學翻譯學研究所碩士論文，2004年），頁15。

38 鍾肇政：《世界文壇新作家》（臺北市：林白出版社，1969年），頁78。

39 李永熾：《歷史．文學與臺灣》（臺中縣：臺中縣立文化中心，1992年），頁175。

然而，安部《砂丘之女》卻早在一九六七年四月，這股川端旋風尚未形成之前便受到臺灣文學界矚目，由純文學月刊社出版鍾肇政所翻譯的中譯本，並在文學界博得好評，開賣不久旋即銷售一空隨即絕版。[40]鍾肇政談及日本文學及安部公房時，表示在日本「自從一九四七年起安部就是個文壇上最特異的，也是最重要的作家之一……如今他已是個受著世界文壇矚目的人物，則是不容否認的」。[41]文學界對安部作品的關注並非僅是短暫的風潮，一九七五年再度由鍾肇政、劉慕沙翻譯新版，即《砂丘之女及其他》，新版之中譯仍受臺灣讀書界之青睞，維持不錯的銷路。[42]臺灣文學界對安部公房作品的興趣自一九六七年《砂丘之女》起，一直持續至七〇年代末，後續一九七七年出版鍾肇政翻譯的《燃燒的地圖》、一九七八年魏明果翻譯的《跳蚤奔月》、一九七八年劉慕沙翻譯的《夢幻士兵》以及一九七九年鍾肇政翻譯的《箱子裏的男人》等，隨著翻譯作品在臺灣問世，安部公房作品也頓時在臺灣文學界蔚為風潮。

為何安部的《砂丘之女》能在川端康成獲獎之前便在臺灣獲得矚目，筆者推測可能與當時臺灣的政治體制與社會情況有密切關係。《砂丘之女》自一九六四年英文版問世以來，陸續被翻譯成四十多種各國語言，在西方世界乃至於全球各地都有廣大的讀者群。[43]值得注意的是，冷戰體制下社會主義陣營的蘇聯、東德、捷克斯洛伐克、波蘭、羅馬尼亞、匈牙利、南斯拉夫等東歐國家，以及臺灣、韓國、墨西哥等一黨獨裁或發展性獨裁政權等亞洲、南美洲的國家或地區對安部《砂丘之女》更是懷抱著極大興趣，這一點與同樣享譽國際的三島由紀夫形成強烈對比。[44]《砂丘之女》之所以能在冷戰體

40 鍾肇政：〈改版後記〉，安部公房著，鍾肇政、劉慕沙譯：《砂丘之女及其他》（臺北市：純文學出版社，1975年），頁253。

41 同注32，頁3-4。

42 鍾肇政：〈日本文壇怪傑〉，《鍾肇政全集．第21卷》（桃園縣：桃園縣文化局，2002年），頁624。

43 作者不詳：〈被翻譯作品目錄〉，安部公房：《安部公房全集．第30卷》（東京都：新潮社，2009年），頁382-384。

44 沼野充義：〈邊境という罠——安部公房は本当に《無國籍作家》か〉，《すばる》第15卷第6號（1993年6月），頁200。

制下社會主義陣營中引發廣泛注意，可能是因為作品中所描述之環境設定，孤絕、與世隔絕的沙丘，再加上男主角奮力掙脫的過程，與冷戰體制下的鐵幕界線或獨裁專制政權的壓迫有相互呼應之處，才使得讀者得以與作品產生共鳴。

一九六八年《砂丘之女》波蘭語版刊行，翻譯者米科瓦伊・梅蘭諾維玆（Mikołaj Melanowicz）指出：「砂丘洞穴中的男人，他的生活完全脫離了常軌，就算令人聯想到二十世紀曾出現過的滅絕營嚴酷生活，但小說中的世界仍是一個完全非現實的場景」。[45]波蘭於第二次世界大戰時遭德國及蘇聯占領，戰爭結束後隨即受到獨裁專制政權統治，因此，安部《砂丘之女》中所營造的背景與心境可能與當地讀者的處境與社會環境相互呼應，使得這部作品受到當地歡迎。

對於第二次世界大戰之後隨即進入專制獨裁政權的國家而言，《砂丘之女》男主角仁木順平宛如薛西弗斯般不停挖沙的生活，與眼前自由遭受箝制的狀態相重疊，為了生存下去，人必須不斷地為自己尋找新的理由與目的。因此，在自由備受侷限的獨裁政權下，《砂丘之女》對自我生存意義的探索與追尋，對波蘭等獨裁政權體制下的讀者而言可以說是一大啟示，讓讀者得以有更大的想像空間，深入反思自身處境。關於文學作品的翻譯，斯拉夫文學研究者沼野充義曾提到：

> 任何作品在翻譯成外語時，或多或少都會隨著該國不同的文化脈絡而重新被詮釋與變形。這可以說是翻譯的一種宿命，這種因為翻譯而再詮釋的過程或許很難說是對原典的「扭曲」。[46]

安部公房在國際間備受矚目，作品也一再地被翻譯成多國語言，極可能是因

---

45 ミコワイ・メラノヴィッチ：〈《砂の女》を再讀して〉，《すばる》第15卷第6號（1993年6月），頁211。

46 沼野充義：〈世界の中の安部公房〉，《國文學──解釋と教材の研究》第42卷第9號（1997年8月），頁16。

為其作品保留了讓讀者思考的空間，以容納不同的詮釋角度與看法。

回到臺灣文學界對《砂丘之女》的接收情況，臺灣在一九六七年出版中譯本後，廣受讀者歡迎，在文學界轟動一時。當時臺灣正值戒嚴時期，不僅許多地下共產黨員或相關人士接連遭到通報舉發，在國民黨一黨獨裁政治體制下，尚有原住民自治運動、黨國體制內的權力鬥爭以及特務機關相互之間的派系鬥爭等，不論政治、社會各層面均暗藏洶湧。[47]進入六〇年代後，蔣介石召開第一屆國民大會第三次會議通過修正之動員戡亂時期臨時條款，總統副總統得連選連任，不受中華民國憲法僅得連任一次之限制，以修法鞏固自身獨裁之法律正當性。[48]面對國民黨政府之獨裁統治，黨內外以自由主義為核心價值之知識分子紛紛於《自由中國》上發表文章，批判國民黨政府的專制體制，同時主張國會改革、黨軍國軍化，反對中國青年反共救國團為實施黨化教育而滲透校園，力求回歸正常教育等。在一連串刊文與呼籲之後，《自由中國》不但遭禁刊，雷震等倡導自由主義之主要幹部也被逮捕，一九六〇年的這起逮捕案日後成為臺灣白色恐怖時期代表事件之一，也就是「雷震事件」。

除此之外，一九六四年臺灣大學教授彭明敏反對黨國體制，進而起草「臺灣人民自救宣言」，主張建設自由民主國家，最後遭政治警察檢舉逮捕入獄。國民黨政權於進入六〇年代後，整備法律基礎鞏固獨裁統治之正當性，逮捕政治反對者等一連串排除異己之行動，其威權統治體制已無法輕易撼動。《砂丘之女》便是在這樣的背景下由鍾肇政引介入臺灣，進而被廣泛地認識與閱讀。另外，值得一提的是，安部公房於一九五一年加入日本共產黨後，亦曾是活躍一時的共產黨員文學者，雖然他在一九六二年因公開發表意見書強烈批評共產黨而遭到除名，[49]但在六〇年代的臺灣欲翻譯出版作者

---

47 若林正丈：《台湾の政治・増補新装版——中華民國台湾化の戰後史》（東京都：東京大學出版會，2021年），頁82。

48 松田康博：《台湾における一黨獨裁體の成立》（東京都：慶應義塾大學出版會，2006年），頁126。

49 安部ねり編：〈安部公房傳記・年譜〉，安部公房：《安部公房全集・第30卷》（東京都：新潮社，2009年），頁611-647。

曾是共產黨員的文學作品，仍需要相當之勇氣與決斷。

曾因白色恐怖而遭逮捕入獄的葉石濤曾於一九六七年二月十九日給鍾肇政的書信上寫道：「安部公房很明顯地絕對是（按：指左派），沒有必要再向日本方面去求證。你也太粗心了」，[50]提醒鍾需注意自身之安全。但鍾肇政於準備翻譯出版之前也並非毫無警覺，他曾在葉石濤來信之前的同年二月三日寫信給鄭清文（1932-2017），提到：「不過我想，只是接近ism，並非ist，不大會有問題的吧」。[51]信中除了顯示自身之考量之外，也尋求鄭清文的意見。從《砂丘之女》出版時，鍾肇政與其他文學界人士之書信往返，即可深刻感受到安部公房的背景在當時的臺灣社會帶有極強之社會敏感性，鍾肇政、葉石濤等文壇人士或讀者都清楚知道這部作品可能會帶來政治上的危險。

但所幸《砂丘之女》中譯出版後，在讀書市場廣受好評的情形下，譯者並未直接遭到政治上之咎責。一九六七年《徵信新聞報》上刊載了如下一篇由方以直（王鼎鈞，1925-）的關於安部《砂丘之女》之專欄文章：

> 「純文學」第四期，有鍾肇政先生譯的「砂丘之女」，好文章！特在此向同好推介。……「砂丘之女」中有一個奇異的、迷離恍惚的世界，充滿了象徵的意義。我在讀到男主角每天奮勇的挖砂時，覺得它象徵人們在生活中抗拒生活的淘汰力。……有時候，我想，落入陷阱的男主角也許能象徵獨裁暴政下的人民，環境的巨大壓力，使他們逐漸失去人性的尊嚴和反抗的意識。[52]

《砂丘之女》中譯在臺灣一出版就受到文學界及讀書市場矚目，從這篇同年刊登的專欄文章亦可窺見臺灣對《砂丘之女》的閱讀與接收取向。主角仁木

50 葉石濤著，李鴛英譯：〈葉石濤致鍾肇政書簡〉，《葉石濤全集‧第11卷》（臺南市：國立臺灣文學館、高雄市：高雄市政府文化局，2008年），頁30。

51 鍾肇政、鄭清文〈壹、鍾肇政與鄭清文往來書簡〉，鍾肇政：《鍾肇政全集‧第26卷》（桃園縣：桃園縣文化局，2002年），頁188。

52 方以直：〈砂丘之女〉，《徵信新聞報》，1967年4月5日，第6版。

的處境讓臺灣讀者產生共鳴，尤其他沒有終點似地持續挖沙，被視為獨裁暴政下人民的生存環境。六〇年代臺灣在經歷雷震、彭明敏等逮捕事件後，公開批評國民黨獨裁體制已非易事，任何與政治相關的言論或發表都可能招來危險。社會上壓抑的氣氛與小說相互呼應，讓閱讀者心有戚戚焉。

《徵信新聞報》上的這篇專欄文章不論報社或寫作者最終並未引來任何處罰，可能是因為當時對岸中國大陸正準備展開文化大革命，而負責檢閱出版品的臺灣警備總司令部，將文中獨裁暴政的描述認同為指涉中國共產黨由毛澤東所主導的獨裁政權。正是因為《砂丘之女》本身擁有極強的非現實性，讓這部作品充滿無限的想像與解讀空間。可能是檢閱者認為的文化大革命之恐怖暴力，當然也可能是指稱國民黨政權下的獨裁壓制。《砂丘之女》中仁木與大自然、沙丘或村民之間無止無盡的奮戰，讓讀者以不同的閱讀方式將自身處境投射其中，將當下遭受壓制無法言說的內容，輾轉地透過曖昧迂迴之路表達，也藉此思考自身處於充滿禁制與絕望下之存在境況。

臺灣進入七〇年代後，《大學雜誌》及各界黨外人士奮力起身倡導改革。一九七九年的美麗島事件不僅是臺灣黨外人士反抗國民黨一黨獨大的抗議運動，同時更是臺灣逐步邁向自由民主社會的重要里程碑，對後續八〇年代的政治、文化及思想等各方面均帶有引領性之意味與影響。[53]臺灣文學界自八〇年代以來，臺灣／中國、主體／客體、民主／專制等反抗過去單一文化霸權的二元體制也正逐漸浮現。[54]不論詩、小說創作等都出現了挑戰政治或社會禁忌的大膽創作。李喬也在創作中從各個層面挑戰既有政治及社會框架。

李喬對政治主題之創作興趣，在〈小說〉中已展露無遺。如前述所言，這篇短篇小說對當時社會與時局均有強烈的批判意味，作者透過主角曾淵旺被不同政權壓迫、追捕的過程，控訴臺灣從過去到現在的不合理之政治體系及扭曲的社會構造。刊登〈小說〉的《文學界》是高雄創刊於一九八二年的

53 菅野敦志：《台湾の国家と文化──「脱日本化」・「中國化」・「本土化」》（東京都：勁草書房，2011年），頁327-328。

54 林淇瀁：《書寫與拼圖──臺灣文學傳播現象研究》（臺北市：麥田出版社，2001年），頁186。

文學雜誌，恰好可以稱作是美麗島事件之後的時代產物。[55]《文學界》創刊時即表明其風格走向乃積極刊登「題材稍微敏感的作品，沒有地方可發表」[56]之優秀創作，直到臺灣解除戒嚴之前，《文學界》刊出不少足以影響文學、社會或政治方面的作品，當然也包括刊載於創刊號的〈小說〉。

李喬將臺灣令人絕望的社會情況與薛西弗斯的處境相互比擬，同時透露出面對獨裁專制，除了直視苦不堪言的生活之外，持續地探問自身之存在，獨立思考建立自身主觀之經驗也甚為關鍵。一九八七年臺灣宣布解嚴後不久，李喬便在《文學界》公告停刊時一篇名為〈文學界的未來〉中提到身為臺灣人「存在的意義」：

> 二十世紀後二十年是臺灣島嶼決定命運的關鍵時刻，臺灣文學的新的高峰當也在這個時候創造。今天，身為臺灣人，尤其身為文化人、文學者，非常非常需要、謹慎且嚴密地、謙卑但不失自信地，以自主的立場重新思考各種「存在的意義」——包括生命、幸福、臺灣、臺語人、族群、民族、歷史、國家、臺灣獨立、臺灣合併於「中國」（說統一，不合事實，祇能說「合併」。）、文化、文學等等，都要「重新思考」、思考其「存在的意義」。試回首一瞥世界各大民族，在歷史的重要時刻，唯能從現實出發、重新思考各種存在的意義，然後以行動成就或完成或實現那「新的存在意義」，其時正是新時代誕生之日。[57]

李喬在文中提出身為臺灣人應直視現實，以自身立場重新思考其存在的意義，最後以行動成就或實現新的存在意義。李喬此時對存在之思考，與他在二〇〇八年演講提及薛西弗斯神話時並無二致。人在巨石的壓迫下得不到解放，不斷重複的一切看似毫無意義，但自己要把它一直推，推動的過程即可

55 彭瑞金：〈回顧一段迢迢文學路——《文學界》停刊感言〉，《文學界》第28集（1989年2月），頁6。

56 鄭炯明：〈写在《文學界》停刊之前〉，《文學界》第28集（1989年2月），頁1。

57 李喬：〈文學界的未來〉，《文學界》第28集（1989年2月），頁21。

證明我是我，我作為主體之存在。從一九八九年〈文學界的未來〉至二〇〇八年的演講，李喬始終堅定認為存在之根本乃在於獨立思考與行動，亦即主體之所以作為主體存在，必須仰賴自我之自主思考，同時將其思考實現、轉化為行動時，主體之存在意義才得以成立。〈文學界的未來〉中也將自主思想與臺灣意識相扣連，認為身為臺灣人應重新思考自身之存在，以獨立之思考與行動，確立主體地位。

五　結語

一九六七年鍾肇政將《砂丘之女》翻譯為中文在臺灣發行後，開啟了臺灣文學界及讀書界對安部公房作品的關心與興趣，鍾肇政認為安部公房這部作品帶有強烈的存在主義色彩，可以為臺灣讀者帶來啟示，重新思索面對現實社會絕境時能持續與困難搏鬥。

六〇年代的臺灣正值戒嚴時期，戰後由國民黨所建立的反共軍事獨裁政府繼二二八事件、雷震事件及彭明敏事件等政治事件後，臺灣人不僅在言論、思想等各方面遭受箝制，社會也瀰漫著令人窒息的白色恐怖氣氛。文學界也同樣地有濃厚的政治禁忌，此時鍾肇政選擇翻譯曾為共產黨員的安部公房作品，實具有相當之政治意味。

李喬從六〇年代起就開始閱讀安部公房作品，並對其存在主義風格產生共鳴。他將政治或社會上的各種壓制與不合理與薛西弗斯希臘神話相扣連，以其自身對《砂丘之女》之理解與詮釋，重新思考存在主義，並將之視為臺灣民主化運動中，思考主體性之有力思想資源。〈小說〉便是李喬以其獨特閱讀觀點，進而發展符合當時臺灣社會文脈之存在主義的一種詮釋。之後，在面對二二八事件、雷震事件、彭明敏事件及後來的美麗島事件等一連串強權壓制，李喬仍不間斷地透過小說創作持續追尋或探問「存在意義」。李喬對安部公房作品的閱讀、詮釋與自身創作之開展，其實也正是他獨立思考，思索自身主體之存在，同時將思考轉化為行動，實現其「新的存在意義」之方式。

参考文獻

一　專書／專書篇章

大江健三郎：〈解說──安部公房案內〉，大江健三郎、江藤淳編：《われらの文學7・安部公房》，東京都：講談社，1966年2月，頁476-486。

大江健三郎：《持續する志》，東京都：文藝春秋，1968年10月。

大江健三郎：〈解說〉，安部公房：《他人の顏》，東京都：新潮社，1989年8月，頁285-290。

木村陽子：《安部公房とはだれか》，東京都：笠間書院，2013年5月。

安部公房著，鍾肇政譯：《砂丘之女》，臺北市：純文學出版社，1967年4月。

安部公房：〈砂の女〉，《安部公房全集・第16卷》，東京都：新潮社，1998年12月，頁115-250。

安部ねり編：〈安部公房傳記・年譜〉，安部公房，《安部公房全集・第30卷》，東京都：新潮社，2009年3月，頁611-648。

呂正惠：〈西方文學翻譯在臺灣〉，封德屏編：《臺灣文學出版──五十年來臺灣文學研討會論文集》，臺北市：行政院文化建設委員會，1996年6月，頁237-249。

李永熾：《歷史・文學與臺灣》，臺中縣：臺中縣立文化中心，1992年6月。

李　喬：《小說入門》，臺北市：時報文化出版企業公司，1986年3月。

李　喬：〈飄然曠野〉，《李喬短篇小說全集・第2卷》，苗栗縣：苗栗縣立文化中心，1999年8月，頁190-197。

李　喬：〈人球〉，《李喬短篇小說全集・第5卷》，苗栗縣：苗栗縣立文化中心，2000年1月，頁278-299。

李　喬：〈小說〉，《李喬短篇小說全集・第9卷》，苗栗縣：苗栗縣立文化中心，2000年1月，頁11-50。

李　喬：〈與我周旋寧作我〉，《李喬短篇小說全集・資料彙編》，苗栗縣：苗栗縣立文化中心，2000年1月，頁16-22。

李　喬：〈窮山月明〉，《李喬短篇小說全集・資料彙編》，苗栗縣：苗栗縣立文化中心，2000年1月，頁23-31。

李　喬：〈個人反抗與歷史記憶〉，《李喬短篇小說全集・資料彙編》，苗栗縣：苗栗縣立文化中心，2000年1月，頁67-84。

松田康博：《台灣における一黨獨裁體の成立》，東京都：慶應義塾大學出版會，2006年12月。

松崎寬子：《鄭清文とその時代——鄉土を愛したある臺灣作家の生涯と臺灣アイデンティティの變容》，東京都：東方書店，2020年6月。

若林正丈：〈語られはじめた現代史の沃野〉，鄭清文、李喬、陳映真著，中村ふじゑ、松永正義、岡崎郁子譯：《三本足の馬——臺灣現代小說選3》，東京都：研文出版，1985年4月，頁167-209。

若林正丈：《台灣の政治・增補新裝版——中華民國台灣化の戰後史》，東京都：東京大學出版會，2021年5月。

林淇瀁：《書寫與拼圖——臺灣文學傳播現象研究》，臺北市：麥田出版社，2001年10月。

高野斗志美：《安部公房論・增補版》，東京都：花神社，1979年7月。

許素蘭：《給大地寫家書——李喬》，臺北市：典藏藝術家庭出版，2008年12月。

菅野敦志：《台灣の國家と文化——「脫日本化」・「中國化」・「本土化」》，東京都：勁草書房，2011年11月。

葉石濤著，李鴛英譯：〈葉石濤致鍾肇政書簡〉，《葉石濤全集・第11卷》，臺南市：國立臺灣文學館、高雄市：高雄市政府文化局，2008年3月，頁1-432。

葉石濤：〈卡繆論〉，《葉石濤全集・第13卷》，臺南市：國立臺灣文學館、高雄市：高雄市政府文化局，2008年4月，頁87-96。

葉石濤：〈林海音論〉，《葉石濤全集・第13卷》，臺南市：國立臺灣文學館、高雄市：高雄市政府文化局，2008年4月，頁177-202。

葉石濤：〈論李喬小說裡的「佛教意識」〉，《葉石濤全集・第14卷》，高雄市：高雄市政府文化局，2008年4月，頁65-73。

葉石濤著，張良澤、彭瑞金、洪毅訪問：〈從鄉土文學到三民主義文學──訪葉石濤先生談臺灣文學的歷史〉，葉石濤：《葉石濤全集・第18卷》，高雄市：高雄市政府文化局，2008年4月，頁271-305。

彭瑞金：〈導讀──李喬「小說」〉，向陽編：《20世紀臺灣文學金典──小說卷・戰後時期・第一部》，臺北市：聯合文學出版社，2006年1月，頁213-214。

渡邊廣士：《安部公房》，東京都：審美社，1976年9月。

鍾肇政：〈安部公房與砂丘之女〉，安部公房著，鍾肇政譯：《砂丘之女》，臺北市：純文學出版社，1967年4月，頁3-11。

鍾肇政：《世界文壇新作家》，臺北市：林白出版社，1969年4月。

鍾肇政：〈改版後記〉，安部公房著，鍾肇政、劉慕沙譯：《砂丘之女及其他》，臺北市：純文學出版社，1975年12月，頁253-255。

鍾肇政：〈日本文壇怪傑〉，《鍾肇政全集・第21卷》，桃園縣：桃園縣文化局，2002年11月，頁624-631。

鍾肇政、李喬：〈情深書簡〉，鍾肇政：《鍾肇政全集・第25卷》，桃園縣：桃園縣文化局，2002年11月，頁102。

鍾肇政、鄭清文：〈壹、鍾肇政與鄭清文往來書簡〉，鍾肇政：《鍾肇政全集・第26卷》，桃園縣：桃園縣文化局，2002年11月，頁188。

作者不詳：〈被翻譯作品目錄〉，安部公房：《安部公房全集・第30卷》，東京都：新潮社，2009年3月，頁367-393。

二　論文

（一）期刊論文

ミコワイ・メラノヴィッチ：〈《砂の女》を再讀して〉，《すばる》第15卷第6號，1993年6月，頁210-216。

ヴラスタ・ヴィンケルヘーフェロヴァー著，竹田裕子譯：〈チェコでの安部公房〉，《すばる》第15卷第6號，1993年6月，頁205-210。

白川正芳：〈夢の象徵〉，《ユリイカ》第8卷第3號，1976年3月，頁169-175。

何　欣：〈六十年代的文學理論簡介〉，《文訊月刊》第13期，1984年8月，頁40-42。

李　喬：〈小說人「應讀書」書單〉，《新書月刊》第20期，1985年5月，頁14-16。

李　喬：〈小說研究場域與現代文學理論譜系〉，《文學臺灣》第71期，2009年7月，頁108-153。

李　喬：〈文學界的未來〉，《文學界》第28集，1989年2月，頁20-21。

沼野充義：〈世界の中の安部公房〉，《國文學　解釋と教材の研究》第42卷第9號，1997年8月，頁12-18。

沼野充義：〈邊境という罠——安部公房は本当に《無國籍作家》か〉，《すばる》第15卷第6號，1993年6月，頁198-205。

紅野敏郎：〈《砂の女》〉，《國文學——解釋と鑑賞》第36卷第1號，1971年1月，頁100-104。

彭瑞金：〈回顧一段迢迢文學路——《文學界》停刊感言〉，《文學界》第28集，1989年2月，頁6-9。

壹闡堤：〈我看「臺灣文學」〉，《臺灣文藝》第73期，1981年7月，頁205-213。

鄭烱明：〈寫在《文學界》停刊之前〉，《文學界》第28集，1989年2月，頁1-3。

鍾肇政：〈飄然曠野裡的李喬〉，《自由青年》第35卷第4期，1966年2月，頁24。

磯貝英夫：〈砂の女〉，《國文學——解釋と教材の研究》第17卷第12號，1972年9月，頁55-61。

作者不詳：〈編後記〉，《文學界》第1集，1982年1月，頁221-222。

（二）學位論文

高幸玉：《日本小說在臺灣的翻譯史——1949至2002》，臺北縣：輔仁大學翻譯學研究所碩士論文，2004年。

（三）報紙文章

方以直：〈砂丘之女〉，《徵信新聞報》，1967年4月5日，第6版。

能劇上演，最後的狂言
——李喬悲愴絕望的《生命劇場》？

蔡造珉*

摘要

李喬的創作一向使人感到驚奇，尤其在近十餘年，更是創作了多部、百萬多字的長篇小說《咒之環》、《V與身體》、《散靈堂傳奇》……等長篇小說，探討了政治、社會、心靈、情愛等多種人生課題，令人目不暇給，也讓人讚嘆不已。

那麼作為其最後一部長篇小說《生命劇場》，又以何種手法探討了生命的意義與價值？「能劇上演，最後的狂言」，乃如書中所說：「日本有一種傳統藝術名為『能劇』，在超遠古世界，艷麗抽象舞劇呈現，原型的『能劇』中會插入一二段所謂『狂言』。『狂言』是獨立鬼魂故事。」看似「能劇」是主體，「狂言」則猶如插科打諢之演出；對應而來，李喬有其生命主軸——家的難念之經，亦有其生命觸及——社會、政治、自然生態的悲憤與激情。李喬如何書寫生命？又怎麼看待這人間劇場的荒謬與無奈？本文乃對此做一深入探討。

關鍵詞：李喬、生命劇場、寫實小說、能劇、狂言

* 真理大學臺灣文學系副教授。

一 前言

李喬對於寫作技巧，在當代文學世界中不能算不突出的，尤其在要求創新、五本之內創作技巧不重複的堅持下，常讓人有耳目一新的驚豔，如短篇小說〈今天不好玩〉，便是以一個八、九歲的智障男孩來描述人的結婚、離婚與茫然行止；〈我不要〉中則是由一隻小母雞去觀看反省人間謊話不斷與彼此傷害；〈寂寞雙簧〉則是一個智障女孩「阿倩」及一隻叫「庫碼」的小黑狗為敘事觀點主體等等。而這樣的情形，直到近期仍是如此，如在二○一三年出版的長篇小說《V與身體》以身體器官為各自獨立主體，闡述對「人」種種荒謬的不滿與反思；又或者如本文所探討的《生命劇場》一書，不僅飛禽走獸能言語，就連悠游於水中的魚兒、枝葉繁茂的植物，也都有它們各自對人類無止盡破壞生態、走向自我毀滅之路的看法。而這類的探討，此前論文已多有敘述，筆者本文僅略提及。此文的重心則擺在作為李喬最後一篇長篇小說（雖他已食言多次，但筆者認為或許這真是其關門之作了），他究竟是有新的創見？抑或是延續其孜孜不倦傾訴對人類的何種關照？這實頗值得一論。

此外，本文題目訂為「能劇上演，最後的狂言」，乃如書中所說：「日本有一種傳統藝術名為『能劇』，在超遠古世界，艷麗抽象舞劇呈現，原型的『能劇』中會插入一二段所謂『狂言』。『狂言』是獨立鬼魂故事；如何與全劇連接？那是觀眾的事。」[1]顯見，「能劇」是主體，「狂言」則猶如插科打諢之演出[2]；那麼此書主體為何？又如何穿插其「狂言」？作為觀眾的我

---

1 李喬：《生命劇場》（新北市：印刻文學生活雜誌出版公司，2018年），頁145。

2 是日本獨有的一種傳統舞臺藝術，為佩戴面具演出的一種古典歌舞劇，從鎌倉時代後期到室町時代初期之間創作完成。原所謂的「能樂」乃指「式三番」（神道教祭祀劇）、「能」（古典歌舞劇）以及「狂言」（古典滑稽劇，於「能」的幕間休息時表演的一種短劇，為與在「能」中出現的「間狂言」區別，多稱「本狂言」）的總稱。這三種表演都是由能樂師（能演員、狂言演員及樂師）表演的傳統戲劇，廣義的「能」與「能樂」相通；狹義上則指「式三番」以及「能」。從明治時代改稱為「能樂」後，能樂就成為了一般的通稱。在舞臺上充滿緊張感的「能」，與擁有輕鬆愉快感的「狂

們，如何將之連接？以下則分別探討之。

二　能劇上演──家家有本難念的經

「家國」觀念歷來是李喬作品的主軸，也是李喬文學戰鬥的目標，這個現象直到近十來年出版的《咒之環》、《V與身體》、《散靈堂傳奇》、《亞洲物語》等仍是如此，特別是在這本《生命劇場》中，李喬用「能劇」和「狂言」的概念，把家庭和國家乃至於生態等做一綜合探究。「能劇上演」乃從「家」出發，這是生命最初、最親近也可能是最後的場域，這裡所發生的喜怒哀樂，絲毫都緊緊牽動家中成員的心。但實則家家有本難念的經，外人眼裡或許平安和樂，但箇中的辛酸或難為處，只有身在其中的人才會知道！那麼透過李喬《生命劇場》，他要呼應什麼？或者說，他究竟想表達何種觀點？分析後，主要可從「成員困境」與「同志不同志？」兩項來加以討論。

（一）成員困境

書中主角莊秋潭及其妻子詹信林，一是國中退休校長，一是高中退休生物教師，以這樣的身分，在現今社會中，雖不致大富大貴，但生活也不虞匱乏了，因此悠閒的生活似乎是理所當然。但事實不然，無論自身或家庭，他們的煩惱極多，惆悵也接二連三紛然而至。

莊秋潭為本書主角（自然是作者李喬之化身），師範體系畢業後保送師大，隨後參加國家考試，三年之內先後考取「教育行政」、「普考」和「高考」，後來當了改制後國民中學的校長，但他其實是窮人家出身的：

言」，是完全相異的兩種表演。兩者交互於同舞臺演出，可以說是引出了彼此的美感。狂言的演出者稱為「狂言方」。在能劇中登場，向觀眾以較淺白的語言解釋劇情。有時也會演出能劇中的片段，這被稱為「間狂言」。而在幕間休息時的滑稽短劇表演被稱為「本狂言」。可以說是連接演出的工作。

——莊秋潭家在苗栗市，實際上，進入高中以前，他「窩」在苗栗往大湖之間——世界有名，對臺灣說來是一個廢墟：「出礦坑」——的對面巨巖的山坳裡。

那不算房屋，是巨巖底下一段凹洞——除非巨巖塌落；縱然是大地震，還是很安全的。[3]

就是這麼樣貧窮家庭中成長過來的人，或許往好處想，這也培養了莊的韌性吧！而他的妻子詹信林，家庭經濟條件比莊好一些，但如文中藉莊秋潭的口吻提到詹家狀況時，其云：「不是自己『在場』,『傳述』伊是不會令人相信的。」[4]詹信林排行老三，大姐五十二歲罹患大腸癌，半年內旋即離世；二姐的四個孩子婚姻都不穩定；老四或許自以為「長男」，從小為非作歹，搶劫、偷竊等，麻煩從不間斷；老五算是家中唯一正常健康就業、娶妻成家的男孩；老六從小心理狀況便不正常，到最後以「撿破爛」維生；么妹所嫁非人，丈夫不肯安分工作，總是等到實在挨餓了，才去打個三天二天的零工度日。

這是莊、詹夫妻倆的出身背景，而早期的臺灣人，物質條件並不理想，他們的家庭環境或許就代表了大多數臺灣人的生活背景。但他們自小勤懇、認真，踏踏實實地走出自己的一條路。而他們這樣的衝破困境之後呢？所建立的家庭是否便一帆風順？這「能劇」是如何上演著？以下乃接續探討。

長女美媛的家庭狀況，原本就像書中莊、詹二人所想的：「美媛向來就是老爸媽最放心的孩子。何明修也是負責長進的男人，獨子台博教育得很好。」[5]但突然之間，美媛卻撥了電話給母親，原來是丈夫何明修沒有預兆，忽然離家而消逝無蹤了，而這種現象李喬寫道：

這是近十年來才「出現」的「新鮮事況」：不是外遇，也不算是「棄

3 李喬：《生命劇場》，頁16。

4 李喬：《生命劇場》，頁78。

5 李喬：《生命劇場》，頁130。

> 子妻於不顧」；非因情感碎裂，祇是中年之後，子女成長，「不想以原有方式活下去了」，所以走了。[6]

這似乎是平地一聲雷，無緣無故、無因無由，人便這樣消失不見了，而原因還是猜測可能是「不想以原有方式活下去了」，這看似荒謬，卻又像周遭都已發生過的事，現代社會的畸形，生命變化的玄秘與不可知，讓人不可預期，最後李喬只能痛極而又淡然的說：「人生行程，誰，隨時都有變化，生命真是如謎似幻！」[7]

另外，屘子宜禎患有autistic disorder（孤獨性障礙），簡稱自閉症，在一次高二英文課時，被英文老師要求眼對眼盯著說話，他瞬間惱火，衝出教室後，從此不再上學。他的意識裡「他知道，自己這樣好像是不對的，可是沒有辦法，他沒有辦法叫自己再去上學。」[8]這是宜禎的難處，也是父母的難處。而接續而下的，宜禎三十三歲了，情愛、婚姻及未來等，自然也是父母擔憂的地方，而宜禎自己是怎麼想的呢？就以情愛來說，書中寫道：

> 那是「性」，sex，還有叫做性感，sex appeal，性衝動、sex drive……可是好可怕，而「我有」，怎麼辦？我有我真的有，而我不能、不會、不敢——卻也好像不想表達。總之，始終卡在不敢與不想表達的夾谷裡……[9]

他有性愛的渴望及需求，但礙於自閉的緣故，連與他人言語都有困難了，更遑論身體接觸。就像在二十幾歲時，曾有一個名叫梅枝的女生主動對他釋出善意（或講愛意吧），而宜禎也在其鼓舞下和她一起去看了場電影，但之後，他有了這樣矛盾而衝突的想法：

---

6 李喬：《生命劇場》，頁131-132。

7 李喬：《生命劇場》，頁134。

8 李喬：《生命劇場》，頁206。

9 李喬：《生命劇場》，頁208。

> 第一次，和「女生」這樣單獨相處。可是一句語都說不出來。很強烈地想「要」梅枝，可是欲望封得死死的；好難過好傷心，他什麼都不敢說更不敢想要和女孩「做什麼」。於是他更沉默更不敢看梅枝了。他知道梅枝常常盯著他看。他百千次想「迎上前去」，但雙腳不能移動，也不敢定睛看伊……

再不久，由於其始終裹足不前，梅枝自然也就琵琶別抱、離之而去了。

這是「能劇」，是書中家庭這條主線所發生的問題，而這些也似乎「平凡」地發生在各個家庭裡，只是如何解決？並且我們應以什麼樣的態度去面對？在美媛的部分，雖然丈夫棄己而去，但美媛卻撐了下來，在原有「水耕蔬菜場」部分，雖然丈夫以之向人借貸一千萬，但那位被借貸人卻願意與美媛合夥共同經營「水耕蔬菜場」；更且，因合夥人身分為大型菜市場老闆，因此供銷也無問題；又因其在室內栽植，即使風災來襲，並不受影響，而善良的美媛更因為自身不受風災影響，因此成本並不增加，是故她出售時也不坐地漲價，這名聲傳出，讓許多人更願意與她合作。

而宜禎自閉的病症似乎是不可解的，但他其實也試圖找到消解的方法，他的做法是：「沒有錯，自己不喜歡跟人交往，因為那樣嘻嘻哈哈沒意思，他喜歡一個人想很多，或者什麼都不想。這樣多自在。沒錯，在學校、在窯場，後來到三義打工，沒交上什麼朋友，可是也不曾跟誰衝突吵架相打啊。他經常──獨自一人或很多人中，會一瞬間進入寬闊無際，花草美麗而沒有人或飛禽行獸游魚的地方，嗯，這是『一個地方』，咦？自己、自己呢？自己也『不在』，可是就……也不是看到──『看到』，那，自己呢怎麼『不在』。這是怎麼一回事？媽媽總是說他『很孤獨』。他知道『孤獨』的意思。可是不覺得自己孤獨啊。那會覺得孤獨的人才孤獨吧？他是不會的。」[10]其實或許在外人看來，他「離群索居」，但他自己過得快樂，他無需和別人多餘的交談（或許是無謂的交談吧），只需要自己的一方天地，這何嘗不是一種生命的方式？

---

10 李喬：《生命劇場》，頁206-207。

在婚姻方面，宜禎在三義木雕行工作的老闆娘秀瑛，原來是老闆的「外室」，或許是自身感情受傷的緣故，對宜禎有一種特別的憐愛，也或許是在心靈上想找到個自我慰藉的方式吧，兩個人逐漸走到了一起，但這樣的情形卻讓宜禎和父母起了嚴重的口角：

「交女朋友，很正常，很好，可是那個是楊太太，不可以的！」老媽少見那麼兇巴巴的。

「……秀瑛又不是老闆的太太，我們又沒有……」

「你怎麼知道人家名叫秀瑛？明明是老闆的女人！」

「那是抵債，不是真正的太太……」

「看樣子是真正要命事況啦！宜禎你惹出……」

「媽放心。秀瑛大我五歲。很懂事。她說捨命也會保護我。她說她有計畫……」

老媽愣住了。不知哪一刻起，老爸站在門邊發呆。

「阿禎：你惹出天崩地裂大禍，可知道？」老爸說。

「哪有這樣嚴重？」

「哎呀！那是人家太太！」

「不是太太！強霸人家女孩！」他口齒清晰了。

「就有本事強霸的傢伙，你去勾他女人？」

「勾引，沒有。祇是秀瑛很疼我……」

「爸媽不疼你？」

「那，不一樣……」

兩老祇是苦笑。等宜禎情緒平穩下來，老爸說：「明天起，三義店員工作辭掉。

「不。我要去。」

「什麼『原雕行』，不准再去了。」

「不行。我要去。」他出生以來未有過的姿態。

「或者到另外禮品店……」老爸話頭一變：「不，就不許去三義工作

> 就是了。」想想再補一句：「必要時，老爸會直接找……找那『原雕行』……女人，直接白話明說！」
> 「秋潭！」老媽好像不曾這樣指名稱呼的：「這樣不是敲鑼打鼓嗎？不好啦？」
> 「那……爸爸這樣做，宜禎我，就不再回這個家了！」他說完，反身出門；不走鐵板大門，從連翹樹叢縫裡衝出去。
> 兩老四目相對。現在轉圜的餘地都沒有。[11]

這大概也是家庭裡經常出現的課題了，放任兒子這樣下去，恐怕是死路一條；但若禁止，兒子又將和自己斷絕往來，為與不為間，果真是妾身千萬難啊！

但後來李喬解決之道為何呢？或許就如道家的「無為」吧！當事情呈現一種進退維谷，那麼就隨順自然吧！讓人去面對這個環境，讓時間去解決這一切，而這樣的不躁進（或不妨稱之為「消極」），或許也就讓事情的結果更趨圓滿，因此莊、詹二老也就有了這樣的對話：

> 「（莊）那個秀瑛是可憐的『抵價的』，那楊什麼也不算年輕了；總有一天他會丟掉那個秀瑛；伊大宜禎四五歲，會怎麼樣，難評估。總之，女的能脫身，宜禎就安全了。
> 「你想不出：讓『他、她』自然拆了？」
> 「想不出……而且……對雙方都……不公平……」
> 「你講啥咪碗糕？」伊用一句「外來語」。
> 「本來，會是宜禎單身一生，如有一個『姊某』相陪，豈不是天所憐見？」他這用詞，語法都是「獨家的」。
> 「老頭：這想法，太天真。」
> 「俗話有一句：『敢死，閻羅王也怕；躺下，打不倒啦。誰又能怎麼樣？』」

---

11 李喬：《生命劇場》，頁218-219。

「不全懂你的意思……？」

「有錢人怕死又怕事。今天面對『抵債』的又玩夠了——這樣講很不忍。另一個，愣愣的傻男子：他能怎麼樣？背負傷害罪？殺人罪？有錢人，不會。找殺手，划不來——我的評估是：兩人總有自由的一天。」[12]

他們知道自己的兒子並不完美，而秀瑛也有她身世可憐之處，是不是一定要積極地有何作為（讓他們分開抑或讓他們結合）才可以呢？或許無為之後，自然便能無不為了！而這件事在莊秋潭離世後，宜禎將秀瑛帶了回來見父親最後一面，並且小聲地向母親報告：「秀瑛姊自由了。她說要一起來。」[13]生命行走及演變的過程有時不就是如此？無需和時間競爭，因為在時間之前，人人都是輸家；智者的作法是，就隨時間而流轉就好。

（二）同志不同志？

在家庭部分，教育絕對是重要的一環，因此李喬在《生命劇場》裡有多次的篇章是描述他對於孫子輩的人生啟迪與指引，而以一位八旬的智者，看過人生無數滄桑與變革，這樣的作為或許說是「稀鬆平常」似也不為過！但有趣的是，這裡面的某些意義價值或許是有爭議的，李喬也提出他的言論和想法，其中關於「同志」便是這本書頗值得探討的地方。

有關「同志」議題的篇幅，長短不一，在本書中大致出現在以下幾處：

（一）兩老三青，莊、詹和三個孫子的對話～

「對對，好。可以限阿公阿婆談談交異性朋友嗎？」台博問。

「為什麼祇特定『異性朋友』？」星香笑著衝博哥。

12 李喬：《生命劇場》，頁236。

13 李喬：《生命劇場》，頁271。

「……不談『異性朋友』，難道你們有gayness的？」

「……目前沒有。哈哈！」

「阿公、阿婆：說說對同性戀看法。要說清楚喔！」小星萌那口氣像「逼供」。

「妳來說……」莊示意老媽回答。

「阿婆、阿公，看法不一定一樣啊。」姊姊星香加入。

「我想：我們的認知——我是說：看法大概一致……」

「怎麼樣？」

「同性戀的形成，大概有三個因素：一是生理基礎的，二是成長過程造就的。這叫做：『身心健全的』『精神正常』的gayness。第三：因環境因素，也就是『有樣學樣』，這就可能成為一種悲劇……」老阿婆很少這樣長篇大論。

「我補充一句：為什麼容易『有樣學樣』？因為公開『出櫃』的，很多是『社會名人』——羨慕其高名，被大眾『崇拜』，他『公開出櫃』，於是由敬慕而模仿——要記住：你敬慕是他的成就功名，不是……」莊又長篇大論了。

「總歸一句話：你們對gayness，贊成不贊成？」

「這不容誰贊成不贊成，而是人間確有這個事況……」

「我的說法是：『同性戀』、『異性戀』一樣平等看待——沒有高低之分。不過，『同性的』，對象較少，比較容易『性混亂』，這就明確不好。」

「異性戀，還不是一樣會……」

「沒錯，都不好，不過『同性間』，對象少，所以……」

「……現代人的『性關係』，跟阿公阿婆那一代，觀念不是差異很多，而是『不一樣』啦！」台博這樣說。[14]

14 李喬：《生命劇場》，頁74-76。

（二）

……臺灣的科技人文在亞洲不一定能名列前茅，但一些觀念法制卻是最前衛的。例如：臺北市被列為對「彩虹旗」最友善的都市……還有：「內在性」、「超越性」宗教團體同時支持「多元家庭」，名法師還在佛前主持同性結婚大典[15]。臺灣真是「很進步」的地方。[16]

（三）

兩人共同生活五十年，吵架難免，卻沒有誰「出手出腳」過。也不曾誰「離家出走」三日兩天。這個理由大概是誰都無別處安身吧？這點引入深思：男女結合（現在加上「男男」、「女女」）的形色，傳統的「門當戶對」無人講究了。然而很現實的：階級不宜懸殊，這是很確切顧慮點。[17]

（四）

「婚姻是很實際而長遠的『生命行程』。主觀的『心心相印』固然必要。但男女婚姻，甚至『男男』『女女』gayness，『客觀條件』還是

15 此處所指乃玄奘大學社科院院長釋昭慧教授曾於二〇一二年八月十一日為女同性戀婚姻證婚，也在二〇一六年十一月二十四日出席立法院「同性婚姻公聽會」，其所持理論乃在佛經當中並未明文責備同性戀，而從佛法來看情慾一事，在本質上都一樣，並未分別同性、異性。其表示自己過去做倫理學研究，才開始瞭解同志議題，此後就進行一些佛法的反思與回應，之後，她才決定主持同志婚禮，將論述與行動結合。並反駁佛教或其他宗教人士對她「異議異行」的說法乃「從佛法的眾生平等論來說，即使他們對同性戀這件事情沒有深刻的研究，但眾生平等，怎麼可以對另外一種人加以歧視呢？這在他們的道德基本良知上會有一些警惕的，所以他們應該也會先保持一下沉默再說。」因此，「人一生為離苦得樂，意謂疼惜心愛的人，一起脫離情慾之苦，在婚姻中追求平安與喜樂，同志也如此，為什麼不能讓他們結婚，不祝福他們？」另外，已故聖嚴法師早於二〇〇〇年刊於「民生報」的撰文中就寫道，從安心、安身、安家、安業等四個層面來衡量，如果同性戀者確實可以做到這「四安」，就不會帶給人類任何的社會問題。並表示同志們相愛、同居、甚至結婚，改變了兩性結合的家庭結構，應端看其身心家業是否能安定，「如果可以，那就沒有什麼不可以接受的了。」

16 李喬：《生命劇場》，頁110。

17 李喬：《生命劇場》，頁250-251。

必要的，具體說：對生活的要求，處事態度，人生觀，生命觀等，有客觀的條件相符合，這在戀愛的『水深火熱』中是會忽略掉的，所以有客觀的提醒是必要的。」老頭成了婚姻專家。[18]

（五）

接著星萌問及「敏感問題」。這部分阿公有「標準答案」：同性戀的形成有三來源：一是生理基礎的，二是成長過程中一些因素造成的。三是「名人敢出櫃」，是敬慕名人而「效法的」。前兩類很正常，第三類一定要避免，不然造成不幸或悲劇。

「那……未來的社會，同性戀會不會越來越多？」

「可能比目前『現身的會多一些』，當同性戀社會完全接受後，比例會穩定下來。」

「那所謂多元家庭呢？」

「這件事我跟劉老前輩等多次討論過，有一個堅決主張：人類演化是『異體結合，有性生殖』；『同性結合不能』，既然同性戀結合，不能繁生後代，這是科學證實的；借精借卵繁殖，違背人類的大原則。是不可以的。

「你說了多次了，STOP！」伊要他別再說。

「我的『不可以』重點是：生命未來到人間就剝奪擁有父或母的天賦權利。人不可以這樣。尤其今後地球上人口太多了，少繁殖些，是『有益於地球』！」

「阿公這個主張，會被『同志』強烈攻擊！」小萌說。[19]

很明顯的，李喬對「同志」顯然並不把他們當成在婚姻價值上的同志，主要理由如下：

一、在頁二五〇～二五一及二五九的部分，雖然只是帶到了「男男」、

18 李喬：《生命劇場》，頁259。

19 李喬：《生命劇場》，頁260。

「女女」這樣的文字，但在行文上這完全可以是不必要的，李喬之所以寫上去，那是因為他對這件事很在意，因此總想提及。

二、在頁一一〇說法上，看似語氣輕描淡寫，僅提及臺北是被列為對「彩虹旗」最友善的都市，及宗教性團體支持「多元家庭」，還有名法師在佛前主持同性結婚大典，最後以引號說臺灣真是「很進步」的地方。毫無疑問的，引號是特別標註的概念，尤其在字面上通常賦予其特殊意義時（如刻意正面語意的再加強，或者有反諷的意味在），而這裡顯然是一種嘲諷或揶揄的口氣[20]。

三、頁七十四～七十六及二六〇的說法大致一樣，同樣說明同性戀有三來源，「生理基礎」、「成長過程造就」及「有樣學樣的偶像崇拜」而形成，論理上看起來似無錯謬，但特別的是，李喬強調了兩段話，分別是：

> 「我的說法是：『同性戀』、『異性戀』一樣平等看待──沒有高低之分。不過，『同性的』，對象較少，比較容易『性混亂』，這就明確不好。」
> 「異性戀，還不是一樣會……」
> 「沒錯，都不好，不過『同性間』，對象少，所以……」[21]

還有：

> 這件事我跟劉老前輩等多次討論，有一個堅決主張：人類演化是「異體結合，有性生殖」；「同性結合不能」，既然同性戀結合，不能繁生後代，這是科學證實的；借精借卵繁殖，違背人類的大原則。是不可以的。[22]

---

20 另外寫：臺灣未「廢止死刑」，但已多年不執行了。臺灣的「生育率」是亞洲最底，世界前三名吧。還有：臺灣對毒品的管制、刑罰也最最寬的。這些引號，也都是同樣揶揄的口吻。

21 李喬：《生命劇場》，頁76。

22 李喬：《生命劇場》，頁260。

對象少，所以找不到？這看起來便是一個「勉強」的理由；而同性戀結合，無法繁衍後代；借精取卵，更是違背人類原則？這等等說法，乃明白表述李喬對「同志」的態度，其實是不認同的。無論是基於宗教意念或個人看法，李喬著實擔憂著「家」中贊同同志，也擔心同志成為一股風潮，尤其在立法通過後。

三　最後的狂言──國之妖孽

除了在「家」這條主幹線外，李喬此書對政治人物的批判及對自然生態的憂心忡忡，則成了此書的「狂言」。之所以可以稱為「狂」，因為李喬一路走來，始終如一，路見不平乃拔刀相助，始終不改其大砲本性的俠義精神。或出言警示，以醒昏昏欲睡之大眾；或親臨現場，以嚇利益薰心之貪徒。此書亦復如是，透過各種生物的控訴，強烈抨擊所見國之妖孽所行不公不義之事，李喬「老驥伏櫪，志在千里」，其激憤之心乃躍然紙上。

又，本來對文學，李喬很早之前在《埋冤．一九四七．埋冤》是這樣看待的：「在我的創作過程裡，『歷史』與『文學』取捨上的矛盾是我最要克服的難題。當歷史的事實與人間的真實衝突時，理應捨棄歷史的史料以維持文學的完整性；然而緣於對臺灣的感情，對二二八受難者的敬悼，在在令我無法說服自己捨『歷史』而就『文學』。因此我不斷的易稿重寫以尋找足以滿足『歷史』與『文學』要求的交匯點。」[23]而他在晚期的幾部著作中，似乎找到了平衡點，找到了返璞歸真、直接口語化的鋪陳歷史，讓一切呈現最「真」的面向。

（一）對生態破壞之痛心

李喬對環境生態之重視，無論是身體力行，或著書論述，在當代文學家

---

23 李喬：《埋冤一九四七埋冤．自序之（一）》（苗栗縣：苗栗客家文化廣播電臺，2003年），頁16。

中，絕對是領先群中的領先群，因此他書中會出現如批判當初為了擴大大湖草莓的種植面積及產業發展，短視近利到大砍路旁兩百八十多棵的香樟，不顧護樹人士組織的「護樟聯盟」強烈抗議，相關權力機構農會仍堅持砍殺，致使後來有一段「流言」的出現：

> 兩百八十多棵樹砍殺、移屍滅跡，可是至少三個月「樟魂不散」在喪身處漂浮不走。這是有「科學根據」的：樟樹樹身被毀，留存地下的根久久釋放樟油樟沙芳香，悲憤的氣息……[24]

人類的無知致使生態遭遇浩劫，但人們卻始終不曾悔改，如果能依據當時「護樹聯盟」提出的幾點建議：「一、保留巨大樟木群成為『綠色隧道』。二、左右兩旁闢為公路。三、採取『合作營運方式』，住屋後移，搬到山腳，部分移近原溪岸邊——因為溪水引入『綠色隧道』，成為人工小運河。四、至於草莓園所有人，『近路』『遠路』價值不同，可經協商依面積大小，近路遠路之不同，分配利益與義務。」[25]雖然其中仍有許多困難有待克服，但若眼光放遠一點，卻可能有一個國際觀光的「大湖綠色隧道草莓區」觀光景點，而不致如現今荒涼一片、綠影滅跡的淒涼景象，人的無知與自私，真是限制了對未來美好的想像[26]。

但也有目前仍在抗爭中的事件，如「天花湖水庫」的興建問題。緣由是

---

24 李喬：《生命劇場》，頁199。

25 李喬：《生命劇場》，頁199-200。

26 民國八十三年，大湖復興村路段的臺三線計劃拓寬，將道路兩旁近兩百棵樹齡五、六十年以上的樟樹全數砍除。在公聽會與一連串的抗爭活動下，最後評定僅能保留行道樹五十棵，其餘一九八棵皆面臨砍除、移植的命運。又按理說，樹木移植前要先處理根系，進行斷根，這個時間大約需要三～六個月，讓根系逐漸適應。但「政府在公共工程設計上，皆未將移植樹木所需的時間考慮進去，未預留斷根的時間。廠商往往只有二個月的時間可以處理。」結果只有二十二棵存活下來。也難怪李喬會說「樟魂不散」。最後，總結造成砍樹的原因大致有下列幾點：一、妨礙農民農作物生長；二、妨礙地方交通安全；三、運輸農作物不方便；四、因土地徵收問題；五、可帶動地方繁榮。

政府預計在頭屋「燥坑仔」(無水源凹坑地段）興建天花湖水庫，預計從桂竹林附近引後龍溪的水，開洞溝穿入公館，繼而在橫屏山底埋一條八公尺大的巨型水管，且一併收掉公館的地下水，灌到天花湖去；這引起了公館鄉民的大抗議，因為公館鄉境內，有一半以上的人取用深井地下水，如此一來，整個公館水源必大受影響，而正如李喬化身的莊秋潭其自言，夫妻倆對此種地方事務一向的態度乃「維持一段距離不直接投入」，但此刻面對這生死關頭，也憤然地不得不投入，並與大眾共同組織「反抗巨型水管貫通本鄉行動聯盟」。最後，總算這件事在「當時」暫緩[27]，而客觀檢視這個事件，李喬提出了四點表示對這件事的看法：

> 一、所謂「天花湖」是一個不大而有些積水的窪地，附近根本無水源。二、那地區整塊是「沙質地」，砌堤，湖底無止境的落沙淤積，幾乎難以抵抗。三、公館「橫屏山」底，雖然傳說六七「地下泉

---

27 天花湖水庫是臺灣一座「計劃中」的水庫，位於苗栗縣頭屋鄉飛鳳村與公館鄉境內，水庫之水源來自於公館鄉打鹿坑設置攔河堰，攔截後龍溪的溪水，將溪水經由九公里的引水隧道，穿越福德、福基、福星、大坑、仁安、南河、北河等山區村落，引水到頭屋鄉飛鳳村天花湖水庫集水區。政府的評估，水庫集水面積為六點九三平方公里，水庫滿水位面積二二二公頃，有效容量為四千七百九十一萬立方公尺，預計年供水量達九千五百四十一萬立方公尺，可解決苗栗地區未來可能出現缺水問題，減輕永和山水庫及鯉魚潭水庫之供水壓力。但由於天花湖水庫的興建地點涵蓋有十處生態敏感區位，又苗栗已有五個水庫可提供鄰近縣市用水，是否真有興建此水庫之必要性？因此此案在二〇〇九年提出後，即引起大規模火爆抗爭，後來在二〇一一年時，由於藍綠都反對，因此通過撤建案。但二〇一七年水利署的前瞻計畫中又編列了一百二十九億元為興建天花湖水庫經費，再次引起關注。直到二〇二〇年十一月十三日苗栗縣議員禹耀東總質詢時，詢問縣長徐耀昌的立場；徐耀昌指出，他擔任立委時曾簽下重要的切結書，強調天花湖水庫預定地有斷層，且影響三鄉鎮市農民灌溉用水及河道改變等，多數鄉親也認為不宜開發天花湖水庫，他個人當初力主不興建的承諾必定要做到。又，二〇二〇年十二月十五日國民黨立委徐志榮在立院總質詢時表示，苗栗鄉親反對天花湖水庫多年，為何行政部門想方設法要蓋？經濟部長王美花答詢表示，「確實是沒有」，她說，這是水利署早期的規劃，沒有核定，前瞻計畫裡也沒有。但是否會就此落幕，至今仍是個謎。

溝」，到底水量多少？不可知。四、穿洞福基高崗，把後龍溪水右轉五十度以上，是否可行？何況而今後龍溪有四五個月是「斷水」狀態了；以後祇少不多。那麼「將來的天花湖」，成為荷花池或水芙蓉與布袋蓮長滿，變成「觀光點」倒有可能。「飲料」得另購……[28]

對於生態、對於人民福祉，李喬在書裡狂言抗議，逝者已矣，樟樹之魂，陰魂不散；來者可追，公館「天花湖水庫」事件，李喬堅決寸土不讓。另外，李喬以「後現代」方式，利用各生物之「口」，控訴人類的獨霸、自私與無知，造成生態嚴重失衡，自然環境被大規模破壞，讓第三人稱的「牠」或「它」參與度更高，趣味性也提升不少，因這部分內容極多，此處僅略舉數例來佐證之（以下由於都是動植物所說，因此李喬刻意在文字上出現許多錯字）：

（一）洛卡（公山豬）：

人，直直的山，還在挖、種什麼，後來山一塊塊一座座歪斜倒下滾落，沒有了，什麼都，人就是一直這樣。卡卡一大片一大片倒下枯死，支和計，無處，佐也躲無處，沒有怎麼辦？人，說聰明很多。這樣比獸鳥魚還有卡卡，誰最笨？什麼都不說，祇說：地上長出來的，又不是人做出來的，地本來就在那裡的，人就說人說人所有，人有什麼有？據說剛生出來一團軟軟，一團肉，慢慢長，這是人的，那是人的，全塊大地，大地上的所有都歸人有？人到底什麼東西。想想：水中、地上、空中，都沒有了，卡卡也消失。那人，在哪裡？什麼能做？活下去有麼？[29]

（二）太籠仔（巨大大葉桃花心木）：

……人，到底是「什麼東西？」是動物，但沒有動物像「人」這樣。

28 李喬：《生命劇場》，頁58。

29 李喬：《生命劇場》，頁43-44。

最不能知道的是：泥土、土地、木草，水裡游的；還有那很多很多水，人說是海，也可分成「自己的」,「他人的」。這怎麼可以？可能？認了這個搶與占？

土地高高低低，飛的、走的就剛好在地方活著。突然有一天人把高地從低部一直挖一直掏泥地，突然高山滑滾下來，植物倒下，飛的爬行的失去——人說的「安身之所」，還死了很多……

毋永遠永遠不知道：土地這個「本來就有的」，無論什麼，誰都不能「做出來」，或生出來的東西，人——一些人、一家人、一群人可以占住說是「自己的」，占很多很多，又連土地上的草木都說「他的」，有問過那些草木嗎？更可惡的，「這個人」還可以揮刀砍殺，或一把火把草木燒光光，變成灰！還有那很多很多水叫做海的，人也可以把分成「我的」、「他的」——連同海中游的也「給分掉」。[30]

（三）跔跔（母的大鱸鰻）：

……聽說：人，會很多，人做很多使他人活得很好的嗎？人對其他活的，好不好？都是殺、砍，然後燒掉，或者吃光。那些這些活著，那「不會動的」植物；人怎麼樣對待？還好，人，也會死，而且死很久，聽說很痛，又會很苦……[31]

（四）香婆、澀嬸（老樟樹、老茄冬）：

人，就會這樣！敢殺敢剮：殺麼介（什麼）目都不聶一下（不眨眼）。看到天上飛的，地上行的，水中游的，看到就捉就殺，沒看到，就尋到來提走殺掉。又不是肚子枵（餓）。

人最可惡的是——水族很多遇到過，很多釣魚的人，或用網撈水族的人，釣到撈到太小的，不要吃，他是拋到陸地上，不肯丟回水中；不當食物，就白白讓水族在陸地上。人，怎麼會這樣？人是什麼東西？

30 李喬：《生命劇場》，頁88-89。

31 李喬：《生命劇場》，頁101。

> 很長一段時間，人釣魚的方式出來更毒的方式，那不是用蚯蚓，石蚕那些小可憐勾在釣鉤上，而是在釣絲末端，以及相距小白哥那樣的上段釣絲上，各綁四枚釣鉤——分成四個方向。那不同浮標，也不掛鉛丸子——就是在有比較大的魚或鼈的水域「滑動」。大魚或鼈好奇靠近過去。這時那可怕的八枚釣鉤，這就插剉進魚鼈身體深處，大魚巨鱉就被「釣」起來了。
>
> 用餌釣魚本來就是不公平的，但還可以拿「願者上鉤」唬人。這「八枚釣鉤硬抓魚」要怎麼說？[32]

這樣的敘事手法，正如Hayden White在〈當代歷史理論中的敘事問題〉中所說：「敘事是『歷史』和『非歷史』文化所共有的話語模式……是什麼構成了『真實』事件的問題並非轉向『真偽』的區別，而轉向了『真實』與『想像』的區別。人們可以就事實事件生產想像的話語，而這種真實事件卻可能比不上『想像的』事件那樣真實。」[33]由想像帶出或取代真實，讓讀者在趣味的閱讀中，知悉真相。因此在《生命劇場》裡，所有生物皆能有語，而所語盡皆人類破壞生態、甚至仇殺自己人類的內容，因此就如阿錦（特指一條野鯉魚）所說，也是李喬沉痛的悲鳴：「人，太多，互相傷害，武器又好。另外，人要活下去的條件比植物魚獸鳥，多又複雜，很快缺乏，所以更加相殺消滅——當人類消失後，海陸空多美好！」[34]雖是詛咒，但無庸置疑的是，這確實是再真誠不過的實話了。

（二）對政治騙徒的怒吼

許多人寫小說總是隱惡揚善，但李喬小說可供特別關注的則是他對心目

---

32 李喬：《生命劇場》，頁161。

33 Hayden White著，陳永國、張萬娟譯：〈當代歷史理論中的敘事問題〉，《後現代歷史敘事學》（北京市：中國社會科學，2003年），頁167-178。

34 李喬：《生命劇場》，頁162。

中「惡人惡事」不閃躲且大鳴大放的寫出，這種真誠性格，始終是李喬最顯明的特點。《生命劇場》裡，李喬除了敘寫「狂言」，對向光明磊落的正人君子黃昭堂及感念曾受教公館國小而遺言捐款興建「張步桃紀念圖書館」的張步桃進行緬懷與崇敬外，更多的則是批判，且「項莊舞劍，意在沛公」，指證歷歷且干犯大不韙。所謂凡走過必留下痕跡，李喬，為這些惡人留下了足供後人評斷是非的痕跡。

程武池（化名），當過「劉黃縣」（苗栗縣）的縣長，原為地方老縣議員，但勢力坐大後，以派領黨，競選縣長，但使用的手法卻是很卑劣的買票方式，其手段是「三段式釣魚法」：

> 清早或午後，或晚餐後時間：第一批三人「探路」，查明這戶人口的「投票趨向」。查清後兩人繼續前行。一人等候第二「帶貨人」。見面，交代是否「送錢」。這時絕不提為誰「下餌」，這就匆匆離開。十分鐘後來一二位「有些身分的人」，進來鞠躬哈腰；「單提」請求投票支持某某。這就離開。[35]

設若東窗事發，引出檢警調查時，則「付錢的人」則對收受賄款的人說「我有無請你支持誰？」答案自然是無。若問到第三撥進來拜票的人時，則這批人的說詞便是「我是拜託你投誰一票，但我有送禮物或現金給你嗎？」答案自然也是無。那麼結果便是查無實證了。

而這位程武池當選之後，還創下了「縣負債高峰」，使苗栗縣成為全國第一高負債的縣市，其中李喬還又舉例這位縣長的惡行惡狀，但此處因篇幅問題，僅略舉二例佐證之：

> 一個古老街道，小店幾間，無預警的，縣府派來「拆除大隊」拆屋毀店，當場猶如天災地變，老街屋主半瘋狀態下，跌落坎下水溝死亡。

35 李喬：《生命劇場》，頁145。

> 前此，相連，一段耕作五十年以上水田，田間還有農戶，同樣以開拓工業區為由，日夜施工，一夕田舍俱毀，一位老婦人比老翁「阿莎莉」——喝毒藥死亡。這件世人皆知。程似無過失，安然在位。[36]
>
> 程某兄弟事業版圖頗大。在台北陽明山有若干房地產。某地被人發現「奇跡」：從建築物地基下挖，然後「橫挖」深入公共土地百公尺遠。新聞喧騰數日，無疾而終；據說一切合法云云。[37]

傷天害理，喪盡天良，或許指的就是這樣的事吧！而李喬最後則下了一段結語說道：「以上是當代古典戲劇的一段『狂言』。」[38]

另外，又如《生命劇場》中一「吳此」（化名，但寓意「無恥」亦極明顯）行徑，李喬乃藉「太籠仔」之口說出其原為臺大研究生，後來輟學回到了故鄉，擔任苗栗社大主秘一職，而其政治騙徒行為乃：

> 吳此什麼，被請去擔任什麼直行掌，教授是掛名，真正權力錢利全教在吳此什麼手上。吳此變了變了全變了，絕不提改灶孔修煙囪，這不奇怪，改變最大的是，每到選立委、縣長的時候，吳此什麼一定出來

36 李喬：《生命劇場》，頁147。這是一起發生在苗栗縣竹南鎮大埔里居民反對政府縣長劉政鴻區段徵收與強制拆遷房屋的抗爭事件。事件起源於行政院國家科學委員會科學工業園區管理局因應新竹科學工業園區用地已呈飽和狀態，規劃約一五七點〇九公頃用地作為新竹科學工業園區第四期擴建用地竹南基地。其中苗栗縣政府為執行「新竹科學園區竹南基地暨周邊地區特定區」都市計劃，以區段徵收方式，進行徵收。但由於劉政鴻手段粗暴，對在即將收成的稻田中直接執行整地公共設施工程，破壞了徵收範圍的稻田，因此引發抗爭大規模抗爭。此文的兩個事件分別是：二〇一三年九月十八日大埔拆遷戶張藥房老闆張森文上午失蹤，家人報警協尋，搜救人員最後在附近排水溝渠找到他的遺體；及二〇一〇年八月三日大埔自救會成員七十三歲的朱馮敏老太太不滿政府強徵農地，喝農藥自殺身亡。

37 李喬：《生命劇場》，頁147。此事件案主為劉政鴻胞弟劉政池，被控侵占國有地，在陽明山上蓋「七七行館」，甚至挖設地窖，最高法院最後判決一年二月定讞。劉政池亦於二〇一九年十二月二十六日至苗栗地檢署報到後，隨即發監執行。

38 李喬：《生命劇場》，頁147。

> 登記參選，外表看是當「候補」，實際是用在必要時分散反對黨的票源——當年曾吸取了一些支持者嘛。[39]

因為他回到故鄉的口號便是「徹底改造故鄉」，提出如架設全縣網路，定期做公民教育，人人要關心縣務，打倒政府等，因此吸引了一眾反對苗栗縣政府的年輕人追隨他。但他卻在每次立委或縣長等重要選舉時出馬參選，如此一來，即使其得票不高，卻也分割了在野勢力，自然最後獲利的便是原執政黨，而這便是吳此其無恥行徑了。

以上無論是程武池或吳此，若細究，不難知道李喬之引喻為誰，而李喬也在〈後記、留言〉中寫道：「《生命劇場》是『鄉下野臺戲』：意思是：背景、人物、故事情節都是鄉下小人物的；縱然是『壞人角色』，比起『全國性的』、『世界性的』，根本『壞人排名』觸碰不及的。所以如果某先生以為『指向我』，那也一笑置之可也。不要找人來算帳。年紀大了，膽小的很。」[40]看似求情討饒，但若真如此看待李喬，那也把李喬給看扁了。他大可不寫，若寫，則路見不平、直書胸臆而已，於此雖僅書寫苗栗情事，但以小喻大不就是這個道理？何況早在之前，李喬就已寫過臺灣政治人物的醜陋（如《咒之環》），甚至也寫過亞洲的民族困境與國際情勢等（如《亞洲物語》），李喬從故鄉出發，或許拋磚引玉的是，是否人人都該以你的自身故鄉開始？從小到一個村落、鄉鎮，再到一個縣市為關注焦點，那麼即使做的是楊朱為己之說，但一旦人人都這樣做，則國家哪有不改變？又再擴而為之，地球又哪會不美好呢？此處絕非筆者想的太多，而是觀察李喬思維，必然會發現的簡單道理。

---

39 李喬：《生命劇場》，頁91。由於是藉「太籠仔」說話，因此它只懂其音，並不明白其字為何？所以錯字頗多。

40 李喬：《生命劇場》，頁280。

四 結論

向陽曾對文學與社會的結合上說道：「唯其文學與整個民族同一血脈，方能與此一民族香火傳承下的所有子民，共同背負沉重的歷史，面對共同坎坷的未來；唯其文學與社會同一呼息，方能與在此一社會大地上生活的子民，共同感受時代的撞擊、敲響現實的木鐸。」[41]李喬的創作正是為此而存在。

又李喬的每一部創作（尤其是這最後一部長篇小說），除了警醒世人外，無時無刻不在創造自己的生命意義與價值，如同Michael White及David Epston在其《故事．知識．權力——敘事治療的力量》一書中所說，「為了創造生命的意義，人就面對了一項任務，那就是他必須安排自身事件經驗的時間順序，建立在自己和周遭事件前後一致的一份紀錄。他必須把過去和現在，以及未來預期會發生的事件經驗連成線性順序，才能建立這一份紀錄。這一份紀錄可以稱之為故事或自我敘事。如果這個敘事成功，人對生活就會有連續感，覺得生命有意義。日常生活秩序的安排，未來經驗的詮釋都要依靠這一點。」[42]李喬正是這樣一位「歷史文學家」，他的春秋之筆，記錄著當代生民狀態與官場現形記。

《生命劇場》以家庭為「能劇」主線，輔以政治亂象、社會混亂及生態的被破壞為「狂言」，搬演著人生歷史與萬事萬物接觸後心境的喜怒哀樂，這一切似真若假、似有若無，正如李喬所寫之詩：

> 一道窄門，倏爾通過
> 一閃光，門留在後
> 不能指述，不能問候
> 去了走了行了，哪有疑竇？

41 向陽：《康莊有待》（臺北市：東大圖書出版，1985年），頁26。

42 Michael White、David Epston著，廖世德譯：《故事．知識．權力——敘事治療的力量》（臺北市：敘事工坊，2001年），頁11。

來自於無，走向那無
神鬼存在，各有前途
喜怒哀樂，人間演出
從此一刻，劇場清除[43]

頗有禪意之一偈，人生到世，不就如電光一閃，來自那無？活在世上要帶給眾人有如神賜恩澤抑或似鬼為惡，那是取決於自己心念的一轉；這世間的奇異珍寶乃至於至親家人，能千秋萬世、永留身邊？無論你再不捨，終究會有曲終人散、劇場簾幕落下的一天！

不過在本書最後，李喬仍在〈後記〉中給了一段「留言」，這或許是他最終也是最誠懇的肺腑之言吧！其寫道：

最後對人類致意：
個人對人類完全絕望。
不求救贖，因為個人得救無意義。
不要來生，眾生痛苦無告，獨善何忍。
就回到無機存在可也。
忍不住還是乞求人類：多愛護游魚行獸飛禽萬物，不要太傷生存基地──地球。跪求⋯⋯[44]

43 李喬：《生命劇場》，頁245-246。
44 李喬：《生命劇場》，頁281。

參考文獻

一　專書

Hayden White著，陳永國、張萬娟譯：〈當代歷史理論中的敘事問題〉，《後現代歷史敘事學》，北京市：中國社會科學，2003年。

Michael White、David Epston著，廖世德譯：《故事・知識・權力——敘事治療的力量》，臺北市：敘事工坊，2001年。

向　陽：《康莊有待》，臺北市：東大圖書出版，1985年。

李　喬：《生命劇場》，新北市：印刻文學生活雜誌出版公司，2018年。

李　喬：《埋冤一九四七埋冤・自序之（一）》，苗栗縣：苗栗客家文化廣播電臺，2003年。

二　期刊論文

李　喬：〈「歷史素材小說」寫作經驗談〉，《文訊》第246期，2006年4月，頁54-57。

汪淑珍、蔡娉婷：〈從〈那棵鹿仔樹〉看李喬的鄉土情懷〉，《藝見學刊》第1期，2011年4月，頁71-79。

侯作珍：〈現代人的病理解剖室：論李喬的短篇心理小說《人的極限》和《恍惚的世界》〉，《中國現代文學》第17期，2010年6月，頁267-292。

洪英雪：〈臺灣還有救嗎？——論李喬晚期小說的核心母題〉，《弘光社會人文學報》第5期，2006年11月，頁41-62。

張素貞：〈小說人現身說法：李喬的〈小說入門〉〉，《文訊》第24期，1986年6月，頁31-35。

許嘉雯：〈論李喬《埋冤・一九四七・埋冤》敘事的社會功能〉，《語文學報》第13期，2006年12月，頁165-179。

陳惠齡：〈故事與解釋——論李喬短篇小說中遊戲性與開放性的寫本符碼〉，《文興哲》第11期，2007年12月，頁513-543。

楊　翠：〈臺灣還有救嗎？——論李喬晚期小說的核心母題〉，《文史臺灣學報》第12期，2018年9月，頁41-79。

蔡造珉：〈論李喬《咒之環》的創作意念與寫作手法〉，《遠東通識學報》第7卷第1期，2013年1月，頁143-164。

三　電子媒體

ETtoday新聞雲：〈水利署想建天花湖水庫　村民脫褲抗議：不是說不蓋嗎！〉，來源：https://www.ettoday.net/news/20150627/526845.htm，2015年6月27日。

ETtoday新聞雲：〈「張藥房」老闆張森文大埔第5條冤魂　疑似生前落水〉，來源：https://www.ettoday.net/news/20130919/272303.htm，2013年9月19日。

ETtoday新聞雲：〈大埔藥房遭強拆！屋主含恨「陳屍排水溝」　7年後房子蓋回來了〉，來源：https://www.ettoday.net/news/20200617/1740257.htm，2020年6月17日。

Noax：〈張藥房遭強拆一周年　大埔事件始末回顧〉，來源：https://watchout.tw/reports/3LEhTNDUjTrlyx86xQne，2014年7月19日／2020年1月10日。

Peopoe公民新聞網頁：〈【佛教史首次】釋昭慧：從佛法看同志婚姻〉，來源：https://www.peopo.org/news/99248，2012年8月9日。

TBC焦點新聞：〈水資源危機　禹耀東關切天花湖水庫案〉，來源：https://www.tbc.net.tw/Mobile/News/NewsDetail?id=426f6928-ecf4-4916-95ee-b616af5843c6，2020年11月13日。

The News Lens關鍵評論：〈五年前的今天被強拆，大埔張藥房「同日」原地動土、把家蓋回來〉，來源：https://www.thenewslens.com/article/68473，2018年7月18日。

中文百科知識網：天花湖水庫，來源：https://www.easyatm.com.tw/wiki/%E5%A4%A9%E8%8A%B1%E6%B9%96%E6%B0%B4%E5%BA%AB。

公視新聞網：〈20130124 公視晚間新聞 天花水庫擬興建 苗栗民眾憂村滅〉，來源：https://www.youtube.com/watch?v=3pjfFUxKXhI，2013年1月24日。

朱淑娟：〈為後龍科技園區找水 苗栗天花湖水庫再重提 今首度環評補件再審〉，來源：https://e-info.org.tw/node/43130，2009年5月14日。

江詩筑：〈反建天花湖水庫 公館人開炮〉，來源：https://www.chinatimes.com/newspapers/20150603000587-260107?chdtv，2015年6月3日。

何欣潔：〈「在正義中安息」大埔張森文之死 引發社會之怒〉，來源：https://www.newsmarket.com.tw/blog/38632/，2013年9月19日。

何欣潔：〈大埔張藥房拆除滿2個月 張森文身亡 「暴政殺人」〉，來源：https://www.newsmarket.com.tw/blog/38569/，2013年9月18日。

李宗祥：〈環評耗10年天花湖水庫三年內動工〉，來源：http://www.5ch.com.tw/news.php?act=view&id=43708，2013年1月11日。

汪少凡：〈前瞻納入天花湖水庫 徐志榮：生雞蛋沒放雞屎有〉，來源：https://newtalk.tw/news/view/2017-04-20/84912，2017年4月20日。

林長順：〈七七行館案水土保持部分 劉政池仍判有罪〉，來源：https://www.cna.com.tw/news/asoc/202005130043.aspx，2020年5月13日。

武 陵：〈四年了，誰還記得大埔朱阿嬤？〉，來源：https://watchout.tw/reports/FsEjgyLNTtURehFwjUqh，2014年8月19日／2020年1月10日更新。

客家電視臺客家焦點：〈家園被毀太煎熬 大埔案2人斷魂〉，來源：http://web.pts.org.tw/hakka/news/detail.php?id=101910，2013年9月18日。

胡蓬生：〈反建苗縣天花湖水庫 鄉親擠爆怒火〉，來源：http://m.udn.com/xhtml/HistoryArt?articleid=4403537，2015年7月19日。

孫窮理：〈「大埔阿嬤」頭七　農民控政府說謊〉，來源：https://www.coolloud.org.tw/node/53687，2010年8月9日。

張文川：〈追討劉政池「七七行館」土地　國產署更一審敗訴〉，來源：https://news.ltn.com.tw/news/society/breakingnews/3547501，2021年5月26日。

張岱屏：〈樹木天堂　樹木墳場〉，來源：https://ourisland.pts.org.tw/content/213，2011年5月30日。

張勳騰：〈苗縣天花湖水庫蓋不蓋？　徐耀昌：信守之前不蓋承諾〉，來源：https://news.ltn.com.tw/news/life/breakingnews/3350907，2020年11月13日。

梁珮綺：〈經濟部規劃新北苗栗台南新蓋3水庫　對抗極端氣候〉，來源：https://www.cna.com.tw/news/firstnews/202011290093.aspx，2020年11月29日。

陳文姿：〈前瞻水環境第一期預算257億　天花湖、雙溪水庫均擱置〉，來源：https://e-info.org.tw/node/206095，2017年7月10日。

陳界良：〈天花湖水庫》鑿山引水定案？　公館人驚恐〉，來源：https://news.ltn.com.tw/news/local/paper/400238，2010年6月2日。

陳界良：〈穿山鑿洞引水　苗栗公館怕變小林村〉，來源：https://news.ltn.com.tw/news/local/paper/331626，2009年9月1日。

彭健禮：〈天花湖水庫　立院藍綠都反對　撤建案通過〉，來源：https://news.ltn.com.tw/news/local/paper/459716，2011年1月13日。

彭健禮：〈朱阿嬤抑鬱自殺　三年後憾事再生〉，來源：https://news.ltn.com.tw/news/focus/paper/715148，2013年9月19日。

彭健禮、林欣漢、傅潮標：〈政府殺人　大埔又出人命〉，來源：https://news.ltn.com.tw/news/focus/paper/715129，2013年9月19日。

黃哲民：〈七七行館占國土　劉政池入獄又因砍樹整地罪加一等〉，來源：https://tw.appledaily.com/local/20200513/ML7DI5NYOPFVMZPMPP3EBE3A6U/，2020年5月13日。

鉅亨網新聞中心：〈前瞻計畫送苗129億引大反彈　原來要建水庫〉，來源：https://news.cnyes.com/news/id/3787432，2017年4月21日。

管瑞平：〈苗縣天花湖水庫工程　座談會砲聲隆隆〉，來源：https://www.taiwannews.com.tw/ch/news/2747600，2015年6月2日。

維基百科網頁：〈大埔事件〉，來源：https://zh.m.wikipedia.org/zh-tw/%E5%A4%A7%E5%9F%94%E4%BA%8B%E4%BB%B6，2022年1月編修。

維基百科網頁：〈天花湖水庫〉，來源：https://zh.m.wikipedia.org/zh-tw/%E5%A4%A9%E8%8A%B1%E6%B9%96%E6%B0%B4%E5%BA%AB，2021年修編。

劉力仁、張勳騰：〈環評耗10年　天花湖水庫要蓋了〉，來源：https://blog.xuite.net/hsu440122171/twblog/140070344-%E7%92%B0%E8%A9%95%E8%80%9710%E5%B9%B4+%E5%A4%A9%E8%8A%B1%E6%B9%96%E6%B0%B4%E5%BA%AB%E8%A6%81%E8%93%8B%E4%BA%86#，2013年1月11日。

鄭翔峻：〈大埔阿嬤頭七　兒子泣訴「還我媽媽的命」〉，來源：https://newtalk.tw/news/view/2010-08-09/7133，2010年8月9日。

黎　薇、陳慶居、江詩筑：〈大埔事件　第2條人命　張藥房老闆溺斃〉，來源：https://www.chinatimes.com/newspapers/20130919000683-260102?chdtv，2013年9月19日。

簡光義：〈反天花湖水庫　公館破萬人連署〉，來源：https://www.chinatimes.com/newspapers/20101229000544-260107?chdtv，2010年12月29日。

羅浚濱：〈《經濟》水庫喝飽飽　竹縣寶二水庫枯水期滿水位創歷史新高〉，來源：https://tw.stock.yahoo.com/news/%E7%B6%93%E6%BF%9F%E6%B0%B4%E5%BA%AB%E5%96%9D%E9%A3%BD%E9%A3%BD%E7%AB%B9%E7%B8%A3%E5%AF%B6%E4%BA%8C%E6%B0%B4%E5%BA%AB%E6%9E%AF%E6%B0%B4%E6%9C%9F%E6%BB%BF%E6%B0%B4%E4%BD%8D%E5%89%B5%E6%AD%B7%E5%8F%B2%E6%96%B0%E9%AB%98-070918629.html，2022年2月23日。

自我超越與終極關懷
——小說家李喬的變與不變

許素蘭*

摘要

一向「醉心於技巧與形式創作的追尋」，認為「藝術重複就是滅亡」的小說家李喬，在臺灣文學界被公認為是「擅變（擅長變換）」、「多變」的作家，不僅表現形式多變，創作題材也多元多變，寫作至今超過六十年的漫長歲月裡，不斷地以繁複、令人目眩的形式技巧，成就其具獨特性的敘述風格與小說藝術，其文學不僅是波瀾壯闊的浩瀚長河，更是生態豐饒多樣的山林。

每位底蘊深厚的小說家都有他對自己作品深層內涵的藏法，易懂的作品只有一種情況，就是易懂；難懂的作品卻有各種不同難懂的情況。李喬對自己的作品，雖然作了很多解說，但是深層的東西，卻還是藏起來的；他的善變、擅變，只是為了避免形式和技巧「重複自己」？為了某種意義的「自我反抗」嗎？或者在被凸顯的「變」之中，也隱含了「不變」的創作奧秘與李喬文學所欲追尋的核心價值？

基於這樣的思考，本論文試圖以李喬七十歲以後所出版三部具階段性意義的長篇：《重逢——夢裡的人：李喬短篇小說後傳》、《散靈堂傳奇》、《生命劇場》為對象，探討李喬文學的「變」與「不變」。

關鍵詞：為母土而寫、反抗就是愛、人物視角、敘事觀點。

---

* 資深文學研究者，曾任國立臺灣文學館研究助理。

一　前言——所有的書寫都是自我療癒的儀式

二〇〇七年至二〇〇八年之間，筆者以將近一年的時間，履行「國家文化藝術基金會」的邀約，為第十屆「國家文藝獎文學類」得主李喬先生，撰寫一本「專書」，而於二〇〇八年十二月出版《給大地寫家書——李喬》，全書近八萬字。

《給大地寫家書——李喬》結束於李先生動筆創作「此生最後一部長篇小說」——「幽情三部曲」第一部：《咒之環》之際。從彼時到現在，將近十四年的時間裡，除了《咒之環》（2010），李先生又陸續完成多部「此生最後一部長篇小說」：《格理弗Long Stay台灣》（中篇，2010）、《V與身體》（2013）、《散靈堂傳奇》（2013）、《情世界：回到未來》（2015）、《亞洲物語》（2017）、《生命劇場》（2018）……。新作出版我雖一一拜讀，但是十四年裡，我並未再提筆寫作任何李喬文學研究的論文。

我和李喬先生認識於一九九二年左右，幾十年來，李先生始終是我所敬重、如兄長般的文學前輩，在文學研究的路上始終是我眼前的一盞明燈。李先生對於我研究的中斷一直覺得可惜，因此從我二〇一八年自國立臺灣文學館退休之後，即時不時在電話裡或見面時，以他經常提起的「掘井理論」，鼓勵我續寫《給大地寫家書》。

我卻由於近幾年來個人內在、外在生活情境的質變與自身之怠惰，更由於缺乏相對知識體系、思想背景，面對李先生二〇〇八年之後，融入大量哲學思想、文化概論、文化人類學、心理學、宗教思想……，甚至醫學等龐大知識性、理論性內容，視野更為恢宏的小說文本，始終難以找到和文本、和作者對話的切入點，而遲遲未動筆。

無法以書寫回應前輩的關切，終究是我心中「未完成」的懸念，總想著無論如何也要再寫一篇對自己負責的「類論文」。

因著這樣的懸念，當去年（2021）七月，承蒙陳惠齡教授不嫌棄，為本次研討會來電邀約撰稿時，我幾乎沒經過太多考慮，也不確定自己是否真有能力完成一篇論文（畢竟荒疏太久了），當下很快就勇敢地答應陳教授，而有了這篇論文的產出。

論文題目：〈自我超越與終極關懷——小說家李喬的變與不變〉一直是我閱讀李喬文學的思考點。

一向「醉心於技巧與形式創作的追尋」(《重逢——夢裡的人：李喬短篇小說後傳》,〈序章〉)，認為「藝術重複就是滅亡」的小說家李喬，在臺灣文學界被公認為是「擅變」(擅長變換)「多變」的作家，不僅表現形式多變，創作題材也多元多變，寫作至今超過六十年的漫長歲月裡，不斷地以繁複、令人目眩的形式技巧，成就其具獨特性的敘述風格與小說藝術，如一九七〇年代短篇〈我不要〉(1971)以動物為敘事者、長篇《痛苦的符號》(1974)之以不同印刷字體呈現罹患「解離症」主角之行為表現與內心世界，一九八〇年代〈孽龍記〉以「後設小說」寫作技巧，邀請讀者參與小說創作過程；進入二十一世紀後，《咒之環》以「直觀映象術」召喚歷史人物、作者神靈進入歷史事件「現場」(作者在場),《亞洲物語》、《情世界回到未來》之交錯運用全知觀點與多重單一敘述觀點……。其文學不僅是波瀾壯闊的浩瀚長河，更是生態豐饒多樣的山林。

李喬自己常說他有「暴露狂」，他想表達的東西都寫得清清楚楚的，應該大家都很容易瞭解的。真的這樣嗎？其實，每位底蘊深厚的小說家都有他對自己作品深層內涵的藏法，易懂的作品只有一種情況，就是易懂；難懂的作品卻有各種不同難懂的情況。李喬對自己的作品，雖然作了很多解說，但是深層的東西，卻還是藏起來的；作為李喬文學長期的讀者，我常常在想：李喬的善變、擅變，只是為了避免形式和技巧「重複自己」？為了某種意義的「自我反抗」嗎？或者在被凸顯的「變」之中，也隱含了「不變」的創作奧秘與李喬文學所欲追尋的核心價值？

基於這樣的思考，本論文試圖以李喬七十歲以後所出版三部具階段性意義的長篇：《重逢——夢裡的人：李喬短篇小說後傳》、《散靈堂傳奇》、《生命劇場》為對象，探討李喬文學的「變」與「不變」。

誠如李喬所說：寫作是「整理自己紛擾的內在，甚至是一種心理治療療程」(《重逢——夢裡的人：李喬短篇小說後傳》,〈序章〉)，所有的書寫都是自我療癒的儀式，謹以此文向對母土臺灣懷著「絕望的愛」，以火焰般、熾烈的生命力量寫作超過一甲子、為美麗母土留下珍貴文學、文化資產的小說家李喬先生致敬，也藉此整理自己在閱讀的過程所產生的紛擾的內在。

二　小說家的自我書寫

《重逢——夢裡的人：李喬短篇小說後傳》（以下簡稱「重逢．後傳」）出版於二〇〇五年四月。內容敘寫作家李喬於作品發表多年之後「依循夢境的線索，實際上去探訪那些出現在短篇小說中的人物」[1]，與「十之七、八是真人真事」[2]的小說人物「或一起剪燭話舊，緬懷往日時光，或互訴別後歲月，關心目前的生活情狀」[3]。透過書中對「舊作」小說人物的尋訪所衍生的後續情節、作家對「舊作」創作動機、創作心理、現實情境、寫作技巧的剖析、創作當時隱微的內心世界的揭露……，讀者不僅參與了一本書如何被寫成的過程，也閱讀了作家如何將現實素材、生命經驗、思想內涵、人生體悟、文學虛構……，轉化成小說創作的思考過程與技巧運用，不論是否曾經讀過舊作，對於讀者都是全新的閱讀體驗。

理論上，作品完成，小說中的人物、場景、故事隨即被靜置、被定格，其內涵意義雖因不同讀者而有不同的解讀與詮釋，但基本上小說本身即是一個「完整的存在」，其小說人物、事件也不再有所變化。然而，在「重逢．後傳」裡，李喬卻透過以舊作為互文、為舊作做傳的形式技巧，將取材自現實生活，卻包含許多虛構成分的人物角色、情節事件……，置放於真實的歷史時空，讓定格於三、四十年前的小說人物，再次出現在讀者面前，展演其隨著時間之流、歷史之河流變的生命故事，並且提出「作品完成，作者隱居

1　李喬：《重逢——夢裡的人：李喬短篇小說後傳》〈序章〉，《重逢——夢裡的人：李喬短篇小說後傳》（臺北縣：印刻文學生活雜誌出版公司，2005年4月），頁7。

2　同注1。

3　同注1。

作品中」、「作品有機存在，作品繼續成長」[4]的說法：

> 作品採自流動不已的某段時空的事物，這個「某段時空中事物」並未因「寫入作品」就跟「連續不斷的時光之流」切斷，所以「作品中的事物」仍然隨著廣大「時光之流」在移動、變易……[5]。

讀者無法，也無須證實「重逢・後傳」的作者、敘述者李喬是否真的一一拜訪三、四十年前的書寫對象、小說人物的人生際遇是否真如「重逢・後傳」所描述；也不一定要同意「作品有機存在，作品繼續成長」的概念，因為小說本來就是虛構的產品，是把「人間無數個事實的『點』，以虛擬杜撰的『線』貫串起來，形成更真實的人間面目——的作業、創作產品。」[6]然而就真實世界的現實事象而言，取材自現實生活「真有其人其事」的小說作品，因小說人物人生際遇的變化，而產生「作品繼續成長」的假設是可以成立的。

在「重逢・後傳」裡，李喬有意混淆小說虛構與真實的界線，演繹「文學來自生活、反映現實」的創作理念，不僅以「類小說」的創新形式，打破傳統「文類」的框限，更以小說內容，完成「作品有機存在」的理論實踐，既是文類的創造者，也是文學理論的建構者。

李喬不是超然、置身事外的書寫者，而是把自己也寫下去，與人物與事件同感同悲喜的小說家，其激昂、如火焰般躍動的文字，深藏著一顆熱切入世的心，所投射出來的則是對於人間事況的觀照、悲憫與憐惜，以及對於不公不義的憤怒與反抗。其在小說中，「作者」、「敘事者」和小說人物的界線，也和「真實」和「虛構」的界線同樣模糊、混淆，從某個角度看來，「重逢・後傳」與其說是李喬三、四十年前作品的「後傳」，毋寧更接近作家回首凝視其創作生涯、創作理念、思想內涵的自我書寫，小說最後一章

---

4 李喬：《重逢——夢裡的人：李喬短篇小說後傳》，頁154。

5 同注4，頁164。

6 李喬：《小說入門》（臺北市：時報文化出版公司，1990年5月），頁24。

〈尋鬼記〉裡所揭示的，在漫長寫作過程中，逐漸形塑「痛苦是生命的符號」的生命觀（《痛苦的符號》）、「母親是大地的化身，也是生命的源頭、生生不息」的循環觀（《寒夜三部曲》）、「認同土地，與土地合一」的愛與和解（〈泰姆山記〉）、「存在先於本質，而反抗先於存在」的反抗哲學（《藍彩霞的春天》）……，一直以來也都是李喬文學不變的核心思想，不斷地以各種具人間性的小說題材與書寫形式出現。

而一九六五年在〈飄然曠野〉裡淒苦地呼喊著「孤單啊！這個世界。這個曠野，我該往哪兒去？」[7]的李喬，在二〇〇五年「重逢・後傳」〈代後記〉的〈飄然曠野〉裡，則已然透過寫作過程中離鄉→追尋→重返的「追尋儀式」，體悟到「臺灣大地，就是臺灣人共同的母親」[8]，踏上「胞衣跡」的所在──腳下的土地，回歸「真正安頓生命之所」[9]。

為母土臺灣而寫，乃成為小說家李喬終生不變的志業。

三　歷史幽情之最終回

自從因寫作《結義西來庵》而大量閱讀臺灣歷史資料、多次前往臺灣歷史事件現場進行田野調查，李喬的心靈深受臺灣苦難歷史的撼動，進而激發其：「唯有群體幸福，個人才有真正的幸福可言」的命運共同體意識，小說題材也逐漸從關心個人小我的愛恨情仇，轉為關注群體的大愛大恨，從此展開大河壯闊的歷史素材小說書寫，先後完成奠定其臺灣文學史地位的《寒夜三部曲》、《埋冤・一九四七・埋冤》等歷史鉅著，二〇一二年在完成以幽昧、幽憤、幽憂貫串主題的「幽情三部曲」前兩部：《咒之環》、《V與身體》之後，更有感於臺灣數百年來因械鬥、爭水爭地，因戰爭、政治壓迫等苦難，而喪身異地他鄉的冤魂歸無定所，而發願「以至誠心意，向臺灣歷代

7　李喬：〈飄然曠野〉，《飄然曠野》（臺北市：幼獅文化事業公司，1965年10月），頁204。

8　同注4，頁300。

9　同注8。

苦難飄泊的魂魄致意，招引帶路，回歸故鄉故土臺灣」[10]，撰寫歷史幽情之最終回——《散靈堂傳奇》。

懷著對葬身海外的臺灣人不忍、不捨與悲憫的心情，為接引其魂靈回歸母土臺灣，李喬在《散靈堂傳奇》裡運用寫實與虛構交錯的創作手法，籌辦了一場臺灣文學史上罕見的「招魂安靈法會」，拜請佛道基督等臺灣三大宗教神佛、祈請臺灣土地草木河溪之靈，也邀請臺灣文化人、學者、文學人撰寫祭文，以群體意識，集結天地山川靈秀之氣、文學文化之力，透過宗教招魂安魂的儀式，召喚羈泊苦地無由徙移、飄泊散落不知歸向何處的「散靈」，回歸母土臺灣安魂聚靈，祈願「靈界安寧、人間平安」，歷史冤恨得以化解。

負責籌辦、主持這場撼動天地大法會的小說主角：蕭阿墨，自嬰兒時期即被親生父母棄養，為「草鳴堂」蕭阿文夫妻拾養長大，是李喬小說中經常出現的「孤兒／棄嬰」原型人物之一。

在被拾獲的雙親愛如親生的照顧下成長的阿墨，對於自己的身世只經過簡短的語言釐清即坦然接受，並未如李喬其他作品裡的孤兒、棄嬰，被棄養的生命背後往往連結著屈辱、不幸、悲苦的身世境遇，必須經過漫長的自救過程，才能出離痛苦的深淵，消解孤兒／棄嬰的心靈暗影（如《寒夜三部曲》之燈妹、《埋冤・一九四七・埋冤》之浦實），或者，悲劇永無止期，只能以羞辱自己、自我扭曲的方式報復自己，並以之反抗人世間對他的羞辱（如〈捷克・何〉之捷克・何）。

蕭阿墨以「愛」與「和解」為基點，超脫被棄養背後可能存在的悲劇與怨恨，其化解孤兒意識的過程，是否和李喬從早年對佛學佛理多所涉獵精研的「內在性」佛教，轉而接受「超越性」基督教義，受洗成為基督徒的宗教體驗有關？尚有待熟諳宗教內涵的研究者，進一步的探討與發掘。

在貧瘠偏鄉長大的蕭阿墨，自小喜歡親近草木，經常一個人在藥草圃、

---

10 李喬：《散靈堂傳奇》〈前言〉，《散靈堂傳奇》（新北市：印刻文學生活雜誌出版公司，2013年6月），頁16。

菜園、盆栽園裡嬉遊，或隱身山林，與飛鳥蟲魚為友，保有人類以大自然為生活場所，與大自然血脈相通、和諧相處的天性與本質，是大地草木的一份子，也是大自然之子。

除了喜歡大自然，蕭阿墨也喜歡閱讀。然而，其並非受過完整學校教育、高學歷的知識分子，而是透過自學廣泛涉獵哲學、人類學、心理學、宗教、文化、醫學、植物學、神學、西洋哲學、文學、存在主義……等跨領域知識，學養豐富的「雜學家」。中學時期，阿墨更跟隨從事藥草醫療與「司公做齋」的父親，認識藥草特性與療效，編撰《植物學分類法》、《疾病分科藥草彙編》，將民俗用藥予與學門化、科普化，並參與「做齋」等喪葬儀式，接觸民間信仰。

蕭阿墨以其「愛」與「和諧」的天性本質，「雜學家」知識分子參與社會改革的熱忱，以及長期貼近普羅民眾、與普羅民眾共感的生活觀察，而深切體認到普羅百姓需要一個立足於現實人間，屬於「普化宗教」層面的宗教，而創立了「似宗教又非宗教」的「靈安教」。

蕭阿墨融匯佛、道、基督、薩滿……等多種教義所創，「不會」與佛道基督各教抗衡或對峙，「似信仰又非信仰也可以是信仰」、以天地自然為尊，「消滅迷信、落實環境保護與生態平衡」為宗旨，以臺灣史、臺灣文化史、自然史為經典的「靈安教」，在臺灣的現實環境，或許／終究只是個「烏托邦」；其以「散靈堂」安頓臺灣漂泊四方的「散靈散魂」，祈求「靈界安寧．人間平安」的心願，或許也只是對政治改革失望／絕望，對「轉型正義」期望落空的反襯；然而，透過日常慣習、觀念的改變，破除迷信、培養宗教情操、重構臺灣文化傳統、提升臺灣社會的文化水準與內涵……，卻始終是期盼以文學「介入」社會、改造社會的小說家李喬，念茲在茲的歷史幽情。

小說最後，蕭阿墨又彷彿回到童／少年時代，以「草木蟲魚之子」或「水土草木化身」的形貌，隱身悠游臺灣深山莽林之間，有時獨自，有時愛妻同行；另方面偶爾也出現在南北的民間文化活動、政治集會，其時隱時顯的形影，不也疊合著「絕對悲觀論者」李喬，冷風中前進熱血依舊的身姿……。

延續著對臺灣歷史書寫的關注，李喬在七十歲之後最引人注目的作品，可能就是被認為將「小說論文化」的「幽情三部曲」了，尤其是最後一部《散靈堂傳奇》，更是匯聚了李喬長期以來所涉獵，包括文學、文化、宗教、人類學、西方哲學……等思想內涵，從中可以尋繹李喬龐大複雜的思想體系。

四　給未來臺灣的備忘錄

> 乾坤是一座劇場，生命是一齣戲劇；綿延賡續，虛虛實實，亦滑稽亦莊嚴的悲喜演出。
>
> ——李喬《寒夜三部曲》〈序章〉，1980年。

《生命劇場》以山河大地、現實社會為舞臺，展演地球上各種「生態人口」的生命樣態、現實事況。小說內容主要包含兩部分：其一為以莊秋潭、詹信林夫妻為敘事者，敘寫其和子女，以及在其生活周遭出現的「裸蟲人類」的人間故事；其二則為以老樟樹、老茄苳、大葉桃花心木、藍鵲、山豬、老狗、鯉魚、鱸鰻……等具「特殊觀點」的小說人物為敘事者的生態故事。

「特殊觀點」是李喬所師法的美國小說家威廉．福克納在《聲音與憤怒》裡所採取的敘事策略，《生命劇場》以動、植物為敘事者彰顯動植物與「生界各單位」地位平等的主體性，並透過動植物的視角呈現人類「自視」與「他視」的行為反差[11]，同時也隱含向福克納致敬的意味。

因為人類和其他生態人口表達系統不同，兩者的敘述文字分別以「印刷體」和「黑體字」兩種不同字體印刷，李喬還為動、植物們發明了一套自稱與他稱的「指稱詞」，費心設計的敘事策略，再次展現李喬小說形式的創意與獨特風格。

《生命劇場》主要的人類敘事者莊秋潭、詹信林夫妻，一為具「地方史」、「個人史」專業背景的退休國中校長，一為退休高中生物教師，兩人一

---

11 例如在桃花心木眼中，聰明才智足以發明各種武器的人類，其實是最笨的；魚蝦鳥獸因人類毫無節制的濫捕濫捉，而興起「地球若無人多好」的念頭。

方面是喜歡大自然，具有相當程度生態觀念的生態守護者，是深受人類生存威脅的草木蟲魚、行獸飛鳥眼中難得的「好人」，其住家門庭花木雜生，錦蛇、油蜂、藍鵲、山豬……時相聚集，人獸共居一片和諧；另方面，兩人也是熱心地方事務、關注社會、文化、政治、國族命運、國際情勢、宇宙自然……等多面向議題，懷抱淑世精神的知識分子，尤其是莊秋潭，對於時下年輕人所熱衷的網路社群、以網路資訊取代紙本知識……等網路現象，以及由於人類巧取豪奪、貪婪自私、破壞土地、傷害自然界其他生物所造成的生態浩劫與自我毀滅，更是憂心如焚，而時時思索著人類的救贖之道。

在李喬小說中，人類往往以自認「不需要」而「演化停頓」，進化不完全、充滿「人性弱點」的形貌出現，如：《情天無恨》裡自私、懦弱、無擔當的許宣；《咒之環》裡缺乏反省與自覺、無法自歷史惡業之環脫出的臺灣人……，如何尋得救贖之道，確實是個大問題。

《生命劇場》在小說結尾，引用天體物理學家史蒂芬・霍金的名言：「天體以恐怖的沉默，迅速航向毀滅，生命是唯一小小反抗」（頁269），並以「愛」作為反抗哲學的思想核心：「反抗就是愛。反抗從反抗自己開始──生命本能就有的懦弱貪婪開始！」（頁270）是李喬寫給人類的箴言，也是人類的救贖之道。而莊秋潭夫妻為成長中對生命意義、社會現象、人類前途……充滿疑義的孫女開導釋疑，鼓勵其熟諳一、二種外國語言，多方閱讀科普、文學史地藝術……等經典書籍，強調知識的重要性，則是李喬寫給未來臺灣的備忘錄。

李喬的小說書寫一向重視敘事觀點、人物視角，以及故事情節的虛構性，是臺灣少數喜歡在創作文本裡討論文學理論的小說家之一，前文所提《重逢──夢裡的人：李喬短篇小說後傳》即是典型例子；而在《生命劇場》裡，從第一章對可以呈現不同視角、激發深度思考的「特殊觀點」的解說，以及〈後記、留言〉裡願意以自身文學前行者的身姿，成做文學泥淖裡後來者的「鋪地磚」，鼓勵年輕寫作朋友，透過「文學理論的探索，形成可用於本地的文學樑架」、「追求形式的新貌」，都可看出曾經投身臺灣歷史苦海、歷經政治風雲的老文學人李喬，不忘初衷的文學婆心。

五　結語──自我超越與終極關懷

《重逢──夢裡的人：李喬短篇小說後傳》以「後設小說」的敘事策略，為讀者揭示探索李喬創作奧秘與思想進程的途徑；《散靈堂傳奇》邀請臺灣各層面的文化人、學者、文學人撰文，召喚歷史冤屈下無所歸處的臺灣人魂魄回歸臺灣大地，試圖透過群體意識安其魂魄，撫平歷史傷痕；《生命劇場》延續了《情天無恨》（1985）「各種生命位階平等」的觀念，讓「生界各單位」同樣站在平等地位演出生命故事，其萬物平等的思維與宗教情操，更表現出李喬追求自然和諧的終極關懷。兩部長篇、一齣戲，一幕幕如萬花筒般轉動變幻瑰奇絢麗圖樣的文學創作，時時顯現小說家源源不絕的文學才情；其技巧的創新，即使不是典範，對於未來的小說作者，也是很好的示範。

現代小說重視敘事方式、人稱觀點、人物設計、情節安排等修辭技巧，小說形式往往取決於作者所欲傳遞的內容主題；李喬將他的思想、生命情態，他對現實人生、國族命運、宇宙自然……的看法，原原本本呈現在作品中，小說題材多元多樣，一幅幅複雜繁富的生命圖像，蘊涵著李喬數十年來，追尋生命意義的企求與歷程。「內容決定形式」，再加上對於藝術創新的追求與自我期許，其形式技巧之多變，自有其必然性與必要性，「變」，是李喬寫作上「不變」的堅持。

若以上述三部作品的主題內容為對象，觀察李喬七十歲之後的書寫走向，卻可以發現，其形式上不斷地自我挑戰、自我超越、多元多樣的「變」，其實是延續著自創作以來，始終堅持不變的，一條以「反抗」為核心價值，以「臺灣」為立足點，由個體小我，而土地族群、家園與世界、人與自然、宇宙生命共同體，一圈圈往外拓展的思想軸線，以尋找人類救贖、宇宙和諧為終極目標，不斷延伸的路徑前進，正如其在國藝會第十屆「國家文藝獎」得獎感言所寫：「人回歸到Nature的懷抱裡，以『自然』的一份子生存生活。人性的光輝在此，也正是文學追求的極致。」[12]追求人與大自然和諧共處，正是李喬文學的自我超越與終極關懷。

12　《第十屆國家文藝獎專刊》（臺北市：國家文化藝術基金會，2006年10月），頁8。

參考文獻

李　喬：《飄然曠野》，臺北市：幼獅文化事業公司，1965年10月。

李　喬：《小說入門》，臺北市：時報文化出版公司，1990年5月。

李　喬：《重逢——夢裡的人：李喬短篇小說後傳》，臺北縣：印刻文學生活雜誌出版公司，2005年4月。

國家文化藝術基金會編：《第十屆國家文藝獎專刊》臺北市：財團法人國家文化藝術基金會，2006年10月。

李　喬：《散靈堂傳奇》，新北市：印刻文學生活雜誌出版公司，2013年6月。

李　喬：《生命劇場》，新北市：印刻文學生活雜誌出版公司，2013年6月。

向生態懺情
——論李喬《草木恩情》與《游行飛三友記》的生態倫理與懷舊意識

羅詩雲*

摘要

筆耕不輟的李喬（1934-）於二〇一〇年代先後出版《草木恩情》（2016）、《游行飛三友記》（2017）散文集，以草木動物之生態物種為映照自我生命經歷的出口，呈現超越人本主觀的環境意識與記憶感知。其筆觸涉及物我自然間關係變化的反思，結合個人經驗、家族史記憶與臺灣生態以完成一部懺悔錄式傳記文本；研究步驟上，鑑於二作皆構築於人我對自然生命調節和互動之生態倫理觀察，本文就此視景框架探究李喬所寄寓的個人感懷與文明省思；再者，討論以生態敘事臨摹個體生命經驗的記憶書寫，勾勒作者暮年所展現的懷舊情緒與重構家族史過往的主體意識。透過《草木恩情》、《游行飛三友記》的敘事框架和寫作策略，一則由生態倫理的特殊角度呈示作家的自我譬況、地方意識，以及反對「以人為中心」的意識批判；一則顯現定著於臺灣在地生活中風土地理、歷史文化與常民記憶的生命景觀。

關鍵詞：李喬、《草木恩情》、《游行飛三友記》、生態倫理、懷舊

* 國立政治大學臺灣文學研究所助理教授。

一　前言──暮年李喬的生態經驗與書寫

臺灣戰後第二代作家李喬（1934-）的創作以小說為主，兼著散文、論述。一九八二年李喬退休後寫作不輟，近年出版《草木恩情》（2016）、《游行飛三友記》（2017）散文集，以自然生態物種為書寫核心，詮釋身為人類的「主體」與「環境」之間複雜、矛盾的相互作用，夾雜了個人的成長記憶與生命經驗。[1]論者形容此作為非虛構的記錄寫作，可歸為自然書寫的文類範疇。[2]生於日治時期的李喬，其長短篇小說和文化評論之著作質量多元豐厚，而創作以小說為主的李喬自覺小說已告完工，而將心力回歸於日夕相處的草木生界，聚焦對自我生命與社會發展的省視。李喬自述其作品兩大類型，其一是源自故鄉童年與現實生活，關於童年山居歲月的描寫；其二是對生命苦難的探索與生命情調的描摹。作家直言「年事越大越能反觀自己」，而持續生命探索。[3]以孕育自然、社會風土的童年鄉土為文化根基的李喬，認為散文是「執筆者心情意念的直接呈現」，[4]故前述《草》、《游》二作結合了個人獨特的山村生命經驗與感念，而能見出作家勤於嘗試的生命觀與臺灣社會觀察。

創作多產的李喬建造獨特的文學世界，並存有豐實的前行研究，在其諸創作文類當中小說研究仍屬主流。[5]彭瑞金將李喬文學分為短篇小說、長篇

1　李喬生平簡歷，參見彭瑞金編選：〈小傳〉，《臺灣現當代作家研究資料彙編．27　李喬》（臺南市：國立臺灣文學館，2012年3月），頁43-44。

2　《草木恩情》表現作者與自然的互動、田野體驗與環境意識。陳惠齡：〈另一種臺灣田野誌──李喬《草木恩情》的自然書寫〉，《臺灣文學學報》第34期（2019年6月），頁7-9。

3　李喬：〈我的文學行程與文化思考〉，《臺灣文學造型》（高雄市：派色文化出版社，1992年），頁342-343。李喬此處雖為自身小說創作類型的說明，仍可對照其散文特質。

4　李喬強調斯土斯民的文化觀特質，參見Kuo-ch'ing Tu（杜國清）、Terence Russell（羅德仁）編：《臺灣文學英譯叢刊（第36期）：李喬專輯》（臺北市：國立臺灣大學出版中心，2015年8月），頁14；關於散文觀念的闡釋，參見李喬：〈前言〉，《游行飛三友記》（新北市：遠景出版事業公司，2017年），頁35。

5　杜國清認為李喬的文學世界可由短篇小說、長篇小說、文化論述、文學評論、詩與劇

小說、文化論述、文學論述以及詩、劇本等面向；相關研究依性質劃分四類：一為李喬著作的專著（含學位論文、研究論文、資料彙編、傳記等）；二為生平自述、訪談、報導等資料，自述性資料尤其值得留意；三為作品評論，主論文學史地位、文學觀與作品印象；四為研究資料彙編。[6]本文則嘗試於小說、文化論述、文學評論、詩、劇本等前行成果外，解讀李喬晚年散文的創作思維與關懷。依此二作內容，可見融合了作者生命經驗當中自然體驗與環境倫理的思考，而具有自然書寫關懷環境、社會的批判眼光，以及以身體介入的生態倫理等寫作特質。是故，《草木恩情》、《游行飛三友記》回應了自然寫作此文類，其對現代化之於自然環境破壞的問題意識，而凸顯生存倫理的課題。[7]

前行研究與本文所論最相關者，為陳惠齡的〈另一種臺灣田野誌——李喬《草木恩情》的自然書寫〉，呈現李喬由地景植物、個人生命史和族群家國隱喻等面向的敘事探討，指出以「草木」為輻輳寫作散文的特殊意義，為「自然書寫」創出新向度。[8]在前人嚴密論述之下，本文為李喬散文另闢生態倫理與懷舊意識的研究蹊徑，於作家暮年創作的生命有限性與其對創作的無限性追求之衝突作動，探論《草木恩情》、《游行飛三友記》當中李喬以生態為自然、自我立傳的目的意識與寫作思考，回歸作家如何實踐生命倫理的行動層次。若由《草》、《游》二書主題而論，一九九〇年代興起的生態批評是一運用於文學閱讀批評的可行方法。生態批評（Ecocriticism）是以生態學理念為核心架構，探討各式文本中人與環境社群間的連結影響，包括地

本之五面向觀察。Kuo-ch'ing Tu（杜國清）、Terence Russell（羅德仁）編：《臺灣文學英譯叢刊（第36期）：李喬專輯》，頁29。

6 彭瑞金：〈李喬研究綜述〉，彭瑞金編選：《臺灣現當代作家研究資料彙編．27 李喬》，頁91-108。

7 李育霖認為「自然寫作」在臺灣以新興文類的發展，是與在地政治、經濟與社會狀況相關。作家經常透過書寫介入環境、知識與生態議題的關懷，帶出對生存倫理的議題探索。李育霖：〈導言 新地球的文學擬造：邁向地球美學〉，《擬造新地球：當代臺灣自然書寫》（臺北市：國立臺灣大學出版中心，2015年2月），頁4-5。

8 陳惠齡：〈另一種臺灣田野誌——李喬《草木恩情》的自然書寫〉，頁1-31。

景、生物、環境議題在文學上的表現。[9]李喬散文集二作前言皆闡述生態與自我的互動關係，並帶有對人類認知、行為層面促發環境問題的強烈懺悔感。因此，以「生態批評」的視角考察李喬此散文二作書寫，則可顯現人世之外人在自我生命實踐中面對生存焦慮與環境危機的主體建構，以及文本所呈示的環境意識與環境倫理之作家看法。[10]包括李喬以生態適應的觀點，思考自身家族遷居與經濟活動調和的文化形貌，及其散文當中的生態修辭，皆有助於詮釋李喬暮年的自然書寫。

生態環境是人類從事社會活動的依託或容器，社會生活都在一定的生態系統中進行並相互聯繫，李喬也自述其思想形成之一為生態學原理。[11]因

9 生態學（Ecology）是研究人類、生物體與外界環境間相互關係和作用機制的科學體系。所有人類活動都與地球其他有機、無機物相互影響，受於一樣的自然邏輯，故生態批評的文學研究可以納入非社會、文化的生界。生態批評（Ecocriticism）探討各種文本中人與非人間（包括生物與無生物）互動，是關於環境取向的文學、文化及其相關批評活動，以生態學和相關學科知識為知識基礎，因應環境危機成為人類所面臨的最大威脅，而生成於一九九〇年代的一種文學批評方法。生態批評的應用性可分為思維與概念的生態、理論生態學、文化生態學、以生態譬喻為重心的作品、以心靈與科技交鋒為素材、以人腦與心靈交鋒為素材等六類。前三者涉及生態理論及文學批評本身的範疇，後三者側重作品及閱讀策略。因此，「環境人文」、「生態批評」、「自然書寫」可說是環境、生態、自然研究的交疊領域，銘刻著深刻的倫理要求。生態批評的定義與討論，參見邱錦榮：〈作品、理論與生態批評〉，《中外文學》第23卷第12期（1995年5月），頁25-30；吳明益：〈戀土、覺醒、追尋，而後棲居——臺灣生態批評與自然導向文學發展的幾點再思考〉，《臺灣文學研究學報》第10期（2010年4月），頁61-66；蔡振興：〈緒論　生態文學批評〉，蔡振興主編：《生態文學概論》（臺北市：書林出版公司，2013年9月），頁1-2。

10 生態批評不僅分析人類的生態影響如何累積在語言文學中，也將生態危機連結至人類主體的自我闡述與建構。因此，以生態批評視角討論李喬《草木恩情》、《游行飛三友記》，能一併考察作家對外的環境意識與對內的主體建構。劉蓓：〈論生態批評的生成語境〉、蔡振興：〈緒論　生態文學批評〉，頁24-28、1-2；烏蘇拉・海瑟（Ursula K. Heise）著，陳佩甄譯，江凌青、朱惠足校譯：〈跋「人類世」的比較生態批評〉，朱惠足、Hannes Bergthaller、Dana Phillips主編：《全球生態論述與另類想像》（臺北市：書林出版公司；臺中市：國立中興大學，2016年1月），頁250-251。

11 李喬：〈臨走心聲〉，《思想　想法　留言》（臺中市：臺灣李喬文學協會，2019年6月），頁87。

此，本文引述生態學原理中生態倫理的概念，就人類進行與自然環境活動中形成的倫理關係與干預、調節等原則，探討李喬生態散文裡人類自覺、自省的主體精神狀態，以及追求生態環境可持續發展的前提下，人如何重新建構環境倫理的思考；[12]本文另一研討視角為懷舊意識。懷舊是主體利用回憶過去事件、感覺和想法，以促進生活品質或適應目前情況的方式，即一種重新詮釋自我價值與審視生命的路徑。[13]懷舊涉及了自我歸屬與情緒的概念、感受，呈現人對時代的症狀和歷史情緒，此特性符應了李喬將故園、家人的思念收束於童年回憶的生態寫作，呈示生態倫理中物我關係的個人記憶和歷史語境之主體形構。

《草》、《游》二書篇數相近，敘事結構同由物種名稱、習性、源流介紹開始，後接個人記憶、互動體驗或在地歷史脈絡闡發，融會生命抒情、智識論理、倫理思辨、文化關懷等綜合筆觸以建構臺灣田野誌；然相異之處包括《草木恩情》附有圖繪，《游行飛三友記》為純文字敘述。文字情緒因書寫對象一為植物，一為動物，亦顯平靜與動態的對比。此外，寫作意識上《游行飛三友記》較記述懷恩心情的《草木恩情》更顯批判性。[14]研究步驟上，鑑於二作皆構築於人我對自然生命調節和互動之生態倫理思考，本文由此視

---

12 在世界是一個相互依存的生態學概念下，生態倫理考慮了生物、非生物、生態系和生態過程等關係。而人與自然的相互作用主要透過人類的物質生產實踐來實現，被改變的自然環境也反作用在人類身心，故生態倫理等同根植於人的社會關係屬性之中。換言之，生態倫理把道德關懷和調節的範圍，從人與人的關係，擴大到人與動植物、人與大自然的關係，是一理解自然與社會之間關係的重要取徑。吳文新、王豐年：〈論生態倫理學中的人性問題〉，《哲學與文化》第33卷第7期（2006年7月），頁138-139；林金龍：〈生態倫理：文明視野中的企業責任與經濟新秩序〉，《止善》第1期（2006年12月），頁88-89。

13 李歡芳：〈老人自尊與懷舊療法〉，《護理雜誌》第50卷第49期（2003年12月），頁100-101。

14 研究者介紹《草木恩情》、《游行飛三友記》各以六十二篇成書，每篇介紹一至四類物種，表現作者與自然的互動、體驗與環境意識。需更正的是《草木恩情》內容僅五十九篇，非六十二篇。李喬二書基本差異與整體系統，參見陳惠齡：〈另一種臺灣田野誌——李喬《草木恩情》的自然書寫〉，頁7-9。

框探究李喬基於生態學原理對環境倫理展開思辨的社會省思與個人感懷。即於人本倫理與生態倫理的相互辯證，檢視作家對當代人與環境的關係協調、變質樣貌及經驗再現；再者，討論以蕃仔林生態為敘事核心的記憶書寫，勾勒作者於暮年書寫所展現的懷舊情緒與重構過往關係的主體意識。透過李喬的敘事框架和寫作策略，一則由生態倫理的角度呈示作家的自我譬況、地方意識，以及反對「以人為中心」的價值批判；一則顯現定著於臺灣在地生活中風土地理、歷史文化與常民記憶的生命景觀。

二　自然生態的懺悔錄——《草木恩情》與《游行飛三友記》的生態倫理

《草木恩情》與《游行飛三友記》由故鄉蕃仔林出發，強調人類與環境交疊的複雜問題，道出對自然生命調節與互動的生態倫理觀察，將書寫空間範疇擴充至人類之外的生態系。二作取材參互成文，由作家親身經驗出發，是為系列作。本節將由人與生存環境社群的相互關係與物種擬人化之敘事進行討論：

（一）生命調節和管理的我群／文明批判

李喬家族依存在僻壤山村管理杉木及種植蕃薯、菜蔬為生，自童年起累積對土地的依賴，萌發對自然的崇敬和感恩。加諸戰後初期突患肺結核重疾的經歷，乃是家人買賣杉木方能買取高價特效藥治癒，愈加激發李喬對山林的感激之情。在李喬苦難重重的成長經歷中，考察《草木恩情》與《游行飛三友記》二作，皆寄寓樂於斯土的他對「生態人口」的摯謝與懺悔。[15]其

---

15 李喬對「生態人口」的定義源於生態中心主義的思想體系，生態圈內的存在物都具有和人平等的價值層次：「游：泳於水中的族類，行：步行爬行陸地的生物；飛：飛翔天空的生物；游、行、飛三類同一時空內，不是隔離活動，都在『生態系統』之內，也就是『生態人口』的一部分。」李喬：〈前言〉，《游行飛三友記》，頁5。

寫作基調表達對己身作為人類物種的自我批判，是跳脫人本思考回到命運共同體的生態倫理概念。李喬積極探尋人類與土地、動物、草木乃至其他物種之間的關係，表現以書寫介入生態環境的能動性，提倡共生共榮。試觀二作前言：

> 人類存活基本是草木所賜，而人類以草芥為鄙卑的代稱。不知他人感與動如何，我一生尤其到了老年，日夜時分，是滿懷對草木的感恩；草木與我的種種，在老年歲月，幾乎取代我人世的點滴。
> 意念心思到此，油然萌生動機：何不趕速筆記懷恩心情，兼述草木與我之間種種往事與懷念、領會？[16]

> 筆者是筆耕一生的老人，所以不能也不想追尋游行飛三者的「智識部分」，只談「相處」，認識感受，下筆時難免心存歉疚，「食物鏈」頂的倮虫，為保育身軀，對於「三類」難免殺屠的「生之必要之惡」，下筆前先叩首領罪。[17]

寫作意識上，李喬的生態學思想改變了人類主宰自然的人本倫理價值觀。《草木恩情》、《游行飛三友記》皆處理作家面對棲居生態環境中己身所為，為過往受養於萬物表達謝意或為罪惡殺生悔悟領罪，發揮求諸己身的省思視野。甚而有意識的述及臺灣地方社會乃至人類群體的層次，關照至現代文明、產業技術與生態之相互影響。此寫作視域彰顯影響生態命運的作用者，除了李喬一人外，還有友伴、家人、同事、村民甚或人類全體等社會關係，尤其《游行飛三友記》前言「『食物鏈』頂的倮虫」直述食性關係的人類權力為宰割生界人口的關鍵。

---

16 李喬：〈前言〉，《草木恩情》（新北市：遠景出版事業公司，2016年），頁6-7。凡正文所援引之《草木恩情》引文，皆於文末直接標示篇名、書名與頁碼，不另作注。

17 李喬：〈前言〉，《游行飛三友記》，頁5。凡正文所援引之《游行飛三友記》引文，皆於文末直接標示篇名、書名與頁碼，不另作注。

《游行飛三友記》所寫物種包羅萬象，涵蓋「益友」、「損友」，筆觸較《草木恩情》來得犀利且批判性強，刻劃生存是跨越生態物種的事實，回應生態倫理是種共生理念的價值。首篇〈倮蟲〉以無羽毛鱗甲蔽身的倮蟲為核心，展開人類心智演化與發明創造對自然界毀滅的強烈批判與深切自省。人類對生態資源的占有、自恃與缺乏自省，成為李喬此書寫作的問題意識與情感基調：「在二十世紀生態學概念普遍之前，都是以人為中心的存在觀；……就地球與『各蟲』角度看，倮蟲的優越正是災難；生界唯倮蟲具備『反省能力』，可是而今反省了什麼？」(〈倮蟲〉，《游行飛三友記》，頁11-12）萬物之靈的人類擁有比生界更優越的心智結構，然占有欲讓攻擊超越需求，以人為中心的發展態勢禍及其他生命體。李喬更於此篇嘲諷敘述在人類毀滅前後，必然毀滅地球生界，呈現他對人類獨斷控制自然現況的現世悲觀。研究者李永熾指出李喬反對以人為中心的人本主義，他認為世界中人與自然應是相互含蘊、平等開放，人與其他生態人口和諧生存，不應控制自然或其他生命體。[18]由二作前言之省思，得見李喬由生態學提出「生態人口」觀念的寫作脈絡，其他各篇亦揭露人類對動植物生態人口無情毀滅的批判與無奈：「臺灣的千萬游魚、行獸、飛禽，今後十年二十年，還殘存多少？這都是倮蟲，人類的業績，是的，是人的『業──karma』的成果。」(〈鷺鷥、小白鷺、白翎鷥、白鶴〉，《游行飛三友記》，頁114-115），表現對人是何種罪惡存在的深刻反思與嘲諷。

批判整體人類之餘，李喬也誠實記錄對生態的個人懺悔與社會省視，懺悔如〈魚藤〉、〈楓樹〉、〈番薯鳥（藪鳥）〉等篇所述蔑視物種生命的內在愧疚，或省視臺灣社會爾虞我詐的逐利鬥爭，諷其非自然的謀生方式。字句語調充斥老來之感的李喬，逐一清算往事且以噬心之痛形容己行，藉生態書寫

---

18 李永熾：〈他者的文化、文化的自我：李喬的文化論述〉，彭瑞金編選：《臺灣現當代作家研究資料彙編．27 李喬》，頁322-324。李喬的文化反省重點有三：以人為一元中心的思考與制度、檢討現實現世狹促的人生觀和生命觀、重新調整「人觀」，最末「人觀」的調整指恢復人為自然一部分的思行。李喬：〈漢文化批判、文化立國說〉，《思想想法　留言》，頁31-32。

招供對番薯鳥、泥鰍、藍鵲的三大惡行，而感嘆人為奪取下愈顯寂靜的大地；然而，《草》、《游》二作也寄寓李喬和生界互動的柔情關愛與誠摯感謝之溫潤底蘊，如〈香絲樹〉、〈刺波仔〉有助於生活之燒炭、建材、除濕，或採、藏、吃等普用行事；〈見笑草〉、〈卷a（何氏琵琶）、花翼e、白老鼠〉所述受物種謙卑卻又強韌之生命姿態而啟發的尊生態度；〈蕃瓜、黃瓠、南瓜〉、〈石斑仔（石鱝魚）、白哥仔（溪哥）〉各式蔬果物種對窮困歲月的滋養等，顯現生態人口對人類的供養恩情。李喬書寫除了顯影童年生活的光景，更架構對家園的山村記憶與區域意識，表現生態萬物對世界群體運作與個體生命存養的維繫。故其生態散文裡生界人口為實體性的存在，且與李喬之間存在著物質供給與互生存滅關係。各篇亦緊扣作者我群與生態的互動，或捕抓食用、或飼養遊戲、或商用植栽，甚或是彼此相伴寬慰，而闡發生態物種對人的意義與價值。

《游行飛三友記》多描繪三友在自然界生存的鮮活樣貌，以對比現今蹤影漸失的感嘆。從而察覺李喬對年輕世代今日所處環境變異的痛心，物種正名、環境感知和感官經驗皆難以比擬昔日的豐富多元。李喬以鄉下長大的老人為立場，定位《游行飛三友記》是為不同世代來書寫趨近死亡的生命關照：「死亡，游行飛三界包括人類自己都不可能不面對的，所以下筆寫，心境不可清靜無波。……哲學，宗教，科學都有些『銜接』了，以這種『狀態』，親草木友游行飛三界，想來感恩又喜悅的。」（〈後記〉，《游行飛三友記》，頁244）自詡雜學積累多年的李喬，面對生界死亡的絕對現象，自認領會一二，而著文懺悔己身，更含為生界祈求的意念，視域涵蓋地球生界、人類我群。[19]研究者朱增宏將人與動物的互動分為物質的、社會的及想像的三類關係，然在李喬的用筆下不僅是書寫動物的《游行飛三友記》，《草木恩情》亦呈現由「物質關係」延伸到「社會關係」乃至「想像關係」的敘事脈絡。[20]動

19 李喬：〈人生意義：減輕生界痛苦〉，《思想　想法　留言》，頁53-59。

20 物質關係中，動物存在的角色或意義是可觸、可摸的實體，人與動物之間是相互依靠、寄託的對象，知識作為關鍵；社會關係是人與另一個人甚而其他人與動物的關係，影響動物的關鍵因素是權力；想像關係中，動物不再是實體，而是精神或概念上

植物之於作家甚或人類群體是實體存在，也具有精神或概念上的想像，或為生活主體，或為權利主體，或為生命教育者等，土地倫理尤為價值觀關鍵。

李喬《思想　想法　留言》基於生命終將回歸大地的理念，撰文人生意義的創造在於減輕生界痛苦，呈現謙卑姿態。此友愛生態的態度如〈鯉魚（鯉嫲）、草魚〉所述，生為魚蝦終會淪為人類的盤中飧，但人有義務給予合適的養蓄環境；〈家豬、山豬〉論豬以肉身養人、犬為人守家屋，提出罵人豬狗實是物種的誤用與偏見；〈細菌　※病毒（Virus）〉以細菌、病毒為鑑，貶抑消費環境的人類才是傷害地球最甚者。對作家而言，動植物的存在並非僅是人類的工具資源，尤其游魚、行獸、飛禽生態自成系統承載的臺灣土地，生界人口存續一切端看人類行動，回應生態與人類的社會關係；然李喬筆下的人類（倮蟲）大半未用平等的倫理情感對待動物，甚者恣意決定其生死，以錯誤的偏見定義其存有。這種蔑視生界的態度、行為描述，正是李喬欲傳達的倫理關照與文化譴責。

自然和社會、人和物件同屬社會集體；然伴隨家園環境質變的是人性迷失與利益追逐，人和物質概異化為可替換之物件，遑論人與自然生態的相處經驗。〈七層塔、蚼絲〉、〈公館紅棗〉所延伸的大眾口味、飲食特色之極端變化，帶出李喬藉飲食慣習的崩解以呈現文化體系潰散的相關省思；物種產業變化的唏噓另見〈香茅〉、〈杁仔〉，若失去商業利益則自然環境就此淪為任風雨摧殘的荒山草野，故鄉苗栗的沒落尤令人惆悵；此外，也見作家對臺灣社會時事的針砭，如〈Tokeso〉論百香果營養和抗癌功效，話鋒一轉而論臺灣政治叛逆分子的社會癌病變事況；或如〈美人樹〉因不察環境致使植栽毀敗的人為失措，批評人類未理解生態模式而強行操控的弊陋：

> 苗栗公館新築環市路，在北端由後龍溪「滾進來」的北風強烈驚人，結果把種在那一段的「阿勃勒」摧殘得幹斷枝裂。……臺灣是亞熱帶

的想像，關鍵是人對動物的價值觀。朱增宏：〈把雨傘留給蚯蚓？──從動物倫理對佛教及「愛與慈悲」的挑戰，談「佛法」的實踐〉，《中外文學》第32卷第2期（2003年7月），頁117-121。

> （近年趨近於熱帶了），配合自然生態的和諧，相吸引、相輔補原則——唯有這樣的「形、色」，我們處身其中才舒暢、才心曠神怡。理論上說：人為的建構、設置、培植，要和環境的形色澤相容、相吸、相引，這才是建築的、美學的、生態學的「好」。（〈美人樹〉，《草木恩情》，頁241）

引文由路樹實例強調人為培植必須重視生態學原則。李喬關於生態批評的議題、地方認同的想像之筆，亦涉及資本主義、現代性的文明討論。〈杁仔〉直言農業邊緣化起因自政商貪圖糧食進口的利益，讓農人宛如被鐵鍊所拘束，表現自然生態與人性劣根的抗衡；〈牽牛花〉一則提示人類應運用油桐花另創文化產業，為牽牛花尋找生態價值的第二奇蹟，二則呈現客家群體的身分感。文化創業的敘述語帶諷刺，卻又顯得格外無奈；〈蟋蟀、草蜢〉抨擊當前世界的武器聲響、商業揚聲器、政治巨吼，對自然聲響的掩蓋；〈石斑仔（石鱭魚）、白哥仔（溪哥）〉藉魚類對比童年困厄與現代富足的物種消逝與價值演變，直言豐足社會中生態卻見消逝的現況。且此篇更批判眼見魚類絕命掙扎卻引以為樂的自己，令李喬頓悟不再釣魚。前述諸篇論述了人與生態的「想像關係」，草木動物轉化為環境美學、資本文明、文化產業、族群關懷或者時代精神的想像依託，陳述物種的多元生態功能。

佛洛伊德（Sigmund Freud）指出人類苦難來自於自然的毀滅力量、人體的衰老以及人際關係的不協調，而文明包含人類改造、抵禦自然的活動，以及調節人際與社會關係的方式等內容，文明的進步得以幫助人類抵抗與緩和前二者所造成的威脅與痛苦。[21]李喬的生態散文因暮年有感而作，然現代文明並未緩和他面臨老年的考驗，反而疏離、切割自童年以來與自然生態的依附關係，甚至削弱了人類所存在的地方意義。前述困境一如作家所述：

---

21 Sigmund Freud（西格蒙德・弗洛伊德）著，嚴志軍、張沫譯：《文明及其不滿》（杭州市：浙江文藝出版社，2019年10月），頁23-25。

> 就我這個年齡的人，對於飛鳥行獸游魚的迅速消失深為傷感，這種心情，大概一天花一半的時間在網路遊戲的人，是難以體會的吧？不過，「也許」沒多大關係，科技越來越發達以後，也許有一天又可以看到甚至控制、指揮那游魚、行獸、飛鳥了。不過那是「高科技人造的」電子遙控物品，而那時人的許多「配品」也是人工製造的，反正人間往物化機械化大道邁進，也是進步又幸福的世代吧。(〈麻雀、魚狗〉,《游行飛三友記》，頁59-60）

人類文明的過度開發不單影響環境生態的保存，更反饋至人類本身對物景感知的終極匱乏：「年輕一輩是想像不到的吧？隨時隨地低頭滑手機，才不會『感覺』身處的景與物呢。」(〈壁虎、攀樹蜥蜴〉,《游行飛三友記》，頁78）顯示作家對少了「感覺」且機械化的生命意義之批判。李喬的生態散文回應了《文明及其不滿》所論之文明的高度社會性，表現文明發展過程中被視為野性或本能的自然界處處受到壓抑和人為改造的窘迫。總言之，人類的自大與物欲毀壞了家園環境與物我關係，造成無根、無感的身心漂泊狀態。由人與環境的物質性、社會性乃至精神面的當代關係變化，李喬凸顯在地日常生活與資本文明交涉下的生存疏離，含攝個體自我精神、社會異化樣貌與環境生態破壞等多重問題。

（二）物我關係的依附──生態物種的擬人化與移情投射

《草木恩情》前言提及李喬與山林空間的密切關係，已至彼此身心一體的共融感受，苗栗「山線」空間的草木、動植物不僅充斥心靈，更接連童年時期的記憶與感受，且延續至成年後的生活：

> 我的生活園地、觀察、思索環境，都在苗栗「山線」這個空間。……我這個人，書房群書外，最親最密的還是草木與群山。群山、草木填滿我心靈內外。我有時晨晚感覺到又置身童年時期那種身心內外都是草

木，而恍然彼此一體的感與受……。(〈前言〉,《草木恩情》，頁6-7)

李喬在山線空間裡展現了人與臺灣土地上生物群落的倫理規範，以敘事行動介入環境，積極探尋人與土地、草木、動物之間的關係連動；[22]因此，他的散文空間中人與環境的交疊、構築充滿物件的記憶細節，其「山線」空間裡描繪的主角是自然草木生物，人為地景是鋪陳配角，主配角色環節之間以童年及家族史記憶串接。此外，李喬的生態散文亦是個體與周遭環境互涉下內部自我的主體化過程，即在物我的疊影中重新認知自我，同時透過書寫強化自己面對年歲逝去的生命焦慮，獲得生命存在的延續性體驗。

童年經驗是人格養成與主體性建立的重要階段，李喬的主體在蕃仔林的山線空間與土地群落中展現脆弱性，描繪創傷經歷及其與傷痛對抗的承載力。作家以藉物起興和擬人筆法觸及族群衝突、階級背景、生態環境等問題，呈現物我關係的依附、投射。如〈老鴉胗〉、〈雞月赫卵〉由李喬備受歧視的山鄉孩子「山猴子」出身，對應至族群同類間搶奪血藤、頂鐘仔的欺壓；〈黃藤〉敘寫生長力強悍的黃藤猶如山中惡霸的比喻，觸動父親被警察以黃藤條毆打的幽黯回憶；〈藕薯〉內無專植土地，不卑不亢的藕薯猶如無產階級，隱喻李家居所受限而為人植木的背景；〈麻雀、魚狗〉由成鳥與雛鳥同行的捍衛姿態，雛鳥少有受襲，譽其為好父母，流露李喬山居歲月對物種習性的細緻觀察與親近。作家視生態為平等共生的存在，故物種常以人的姿態現身，帶來種種生活感悟與人生體認。李喬以記憶、感官見聞描寫物象，並將其人格化賦予思想、感情或行動，此書寫取徑實是李喬肯認自己所親受的苦難，傷悼、體認生命的羸弱與不完美。[23]

22 土地倫理，指處理「人與土地」關係的一種倫理規範，土地具有群落的概念且是人類倫理的延伸，土壤、空氣、水、動植物等生命與非生命體都屬土地社群。觀察李喬生態散文二作除了動植物生態，亦論述環境污染、河川變遷、土地開發等非生命體的倫理議題。鐘丁茂、徐雪麗：〈李奧波《砂郡年紀》土地倫理思想之研究〉,《生態臺灣》第6期（2005年1月），頁77-80。

23 歷史上各式創傷記憶的重述實為某種形式的行動主義，體現了巴特勒（Judith Butler）所言的生命危脆性，其中回憶苦難的方式之一為悲傷，牽涉記憶召喚的倫理與政治問敘事觀點的運用反映人與自然的互動模式，李喬採用旁觀視角的寫作策略，暗示他對自然所知的有限性。跨物種之間的同理心是理解與再現他者所必須的認同化過程，李喬藉由生態物種的擬人手法與移情投射，以消泯人類與其他物種的二元對立，營造平等、相互理解的生存樣貌。[24]此跨越物種鴻溝的人格化筆法尤見於《游行飛三友記》，由動物釋名、互動無不流露作家抱持對等、互敬的態度以待，運用約會、交手、逃難、認同、離職、鍛鍊等詞彙，細數與生界三友的往來。此外，生界人口在擬人、旁觀的修辭中，饒富李喬生命經歷的中介聯繫，如〈木瓜〉、〈臺灣藍鵲、烏鳩〉藉木瓜樹互文闡述他與生態互動的兩段糾葛，一是擒捕掠奪木瓜的藍鵲而產生的仇隙與愧疚，二是植栽木瓜樹的不服氣：

> 我小大哥十三歲，我想那棵木瓜樹可能比我「年長」。
> 我猜想那棵木瓜，大概是為掙脫烏葉竹叢的包圍爭取陽光，樹身大幅度地西斜；記憶中木瓜樹樹基起一丈左右才「開枝椏」，這段主段可以雙腳行走不需雙手協助的。我六七歲未上學前，我做了一樁「壞事」。
> 這棵大木瓜樹，也許年紀太大，對於四季時序失去反應本能：一年到底都在開花、結果。……更可惡的是，它們會把「半黃」的黃熟部分吃掉，其他部分「寄留」樹上，等待黃熟時刻再來「續餐」。(〈木瓜〉，《草木恩情》，頁61)

掙脫竹叢的年長木瓜樹以及寄留、續餐的藍鵲，李喬生態書寫的草木動物與人類同具有情感、行動選擇，只是其存在樣貌乃由李喬的旁觀視角來鋪敘，並留下想像空間。

題。李有成：〈創傷〉，《記憶政治》(高雄市：國立中山大學出版社，2020年9月)，頁37-38。

24 此認同化過程是發自尊重生態物種而嘗試相互理解、溝通的生命價值認知，而非發於人類中心主義的擬人化或他者化。朱惠足、貝格泰（Hannes Bergthaller)：〈序言〉，朱惠足、貝格泰（Hannes Bergthaller)、唐納．菲利普斯（Dana Phillips）主編：《全球生態論述與另類想像》，頁12。

人類與物種間的情動連結是一種關係的再現，也暗示新的主體構成與倫理要求。[25]〈臺灣藍鵲、烏鳩〉藉客家童謠詮釋生界的循環動態與歸於自然的法則，表達包含動植物、地貌景觀等生界群落的土地倫理；然而物競天擇、食物鏈、天性等自然演化法則，雖有如〈吾家狗族〉、〈蠶仔〉物種習性為生存資本的想法啟發，或〈蚊仔、蒼蠅〉蚊蠅依自然而行傷害人畜的省察，卻也令李喬悲嘆生命存有及過程的悲哀、無奈：「雞因人的飼養而大量繁殖，不然可能滅種，然而生存『目標』是人的盤中飧，生命的意義究竟如何判定？無言。」（〈雞仔、竹雞仔〉，《游行飛三友記》，頁125）此生界演化的兩難加諸華人文化的食補概念，令自認環境論者卻身為食物鏈頂端的作者愈加體認生命的難處。

《草》、《游》寄寓作家對生態的同理觀察與移情理解，這些生界人口猶如長於邊陲的李喬之身心映照、思考借鏡，或親友夥伴，甚至是救命恩人。如〈蟬〉從感官記憶描繪幼年玩伴蟬仔的身影與聲響，感念窮困孤寂的成長中幸有牠的陪伴：「關於孤單、寂寞、害怕、盼望等混合的心情，大概世人難以體會甚至想像的，不過『黃昏蟬』大概知道……。」（〈蟬〉，《游行飛三友記》，頁34）蟬鳴化為暮年老衰的李喬主體，更是支撐創傷心靈的內在呼喚，令作家自喻是唱聲沙啞的黃昏蟬，物我合一；〈水蛭〉從對比思考將水蛭比擬社會負面人物，啟示其若獲良善引導也許能對群體產生貢獻的文化學習；〈猴子、貓頭鷹〉、〈蛤蟆、青蛙、蟾蜍、田雞〉、〈蚯蚓、蟑螂〉各以「糾紛」、「接觸」、「緣分」、「關係」，不分物我尊卑，表露對猴肉、蟾蜍肉，蟑螂土法救命的知恩感念和心靈傷痕；除了童年與生態的青春記憶，李喬亦以同樣筆法描繪成年後的自然體驗，如〈臺灣連翹〉被人為修剪得無從翹起故顯得「乖巧」，令人興起憐惜之情而為其謀取植栽空間；〈昭和草〉感念二戰期間供養窮困大眾的重要價值，故喚昭和草為「仁兄」以表敬意。對照因生機飲食風氣重現餐桌的現今景況，李喬對此無法言喻，僅得回想近代臺灣與昭和草的因緣以示感慨。

---

25 宋偉杰、李育霖：〈環境人文、生態批評、自然書寫芻議〉第36期（2019年12月），頁2。

移情（Transference）與個人的成長史、經驗和當前的需求狀態有關。意指人們常無意識地將自己對某人的情感、期望投射或重現至他人身上，是一普遍存在於日常生活的人際現象。[26]承此詮釋，李喬的生態散文可謂重現他以往關係與檢視現今社會的敘事移情，以此追溯情感、記憶的來源而表達對自我主體與社會樣態的認識。對生養自荒窮山村的作家而言，生態環境是與人類生存相依互存，當人類貪婪的以各式藥劑「謀殺」蟲鳥致使大地失去生機，又將使人類該如何謀生。生態批評的價值觀有別於社會既往以人為中心的理性觀點，轉向追求人與自然的新互動關係，且強調非人類存在的價值與身分認同的重新定義。[27]李喬透過土地、草木、動物等生界樣貌和感官記憶，重新省思現代人與環境的關係互生和變質，悲觀之中仍寄寓改變的盼望。文本擬人、移情筆法則呈現李喬潛意識對早年經驗與社會關係的重現，包括對童年生活負面情緒、意念、經驗與生態依附關係的應對處理。於此，作家發乎生態倫理的寫作意識乃為一種內在自覺的表現，表露暮年寫作直視生命與定義身分的潛在心理。

三　重返「蕃仔林」——懷舊敘事中的童年空間與家族記憶

李喬生態散文展現個人濃厚的懷舊情緒與主體記憶，表達對風土地理、歷史文化與常民記憶的環境與個人思辨，其在地視域、歷史人文與生態書寫對象形成相互指涉、記憶的關係。本節將由李喬主觀意識下混合情思的生命敘事空間——「蕃仔林」，論述其暮年散文的懷舊空間與家族記憶：[28]

---

26 移情的定義與運作，參見陳金定：〈移情現象之驗證：運動選手親子依附與教練——選手關係之因果模式探討〉，《教育心理學報》第40卷第3期（2009年3月），頁363-366。

27 劉蓓：〈論生態批評的生成語境〉、蔡振興：〈緒論　生態文學批評〉，蔡振興主編：《生態文學概論》，頁3-6、38-39。

28 暮年定義概以時序性（生理年歲）、功能性（生理機能）、文化性（文化意涵上社會對老年的正負期望、想像）三者劃分，且因人生即邁向老年的進程，故三者彼此交疊、滲透，更涉及主觀觀感、性別、社經地位與生活經驗等因素。黃柏源：〈蘭姆書寫中的

(一)童年空間的徘徊與懷舊

「懷舊」(Nostalgia)其意包含對記憶、歷史的回想與追尋,是複雜而細密的思想和意識狀態,具有美化過去與建立自我身分的功能。其帶有烏托邦的傾向,預設過去為美好的,且過去的安慰可以治療現在的傷痛。[29]故山村童年時光可視為作家暮年生命的一種失落物,結合他的書寫主體性與生命歷程省思,由此創作一系列以蕃仔林為背景的小說:「李喬的文學世界所呈現的『蕃仔林』,是一個窮鄉僻壤、荒山深野、充滿生命苦難和人間病痛的陰暗世界,也就是他二十九歲開始文學創作時,所面臨、回憶、思索和描述的童年故鄉。」[30]如何再現過去是生態文學一重要議題,李喬亦自述其寫作具反身回顧的自傳性。[31]李喬的創作同以家鄉「蕃仔林」為萬物生態存在的經驗空間,透過《草》、《游》二作由過往生活記憶反思今昔臺灣的社會差異與生命態度。懷舊是一種情感的喪失和轉移,卻也是個人與自我想像的浪漫關聯。此寫作設定回應了Svellana Boym(斯維特蘭娜・博伊姆)提出的「反思型懷舊」型態,李喬徘徊於無法復原、歸返的地方家園──蕃仔林,進行個人生命史與家族記憶的敘事描繪。[32]

老年與退休〉,《英美文學評論》第37期(2020年12月),頁103-106。李喬在《草》、《游》二書〈前言〉基於時序性定義自我已是晚年,功能性老年狀態述及生涯退休與疾病,文化性老年狀態則談到哲學、宗教、科學等智慧分享與補足文學生涯欠缺的創作期望,唯有文化性的老年狀態進程得以超越時序性和功能性的衰退。

29 蔡振興:〈《劍羚與秧雞》中的童年記憶〉,蔡淑惠、劉鳳芯主編:《童年・記憶・想像:在生命無限綿延之間》(臺北市:書林出版公司,2012年5月),頁57。

30 杜國清:〈「李喬專輯」卷頭語〉,Kuo-ch'ing Tu(杜國清)、Terence Russell(羅德仁)編:《臺灣文學英譯叢刊(第36期):李喬專輯》,頁30。關於「蕃仔林」對李喬文學的影響、文獻探討、作家訪談,另見黃小民:〈第二章 李喬生平與寫作歷程〉、〈附錄二 李喬專訪〉,〈歷史的謊言・鄉土的真實──李喬小說創作研究〉(臺北市:中國文化大學中國文學系博士論文,2012年),頁15-20、291-304。

31 李喬:〈臨走心聲〉,《思想 想法 留言》,頁111-112:「我近中年才全心寫作,所以所謂『自傳性』,是人格(心理學的)成熟後『反身回顧』的『自傳』,理論上說;已然諸多fiction成分了。」

32 懷舊定義之外,斯維特蘭娜・博伊姆提出修復型的懷舊(restorative nostalgia)與反思散文與小說經營不同的是，李喬將童年作為寄寓想像的客體空間，生態物種為書寫主體記憶的重要載體，以童年與生態二者作為再現過往歷史與保存正負面記憶的關鍵。如〈蕃薯〉敘述父親（李木芳）因參與日治時期農民組合的異議運動，而遭日警限制住所的政治迫害。在此限制下李家是第三級耕山地佃農，只得依靠替人管理杉木與種植蕃薯、菜蔬為生，地主所留的兩分地成為李家在僻壤山村活命的倚靠；〈藕薯〉寫茅屋前後左右空隙種滿藕薯，雖是被忽視的一群卻為窮苦人的「大餐」。加之《草木恩情》首篇〈菅草〉即記童年故鄉蕃仔林的歷史來由，〈蕃薯〉、〈藕薯〉、〈菅草〉等篇定調以家屋向外輻射的童年空間書寫，亦凸顯草木生長與李家生存應對的艱困與強韌：

> 我的童年故鄉在苗栗草莓勝地大湖鄉之東，「蕃仔林」是跟泰安鄉接壤的地方。臺灣歷史上有原住民「漢化」的名詞；我這一群是「番化」的漢人。實際上「蕃仔林」是泰雅人舊居地，無論耕作打獵都不適合而遷徙；漢人得到默許才移入的。這段交代是在說明：「當年」蕃仔林是真正荒山莽野。那樣的山野，草本植木最強悍的就是菅草。（〈菅草〉，《草木恩情》，頁8）

李喬翻轉了原住民漢化的概念使用，形容我群是番化的漢人，是在艱困的自然環境中奮鬥求活的群類。當挨父母打罵或見父母吵架時，菅草叢即兒童李喬庇身之所，更由菅草外在鋸齒形貌所蘊含的自衛本質，延伸至家庭內部成員的關係與自我性格、人生的比擬。李喬對於苗栗山線的家園定位，回應研究者王諾所論回歸土地處所並不意味所依附的是理想優美的家園，也可能是

型的懷舊（reflective nostalgia）的兩種類型：前者試圖透過歸鄉之路，跨歷史地重建失去的家園；而後者在渴望與追求中發展壯大，有意延宕歸鄉的路程。Svellana Boym（斯維特蘭娜・博伊姆）著，楊德友譯，劉東編：〈導言：忌諱懷舊嗎？〉、〈第四章　修復型懷舊：密謀與返回本源〉、〈第五章　反思型懷舊：虛擬現實與集體記憶〉，《懷舊的未來》（南京市：譯林出版社，2010年10月），頁1-9、46-63。

艱險困苦的自然區域。[33]李喬的童年空間也並不全然艱苦，亦有如〈菜瓜〉以平民化瓜果棚下的生活場景，點描鄉間老少的日常閒散。「蕃仔林」這一特定自然處所和生命記憶、地域歷史的有機融合，銘刻李喬主體的童年成長經驗，致其行動和觀念形塑出獨特的人格特質與文學創作的痛苦哲學。[34]

成長後的李喬雖離鄉生活，但透過環境的今昔變化和已逝人生的書寫對比，即以蕃仔林為參照的自我認識，將思鄉情感的成長失落或缺失遺憾，藉由生態萬物投射至山村童年的記憶空間，表達濃厚的懷舊意識與情感彌補。《草木恩情》〈序言〉自述群山草木是心靈憑藉，草木與自己種種往事占據了老年歲月的人世點滴，〈葛藤〉亦言童年歲月是草木使甦活起來的。這種暮年懷舊的強烈創作意念，回應李喬自述創作的想像來源，包括潛藏的童年意識、對大眾的關心以及對大地的鄉愁等。可以說，李喬自我認知和自我實現並不全然訴求自身內部，亦探求身外的處所或世界所延伸的空間記憶，而存活在此童年空間內的物種，成為了延伸意義下沉默的家族家人。「蕃仔林」連結李喬與家空間內的存在物，並在聯繫網路中呈現各自的存在意義：

> 記憶中我從「知人我」（懂得自己存在，識得人際關係）起，我就經常幻想、胡思亂想。從另一角度或層面認識，也許是這廣寬、清靜、陰涼，感覺十分安全——因為在杉仔林下，我未受到驚嚇甚至「打擾」，所以讓我「放心」去胡思亂想、幻想。……哲學的「理論」告訴我，我長大後也不斷「自我實驗」：「我是不可能認知我的；我認知的是客體化的我」很奇怪，在杉仔樹林下的我，「好像」曾經認識到

---

33 處所理論主要從人與特定自然區域的關係之角度思考人的生存、異化與生態身分，重視人的存在與特定自然區域的依附關係，不同於地理學意義上的空間，是融入人的情感、意義和價值。王諾，〈處所理論與生態文學〉，《興大人文學報》第53期（2014年9月），頁3-10。

34 葉石濤評述李喬小說世界觀是將世界視為由各種痛苦所織成的廣大苦網。李喬敘述痛苦就是一種生命的符號，生命的現象是「動」，「動」就是一種「痛苦」。葉石濤：〈論李喬小說裡的「佛教意識」〉、李喬：〈一位臺灣作家的心路歷程〉，彭瑞金編選：《臺灣現當代作家研究資料彙編．27　李喬》，頁174、132。

「未客體化的我」呢！（〈杉仔〉，《草木恩情》，頁22-23）

引文所述幻想、記憶之外，「夢」也是暮年李喬扣連童年空間的重要載體，包括夢境所現心靈呼喚的蟬鳴、紅毛蟹、麻雀、雲豹等各式物種動態身姿，形構已不復見的故園景色。此敘事修辭回應了反思型懷舊傾向涉及過去的不可返回和人的有限性，而關注個人記憶對懷舊的「懷」，追求懷念過去的徘徊感。[35]研究者陳惠齡解讀李喬的草木空間具有殘忍與慰藉的二重悖逆性，也是作家獨特的心靈風景。[36]他以山線空間的生態區域為座標，雖然限制居所令李家只得仰賴造林維生，卻也獲得超然世外而能思考自我存在與人際關係的庇護空間，顯現人的主體建構不完全求諸自身內部，亦在身外處所。在此自然環境中，李喬摸索我從哪裡來以及如何生存的問題，以確認身分、自我和角色，反轉了抽象的由上而下的國族認同敘事，由物我平等的生態環境確立身分認同。

蕃仔林的童年歲月是李喬的生命源頭與文學起點。[37]李喬的懷舊書寫將故鄉記憶的正負情緒存儲統合，包括生命態度、人際關係、自我評價、社會連結等過去到現在的比較，以加強自我價值和感受的治癒。[38]而家屋是具有記憶、想像和夢想的地方，得以塑造對外在空間的認識。[39]李喬以家屋為基

---

35 反思型懷舊的「懷」舊特性，參見Svellana Boym（斯維特蘭娜．博伊姆）著，楊德友譯，劉東編：〈第四章　修復型懷舊：密謀與返回本源〉，《懷舊的未來》，頁46-47：「修復型的懷舊表現在對於過去的紀念碑的完整重建；而反思型的懷舊則是在廢墟上徘徊，在時間和歷史的斑斑鏽跡上，在另外的地方和另外的時間的夢境中徘徊。」

36 陳惠齡：〈另一種臺灣田野誌——李喬《草木恩情》的自然書寫〉，頁16-19。

37 許素蘭：《給大地寫家書——李喬》（臺北市：典藏藝術家庭公司，2008年12月），頁26。

38 懷舊應用在一九五〇年代老人護理領域被談及，是富創造性的護理措施，協助病人回憶過去以統合感覺、想法，加強自我價值和持續性感受，降低死亡焦慮。柯瓦克（Christine R. Kovach）把懷舊治療分成正向和負向的兩大回憶型態。李歡芳：〈老人自尊與懷舊療法〉第50卷第49期，頁99。

39 家屋的意義，參見Tim Cresswell（蒂姆．克雷斯韋爾）著，王志弘、徐苔玲譯：〈第二章　地方的系譜〉，《地方：記憶、想像與認同》（新北市：群學出版公司，2006年），頁42-43。

點構築童年空間的家園記憶，如〈牛筋草〉突破家屋周圍崎嶇山巖與碎石陡坡生長的牛筋草，生命強韌且長得平順，成了寂寞童年認識環境的遊樂項目；另外，童年家屋坎下山徑旁的梧桐樹土墩，樹身物景即扣連兩段李喬守望親人的溫馨記憶：

> 在未上學的時候，媽媽揹著小妹妹「上街」的日子，日頭微微斜向大湖街背山頭了，我就牽著大妹走到梧桐樹下等候媽媽出現在陡坡轉彎處。那種遼望等候，心裡酸酸的，也有一絲甜蜜。因為等著等著，媽媽一定會出現。另一段梧桐樹守候的日子比較渺茫：那就是太平洋戰爭前兩年，二哥國校畢業，十六歲，以第一名畢業的榮耀被選為「海軍工員」，未經任何訓練，直接送到日本東京西鄰神奈川縣，當飛機製造廠工人……於是我們開始等待與二哥團聚的日子。（〈梧桐、油桐〉，《草木恩情》，頁103）

懷舊的積極意義是將記憶的正負情緒加以存儲，讓人可以有意識地獲取回憶，避免陷入負面情緒。是故，懷舊實為一種自發性的情緒調節。李喬藉由梧桐樹勾連等候媽媽、二哥歸來的個體記憶，表露對窮苦童年美好經驗與理想的追尋。此敘事一方面呼應人類邁向衰老過程中尋求自我安慰的文化心理，另一方面呈現普遍的內在受苦經驗。這種受苦乃因成長是時間銘刻在身體生命的綿延經驗，個體意識欲永留美好經驗卻受限時間而感悵然，因此童年記憶總會片段浮現於當下感知所致。[40]此外，這份悵然也受到人造文明來臨的機械化趨勢下，作家面對無法遏止的己身衰老與已逝的山林生態故友們之內在感傷所促發。

心理學家艾瑞克森（Eric H. Erickson）的心理社會發展理論指出老年期發展任務危機為自我統合與絕望。[41]李喬回顧過往生活情景有惆悵有欣喜，

---

40 蔡淑惠：〈童年、記憶、事件隱像形轉：幾米的《失樂園》〉，蔡淑惠、劉鳳芯主編，《童年・記憶・想像：在生命無限綿延之間》，頁153。

41 Eric H. Erickson（艾瑞克・艾瑞克森）、Joan M. Erikson（瓊・艾瑞克森）、Helen O.

感傷老來環境無魚、無鳥的寂寞，卻也得到當下生命的滿足與肯定。他藉空間懷舊重現生命經驗以協助因應目前的生命問題，這是維持自我確認和接受自我過去的生命階段發展，借助回憶過去延續現在與未來。李喬自述「我已八十二歲，叫作暮年，晚年也」(《草木恩情》，頁6)，顯現他對老年主體的充分意識。在此意識上，他滿懷對萬物的感恩，並重述山林物種的相處存有之於晚年生活的重要，以求回歸塵土時能被大自然「接納」。這樣面向死亡、預備死亡的歸返自然之生命態度，一則表徵李喬透過懷舊敘事進行自我療癒，達到立言著述而有尊嚴的生命統整目的；[42]一則回應了反思型懷舊中對人的有限性之深層哀悼與熱衷於懷舊空間的徘徊欲求。

(二)母親／母土的記憶召喚

認同作為人類的文化動作，是個人欲力的選擇，而懷舊可被視為認同建構的方式之一。懷舊又是呈現記憶的一種手法，不僅是關於過去，而且是聯繫現在、延續未來的意識機制。李喬自敘「人老年之後，『記憶』會是很『奇異的存在』」(〈水獺、果仔貍〉，《游行飛三友記》，頁195)，他剖析奇異在於人慣以理性介入模糊的記憶進行校對，而發生違逆感。若接續前述作家以懷舊敘事因應生命衰竭危機的做法，可見作家摻以理性來確認自我回憶的自白，是比對或反省今昔之我，以加強自我肯認和價值感受的身分建構實踐。又回顧生態文學的論述亦具有重新定義身分認同的意義，強調地方、環境對主體性的影響。[43]因此，老年、懷舊、生態概與身分認同之命題相關，亦能推知作家暮年擇此題材的寫作動機。日治時期的童年成長記憶總在李喬的文字中揮之不去，包括窮困僻壤的山村生活、一九三九年罹患瘧疾的創傷

Kivnick(海倫・克夫尼克)著，周怜利譯：《Erikson老年研究報告》(臺北市：張老師文化事業公司，2000年5月)，頁336-338。

42 老年想像中身體管理與迎接死亡的生命進程與寫作心理，參見黃柏源：〈蘭姆書寫中的老年與退休〉第37期，頁110-114。

43 蔡振興：〈緒論　生態文學批評〉，蔡振興主編：《生態文學概論》，頁3-4。

經驗，以及適逢太平洋戰爭所見的人間疾病、飢餓與死亡的圖像。[44]前述生命意識、成長創傷再加上暮年寫作的時點，莫不激發李喬於《草》、《游》二作當中運用根植於土的地方感，以山線家園為中心強化個人生命認同的穩固安全感，從而展現懷想在地社群景觀的家族記憶書寫。[45]

社群的生活形態是融合於特定的土地景觀，因山村的險峻風土孕育出李喬獨特的精神結構與生活方式：他將個人記憶寄生於山線空間的地貌、植被、房屋聚落，延展串接成家族與地方史記憶網絡的敘事線索，主體生命史分由個人史、家族史、地方史架構。個人史的感發闡述如〈養蘭春秋〉、〈文鳥、十姐妹、錦靜、胡錦〉、〈吾家狗族〉，各扣合植蘭、養鳥、狗歷程所演繹的庶民生活史。又或是〈鷺鷥、小白鷺、白翎鷥、白鶴〉裡追憶過往生活樣貌兼述物種消逝的世代感懷，這是縱然以文字描繪也無法全然重現的景象真味；家族史書寫內「母親」則是相當重要的角色，鍾鐵民評述母親在李喬文本中呈現受苦犧牲的象徵，父親的形象相對顯得模糊，殘缺不全的。[46]李喬亦曾敘述母親本身是個意象的呈現，並與大地意義相連：

> 人，大概越老越懷念母親，(這個，你小孩子就不曉得，不能體會了，哈哈)，母親的本身就是一個意象，就好像人來自於大地，這母親就是大地，而且我們每一個人，將來就要回歸大地（這又是佛洛依

---

44 李喬自述山居窮農的成長、孤獨歧視的環境、多病敏感的體質、異文化經驗、以勤補拙的平凡天資是形成文學人李喬的背景與經驗，窮苦童年、孤獨深山亦是他的文學元素。李喬：〈臨走心聲〉、〈苦難與救贖的的火炬〉，《思想　想法　留言》，頁86-87、187-188。

45 地方感是人類在主觀及情感上對地方的依附與關聯，其意義是動態開放的。其特性表現除了是生態地理的空間生產，亦為族群文化、在地傳統、區域生活型態、社會角色網絡、集體價值體系互為滲透的在地社群景觀。Tim Cresswell（蒂姆・克雷斯韋爾）著，王志弘、徐苔玲譯：〈第一章　導論　定義地方〉，《地方：記憶、想像與認同》，頁14-15；陳惠齡：〈導論　怎麼談，怎樣看「鄉土」？〉，《演繹鄉土：鄉土文學的類型與美學》（臺北市：萬卷樓圖書公司，2020年），頁41-42。

46 鍾鐵民：〈李喬印象記〉，彭瑞金編選：《臺灣現當代作家研究資料彙編・27　李喬》，頁148。

> 德教我的，哈哈）有那種回歸大地的鄉愁，那麼，母親正好是一個代表。追求母愛，也是追求生命的本源，母親就是大地，大地就是人的本源。[47]

母親葉女士給予李喬健康與安全的庇護，故母親是他生命的本源，等同於大地為人的本源般存在。評論者許素蘭形容「母親」不僅是李喬文學的重要象徵，也是生命底層中記憶與情感的初始。[48]李喬的生態書寫同樣描寫母親對他生命存養的記憶接點：「我們兄弟結婚前一晚，媽會遞過來一包苧仔絲，放在衣櫃內角裡，說是『防身』之用。苧仔、苧仔，跟永遠思念的母親一樣，我永記在心裡。」(〈苧仔〉,《草木恩情》，頁97）可入藥亦可為纖維原料的苧麻用途廣泛，成年後的李喬移情視之如母親化身般懷念；〈葛藤〉、〈鴨公青〉則分別以杉樹間母親用葛藤圈繞的空間，與為子拔取鴨公青做藥而摔跌的身姿，刻劃辛勞母親對己身的養護，李喬彷彿回到現場以幼年時似懂非懂的心情詳實追憶；〈黃鱔、山龍〉則引幼時土龍印象，懷念羽化母親的尊生教誨。葉石濤指出外在物質的貧困枷鎖與母子關係構成的掙扎，是李喬痛苦哲學中重要經緯，也是其小說世界的創作取材。[49]此取材經緯同見於作家的生態散文，童年貼近貧困與疾病的經驗，讓李喬極早感受到不安定而視母親為依靠，此經驗甚至影響日後人生觀、生命觀及文學觀，致其著作具有融入個人生命感悟的痛苦哲學。

李喬文學將自我個體對母親的家族情感與意象擴展至土地，甚至宇宙生命的思考層次。[50]故《草木恩情》、《游行飛三友記》除了明述對生態人口的自我悔悟與文明批判，同時也於字句間穿插母親、母土與生態物種之相連記

---

47 洪醒夫：〈偉大的同情與大地的鄉愁：李喬訪問記〉，彭瑞金編選：《臺灣現當代作家研究資料彙編・27　李喬》，頁163。

48 許素蘭：〈在修羅的道場　雙面壹闡提〉，彭瑞金編選：《臺灣現當代作家研究資料彙編・27　李喬》，頁140-141。

49 葉石濤：〈論李喬小說裡的「佛教意識」〉，彭瑞金編選：《臺灣現當代作家研究資料彙編・27　李喬》，頁174。

50 許素蘭：《給大地寫家書──李喬》，頁73。

憶，交疊為敘事脈絡。生命記憶起點的家屋樣貌，如〈杁仔〉所寫是間居處斜板塊的深山舊屋：

> 童年舊屋在「雪霸公園汶水遊客中心」之東，有名的「鷂婆山」(海拔九〇一公尺）約四百公尺下，座東朝西的斜板塊上，住家上端是福州杉造林。房子是朝西橫排，兩臥房中間是安置「阿公婆」神位的「人客廳」。小灶坑廚房、洗澡間搭在臥房後邊；在右房後邊再加一小小的「雞棲」。總面積約十五六坪、房舍外稱為禾埕或「天墀坪」的院子也約十五坪。屋後是石壁，前左右籬笆圍著。(〈杁仔〉,《草木恩情》, 頁38）

李喬自嘲老家是「替人造林之家」，屋舍位處陡峭地勢。十五六坪的住家被杉林、雞舍、石壁、籬笆緊圍，顯得侷促狹隘，整體空間僅屋前植有桂花和番石榴的禾埕較為開闊，稱為「禾埕」的屋前空地卻苦無禾稻可曬；〈茅仔〉、〈蜈蚣、馬陸〉互文談起童年記憶中瓦屋、竹屋、茅屋等屋舍等級，最低等級的茅屋老家屋頂兩三年即積水嚴重，內裡藏身著各式蠕動、爬行的昆蟲，屋內的人與蟲猶如生命共同體共存一室，互依互生。深山茅屋的破陋樣貌對暮年李喬仍歷歷在目，也顯現以生態映照人世階級等第的書寫意識，銘刻窮困青春的記憶印記。

李喬的生態書寫或扣緊物種名稱、生長習性和外貌特徵起筆，或由個人生命記憶、歷史源流、俚諺傳說、大眾認識現狀切入。此筆法除了引介生態諸友予讀者，也表達生態人口與自我生命史的連結和現世觀察，如以蜻蜓習性抒發宇宙生命現象，或以梅花鹿象徵為「四十多年臺灣史事物追索的亮點」(〈梅花鹿、山羌〉,《游行飛三友記》, 頁132），這些書寫也是憑弔眾生物種的悼詞。回首童年時光，若受挨打管教或見父母口角，李喬便直奔草木懷抱，一是躲入菅草叢養傷，二是到愛玉叢間排解傷恨：「我在『牛肝石』乒乓子叢中真是獨樂樂，自由自在。有委屈、傷心、憤怒，或想向誰傾訴什麼，就是有月色的晚上，我都會爬上山來到這裡。」(〈乒乓子、愛玉〉,《草木恩情》，頁70）棲身愛玉叢的李喬感到被重重護衛著，在山村生態環境獲取穩定感，心神得以進入幽深空間中感受悲喜；而此記憶脈絡更由個人史、家族史敘事視域延伸至臺灣母土，如〈咬人狗〉敘述戰爭期受配給管制的臺人倚靠自然界「保鏢」咬人狗的環境掩護，而能躲避官方查緝儲糧；〈牛眼樹〉所寫赴玉井考察的作者親見牛眼樹下的殘骸，見證了噍吧哖慘史的痕跡；〈柑橘大家族〉、〈蝸牛〉藉糖梨仔、軍用螺徵收聯想童年療癒的遊樂地和成長經驗，牽引出日治末期戰爭與空襲之近代臺灣歷史記憶。在物景懷舊與生態環境的疊影取材中，召喚作家個人記憶與土地族群歷史的集體記憶。

《草木恩情》、《游行飛三友記》不單是李喬憶舊以誌記個人與家族史的實踐，其探索的更是孕育自己且逐漸消逝的臺灣土地記憶，在直抒意念的散文中加強自我與臺灣母土的共在感。[51]李喬生態書寫時空不斷於今昔跳躍離返，實是一重新審視自身棲居與生命歷程的記憶摸索，將其成長的挫敗、衝突與生態經驗連同成年的自己一併納入自我形象。《草》、《游》傾訴作家與生界間獨特的個人、家族乃至社會的史實及情感記憶，甚至將物種擴及為臺灣認同的表徵：「艱苦溯游，回到原生地，……『臺灣種』回途路絕，是就地延續下來的；牠的故事就在臺灣，這種象徵意義深長。」（〈鱒魚、鮭魚〉，《游行飛三友記》，頁110）作家亦由臺灣鱒魚和獮猴的特有種演化，強調人的發展如物種一樣唯有前進，由環境推演對臺灣普羅文化建設的想望。李喬的懷舊書寫呈示生態環境始終為童年以來的撫慰或避難之所，也是根植於土的個人生命、家族記憶與臺灣歷史交織纏繞的精神空間，此寫作脈絡深刻呼應了生態群落內所有的生命與非生命體是相互依存、相連相續的土地倫理觀。

---

51 研究者以詹宏志的懷舊敘事為例，論述過去事件和現在言說間的連續性，指出敘事者追憶往事是為了避免遺忘，並藉此加強命運相連之自我和他者的共在感。李喬的生態散文亦有此敘事傾向，之所以懷舊過往並非追求以古鑑今之用，而是強化自己與母土的連結。胡紹嘉：〈記憶寫作、日常生活與社會存在：以詹宏志的懷舊敘事為例〉，《新聞學研究》第118期（2014年1月），頁92、122-123。

四　結論——生態傳記的主體建構與關係探究

《草木恩情》由己身所為出發，為過往孽行悔悟或對受萬物供養致謝，《游行飛三友記》批判性較強，針對臺灣社會乃至人類全體的施為，抒發人性慾望、科技文明、產業結構等人類之惡的批判。成長記憶中物種的消跡、環境的剝奪和異化景況，激發了李喬的生態關照尺度，警惕人類行為對生態的榨取改造與錯誤認知。人與環境的失衡關係在李喬臺灣生態群落的書寫中凸顯而出，包括人類的精神異化、社會生活的物化與環境生態的疏離等變異；另一方面，李喬嘗試在物我關係的現代失衡圖景中，克服以人為中心的理性觀點，記錄、追溯自己、親族與土地群落之生活主體的互動反饋、歷史變化，互為建構主體性。此生態學視野下，加諸作家己身面對年歲逝去的生命焦慮，交疊成一場自我內部的主體追認過程。即李喬不單以二作諸篇立下生界人口今昔源流之傳記，同時亦於此生態書寫中顯影自我生命史，故其書寫圖式實為一部融匯物我的生態傳記。《草》、《游》系列作內擬人、移情的大量筆法，一則呈現李喬對早年經驗與依附關係的重現、應對，獲得生命存在的延續性體驗；二則展現成長經驗所積累的族群、階級、經濟之弱勢主體特徵。草木物種成為童年李喬的化身與映照，是作家對自我生命苦難的哀悼及肯認，亦為主體不可遺落的身分見證。

李喬以「蕃仔林」為參照座標，將童年扣連臺灣歷史與社會發展，藉生態萬物投射記憶至山村童年的空間，表達濃厚的懷舊意識與情感彌補。這種對個人過往記憶與社會群體的生活圖像再現，除了是自我身分與主體建構行動，也是某特定時空環境下的集體想像物。可謂李喬反轉了由上而下的國族認同敘事，由物我平等的生態環境確立主體認同；再者，懷舊是時間距離和地方移動所造成的心理因應，加諸人類的心理需求之一是緩解對死亡的恐懼，李喬的生態懷舊書寫因此具有與他者建立聯繫的意義，讓暮年的他在生命持續衰頹的過程中減少不安，並具價值確立的積極作用。李喬生態書寫的懷舊敘事，實際上是對自我老化的文化調適與情感軌跡。因此，其寫作意念陳述了對某一時空的懷舊、嚮往，以及對時間和空間的新理解，而具備回顧性與前瞻性；蕃仔林山線空間的地貌植被、房屋聚落、人際往來，串接了李喬家族與母土地方的記憶網絡，記憶的支流隨著邊陲家屋延伸至家園環境，更連結至土地。家屋、母親、土地群落分別對應個人、家族、地方鄉土的組構核心，表徵臺灣常民記憶的文化景觀與歸屬感。

生態、環境和人的關係探究，是《草木恩情》與《游行飛三友記》系列作主軸，也是李喬選擇性挪用生平經驗，結合地方生態景觀或社會情境重新理解過去與未來的生命故事。[52]故此二作具有文化價值和定義自我的寫作傾向：一為生態倫理的人文批判；二是懷舊意識的對應呈現，且以當代臺灣生態回應了生態學的危機論述基調。[53]暮年李喬以表達自我的散文體裁，表達環境倫理學對人類自我中心主義的批判，同時表露向內追尋美好的書寫主體性，以及生命存在的延續性體驗；再者，李喬的自然書寫也從地方認同的物景紀實、想像、追憶擴及現代臺灣社會異象的相關批判，而富有重新理解人與土地、環境間交織的生命圖景之意義，以建立平等的倫理關係。李喬的生態書寫不僅記述自然生態，也演繹人性、個體創傷與社會的共同命運，見證生命韌性以及逐漸為人遺落的臺灣記憶。《草》、《游》二書可謂給予李喬回顧過往、建構童年而檢視人類社會的省思空間，從而得到懺悔的自我淨化與救贖，繼續暮年生命旅程未完成的價值尋覓與成長。

---

52 基於傳記式事實的個人生命故事可定義自我，亦可反映文化的價值觀與規範。胡紹嘉：〈記憶寫作、日常生活與社會存在：以詹宏志的懷舊敘事為例〉第118期，頁95-98。

53 生態批評的目的是讓不同群體跨越地理、政治與文化界線進行溝通，以文學文本與文化產物洞察環境議題背後的權力結構與運作邏輯，而具有全球現象與地方表述之間的論述協商意義。朱惠足、貝格泰（Hannes Bergthaller）：〈序言〉，朱惠足、貝格泰（Hannes Bergthaller）、唐納・菲利普斯（Dana Phillips）主編：《全球生態論述與另類想像》，頁10-11。

參考文獻

一　專書

李有成：《記憶政治》，高雄市：國立中山大學出版社，2020年9月。

李育霖：《擬造新地球：當代臺灣自然書寫》，臺北市：國立臺灣大學出版中心，2015年2月。

李　喬：《臺灣文學造型》，高雄市：派色文化出版社，1992年。

李　喬：《草木恩情》，新北市：遠景出版事業公司，2016年。

李　喬：《游行飛三友記》，新北市：遠景出版事業公司，2017年。

李　喬：《思想　想法　留言》，臺中市：臺灣李喬文學協會，2019年6月。

許素蘭：《給大地寫家書——李喬》，臺北市：典藏藝術家庭公司，2008年12月。

陳惠齡：《演繹鄉土：鄉土文學的類型與美學》，臺北市：萬卷樓圖書公司，2020年。

彭瑞金編選：《臺灣現當代作家研究資料彙編・27　李喬》，臺南市：國立臺灣文學館，2012年3月。

Eric H. Erickson（艾瑞克・艾瑞克森）、Joan M. Erikson（瓊・艾瑞克森）、Helen O. Kivnick（海倫・克夫尼克）著，周怜利譯：《Erikson老年研究報告》，臺北市：張老師文化事業公司，2000年5月。

Kuo-ch'ing Tu（杜國清）、Terence Russell（羅德仁）編：《臺灣文學英譯叢刊（第36期）：李喬專輯，臺北市：國立臺灣大學出版中心，2015年8月。

Sigmund Freud（西格蒙德・佛洛伊德）著，嚴志軍、張沫譯：《文明及其不滿》，杭州市：浙江文藝出版社，2019年10月。

Svellana Boym（斯維特蘭娜・博伊姆）著，楊德友譯，劉東編：《懷舊的未來》，南京市：譯林出版社，2010年10月。

Tim Cresswell（蒂姆．克雷斯韋爾）著，王志弘、徐苔玲譯：《地方：記憶、想像與認同》，新北市：群學出版公司，2006年。

二　論文

（一）期刊論文

王　諾：〈處所理論與生態文學〉，《興大人文學報》第53期，2014年9月，頁1-39。

朱增宏：〈把雨傘留給蚯蚓？——從動物倫理對佛教及「愛與慈悲」的挑戰，談「佛法」的實踐〉，《中外文學》第32卷第2期，2003年7月，頁103-130。

吳明益：〈戀土、覺醒、追尋，而後棲居——臺灣生態批評與自然導向文學發展的幾點再思考〉，《臺灣文學研究學報》第10期，2010年4月，頁45-79。

宋偉杰、李育霖：〈環境人文、生態批評、自然書寫芻議〉，《中國現代文學》第36期，2019年12月，頁1-5。

李歡芳：〈老人自尊與懷舊療法〉，《護理雜誌》第50卷第4期，2003年12月，頁98-102。

吳文新、王豐年：〈論生態倫理學中的人性問題〉，《哲學與文化》第33卷第7期，2006年7月，頁137-147。

林金龍：〈生態倫理：文明視野中的企業責任與經濟新秩序〉，《止善》第1期，2006年12月，頁81-101。

邱錦榮：〈作品、理論與生態批評〉，《中外文學》第23卷第12期，1995年5月，頁21-35。

胡紹嘉：〈記憶寫作、日常生活與社會存在：以詹宏志的懷舊敘事為例〉，《新聞學研究》第118期，2014年1月，頁87-129。

陳金定：〈移情現象之驗證：運動選手親子依附與教練——選手關係之因果模式探討〉，《教育心理學報》第40卷第3期，2009年3月，頁363-383。

陳惠齡：〈另一種臺灣田野誌——李喬《草木恩情》的自然書寫〉，《臺灣文學學報》第34期，2019年6月，頁1-31。

黃柏源：〈蘭姆書寫中的老年與退休〉，《英美文學評論》第37期，2020年12月，頁101-124。

鐘丁茂、徐雪麗：〈李奧波《砂郡年紀》土地倫理思想之研究〉，《生態臺灣》第6期，2005年1月，頁77-85。

（二）專書論文

蔡振興：〈《劍羚與秧雞》中的童年記憶〉，蔡淑惠、劉鳳芯主編：《童年・記憶・想像：在生命無限綿延之間，臺北市：書林出版公司，2012年5月，頁49-74。

蔡淑惠：〈童年、記憶、事件隱像形轉：幾米的《失樂園》〉，蔡淑惠、劉鳳芯主編：《童年・記憶・想像：在生命無限綿延之間，臺北市：書林出版公司，2012年5月，頁131-176。

（三）學位論文

黃小民：〈歷史的謊言・鄉土的真實——李喬小說創作研究〉，臺北市：中國文化大學中國文學系博士論文，2012年。

心靈的分斷

——李喬〈告密者〉與冷戰感覺結構

陳佩甄*

摘要

本文聚焦分析李喬〈告密者〉(1982)中的恐怖主義與冷戰歇斯底里，並以當代歷史修正主義視角重思「告密時代」所遺留下的冷戰感覺結構。冷戰時期流傳著各種導向情感治理的文化敘事，如何鼓勵人們透過遵循某些「情感行為標準」來「管理」自己的感覺，而這些敘述常常是根據冷戰意識形態的要求而出現的：包含透過反共「恐懼」驅動的情緒治理、美國主導的自由陣營所營造的民主的感覺、由美援與現代化建設宣傳的幸福快樂家庭等面向。其中，臺灣在一九五〇年代之後，透過戒嚴體制製造的「恐怖主義」不僅影響戰後臺灣個社會層級間的對立，更在一九九〇年代民主化後遺留下特殊的社會心理結構。李喬在〈告密者〉中精準地描繪出一種冷戰感覺結構，即恐怖主義如何在日常生活與心理層面運作，同時也揭示政治意識型態如何透過恐怖主義滲透進常民生活，並形成社會與個人心靈的分斷結果。而在促進轉型正義委員會於二〇一九年主導的「監控檔案當事人閱覽計畫」中，李喬在閱覽自己受情治人員、線民監聽監視記錄後，針對「告密者」展露的態度與情感，則進一步修正了前述的歷史情感遺緒。

關鍵詞：冷戰分斷、感覺結構、告密者、情感、轉型正義

* 國立政治大學臺灣文學研究所助理教授。

一　前言——冷戰分斷與想像現實

本文首先是基於對「冷戰分斷」（Cold War division）概念提出批判思考，並企圖透過臺灣在地經驗與文化記憶指出：「冷戰」不止是美蘇兩大強權、兩個中國、南北韓間的政治地理分斷，更是各地社會內部的分斷。雖然蘇聯與美國在一九四五年的雅爾達會議對當下現狀（status quo）達成協議，並大抵擬定戰後的世界新秩序和列強利益分配，但一九五〇年爆發的韓戰促使各國進入冷戰佈局，動搖二戰後列強秩序以及美蘇主導的地緣政治。[1]如華勒斯坦（Immanuel Wallerstein）在〈冷戰在亞洲為何？〉（What Cold War in Asia? an Interpretative Essay）一文中指出，美蘇兩大強權間的分斷敘事其實在一九七〇年代後逐漸消殆，「南北分斷」（North-South division）狀況雖持續，實則是透過其他國家依各地所需、以冷戰辭令強迫美蘇做出符合其利益的政治運作，使得「分斷」狀態延續下來。[2]

冷戰史研究者益田肇也進一步在其研究中提出，在包括臺灣在內的、數個戰後加入美國主導的冷戰反共意識形態的亞洲國家中[3]，皆可觀察到一般平民主動參與構築「冷戰想像現實」。[4]益田認為，冷戰雙邊邏輯在戰後各地

1　有關冷戰的論述，請參見：Gallicchio, Marc (1988). *The Cold War Begins in Asia: American East Asian Policy and the Fall of the Japanese Empire*. New York: Columbia University Press.；沈志華，《冷戰在亞洲》，北京市：九州出版社，2013年；Chen, Jian (1994). *China's Road to the Korean War: Making of the Sino-American Confrontation*. New York: Columbia University, p. 47. Hara, Kimie (2007). Cold War Frontiers in the Asia-Pacific: Divided Territories in the San Francisco System. London: Routledge.

2　Wallerstein, Immanuel (2010). What Cold War in Asia? An Interpretative Essay. In Zheng Yangwen, Hong Liu, and Michael Szonyi (Eds.), *The Cold War in Asia: The Battle for Hearts and Minds*. Leiden; Boston: Brill, p. 19.

3　這些國家包含戰後美國、中國、日本、韓國、英國、臺灣和菲律賓。詳細分析可見益田肇著作第三部、第七章到十章的內容。Masuda, Hajimu (2015). *Cold War Crucible: The Korean Conflict and the Postwar World*. Cambridge, Massachusetts: Harvard University Press.

4　益田肇（Masuda Hajimu）在其專著中提出「冷戰想像現實」（the imagined reality of the Cold War）的論點。有別於一般以外交、國際關係史切入解讀冷戰的研究方法，益田以大量民間資料剖析「冷戰」的建構過程，並提出：從各國社會內部角度來看，與其說冷

社會抗議運動中普遍可見，一般平民也透過維護自身生活而排除各種他者的反抗運動，具體介入戰後世界地緣政治的形成；且那並非專由美蘇主導、或由上而下的（top-down）的政治宣傳，而是透過常民以非政治性的、社會文化層面的方式運作，為的是在國內社會恢復和維持傳統、或原有的秩序生活。他認為，從這個層面來看，各社會內部的秩序清理，其實有更廣泛的目標，即：不僅是共產主義者，還有任何可能阻礙「恢復常民生活」的因素；如社會文化運動者、宗教派別、農民起義、甚至是普通的罪犯。簡而言之，在「被想像出來的」冷戰時代中，各地出現的反動，即是在草根階層發生的社會性懲罰，為的是使自己的生活正常化，或為了淨化社會。

透過上述分析，我欲初步揭示開頭討論的「冷戰分斷」是如何同時製造了「社會內部分斷」，並將之進一步定義為：透過地緣政治運作、以論述生產為手段建構出的各種內部他者。亦即，反共意識形態的「分斷」邏輯不再只是運作於美蘇主導的國際社會，而是進入各個社會內部，在不同主體間產生分化、分斷效果。據此我欲進一步追問的是：此一「冷戰想像現實」是透過什麼樣的機制運作維持？對此，本文提出以「冷戰的感覺結構」為可能的思考路徑。而李喬的短篇小說作品即集中創作、發表於一九六〇～一九七〇年代二十年間，彼時也正是上述反共意識形態的高峰期，更在他諸多作品中發揮敘事效果。彭瑞金則認為短篇小說時期的李喬與「長篇李喬」不同，非以臺灣歷史的大架構經營短篇作品，更稱「『短篇李喬』是一個人間、人性的探索者。」[5]因此閱讀李喬短篇作品特別可觀察到個人心靈景觀，並以此映照社會背景，這對於本文希冀進一步探究的「冷戰感覺結構」具有高度文本參照功能。

戰是全球東西方間的衝突，更應該是各國社會企圖「維護國內和諧秩序和生活……在戰後世界創造和維護一個巨大的、被想像出來的現實」（to maintain harmonious order and life at home… the creation and maintenance of a gigantic imagined reality in the postwar world）見Masuda, Hajimu (2015). *Cold War Crucible: The Korean Conflict and the Postwar World*. Cambridge, Massachusetts: Harvard University Pres., p. 279。

5 彭瑞金：「李喬短篇小說導讀」，臺灣客家文學網，網址：https://cloud.hakka.gov.tw/content/images/05/C/01/05-C-01-0002-01.html。檢索日期：2021年12月13日。

「感覺結構」（structures of feeling）一詞取自馬克思主義學者雷蒙・威廉斯（Raymond Williams）的研究洞見[6]，來自於其文學理論研究背景。威廉斯在闡釋「感覺結構」的內涵時，亦多從文學文本著手進行探索與說明。[7]威廉斯以「感覺」（feeling）一詞強調與「世界觀」或「意識形態」等概念的區別。正因為他認為社會對於既有的觀念總有著相同、固定的認知，但事實上在不同的時代或階段下應該會產生屬於當下變動、流動的感受——即所謂的感覺結構。威廉斯提到：感覺結構呈現出的是過去的「時態」，應用在方法論上則可作為文化假設：「這種假設出自那些想要對上述因素以及他們在一代人或一個時期中的關聯做出理解的意圖，而且這種假設又總是要透過交互作用回到那些實際例證上去」。[8]威廉斯對特定社會身分（底層、女性、移工等）的個人經歷賦予了能動，使得社會差異（階級、性別、種族等）也因此根據與社會關係的形構方式而有所不同。即「感覺結構」既不是把經驗歸於個人，也不是完全歸於社會，而是透過個人和社會相互作用、相互連接（mediating）才得以觀察感覺結構。因此，我認為感覺結構其實顯示出社會和個人、集體之間在一段時期內的「經驗」是如何被感受與看待，如「冷戰

---

6 此概念最早於一九五四年、在威廉斯與奧羅姆（Michael Orrom）合著《電影序言》（*Preface to Film*）中提出，其後的二十多年裡陸續做出了思考與闡釋，並在一九七七年的《馬克思主義與文學》中，專章陳述了概念的理論內涵。見：Williams, Raymond (1977). *Marxism and literature*. New York: Oxford University Press. 本文部分討論引用自：雷蒙・威廉斯：《馬克思主義與文學》，王爾勃譯，河南市：人民出版社，2008年。若要掌握詞彙的內涵，中文應該譯為「感受的多重結構」，以強調威廉斯啟用「feeling」一詞的動名詞、「structures」的複數形，在中文譯詞的單數、名詞的詞性中可能被忽略的意義。但為了與現有研究對話之便，我有意識地在本書中沿用最常見的譯詞「感覺結構」。同時需要指出的是，在我有限的理解裡，威廉斯的感覺結構概念還處於形成變動中，因此本章的討論並非將此概念視為已有固定的內涵，而是取其在歷史分析上的啟發性。

7 雷蒙・威廉斯（Raymond Williams）在《文化與社會：1780-1950》（*Cultury & Society: 1780-1950*）中「工業小說」一章，以及《漫長的革命》、《現代悲劇》、《鄉村與城市》等作品，都為後來的研究者提供了明確的範例。

8 Williams, Raymond (1977). *Marxism and literature*. New York: Oxford University Press, p.142.

經驗」除了在官方政策資料之外，還有常民的接收與回應需要被處理。但如何具體地認識可變的感覺結構，並將其作為分析的對象？

本文借用威廉斯的概念，並進一步與全球冷戰部署結合，用以理解在地社會在一特定歷史時空中共享的「想像現實」以及「感覺結構」。本文所指的「冷戰的感覺結構」包含前述透過反共「恐懼」驅動的情緒治理，更同時體現在美國主導的自由陣營所營造的民主的感覺、由美援與現代化建設宣傳的幸福快樂家庭等面向。這些面向在美國冷戰文化研究領域已多有積累。如美國文化研究學者克莉絲緹娜・克萊因（Christina Klein）提出的「冷戰感性主義」（Cold War Sentimentalism）[9]，即是指一批中產階級文化生產與消費者，將美國在「文化冷戰」中所宣揚的意識形態自我內化，並積極地將這些結合個人與國家意識形態的理念，轉換成能夠吸引（東方）民眾的品味。克萊因提出，「冷戰感性主義」作為中產階級趣味的核心內涵，具有許多重要特徵，使其成為反抗敘事的理想工具。她進一步定義這些情感敘事往往不聚焦於單一個體，而是「關聯性自我」（self-in-relation）：人際關係是最崇高的理想，並強調朋友、家人和社區之間的聯繫和團結。再者，透過分析相關的「感性文本」（sentimental text），可以發現上述人際關係是如何在種族、階級、性別、民族、宗教等差異之間建立起紐帶。也因此，這些情感文本提供並建構普遍化的模式，讓人們認識到共有和共享的體驗，並以此想像超越差異、朝向民主。

美國冷戰文化研究者蓋・奧克斯（Guy Oakes）亦曾提出「情緒管理」（emotion management）概念分析美國冷戰時期的情感治理，他認為：「情緒管理定義了一些標準，這些標準告訴我們可能會有什麼感覺、體驗的範圍延伸到什麼程度、以及我們的感受意味著什麼。它還定義了規範，這些規範告訴我們在情感上的期望、可接受的情感表達限制、在特定情況下我們應該感受到的感覺、以及應該如何表達這些感覺。最後，它定義了一種情緒控制

9 Klein, Christina (2003). *Cold War orientalism: Asia in the Middlebrow Imagination, 1945-1961*. Berkeley: University of California Press.

技術，該技術告訴我們如何處理情緒以及如何使用情緒，以善用我們的感受和表達情緒的方式。」[10]美國文學研究者凱莉・安・辛格頓（Kelly Anne Singleton）則借用了奧克斯的「情緒管理」概念分析一九四九至一九六二年、冷戰高峰期的美國文學與電影，並發現二戰後美國政府資助的心理學和社會科學熱潮導致了美國文化的「心理學轉向」，試圖透過教導美國人管理符合科學確立的、民主行為標準的情緒，來解決社會問題。為此，美國政策制定者利用社會科學家的發現來發展情緒管理敘事：如模擬發生核武攻擊時的舉止行為；將幸福等同於美國的理想生活；使情感延伸成為民主的人格化等。[11]

以上述研究為例，「冷戰的感覺結構」指涉的情感敘事不是前社會或非政治的，這些敘事既影響著冷戰的特定歷史文化環境，同時也受其影響。廣義來說，「冷戰的感覺結構」是指冷戰時期流傳的各種不同的文化敘事，這些敘事鼓勵人們透過遵循某些「情感行為標準」來「管理自己」的情感。這些敘述常常是根據冷戰意識形態的要求而出現的。如戰後的反共宣傳以非人化「共匪」來引發恐懼，並且教導兒童、成人在日常生活中遇到匪諜時應該做出怎樣的反應。透過美援宣導的美國式民主與美國的生活方式，不僅將其理想化為現代標準，也允諾一種想像：美式現代化生活將為人們帶來幸福。這些冷戰經驗，如威廉斯透過「感覺」（feeling）一詞的現在式時態強調的，其中既有對社會現實的直接經驗、面對知識傳統的本能反應，也涉及構形過程與超越個體性的某種社會普遍狀態。他寫道：「這是一種現時在場的，處於活躍著的、正相互關聯著的連續性之中的實踐意識。於是，我們正在把這些因素界定為一種『結構』，界定為一套有著種種特定的內部關係──既相互聯繫又彼此緊張的關係的『結構』。」[12]在威廉斯的界定裡，這

---

10 Oakes, Guy (1994). *The Imaginary War: Civil Defnse and American Cold War Cultnre*. New York: Oxford University Press. p.47.

11 Singleton, Kelly Anne (2017). “The Feeling American: Emotion Management and the Standardization of Democracy in Cold War Literature and Film.” Unpublished PhD Dissertation, University of Maryland, pp.13-15.

12 Williams, Raymond (1977). *Marxism and literature*. New York: Oxford University Press. 王爾勃譯：《馬克思主義與文學》（河南市：人民出版社，2008年），頁141。

個結構是動態的：在線性的歷史進程中，新舊感覺結構可以共存，並且相互影響，直到新的感覺結構達到社會飽和，成為一個時代普遍保持的意識形態或官方思想。因此，「冷戰的感覺結構」並非僅是冷戰當下的經驗，也將觸及其他歷史時期的參照或遺緒。

而我認為，這一感覺結構就體現在東亞社會在反共意識形態下製造出的「共匪」、「間諜」等政治他者，或於文學作品中描寫的政治犯、告密者角色。這些人物大多並非都指向真正的共產主義者身分，而是如韓國文學研究者李善美（音譯이선미）指出的，凸顯了冷戰結構的根本問題：社會對立機制的形成。[13]我在下方將聚焦討論臺灣以「告密者」為題的小說、以及李喬如何透過一九八〇年代發表的〈告密者〉[14]細緻再現了上述的「冷戰感覺結構」，並將「社會內部分斷」的更往內推進、描寫單一個人「心靈的分斷」。特別是，李喬經歷了日本殖民後期、二戰時期的社會動盪，亦見證了二戰後臺灣經歷「解放」與內部衝突的社會氛圍。然而他的作品並非僅是描寫社會表層的事件，或單方面呈現二元對立的政治意識型態。透過描繪普通人如何成為「告密者」，以及這些人的心理狀態，李喬及其作品複雜化了冷戰社會中的二元對立結構，並由此挑戰社會分斷意識。〈告密者〉透過將「地緣分斷」、「社會矛盾」、「個人衝突」連結，成就了一個獨特的白色恐怖文本，不將個人描寫為時代的被動接收者，而是主動作用者。我也將進一步在結論中討論，當作家本人在當代回看自己「被告密」的檔案資料時，其反應與評述、更讓歷史遺緒與個人創作緊密連動，並讓四十幾年前的小說意義延展，不只是已遭封存的歷史，而是有機的歷史連結。

13 이선미 : “ ‘부역(혐의)자’ 서사와 냉전의 마음: 1970년대 박완서 소설의 ‘빨갱이’ 담론과 그 사회적 의미,” 『한국문학연구』65, 2021, pp.345-378.

14 原文於一九八二年發表於《文學界》第4期，後收錄於：李喬：《告密者》，臺北市：自立晚報，1986年。本文討論與引用以一九八六年版本為主。

二　「正常」生活──社會分斷的感覺機制

本節將先以「告密者」為主題的小說作品梳理（mapping）冷戰社會分斷的心理機制。臺灣文學研究者李淑君曾在〈「告密者」的「戰爭之框」：施明正、李喬、鄭清文、葉石濤等作家筆下「告密者」的框架認知與滑動〉[15]中提出，白色恐怖時期為匪諜就在你身邊、人人可能都是「告密者」的扭曲社會，因此會出現我群／他者、告密者／被密告者的界線非絕對二分的情境；且在「戰爭之框」的鬆動與轉移過程，「告密者」會產生自我扭曲、自我否認而溢出框內／框外邊界的狀態。李淑君以巴特勒（Judith Butler）的「戰爭之框」（Frames of War）詮釋冷戰局勢下的體制協力者「告密者」，並探問哀悼、生存、正義等「邊界」的界定問題。

然而若觀察小說中「邊界滑動」的例子，我們可以看到：「告密者／被密告者」的模糊界線，並未能鬆動二元對立的問題，反倒不斷證成「邊界的存在」、及其所製造的社會分斷效應。這一機制就如李善美在其研究中借用歷史小說家趙廷來（조정래, 1943-）大河巨作《太白山脈》（1983-1989，共十卷）中出現的「反共紋身」指出，在一九五三年停戰後，以物證證明自己不是敵人（即親北韓、共產者）的焦慮，成為所有生活在韓國社會的人不得不面對的現實；[16]而這在臺灣一批身上刺有「反共抗俄」紋身的「抗美援朝的中國人民志願軍」身上也可見到。[17]李善美將這樣的情境視為冷戰社會的重要特徵，是為了「在與人建立關係的社會中『正常』生活」的現實。[18]即使你不是共產主義者，也要不斷證明你不是，甚至許多人須透過舉報他人來

15 李淑君：〈「告密者」的「戰爭之框」：施明正、李喬、鄭清文、葉石濤筆下「告密者」的框架認知與滑動〉，《臺灣文學學報》2021年第38期，頁35-76。

16 이선미 : “ ‘부역(협의)자’ 서사와 냉전의 마음: 1970년대 박완서 소설의 ‘빨갱이’ 담론과 그 사회적 의미,” 『한국문학연구』65, 2021, p.347.

17 見張美陵：〈意識形態的紋身〉，《報導者The Reporter》，2018年5月1日。https://www.twreporter.org/a/photo-go-photo-communication-2瀏覽日期：2021年12月13日。

18 이선미 : “ ‘부역(협의)자’ 서사와 냉전의 마음: 1970년대 박완서 소설의 ‘빨갱이’ 담론과 그 사회적 의미,” 『한국문학연구』65, 2021, p.345.

證明自己。就如下方臺灣小說中的告密者角色所凸顯的，冷戰社會的分斷體制成為了「正常化」的生活機制，而李喬的〈告密者〉更呈現了「告密」即是「正常秩序」的一環。

臺灣描寫二二八、白色恐怖、冷戰社會的小說作品主要集中於一九八〇年代，以黃凡在一九七九年發表的〈賴索〉為開端，多以政治受害者為寫作對象，為後來的文學評論研究者稱為「政治小說」或「白色恐怖小說」。[19]我將集中討論幾篇發表於解嚴前（1987）、描繪「告密者」身影的作品，[20]包含施明正〈喝尿者〉（1982）、李喬〈告密者〉（1982）、林雙不〈臺灣人五誡〉（1986）、楊青矗〈李秋乾覆 C.T. 情書〉（1987）與苦苓的〈黑衣先生傳〉（1987）。這些作品都十分貼近，甚至寫自歷史現場，捕捉了過往在反共意識形態下、以及當下的轉型正義論述中難以現身的「告密者」身影。

苦苓（1955-）的〈黑衣先生傳〉（1987）[21]將情治單位安插於民間的情報人員／告密者比做影子般的存在。但小說並非將「黑衣先生」放在暗處，反倒讓敘述者觀察、掌握其行為樣態。如小說暗示「黑衣先生」姓「蔣」、有著毫無血色的白臉，[22]善於融入人群已執行其情報工作與政治宣傳，但有時會露出馬腳。如一次黑衣先生對礦災事件發表意見，與眾人一起義憤填膺地抱怨社會亂象，但他提出的解決方案是媒體應該「淡化消息」（打壓社會災害新聞），不讓這樣的悲劇傷害社會，才能讓社會平靜。[23]看在敘述者眼裡，這樣不遮掩的荒謬思想其實很可能是黑衣先生真正相信、甚至覺得崇高的真理。敘述者在文化圈一直與黑衣先生較勁著，最後亦為文揭穿其對於文藝人士開明寬容的假象，這讓黑衣先生忠誠度受懷疑、「放縱敵人工作失

19 陳芳明：《臺灣新文學史》（臺北市：聯經出版事業公司，2011年），頁621。

20 這些作品皆收錄於：胡淑雯、童偉格編：《讓過去成為此刻：臺灣白色恐怖小說選——卷三國家從來不請問》，臺北市：春山出版，2020年。若未特別註明，本節討論與引言以此選輯中的版本為主。

21 原發表於《臺灣新文化》1986年第13期。此處討論基於：苦苓：〈黑衣先生傳〉，《讓過去成為此刻》，2020年，頁203-215。

22 苦苓：〈黑衣先生傳〉，《讓過去成為此刻》，2020年，頁205。

23 苦苓：〈黑衣先生傳〉，《讓過去成為此刻》，2020年，頁212。

敗」，最終必須離開其工作崗位。[24]小說至此所描寫的「黑衣先生」，不僅缺乏威脅性與影響力，也經常為敘述者帶來正面情感，甚至最後成為其監視密告的對象。

如〈黑衣先生傳〉結尾描述道，當敘述者想要在黑衣先生離開前記下他的臉時，發現「他緩緩轉過身來，鼻孔中的熱氣噴到我臉上，髮梢碰觸到我的額頭，在這樣的近距離下，我卻看見了一個長得和我自己一模一樣的人，就好像在照鏡子一樣，天啊！黑衣先生的容貌竟然和我完全一樣，我雙腳一麻，差點當場摔倒在地。」[25]對此，吳叡人在討論此篇小說時提出「黑衣先生變成一個 shadow figure，他是一個spy，沒有自我，是國家用來監視的工具，因此必須要正確地反映所監視的每一個人。」[26]童偉格亦在該卷導讀中指出「浸染同一體制，人人無法全然自清與自由；某種意義，那『卑鄙』的他者必然即為『我』。」[27]一如敘述者最後理解道：「我駭然發現黑衣先生原來只是，只是一個影子；一個因我存在而存在，如果我不存在，他就無處容身的影子。」[28]苦苓所描寫的告密者與下方幾部作品中的呈現同調，並未將告密者描繪為絕對殘暴的加害者，而是思想腐敗的犬儒主義者；同時，告密者也並非能安穩地待在同一陣地，更經常被反告。

在施明正（1935-）〈喝尿者〉（1982）[29]描寫的「監獄眾生相」中，主角之一姓陳的金門人——即喝尿者——在敘述者的觀察下，是牢房中最不讓人入眼的人。小說雖描寫他每日起床喝下自己的尿的怪異行為，但獄友們對

---

24 苦苓：〈黑衣先生傳〉，《讓過去成為此刻》，2020年，頁214。

25 苦苓：〈黑衣先生傳〉，《讓過去成為此刻》，2020年，頁215。

26 吳叡人：〈國家向來就不問——閱讀文學裡的國家暴力經驗與轉型正義〉，《「讓過去成為此刻：臺灣白色恐怖小說選」四卷本導讀手冊》，臺北市：春山出版，2020年，頁50。

27 童偉格：〈國家從來不請問〔導讀〕〉，《讓過去成為此刻：臺灣白色恐怖小說選——卷三國家從來不請問》（臺北市：春山出版，2020年），頁25。

28 苦苓：〈黑衣先生傳〉，《讓過去成為此刻》，2020年，頁215。

29 原載於1982年12月《臺灣文藝》第78、79期合刊本；初收入《島上愛與死》（臺北市：前衛出版社，1983年）。此處討論基於：施明正：〈喝尿者〉，《讓過去成為此刻》，2020年，頁58-71。

他敬而遠之、甚至鄙視的原因是他密告別人是匪諜，其中有十多人因此喪命槍下。然而金門陳來到獄中的原因，正是他自己也被密告，更在小說進行中段接到起訴書面臨槍決。眾人為他解讀起訴書內容時他激憤不滿地為自己辯護道：「槍斃？我是有功於黨國的，你不知道我領過多少獎金，我檢舉過多少被槍斃的匪諜？」[30]獄友王老則在起訴書上找到原因：「因為根據，你的起訴書，他們認為密告你的人，說你是為了你要掩護你匪諜的身分，才把那些人給出賣的。」[31]凸顯戰爭之框的滑動與界線不清。[32]身在這樣的相互密告、人人為諜的時代，施明正透過敘述者感歎道：「對於已經失棄互信的證狀，所遺留的後遺症在我們所生存的淪落族之間……」[33]

然而當時社會中存在著許多「誣告」的情況，會誣告就如同密告的原因，有為生存、有為私己利益，楊青矗（1940-）〈李秋乾覆C.T.情書〉（1987）[34]中的密告者即屬於前者。小說以書信體描寫主角在被關押時因為受不了情治人員的偵查虐待逼供而「自白」，為自己羅織不存在的罪名，甚至讓這些想法入夢。混亂的現實與精神讓他在獄中充滿恐懼焦慮，最後成為對獄卒亂打小報告、誣陷獄友之人，又同時對亂打報告的人感到愧疚，幫忙洗衣打雜送東西補償，之後又神智不清密告同房，讓被他誣告過的人聯手痛打。[35]這樣反覆的「密告」與「悔恨」行徑成為一種強迫讓理智正常運作，並賴以存活的方式，最終帶來精神分裂與崩潰，也是自我內在價值與心靈的分斷。這一症狀在李喬的〈告密者〉中呈現得淋漓盡致，我將在下節詳細分析。

而在上述李秋乾的自白書信中，情治當局不斷地以同一罪名向所謂的「叛亂分子」問供：「有意挑撥政府與人民之間感情，讓人民對政府引起反

30 施明正：〈喝尿者〉，《讓過去成為此刻》，2020年，頁69。

31 施明正：〈喝尿者〉，《讓過去成為此刻》，2020年，頁70。

32 李淑君：〈告密者」的「戰爭之框」：施明正、李喬、鄭清文、葉石濤筆下「告密者」的框架認知與滑動〉，《臺灣文學學報》2021年第38期，頁63。

33 施明正：〈喝尿者〉，《讓過去成為此刻》，2020年，頁70。

34 原收錄於《給臺灣的情書》，臺北市：敦理出版社，1987年。此處討論基於：楊青矗：〈李秋乾覆C.T.情書〉，《讓過去成為此刻》，2020年，頁249-269。

35 楊青矗：〈李秋乾覆C.T.情書〉，《讓過去成為此刻》，2020年，頁257-262。

感，達到顛覆政府的目的。」[36]這裡的叛亂罪名訴諸「感情」與「反感」等情緒用語，一來達到審查人們的感受與情緒（與思想連結）的作用，二則將「政府」人格化，同時促成「冷戰的想像現實」的機制建構。更重要的是，從情感、情緒的線索來看，可以觀察到權力的施展並非真的指向具體「行為」，同時也不因為行為受制止後即取消。林雙不（1950-）的〈臺灣人五誡〉（1986）[37]即透過杏林高中的三位教育人員──校長彭吉高、訓導主任柳東北與教師林信介──之間的情緒連動討論權力關係。小說開頭描寫柳東北在向校長舉報備受學生愛戴的同事林信介如何批評校長，而「由於打小報告的經驗異常豐富，訓練有素柳東北對於自己的報告，實在不能不陶醉⋯⋯」[38]帶出打小報告／密告是個人維繫社會關係、甚至是自我價值的普遍作法，而這一狀況在小說後段將再次發揮敘事效果。而彭吉高與林信介的嫌隙雖然發生在林信介屢次拒絕校長的施惠攏絡，但他們之間的張力總是透過情感敘事呈現。

如彭吉高在被林信介拒絕後想著：「別人都爽爽快快，並且看起來心存感激地接受了，何以只有他林信介一個人例外？彭吉高討厭別人不聽話──特別是不聽他的話，也討厭有人例外，在任何一個團體中，只要有一個人例外，和大家不一樣，就讓彭吉高覺得有缺陷、不夠完美。」[39]或兩人在公開場合對峙後，眾人感受到權力的天秤傾斜，紛紛表態向校長靠攏。對此「彭吉高相信，對於自己在校務會議上受到的公然批評──公然侮辱，絕大多數的教職員都同樣感到憤怒，感到同情。彭吉高還因著教職員的一項具體行為而來證明自己的感受正確無誤。這種行為是，開始有不少教職員陸續跑來密告林信介的種種錯誤⋯⋯（中略）除了不時有臨時起意的教職員提供消息之外，還有一隻固定的情報部隊在推波助瀾，領導風潮。」[40]這支強大的情報

36 楊青矗：〈李秋乾覆C.T.情書〉，《讓過去成為此刻》，2020年，頁258。

37 原發表、收錄於1986年臺北前衛出版社《決戰星期五》。此處討論基於：林雙不：〈臺灣人五誡〉，《讓過去成為此刻》，2020年，頁153-202。

38 林雙不：〈臺灣人五誡〉，《讓過去成為此刻》，2020年，頁163。

39 林雙不：〈臺灣人五誡〉，《讓過去成為此刻》，2020年，頁174。

40 林雙不：〈臺灣人五誡〉，《讓過去成為此刻》，2020年，頁180。

隊伍以訓導主任柳東北為首，舉報林信介的內容大同小異，集中在他如何批評校長、學校、時政、國民黨，也是小說開頭的打小報告場面。

對於彭吉高來說，林信介的非我族類與敵對立場表現在他「傷感情」的行為，而非占了小說極大篇幅的政治、民主宣言。就如同他認為，「情報局是政府單位，裡頭的工作同志為國犧牲，為國賣命，怎麼是特務？」[41]因此其他職員向他提供密告，亦是一種忠誠的表現，無關密告內容或林信介對學校建設、對外表達的政治立場。有趣的是，「憤怒」、「討厭」、「同情」、「感激」等情緒都來自於對彭吉高的描寫，反倒是林信介這一角色情緒單一（甚至缺少情緒）、僅有理性思想。這裡小說呈現一種潛藏的二元思考，將智識與情感對立起來，並透過角色暗示兩者間的優劣之分。再者，小說暗示了真實的對立面不是謊言（誣告），而是混亂，而當眾人開始無端密告，製造的混亂將慢慢讓系統崩潰，讓制度失信於人。

〈喝尿者〉、〈李秋乾覆C.T.情書〉、〈臺灣人五誡〉、〈黑衣先生傳〉等告密者小說，都觸及到「精神異常」、「戰爭框架」的滑動、分斷的感覺與情緒管理機制，而李喬的〈告密者〉是少見細緻剖析「告密者」的小說作品。與上方討論的作品最大不同在於，李喬將告密者的養成、作法與心理結構具體描繪，而非僅是被賦予敘事中的「反派」角色。如小說提供了主角湯汝組／三八七四號的成長經驗，並在提及父親也曾是告密者（後來反被舉報）的家庭經驗後，又穿插敘述湯汝組在各個求學階段中、「告密」經驗的累積，最後在「大誠工專」受校方之託「為了校園安全，為了同學的幸福」而正式「入門當行」。[42]就如〈臺灣人五誡〉中描繪的學校是打小報告的場域，湯汝組國小時就開始向老師反映同學不肯安靜午覺、提早吃飯包、打掃偷懶等「犯規行為」，認為這是學生應盡的本分。[43]國中階段，他以週記夾帶紙條或直接檢舉，向導師提出「調戲女生」、「月考作弊」、「單車雙載」、「不付費

---

41 林雙不：〈臺灣人五誡〉，《讓過去成為此刻》，2020年，頁195。

42 李喬：《告密者》，頁118。

43 李喬：《告密者》，頁122。

釣魚」、「車票不足票價」的同學。這是他認為自己的行動是「一本無私與公正的美德」。[44]

這些細瑣甚至無關緊要的日常與脫序，在所有人（老師、同學、舉報人）認知中都不會對秩序造成多大的損害，因而得以一再發生。也因此問題不在於脫序的行為，而在於「秩序的維護」這樣的社會結構與需要，這也弔詭地讓密告行為跨時空地存續。湯汝組正是「感覺」到這樣的機制，而非道德性、正義感驅使他實行告密；換句話說，「告密」即是「正常秩序」的一環。所以他道出國小六年遭遇的幾位老師都是十分「正常」的──「每一位都歡迎適當的告密，有價值的小報告……老師為了班級的安定和諧，不施一點手段是不行的。最佳手段為何？那就是放眼線，布暗樁──」[45]「告密」，「小報告」，「是大部分老師的的重要寶典啊！」[46]反而是國三的導師強硬不接受任何告密，因此讓湯汝組認為「這一年碰到真正的瘋子，怪人。」[47]然而對此他並未覺得班級、校園生活因此失序大亂，而是感到「這一年是他過得最無聊最寂寞的一年。」[48]在此「正常」與「瘋怪」之間的界線是以「告密」為度量，除了諷刺、彰顯冷戰反共等政治意識型態滲透到各層級人民的生活領域、並常態化成為普遍經驗外，更彰顯社會個人「感受性」的反應。我在此想要強調的是，僅以規則戒律禁制來解釋機制形成、運作與維護的原理是不夠的，因為政策、法律、規定並非全然上行下效，更多時候是激發出陽奉陰違的招式與共識。如賣錄音帶的攤販，「除了第四類錄音帶絕少可能以外，哪一個攤位都會隱藏少許一、二、三類非法貨品的。不是大家喜歡干犯法令，而是買主什麼路數都有，不準備一些應付買主，少了財路不說，還可能惹來閒氣或危險。節骨眼就在這個地方。」[49]因此政治意識型態真正的

---

44 李喬：《告密者》，頁119。

45 李喬：《告密者》，頁122。

46 李喬：《告密者》，頁121。

47 李喬：《告密者》，頁121。

48 李喬：《告密者》，頁121。

49 小說中描述錄音帶分為四類：一是國內有版權錄音帶盜版產品；二是禁止入口的東洋

滲透於常民生活，不在理法，而是在感覺、情感面的動員與管理。

三　心靈的分斷——「告密者」的感覺結構

李喬在〈告密者〉中致力描寫「告密者」的心理狀態，為讀者呈現「告密者」是怎麼養成的以外，並非如其他相關作品僅將「告密」視為背景或故事情節的驅動事件，而是深入情緒的紋理，賦予主角湯汝組與三八七四號具體的情感衝突，並以分裂的自我象徵了心靈的分斷。我在此節將以三個主題分析〈告密者〉的「感覺結構」，包含上列引文中指出的「感覺」的形成機制、與告密的「快感」，以及最後造成的心靈分斷之社會性。這三個主題體現了威廉斯所稱的「一套有著種種特定的內部關係——既相互聯繫又彼此緊張的關係的『結構』」，並在表面的社會事件與政治意識形態之外，提供我們進一步梳理歷史的媒介。

當然，李喬並非只有在〈告密者〉中以個人內心活動為敘事主軸，如現代主義文學研究者侯作珍在〈現代人的病理解剖室：論李喬的短篇心理小說《人的極限》和《恍惚的世界》〉（2010）一文中闡明，李喬的短篇心理小說如《人的極限》和《恍惚的世界》即剖析了現代人病理解剖的特質，反映了戰後臺灣工業化初期的人的心理問題。侯作珍從小說風格（意識流）與心理學論述（佛洛伊德學說中的「自我防衛機制」）分析作品小說的逃避心理、病態行為和扭曲人格如何塑造，並進一步推論這些心理問題的社會根源（工業化與父權系統）。而我欲透過〈告密者〉揭示的正是政治意識型態對個人的影響，更重要的是，這樣的影響並非單純對於壓迫的反應，而是賦予個人弔詭的能動性。

軍歌；三是黃色歌曲，淫語淫聲等；四是中共歌曲。而第四類的嚴重性最高。（見李喬：《告密者》，頁115）

（一）「感覺」的機制

> 幹這一行，「感覺」是很重要的；以往自己協助過的那些大魚大案，幾乎都是靠多年培養的那份感覺指引，然後勇敢判斷，把握時機毅然舉發成功的。所以字歪歪斜斜並不重要，夏漢陽先生要的是工作成績；要的是像三八七四那種精密的腦袋，多疑善感的心，還有絕對忠貞無私的品質。[50]

上方引文呈現的情感描述，即趨近第一節提及辛格頓指出的情緒管理敘事，讓特定情感、感覺化為理想的分身與代償，進一步人格化為行動主體。當湯汝組描述三八七四號的工作特質時，他啟用的是情感敘述：勇敢、毅然、多疑善感、忠貞無私，而非情報資訊收集等能力。但在這段敘述之前，作者先讓我們在制式的舉報信件以外，窺見三八七四號的心靈狀態，「雖然三八七四號的字總是那樣歪歪斜斜的，那是看了之後讓人感到不穩定不安全的字跡。」[51]這段敘事巧妙之處在於，一方面，讀者在此被邀請進入揣想「讓人感到不穩定不安全的字跡」會是什麼樣的？也因此參與、動員了不同時空讀者的感覺結構；另一方面，「告密者」的分身即是「信件、筆跡」，透過字跡的描述帶出的也正是告密者的狀態。但告密者湯汝組／三八七四號並非一直處於這一「不穩定不安全」的狀態，那已是故事的結尾；而自恃且篤定的「多年培養的那份感覺」在後文中可見，是來自於對於日常經驗與人際交往的揣度，並形成於家庭、學校、市場等體制中。

湯汝祖的父親是市公所的職員，「他從小就聽慣人間的悄悄話，他在父親攜回的卷宗也見過類似的告密文字，父親也寫過這類文字。」[52]但是父親也曾因為買了套音響「誤觸雷區」，被舉報播放「共匪歌曲」（除草歌）。成

50 李喬：《告密者》（臺北市：自立晚報，1986年），頁110。

51 李喬：《告密者》，頁110。

52 李喬：《告密者》（臺北市：自立晚報，1986年），頁117。

長家庭淵源，明示了湯汝組的「告密」養成與繼承，但也未將湯父或告密者位置固定在告密的一方，而是隨時有翻轉的狀況發生。李淑君（2021）在其研究中討論李喬的〈告密者〉時，曾以鄂蘭（Hannah Arendt）的「邪惡的平庸性」（the banality of evil）闡述湯汝組的告密行為、在於「出人頭地」的積極追求。而湯汝組最後受三八七四號告發的自我分裂，則是「戰爭與正義之框」與邊界滑動的例證。我認為「戰爭之框」與「邪惡的平庸性」皆有效地將在地經驗連結到一種全球普遍的結構因素，並提供了詮釋資源，我則欲進一步檢視詮釋以外的具體機制與形成過程，也是前述湯汝組自身「感覺」形成的機制。畢竟李喬並未將湯汝組／告密者視為平庸之惡的體現，他反問道：「無數人，和你有同樣的遭逢，為什麼無數人走不出和你同樣的路呢？所以基本上，每個人對於自己的人生行程，是應承擔十九責任的。」[53]湯汝組也並非全然無知無感於自身行為的意義，或隨波逐流，反倒是深感自己與他人有別。

李喬在小說中建構、記錄的是如威廉斯強調的、有別於「世界觀」或「意識形態」等概念的機制形構；即使人們對於當下所處的世界有著相同、固定的認知，但反應並非就因此全然一致。湯汝組的「感覺」即是在機制產生張力的情境下形成的，無論是父親、校園同學、國三導師、地攤同行、後來遇到的情人蘇小梅，都帶來不同「體制」與「個人」的化學作用。也因此這一「感覺」既不是湯汝組的個人經驗，也不是完全服膺社會體制，而是透過個人和社會相互作用、連結才得以觀察體現。就如他在國中時的密告行為被同學發現後遭到排斥，但他認為「這種忍受橫逆本身，卻也是一種快樂。」[54]這樣的「感覺」將一般認知告密行為的道德扭曲、複雜化為慾望與快感的心理機制，更直接與「性」連結在一起。

---

53 李喬：《告密者》（臺北市：自立晚報，1986年），頁113。

54 李喬：《告密者》（臺北市：自立晚報，1986年），頁120。

（二）「告密」與快感

我曾在〈反共意識形態與性政治：一九五〇～六〇年代臺韓社會中的他者們〉一文中探討「性」與政治意識形態的關聯[55]，在當代南韓社會出現的「從北Gay」這樣的詞彙，是由保守宗教政治團體創造來指控性少數團體就如同親北、親共人士，都對國家安全造成威脅。這樣的修辭不僅重新點燃過往政治時空中普遍存在的恐怖主義，亦再次將「性變態」（sexual perversion）和「政治顛覆」（political subversion）連結起來。「從北Gay」這樣的詞彙反映的不只是南韓社會內部的歷史問題，對照戰後初期臺灣反共論述中的「性變態」身影，即可窺見當時臺韓社會內部皆有類似的政治傾向。因此我在這篇文章中提出歷史化地追溯反共意識形態中「政治與性」如何交互運作：透過檢視大眾論述如何以「性變態」為特徵，將共產主義者「非人性化」，並塑造新的性／別規範。

而在分析一九五〇～六〇年代臺韓媒體如何再現共產主義者和「性變態」者，以及詳細討論三部臺韓小說後我發現：媒體和文學再現的共產主義者和同性戀者皆與謀殺、性暴力和性變態有關，而這樣的表現手法促成了社會大眾對於這兩種人的仇恨情緒，並將這兩種人物轉化為意識形態和社會的不法分子；而這樣的作法，不僅讓政治意識形態得以進入各層級人民的生活領域，同時又以性別矛盾取代階級、種族、族群間的衝突與無解。我希望透過這篇文章強調，政治意識形態和性／別規範必須交叉思考，才更能有效理解社會內部各種權力關係的運作模式。

然而與李喬呈現的主角不同，我在上述文章裡討論的對象，是湯汝組和三八七四號獵取的對象——要被告發的左翼共產與性異議分子。如姜貴（1907-1980）在《重陽》（1961）中描寫的共產黨代表角色即展現了各種形式的性暴力與墮落行為，在描寫共黨內部的政治、性別階級間的對立時，也

55 見陳佩甄：〈反共意識形態與性政治：1950-60年代臺韓社會中的他者們〉，《臺灣學誌》2019年第18期，頁21-42。

皆以「性」張／暴力代替，無論是性別、階級、親屬關係間的差異，只要是共產黨員，皆在「性」上展現的暴力一面。而這樣的敘事策略結合當下社會大眾對於「反共」與「性／別規範」的標準認知，凸顯共黨人士「泯滅人性」的惡行；「人性」，則總是跟「正常的性」連結在一起。但是湯汝組透過告密得到類似於「性快感」的感覺，是對於自身體態轉變、被「陰性化」的代償；亦即，告密的快感取代了性的快感。李喬清楚地描寫了湯汝組對此事的自覺與享受：

> 每當自己寄出的一封「專用信封」發揮威力的時候，跟著那些可笑的「白痴」，突然莫名其妙地陷入厄運之際，心懷深處那隱密的快樂，就像赤腳行走於炙熱砂礫地上的人，突然泡在清涼山泉裏似的，那種愉悅，那種快感，已然超脫了所謂愉快的範圍。
> 那是什麼呢？那是……是情慾狂潮，猝然得以完美發洩的瞬間感覺啊！[56]

文學評論與臺語文學創作者宋澤萊（2013）曾提出以「食人妖魔」解讀湯汝組／三八七四號的，他認為告密行為來自主角的「嗜慾、神魔、無（愛）情」的本質，因而表現出以他人的痛苦為樂、具有形而上的魔性、難以和愛情共存的律則。李喬則明示了，這樣的「快感」是來自於「無能」的補償，原因在於：

> 自從五六年前發胖以來，皮膚也愈來愈白晳了，濃粗的眉毛，也變成如柳細眉。可惡的閒神野鬼們，居然背後譏笑說：這個人越老越白，怕要變性成為女人啦。變性？變他媽的蛋！不過，那件事漸漸力不從心倒是真的；那件事不成，那種快感，卻由完成任務後，展現成果時的隱密快感代償了。[57]

---

56 李喬：《告密者》（臺北市：自立晚報，1986年），頁112-113。

57 李喬：《告密者》（臺北市：自立晚報，1986年），頁112-113。

此段描寫出現在小說的開頭不久，即以倒敘法陳述了三八七四號即將投遞信封告發湯汝組，在前往郵局的路上心靈發生衝突的感受。他說服自己的舉動是「十分順理成章的。心底那一絲懼怖，一縷近似悲哀的意緒，實在是多餘的，可笑的。」主角在這段表現的「情緒」看似為個人內心理性與感性辯詰，正義判斷戰勝軟弱的情緒，但若帶入社會深層的意識形態作用，這些判斷與舉措，都以「情緒管理」來體現，而非以絕對正義、理法來合理化並壯大意志。因此我認為，情感在此凸顯了控制技術的作用，而超越治理範疇的，卻是「性」的領域。從上方〈告密者〉中兩段聚焦「快感」的描述來看，湯汝組表達告密行為的態度已經不同於後文中、在求學過程強調的「正當性」：「出人頭地」、「神聖任務」、「天職」、「本分」等原因，而是「超脫了所謂愉快的範圍」的「快感」、「情慾狂潮」。而若如我在前文觀察到的，反共文學、社會傾向極端「性化」共黨人士，凸顯其性癖與變態，「告密者」作為反共的一方，在此則表現為「去性化」、「陰性化」的傾向。而無論哪一方，皆因政治意識型態的壓抑而偏離「正常」，更造就了冷戰社會中諸多個人「心靈的分斷」。

（三）心靈分斷

接續上方對於「告密快感」描寫之後，李喬直搗小說的核心問題，將主角自我分裂的狀態描述為：

> 湯汝組越來越怪，越陌生，越可疑。那不是三八七四號所熟悉的湯汝組啊！更可恨又可怕的是：湯汝組竟然越來越倔強跋扈僵硬，甚至於經常兩者對立起來；三八七四號惱恨湯汝組，而湯汝組卑視三八七四號；前者怕後者會斷送自己事業於一旦，而後者氣惱前者無恥可笑。[58]

58 李喬：《告密者》（臺北市：自立晚報，1986年），頁114。

讀者在此段前後可由告密的「快感」與「養成機制」推敲這一分裂對立的形成過程與徵狀，也如我在上方兩段的分析中強調的，這些看似外在於個人的體制、治理，如何透過「感覺」規訓個人，並導致非義理層面的衝突，而是「心靈」的撕裂；而這樣的狀態並非如以往認知中的「個人」問題，而是一個跨國、時代、社會多重遞疊下的結果。之後一直到小說的結尾，我們更得知壓垮駱駝的最後一根稻草是「愛情」所帶來的心理衝突。

湯汝組（不知在怎樣的因緣下）與二十七歲報紙記者蘇小梅結識並戀愛。在此之前，他因為自己「天生矮瘦蒼白，尖鼻薄唇長頸的怪相」而自卑，也因為告密的「職業」使然，「長期側面，或後面窺視伺聽他人的習慣，反射在心理上，使他極難和人坦然相對」，所以從未向人表白情意。[59] 獲得佳人青睞的湯汝組受寵若驚，並深深地陷入從未有過的「感動」、「深愛」、「疼惜」、「幸福」等情感裡。但兩人交往不久後他就強烈地「感覺到」（非實際發現了什麼），蘇小梅「不是匪諜，也未和匪諜來往」，但她的「小腦袋中有許多怪念頭，怪理想，怪招式」，因此「有問題」。[60]可是湯汝組這次「隱埋下這份感覺」，也就是在這個點上，與三八七四號產生嫌隙。

李喬巧妙設計了蘇小梅來達到對於「冷戰感覺結構」的三種體現與批判。首先是前面已提及的草木皆兵的恐怖效果。因為蘇雖然後來確實「涉及一樁分歧份子的陰謀事件，而且證據確鑿，援例看來是會被判刑的。」[61]但蘇後來未被判刑，也未打算離開湯汝組。二是這樣的恐怖主義與與密告文化造成理法的失效，同時也造成社會內部的分裂。雖然蘇的「分歧份子」身分並未被證實，但是湯汝組已無法回到之前的相處，並且有意避開蘇小梅，他「不是不能忍受愛的煎熬，而是愛恨的衝突——三八七四號不可能容納蘇的。他把自己分析得很清楚。」這導致了最後的心靈分斷，一樁可能是「誤報」的事件，對湯來說「變故太大，心理上，他實在承擔不起，他無法接受

59 李喬：《告密者》（臺北市：自立晚報，1986年），頁126。
60 李喬：《告密者》（臺北市：自立晚報，1986年），頁128。
61 李喬：《告密者》（臺北市：自立晚報，1986年），頁129。

這個事實。他想逃，但是怎能逃開自己呢？他是無處可逃的。」[62]

正是上面這樣的冷戰感覺（而非實質發生的間諜事件），將當時代的人們動員參與進入政治意識型態，同時影響私領域生活與心理；如湯汝組對「愛情」的慾望渴求，終究敵不過更強勢的情感管理。我們可以預示到，即使蘇小梅的親密關係對象並非密告者湯汝組，周遭人際關係也將因此發生變化。這即是冷戰感覺結構的紋理，也是李喬〈告密者〉小說最深刻之處。

四　代結論──「後冷戰」感覺結構

在收錄〈告密者〉的同名小說集裡，李喬自陳「這本小說集，想要表達的，就是有關抵抗的一些旁枝細節。」（〈自序〉，《告密者》，頁3）而若將小說集中數篇與〈告密者〉主題相關的作品──即李喬特別提及「在我的寫作構圖中，」〈小說〉〈告密者〉〈泰姆山〉〈孽龍〉四篇是一個完整的環節。」[63]──一併來看，裡頭諸多角色大多受害於冷戰反共意識形態，也多如湯汝組一般深陷（身體與心理的）困境無法逃脫。那麼，李喬所稱的「抵抗」，或許不在於輕易翻轉時局、改變角色所處狀態，而是「旁枝細節」保留下的歷史批判意義。我認為，這個「旁枝細節」正是「大歷史」不會注意到的「感覺」與「心靈」，這些細節不會因為歷史移轉就消失，而是更細緻保留了歷史的動態結構。

彭瑞金曾將包含〈告密者〉以內的四部作品短篇小說稱為「是〔李喬〕長篇創作附產品，或許把這類作品視為李喬文學論述的變體更為適切」；而這些「小說化的論文」，「是他在寫作以臺灣歷史為背景的大河小說時，在咀嚼臺灣歷史，思索臺灣人的命運之際的間接產物，他從這裡窺視到臺灣人歷史命運逢隙中的許多故事，作為詮釋臺灣人心靈的備忘，有強烈的批判意味，也有濃濃的表述用意。」我十分同意上述觀察，並認為李喬的作品高度

62 李喬：《告密者》（臺北市：自立晚報，1986年），頁130。

63 李喬：〈自序〉，《告密者》，頁3。

展現了、論述與寫實並非與「虛構」（fiction）衝突，而是讓小說景深立體化時不可或缺的環節。以本文聚焦的〈告密者〉為例，非大歷史事件以外的「感覺」即是強化論述與寫實的效果，讓這些作品成為一個時代心靈的備忘錄。李喬在〈告密者〉中致力描寫「告密者」的心理狀態，為讀者呈現「告密者」是怎麼養成的以外，並非如其他相關作品僅將「告密」視為背景或故事情節的驅動事件，而是深入情緒的紋理，賦予主角湯汝組與三八七四號具體的情感衝突，並以分裂的自我象徵了心靈的分斷。

圖一　李喬在觀看自己的監控記錄後發出非常「小說家」的感受。[64]

而在促進轉型正義委員會於二〇一九年主導的「監控檔案當事人訪談計畫」中，李喬在閱覽自己受情治人員、線民監聽監視記錄後，針對「告密者」展露的態度與情感，則進一步修正了本文聚焦的歷史情感遺緒。他在二〇一九年七月二十六日閱覽自己受監控長達十四年的部分文件，讀到自己也曾被記錄為「涉嫌陰謀不法之意圖至為明顯，應繼續強化佈偵人員功能。」[65]並

64 擷取自促轉會：〈李喬：監控檔案當事人訪談計畫〉影片。

65 促轉會：〈李喬：監控檔案當事人訪談計畫〉，網址：https://www.youtube.com/watch?v=ufjzgt7pw0Q，檢索日期：2021年5月4日。

發出「這是一個非常FICTION的虛構，是一個小說的創作。」面對線民身分公開問題，李喬坦言那個時代（密告）非常普遍，也多有威逼利誘而發生，他對於公佈檔案並無意見，但是「這涉及到我思想的核心，這個世界上，每個人都是獨立的，好壞自己負責，不管來源如何都無涉他人。」這也是他對湯汝組一貫的態度。而為了年輕一代，一個民主國家的基礎，他進一步陳述釐清這些事件與概念是很重要的。

我則注意到影片中李喬表現的感受、感覺，有驚訝、氣憤、無奈等，這些情感或許延續了前文討論的冷戰感覺、或許結合了當代的政治氣氛，我認為是當代討論歷史遺緒、轉型正義等議題必須更重視的主題。畢竟過往我們已經經驗過各個「教導人們怎麼樣感覺」的時代，如何從中解放出來？如何縫合社會與個人心靈的分斷，我認為情感為我們留下許多重要的資源與線索，這也是本文寫就的動機之一。

參考文獻

一　專書

Chen, Jian (1994). *China's Road to the Korean War: Making of the Sino-American Confrontation*. New York: Columbia University.

Gallicchio, Marc (1988). *The Cold War Begins in Asia: American East Asian Policy and the Fall of the Japanese Empire*. New York: Columbia University Press.

Hara, Kimie (2007). *Cold War Frontiers in the Asia-Pacific: Divided Territories in the San Francisco System*. London: Routledge.

Klein, Christina (2003). *Cold War orientalism: Asia in the Middlebrow Imagination, 1945-1961*. Berkeley: University of California Press.

Oakes, Guy (1994). *The Imaginary War: Civil Defense and American Cold War Culture*. New York: Oxford University Press.

Singleton, Kelly Anne (2017). "The Feeling American: Emotion Management and the Standardization of Democracy in Cold War Literature and Film." Unpublished PhD Dissertation, University of Maryland.

Westad, Odd Arhe (1993). *Cold War and Revolution: Soviet-American Rivalry and the Origins of the Chinese Civil War, 1944-1946*. New York: Columbia University Press.

Williams, Raymond (1973). *The Country and the City*. London: Penguin.

Williams, Raymond (1977). *Marxism and literature*. New York: Oxford University Press. 王爾勃譯：《馬克思主義與文學》。河南市：人民出版社，2008年。

Masuda, Hajimu (2015). *Cold War Crucible: The Korean Conflict and the Postwar World*. Cambridge, Massachusetts : Harvard University Press.

沈志華：《冷戰在亞洲》，北京市：九州出版社，2013年。

胡淑雯、童偉格編：《讓過去成為此刻：臺灣白色恐怖小說選──卷三國家從來不請問》，臺北市：春山出版，2020年。

陳芳明：《臺灣新文學史》，臺北市：聯經出版事業股份有限公司，2011年。

二　專書論文

Wallerstein, Immanuel. (2010). What Cold War in Asia? An Interpretative Essay. In Zheng Yangwen, Hong Liu, and Michael Szonyi (Eds.), *The Cold War in Asia: The Battle for Hearts and Minds* (pp. 15-24). Leiden; Boston: Brill.

吳叡人：〈國家向來就不問──閱讀文學裡的國家暴力經驗與轉型正義〉，《「讓過去成為此刻：臺灣白色恐怖小說選」四卷本導讀手冊》，臺北市：春山出版，2020年，頁29-63。

童偉格：〈國家從來不請問〔導讀〕〉，《讓過去成為此刻：臺灣白色恐怖小說選──卷三國家從來不請問》，臺北市：春山出版，2020年，頁21-26。

三　期刊論文

李淑君：〈告密者」的「戰爭之框」：施明正、李喬、鄭清文、葉石濤筆下「告密者」的框架認知與滑動〉，《臺灣文學學報》，2021年第38期，頁35-76。

侯作珍：〈現代人的病理解剖室：論李喬的短篇心理小說《人的極限》和《恍惚的世界》〉，《中國現代文學》，2010年第17期，頁267-292。

陳佩甄：〈反共意識形態與性政治：1950-60年代臺韓社會中的他者們〉，《臺灣學誌》，2019年第18期，頁21-42。

이선미 : “ ‘부역(협의)자’ 서사와 냉전의 마음: 1970년대 박완서 소설의 ‘빨갱이’ 담론과 그 사회적 의미,” 『한국문학연구』65, 2021, pp.345-378.

四　網路文章

宋澤萊，2013年，評李喬的短篇小說《告密者》——並論諷刺小說裡的食人妖魔，臺文戰線聯盟，網址：http://twnelclub.ning.com/profiles/blogs/3917868:BlogPost:30348，檢索日期：2021年12月13日。

張美陵：〈意識形態的紋身〉，《報導者The Reporter》，2018年5月1日，網址：https://www.twreporter.org/a/photo-go-photo-communication-2，檢索日期：2021年12月13日。

彭瑞金：李喬短篇小說導讀，臺灣客家文學網，網址：https://cloud.hakka.gov.tw/content/images/05/C/01/05 C 01 0002-01.html，檢索日期：2021年12月13日。

從後殖民觀點重探李喬小說影視改編之族群傳播與歷史敘事

黃儀冠*

摘要

臺灣解嚴之後客家族群經歷母語復振運動，並積極於大眾媒體增加客家語文的內容，進而成立客家電視臺，以推廣客家族群文化傳播，李喬積極投入臺灣歷史文化的重塑，如主持電視節目「文學過家──文學說演劇場」，介紹臺灣文學作家作品，也主持「客家周刊」介紹客家豐富的人文內涵。二〇〇二年公視改編其小說創作為《寒夜三部曲》，二〇〇八年客委會補助，洪智育導演，客語發音，改編李喬劇本《情歸大地》為電影《一八九五》。通過影音媒體的跨域改編，在後殖民的觀點下，文化客家（Cultural Hakka）與語言客家（linguistic Hakka）的知識重構，對傳統進行再創造與再生產，從而形構成今日我們對於客家族群文化的重新認識。後殖民理論的批評著重於分析帝國主義文化侵略、宗主國與殖民地的關係、第三世界菁英知識分子的文化角色與政治參與，關心族群、文化、歷史對「他者」的表述。本論文擬通過李喬《寒夜三部曲》的混語書寫如何呈現抵殖民意涵，兼及影視化改編，重探其如何重構客家族群的語言、歷史及認同，影視的傳播對於族群認同的形塑與重構所涉及的虛構／史實，混融／本質等等議題的爭論，進行梳理與重訪。

關鍵詞：李喬、寒夜三部曲、混語書寫、族群傳播、後殖民

---

* 國立彰化師範大學國文系暨臺灣文學研究所副教授。

一　前言

李喬小說擅長透過各種象徵比喻等文學形式，表達小人物在現實環境中的困境及心靈狀態，並以客體現實處境與主體行動之間的拉鋸糾葛，努力開創命運的可能性，作為小說人物行動主體的宣告，同時李喬小說亦相當著重歷史氛圍，族群混融的時代情境，強化客家的觀點與文化。解嚴之後客家族群經歷母語復振運動，並積極成立客家電視臺，以推廣客家族群文化傳播，李喬積極投入臺灣歷史文化的重塑，如主持電視節目「文學過家——文學說演劇場」，介紹臺灣文學作家作品，也主持「客家周刊」介紹客家豐富的人文內涵。二〇〇二年公視改編其小說創作為《寒夜》及《寒夜續曲》，二〇〇八年客委會補助，洪智育導演，客語發音，改編李喬劇本《情歸大地》為電影《一八九五》。透過影音媒體的跨域改編，在後殖民的觀點下，文化客家（Cultural Hakka）與語言客家（linguistic Hakka）的知識重構，對傳統進行再創造與再生產，從而形構成今日我們對於客家族群文化的重新認識。後殖民理論源自對西方帝國主義質疑的知識菁英，依不同國家民族的歷史背景與被殖民的經驗，以抵制殖民勢力為其核心思想，提出「抵殖民」、「去殖民化」的論述。後殖民論述又稱為文化殖民主義，係指第三世界國家反帝國、反殖民，並爭取民族獨立；常借助西方的思想與文化，難以擺脫西方文化的後續影響與制約。[1]後殖民論述探究曾被殖民之後的國家所遺留的文化現象，關注前殖民母國如何以另一種形式出現並影響後殖民文化的現象。[2]後殖民理論的批評更著重於分析帝國主義文化侵略、宗主國與殖民地的關係、第三世界菁英知識分子的文化角色與政治參與，關心族群、文化、歷史對「他者」的表述。

本論文擬透過李喬作品的影視化改編，重探其如何重構客家族群的語言、歷史及認同，影視的傳播對於族群認同的形塑與重構所涉及的虛構／史實，混融／本質等等議題的爭論，進行梳理與重訪。

1　陶東風：《後殖民主義》，臺北市：揚智出版社，2000年。

2　黃怡嘉：《臺灣當代藝術之「新臺風」（1995-2005）》（臺北市：臺北教育大學碩士論文，2007年），頁28。

二　逆寫帝國的文本重置與文體擬仿

戰後臺灣歷史敘事的小說在七〇年代末至八〇年代漸趨開放的言論氛圍裡，小說敘事不再如高陽的傳統歷史小說寫法，僅以歷史事件或著名人物為主要敘事內容，而是與官方歷史不同的視角，強調官方所壓抑或者掩蓋的庶民史，或無登大雅之堂的日常俗民史，其敘事手法深受後殖民（postcolonialism）以及後現代（postmodernism）影響，後殖民的書寫不再著墨官方所聚焦的偉大歷史敘事，或以偉人、領袖等為敘事內容，而是試圖顛覆官方權威的歷史版本，重新以「小百姓」的敘事角度重寫／改寫歷史，以反映變動的社會對人民所造成的衝擊與影響。《寒夜三部曲》的歷史敘事有別於傳統歷史小說的寫法，而是以重層殖民文化視角深度描繪苗栗地區的客家族群史。《寒夜三部曲》以混融語言、土地及資本問題、抵殖民意識為其主要的敘事策略，可視為相當突破前人歷史小說寫法的後殖民歷史小說。《寒夜》、《荒村》、《孤燈》所構築史詩般的苗栗客家農民被帝國殖民史，分別敘寫清朝統治、日本殖民底下，臺灣農民抵抗，左翼思潮發展，土地權力分配、皇民化及志願兵等，著重抵殖民的敘事線，還有各種底層邊緣人的生存方式。後殖民論述提出「逆寫帝國」（Empire Writes Back）策略，殖民地人民不僅要重新找回自身歷史，重新認識、學習自身語言、地方文化，重構其主體性，甚至要更極端地質疑歐洲及英國殖民的形上基礎，挑戰帝國中心及殖民地邊緣兩極化的世界觀。[3]李喬在《寒夜三部曲》及後續改編電視劇，即試圖以逆寫帝國（Empire Writes Back）的後殖民實踐重寫日本時代。

七十至八十年代隨著臺灣逐漸意識到國族位置的邊緣化，重新開啟臺灣自我認同的探索之路，從族群歷史，庶民聲音，本土鄉土語言的重構，都成為作家渴求實驗的文學題材及敘寫策略。葉石濤曾云：「一部分有深刻使命

---

3 Bill Ashcroft, Gareth Griffiths, Helen Tiffin, *The Empire Writes Back: Theory and Practice in Post-Colonial Literatures*, London & New York: Routledge, 1989. 比爾・阿希克洛夫特（Bill Ashcroft）、嘉雷斯・格里菲斯（Gareth Griffiths）、凱倫・蒂芬（Helen Tiffin）著，劉自荃譯：《逆寫帝國：後殖民文學的理論與實踐》，臺北市：駱駝出版社，1998年。

感和歷史感的作家，隨著言論自由的擴大，趁機開拓政治小說和政治詩的領域，突破若干政治的禁忌，把作品的題材札根於以前未敢踏進的四〇年代和五〇年代的黑暗，荒蕪的政治環境，勇於揭發政治迫害的現實。一部分是儘管對政治持有批判的態度，但避免直接抨擊，站在高處，俯看社會百態，做客觀的描寫……，他們的作品非常注重日常性，排除了作家的使命感，歷史性感覺等沈重的包袱。」[4]李喬的作品即抱持此種細膩而包羅萬象的日常敘事，探索一九四七年的二二八事變，更積極重構數度被殖民的臺灣，這塊土地上客家人族群的遷徙歷史，客家人的語言，客家人的文化及苗栗地區產業。透過對常民生活，山林產業，極細節的敘事，再輔以大敘事的國族歷史，地區發展的開拓史，各族群拓荒遷徙的文獻，再加上個人家族史，農民反抗運動，構築一部既宏觀又微觀的大河小說寒夜三部曲。賴松輝撰《李喬《寒夜三部曲》》是較早研究長篇小說論著，就其人物、主題、文類等提出精闢論點，特別是土地問題及人物形象的分析。[5]後續盧翁美珍亦就《寒夜三部曲》的人物進行分析，以榮格心理學說加以闡述，並附錄李喬的訪談稿，記錄對於創作理念與思想等創作歷程。[6]楊淇竹曾分析改編電視劇，較多著墨於第一部《寒夜》，以及延伸出的客家文化。李喬的短篇小說及長篇小說的研究雖已有許多學者投入，諸如紀俊龍、吳慧貞的《李喬短篇小說研究》針對其主題思想、象徵藝術以及形式等等作出論述。[7]前述學者精彩的研究觀點誠然啟發筆者甚多，也對李喬研究作出重大的貢獻，然而針對其混語書寫的抵殖民意涵，以及改編電視劇，尤其是《寒夜續曲》（改編自《荒村》、《孤燈》）的深層闡述，以後殖民觀點以及重層語言加以關照，目前仍有待爬梳與探究。

---

4 葉石濤：《臺灣文學史綱》，高雄市：春暉出版社，1987年。

5 賴松輝：《李喬《寒夜三部曲》研究》，臺南市：成功大學歷史語言所碩士論文，1991年。

6 盧翁美珍：《李喬《寒夜三部曲》人物研究》，彰化市：彰化師範大學國文學系碩士論文，2004年。

7 紀俊龍：《李喬短篇小說研究》，臺中市：逢甲大學中國文學所碩士論文，2002年。吳慧貞：《李喬短篇小說主題思想與象徵藝術研究》，臺中市：東海大學中國文學系碩士論文，2003年。

《寒夜三部曲》透過彭家劉家兩個家族拓荒史，探究客家自清末至日治時期族群意識及國族認同想像，而殖民時期執法者強勢的規訓及懲罰下，底層農民的啟蒙意識又是如何萌發？李喬曾云：「我將自己的小說分為兩類，一是形成鄉土意識、社會意識，以抗議性為主題的系列小說，包括《寒夜三部曲》、〈人球〉、〈尋鬼記〉、〈孟婆湯〉等，另一系列，是探討生命之苦，和對生命情調的描繪，其中包括〈大蟳〉、〈修羅祭〉、〈痛苦的符號〉等。」[8]《寒夜三部曲》的抵抗精神，透過兩個家族的發展史，三代經歷清領時期、日本統治到皇民化、大東亞共榮圈的政策文宣，展現底層庶民抵抗強權、霸凌的不屈服硬頸。李喬透過族群歷史及混語書寫，重新思考國族想像是如何建構出來，對底層農民而言，國族的想像是透過對地方的認同塑造身分的認同，而族群身分認同的重要元素即是語言。談到小說的語言，在鍾老的期許下，李喬更加鍛鍊其語言文字：「我的《寒夜》和《孤燈》都是他逼出來的，另外一個影響，他很挑剔我的文字，當時我不以為然，因為我很迷信心理學。心理學講究刺激反應，所以我寫的短篇小說，專門找那種最能夠刺激讀者反應的那種文字句子。鍾肇政跟我講，他說，讀你的文章好像下雨天放電，會刺人家的皮膚的感覺，很不舒服。我不理他，我這是有專門一套的。後來我寫《寒夜》，下筆的時候，我心理有數，要用最自然最容易用的文字，不要雕琢。我寄了第一批稿子給他，他寫了一封信給我說：『很高興，我終於看到屬於你自己的文體了。』很厲害喔！聽他這麼說，我就回過來思考，後來對文學裡面的文字，以及語言學文字的意義，我自己有整套的思考，是因他而起的。這種思考到後來我談母語的問題，都發生了一些作用。」[9]後殖民論述的觀點強調曾被殖民國家對本土語言的追溯，與族群命運歷史的重新挖掘，把話語權從日本時代的殖民論述奪取回來，也從戰後國民政府黨國威權的史觀建構中解放出來。

---

8 李喬：〈一位臺灣作家的心路歷程〉，《李喬短篇小說全集資料彙編》（苗栗縣：苗栗縣立文化中心，1999年），頁51。

9 莊紫蓉：〈築夢的小說家——訪問小說家李喬後記〉，《苗栗文獻》第17期，頁50。

後殖民文學重構族群語言、文化、歷史，運用母語重新訴說自己族群的故事，運用哲學、電影和文學等文藝媒介，與殖民統治所遺留下來的文化傳統進行多重辯證，這當中彼此扞格扭曲，在解殖／去殖（de-colonization）的行動中，針對殖民政權所施壓迫的歷史記憶與文化認同進行拆解、揭露與反省，企圖翻轉西方對東方（或非西方）長期以來所持續的「異國情調化」（exoticization）與「東方主義化」（orientalization）的刻板印象，進而建立自我的文化主體性。這個歷程是重建族群歷史的必經之路，其主要目的就是要從被殖民者的自身經驗或常民記憶裡的口述歷史作為出發點，積極記錄、書寫、傳播庶民百姓與殖民主義者一邊抗爭一邊妥協的真實歷程，恢復傳統文化，並從中發掘出創新當代文化的潛力，重建被殖民社會的集體歷史與文化認同，以對抗殖民時期的遺忘。寒夜三部曲複雜而混融的語言敘寫策略，即是反映臺灣重層歷史，以下透過三個面向探析李喬混語書寫的抵中心、抵殖民之意涵：

（一）混融語言──漢語、漢語客音、漢語日音（中文日語）、漢語閩音

「是不是前線危急，不能去了？」

「我們開始撤退啦。」

「巴卡（ばか）！哪有這事？大日本無敵艦隊，鐵血機群，決死陸軍哇（は），天下無敵薩（さ）！」一日籍水兵說。

「或許美軍快投降了，我們不必南進啦。」

「可是敵機連臺灣都去空襲了。」

「哪呢（なに）！『神訥國』（神の国）日本哇（は），絕對失敗唏奈（しない）！」

「嗽（そう）！大日本哇（は）不敗訥（の）國！」有人奉承地附和。

「哈哈！嗽喲（そうよ）！看！珍珠港事變，把鬼美軍炸得……」

「塔卡啦（だから），大家，大日本訥（の）永遠昌隆，三軍訥

（の）武運長久喔（を），歡呼唏咯（しろ）！

——《孤燈》，頁58

（底線及括弧內日文為筆者所添加）

通過以中文模擬日文的語音，而不是直接以日文書寫，若是日文直接表述，或許無法透露出底層人民那種有苦難言，只能說母語，在帝國殖民下幾乎成為文盲，也成為無法言說的沈默他者。語言即代表象徵秩序，據羅蘭・巴特（Roland Barthes）所言：語言是一種立法，語言結構則是一種法規。我們見不到存在於語言結構中的權勢，因為我們忘了語言結構是一種分類現象，所有的分類都是壓制性的：秩序既意味著分配又意味著威脅。[10]在《孤燈》後記：「首先是《孤燈》中日本人角色的對話問題。這是考慮再三才運用這種「中式日語」的。因為，個人覺得外國人的對話，總要與國人有一些不同，而且個人的情感上，也很不願把日本人的對話寫成『和國人一樣』。」通過此種「中式日語」（漢語日音），將日文重新改寫，重置其文本，再加上日文本身即有大量的漢字漢文，此種混融文體如後殖民學者霍米巴巴所談的雜滙、混融（hibridity），此種雜滙文體即反映臺灣重層文化語言，李喬認為「本文的『中式日語』，除了用上許多日語氣詞如：「嘎、哇、訥、咯、那拉……』等之外，還勉強音譯兼同意譯了一些。例如：『綺麗』是『美麗』之譯，『訛獸』是『說謊』之譯。（案：訛獸，常欺人之獸也，見神異經。）『悉得路嘎』是『知道嗎』之譯。不得已時，還大膽地直接音譯了一些，但這也是在設計之下的產物。即：讀了上下文大致能猜出此語意思，或縱使不全明白，對於此段意義之瞭解並無妨害。」[11]寒夜三部曲中大量的漢字日語，還有客語及客家文化的書寫，正是一方面反映日本殖民時期的語言狀態，但並不是原還本來的，經由改寫，重置文本，傳達逆寫帝國，抗拒中心，抵抗正統日文的意涵。

---

10 Roland Barthes, *Le Degre Zero de Lecriture*，李幼蒸譯：《寫作的零度——結構主義》（臺北市：時報文化出版公司，1991年），頁188-189。

11 李喬：〈後記〉《孤燈》（臺北市：遠景出版事業公司，1981年），頁517。

（二）擬仿與諧謔

霍米・巴巴（Homi Bhabha）所發展出來的解構殖民策略，將後殖民論述推向更為細緻而複雜，他認為殖民與被殖民的關係不是二元對立敘述可以簡單概括，他認為跳脫西方／東方或第一世界／第三世界的對立思考模式，對於二個異質文化的接觸、對抗與轉化，他提出“hybridity”（混雜、雜滙）及“mimicry”（模倣學舌、翻譯、番易）等概念。[12]他認為「本土身分」或「外來文化」並不是可以清楚劃清界線，身分認同與自我的認同是各種話語爭戰的場域，在主宰文化與從屬文化接觸時，兩者之間所產生的碰撞與落差，是一個不斷否定與認同，不斷拉扯與協商的過程，在此當中權力也重新位移與建構在兩種文化的折衝協商過程中，經常透過的手段是「學舌」、「番易」（mimicry）。從李喬的混語書寫，我們可以看到他以中文模擬日語，此種非正統中文亦非日文，即是殖民地人民所受到的文化霸權所壓制，強迫學習殖民者的語言文化，抹去自我的認同與母語，透過模擬殖民者的言行舉止，強迫灌輸其價值觀，事實上在擬仿的過程，變成鸚鵡學舌，已非原件，李喬更以語言的戲仿及諧謔加以批判。所謂的“mimicry”起始是「模仿」，原本是殖民者引導殖民地人民仿效他們的文化形式與價值體系，進而達到鞏固統治的目的，但結果卻是殖民地人民在「番易」的過程中挪用、再創造、再融鑄成自己的文化，因此霍米・巴巴說「番易」是一種「雙重發聲，雙重語意的符碼。」

「番易」過來的文化價值體系雖然是來自宗主國，但已不是「原件」。有模有樣地模仿，吸收，強灌下殖民文化，將皇民化觀點，土地資本化的概念不斷「番易」，不斷轉述，在此過程裡外來觀點與本土觀點糾纏，傳述過程不斷融滙，滲透本土觀及本土語文，而將在上位者殖民者的觀點諧謔化：

---

12 參閱廖炳惠對於miimcry的翻譯。見〈後殖民研究的問題與前景:幾個亞太地區的啟示〉，收錄於簡瑛瑛主編：《認同・差異・主體性：從女性主義到後殖民文化想像》（臺北縣：立緒文化出版，1997年），頁111-152。

「哇！不得了！」野澤樂得瘦削臉孔都變了形，不得了咧！如果打不死，再升上去就是兵長！兵長得佩長劍啦！

「那就要看閣下命有沒有這麼長。」仁和冷冷說。

「巴卡（ばか）！」野澤輕蔑地：「萬一戰死，『靖國神社』內，俺（おれ），必然兵長一員薩（さ）。」

「哈伊（はい）！兵長殿（どの）！」

「取笑哇（は）不必，汝們必然戰死，阿訥時（あのとき），俺（おれ）還是汝們的上級。」

「可惜，我們不進『靖國神社』！和兵長殿（どの）哇（は）見不到。」

「逗悉得（どうして）？都是皇國訥（の）為。」

「我們的冤魂……」

「英魂嗒（だ）！」野澤搶著糾正。

「我們訥（の）英魂哇（は）回臺灣故鄉，要上，」仁和突然改用自己的客語說：「家神牌的。」

「可咧哇（これは），非國民嗒（だ）！永遠覺悟西奈哪（しないな）！」

「生為臺灣人，死為臺灣鬼；鬼魂回故鄉，保護臺灣人！你懂不懂？」仁和越說越正經起來。

「好啦，仁和！」明基實在聽不下去，悄聲說：「竹筍蟲吃竹筍，屎蟲吃屎，改得了嗎？你和這種東西說什麼呢？」

「我真奇怪，臺灣米怎麼會養活這種東西！」

「這叫一種米養百種『蟲』嘛。」

——《孤燈》，頁275-276

（底線及括弧內日文為筆者所添加）

此處臺灣人野澤一心想要成為皇民，於是他在語言及行為舉止大量模仿日本人，希望升官進爵，最後能進入靖國神社，然而客家人仁和想回臺灣故土，魂魄回到宗祠保護鄉土，保護家人。此種模仿最後成為諧謔的客家諺語：「竹筍蟲吃竹筍，屎蟲吃屎」，「我真奇怪，臺灣米怎麼會養活這種東西！」「這叫一種米養百種『蟲』嘛。」透過諧謔潛藏抵抗意識，指出臺灣人是次等國民的位置，以及日本人／臺灣人權力位階不同，將殖民者的文化橫移到殖民地是確保在上位者（殖民者）權威形式的必要手段。那麼在「模仿」與「番易」到最後「再現」中，「原件失真」甚至失落的事實，說明殖民威權的不可動搖只是一則神話，在上位者（殖民者）與殖民地文化轉化、吸納與番易的過程裡，抗拒已經潛伏。斷裂式混雜式語言的番易，底層的鸚鵡學舌，無法成句，在帝國目光及壓迫下，如何顛覆並反轉，逆反帝國的書寫，這些字詞間的斷裂、雜滙、學舌式番易傳達抵殖民的意涵。戲仿且諧擬式的學舌，形成戲謔橫生的狀態，在文化位階處底層的志願兵，對日語進行中文式的「番易」，造成對殖民宗主國大東亞共榮意識形態文本的反轉。

李喬對於日本軍官切腹一幕的諧謔敘寫，對「介錯」的說法態度，以及日本軍刀的嘲弄。顯示他對於軍國主義的反思與抵抗。擬仿本身存在著雙重視域，從明基的觀點，他一方面保有客家人的文化視野，另一方面又被迫服膺殖民體制，然而在接受殖民文化與擬仿過程中，被殖民者是能拼貼與挪用本土文化與外來殖民者文化，在擬仿、拼貼或挪用的複製過程，本土文化與外來文化產生混融，彼此交織，甚且矛盾糾葛。學舌、番易的過程即在揭發殖民論述的曖昧不明（ambivalence），同時也破壞它的威權。[13]明基視軍官切腹這一幕活像鬧劇：

> 「生命？什麼玩意？」少佐難看的笑容中，漾起近似滿足的神色：「俺（おれ）哇（は），天生訥（の）殺戮者，還是殺得不夠多——磨（もう），沒有敵人可殺啦！哈哈！嗒卡拉（だから），自己喔（お）苛戮死（ころす）！」

13 Homi K Bhabha, “The ambivalence of colonial discourse,” *The Location of Culture*, New York: Routledge, 1994, p.126.

> 這是切腹前的遺言？還是宣言？明基胸中的怒火慢慢上騰。他已經不再懼怕，他以老鷹般的眼光強烈凝視眼前演出的活劇……
>
> 「嘛，可累得（これて），俺（おれ）就去啦！」少佐回顧背後兩個背掛戰刀的部下說：「汝們好好為俺（おれ）『介錯』（かいしゃく），汝們不能害怕！」
>
> 砍斷少佐的脖子……想到這裡，明基冒起一身寒慄。
>
> 「……汝們，也要追隨俺（おれ）去——由衛兵以槍介錯（かいしゃく）相助汝們，悉得路嘎（しているか）？」少佐還是笑着，那是苛虐中獲得快感的笑。
>
> 「哈伊（はい）！一定不負期待！」嗓音，似乎也顫抖着？
>
> 「得哇（ては）！先走一步……」
>
> ——《孤燈》，頁302

> 「嘛嗞！」少佐又抓起那把拋在血灘裡的戰刀，瘋狂地，也是胡亂地往自己身上猛戳猛插……
>
> 「開槍！槍，槍殺塞（さい）……」
>
> 「殺！殺！喲！畜牲（畜生-Chikushō）！死吧！快死吧！可厭訥（の）生命！」少佐殿還在瘋狂地戮自己，還未斃命。
>
> ——《孤燈》，頁304

（底線及括弧內日文為筆者所添加）

李喬著力於將漢字的似日語，卻又是中文形態，再加上音譯，此種語言形式所造成的陌生化效果，一方面呈現後殖民情境，另一方面是李喬刻意呈現重層語言的狀態。語言的擬仿與擬態可以被視為被殖民者模仿殖民者的語言，文化，並加以歧異化，進一步衍異，因而導致殖民者的權威變得不穩定並受到衝擊，進而打破殖民者與被殖民者之間的對立關係，產生出曖昧不明的空間。

（三）復振母語重構族群文化

《寒夜三部曲》以漢語譯寫客語，漢語轉譯閩語，整部小說的敘寫策略，打破純正中文語感，不用日文表述，反而以中文轉譯，而沒有文字的本土語言，客語、閩南語，則創造出音譯的客語書寫。在強勢文化霸權情境下，霍米．巴巴認為語言擬仿正是創造一種矛盾曖昧的狀態，被殖民者為了與殖民者溝通，會進一步複製文化並加以誤讀改造。《文化的定位》一書當中所提出的「擬仿／學舌（mimicry）」現象。擬仿是建構在曖昧矛盾中才有效，並且必須不斷產生失誤與差異。語言擬仿及戲謔、諷刺使殖民論述的權威受到不確定性的攻擊，顯露出一種不適切的挪用，一種差異或不馴服的表現，它結合殖民統治者的權力、策略，加強監督，對殖民者的正統知識與懲戒力量產生威脅。[14]《寒夜三部曲》對日文的擬仿，客語、閩語的重構創造出小說裡殖民與被殖民之間的第三空間，也創造語言的異質性，雖雜揉大量漢字，但非日文，雖看似全部中文書寫，卻混融許多客語發音與客語詞彙、山歌、文化、傳說。如「痾屎嚇番」,「著天釣」等，皆雜滙於字裡行間，使得中文書寫的純粹、正統性亦受到挑戰與威脅。

> 「明基的信也回來了，聽說在什麼馬尼拉吧！」
>
> 「我們阿輝，祇有番號，不會也是在什麼馬拉尼的？」
>
> 「馬尼拉。」她糾正阿貞：「大概就在那一帶。聽說好大的地區呢，有幾千個小島。」
>
> 「好幾千？阿媽哀（a´ me´ oi´）喲！」
>
> 「有信息就好，阿貞，妳自己多照顧自己，還有阿美；這就是對阿輝仔好，知道嗎？」
>
> 「我知道，姑婆。」

---

14 Homi K Bhabha, “The ambivalence of colonial discourse,” *The Location of Culture*, New York: Routledge, 1994, p.122.

「對家官家娘，朝晨（zeu´ siinˇ）暗晡（am bu´），多盡心些，這也是為輝仔」

「會，我會。」

——《孤燈》，頁69

（底線及括弧內日文為筆者所添加）

此種語言的「番易」（誤讀式的翻譯），將殖民者的正統語文再以改造，並且「本土化」、「地方化」，透過此種不斷學舌或者番易的策略來對抗強權的複製，經由多元異聲，多焦點，藉著不斷學舌，不斷重複，不斷地戲擬，使正統的強大論述產生變異，對殖民強勢文本產生揶揄式的諷刺，此種抵抗策略乃是使弱勢的底層他者，從殖民強權的支配論述中由被剝削者的地位平反過來，而非只是使弱勢的他者再度化約並消融在強勢的帝國殖民文化中。小說文本運用多元而異質的語言聚焦於被殖民的他者，運用不同的「番易」再「番易」的文化挪用，產生多音複調的雜燴語言，以解構外來文化單一的文化觀、價值觀。

李喬小說多族群且較開放的左傾文化精神，以及揉雜語言的實驗性質，一方面既傳達對於日本時代的抵殖民的抗議精神，另一方面也潛藏著背離「標準高雅中文」、「字正腔圓的純正國語」，並進而鬆動挑戰官方威權同化的文藝政策既解構日文殖民也解放傳統古典中文。李喬的書寫從對殖民者的制度與現代語言中擬仿／學舌進一步重新建構，在重新建構過程，則積極的逆寫帝國，其中「重置語言」（re-place language），「重置文本」（re-place the text）李喬重新打造混語文本，以多視角多重文本，重層語言的方式，重置殖民語言，將客家族群的歷史與文化逆向傳播給殖民者與當權者，將語言及文本重新混融，重構重製文化符碼之後，試圖削減殖民文化所帶來的影響及文化帝國的強勢話語，翻轉長久以來文化輸出的方向。

三　從歷史時代劇到多音複調的改編

「文學劇」這個類型在臺灣掀起狂潮，應可回溯到二○○○年公視所製播的《人間四月天》，此劇創下有始以來公視最高的收視率，使公視有信心得以與其他商業電臺一爭天下。《人間四月天》改編詩人徐志摩的生平及愛情故事而成的電視連續劇，由丁亞民導演，徐立功製作，王蕙玲編劇，播出後佳評如潮，也引領後續「文學大戲」的風潮。公視最早所推出的是文學劇場──《鹽田兒女》，其後一九九九年相繼推出《離婚》、《曾經》，二〇〇〇年推出《人間四月天》、《汪洋中的一條船》、《輾轉紅蓮》、《大醫院小醫生》，二〇〇一年推出《橘子紅了》、《孫中山》，二〇〇二年推出《寒夜》、《後山日先照》，二〇〇三年推出《孽子》、《家》、《赴宴》、《寒夜續曲》，二〇〇四年推出《她從海上來──張愛玲傳奇》、《風中緋櫻──霧社事件》、《畫魂》等十八齣以上的文學劇。雖然相較於一般的商業電視臺，其收視率及知名度不足，然而透過以大卡司，大製作及精緻化，以文學作為號召，往往成為電視金鐘獎的常勝軍，高水準及高品質成為公視文學劇的口碑。回顧公視所製播的「文學劇」，挪用文學性藝術化的概念將小說作品或者文學家生平改寫或重置，有些是小說改編如鍾曉陽《停車暫借問》，琦君《橘子紅了》。《人間四月天》則是王蕙玲根據徐志摩的生平故事改寫成電視劇本，屬於「文學傳記類型」。二〇一〇年之後電影導演多是自行創作電影劇本加以拍攝，取材小說的文學改編漸漸稀少，反而是適合小說長篇敘事，細節勾陳的電視劇，喜愛拍攝文學改編劇，根據筆者初步統計，二〇〇〇～二〇〇九年共有二十部文學改編電視劇，二〇一〇～二〇一八年共產製了近三十三部文學改編電視劇，從此可見從文學取材，攝製貼近臺灣人民歷史、文化、情感，並且強調其文藝性與高品質，吸引年輕世代觀眾，造成文壇的話題性，成為文學劇的類型特色。

二〇〇二年公視製播客委會補助，李英導演改編李喬原著《寒夜》，成為第一部八點檔客語發音的連續劇，二〇〇三年公視再製播《寒夜續曲》，鄭文堂導演改編三部曲後續的《荒村》、《孤燈》。第一部《寒夜》電視劇由李喬親自顧問指導，故影片忠實還原各種歷史細節，雖然對白是華語及客語配音而成，稍嫌不自然，且大量的旁白，主導著如新聞報導影片般，帶觀眾走入歷史現場，其旁白聲音具有主導性的權力，口吻具權威感，展開大河小說壯闊的史詩感。場景雖是搭景而成，但重建客家聚落的農地、溝渠、雞舍、豬圈、茅屋、土圍牆等，創造視覺化且地方感十足的蕃仔林村莊。《寒夜續曲》主要是再現日本殖民時期，劉阿漢、燈妹一家的家族史，試圖還原殖民者與統治者所視而不見的底層歷史與敘事聲音，如何逆寫帝國與再現殖民史，其目的顯在地或潛藏的都是為了認識自身的存在（self-being）。鄭文堂導演採取一條敘事線是從左翼運動史，農民參與抵抗運動，另一條敘事線第一集至第十二集以劉阿漢與劉明鼎為主線，從土地爭取到農民組合，左傾思想與抵殖民意識的萌芽發展。第十三集到第二十集則描述劉明基與蘇永華，太平洋戰爭爆發之後，臺籍志願兵南洋參戰的歷史與後方幾位女性的處境作為敘事線。《寒夜續曲》仍以寫實風格為主，客語盡可能讓演員自己學習說，而不採用配音的方式，雖不標準也時時有誤讀的問題，但比起國語配音或者標準客語配音，顯然在聲音及腔調較自然而貼近日常。導演善用光影、閃回（flashback）、獨白聲音，重現人物內心的矛盾、糾結、戀鄉等情懷，以情感動能召喚族群認同意識，取材改編《荒村》劉阿漢、劉明鼎的內心獨白話語，以及《孤燈》多段南洋志願兵生命最後迴光返照的意識流片段。

上述李喬在小說語言精心重構，打造抵抗文化霸權，混融而複雜的書寫文體在電視劇改編中如何加以呈現，尤其底層階級如何發聲，又如何受到啟蒙並進而從事農民運動，最後為滿足日本大東亞共榮圈的虛幻夢想，被迫成為志願兵，流離於南洋。第一部《寒夜》拍攝對於原著亦步亦趨，其敘事手法接近歷史時代劇，而其鏡頭美學則延續自李行以降「健康寫實」的風格。時代劇類型戲劇以特殊歷史事件為題材，考究服裝、場景及道具營造氛圍，透過劇中角色呈現當時人民的生活及價值觀，近來這股時代劇風潮興起，而搭配劇情而作之主題曲，透過歌詞傳達出大時代下的束縛與無奈，配以富有時代感的音樂編排，牽引著觀眾情感起伏，達到劇情感人的效果。[15]時代劇在情節、結構、人物、語言和主題思想有一定體制，但與歷史事實相比，時代劇多被善意的改編與戲劇化加工過，內容與彰善懲惡的現代正義感一致，

---

15 參見凌千媚：《臺灣時代劇主題歌曲研究分析》，高雄師範大學表演藝術碩士論文，2018年。

以易於觀眾接受。

王淳美曾對臺灣時代劇文學劇本作分析，歸納出下列幾點：情節為單一情節線平鋪直敘，在有限的人物中交織巧構曲折情節，喜劇圓形結尾。結構上大致表現通俗劇與佳構劇的特色。人物塑造多數具扁平形象，性格角色不突出。真正反面人物不多，小惡者多能改過遷善，結局印證邪不勝正，不足以對正面人物構成威脅。語言方面以當代生活口語對話為主，呈現人物職業、省籍、觀念與經濟能力的差別。戲劇主題：反映當代社會潮流與現象。[16]雖然論文是以臺灣舞臺劇為研究對象，但所歸納出的時代劇特色仍能反映戲劇所營造敘事特質。李英所拍攝的《寒夜》以彭家開拓蕃仔林為主線，輔以燈妹、阿漢的情感敘事，整體如同歷史時代劇，情節鋪陳較單線進行，每個人物的個性較為單一固著，而語言上則符合時代，同時配客語及國語兩個版本，這個版本因採取配音方式，所以較不能呈現出李喬在作品中穿插各種不同語彙，以及混雜的文化重層現象。

第一部《寒夜》在人物塑形上較細膩鋪陳燈妹的形象，花囤女（養女）在家中的地位低落，只能撿食他人不要的食物充饑，又要補充家裡的勞動力，因而家事農事兩肩挑，原本要嫁予人興，可惜事與願違，反而被貼上剋夫的咒語，飽受養家的冷眼苛待。後雖改嫁劉阿漢，然經濟貧困，阿漢時而不在家，時而去從事抗日反日活動，夫妻一輩子為此有大大小小的爭執，燈妹的小孩也生病而早夭，種種磨難，如同臺灣這片土地所遭受的創傷與苦難，終究是一步步走出困苦，堅毅卓絕的燈妹，如同親切的泥土，如同大地之母，也是臺灣的象徵。電視劇改編主軸除了強化開墾拓荒，先民胼手胝足建立家園，另一主軸即是燈妹與阿漢，此種改編涵括了西方通俗劇和家庭倫理的元素，著重情節的戲劇性，例如被邊緣化、被壓迫的女性受害者視角出發；道德兩極化（moral polarization）、壓抑復返（the return of the repressed）的精神分析式結構，情境式結構（the structure of situation）之激烈情感與浮誇美學上所構成的過剩風格（excessive style）、感官煽動（sensationalism）、透過

16 王淳美：《臺灣戒嚴前期的《中華戲劇集》》，成功大學中國文學系博士論文，頁205-245。

沈默或拒絕溝通營造感傷力（pathos）來啟動觀眾的情感參與等等，音樂（含歌曲）在這類型的電視劇中更是與西方通俗劇模式一樣在結構與表現手法上有絕對的必要性，以音樂渲染戲劇張力。

燈妹是唯一貫穿《寒夜》及《寒夜續曲》的角色，她是底層庶民，也是從屬階級中的賤民。Spivak定義的 “subaltern”，包含了自給的農民、部落族人、在街頭或鄉下勉強過活的貧窮人、無組織的勞動工人、群體及社區。[17]在她的著作中，則賦予 “subaltern” 更具有文化權力關係的涵意，以Spivak觀點而言，“subaltern” 即無法為自我發言又必須依靠他人代表及再現的階級。[18]而在從屬階級研究中，“subaltern” 則泛指一切受壓迫的團體，包括無產階級、工人、農民、婦女、部落居民等等。由於不同學者的 “subaltern” 概念略有不同，因此其譯名包含了「庶民」、「賤民」、「底層人民」及「從屬階級」等。在殖民情境中燈妹不只是底層女性，更象徵「沈默的東方」：西方／男性被歸列為施福者，佈道士和英雄家，而東方民族／女性則是落伍、心術不正、被上帝所遺棄的孤兒，但儘管如此，他們（東方的黑暗民族）仍然在西方文明與科技的照耀之下而成為受益者。於是，西方的一切偉大的壯舉，都帶有一切偉大的合理性，無論是激情的還是科學的，無論是夢想的還是真實的，但這一切都是「我們西方」促成的。它使所有的反對者詞窮而退避，當然也使東方從此沈默不語。[19]殖民論述常以性別作為隱喻符碼，具侵略者的殖民者被男性化，而被殖民者往往被女性化，再加上土地也經常帶有陰性化的特質，征服土地和征服女人在殖民論述裡成為互喻的象徵意義。日本脫亞入歐，成為列強一份子之後，現代化西化的日本已成為西方帝國主義的一份子。

電視劇的改編將原先小說男性英雄旅程轉變成堅毅女性如何在苦難中生存，守護土地，延續子嗣。小說中為土地而犧牲的彭家男性，為農民運動而

---

17 G. C. Spivak, *In other worlds*. New York & London: Routledge, 1988, p.288.

18 G. C. Spivak, 'Can the subaltern speak?' In Gary Nelson and Lawrence Grossberg(Eds.) *Marxism and the interpretation of culture*. London: Macmillan, 1988.

19 宋國誠：《後殖民論述：從法農（Frantz Fanon）到薩依德（Edward Said）》（臺北市：擎松圖書公司，2003年），頁346。

身繫囹圄的阿漢、明鼎，最後客死他鄉的志願兵，小說將這些小人物塑造成悲劇英雄，整個故事從英雄出發受啟蒙到被召喚，最後歸返家鄉，正是一趟英雄歷劫回歸的旅程。電視劇的改編則增添較多女性角色的篇幅，以燈妹、芳枝、阿貞、阿華等感情敘事線，擴充心理層面的描繪。薩伊德認為「東方主義」是西方用以對東方，進行想像的建構的話語，它把東方構建為西方的「他者」。[20]自從日本脫亞入歐之後，日本自詡為帝國列強之一員，以「帝國之眼」看待亞洲其他族群，並模仿西方列強進行殖民擴張的資源掠奪及侵略。在西方與東方的二元建構裡，日本站在西方的位置，對其他亞洲國族加以「東方化」，皇民化的過程即是將日本皇民放在現代化、西化、文明的優勢位置，其餘的亞洲人即是落後，未開化的民族。被殖民的臺灣，經常被負面地東方符碼化，而東方與本土則被陰性化、與「原始的」、「沈默的」、「感官的」、「非理性的」等負面符碼構連在一起。

Spivak認為，在帝國主義，國際資本主義的宰制與壓迫下，從屬階級面臨的處境是對國家，歷史及文化的認同產生困難及矛盾，另一方面，因長期的被宰制，導致從屬階級自我主體意識的沈默，甚至無法為自我發言。而逆寫帝國重置文本另一項工程，即是翻轉沈默的東方。透過小說與電視劇女性角色的刻畫，試圖重寫陰性／東方的文本。燈妹歷經阿漢去世，明鼎為農民運動反日活動而不知所蹤，明森到南洋當兵，回來後已神智不清，最小的兒子明基也成為志願兵，不知流落南洋何處，歸期似遙遙無期，在電視劇改編中，燈妹縱使有種種磨難，依然像是一盞明燈，如同家裡的智慧老人般洞察世事，隨順命運造化。年輕一輩的女性，芳枝代表新女性，理解明鼎的農民運動及抗爭行動，相伴左右。阿華則是勇敢追求愛情，為了尋找明基不惜反抗日本軍官，她的遭遇也體現戰爭後期許多女性到前線從事看護婦的工作。這些女性不再是沈默底層，而是有主體性，勇敢追求自己所愛的，個性堅毅強悍的烈士。

電視劇《寒夜續曲》對於夾在日本人與臺灣人之間的三腳仔多所著墨，

---

20 Edward W. Said（薩伊德）著，王志弘等譯：《東方主義》（*Orientalism*），臺北縣：立緒文化出版：1999年。

從後殖民論述觀之，鍾益紅的種種行徑不斷在進行自我的皇民化，套入帝國之眼的視角，對待自己的同胞加以東方化。現代化與皇民化的自我改造歷程，自我東方化指涉異化（alienation）的心理——亦即自我文化主體定位不清，發展潛能受挫的狀態下，外來殖民霸權夾帶經濟及政治資本的強力控制，被殖民者往往會萌生自卑情結和自我認同意識扭曲。由於詮釋的權力只掌控在殖民者手裡，對於被消音的被殖民者而言，只有全心全力獲得殖民者的認可，才能取得自身的價值與存在感。法農認為：「所有被殖民者——換句話說，所有因為當地文化的原初性被埋葬而產生自卑情結的人——都得面對開化者國家的語言，也就是母國的文化。隨著學習母國的文化價值，被殖民者將更加遠離他的叢林。當他拒絕他的黑，拒絕他的叢林，他會更加的白。在殖民軍隊中，特別是在塞加爾土著兵團中，土著軍官的首要角色是通譯，將主人的命令傳達給他的同族，因而享有某種尊榮感。」黑人社會運動者法農（Franz Fanon）曾就心理分析和馬克思理論的觀點探索殖民主義與異化之間的關係。他指出，殖民霸權的入侵帶給殖民地傳統體系的崩潰，迫使殖民地整體社會及經濟結構順應其剝削體系。[21]如此，被殖民者自然就會有異化的心理。被殖民者遭受殖民統治者強勢的歷史、文化壓制後，往往會喪失其自我意識，傾向於認同某種僵化的種族意識刻板形象（racial stereotype），或固定的觀念，致使產生各種挫折和複雜情結。

在殖民過程，為了滿足殖民者的統治便利性，殖民者創造一種政治，經濟，文化的優越感，以號令被殖民者臣服，使被殖民者的心理和文化形態均生扭曲變異。異化具有智性和經濟兩個層面的意涵，經濟層面的異化指被殖民者在生產，經濟活動中，不斷遭殖民統治者剝削，而與生產過程異化的現象。智性層面的異化使被殖民者無法就自己與殖民者的階級差異來透析自身經濟窘境的根本因素。兩種異化現象交織的結果使被殖民者更無力發展自我意識。因此，法農呼籲：為了革除異化狀態，被殖民者必須認清，異化並非個人問題。異化主要是被殖民者一個「歷史和經濟決定論的「自卑情結」予

---

21 Fantz Fanon. “Colonialism and Alienation.” Wilfred Trans, F. Feuser. New York: *Monthly Review*, 1974.

以內化所致」。[22]鍾益紅所象徵的皇民化，尊崇殖民制度帝國榮耀者，上層結構與下層結構之間的中介者，即是一個自我東方化、自我矮化及西化的思想模式。這一套套以模仿西方價值觀，服膺帝國經濟利益、以西化為中心的知識系譜，加構於東方／西方二元論述的權力結構上。

鄭文堂的《寒夜續曲》拍攝風格較傾向於新電影的寫實紀實，但又融入李喬小說心理描寫特色，意識流的現代主義表現形式。《寒夜續曲》改編小說《荒村》、《孤燈》，在寫實紀實層面，他以多音複調的雜滙語言呈現電視劇對白，許多場景讓角色多語交織，尤其到太平洋戰爭爆發後，一群臺灣人到南洋當志願兵，導演讓明基身邊有客家人、閩南人、原住民，以及努力想變成皇民的三腳仔。日本人的形象也根據小說原有的角色，強化他們對於戰爭的不同立場、看法。導演巧妙運用小說提及的日本軍歌〈同期之櫻〉，表達在殖民侵略軍國主義下，不論是臺灣人或日本人，也不論是位階高的軍官或低階的志願兵，美好的青春都只能葬送在無情的戰火：

你我是同期的櫻花
一起盛開在兵學校的庭匝
花開就得有凋謝的準備
漂漂亮亮墜落為國家
你我是同期的櫻花
一起盛開在航空隊的庭匝
仰望夕日燃燒的南空
盼不到歸航的飛機一架
你我是同期的櫻花
一起盛開在航空隊的庭匝

---

22 Frantz Fanon. *Black Skin White Masks*. Trans C.L. Markmann, London: MacGibbon & Kee, 1986,pp.223,228. Fantz Fanon. *Colonialism and Alienation.* Wilfred Trans, F.Feuser. New York: *Monthly Review*, 1974, p.28.

誓約旦旦等待那一日哪

怎麼就這樣飄零散了

而無論是哪一種人，哪個國族，到最後，魂牽夢繫的總是故鄉，心心念念的仍是親人，仍是回家。這個情節的鋪陳頗有楊逵《送報伕》所提及的無產階級聯盟精神，超越國族的界線，所有底層人民，從屬階級皆是受到壓迫，不論是臺灣兵或日本兵，都被戰爭所犧牲。滿懷人道關懷的增田隊長最後已心神喪失，許多日本兵也客死異鄉，或變成瘋人野人，明基遇到兩個瘋癲的日本兵，如同明森，導演在片頭片尾置入多個明森回臺灣生活的片斷，時而恐懼要被帶回南洋，時而瘋癲呆傻，時而想起戰爭創傷。

導演擴寫原住民角色，在明基隊裡特地安排一位泰雅族人──達袞，他和明基並肩反抗日本人，並說出他是泰雅族，非「清國奴」。他時常說起部落金黃小麥田豐收時，要喝小米酒，吟唱祖靈之歌，最後他不願再受日軍所控制，奔向山林，回歸到大自然，恢復他的獵人本色。導演運用多個情節描繪不同的族群，彼此之間的矛盾，同時又勾勒出一個臺灣圖像的「想像共同體」，以原住民的淺唱低吟，召喚故鄉，召喚祖靈，讓角色的潛意識釋放，情感流洩，最後明基魂夢中潛入水裡，與一群鮭魚悠游，「鮭魚返鄉」在小說作為神話源頭，也作為高山族的起源象徵，在電視劇先是藉由明鼎以說故事方式傳遞給明基，在片尾則化為所有遊子的潛意識，魂兮歸兮，隨著鮭魚泅游歷劫歸來，回流到芬芳的故里，回到母親妻女的身邊。

四　結語

臺灣的日本時代究竟要如何回溯與呈現？一九六〇之前電影出現日本人時，總強調他們的陰險，狡詐，殘忍，粗暴，受到黨國文藝體制的影響，日本人多是負面形象。一九六〇年代之後，以中央電影公司為主，出現一系列抗日電影，且蔚為風潮，在這些影像裡，日本人角色往往十分扁平，主要被形塑為侵略者、殺戮者，是可怕的敵人。透過《寒夜三部曲》的小說及改編電視劇，從政治、經濟、產業、農民運動，多重面向敘寫日本時代的記憶，而在每個世代裡「日本時代」被如何重構，又如何敘事，呈現臺灣主體建構以及族群認同的歷程。小說混語書寫的解殖民意涵實是國語政策下的突圍，這樣特殊混語書寫，雜揉中式日文，漢字，客語，閩南語，既不尊崇日文書寫，也不是純正中文，重置的改寫的文體，隱藏著臺灣殖民的傷痕，涵括著重層複調的多元文化。李喬重構客家視域下的日本時代，整體緊扣著客家語言、文化、俗諺，營造客家族群史詩般的拓荒遷徙史，針對政治、產業、歷史事件盡可能鋪排在小說敘事中，其用心用力之深，直可力透紙背。電視劇則擴充情感敘事線，以及抵抗殖民的歷史事件，透過時空場景的變換，主軸成為三對戀人在日治時期如何抵殖民，卻敵不過大時代的洪流，命運的弄人，終化為黃沙，隨風而逝。

參考文獻

李　喬：《寒夜三部曲》，臺北市：遠景出版社事業公司，1981。

李　喬：《李喬短篇小說全集・資料彙編》，苗栗縣：苗栗縣立文化中心，1999。

凌千媚：《臺灣時代劇主題歌曲研究分析》，高雄師範大學表演藝術碩士學位學程，2018。

宋國誠：《後殖民論述：從法農（Frantz Fanon）到薩依德（Edward Said）》，臺北市：擎松圖書公司，2003。

陶東風：《後殖民主義》，臺北市：揚智出版社，2000。

賴松輝：《李喬《寒夜三部曲》研究》，臺南市：成功大學歷史語言所碩士論文，1991。

簡瑛瑛主編：《認同・差異・主體性：從女性主義到後殖民文化想像》，臺北市：立緒文化出版，1997。

葉石濤：《臺灣文學史綱》，高雄市：春暉出版社，1987。

羅蘭巴特（Roland Barthes）著，李幼蒸譯：《寫作的零度——結構主義》（*Le Degre Zero De Lecriture*），臺北市：時報文化出版企業公司，1991。

薩伊德（Edward Said）著，王志弘譯：《東方主義》（*Orientalism*），臺北市：立緒文化出版，1999。

比爾・阿希克洛夫特（Bill Ashcroft）、嘉雷斯・格里菲斯（Gareth Griffiths）、凱倫・蒂芬（Helen Tiffin）著，劉自荃譯：《逆寫帝國：後殖民文學的理論與實踐》（*The Empire Writes Back: Theory and Practice in Post-Colonial Literatures*），臺北市：駱駝出版社，1998。

Ashcroft, Bill, Gareth Griffiths, Helen Tiffin, *The Empire Writes Back: Theory and Practice in Post-Colonial Literatures*, London & New York: Routledge, 1989.

Bhabha, Homi K, "The ambivalence of colonial discourse," *The Location of Culture*,

New York: Routledge, 1994.

Fanon, Fantz. *Colonialism and Alienation.*, Wilfred Trans, F. Feuser. New York: *Monthly Review*, 1974.

Fanon, Frantz. *Black Skin White Masks*. Trans C..L. Markmann, London: MacGibbon & Kee, 1986.

Spivak G.C., *In other worlds*. New York & London: Routledge, 1988.

Spivak G.C., 'Can the subaltern speak?' In Gary Nelson and Lawrence Grossberg (Eds.) *Marxism and the interpretation of culture*. London: Macmillan, 1988.

附錄

《寒夜》三部曲──三《孤燈》語言（日文）表格

時間	對話	頁碼
一　哭聲		
二　送行		
1943年12月18日 （昭和十八年）	──「巴卡椏勒（ばかやろ）！」耳邊突然爆開怒斥，接著「拍」一聲，阿輝就消失在幌盪的水潭裡了。	48
三　海天萬里		
1944年1月1日 （昭和十九年）	「哪呢（なに）？班頭？」站在前面的黃火盛回頭過來。…… 「哪呢（なに）？臺灣青年死光？」	52. 53
1943年12月 （昭和十八年）	「是不是前線危急，不能去了？」 「我們開始撤退啦。」 「巴卡（ばか）！哪有這事？大日本無敵艦隊，鐵血機群，決死陸軍哇（は），天下無敵薩（さ）！」一日籍水兵說。 「或許美軍快投降了，我們不必南進啦。」 「可是敵機連臺灣都去空襲了。」 「哪呢（なに）！『神訥國』（神の国）日本哇（は），絕對失敗唏奈（しない）！」 「嗽（そう）！大日本哇（は）不敗訥（の）國！」有人奉承地附和。 「哈哈！嗽喲（そうよ）！看！珍珠港事變，把鬼美軍炸得……」 「塔卡啦（だから），大家，大日本訥（の）永遠昌隆，三軍訥（の）武運長久喔（お），歡呼唏咯（しろ）！	58

時間	對話	頁碼
1943年12月（昭和十八年）	「各位：食糧和淡水，今日起哇（は），第三級限量喔（お），採行嘶路（する）。嘛（ま），為了皇國，各位，行動喔（お）減小，保存體力喔（お）希望唏咯（しろ）。」 「**阿媽哀**（a´ me´ oi´）喲！第三級限量，是不是讓我們餓死的意思？」 「哼！大概沒有這麼便宜你！」	61
1943年12月（昭和十八年）	「巴卡亞魯（ばかやろ）！不要命啦！」	65
1943-1944年	「明基的信也回來了，聽說在什麼馬尼拉吧！」 「我們阿輝，祇有番號，不會也是在什麼馬拉尼的？」 「馬尼拉。」她糾正阿貞：「大概就在那一帶。聽說好大的地區呢，有幾千個小島。」 「好幾千？**阿媽哀**（a´ me´ oi´）喲！」 「有信息就好，阿貞，妳自己多照顧自己，還有阿美；這就是對阿輝仔好，知道嗎？」 「我知道，姑婆。」 「對家官家娘，**朝晨**（zeu´ siinˇ）**暗哺**（am bu´），多盡心些，這也是為輝仔……」 「會，我會。」	69
四　雲和月		
1944年4月1日（昭和十九年）	「請上車，華子桑（さん）——時間不早了。」司機說。 「……什麼意思？」 「田內少尉殿（どの），命令的！」 「我不坐，我會走路。」 是田內那隻狗！熊熊恨火，陡然燃燒；她一跺腳，筆直往前衝去。 「哼！哪呢（なに）臭女子！」司機冷笑連連。	79

時間	對話	頁碼
1944年4月1日 （昭和十九年）	蘇家左右鄰居的森森目光，也緊盯在華子背後。所謂紙包不住火，關於華子的一些謠言，早就傳開了，只是遠在蕃仔林山區的劉彭幾家人不知道而已。 這些，阿華並非未曾警覺。只是她沒有心情時間去計較。 「華子桑（さん），不坐，少尉殿（どの）怪罪那啦（なら）？」司機把車子駛過來。 「我負責！」 「妳能負責嘎（か）！」	79
1943年 （昭和十八年）	「華子桑（さん），阿那搭（あなた），綺麗得斯哪（きれいてすな）！」 「阿里阿朵（ありがとう）。」 「僕（ぼく），阿那搭（あなた），喜歡喲（よ）！」 阿華知道。很早以來，這個禿子的目光就有些異樣；這是女孩子的本能，她心裡一直戒惕著。 「華子桑（さん）：哪樣都好，需要那啦（なら），幫助斯嚕（する）！」	80
1943年 （昭和十八年）	「僕（ぼく），猛打他們哇（は），嫉妒喲（よ）！」 「……」一股嘔吐的感覺湧上來。 「僕（ぼく），阿那搭（あなた），愛斯嚕喲（あいするよ）！」禿子的目光，閃過一絲異色。 「少尉殿（どの），玩笑息奈得（しないで）！」 「僕哇（ぼくは），一定，阿那搭（あなた），愛斯嚕（あいする）！」禿子一派認真。 「不，請不要這樣說。」 「唔……」禿子笑咪咪地向她逼過來。 「少尉殿（どの）！」她拉開嗓子說：「請自己莊重！」 禿子一愣，接著哈哈大笑。然後又鄭重地告訴她：他不	81

時間	對話	頁碼
1943年（昭和十八年）	會灰心，一定要追她。她說，他可以當她爸爸啦。他臉色一寒，但一轉眼又呵呵笑。他居然說：這叫做老少生死戀。最後他說： 「華子桑（さん），什麼都好，需要那啦（なら），僕（ぼく）萬死不辭！」 「這話，留給你的奧桑（おっさん）吧。」 「僕（ぼく），心中，只有華子桑（さん）喲（よ）！」	81
1943年（昭和十八年）	「喲咯戲（よろしい）！問題，沒有！」田內滿口答應。 「感謝依搭西瑪斯（いたします）。」 「哪拉（なら），多何，僕（ぼく）呢（に），申謝斯嚕嘎（するか）？」	82
1943年（昭和十八年）	「那次哇（は），那次；這次，嘿，僕（ぼく），已經手段沒有！」 「那……」她茫然，茫然中有些畏怯，一種不幸的預感油然浮上來。 「嘿嘿！華子桑（さん），阿那搭（あなた），劉明基訥野郎（のやろう），非常呢，愛着深哪！」 「哈伊（はい）！說……得是！」她脫口說。 她說完立刻被後悔淹沒了。這樣是對明基不利的。她知道。可是，既然絕望，那又何必卑屈乞求。 「嗽──嘎（そうか）！」禿子在自語：「辦法哇（は），阿嚕喲（あるよ）！西嘎西（しかし）」 「有辦法？田內桑（さん）：那就，」她一聽還有希望，把其他意念全拋開啦：「那，無論如何，願求西瑪斯（お願いします）！」 「可咧（これ），難加西喲（むづかしいよ）！」 「無論如何！無論如何！」	83. 84

時間	對話	頁碼
1943年 （昭和十八年）	「唔，無論如何嘎（か）？」 「哈伊（はい）！是非（ぜひ）也一定！」 「華子桑（さん），真的，劉明基訥野郎（のやろう），對你，桑那（そうな）重要？」 「哈伊（はい）！」她凜然說：「如果，可以調換，我願代他出征！」她的激動，在說完話之後，逐漸平息了，但是已經淚雨繽紛，不能自己。 「哈哈！哈哈！」禿子笑得人仰馬翻地，然後探頭悄聲說：「取消出征，我負責！」 「……」她點頭，咬牙，拿眼睛盯着對方。 「申謝哇（は）？心中，有數嘎（か）？」 「哈伊（はい）！無論如何。」淚水，像山洪爆發，那様洶湧沖到；她陷入洪水之中。	83. 84
1943年 （昭和十八年）	「關係，沒有，人還在高雄兵站，僕（ぼく）可以，調回！」禿狗說。 「那就求你……不然，我要殺死你！」	85
1944年4月1日 （昭和十九年）	「苛啦（こら）！」指揮官森岡巡查一聲喝斥。 「唔，好像是衝着我的哩。」她想。她吁了口氣。 「永田……中隊！」怎麼？是那個禿狗畜牲在吼呢：「華子！注意……唏咯（しろ）！」	87
1944年4月1日 （昭和十九年）	——「閱兵，開始！」森岡高聲喊：「啞斯——楣（やすめ）！球——嗞嘅（きをつけ）！」 大閱官，還有一大群大狗小狗，從右邊男青年大隊那邊走過來了。 ——「卡息啦（かしら）——覓其（みぎ）！」（向右——敬禮！） ——「拿喔累！（なおれ）」（放下）	88
	「卡死啦（かしら）——命給（みぎ）！」 「？……」	

時間	對話	頁碼
1944年4月1日 （昭和十九年）	通過了。通過了。眼前一片模糊。咦？什麼？我喊什麼？四十四度角，是四十五度了。 「拿惡——劣！（なおれ）」她完成第二道口令。 她的身子幌了一下。眼前黑色和金色的星星亂冒。她知道。她知道自己失敗了。她要哭。不，現在要忍。不，再也不忍，就要哭。不，還是要忍！還要忍？ ——「分列子式，哈饑昧（はじめ）！」森岡的口令。 「喂！華子桑（さん）！怎麼樣？」小隊長楊在背後問。	89
1944年4月1日 （昭和十九年）	——「米去木給（みぎむけ）——時事昧！（すすめ）」她發向右轉走的口令。	90
1944年4月1日 （昭和十九年）	「許搭哩木給（ひだりむけ）——時事昧！（すすめ）」她發向左轉走的口令。 …… 「正步——偷裂（とまれ）！」	91
1944年4月1日 （昭和十九年）	「卡死啦（かしら）——田內狗子強，強姦……」 她手舞腳蹈地，身子傾斜著向司令臺撲去；她是對準田內禿狗撲去的。 她沒有撲到司令臺，身子滑一段距離，然後倒伏在地上。 「哇啊！」隊伍，司令臺上下一片驚叫。 「肅靜唏咯（しろ）！」 「難搭（なんだ）？那（な）！救護！救護，哈鴨哭（はやく）！」 「正步——偷裂（とまれ）！」 「卡死啦（かしら）——命給（みぎ）！」「拿惡——劣！（なおれ）」	91. 92
1944年9月 （昭和十九年）	「各位，預定訥（の）進度，完成那拉（なら），明天哇（は），放工十二小時！」	96. 97

時間	對話	頁碼
1944年9月 （昭和十九年）	「……」大家木然，沒有什麼反應。 「獎勵訥搭味（のため），最好訥（の）小隊，抽籤決定，五個人嘎（か），特別『慰安』喔（お）給予！」 「……」還是沒有誰表示什麼。 「哈！巴卡（バカ）！特別慰安，都不知道嘎（か）？」村川提醒大家。 「唔……」 「各班長，注意唏咯（しろ），爭取慰安，爭取榮譽哇（は）……」	96. 97
1944年9月 （昭和十九年）	「嘿！甘拔力（ガンバレ）！不拚，小心你的腦袋！」	97
1944年9月 （昭和十九年）	「嘿！苛啦（こら）！」村川的木劍連揮，西賓和沙布各中一劍，捫胸，抱肚，蹲了下去。 「嘎啦！嘎克拉！」（土著語言） 「救命啊！」村川慌啦，他居然不叫「搭斯給得」（たすけて），而是福佬話發音。	106. 107
1944年9月 （昭和十九年）	「瞇勒（みろ）！反叛訥（の）下場，苛累搭（これた）！」	108
1944年9月 （昭和十九年）	「痙咪勒（やめろ）！畜牲昧（め）！」 「**四腳仔**（xi giog` e`）氣瘋了。」 「瘋了最好！瘋了才好。」 「他們這伊哀呀——調子很好。」 「很好？**幹伊娘**的！人家是唱給亡魂聽的！」 「你知道給亡魂聽的？你還知道歌的意思呢！」 「這還不知道？那淒淒涼涼的味道，意思還不懂？**幹伊娘**！」 「咦？你也變成福佬屎啦？三句一個**幹伊娘**！」 「嘿嘿！現在我才明白，這樣一聲聲**幹伊娘**，還真是消痰化氣哩。」	112

時間	對話	頁碼
1944年9月 （昭和十九年）	「幹伊娘！哈！」 「你不覺得，這一聲**幹伊娘**，心裡好過些啦？」 「也有道理，有些事，祇能**幹伊娘**！哈哈！」 「是嘛！**伊娘**的，這是精神勝利。」	112
五　劫		
1944年10月 （昭和十九年）	「王君（くん），躲細得（どうして），這樣無信心？」黃皺着眉頭說。 「米軍的飛機太多，爆彈太大，機關槍掃射太兇，」姜老頭年紀不大，卻是這群助理人員中最老聲老氣的一個：「野澤桑（さん）：那你說你的信心呢？」「姜老頭！你！」黃霍地掙扎而起。 「怎麼，又要打小報告了？」明基說。 「免了，你現在和我們一樣，不是什麼長啦。」 「不，人家是野澤三郎，怎麼會一樣？」李冷冷說。 「嗽喲（そうよ）！俺（おれ）是野澤三郎。你們給俺（おれ）記著！」黃一跛一跛地走了。 「小心，他真的去告密。」 「現在，沒人理他啦。」 「野澤桑（さん）！」明基把他喊住，而且走了過去，用家鄉話說：「喂！說客家話的！你要去告密？」 「怎麼？怕啦？」 「敵機空襲都不可怕，還有什麼怕的？」 「……」	120
1944年10月 （昭和十九年）	「嘿！內獎（ねいちゃん）！」（對女郎尊稱姐姐，外似敬詞，實有輕薄而【女甲】近意味）青木擊掌三下：「好酒，好菜，請多多上！」 「哈伊（はい）！速刻就上！穿和服的女郎，深深鞠躬，然後嫵媚一笑，翩翩如蝴蝶，飛下樓去。 「不要酒菜也行喲（よ）！內獎（ねいちゃん）上就好。」	125

時間	對話	頁碼
1944年10月（昭和十九年）	「對！內獎（ねいちゃん），內獎（ねいちゃん）上！好吃哪（な）！」 在笑鬧中，送上幾道精緻的小菜之外，居然給每桌一瓶三斤裝的特級清酒「月桂冠」。 「哇！這個！」一聲驚叫，都把歡呼給壓死啦；做夢也想不到，在這個時候，還有「月桂冠」出現眼前。 「逗抹（とうも），對不起，酒哇（は），嗒單（ただ），一桌一瓶。」 「夠得是。夠得是，嗒單（ただ），內獎（ねいちゃん）也一杯？」 「嗽喲（そうよ）！嗒單（ただ），內獎（ねいちゃん）一瓶就夠得是（です）。」 「哪呢（なに）一瓶？一艘（いっしょ）喲（よ）！一艘（いっしょ）呢（に）？內獎（ねいちゃん）！」 「哈哈！一艘（いっしょ）！一艘（いっしょ）奧其船（不知道是何義）搭哪（だな）！」	125
1944年10月（昭和十九年）	「嘿！你們兩桌的野郎（やろう），我們這一桌向你們挑戰，敢嗎？」 「難嗒（なんだ）？來吧！還怕你們不成！」這邊欣然應戰！ 「不怕嗎？『清國奴』！就試試！」日籍士兵小磯說。 「小磯桑（さん），怎麼說『清國奴』！」明基亢聲駁斥。 「是清國奴嘛！怎麼樣？」 「閉嘴！巴卡椏魯（ばかやろ）！」明基憤然回敬。 「停止吧，這樣罵人是不可以的。」同伴也紛紛表示。	126
1944年10月（昭和十九年）	「清國奴！就是清國奴！怎麼樣？不服？撲過來吧！」 小磯是個矮小子。平時最膽小懦弱的傢伙。現在趁著人多，居然麻雀發威，自當是鷂鷹。	127

時間	對話	頁碼
1944年10月 （昭和十九年）	「呦息（よし）！小磯！覺悟吧！」明基挺身迎了上去。 「劉明基，你醉了！」一個同伴拉他坐下。 「我沒醉！讓我修理他！」 「嘿！來吧！過來！」小磯大聲叫囂，可是腳步卻往後移動。 「劉，算了，何必呢？」 「不，他們不能這樣罵人！」明基伸手指點小磯：「喂！大丈夫那拉（なら），不要後退！」 「小磯！日本人！可以認輸嗎？」青木赫然震怒：「小磯！鳥卵，沒有嗎？ 「誰後退？清國奴！俺（おれ）宰了你！」	127
1944年10月 （昭和十九年）	「清國奴！難嗒（なんだ）！臭屎！」小磯又後退！ 「呸！狗子！」明基蔑然說。 「劉君（くん）！你怎麼這樣侮辱我們！」青木出來講話了。他們都知道，臺灣人私下叫他們「**狗子**」，或「**四腳仔**」。 「小磯君（くん）叫我們清國奴呢？」 「那是他個人的事！」 「他罵的是我們全部！」 「巴卡（バカ）！不管如何，你不能這樣叫我們！」 「不管怎麼樣，他不能那樣罵我們！」 「苛啦（こら）！劉明基！」青木擺出上司架勢：「你以什麼態度對俺（おれ）講話？哼！」 「青木曹長殿（どの）！請明白：這是酒席上時間！」明基不亢不卑地。在酒後打鬧，祇要不太過分，軍隊裡，也是默許的。 「哦！劉君（くん），你是說，來一場武力解決嗎？」一直在吶喊的宮本說。聽說宮本是「相撲」高手。 「我是隨小磯的意思！」	128. 129

時間	對話	頁碼
1944年10月（昭和十九年）	「不！現在，不是小磯君（くん）個人問題。」 「曹長殿（どの）的意思哇（は）？」 「是俺（おれ）們日本人，和汝們臺灣人的問題！」 「啊！曹長殿（どの）！請息怒！」一直躲在一旁的黃火盛——野澤三郎說話了。 「怎麼？野澤！你要宣戰卡（か）？」 「不！不！不是……」 「怎麼樣？」青木向明基冷然一哂。 「我沒意見……」明基不由地向這兩桌的每個人瞥一眼。 看樣子，至少有半數以上的人肯出手相助吧。他想。 「怎麼樣？」青木回頭問同桌的伙伴。 「宣戰嗒（だ）！團體宣戰！宰掉他們！」五個人幾乎異口同聲表示。 「拼了！宰掉全額清國奴訥（の）野郎（やろう）！」岩見說。 「哈哈！小水大決戰！撲過來吧！」松下說。	128. 129
1944年10月（昭和十九年）	「喂！野澤君（くん）：你站在哪一邊？」 「我，我當然……」 「野澤，你參加他們吧！」明基搶先說。 「您說的——是，我參加——曹長殿（どの）」 「不，俺（おれ）們五人夠啦。多了一個……間諜，怎麼辦？哈哈！」	130. 131
1944年10月（昭和十九年）	「嘿！一人嘎（か）？嘿嘿！」青木摸著小髫髭，譎然而笑。 「喂！會被瓜分吃掉啅（ぞ）！」松下說。 「一人，夠了。」明基漠然。 「投降算啦！劉君（くん）！哈哈！」岩見說。 「汝們臺灣人，鳥卵（Tori tamago），沒有塔哪（たな）！」松下說。	132. 133. 134

時間	對話	頁碼
1944年10月 （昭和十九年）	「臺灣人，在這裡！撲過來吧！」明基昂然說。 「呦息（よし）！劉君（くん）！」青木說：「骨氣、有！不像個臺灣人嗒那（たな）！ 「俺是標準的臺灣人薩（さ）！」 「那拉（なら）……他們哇（は）？」 「他們不屑和汝們打鬪罷了。」明基強為辯護。 「汝劉君（くん）哇（は）？」 「總要有人出來啊！」 「臭屎！上！」岩見好像全身都在抖動。 「岩見桑（さん），你，還醉嗎？」明基問。 「巴卡（バカ）！俺（おれ）早醒了，俺（おれ）清醒得很！」 「那……你岩見桑（さん）哇（は），突然變成另外一個人呢！」 「那呢（なに）？畜牲！汝諷刺俺（おれ）嗎？」 「嘿！別再跟清國奴多嘴！上！」松下說著，一弓腰，人便側身逼近明基，右手一探便往喉管部位扣擊過來。 「松下！你是松下？」明基馬步壓低，身形左轉四十五度，避開攻擊；依然保持可攻可守的架勢。 「嗽喲（そうよ）！俺哇（おれは），大日本軍人松下健一薩（さ）！」 「你已不像我認識的松下健一君（くん）！」 「巴卡（バカ）東西！這就讓汝領教日本人的厲害！」 「畜牲！對日本人，汝是認識不足哪（な）！」	132. 133. 134
1944年10月25日 （昭和十九年）	「勞務團員，全體注意：」擴音機突然下達命令：「三分鐘之內，在第二跑道入口集合唏咯（しろ）！」	150
1944年10月25日 （昭和十九年）	「各位：今天，皇國（Sumeragi kuni）存亡哇（は），決定關頭嗒（だ）！俺（おれ）卡（か）一億國民（Kunitami）……」生本司令的訓話，由激昂高揚開始，說到一半卻逐漸低沉；永輝和小邱很難聽得完全。	152. 153

時間	對話	頁碼
1944年10月25日（昭和十九年）	「我看是⋯⋯」小邱悄聲說。 「嗯。不要⋯⋯」永輝阻止小邱再說話。 「⋯⋯各位訥（の）犧牲哇（は），皇國挽救⋯⋯我虔誠祝福各位成功⋯⋯」生本司令的話突然停頓，經過好一陣沉默，接著說：「各位哇（は），皇國的神（Kami）嗒（だ）⋯⋯一旦出擊，永遠安息⋯⋯」 又是一陣沉默。 「嘛，這就⋯⋯拜託啅（ぞ）！」	152.153
1944年10月25日（昭和十九年）	「關大尉，拜託！」 「哈伊（はい）！這就去！」	153
1944年11月（昭和十九年）	「我皇軍（Kōgun）哇（は），集中殲敵訥（の）目的，決定撤離宿霧，進軍雷伊泰。本島人哇（は）留在本島，勞務團訥（の）汝們，自行決定，與皇軍一起行動，或哇（は）留守本島⋯⋯是否，立刻決定，志願和我皇軍一起行動者，三十分鐘內，此地集合！」 撤離宿霧！撤離宿霧！這不是作夢嗎？大尉還說了一句： 「現在，宿霧島哇（は），敵軍包圍中，突圍哇（は）唯一訥（の）生路，汝們脫離皇軍訥（の）保護那拉（なら），命在旦夕，覺悟唏咯（しろ）！」 「怎麼辦？」勞務團的人面面相覷。 「喲呵！」本島土著們交頭接耳一陣後，終於發出抑制不住的歡呼。	157.158
1944年11月（昭和十九年）	「你們？」 「**四腳仔**（sì-kha-á）又回來了！」 「全部？在哪裡？」 是三個武裝兵士。面很熟，都是勞務團的小隊長，山田、津口和大瀧。他們的胸口都掛着手榴彈，手提「四四騎兵槍」。	166.167.168.169.170

時間	對話	頁碼
1944年11月 （昭和十九年）	「噯！你們，在這裡嘎（か）？」大瀧的聲音空空洞洞的。 「哈伊（はい）！」大家慌忙不迭地立正敬禮。 「你們不跟部隊撤走？」大瀧擺擺手，示意大家「稍息」，自由移動。 「我們……我們跟不上。」哮龜仔說。 「哼！跟上，也大概成了灘頭鬼嗒（だ）！」山田一臉陰沉。 「敵軍來襲嘎（か）？」 「俺（おれ）們上船前，遇到敵方魚雷艇，一發魚雷，運輸船碎裂，還有米軍的重機槍……」 「小隊長殿（どの）！」永輝發現他們神情有些古怪：「是不是來召我們去？」 「召你們？」津口詭譎一笑。 「嗯，部隊長的命令，要汝們全體……」山田大瀧一眼：「全體去報到！」 「啊？」 「怕嘎（か）？」 「哈伊（はい）！怕的是（です）！」永輝坦然說。 「怕！當然怕薩（さ）！但，部除長不要汝們去了……」 「那是？」 「汝們……」津口話沒說完，好像嘆口氣，凝然盯住他們。 他們三個人圍起來，悄聲在商量什么。他們都神色凝重，滿臉寒霜，比往常要動手打人時還要可怕。 大家木然站著，不敢稍作挪動。片刻之後，他們的商量有了結果，由大瀧宣布： 「俺（おれ）們三位哇（は），基地司令官生本殿（どの）訥（の）命令喔（お）受得（で），來的是（です）！」	166. 167. 168. 169. 170

時間	對話	頁碼
1944年11月（昭和十九年）	「？……」 「為了宿霧基地訥（の）名譽，以及斷絕有助敵人情報……」大瀧凄然一笑：「奉命回來，戰場喔（お），清理斯路（する）！」 「戰場清理哇（は），哪得是嘎（なんですか）？」永輝嗓音抖著。 「簡單說哇（は）！汝們塔（だ），全部宰掉塔（だ）！」津口指著胸口的手榴彈說。 「啊！」幾個人同時發出短促的驚叫。 「怕嘎（か）？」 這是做夢，或幻想也難以出現的情況。在烈日下，彈片紛飛中，搾盡體力精力，死傷殆盡，僅僅倖存的人員，在最後還要被「自己人」消滅？ 「小隊長殿（どの），這個，決定了嘎（か）？」永輝問。 「生本殿（どの）哇（は），當然早就決定了薩（さ）！」 「那拉（なら），小隊長們哇（は）？」 「汝們看呢？」山田撫弄著手榴彈彈袋。 「小隊長殿（どの）：放走我們吧。」 「天理唷（よ）！天──理嗒（だ）！嗯？」永輝喉頭乾乾地，發不出聲音。 「俺（おれ）……知道。」大瀧說。 「天理，請看在天理上──天理難容的事，求您放手吧。」永輝說著說着，心裡逐漸平靜下來。 「俺（おれ）……明白。」 「求求小隊長桑（さん）……」 「放大家一條生路吧。」 「好心，會有好報的。」	166. 167. 168. 169. 170

時間	對話	頁碼
1944年11月 （昭和十九年）	看出大瀧等三個人都有遲疑的神情，大家就都輕聲悄語，試著懇求他們；甚至還有跪了下來的。 「好心會有好報嘎（か）？」津口苦笑。 「說得是，說得是。一定薩（さ）！」 「好啦好啦！」大瀧哈哈一笑，雙手平伸，作要求大家安靜的手勢：「實際哇（は），俺（おれ）們受命後，在路上已決定西嗒（しだ）。」 「？……」 「汝們，六百多名，宿霧訥（の）嗒昧（ため），必死工作，已經盡力……」 「……」永輝感到心口在流血，流著鮮紅燙熱的血……。 「今天，嗒單（ただ）剩下四十名不到；走在前面跟隨撤退訥（の）哇（は），幾乎灘頭呢（に）全滅！」 「啊……」 「現在，要俺（おれ）向汝們下手哇（は），沙其（さっき），彭君（くん）說得樣呢，天理不容的是（です）！」 「啊……」 「塔卡拉（だから），汝們，逃生宜給（いけ）！」 「梭類哇（それは）？」 「離開這裡──怕另外派人來卡拉（から）──逃生宜給（いけ）！」 「哈──伊（はい）！多磨（とうも），阿里阿朵（ありがとう）！」 「去吧！汝們訥（の）回鄉喔（お），俺（おれ）們祈禱西瑪是（します）！」 「救命訥（の）恩，感謝，伊塔西瑪是（いたします）！」 「感謝，息奈得宜（しないで），這是天理嗒（だ）！哈哈！宜給（いけ）宜給（いけ）！」	166. 167. 168. 169. 170

時間	對話	頁碼
1944年11月 （昭和十九年）	永輝等，含著酸淚，再三致謝然後匆促離開；向相反的方向，也就是往基地方向走回來——「轟隆！轟隆！」爆炸聲由剛才虎口逃生的地方傳來。大家楞了。 「大瀧他們引發手榴彈？」 「不這樣，怎麼向部隊長交代？」 「會不會引發自炸？」 「不會吧？沒這個必要嘛。」 「唉！大瀧他們，還真是好人，不是他良心發現，我們就都完了。」 「嗯，祝福他們吧！難得的好日本人。」	166. 167. 168. 169. 170
1944年11月 （昭和十九年）	「你還是『伊漢』（いも）嗎？」 「唉！我也是，也是……」 「也是為了生存？呸！臭蕃薯，爛蕃薯！」 「……永輝，臭也好，爛也好，總還是蕃薯啊！」 「哼！哼！」永輝咬牙切齒，恨他那張能言善道的嘴。 「帶我離開這裡，我會永生永世感謝你。」村川的獨眼一片模糊，竟然哭泣起來。 「我不要**三脚仔**（sam´ giog` e`）感激。脚不要臉！敢死，閻羅王都怕你！」 「我知道，我回不了臺灣了，祇是想和你們……」村川不理會永輝的冷嘲熱罵：「和大家在一起，死，也比較不那麼害怕！」 「不！你去找大日本訥（の）皇軍才是！村川忠夫桑（さん）。」 「永輝！我，陳某，快死的人了，你又何必？」 「那你就早死吧！快快死！」永輝被說得心頭大亂。 「永輝，讓我死在自己臺灣人堆裡，好嗎？」村川嗚咽不已：「這一點哀求，一定不要拒絕我……」 「那你就去吧——在哪裡，我也找不到了。」 「我斷氣前，只要看着一個自己人，臺灣人就心滿意足了……」	175. 176

時間	對話	頁碼
六　離別的草叢		
1944年12月20日 （昭和十九年）	「全體人員，武器備品哇（は），一律攜帶！」	185
1944年12月20日 （昭和十九年）	「劉君（くん）：我們又在一起啦！」增田說。 「哈伊（はい），請多多指教！」明基不得不應付。 「指導大家退卻（Taikyaku）嗒（だ）。」增田搖頭苦笑。 青木曹長也站在旁邊，聽聽增田這麼說，好像皺了一下眉頭；看看明基說： 「劉明基：一三六工機場的事，記得嘎（か）？」 「哈伊（はい）！喔，算不了什麼，也沒什麼。」 「汝們之間，發生什麼嘎（か）？」增田問。 「相撲（Sumou）啦。」青木說：「仇，記著嘎（か）？」 「不。沒什麼。」明基笑笑。 「真的嗎？」 「哈伊（はい）！這不是記仇不記仇的問題。」明基抬頭看看雲天。雨，幾乎停歇了。他眨眨眼說：「這是全體的事，個人仇恨算得什麼？」 「唔……」青木好像聽出弦外之音來。	186. 187
1944年12月20日 （昭和十九年）	「巴卡椏魯（ばかやろ）！」山下勃然大怒，揮起一腿，把攤置作戰圖的長條桌子踢翻；指指點點參謀們急吼：「難嗒（なんだ）？畜牲昧（め）！這是日本訥（の）軍人嘎（か）？」 「……」 「給俺（おれ）傳達命令（Meirei）！」山下疏眉陡然一聚，金鯉眼圓睜，厚唇小幅度但十分強烈地顫抖着：「馬尼拉，放棄！克拉克，放棄！奇沙瑪訥野郎（きさまのやろう）！」山下再踢翻一隻椅子：「主力哇（は），北呂宋呢（に）集結！長期抗戰——俺（お	190. 191

時間	對話	頁碼
1944年12月20日（昭和十九年）	れ）山下戰術『出血（Shukketsu）戰法』喔（お）施行（Shikō）！」── 「哈伊（はい）！承知瑪西打（しょうちました）！」 「俺（おれ）司令部（Shirei-bu）哇（は），碧瑤移駐得是（です）！」	190. 191
1944年12月21日（昭和十九年）	「穿過平原，接近聖巴利斯山脈山麓陵地訥（の）時刻，特別『給利辣』（ゲリラ-Guerrilla）喔（お）注意唏咯（しろ）！」 「給利辣（ゲリラ-Guerrilla）是什麼東西！」王鱿魚問。 「給利辣（ゲリラ-Guerrilla）──游擊隊的意思！」明基說。 「什麼是游擊隊？」 「本地人組成的，非正規軍，偷襲、奇襲，打完就跑那種。」 「他們……打我們幹什麼？」 「咭」！明基忍不住噗哧一笑：「別忘了，你我是大日本訥（の）皇軍啊。」 實際上，他們都穿上陸戰隊的軍服的。 「可是我們沒有武器啊。」 正談話間，增田又下一道奇妙的命令： 「給利辣（ゲリラ）遇上訥（の）時刻，那路貝苦（なるべく）躲開前進；手榴彈哇（は），不許使用！」 「逗息得（どうして）？」有人反問。 「手榴彈喔大事呢（おだいじに）保留嘶嚕（する）！ 增田一臉無奈又古怪的神情：「手榴彈哇（は），不為汝們保命的訥（の）嘘（ぞ）！」	194. 195
1944年12月（昭和十九年）	「喂！回得嵋（戻った）！」軍官開口啦。 「哈伊（はい）！喔侵廐西瑪息塔（おきづいてなりました），請寬諒！」他立正，敬禮，致歉。	209. 210. 211

時間	對話	頁碼
1944年12月 （昭和十九年）	「難嗒（なんだ）！沒關係。汝，散步？輕鬆唏咯（しろ）！哈？」 「哈伊（はい）」他還是惴慄不安。 「別怕！俺（おれ）飛行官哇（は），不像汝們官佐卡拉（から），安心西那哂（しなさい）！」 「哈伊（はい）！有何吩咐得是嘎（ですか）？」 「哪有！聊聊嗒（だ）！汝來此，多少時間啦？」 「差約一年得是（です）。」 「故鄉哇（は）？」 「臺灣！臺灣新竹州得是（です）。」 「喔！臺灣人（台湾人）嘎（か）？臺灣很近哈（は）！俺（おれ），北海道喲（よ）！」軍官吁一口氣：「想故鄉嘎（か）？」 「不，不想。」明基說完，咬咬嘴唇。 「�獸（うそ）！怎麼騙人！」 「哈伊（はい）！確實訛獸（うそ）得是（です）！」他祇好承認。 「唉！不怪汝啦。汝，父母還在？妻子呢？」 「母親健在。未婚得是（です）。」 「喔，那好些，有兄弟就更好些，」軍官自語著：「俺（おれ）一個粒（ひとり）子喲（よ）！妻哇（は），娶得沒多時……」 「……」明基楞楞地望著他。 「汝看俺（おれ），可訥（この）身材多嘎（どうか）？」軍官突然這麼問他。 「哈！立派（りっぱ）得是（です），立派那（りっぱな）皇國訥（の）軍官得是（です）！」 「哈哈！嗽嘎（そうか）？」軍官冷笑一聲，眼似有詭譎的異光閃了一閃。 「事實得是（です），訛獸（うそ）哇（は）不敢。」	209. 210. 211

時間	對話	頁碼
1944年12月 （昭和十九年）	「哈哈！俺（おれ）訥（の）立派那（りっぱな）身材，知道嗎？明日訥（の）時，一團火、一片灰、空中、海裡、消失，悉得路嘎（しているか）？」 「啊！閣下哇（は），堂堂的神風（Kamikaze）訥（の）勇士，皇國的守神（Mamorigami）嗒（だ）！」不覺深深一鞠躬。 「呵呵！嘛！今日訥（の）相識呢（に），握手西唷（しよ）！」 「哈伊（はい）！多麼（とうも）……」 明基的手被緊緊握著。那是一隻柔軟而有力，溫暖舒爽的手掌。他的心頭有點恍惑。 「祝福（Shukufuku）汝，臺灣人！」 「哈伊（はい）！閣下大名哇（は）？」 「皇國訥（の）——一團火，一片灰，哈哈！名字，哪悉！（なし）」 「……也祝福閣下……請大事呢（だいじに）保重！」 「祝福汝平安故鄉返回。」 「哈伊（はい）。感謝伊搭西瑪西嗒（いたしました）！」 「得哇（ては），明日，請揮手送俺（おれ）……」	209. 210. 211
1944年12月26日 （昭和十九年）	「回去吧。」 「我們走了。」 「秀志……這麼暗，要走好……」 「嗯。你也是，阿基叔多保重！」 「民助！去吧……」 「仁和叔，這就去了！莎喲那啦！（さようなら）」	221. 222
七　濃霧中的春天		
	「唷！看那兩撇毛，還真像……」明成忍不住脫口說。 「唉！我是說，現在你是巡查大人甲長大人，什麼化什	

時間	對話	頁碼
1945年3月1日 （昭和二十年）	麼員，都是一樣，骨子裡，這都是臺灣人，是不是？」 「是又怎麼樣？」 「將來……大家還都是臺灣漢人哪。」 「不——我們是大日本（Dainihon）訥（の）皇民薩（さ）！」梅本說。 「但是，有一天，你還是一個臺灣的漢人，和我們一樣。」 「什麼？妳說什麼？」小井睜大眼睛，好像發現什麼獵物。 「**阿媽！**」明青重重捏一下老媽媽的手掌。 「我是說，將來大家……老死了，都是一把骨頭、一把漢人的骨頭——你們想到哪裡去啦？」阿漢婆淺淺一笑。 「就聽聽老人家的話吧，姓王的！」明成又冷不防插上一句。 「住口！現在全體給我聽著，」小井不再理會老阿漢婆，臉朝大家宣布：「你們！在場的男人，全部給我到分所報到！」 「啊！」大聲大吃一驚。 「聽到沒有？不去的，以抗命論罪！知道嗎？這是戰時抗命，視作敵人嚴辦！」 「……」所有的人都摒著呼吸不敢發出一點聲息。 「小井桑（さん），苛咧哇（これは）……」一直退縮一旁的梅本開口說話：「代表（Daihyō）訥（の）幾個人，押入得宜喲（ていいよ）！」 「唔……哪拉（なら），閣下訥（の）意見（Iken）得宜（ていい）。」小井一個冷笑：「這樣吧：在靈堂開祭的五家家長，還有你！」小井指著阿火仙，然後指向明青和明成：「加上你們兩個：現在就跟我上分所，其他的人解散。超度誦經，立刻停止！」	266. 267. 268

<table>
<tr><th>時間</th><th>對話</th><th>頁碼</th></tr>
<tr><td>1945年3月1日
（昭和二十年）</td><td>「大人……」陳乾怯怯地望著小井。
「小井桑（さん）：苛咧哇（これは）……」梅本原先就十分白晳的臉，現在是一片煞白。
「大人……我看……」
「小井桑（さん）：嗚魯囉（うるさい），苛咧（これ）……」梅本囁嚅著。
「唔……」小井似乎從夢幻中驚醒那樣，身子一震；睜眼、皺眉、咬牙，然後猛吼一聲：「走！我們走！」
小井邁開大步向籬笆門外走去，陳乾和梅本低頭疾步跟了上去。
捧著白木箱的五個人，一齊把目光投向阿漢婆。阿漢婆輕輕搖頭，然後肅穆地宣布：
「放回去。阿火仙：入夜，請繼續誦經超度。」
「我曉得！」阿火仙點頭彎腰，恭敬地回答。
「嗚……」</td><td>269</td></tr>
<tr><td colspan="3">八　祭之什</td></tr>
<tr><td>1945年1月
（昭和二十年）</td><td>「哇！不得了！」野澤樂得瘦削臉孔都變了形，不得了咧！如果打不死，再升上去就是兵長！兵長得佩長劍啦！
「那就要看閣下命有沒有這麼長。」仁和冷冷說。
「巴卡（ばか）！」野澤輕蔑地：「萬一戰死，『靖國神社』內，俺（おれ），必然兵長一員薩（さ）。」
「哈伊（はい）！兵長殿（どの）！」
「取笑哇（は）不必，汝們必然戰死，阿訥時（あのとき），俺（おれ）還是汝們的上級。」
「可惜，我們不進『靖國神社』！和兵長殿（どの）哇（は）見不到。」
「逗悉得（どうして）？都是皇國訥（の）為。」
「我們的冤魂……」</td><td>275.
276</td></tr>
</table>

時間	對話	頁碼
1945年1月 （昭和二十年）	「英魂嗒（だ）！」野澤搶著糾正。 「我們訥（の）英魂哇（は）回臺灣故鄉，要上，」仁和突然改用自己的客語說：「**家神牌的**。」 「可咧哇（これは），非國民嗒（だ）！永遠覺悟西奈哪（しないな）！」 「生為臺灣人，死為臺灣鬼；鬼魂回故鄉，保護臺灣人！你懂不懂？」仁和越說越正經起來。 「好啦，仁和！」明基實在聽不下去，悄聲說：**竹筍蟲吃竹筍，屎蟲吃屎**（zugˋ sunˋ cungˇ siid zugˋ sunˋ，siiˋ cungˇ siid siiˋ），屎蟲吃屎，改得了嗎？你和這種東西說什麼呢？」 「我真奇怪，臺灣米怎麼會養活這種東西！」 「這叫一種米養百種『蟲』嘛。」	275. 276
1945年1月17日 （昭和二十年）	「退！部隊長訥（の）命令嗒（だ）！退唏咯（しろ）！」掛著腕章的傳令兵，揚起話筒，吆喝著。 「逗息得（どうして）？撤退哇（は）？」—— 「好哇！居然命令後退？這算什麼皇軍？」 「退！苛咧哇（これは），部隊長訥（の）命令嗒（だ），退唏咯（しろ）！」 劉明基這一批「輜重兵」到達麵包樹林時，「谷部隊」正亂作一團時候。把重機槍摔在地上，放眼望去，增田隊長跟一位中尉軍官在指手劃腳不知談什麼。 而這時候，後面一個雜七夾八的「部隊」——日本僑民，還有一些好像是菲律賓人——已經跟了上來，而且源源湧來，人數似乎不少。 「全隊注意，」增田拉長脖子宣布：「增田中隊全體注意：現在，特殊訥（の）情況，全體撤到丘陵地區掩蔽，掩蔽起來，無俺（おれ）命令，不許出來，不許擅自離開隊伍！」 「奇沙瑪（きさま），難嗒（なんだ）？」那個某中尉	280

時間	對話	頁碼
1945年1月17日 （昭和二十年）	突然向增田揮拳劈過去。 「苛咧哇（これは），實力訥（の）保存得（で）……」增田亢聲申辯。	280
1945年1月17日 （昭和二十年）	「那不是增田嗎？」仁和說。 「嗽嘎（そうか）！」松下立刻喊人：「隊長桑（さん）得斯嘎（ですか）？多坐（どうぞ）！」 「嚱！嗒咧嘎（だれか）？」增田跑了過來。 「松下機槍組得是（です）！多坐（どうぞ）！」松下迎了上去。 明基和仁和氣得直咬牙：和增田走在一起的竟是三腳仔野澤三郎。原先明基和仁和都躲在淺洞內，可以避風雨的，現在祇好讓出來。 「伊啞（いや），汝們辛苦，不用讓！」增田謙不接受。 「多坐（どうぞ），隊長殿（どの）。」明基給這一說，也就心甘情願地禮讓著。 「宜得是（いいです），不要這樣。」增田拍拍他的臂膀：「看汝，一身又是汗又是水，坐，坐，坐那賽（なさい）！」 明基由衷感激增田的關懷，甚至感動得淚水盈眶。不過，他極力忍著；他對於這個表現惱羞不已：怎麼這麼容易就感激涕零啦！真是沒有出息！ 「隊長桑（さん），逗得斯嘎（どうですか）？撤退，掩蔽哇（は）？」松下問。 「劇兵團——那個戰車機動兵團……」 「劇兵團那呢喔（なにお）？」 「敵軍接近，就地決戰（決戦- Kessen）喔（お）施行；要求谷部隊一律參與！」 「得哇（ては），宜（いい）報國機會胛奈嘎（じゃないか）？」野澤說。	281. 282. 283

時間	對話	頁碼
1945年1月17日（昭和二十年）	「採行『體當』（Taiata）戰術嘖（ぞ）！」增田冷冷回答。 「體當」戰術，就是抱著手榴彈，躲在事先挖好的散兵坑，或臨時衝向敵人戰車，「與敵偕亡」的意思。野澤慷慨昂揚的氣勢，被這一說也頓挫下來。 明基咬牙切齒。黑暗中，看不清三腳仔，但他還是怒目凝盯過去。 「那拉（なら），隊長殿（どの）訥（の）意思哇（は）？」一陣子後野澤問。 「谷部隊第一二中隊，已經被征用大半……」增田苦澀地：「俺（おれ）想，還是實力喔（お）保存」 「哈伊（はい）！隊長殿（どの），伊瑪（いま），非公平決戰喲（よ）！」仁和忍不住說：「如此去送命，實哇（じつは），非必要……」 「哼！」野澤好像哼了一聲：「苛咧哇（これは），谷部隊訥（の）光榮胛奈嘎（じゃないか）？」 「愛送死，你自家去送死，**哼嗎介**（he ma` ge，客語：做什麼）？」仁和用客語說。 「**幹伊娘，操伊娘！笑死郎**（閩南語：笑死人）！」 其他幾個同組的人，都紛紛責罵野澤。增田默不作聲；對於他們滿嘴的臺灣方言，好像充耳不聞似的。野澤實在挨不下去了，漆黑深夜中，終於獨自離開。 「**幹伊娘**，去送死好啦，丟臺灣人的臉！」 「**屌他媽**，俺客人有這種東西……」仁和悄聲說。 明基一直沒說什麼。他祇是氣。他祇是恨。 「唉！汝們，喳喳吵吵，哪呢是路（なにする）？」增田這才又開口。 「我們……」大家回答不上來。 「唉！野澤君（くん），確實哇（は）一男子嗒（だ）！」增田好像搖搖頭：「俺（おれ），慚愧……」	281. 282. 283

時間	對話	頁碼
1945年1月17日（昭和二十年）	「不！隊長殿（どの），愛惜我們。」仁和說。 「……隊長殿（どの）哇（は），人性訥（の）表現，」明基緩緩說：「代表人性訥（の）決定薩（さ）。」 「嗽嘎（そうか）？」增田提高嗓音：「汝們不笑俺（おれ），這個預備役少尉，懦弱，非軍人？哈哈！」	281. 282. 283
1945年1月18日（昭和二十年）	「敵訥（の）戰車嘎（か）？」松下軍曹睡眼惺忪地站了起來。 「唔……米軍，不在黑夜作戰的。」 「拂曉攻擊嘎（か）？」	285
1945年1月18日（昭和二十年）	「嗳！阿訥野郎！（あのやろう）……」增田忽然一指右方不遠處，憋著嗓音叫起來。 「歪嘴！是李歪嘴！」明基看清楚了。	285
1945年1月18日（昭和二十年）	「劇兵團胡亂抓人。」 「體當？」 「嗯。就在下面一帶，要真幹了。」 「我們第三中隊哇（は）？……」增田問。 「第三中隊，少可些（すこし），一二中隊哇（は）全部……」李歪嘴指一指平原上那堆人說：「大概就都在那裡！」	286
1945年1月18日（昭和二十年）	「禽獸畜牲！」明基霍地跳起來：「**屌他媽**（diau\` gia′ me′）！不可以！不可以這樣沒人性啊！」 「逗息嗒（どうした）？」松下訝然問。 「你們！你們日本人，怎麼可以這樣？」明基的指頭**堪堪**（hiam\` hiam\`）要戳在松下鼻子上。 「啊？奇沙瑪（きさま），難嗒（なんだ）？陣前反叛嘎（か）？」松下端起騎兵槍，對準明基，臉上陰晴不定，居然溫溫的，不曾勃然大怒。 「反叛？誰反叛？」明基挺胸吸氣，站穩在松下前面：「汝們無謂犧牲人命才是反叛——反叛人性！」	287. 288

時間	對話	頁碼
1945年1月18日 （昭和二十年）	「明基！你冷靜一點。」仁和過去拉他，卻給他推倒在地上。 「呵！劉明基，你還是真的嘎（か）？」松下手中的槍「咔」一聲，子彈上了紅膛。 「夠了！都給坐下──紀律嗞（ず）！」增田把槍壓下。 「明基。」仁和又去拉他。 「？……紀律嗞得（ずて），就槍殺薩（さ）！」松下臉色鐵青。 「苛咧哇（これは）……戰場訥（の）心理變異嗒（だ），不能常理來論處！」增田說。 「不服！增田桑（さん）！」 「叫俺（おれ）隊長殿（どの）！」增田卻也反了臉：「怎麼，汝的槍，也要對準俺（おれ）嘎（か）？」 一場糾紛總算勉強給增田壓制下來。可是明基心頭的火焰依然熊熊上騰。他無法在這裡呆下去。他向增田投以心情複雜的一瞥，然後轉身離開守了一夜的這個泥洞。 「多何去（どこへいく）？別胡鬧！」增田皺緊眉頭勸他。 「我去送死，可以吧？」明基冷冷說。 「回來！」增田邊說，邊伸手又把松下的槍口壓下：「分散，祇有更呢（に）危險！」	287. 288
1945年1月18日 （昭和二十年）	「明基！聽我說：這去送死，是你本意嗎？值得嗎？我知道你又恨又氣，但，那，也不應該這樣，這樣不正合狗子的意嗎？」 「到底逗息嗒（どうした）？」野澤問。 「明基！求你，聽我一句，好吧？」鍾要哭出來了。 明基祇是睜大眼睛，木然看著他們。這時，和野澤在一起的一個陌生士兵走了過來，目不轉睛地盯著他。 「明基？你是劉明基？」陌生士兵突然問。	289. 290

時間	對話	頁碼
1945年1月18日 （昭和二十年）	「唔，汝哇（は）？」 「吉岡。吉岡生勇。」這個人改用客家話突然說：「陳天生，陳天生**唔記得咧**（mˇ gi ded` le´）？」 「你？」明基的眼睛越睜越大。眼前這個人竟是蕃仔林人，陳乾甲長的兒子，三代「仇家」之子，兒童時代的「敵人」，還有…… 「劉明基，多嘎（とうか）？還記仇嘎（か）？」 「陳天生？你真是陳天生？」在這逃難的山頭上，真會遇上陳天生？他還是恍如夢中的感覺。 「唉！看來你也吃了不少苦頭，我是你的情敵陳天生，沒錯啊。」 「你不是……十七年初就到波羅尼奧（馬來語：Borneo，英屬婆羅洲）嗎？」 「對呀。你嫌我沒死在那裡？」 「是啊。」明基笑了一下，他就是討厭那種什麼都半真半假，開口就帶點嘲諷味道的人。他說：「你是該死在那裡，怎麼要來這裡埋骨？」 「這裡，離臺灣近一些啊。」陳還是半真半假的：「在波羅尼奧，石油探勘處兩年多，後來局勢吃緊才編入鎌田部隊——陸戰隊，後來又編入黑田部隊，吉谷斬込達……唉，一言難盡！」 「我是說，怎麼可能到這裡來？」 「我命大呀！就是死不了；死不了，就得送到另一個戰場來送死嘛！你大驚小怪什麼？」	289. 290
1945年1月18日 （昭和二十年）	「從此卡拉（から），部隊解散，各自逃命！」 「西卡西（しかし），隊長殿（どの）……」松下臉色倏地轉白。 「各自逃命？逃往哪裡嘎（か）？」 「俺（おれ）想……往阿巴利走，就是往北呂宋走。」	296. 297

時間	對話	頁碼
1945年1月18日 （昭和二十年）	增田好像在說給自己聽。 「隊長殿（どの）：命令，昨夜何時傳達得是嘎（ですか）？」松下終於把話說清楚了。 「那呢（なに）傳達？是俺（おれ）自己下達的。」增田說。 「上級命令沒有，逗悉得（どうして）擅自主張？」 「連絡斷絕，俺（おれ）階級最高，就是指揮官。」增田冷然說：「俺（おれ）就這樣下達命令，不服嗎？」 「苛咧哇（これは）……」松下的樣子，好像忘了吸氣還是呼氣。 「解散，自由逃命！」增田一面脫下自己的階級領章，一面再一次慎重宣布：「現在起，俺（おれ）不是汝們的隊長了；一起逃嘎（か），或者哇（は），各自逃，悉聽自己決定」 「那拉（なら），機槍、武器哇（は）？」抬重機槍的人問。 「……自由。丟棄，或扛得走，自己決定。」增田說。 「不！武器不能丟！」松下說：「扛得武器訥（の）哇（は），跟俺（おれ）走！」 可是，這些人都緩緩把武器放下無言地站在一邊。 「隊長殿（どの），我們……走吧。」明基小聲說。	296. 297
1945年1月18日 （昭和二十年）	「我看，大家都集中躲在厨房過夜吧。」明基表示意見。 「俺（おれ）看，要派衛兵。」增田說。 「管他天塌下來，我要好好睡一覺──」仁和說。 「衛兵（Eihei），不可缺，每班兩人。」松下說。松下一路上，始終不發一言的。 「曹長（Sōchō）殿（どの）我們負責第一班。」野澤說。	298

時間	對話	頁碼
1945年1月18日 （昭和二十年）	「上去瞧瞧！」增田跟了出來：「喃嘎（なんか），詩吟訥樣（のよう）呢？」 「詩吟？弄什麼鬼？」 「好像是武士要死以前吟的……」 「別冒險還是躲開算了。」仁和說。 「我跟去看看——這時**四腳仔**（sì-kha-á），沒什麼了。」明基用客語說。	299
1945年1月18日 （昭和二十年）	「嗽嘎（そうか）！苛咧哇（これは）……」少佐冷笑連連地，伸手輕撫毛茸茸的胸腹：「俺（おれ）恨！俺（おれ）恨！西卡西（しかし），嘿嘿！本利（ほんり）哇（は）有喲（よ）！俺（おれ）戰刀劈殺訥（の）敵人，至少二打以上，哈哈！」 少佐右邊放着一把出鞘的戰刀，在離刀尖五六寸處纏著白布，那是握刀的地方吧…… 「……南洋（Nan'yō）訥（の）歲月，俺（おれ）殺得夠癮！嘿嘿！」 少佐身側還有另一瓶清酒哩。他抓起酒瓶，對準嘴巴咕嘟嘟把剩餘的酒全部灌下去，然後揮手一拋，酒瓶正好砸中桌上另一空酒瓶，發出鏗然巨響。 這算什麼呢？明基想。 「……知道嘎（か）？死，可怕，沒有！俺（おれ），磨（もう），活下去，不想嗒（だ）！」 這個人是不想活，不是不能再活下去啊。 「生命？什麼玩意？」少佐難看的笑容中，漾起近似滿足的神色：「俺（おれ）哇（は），天生訥（の）殺戮者，還是殺得不夠多——磨（もう），沒有敵人可殺啦！哈哈！嗒卡拉（だから），自己喔（お）苛戮死（ころす）！」 這是切腹前的遺言？還是宣言？明基胸中的怒火慢慢上	301. 302

時間	對話	頁碼
1945年1月18日（昭和二十年）	騰。他已經不再懼怕，他以老鷹般的眼光強烈凝視眼前演出的活劇…… 「嘛，可累得（これて），俺（おれ）就去啦！」少佐回顧背後兩個背掛戰刀的部下說：「汝們好好為俺（おれ）『介錯』（かいしゃく），汝們不能害怕！」 「哈伊（はい）！」原來兩個部下是少佐的「介錯」──助手──將要以手中戰刀砍斷少佐的脖子……想到這裡，明基冒起一身寒慄。 「……汝們，也要追隨俺（おれ）去──由衛兵以槍介錯（かいしゃく）相助汝們，悉得路嘎（しているか）？」少佐還是笑著，那是苛虐中獲得快感的笑。 「哈伊（はい）！一定不負期待！」嗓音，似乎也顫抖著？ 「得哇（ては）！先走一步……」	301.302
1945年1月18日（昭和二十年）	「啊！快！快！搭斯給得（たすけて）！」	303
1945年1月18日（昭和二十年）	「哇呀！」少佐殿伏在血泊中，像受了致命巨創的山豬，吼叫著，翻滾著。 「槍！槍殺塞喲（さいよ）！」一個「介錯」向衛兵們下達命令。 「哈伊（はい）……」 四個衛兵好像齊聲回答，可是一直不見動作，久久不聞槍聲。擋在明基前面的衛兵顫抖得好像也快倒下去啦。 「嚘嗞！」少佐又抓起那把拋在血灘裡的戰刀，瘋狂地，也是胡亂地往自己身上猛戳猛插…… 「開槍！槍，槍殺塞（さい）……」 「殺！殺！喲！畜牲（畜生-Chikushō）！死吧！快死吧！可厭訥（の）生命！」少佐殿還在瘋狂地剟自己，還未斃命。	304

時間	對話	頁碼
1945年1月19日 （昭和二十年）	「增田桑（さん）！」 原來是青木國藏曹長。分散了一段日子的青木又出現啦。明基不覺苦笑起來。 「快走！不然，又征召臨時決死隊什麼啈（ぞ）！」有人這樣提醒大家。 「劉君（くん）：一緒（いっしょ）走嘎（か）？」增田問明基。 「哈伊（はい）！追隨隊長行動得是（です）。」明基誠懇地表示。 「敵情判斷──據說：仁牙因上陸訥（の）敵人，商米可路喔（お）佔領悉達（しだ）。」青木說：「現在哇（は），直接北上，不可能得是（です）！」 事實上，目前的逃亡路線，似乎不是誰可以決定的；天全亮了，大群小隊的殘兵敗部，已經潮水般自西北方，正北方湧來；不知道是盲目的，還是有計劃的，就是不斷地朝南逃去。 「米軍戰車部隊快到了！」 「敵訥（の）強大陸戰隊在十里之外！」 「路線，如何卡宜嘎（がいいか）？」增田問大家意見。 「能自定嗎？就隨人潮嗒哪（だな）。」	306. 307
1945年1月19日 （昭和二十年）	「人數太多哇，緊急情況呢，不好逃脫。」明基提議：「人員，分成兩部分為宜。」 「他們，全部，汝喔（お），跟隨啈（ぞ）！」增田說。 「不！都願跟隨部隊長！」明基說：「僕（ぼく），也喜歡與隊長一緒（いっしょ）得是（です）。」 最後，他們取得協議：分別由增田和明基各領一半人馬，走同一路線，兩隊保持一百公尺左右的距離前進。	307. 308. 309

時間	對話	頁碼
1945年1月19日 （昭和二十年）	於是增田領著青木、松下、野澤等三十來人走在前頭；和明基在一起的是仁和、李歪嘴、陳天生等三十多人。 「吉岡桑（さん）：汝不趕上去？」明基問陳天生。 「汝，趕俺走？」 「那倒不是，俺是覺得汝跟他們在一起才對。」 「不，俺想陪著汝。」 「出發！」明向大家一揮手，然後向陳問：「汝不怕路上俺對汝不利？」 「才不怕。汝劉明基不是這種人。」陳回過頭來，哈哈一笑：「萬一汝……嘿嘿！汝也非俺對手。」 「要不要試試？」明基說。 「怎麼？汝不怕？」 「俺會怕汝？吉岡：你**莫唔知見笑**，（mog mˇ di´ gien seu，客語：你不要不知羞恥）。」明基用客語說。 陳天生又哈哈一笑，腳步一緊，往前衝去。可是，走不到十公尺又停下來等大家。他用客語說： 「劉明基：你真的這麼討厭我？」	307. 308. 309
1945年1月19日 （昭和二十年）	「準是『給利辣』（ゲリラ）幹的！」	309
1945年1月19日 （昭和二十年）	「我看那邊竹林……」明基問增田：「隊長殿（どの）看，危險，沒有嘎（か）？」 「嗽嗒那（そうだな）……哈！汝看：野郎（やろう）們已經竹林呢（に）走入，俺（おれ）們也衝吧！」 明基還想說什麼。可是大夥人全走向竹林了，只好咬牙跟了上去。 這是一片「竹園」，是一叢叢和臺灣麻竹同類而比較矮小的竹子。這裡很暗，一進來就陷入一團墨綠的光暈裡，給人陰森森的感覺。 「蕃仔林的麻竹叢……」明基的思緒不覺遠颺到萬里關	311

時間	對話	頁碼
1945年1月19日（昭和二十年）	山之外。 「明基！你在尋**竹筍蛄**（zug` sun` gu´）啊？快走哪。」陳天生用家鄉話催他。	311
1945年1月19日（昭和二十年）	「情況嗒（だ）！給利辣（ゲリラ）！」 ——砰！砰砰！槍聲大作，是短促沙啞而奇特的槍聲。 「呃……」 狂奔中的明基感覺出，身邊有人中槍倒了下去，可是他不能轉頭去看。 ——達！達達！達達！是四四型騎兵開火反擊。 「唷嗬！嘎克拉！」粗烈兇厲的吼叫由竹叢湧出來。 「哇！救命啊！」 「搭斯給得（たすけて）……厄喲……」 「give up！give up！」游擊隊衝過來了，還大聲命令投降。	312
1945年1月19日（昭和二十年）	「各位……」增田的嗓音透著極端的疲憊：「俺（おれ）們進入街內過夜，如何得是嘎（ですか）？」 「嗯，走吧！」有人應和。 「武器，沒有，萬一，半夜給利辣（ゲリラ）出現那拉（なら）？」有人反對。 「兩枝騎兵槍……松下！松下呢？」田找人。	313
1945年1月19日（昭和二十年）	「陳天生被給利辣（ゲリラ）……」	314
1945年1月19日（昭和二十年）	「喲息（よし）。西卡西（しかし），柴火喔（お），摸得（もっと）來！」	315
1945年1月20日（昭和二十年）	「我想去看看那片竹叢……」 「什麼竹叢？」 「你說遇上給利辣（ゲリラ）的地方啊？」 「不錯。我想我們去……」 「去復仇？哈哈！神經病！」有人笑起來。	317. 318

時間	對話	頁碼
1945年1月20日（昭和二十年）	「不是。我要把那些被殺的同伴屍體，弄回來。」明基說。他肯定而堅決地，好像早就想好而且決定的。 「弄回來？哈！要帶回鄉去呀？」 「看能不能——不然埋在土裡也好。」 「俺（おれ）贊成！」增田突然說：「昨晚，松下直在俺（おれ）耳邊呢（に），嘮叨不停，要俺（おれ）携他回去——那個野郎（やろう）的家，和俺（おれ）是鄰縣嗒（だ）！」 「那，太冒險嘍（ぞ）！」 「每人呢（に），槍一把喔（お）撿得（で），那就無慮得是（です）。」增田衝著野澤問：「汝，去不去？」 「哈伊（はい）！遵隊長訥（の）命令得（で）！」野澤還是不失軍人儀節。 「那拉（なら），去囉。價（じゃ），此後，不許任何人叫俺（おれ）隊長——隊長早呢（に），陣亡；俺哇（おれは），增田君（くん）呢（に）那（な）名！」	317.318
1945年1月20日（昭和二十年）	「注意：排攻擊訥（の）勢態喔（お），取立（きりつ）！」增田下令。 不錯，在基地的時間裡，他們都受過班排的攻擊訓練，可是那祇是訓練而已，實際臨敵，對大部分人來說，還是第一次呢。 ——砰！砰！居然有人無端開火啦。卻把自己人嚇得全部臥倒避敵，然後哈哈大笑。 「價（じゃ），就射擊西咯（しろ）！」增田祇好下令盲目射擊。	318
1945年1月20日（昭和二十年）	「劉君（くん）：多斯路（とする）？」增田也在做同一件事。 「隊長您訥（の）意見哇（は）？」 「埋葬前呢（に）那尼卡（なにが）留念遺物喔（お）？」	318.319

時間	對話	頁碼
1945年1月20日（昭和二十年）	「哈伊（はい）！最好是骨灰。」 「嗽咧哇（それは），不可能……」增田盯著那些屍體：「讓俺（おれ）想想。」 「不行喲（よ）！時間，時間奈喲（ないよ）！」野澤說。 增田沉思片刻後，命令一半的人去收集火柴，一半的人把八具屍體整齊地一列排開，並在每具屍體的右側挖一個深三尺的洞穴，以備埋葬之用。 搬來的木柴、桁角、斷柱等很多；意外的是有人從拋棄的車車裡弄來一鐵盔的汽油。 「增田要怎麼搞？」大家都不清楚這個人的用意。 「現在，木柴，排成四尺見方訥（の）堆後，引火」 「瘋子。難道他以為這就可以把人燒成灰？」 「二列橫隊，排隊！」增田下令：「現在，御葬式，開始！」 龐大的火堆，已經火燄熊熊，似乎給難友蠟白的臉頰染上一抹嫣紅。陳天生的雙眼，一直睜得奇大奇圓，明基怎麼給予撫摸，還是不肯閉上。 「閉上吧，天生。我一定帶你回去……」 「排隊了，明基，御葬式，大家都等著你。」	318. 319
1945年1月20日（昭和二十年）	「明基君（くん）：陳訥（の）部分，汝不親自整理嘎（か）！」增田喊他。 明基知道是什麼事，但，實在想不到怎麼做。他由李歪嘴腰邊抽出一把戰刀，他走到陳天生的前面。 「松下武次君（くん），」增田沉聲說：「苛累得（これで），伊酷喤（いくぞ）！」	321
1945年1月20日（昭和二十年）	「明基君（くん）：不敢嘎（か）？不快些，肌肉脫下困難喤（ぞ）！」 明基重重地搖搖頭，把心中的困擾撥開。他想把陳的左	321

時間	對話	頁碼
1945年1月20日 （昭和二十年）	臂拉開，和腋下之間隔一些距離，以免傷及脇肋部位，可是手臂僵硬，拉不開。 「讓俺（おれ）來！」	321
1945年1月20日 （昭和二十年）	「唷息！（よし）」增田忍不住嚴肅地喝采。	322
1945年1月20日 （昭和二十年）	「天生：安息吧。靈爽不遠，就跟著我明基啊。」明基在心裡祈祝：「明基生還，就跟著回蕃仔林；明基萬一沒命，你我冤魂就結伴回鄉……」 「嘛，各位，」增田又說話了：「肌肉，脫去唏咯（しろ）！」	322
1945年1月20日 （昭和二十年）	「現在，北呢（に），出發！」增田說。 「天生：我們**來去**（loiˇ hi），**莫**（mog）走失喔！」明基回頭向背包裡的陳天生說。	323
九　山之女		
十　鱒魚的行程		
1945年 （昭和二十年）	「那……姍赫塞（San Jose）還在我方嗒那（だな）？」增田問。 「哈伊（はい），正在召集散失訥（の）士兵。」難友說。 「好在，我們差一點就去送死。」李歪嘴說。 「他們這還守什麼？」明基不解。 「爭取時間──以空間換取時間嗒（だ）。」增田說。 「本土決戰喔（お）準備充分嘶路（する）。」青木說。 「野澤！還有青木桑（さん），」仁和說：「那拉（なら）：汝們不該留在這裡，該挺身去報到！」青木說不錯。野澤沒有吭氣。靠著星光看不清他們的表情。 「俺們不去的。二位請！」仁和毫不留情地。 「去就去，皮肉（挖苦）哇（は），不必！」青木憤然。	363

時間	對話	頁碼
1945年 （昭和二十年）	「嘛（ま），各位，現在，」增田懇切地說：「同心協力。尼（に），逃生嘎（か）大事嗒（だ）！」 「仁和，算了。」明基說：「現在，最要緊的是，不要給抓去墊戰車。」	363
1945年 （昭和二十年）	「這是什麼地方？」 「不知道，大概是呂宋中央山脈南麓吧？」 「那拉（なら），碧瑤就在這附近？」 「不。碧瑤靠近仁牙因灣那邊。往北走，大概是潘巴克？」 「潘巴克又是什么地方？」 「不知道。反正在北方。我們的目的地是北方對不對？」 「對，到阿巴利，然後上船，渡過巴士海峽……」 「回臺灣！」 「回日本廣島！」 「做夢！汝們！」 「哈哈！對，夢！夢，總是好的。」	364
1945年 （昭和二十年）	「喂！背包內，食物嘎（か）？」問話的人直吞口水。 「巴卡（ばか）！難友訥（の）遺骨嗒（だ）！」明基憤然。 「嗽嘎（そうか）？看看如何？」又圍上來三個傢伙。他們都帶著刺刀。 明基和增田無言地卸下背包，展示三枝白森森的骨頭——一股燒焦夾著酸腐臭味湧了出來。 「喲喲！苛咧哇（これは）！汝們吃人肉？」 「哼！難友訥（の）遺骨，汝們不信？」 「幹！新幾內亞的傢伙吃人肉，這些傢伙也？……」 「俺（おれ）看，處理掉嘎（か）？」增田指著背包說：「人家懷疑是食物，來搶奪慣，糟糕。」 「如何處理得（で）？」	365. 366

<table>
<tr><th>時間</th><th>對話</th><th>頁碼</th></tr>
<tr><td>1945年
（昭和二十年）</td><td>「丟掉——或是挖洞掩埋，如何？」
「不，我，答應過他……」明基心頭黯然。</td><td>365.
366</td></tr>
<tr><td>1945年
（昭和二十年）</td><td>「各位：我們九個不要走散了。」明基經過那次檢查背包事故後，有了新的領悟：「看樣子，還是多找幾個難友走在一起好；人少了，危險。」
「對。那天，背包如果有食物，那傢伙準搶，不定會捅來一刀。」
「所以，我們得團結在一起。」
「<u>俺</u>（おれ）看保持體力第一，走太快<u>哇</u>（は），不必。」增田有氣無力地。
「是。反正，走快又怎麼樣？」明基說。
「<u>俺</u>（おれ）認為，還是迅速行軍才是。」青木反對。
「對。敵人趕來呢？」李歪嘴也不贊成。
「問題是，人從南邊來，就不會由北邊嗎？」明基笑起來：「誰知道米軍由阿巴利登陸了沒有？」
「……」青木怨恨地瞪明基一眼。
「不用這樣看我。別忘了，日軍當年不是由阿巴利登陸嗎？」
「是皇軍！」青木糾正明基。
「你媽契哥（ngia´ me´ kie go´）！」明基突然用客語罵一句。
「汝說什麼？<u>俺</u>（おれ）警護<u>斯路得</u>（するで）？」青木誤聽為要他擔任警衛。因為「契哥」和「警護」語音相近。
「我說：我是汝媽契哥（kie go´）！你媽老契哥（kie go´）！」明基說的還是方言。
仁和噗嗤一聲笑了起來。野澤忍著忍著，臉都脹紅啦。最後還是忍下來。
「野澤，<u>苛訥野郎</u>（このやろう），說什麼？」青木問。
「他……他……我說不上來。」野澤瞥明基一眼。</td><td>366.
367.
368</td></tr>
</table>

時間	對話	頁碼
1945年 （昭和二十年）	「講！你跟他翻譯翻譯！嗯？」明基用客語說。 「喂！青木桑（さん），」仁和怪聲怪氣的：「俺（おれ）建議汝：不要再排屎臭軍曹排場，較好！」 「汝說什麼？」 「我說……屌你媽！」 「唉！好啦好啦，」增田雙手亂搖：「保持體力，嗯？千山萬水哇（は），有汝們走的呢，今天，吵架哇（は），磨（もう），不必喲（よ）！」	366. 367. 368
1945年 （昭和二十年）	「今天，輪到哪三個值日？」增田問。這是大家同意的做法。 「水喔（お）找尋嘎（か）？」青木說。 「俺（おれ）看，左方阿訥（あの）低窪處一定有。」	369
1945年 （昭和二十年）	「安心唏咯（しろ）！蝴蝶飛舞，情況，沒有嗒（だ）！呵呵！」青木夷然而笑。 「還是小心點好。」明基說。人，突然踉蹌一步。 「汝？怎麼？」 「發熱——今天來得特別快。」 「今天，發作日嘎（か）？」	370
1945年 （昭和二十年）	「哇！綺麗（きれい）！綺麗（きれい）嗒那（だな）！」青木脫口稱讚。 「啊！」 …… 「劉明基！發呆得（で），難嗒（なんだ）？」青木笑著斥責。	371
1945年 （昭和二十年）	「唷……」李歪嘴向前衝幾步，帕嗒一聲倒了下去。 「投降唏咯（しろ）！投降！」 「surrender！surrender！」	372
1945年 （昭和二十年）	「下咯（ろ）！」 「殺！」	373

時間	對話	頁碼
1945年（昭和二十年）	「啊！」 「苛辣（こら）！」	373
1945年（昭和二十年）	「阿捕！阿捕！」他硬給揪著，提了起來。 「可畏嘎（こわいか）？」一個傢伙用日語問。 「……」他覺得自己好像點了一下頭。 「汝……日本人嗒那（だな）？」 「……」他好像搖了一下頭。 「可累（これ），難嗒（なんだ）？」這個傢伙檢查他的行軍背包。 「……骨骸，難友訥（の）……」 「哦？苛咧哇（これは），美珍拉西（めずらしい）！」這個傢伙大喊難得，而且和同伴嘰哩咕嚕一陣。 「哈哈！骨，骨的！」有人喊好，讚嘆的意思。 「那拉（なら），汝，臺灣人嗎？」 「……」他明確地點頭。 「福爾摩沙？」 「嗯。」他嘴唇動了一下。	374. 375
1945年（昭和二十年）	「阿媽……」他在心底喃喃說。 「汝？那呢喔云嗒（なにをいいた）？」會說日語的傢伙好像聽到他說什麼。 「奈伊（ない）！」一股怒火上騰，他搖頭說沒有。 「說！汝一定說！哼！」還真是不放過他。 「俺……俺在念媽媽！」他倏地睜眼，大聲說：「喔卡——尚（おかあさん），媽者爾（Mother）！怎麼樣？」 「嘞……」 …… 「……熱，汝病氣（びょうき）嘎（か）？」 「馬拉里亞（マラリア）得是（です）。」他突然有個模	375

時間	對話	頁碼
1945年 （昭和二十年）	糊的意念……。 「走！命哇（は），保留得（で），俘虜嗒（だ）！」	375
1945年 （昭和二十年）	「……失，失禮得是嘎（ですか）……」 「嗯？難嗒（なんだ）！」 「口，口乾，高燒得（で）……請准去取水解渴……」他說著很自然地蹲了下去。	375. 376
1945年 （昭和二十年）	「逗嘎（どうか）？要不要水？」對方催促他。 「哈伊（はい）！」心中的計較還未妥貼，人卻站了起來；脫下頭上的鐵盔，轉身向山溪走來。	376
1945年 （昭和二十年）	「明基，你是明基吧！」好熟悉而急切的聲音。 是鍾仁和。還有增田正一，還有另外兩個難友…… 「劉君（くん）！甘拔刀（がんばって）！磨（もう），安全嗒（だ）！」增田說。 「李歪嘴和青木呢？」另一個難友問。 「他，他們……」明基囁嚅一陣，喉頭全乾，怎麼也發不出聲音。 「明基你受傷了！」仁和衝到他前面。	380
1945年 （昭和二十年）	「劉，喝一點。」一位難友送過來一飯盒冷水 「謝謝。」他喝了一口就推還人家。 「草，我還有一點，給你煮？」 「不，再點火，危險。」 「……」增田一聲不響，也遞過來一把自己吃剩下的草葉。 「阿里阿朵（ありがとう）。」他搖搖頭，走到仁和身邊，躺了下去。	392. 393
1945年 （昭和二十年）	「嗬！嗬！」增田憑著生物的本能吧，突然擺出拚鬥的姿勢。 「喂！奇沙瑪（きさま），嗒類嘎（だれか）？」野人開口問話，用的竟是標準日語。	403. 404

時間	對話	頁碼
1945年 （昭和二十年）	「喃！嚇！」增田露牙瞋目，像一隻打鬪中的小公狗。 「增田桑（さん）！」明基輕拍他的肩膀。 「哦？汝們，日本兵嘎（か）？」一個禿頭傢伙問。 「汝們逗悉得（どうして）躲在此地？」另一個問。 「……」增田和明基都不吭氣。是日本兵，這就沒什麼好怕的。 「說！屬多訥（どの）部隊？」 「不！俺（おれ），日本兵價奈（じゃねい）！」增田說。他還是能說話的。 「哦？那拉（なら），奇沙瑪哇（きさまは），米軍嘎（か）？」 「俺（おれ），日本兵價奈（じゃねい）！俺（おれ），日本兵價奈（じゃねい）！」增田一再重複否認自己是日本兵。 「各位，增田桑（さん）哇（は），精神上呢（に），稍稍異常得是（です）！」明基說。 「說得是（です），得是（です），增田桑（さん）哇（は），」野澤也走前來：「少尉殿（どの）得是（です）。」 「巴卡野郎（ばかやろ）！少尉官得（で），如何否認是日本兵？」禿頭揪住增田破裂的額口。 「俺（おれ），日本人價奈（じゃねい）！俺（おれ）野獸嗒（だ）！」增田是心神全亂啦。 「赫！苛咧哇（これは）！」禿頭猛地提起戰刀，以刀柄向增田腹部搗去。 「難嗒（なんだ）！非國民！」另一個補上一拳。 「各位！」明基衝前一步，把正要倒下去的增田抱住：「精神異常訥（の）軍官呢（に）對待，過份價奈嘎（じゃねいか）！」 「各位長官：是非（ぜひ）多磨（とうも），請原諒…	403. 404

時間	對話	頁碼
1945年 （昭和二十年）	…」野澤不停哈腰賠罪。 「奇沙瑪磨（きさまも），日本人價奈嘎（じゃねいか）？」禿頭說著，向明基踢來一腿，明基一閃就給躲開。 「咦？強哪（な）！呵呵！喲息（よし），俺（おれ）們公平決鬥──撲過來吧！」禿頭突然豪興大發。 「……」明基放下增田緩緩站起來。 不能躲避的。他告訴自己。既然躲不掉，那就來吧。這些野獸都是帶著戰刀；今天是結束。啊，結束。那麼一定要得到代價…… 「多嘎（とうか）？武士訥（の）劍得（で）決鬥嘎（か）？」一個傢伙拋一把戰刀給明基。	403. 404
1945年 （昭和二十年）	「汝？亮劍！」 「俺（おれ），可累得（これて），宜（いい）！」 「嘿嘿！」 「甘拔力（がんばって）！」	405
1945年 （昭和二十年）	「啞米咯（やめろ）！勝負已決！」隨著吆喝，一把戰刀把明基的戰刀打掉。 明基咬緊牙關，凝然站在那裡。右臂刀傷處火辣辣的，沉沉的疼痛範圍逐漸擴展；附近癢癢的，暖暖的，他知道已經鮮血淋漓的了。 「汝，何地人？」裹丁字巾的矮子問。大概是第二個頭目吧？ 「臺灣人！臺灣新竹，大湖人，劉明基。」 「嗽嘎（そうか）？日本人價奈得（じゃないで）？」 「說得是（です）。臺灣人得是（です）」 「強哪（な），汝！嗯？」矮子笑了起來。 「公平訥（の）決鬥喔（お），一生懸命（いっしょけんめい），拚得是（です）……」明基暈得很厲害。	406. 407

時間	對話	頁碼
1945年 （昭和二十年）	「再戰，能力，有嘎（か）？」 「哈……伊（はい）！必死得（で），再戰是路（する）！」明基兩眼猛睜，盯住對方。 「勇氣，有，真武士！嗯？」 「男兒，侮辱哇（は），不受，臺灣人如此；日本人相同價奈嘎（じゃないか）？」明基的話像一把利劍直攻對方。 「嘛，苛累得（これで），結束，如何得是嘎（ですか）？」矮子看還在呻吟的禿頭一眼，突然這樣說。 「哈伊（はい）。閣下訥（の）意旨，得宜（ていい）。」明基說。說得有些軟弱，很不甘心。不過，也罷。臉上脖子上，全是大顆大粒的汗珠。受不了。	406. 407
1945年 （昭和二十年）	「汝，也是臺灣人嘎（か）？」 「伊嘸（いいえ），日本人得是（です）。野澤，野澤三郎。」野澤嗓音直抖。 「哦？」矮子臉上陰晴不定，冷笑一聲：「故鄉哇（は），何處？」 「哈伊（はい）！阿訥（あの）……」野澤的雙眼直翻，支吾一陣才說：「霞浦得是（です），故鄉哇（は），霞浦湖訥（の）濱。」 「哦？俺（おれ），鹿島附近，北浦村，汝哇（は）？」高傢伙大喜望外。 「鹿島？鹿兒島嘎（か）？」野澤誤以為沖繩東北方的鹿兒島啦。 「啊？汝，故鄉霞浦湖？何縣何郡？」高傢伙笑容凝凍了。 「俺（おれ），俺（おれ），福島縣，霞浦……」 「霞蒲東濱或哇（は）西濱？」 「東濱得是（です）。」	407. 408. 409

時間	對話	頁碼
1945年 （昭和二十年）	「東濱，那拉（なら），潮來……訥（の）神宮，悉得路（している）？」高傢伙譎笑隱隱。 「哈伊（はい），小時，經常參拜得是（です）。」 「巴卡野郎（ばかやろ）！霞浦哇（は）茨城嗒（だ）！有名那（な）鹿島神宮，何時移到潮來？」 「……哈伊（はい），訖獸（うそ）得是（です）。」野澤祇好承認說謊。 「那拉（なら），汝，日本人價奈嗒那（じゃないだな）？」 「……」野澤默不作聲。 「臺灣人嘎（か）？或哇（は），朝鮮人？」 「哼！苛納物（このもの），不是臺灣人也不是朝鮮人！」明基突然說。 「哦？那拉（なら），米國人？哈哈！」 「苛納物哇（このものは），三隻腳怪物嗒（だ）！」 「三隻腳得（で）？」幾個傢伙都好奇地問。 「三隻腳哇（は），飛禽也不是，走獸也不是，雜種嗒（だ）！」 「哈哈，有趣——實哇（じつは），什麼東西？」 「問他，要他自己回答！」 「喂！實在（じつざい），汝，什麼東西價（じゃ）？」矮子問。 「實在哇（じつざいは），日本人價奈（じゃない）？」高傢伙要肯定是否日本人， 「……不是……」野澤低垂的頭，快埋進胸膛裡。 「那拉（なら），騙子嗒（だ）！」	407. 408. 409
1945年 （昭和二十年）	「增田！增田桑（さん）呢？」他這才悚然問。 「增田桑（さん），抬回來後就躺著，傍晚吃了一點湯，人就好像又暈了過去。」一个難友說。	410

時間	對話	頁碼
1945年 （昭和二十年）	「增田桑（さん）！」他想坐起來，右手用力，劇痛驟起，這才記起自己胳臂受了重傷 「唔……俺（おれ），還活著。」增田說，聲音很清楚。 「喔，問題，沒有嘎（か）？增田桑（さん），甘拔力（がんばって）！」 「唉，磨（もう），伊喲伊喲（いよいよ）……」增田說是「差不多了」，好像還笑了一下。 「伊㕷（いいえ）。悉加力（しっかり），活下去，活著故鄉呢（に）歸去！」 「阿里阿朵（ありがとう），汝訥（の）勉勵……」增田乾咳幾聲：「劉君（くん）：睡那賽（なさい），明日訥（の）體力喔（お）儲存……」	410
1945年 （昭和二十年）	「明基啊，明基！」他喃喃自語。咦？聲音好像不是來自自己呢。 「明基桑（さん），醒著嘎（か）？」是增田在問話。 「增田桑（さん）嘎（か），俺（おれ）……沒睡著喲（よ）。」他從幻境玄思裡撤回來。 「睡不著嘎（か）？嗯，劉君（くん）……」 「哈伊（はい）。您，身體，如何得是嘎（ですか）？」 「明基君（くん）：很高興認識汝這個臺灣青年。」增田轉開話頭。平常都是呼姓的，這次竟親切地叫了名字。 「同樣得是（です）。」明基誠摯地：「您是個真正的日本人。」 「哦！俺（おれ）真感激。不過俺（おれ）不大明瞭涵意，可否略加詳說？」 「意思哇（は）：貴國……」明基貴國兩字脫口而出，先是愣了一下，繼而覺得十分滿意：「大和民族，應該不是目前一般這些瘋狂邊緣人物，那是不正常的。」 「呵，你真是這樣認為嘎（か）？那拉（なら），俺	412. 413. 414

時間	對話	頁碼
1945年（昭和二十年）	（おれ）是真正感激萬分，以大和民族一份子身分感激您！」 「區區在下哇（は），希望大和族子民應該另有高貴訥（の）特色嗒（だ），那拉（なら），應該像您這類人。」明基說到後來有拙於表達的感覺。 「像俺（おれ）？呵呵！」增田的嗓音透著倦憊虛弱：「俺哇（おれは），伊喲伊喲（いよいよ）嗒（だ）。」 「不！您要活下去！」 「阿里阿朵（ありがとう）。」增田沉默了一陣，不知在想什麼，然後說：「俺（おれ）一直自恨懦弱，不過，近來──特格（とくに）呢，見了谷信成功切腹場面之後，俺（おれ）就領悟到，勇敢懦弱哇（は），論斷困難哪（な）！」 「實哇（じつは），您一直表現得十分勇敢，真正的勇武。」 「明基，汝才是奇特男子──韌性十足，生命力特強的男子。」 「您，見笑嗒（だ）。」 「奇怪，也來自海島，卻有日本人欠缺訥（の）什麼──特格（とくに）呢（に），面對危難時，汝的眼神，俺（おれ）十分折服。」 「請別說得這麼神奇。祇是，祇是，不想死，想一定故鄉呢（に），歸回一念嗒（だ）！」 「難訥（なんの））哇（は），苛訥（この）鋼鐵一念嗒（だ）！」 「那，嗒單（ただ），自然喲（よ）！自然訥（の）力量。」 「南飛北返訥（の）渡鳥同樣嘎（か）？」 「嗯。鱒魚，知道？古老訥（の）鱒魚，千世萬代，故	412. 413. 414

時間	對話	頁碼
1945年 （昭和二十年）	鄉呢（に）回歸訥（の）哇（は），超意志訥（の）力量；人，也應該有……」 「喔，鱒嘎（か），魚訥（の）尊者，唉……」增田突然冒出一句：「南國訥（の）歲月，依然值得懷念哪（な）……」 「……」明基不知道他為什麼突然又把話岔開。 「今訥（の）一生，能認得汝，很愉快。」 「這邊，也是。」明基心實意地：「嘛，好好保重，明日走得動那拉（なら），北上如何？」 「明日？明日哇（は）什麼日子？」 「誰，悉得路（している）？六七月之間嗒哪（だな）。」 「明日，太陽，上昇嘎哪（かな）？」增田自語著，接著好像在嘟噥什麼，又好像在小聲唱兒歌；還發出細微的笑聲。 明基意識有點模糊，一些意念浮上來，想表示什麼，可是睡意漸濃。他終於睡著了。不知道睡了多久，天亮了；他是給人推醒的：兩個新加入的難友連同畜牲野澤都蹲在前面。 「增田桑（さん），全身都硬了。」 「啊……」明基一翻身，增田就在左側，那平靜中漾著一絲笑意的臉孔，距離明基的臉不到兩尺。幽明永隔，兩個人卻似乎從未這樣接近過。 增田緊閉的雙眼眼角，掛著一滴殘餘的淚珠。 「增田桑（さん）……」明基伸手壓在增田的心房上。	412. 413. 414

荒誕世界中的反抗者
——李喬短篇小說初探*

孫湊然**

摘要

李喬被譽為「臺灣文化長工」，其小說與臺灣的歷史和民眾的日常生活緊密聯繫。他不僅在文學創作方面努力使「臺灣的文學」真正成為「臺灣文學」，還在理論方面探索了「臺灣文化整體性」和「臺灣文學主體性」的思想內涵。因此，李喬文學可以說奠定了當今「臺灣文學」的文學性、藝術性、思想性的基礎。由此可見，研究李喬文學無疑是理解臺灣文學和臺灣文化認同感的必要工作。本文將以李喬短篇小說中描寫荒誕世界的〈人球〉和〈恐男癥〉為中心，分析李喬作品內在的文學藝術性和隱藏在其中的臺灣文學的本質和反抗精神。特別是著眼於德勒茲和伽塔利的《卡夫卡：走向少數人的文學》中分析卡夫卡時使用的「少數人文學」概念，分析「少數人文學」李喬短篇小說的反抗文學特徵，從李喬文學的字裡行間挖掘「臺灣文化」、「臺灣文學」的特徵。

關鍵詞：李喬、〈人球〉、〈恐男癥〉、少數人文學、德勒茲、伽塔利

---

* 本文刊載於《中國語文論翻譯叢刊》(韓國)第51集，2022年7月。

** 漢陽大學助教授。

一　前言

李喬被譽為「臺灣文化長工」[1]，其小說與臺灣的歷史和民眾的日常生活緊密聯繫。一九八四年，李喬受邀在美國哥倫比亞大學演講時說：「我從二十幾年前到現在追求文學的歷程，可以說是我的成長歷程，也是我生命中的小風大浪、是風是雨的一種成長過程。我的任何活動，一定是臺灣這個小小區域的社會活動的一部分。」[2]由此可知，李喬的文學是他人生旅程的一種文學記錄。這也意味著李喬的人生和文學與臺灣的歷史及文化同步發展。這也可以理解為，李喬的文學將焦點放在了「臺灣文化整理性」和「臺灣文化主體性」的主題上。李喬在文學創作方面，不僅努力使「臺灣的文學」真正成為「臺灣文學」，還透過《臺灣人的醜陋面》（1988）、《臺灣文學造型》（1992）、《臺灣文化造型》（1992）、《文化．臺灣文化．新國家》（2001）等著作，完成了「臺灣文化整體性」和「臺灣文學主體性」的理論探索。

在李喬的文學作品中，《寒夜三部曲》等長篇小說是其代表作，但是突出李喬文學的藝術性和獨創性的卻是他的短篇小說。一九五九年，李喬發表了第一部短篇小說〈酒徒的自述〉，此後在六〇、七〇年代延續了短篇小說的創作。二〇〇〇年一月出版的《李喬短篇小說全集（資料叢編）》收錄了一九五九年至一九九九年創作的一八〇篇短篇小說。其中，一九七七年以前寫的短篇超過一百篇。而一九六二年至一九七七年被稱為李喬短篇小說創作的黃金時期。在這一時期的短篇小說中，李喬竭盡所能，藝術性地描繪了臺灣人在現實中經歷的痛苦和壓迫，以及臺灣人的認同感和臺灣文學的主體性。此外，他運用了五〇、六〇年代在臺灣產生巨大影響的現代主義的創作方法，構建了先鋒性的、獨創性的、多少有些荒誕的小說世界。對此，彭瑞金認為短篇小說時期的李喬和「長篇李喬」不同的是，他不把自己的文學放

1　陳惠齡：〈故事與解釋——論李喬短篇小說中遊戲性與開放性的寫本符碼〉，《文與哲》2007年第11期，頁513。

2　李喬：〈一位臺灣作家的新路歷程〉，彭瑞金編：《臺灣現當代作家研究資料叢編．27 李喬》（臺南市：臺灣文學館，2012年），頁125。

在臺灣的大架構上去經營那些短篇，「短篇李喬」只是一個人間、人性的探索者。」[3]正如彭瑞金所指出的那樣，李喬的許多短篇小說作品講述了與臺灣的社會、政治現實保持距離的普遍人類的「生活的痛苦」。但是，這種「生活的痛苦」也是產生於臺灣這一環境和歷史為背景。因此，李喬的短篇小說也充分體現了臺灣文學的特徵。

遺憾的是，到目前為止，在韓國學界，李喬文學、理論及思想的相關研究不多。二〇〇七年，在臺灣師範大學文化及語言文學研究所和長榮大學臺灣研究所共同舉辦的「第五屆臺灣文化國際學術研討會——李喬的文學與文化論述」中，東國大學的金良守和首爾女子大學的趙映顯參會並宣讀了論文。金良守以「韓國與臺灣小說中的背叛者形象」為題，將臺灣的吳濁流、鄭清文、李喬的作品和韓國的全光鏞、朴景利的作品進行了比較研究。另一方面，趙映顯以「李喬〈小說〉中的殖民記憶」為題，考察了李喬的短篇作品《小說》。[4]二〇〇七年，趙映顯發表了論文《李喬〈小說〉及其離散》[5]之後，二〇一一年，趙映顯又發表了《李喬〈泰姆山記〉中的臺灣本土性研究》[6]。兩人發表的學會參觀記簡單介紹了李喬。隨後趙映顯發表的兩篇論文對〈小說〉和〈泰姆山記〉進行了有深度的分析。總體來說，韓國的李喬相關研究尚處於起步階段。正如林大根的分析，「因為二十世紀九〇年代中期以後韓國學界主要研究大陸文學」，所以臺灣文學的相關研究「二〇〇〇年以後才出現」。此外，二〇〇〇年以後的臺灣文學研究「與其說是經過宏觀計劃或學界協商過程，不如說是研究者的個人關心」。[7]因此，到目前為止，無論在數量和質量上，韓國的李喬研究都沒有實質性的進展。

---

3 彭瑞金：〈回首看李喬的短篇小說〉，彭瑞金編，同上書，頁192。

4 金良守、趙映顯：〈學會參觀記：第五屆臺灣文化國際學術研討會〉，《中國現代文學》2007年第41號，頁232-233。

5 趙映顯：〈李喬〈小說〉及其「離散」〉，《中國文學研究》2007年第34輯。

6 趙映顯：〈李喬〈泰姆山記〉中的臺灣本土性研究〉，《中國文學研究》2011年第42輯。

7 林大根：〈第一章　韓國的臺灣文學研究〉，林大根、陳國偉編：《臺灣文學：從殖民紀行到文化局面》（首爾市：韓國外國語大學知識出版院，2017年），頁49-50。

從文學的藝術性和獨創性來看，李喬的文學作品具有充分的研究價值。不僅如此，李喬文學可以說奠定了當今「臺灣文學」的文學性、藝術性、思想性的基礎。因此，研究李喬文學無疑是理解臺灣文學和臺灣文化認同感的必要工作。本文將以李喬短篇小說中描寫荒誕世界的〈人球〉和〈恐男癥〉為中心，分析李喬作品內在的文學藝術性和隱藏在其中的臺灣文學的本質和反抗精神。特別是著眼於德勒茲和伽塔利的《卡夫卡：走向少數人的文學》中分析卡夫卡時使用的「少數人文學」概念，分析「少數人文學」李喬短篇小說的反抗文學特徵。由此從李喬文學的字裡行間挖掘「臺灣文化」、「臺灣文學」的特徵。

二　作為少數文學的〈人球〉

短篇小說〈人球〉是一九七〇年發表的短篇小說，在李喬的作品中，具有很高的藝術性和強烈的現實批判意識。小說以主人公靳之生的視角展開。主人公靳之生是一名有妻兒的普通中年男性。靳之生「一七〇公分的身架子，才五十公斤」，是一個瘦弱男性。不僅外貌如此，他在工作和家庭中也表現消極，能力不足。因為不會掙錢，妻子說他是「沒用的東西！」因為職場上接連出現失誤，被老板呵斥「滾！滾得遠遠地！」像這樣，在被所有人壓迫的日常生活中，靳之生患上身體捲成圓球的「怪病」。家人看到他身體滾動的樣子而憂心忡忡，但靳之生自己卻感覺舒適，就像蜷縮在母親的子宮裡一樣。

〈人球〉的主人公擺脫人類形象變成「人球」這一情節使人聯想到卡夫卡的〈變形記〉。不僅如此，在很多方面，〈人球〉都與〈變形記〉相似。其中最引人注目的是「語言」的使用。德勒茲和伽塔利在分析卡夫卡的作品時，將他的作品定義為「少數文學」。此時的「少數（minority）」不是數量上的少數，而是指作為「尺度」的少數。即「多數人是指主流的，在某些社會中占主導地位；少數人是指脫離這一範疇，大部分被多數人壓迫或被忽視。」[8]德勒茲和伽塔利所說的少數文學並不單純意味著數量上的劣勢，而是指「被所有規範性的世界排斥和壓迫，或脫離規範性的少數性」[9]的文學。少數文學的特徵可以從使用的語言中發現，少數文學「與其說是少數語言的文學，不如說是多數語言內形成的少數人的文學」。這是從猶太裔捷克人卡夫卡所處的語言困境開始的。卡夫卡接受德語教育，所以用德語創作了作品。然而，他不僅感到「捷克帶來的、無法抹去的距離感」，而且以德語為母語的「德國的居民本身也脫離了領土」。對於在捷克布拉格出生、長大的卡夫卡來說，猶太人的民族認同感與他自身所具有的猶太裔捷克人的社會認同感也有一定的距離。像這樣，猶太裔捷克人的社會認同感早已被排除在捷克社會之外，他使用的「德語」也不是德國人使用的德語，也不是反映他民族認同感的語言，也不是充分體現他所生活的捷克的本土性語言，而是「適合少數使用的、脫離領土的語言」[10]。

對於李喬來說，漢語也是這種「脫離領土的」語言。李喬所使用的漢語也正被這種雙重、三重矛盾包圍。首先，他使用的漢語不是中國大陸使用的漢語，而是作為臺灣人的客家人使用的漢語。所以，他使用的漢語與中國大陸的中文有距離。但是，假設漢語是以中華文明為基礎發展的語言，該語言不能充分體現作為臺灣人的客家人的社會認同感。因此，李喬的中文甚至被排除在臺灣的本土性之外。儘管如此，他還是接受了中文教育。又因為臺灣人普遍使用的語言是中文，所以不能用中文以外的其他語言創作作品。

和卡夫卡一樣，李喬也在自己的作品中用少數的方法使用語言。「滾」就是一個例子。在作品中，「滾」有兩個意思。第一，「走開、離開」。例如，老板讓靳之生「滾得遠遠地」。靳之生反覆咀嚼老板對自己說的話，用

---

8 Lee Jin Kyung：〈文學——機器和橫跨文學：以幾何學形式證明的文學——機械理論〉，Lee Jin Kyung等：《德勒茲和文學——機器》（首爾市：Somyoung，2002年），頁20-21。

9 Kim Myung Joo：〈吉爾・德勒茲的「少數人」概念的現代哲學意義：關於「非人格主體性」〉，《西江人文論叢》2017年第48輯，頁187。

10 吉爾・德勒茲・菲利克斯・伽塔利：《卡夫卡：走向少數人的文學》（首爾市：東文選，2001年），頁44。

腳踢小石子。這塊石頭使靳之生聯想到自己的老板。而且，每當他用腳踢石子的時候，正好就像老板說的那樣，滾動好遠才停止。此處，滾的意思，由老板說的「走開、離開」的意思變成了石子「滾動、翻轉」的意思。此後，靳之生變成了一個人球，滾來滾去，獲得心理的舒適。像這樣，滾的雙重意義貫穿了整部作品。滾，開始於老板對靳之生的責罵，表現為用腳踢石子（老板的象徵）的動作。這一滾動又延續為靳之生的滾動。

這種日常語言的脫離領土的使用可以說是「自己的語言（單一的或多數的）以少數的方式使用」的方式。這使語言的日常使用變得陌生，可以看作是「在自己的語言中像異鄉人一樣」[11]使用語言。這種語言運用在描繪日常語言逃逸線的同時，在平凡而反覆的日常生活中製造裂痕。[12]這似乎給生活在作為家長和公司職員的雙重壓力之中的靳之生帶來了小小的出路。但在〈人球〉中，「語言已經不僅僅停止在表象，而是走向極端乃至極致」[13]。日常生活中的痛苦層層積累，這樣累積的痛苦凝縮在一起，帶來了「變身」。靳之生的人球—生成（becoming）就是「變身」。

在〈人球〉中，靳之生的日常生活走向兩個極端。一方面，他的日常生活充滿了暴力性的語言（沒用的東西、滾得遠遠地）。起初，靳之生對這些話也「氣憤難咽」，但馬上就默默地忍受著「作為家長的義務」。現在連這句話也成了「習慣」。靳之生也有安慰自己的場所，那就是被窩和衛生間。靳之生在被妻子斥責為「沒用的東西」後，躲進被窩裡安慰自己說自己是「地地道道的好人」。並且透過身體捲成圓球，靳之生感到了「難以言喻的快

---

11 吉爾・德勒茲・菲利克斯・伽塔利：《卡夫卡：走向少數人的文學》，頁67。

12 羅納德・博格曾表示：「少數寫作的目標是震動語言，誘導語言不均衡，從語言本身開始激活語法、通史、意義等內在的連續變異。」因此，「少數寫作」不是故意引起語法錯誤或錯誤地使用日常語言。相反，在很多人使用的日常語言中，這種語言會引起混亂，由此產生的語言混亂會在日常生活中出現裂痕，形成逃逸線。如果將這種少數語言的使用推向極端，就會從語言的比喻性表達中產生更直接的形象。例如，如果說卡夫卡〈變形記〉中此直接產生的形象是「蟲子—生成」，〈人球〉中它是「人球—生成」。羅納德・博格：《德勒茲與文學》（首爾市：東文選出版社，2006年），頁171。

13 吉爾・德勒茲・菲利克斯・伽塔利：《卡夫卡：走向少數人的文學》，頁60。

感」。在高三時期舉行閱兵式和分列式時，他的「褲皮帶崩斷」而他的「長褲滑落下來，露出來白光的大腿」的「事故」之後，他為了克服這一噩夢版的經驗，開始對自己說：「我是世界上最偉大的人」。之後，當他走進衛生間，都會說這句話。這一舉動成為了他的「鎮靜劑」，讓他的身心「舒泰清爽」。他把自己所在的世界稱為「孤獨的世界」和「沙漠地帶」，並把衛生間當成避難所。不僅如此，靳之生還會逃到最終的逃亡地。即，將自己的身體捲曲成「人球」。

某天，在被窩裡捲成圓球的靳之生突然發現自己患上了身體無法伸展的怪病。但是，與擔心的妻子形成鮮明對比的是，靳之生只是身體不適，內心卻無比平靜。因為，他覺得這一姿勢就像了宮裡的胎兒一樣受到保護。

「現在，誰都欺負不了我了……」
「現在，誰都傷害不了我了……」
「現在，我是真正安全了……」[14]

通過「人球—生成」，靳之生眼前的冷酷世界再次變成了美麗奇妙的世界。但是與之相反，變成人球的靳之生越覺得舒適，讀者就越能感受到靳之生在日常生活中感受到的殘酷和痛苦。另一方面，在日常生活的痛苦中，靳之生除了把自己的身體用力蜷縮，主動與外部世界隔絕（成為人球後，他變成「胎兒」不能正常說話）不斷沈睡在自己心裡之外，沒有其他事情可做。即，用「人球—生成」的「非正常」或「脫離正常」的行為來應對「正常」的壓迫性的日常生活。就像「滾」一詞的運用在靳之生的日常生活中造成裂痕、描繪逃逸線一樣，「人球—生成」使靳之生脫離了自身的領域，在「沒用的東西」和「偉大的人」的兩個極端的自我中創造了第三個安全地帶。根據德勒茲和伽塔利的理論，成為少數人將削弱以多數人為代表的社會規範和尺度。靳之生通過變成人球，成為使「社會價值等級無效，樹立新價值」的

14 李喬：〈人球〉，《李喬短篇小說精選集》（臺北市：聯經出版事業公司，2000年），頁13。

少數人。同時，變成人球的靳之生並不是社會的「弱者」或者作品裡說的「病人」，而是「在多數性的尺度上成功打孔的『生成的高手』」。[15]

三　〈恐男癥〉中所生產的欲望

〈恐男癥〉（1983）的主人公楊世芬也和〈人球〉的靳之生一樣有「病」。即，楊世芬目光所及之處都能發現男根的怪病。小說以主人公楊世芬向醫生訴說自己患病的經過開始。很難說明自己情況的楊世芬在醫生的提議下，像是在說「別人的故事」一樣說出自己的故事。楊世芬是一位平凡的職業女性。結婚後，她在沒有登記戶籍的情況下上班，又因為懷孕而不得不登記了戶籍。經理劉大榕得知此事後，以已婚女性應該自動辭職為由強迫她辭職，並把楊世芬入職時簽名的「婚後自動辭職同意書」扔在了她的面前。此時，奇怪的事情出現了。即，「婚後自動辭職同意書」使她開始處處看到「那個東西」（男性生殖器）。水龍頭、木棍、竹條、鏟柄、膠棒、筷子、鋼筆、電筒、日光燈管、機車把手、擀麵杖等等都變成了男根。對於這樣的「現象」，楊世芬陷入了巨大的恐懼之中，甚至產生了負罪感。她為了正視自己的恐懼，有時會買黃色書刊來看，有時還會和四樓王太太一起欣賞黃色錄影片。儘管如此，她還是陷入了更加嚴重的「恐男癥」，最終還是決定就醫。

在這部作品中，李喬意圖很明確。作家試圖以一種「心理學的方式」提出二十世紀八〇年代初女性在臺灣所經歷的歧視和痛苦。然而，有意思的是，〈恐男癥〉中提出「性」或「欲望」的方式極為獨特。首先，分析一下出現楊世芬到處發現「男根」現象的背景。作品描寫了鮮明的對立情況。最直接的是男性和女性的對立。男性代表社會規範、統治者的壓迫、多數人的權力。相反，作為女性的楊世芬則脫離了社會規範（結婚後仍拒絕辭職），是被壓迫的被統治者、被剝奪社會人存在權限的被統治者。在這種對立中，

---

15 Kim Young Chul：〈卡夫卡的小說對實質寫作的涵義：從少數文學論的觀點出發〉，《教育人類學研究》第13卷第3號（2010年），頁17。

楊世芬到處發現「男根」，最終辭職。之後，楊世芬將自己發生的「現象」重新導入正常／病態、倫理／非倫理的對立之中。她認為自己到處看見男根的問題是一種病，甚至是一種奇異的著魔。最終，因社會問題而發生的這一「現象」被置換為楊世芬的個人倫理問題，並且使這一切內化。

這時，發生在楊世芬身上的「現象」可以解釋為兩種「欲望」。表面的「欲望」可以解釋為到處都存在的男性權力。不斷變換形態登場的「男根」可以看成是到處存在的、各種形態的男性權力。換句話說，這可以看作是男性的「欲望的延續體」。特別地，從男根出現在楊世芬視線中的情節發展來看，可以認為是「婚後自動辭職同意書—各種物品—丈夫和丈夫朋友的男根—夢中深谷中的男根」。此時，夢中深谷中的男根描寫得形象生動。她正走在狹窄的山路上，深一腳淺一腳，不下心就會掉到或高或低、或大或小的男根樹林裡。被這種「男根形象」包圍的楊世芬陷入了極度恐懼和負罪感之中。「男根形象」「將其他強有力的禁令都寄託在欲望中，阻止欲望在社會和政治場中找到自我。」[16]楊世芬喪失了社會上的自我，只能在男性欲望中把握自己，在這種壓抑欲望中喪失了審視自己內心的能力。如此一來，「男根形象」將她排除在社會之外，壓抑她，使她成為倫理上的「罪人」。

另一種解釋是楊世芬的「生產欲望」。德勒茲和伽塔利理解的「欲望」不是缺乏的欲望，而是生產的欲望。換句話說，欲望並不是佛洛伊德所說的被禁止的欲望，而是「想要生產的意志」的積極因素。從這個觀點來看，在所有地方發現「男根」的楊世芬的視線透過持續的連接（conjunction）和分離（disjunction）來製造欲望的湧動。即，男根脫離男性身體，結合多種事物或多種實體，給楊世芬的日常生活帶來裂痕。傳統觀念社會的日常生活迫使楊世芬走向新的世界。所以，楊世芬的欲望不受控制。不知道「男根」會在哪裡出現。此時此刻，楊世芬的欲望在充滿支配者或權力者的欲望的日常生活中描繪出屬於自己的孤獨的逃逸線。因此，男根現象所代表的「欲望」，不能只以壓迫她的男性和社會規範性欲望來把握。相反，楊世芬的欲

16 吉爾・德勒茲・菲利克斯・伽塔利：《卡夫卡：走向少數人的文學》，頁158。

望是延續生命的本能。[17]

值得注意的是，楊世芬也試圖同化成代表男性權力的超越欲望。即，在男性和女性、支配者和被支配者、多數者和少數人的對立格局中，出現了楊世芬努力接近男性權力和欲望的場面。

> 「性，是正常的事物，性器是自然而莊嚴的。」她還是理智正確地認知這個道理，可是這份認知並改變不了什麼，救不了她。
> 她由氣餒而絕望。不過，新的奧處，有一股抗拒的意念支撐著。是的，她不甘心，他不甘心自己的正常與幸福莫名其妙地就此隨風而去。
> 她重新繫盛自己抵抗「幻象」的過程：她發現自己自始就採取「抑制」或「避免接觸」的方式來「克服」它，結果卻是適得其反——就像強力壓擠輪胎或皮球似的，壓力越大，反彈越強。
> 「就反其道而行——採取『直接交替』如何？」她找到另外一個希望。[18]

楊世芬接受並肯定自己的欲望，並希望被權力化的欲望同化。因此，楊世芬透過觀看男性視角製作的黃色刊物或錄影片，將男性欲望內在化，努力回到社會規範下的「正常人的生活」。儘管如此，男根對她來說，還是「惡劣的

---

17 在一九七三年進行的一次採訪中，對於「你對佛洛伊德好像也頗有研究吧？」的提問，李喬回答如下。「我以前是很迷他，但這幾年我認為我吸收了他，不被他控制了。不過，原文能力我是沒有辦法，所以也不敢說自創什麼看法。但我有一個想法，不知道佛洛伊德是不是這個意思，他現在不在，我沒有辦法對質了；他的泛性論，我們現在排斥這個泛性論，如果這個「性」的解釋再把它擴大的話，就對了。就是說，把這個「性」解釋成「延續生命的本能」，使生物繁衍下去，使生物的生命持續下去的本能。如果把這些內涵歸納之於泛性論，那樣許多事情用『性』就可以解釋得通了。」楊世芬的欲望也可以用這種「延續生命的本能」的概念來把握。洪醒夫：〈偉大的同情與大地的鄉愁——李喬訪問記〉，彭瑞金編，同上書，頁161。

18 李喬：〈恐男癥〉，《李喬短篇小說精選集》（臺北市：聯經出版事業公司，2000年），頁121。

形象」、「殘酷愚昧」、「兇狠醜陋」的「可笑蠢物」。「我不怕它！我不怕他！我就這樣面對它！面對他！」從楊世芬的吶喊中可以看出，她將它（男根）和他（男性權力）看作一體。楊世芬試圖克服這種包圍並孤立自己的男性欲望所帶來的「恐懼」。然而，她卻失敗了。

最終，楊世芬無法被以「男根形象」為代表的權力化的欲望同化，持續喪失積極積累生產欲望的力量，成為了「病人」。結尾處，楊世芬問醫生：「像我這種人，在臺灣有沒有？啊？可憐，好可憐！」仍然給讀者微弱希望。楊世芬是社會的非主流，是一個以新視角看待「病人」社會並希望逃離的人物。在看不到出路，無法接受固定不變的壓迫性欲望，無法實現生產性欲望的情況下，她寧願選擇成為「瘋了」。但是，在臺灣有很多像楊世芬這樣的人。當這些瘋子越來越多時，臺灣社會的話語是否會被少數人的聲音改變呢？

四　李喬小說中的反抗意識和臺灣文化主體性

在討論李喬的短篇小說時，一般以一九七七年為起點。因此，將一九五九年至一九七七年分為兩個階段，將一九七七年以後二十年的作品視為第三個階段。第一階段的創作主要講述他兒時的故事。第二階段的創作開始關注臺灣的社會問題。在第三階段，李喬主要創作長篇小說，偶爾推出短篇小說，其內容以臺灣的民族認同感和政治問題為主。[19]本論文所涉及的〈人球〉是李喬短篇小說創作全盛期的第二階段的作品，而〈恐男癥〉屬於李喬頗為注重臺灣民族認同和臺灣政治問題的第三階段的作品。一般對這兩部作品的分析都集中在小說的藝術創作性和現代主義的創作手法以及生活的痛苦等方面。同時這些小說的本質都包含著反抗意識和作家對「臺灣文化」的觀念。

對於「臺灣文化」，李喬有如下評價：

19　蔡寬義：《反抗來自生活，為生活而反抗——李喬短篇小說研究》，國立清華大學臺灣文學研究所碩士論文，2017年，頁12。

大量的臺居民，在長期久遠生活於臺灣島嶼，由於人與自然、與其他人、與團體，還有與自己相處、適應、調適的過程中，接受一些物理原則的限制，形成臺灣人或臺灣社會特有的習慣、風俗，各種規範、法規觀、道德觀等。綜合性來說，也形成臺灣人特有的感覺方式、語言文字、思考方式、生活方式、行為模式；也形成臺灣人特有的宗教行為宗教態度；臺灣人共有的價值觀，甚而愛情觀、人生觀、生命觀等，終而凝聚提升為臺灣人特有的哲學思考（存在觀、價值觀等）。另一方面，在臺灣人特有的價值觀、生命觀、人生觀、愛情觀，以及行為模式、生活方式之下，創造了臺灣獨特的藝術、文學、科學，各種學術等等。以上綜合的整體表現就是臺灣文化，或指臺灣文化的內涵。[20]

接著，李喬認為「臺灣文化」是一種複合體，「臺灣文化『不是本質地存在於』自然臺灣」，而是「臺灣人社會」「所經營創造出來的」。因此，「臺灣文化」並不是固定的，而是根據臺灣人的想法和行為，以及臺灣人的「生活」而時時刻刻變化的。所以，臺灣人深入瞭解自己的生活和想法，可以說是「臺灣文化」站穩腳跟的最重要的步驟。李喬的文學作品就是仔細觀察臺灣人生活面貌的產物。因此，可以說李喬的作品與李喬所說的「臺灣文化」有著不可分割的關係。

有意思的是，李喬為了構建正確的「臺灣文化」，不斷指出臺灣文化的問題。即，「臺灣文化的病態因素」。其中，李喬認為臺灣文化問題的根源在於「民族自我中心偏見」。

於是人間的不平有等差是宿命的，合義理的。這是標準的「民族自我中心偏見」(ethnocentrism)；在「中國文化」裡是「常識」。中國乃居天下之中樞；中華民族乃世界上最優秀的民族，中華文化是人間

20 李喬：《文化．臺灣文化．新國家》（高雄市：春暉出版社，2001年），頁180-181。

> 最……，所有的最都被一國一民族獨占，其他萬國萬族便是次之有次之而已。可怕的是臺灣人裡面中此毒者不在少數。於是臺人的胸襟器識眼界，乃至國家認同都深受其害。觀念十分怪異，危害卻十二分清楚。實際上臺灣人的精神世界的幽暗面，臺灣文化的種種病變，幾乎都與此蠱毒有關。上述臺灣文化迄今未能成型為「自主文化體系」，主要原因便是中國「雙重中心論」的「文化傳統」（Culture tradition）的陰魂在作崇。[21]

李喬的自我檢討意識在本文考察的〈人球〉和〈恐男癥〉中都有體現。〈人球〉中的靳之生和〈恐男癥〉中的楊世芬都是受社會規範壓迫的人物。所以，靳之生通過將自己的身體捲成圓球，楊世芬通過看到男根把自己排除在社會之外。而且，兩人的癥狀都被認為是一種「病」。這兩個人身上出現的奇特現象不是他們自願出現的。而是突然發生在兩人身上。儘管如此，兩人的奇特經歷還是讓讀者從超越現實的角度，用超現實的方法看待臺灣社會的內在問題。

另一方面，兩部作品都直接描寫了臺灣社會和文化面臨的問題。例如，在〈人球〉中，靳之生面對「世界上最偉大的人」的精神勝利和「沒用的東西」的現實之間的分裂。這是陷入中國文化的「民族自我偏見」的臺灣人的「容易焦慮和緊張」、「容易歉疚」[22]的面貌。在這種情況下，將身體捲成圓球，迴避一切現實，閉上眼睛的靳之生的行為也可以解釋為一種逃避。但是，在看不到其他出路的情況下，這些行動可以看作是靳之生能夠選擇的唯一途徑和唯一的「反抗」。

楊世芬也是一樣。處處隱藏的男根形象可以解釋為臺灣社會普遍存在的中國文化的殘餘。楊世芬努力克服對這種「男根」的恐懼。而且也希望自己像別人一樣不要看見到處隱藏著的「男根」。但是最終她還是失敗了。因此，

21 李喬：《文化‧臺灣文化‧新國家》，頁184。

22 李喬：《臺灣人的醜陋面》（臺北市：前衛出版社，1989年），頁220-221。

生「病」成為「瘋子」的楊世芬的選擇比任何人都更具有抵抗性。就像卡夫卡的動物一生成「不是自由而是出口」,「不是攻擊而是生動的逃逸線」[23]一樣。

五　結語

德勒茲和伽塔利曾說:「少數文學是政治性的。」他們認為:如果在多數文學中個人問題僅限於個人問題,那麼在少數文學中個人問題與社會環境相結合並具有擴大的傾向。因此,在少數文學中,就像拿著顯微鏡觀察一樣,對個人的生活進行縝密的調查,並將其放大。因為每個人的問題歸根結柢都是社會問題,而這恰恰與政治聯繫在一起。李喬的小說正是如此。雖然似乎在講述個人的「荒誕故事」,但實際上反映了臺灣文化和社會,描繪了臺灣人的自畫像。正因為如此,李喬的這些荒誕故事才更加具有政治性。

李喬的短篇小說創作過程可以解釋為臺灣社會中所描繪的逃逸線。逃逸線是「一種精神錯亂」。此時,「錯亂的狀態是脫離了正常的軌道」。因此,逃逸線總是背叛「支配性的作用和確立秩序的世界」。「脫離軌道也是改變軌道、創造新的東西。」即,讓人類的身體無法站立的滾動,還有看不見的男根。在脫離日常正常軌道的同時,進入新的軌道。因此,李喬的小說是「叛逆的」,是「政治性的」。[24]

李喬認為「臺灣文化」是不斷創新的。臺灣文化根據臺灣島的生活方式不斷變化,可以說是活的實體。也許正因如此,李喬認為臺灣文化應該走向「尊重生命」的道路。擺脫壓迫的生活和痛苦,讓生命完全以自己的方式存在,這就是「臺灣文化」的本質,也是「臺灣人的認同感」的核心。李喬的短篇小說正是李喬為打造「臺灣文化」而做出的努力。

---

23 吉爾・德勒茲・菲利克斯・伽塔利:《卡夫卡:走向少數人的文學》,頁86。

24 羅納德・博格,同上書,頁246-247。

參考文獻

一　專書

李　喬：《臺灣人的醜陋面》，臺北市：前衛出版社，1989年。

李　喬：《李喬短篇小說精選集》，臺北市：聯經出版事業公司，2000年。

李　喬：《文化・臺灣文化・新國家》，高雄市：春暉出版社，2001年。

彭瑞金編：《臺灣現當代作家研究資料叢編・27　李喬》，臺南市：臺灣文學館，2012年。

吉爾・德勒茲・菲利克斯・伽塔利：《卡夫卡：走向少數人的文學》，首爾市：東文選，2001年。

羅納德・博格：《德勒茲與文學》，首爾市：東文選，2006年。

林大根：〈第一章　韓國的臺灣文學研究〉，林大根、陳國偉編：《臺灣文學：從殖民紀行到文化局面》，首爾市：韓國外國語大學知識出版院，2017年。

Lee Jin Kyung 等：《德勒茲和文學──機器》，首爾市：Somyoung，2002年。

二　論文

（一）期刊論文

陳惠齡：〈故事與解釋──論李喬短篇小說中遊戲性與開放性的寫本符碼〉，《文與哲》2007年第11期。

金良守、趙映顯：〈學會參觀記：第五屆臺灣文化國際學術研討會〉，《中國現代文學》2007年第41號，頁232-233。

趙映顯：〈李喬〈小說〉及其「離散」〉，《中國文學研究》2007年第34輯。

趙映顯：〈李喬〈泰姆山記〉中的臺灣本土性研究〉，《中國文學研究》2011年第42輯。

Kim Myung Joo，〈吉爾・德勒茲的「少數人」概念的現代哲學意義：關於「非人格主體性」〉，《西江人文論叢》2017年第48輯。

Kim Young Chul，〈卡夫卡的小說對實質寫作的涵義：從少數文學論的觀點出發〉，《教育人類學研究》第13卷第3號（2010年）。

（二）學位論文

蔡寬義：《反抗來自生活，為生活而反抗——李喬短篇小說研究》，國立清華大學臺灣文學研究所碩士論文，2017年。

「李喬」文學知識的建構與趨勢
——以文獻計量方法進行探究

申惠豐*

摘要

本文以文獻計量分析方法，探討臺灣作家李喬的文學研究論述，文獻資料時間跨度長達五十六年（1966-2021），統計文獻共計二二五篇。本研究發現，李喬相關研究自二〇〇〇年起開始快速成長，與臺灣文學走入學院、本土研究機構的設立有著密切關聯。從文獻主題關鍵詞的分析可看出，李喬研究存在明顯的偏斜現象，其代表作《寒夜三部曲》在論述網絡中占據了核心位置，「鄉土」、「歷史」、「國族」等主題也持續得到高度關注。但新的研究主題與方向，如創作技巧、敘事風格、文學形式等文學本質面向，也在持續但緩步的發展。展望未來，隨著臺灣本土意識趨於穩定，李喬研究預期將轉向作家本身的文學思想、美學理論等文學本質面向。

關鍵詞：文獻計量、李喬、數位人文、臺灣文學、寒夜三部曲

* 靜宜大學臺灣文學系副教授兼主任。

一　前言

自一九五九年李喬發表第一篇小說〈酒徒的自述〉，到二〇一九年自言「我最後一本書」的《思想　想法　留言》，一甲子的寫作歷程，千萬言的作品累積，其成就，早已銘記文學史冊。作為臺灣文學的典範人物，「李喬」這個詞，代表的不僅僅只是一位作家及其作品，還是臺灣文學知識體系中的一個重要節點，而這個節點的內容、意義、價值與重要性，則是由諸多評論與研究建構的知識網路所組成，也正是此一知識網路的存在，李喬才能夠作為一種知識概念進行傳播，並建立人們對李喬的認知。

因此，李喬作為一種知識，是本文的探究起點命題。在傳統的哲學觀念中，所謂的「知識」指的是一種個人認知的「合理真實信念」（justified true belief），[1]用以追求真理與應對事實的理解，由此觀之，文獻中的李喬，即是某種信念的中介物，用以建構某種價值、意識、真理或命題的解釋。然單純的個人信念，無法解釋知識的增長與創新，因此，知識的社會建構論被提出，此一認識論，簡單的說即是認為，知識生產是超越個人認知，在一個系統性的網路中，透過社群成員間訊息的傳播與交流形塑而成。[2]若從這個角度來看，李喬在文獻中被形塑的樣貌，即暗示著一種群體共識。

而本文所好奇的是，這個以李喬為核心的知識圖譜，會是一種什麼樣的景色？李喬作為一種「知識」是如何被建構與認知？是否存在著一種群體的共識？在這些文獻的分布中，是否真如論者所觀察的那般，李喬的研究論述，有著主題、方向與定位的偏斜現象？[3]在研究的傾向上，是否真如李喬

1 Oeberst, Aileen et al. "What Is Knowledge? Who Creates It? Who Possesses It? The Need for Novel Answers to Old Questions." *Mass Collaboration and Education*, edited by Ulrike Cress et al., Springer International Publishing, 2016, pp. 105-124.

2 Oeberst, Aileen et al. "What Is Knowledge? Who Creates It? Who Possesses It? The Need for Novel Answers to Old Questions." *Mass Collaboration and Education*, pp. 105-124.

3 楊翠：〈臺灣還有救嗎？──論李喬晚期小說的核心母題〉，《文史臺灣學報》2018年第12期，頁41-79。

的自嘲，由於自己的作品「太多」、「太長」而常被「退貨」？[4]是否能有一種方法呈現李喬的知識圖譜，用以更明確的驗證這些問題與觀察？

為了能夠一窺李喬論述的整體面貌，本文嘗試以文獻計量分析（bibliometric analysis）為方法，進行李喬知識圖譜的初步探索，探究李喬作為一種文學知識的建構歷程與前世今生。文獻計量被認為是進行大量文獻分析時的一種有效的方法，透過此法能夠一探特定學科、領域或議題之研究現狀與發展趨勢，深入瞭解現有知識體系的內容與結構，有助於知識論述的更新以及藉以判斷特定議題的重要性，並可透過可視化（visualization）的方法，直觀簡潔的表現統計數據間的分布比重與連結關係，呈現所探究議題的知識映射（Mapping Knowledge Domain）。[5]

故本文透過網路資料庫，收集李喬相關文獻數據，透過Excel、Gephi、VOSViewer等可視化數位工具，就相關文獻發表的年代、類型、數量、主題演變以及主題關鍵詞之共現關係進行觀察，呈現李喬論述的完整圖像及其演變與關聯性，期能藉此理解李喬研究的發展趨勢，並展望未來發展的可能趨勢。

二　文獻計量分析——理論與方法

（一）文獻計量學

文獻計量學（Bibliometric）是針對已出版或發表之資訊以及其相關之後設數據（metadata）進行量化的研究分析，用以描述或顯示文獻間的連結關係，[6]主要以各種索引、摘要資料庫為資料來源，藉由文獻數據的統計與

4　李喬：〈序章〉，《重逢——夢裡的人：李喬短篇小說後傳》（臺北市：印刻文學生活雜誌出版公司，2005年），頁5-8。

5　王瑞良、許子凡：〈臺灣包裝學術研究之文獻計量分析〉，《設計學研究》第22卷第12期（2019年），頁121-142。

6　Ninkov, Anton et al. “Bibliometrics: Methods for Studying Academic Publishing.” *Perspectives on Medical Education*, 2021.

分類，瞭解特定學科領域的知識發展與研究趨勢。[7]而其理論乃建立在：「一個領域的學術成果可以在已發表的文獻中得到體現」的假設之上，[8]亦即，這些已發表的文獻資料，共同組成了一個領域的知識圖譜，而文獻計量分析的工作，便是繪製此一知識圖譜，藉以呈現其發展與連結的動態。

近年來，文獻計量分析（Bibliometric Analysis）在各大研究領域獲得相當大的關注。得益於網路與數位科技的日漸成熟，推動了大型學術資料庫的發展與進步，從而累積了十分豐富的文獻資訊與文本，且資料庫收錄之文獻數據，在格式上也逐漸的進行國際的標準化，這讓資料庫數據的探勘具有了可行性基礎。[9]此外，數位工具的成熟極大程度降低了數據分析的技術門檻，[10]提高了近年來文獻計量分析的學術興趣，讓文獻計量分析的相關研究，如雨後春筍一般迸發，從最初的資訊科學領域，逐步擴散至醫學、商管、自然科學、生命科學、社會科學等各大領域。[11]

在研究類型上，文獻計量研究大致區分為兩種，一為理論研究，主要針對計量分析的規律，提出各種統計法則，另一種為應用研究，即針對特定的研究主題或目的，進行應用型的研究探勘。[12]文獻計量透過描述文獻資訊的特徵、分析不同參與者之間的關係描述，藉由研究者所收集之後設數據，探勘或識別各種不同實體（如作者、期刊、論文）間隱藏的關聯性，從而在更廣泛的層面上，理解這些實體的群集關係。[13]如主題分析，便是透過數據統計方法，分析特定時段或主題，進行文獻資料之分布結構、數量關係、變化

7 陳文彥：〈教師領導知識基礎的文獻計量分析〉，《教育研究與發展期刊》第17卷第2期（2021年），頁1-35。

8 Ninkov, Anton et al. "Bibliometrics: Methods for Studying Academic Publishing." 2021.

9 王瑞良、許子凡：〈臺灣包裝學術研究之文獻計量分析〉，《設計學研究》第22卷第12期（2019年），頁1-35。

10 陳景花：〈正向心理學應用於運動研究之文獻計量分析〉，《臺灣運動心理學報》第20卷第2期（2020年），頁45-72。

11 Donthu, Naveen et al. "How to Conduct a Bibliometric Analysis: An Overview and Guidelines." *Journal of Business Research*, vol. 133, 2021, pp. 285-296.

12 王瑞良、許子凡：〈臺灣包裝學術研究之文獻計量分析〉，頁121-142。

13 Ninkov, Anton et al. "Bibliometrics: Methods for Studying Academic Publishing." 2021.

規律的研究，文獻內部的後設數據——如作者、篇名、關鍵詞、研究機構、出版單位、引用書目等——皆可作為計量分析的素材。[14]

文獻計量分析之所以受到研究者的重視，是因為此一方法論可以用來探究所謂「未被發現的公共知識」（Undiscovered Public Knowledge）——在Don Swanson的定義中指的是：在公共領域中，如拼圖般零散化而未被發現的知識，[15]而文獻計量分析，可以將這些分散化的知識碎片組合起來，揭示其被隱藏的知識部分。[16]

也正因如此，文獻計量分析被認為可以推動科學或各專業領域知識進步的重要方法。[17]它可以探索眾多初級文獻背後隱形的學術社群（invisible colleges）和智識結構（intellectual structure），[18]推斷特定主題長期的發展趨勢、確定學科邊界變化、檢測最多產的學者和機構，展示現有研究的「大圖像」（Big Picture），提供相對客觀的分析。[19]

其優勢，正如Margarida Rodrigues與Mário Franco所言，由於文獻計量分析是利用科學統計的方式去理解本質上是客觀的大型非結構化數據材料，有助於破譯和繪製學科領域中知識累積和進化的細微差異，因此，兩人認為，文獻計量研究是以一種新穎且有意義的方式，推進一個專業領域的進步基礎。[20]

---

14 王瑞良、許子凡：〈臺灣包裝學術研究之文獻計量分析〉，頁121-142。

15 Swanson, Don R. “Undiscovered Public Knowledge.” *The Library Quarterly: Information, Community, Policy*, vol. 56, no. 2, 1986, pp. 103-118.

16 Stuart, David. “Open Bibliometrics and Undiscovered Public Knowledge.” *Online Information Review*, vol. 42, no. 3, 2018, pp. 412-18.

17 Ravichandra Rao, I. K. “Methodological and Conceptual Questions of Bibliometric Standards.” *Scientometrics*, vol. 35, no. 2, 1996, pp. 265-70.

18 陳文彥：〈教師領導知識基礎的文獻計量分析〉，頁1-35。

19 許健將：〈文獻計量學在教育研究上之應用〉，《教育科學期刊》第18卷第1期（2019年），頁51-69。

20 Rodrigues, Margarida and Mário Franco. “Bibliometric Review About Eco-Cites and Urban Sustainable Development: Trend Topics.” *Environment, Development and Sustainability*, 2022.

（二）文獻計量分析與人文研究

文獻計量分析的研究，大多集中於科學文獻的探勘上，[21]人文領域的計量研究，相較而言十分稀少，究其原因，主要有兩點：（一）實證研究非人文學科的傳統；（二）人文學科研究在計量分析的應用上有其難點。前者涉及價值認同問題，後者則與技術問題相關。

在此，筆者先以「數位人文」（digital humanities）發展之初所受到的責難為例，說明人文學科研究的價值取向。由於數位人文是一種「人文計算」（Humanities Computing）應用的研究，亦即透過數位技術與工具，進行傳統人文學科研究的一種模式，[22]因此，在屬性上與文獻計量分析有著許多相似之處。數位人文本質上屬於一種人文方法論與研究模式的創新，人文與數位技術的結合，極大程度上改變了人文知識的獲取、標注、比較、取樣、闡釋與表現方式。[23]

儘管創新，但數位人文在發展之初，仍遭受到許多質疑，如：人文計算造成了文本的貧乏，缺乏意義的累積，創造了一種妄想的客觀性，簡化了文學文本的豐富性和復雜性，甚至會讓人文的學習者背離批判性思考的傳統，讓學生在技術訓練中失去探索智慧的可能。[24]簡言之，在人文學科的文化傳統中，並不推崇所謂的「實證研究」。

另外，從方法應用的層面觀之，人文領域的學科屬性在以科學文獻為主的計量研究方法上，有著明顯水土不服的現象，Christian Gumpenberger等人的研究甚至認為，在「評估型」的文獻計量研究中，人文學科是一個「致命

21 Ellegaard, Ole and Johan A. Wallin. “The Bibliometric Analysis of Scholarly Production: How Great Is the Impact?” *Scientometrics*, vol. 105, no. 3, 2015, pp. 1809-1831.

22 郭英劍：〈數字人文：概念、歷史、現狀及其在文學研究中的應用〉，《江海學刊》2018年第3期，頁190-197。

23 聶雲霞、肖坤：〈數字人文視域下檔案學專業學生數據素養培育探析〉，《檔案學通訊》2020年第3期，頁95-103。

24 Babb, Genie. “Victorian Roots and Branches: ‘The Statistical Century’ as Foundation to the Digital Humanities.” *Literature Compass*, vol. 15, no. 9, 2018.

的弱點」，主要的原因在於，文獻計量的評估研究，使用的是為科學領域設定的指標，而這些指標大多不合適人文學科應用。[25]

首先是文獻覆蓋率（coverage）的問題，大多數的索引資料庫對人文學科出版物的覆蓋率，相較於科學文獻而言，嚴重的不足。而這又與人文學科文獻出版的慣習有關，科學文獻主要的出版管道，大多為期刊論文，因此，相關的大型資料庫，都可以有較完整的收錄，但人文學科的文獻有很大一部分來自於專書的出版，這便可能造成在數據覆蓋率的缺失與不足。[26]

此外，既有的人文學科計量研究表明，最常被引用的出版類型是專著而非期刊論文，且被引用的參考文獻，其年限跨度很大，不同於科學研究有著快速的衰退期，人文研究的參考文獻，可以長達數十年甚至百年，這更造成計量分析的困難。此外，人文學科也是個充滿異質性的學術場域，如作品的受眾的多樣化，讓個別研究人員可以在自己領域之外找到讀者，亦即，相較於科學研究學者，人文學者較少依賴同行來獲得認可；以及，人文學科較少依賴同行間的研究成果，換言之，人文研究學者在追求獨特研究上，具有很高的自由度，Björn Hammarfelt指出，這導致人文研究的主題十分的分散，造成彼此之間的交流度不高。[27]換言之，異質性與不穩定性，是人文學科的特徵，也是人文學科進行計量分析必須克服的問題。

儘管如此，學術界對於人文學科的計量分析研究仍有期待，只是需要另闢蹊徑，不能使用傳統的計量分析思維進行相關研究，如共引分析模式，在人文領域中就不太合適應用。[28]雖然目前為止對於該如何進行人文計量分析

---

25 Gumpenberger, Christian et al. "Humanities and Social Sciences in the Bibliometric Spotlight-Research Output Analysis at the University of Vienna and Considerations for Increasing Visibility." *Research Evaluation*, vol. 25, no. 3, 2016, pp. 271-278.

26 Hammarfelt, Björn. "Beyond Coverage: Toward a Bibliometrics for the Humanities." *Research Assessment in the Humanities: Towards Criteria and Procedures*, edited by Michael Ochsner et al., Springer International Publishing, 2016, pp. 115-31.

27 Hammarfelt, Björn. "Beyond Coverage: Toward a Bibliometrics for the Humanities." pp. 115-31.

28 Hammarfelt, Björn. "Beyond Coverage: Toward a Bibliometrics for the Humanities." pp. 115-31.

並沒有太多共識與明確的方法論，但 Björn Hammarfelt 建議，可以人文學科自身的術語來理解人文學科，著眼於特定的領域，而放棄追求一個聚集在「人文學科」標籤下大型異質學科的集合。[29]這意味著，人文計量分析，應該專注在更容易聚焦的專門主題或概念中，且根據選定之領域特質，進行必要的文獻數據採集與篩選，而非追隨科學領域所設定的規範進行。

三　數據與研究方法說明

本文之研究設計與方法流程，共計有下列幾個步驟程序：

（一）文獻與數據資料蒐集：此步驟主要進行資料搜索與識別的工作。如前所述，由於人文學科的專業屬性與科學有著極大的差異，在文獻資料的檢索上，無法也不應僅以單一類型（如期刊論文）作為分析範圍。特別是文學文獻，無論類型是簡單的評論抑或強調嚴謹的學術研究，都具有重要的參考價值，也存在著論述的連結關係，而文獻數據的完整性，影響著計量分析結果的精確性。本文以「李喬」為關鍵詞，於「華藝線上圖書館——中文電子期刊」（CEPS）、「臺灣博碩士論文知識加值系統」、「臺灣人文及社會科學引文索引資料庫」（TCI-HSS）、以及「臺灣現當代作家研究資料庫」進行文獻檢索，共計獲得一〇九九筆文獻資料，以四個資料庫進行資料檢索，主要是為了強化文獻蒐集的覆蓋率。

（二）文獻與數據料處理：此步驟主要進行文獻資料的清理工作，包括篩選、去重以及文獻資料的補缺。本研究所蒐整之文獻，經處理後共計二二五筆，區分為四種類型，分別為「評論」（36.9%）、「會議論文」（24.9%）、「期刊論文」（16.4%）以及「學位論文」（21.8%）。

值得注意的是，整理後的文獻資料數量，原始檢索的數量間，有著不小的落差，其原因在於：1. 每個資料庫蒐錄的文獻資料著重的類型不同，但彼

29 Hammarfelt, Björn. “Beyond Coverage: Toward a Bibliometrics for the Humanities.” pp. 115-31.

此之間多有重複；以及2. 在文學研究中，同一筆文獻資料，常常被收錄在不同的著作中，也造成文獻資料有著高重複率的現象。

（三）關鍵詞、同義詞與顯著詞：在一般文獻計量分析中，同義詞的修正是一個必要的標準程序，因為在電腦的計算裡，每一個不同的字詞，會被視為獨立的計量單位，因此會針對同義詞進行統一的置換，如將「李能棋」統一置替為「李喬」（表一）。此外，鑒於李喬文獻中有許多非學術性的評論以及如會議論文等缺少作者自訂關鍵詞的文獻資料，為解決此一問題，本研究以該文獻資料之篇名顯著詞替代關鍵詞，如〈臺灣人民反殖民的悲壯戰歌——讀李喬的「寒夜三部曲」〉，在文獻資料的整理中，便提取「反殖民」與「寒夜三部曲」替代關鍵詞。

表一　李喬文獻同義詞彙整表

同義詞	詞組
女性形象	女性形象、女性、女性人物、客家女性、臺灣女性、堅強女性、女性自覺、婚姻、性別政治、母親
娼妓形象	妓女、妓女形象、娼妓形象
土地意識與意象	土地意識、土地史觀、土地敘事、在地、地方、大地母親、母土意象、鄉土、鄉土情懷、故鄉意象、土地
歷史小說	大河小說、臺灣歷史小說、史詩、歷史小說、歷史文學、後殖民歷史小說、歷史素材小說、長河小說
二二八議題	二二八、二二八事件、二二八小說、二二八書寫、二二八文學
戰爭書寫	太平洋戰爭、戰爭文學、戰爭之框、戰爭書寫、戰爭經驗、甲午戰爭、反戰文學
宗教神學	宗教、「生命與土地結合」宗教化、宗教思想、本土神學、神學書寫（文學神學性）、神學意涵、神學、神學詮釋學

同義詞	詞組
客家文學與文化	客家、客家文化、臺灣客家文學、客家作家、客家意識、客家語言、客籍作家、客語詩
鬼敘事	鬼小說、水鬼神話、鬼敘事
民間傳說與故事	民間傳說與故事、民間文學、民間傳說、民間故事
文化評論	文化論述、文化批評
殖民與後殖民	後殖民、殖民、反殖民、後殖民主義、殖民地、殖民性、殖民記憶、移墾殖民主義、被殖民者
國族與族群認同	民族想像、國族認同、認同政治、族群認同、族群關係、族類、族群、認同、家國圖像、認同流變、認同實踐、家國寓言、族群情結、建國神話
主體性	主體、臺灣主體性、主體性、主體際性
現代主義與現代性	現代性、現代主義、現代
反抗書寫	反抗、反抗哲學、反抗意識、反抗書寫、反抗論述、抗日精神、抗鬥、法理抗爭
歷史敘事	敘史傳統、歷史敘事、史觀、新歷史主義、歷史修辭、臺灣歷史、歷史敘述、歷史書寫、歷史
開發拓墾	開發史、墾荒歷史、墾戶、分類械鬥
心理小說	心理小說、精神分析、佛洛伊德、榮格、榮格心理學、意識流、潛意識、精神異常形象
人物研究	小說人物、人物分析、人物原型、人物研究
情愛與情慾	情慾、情欲、情色場域、情色文學
後設書寫	後設、後設小說、後設風格
神話學	神話原型、神話學
敘事學	敘事學、敘事治療、敘事結構、敘事觀點
傷痕書寫	傷痕記憶、族群創傷、傷痛書寫
文學影像	影音、電影、電影劇本、文學電影

同義詞	詞組
創作思維	創作思維、創作思路、創作意念、寫作意向、寫作模式、寫作手法
啟蒙批評	啟蒙、啟蒙批評
怪誕美學	怪誕、怪誕美學
政治性	政治權力、政治迫害、政治隱喻
互文性	互文性、文本互涉
救贖	救贖、臺灣的救贖
生命觀	生命回歸、生命、生命觀、生命追尋
現實	現實、現實意義
外語相關	日語、外譯、漢音日語

（四）數據分析處理：本文彙整之李喬文獻資料，時間跨度長達五十六年（1966-2021），文獻分布較為零散，為了能夠更明顯地呈現趨勢性，本研究進行描述性分析與主題演化分析時，不採常用之逐年統計，改以十年為一單位，進行統計分析，此一策略一方面能讓文獻於統計時有著較為集中的分布，另一方面，也更易於視覺化的呈現。[30]

（五）計量分析：正如前文所言，考量到人文學科文獻特殊性——如多元出版管道、同儕研究依賴性低——因此並不建議採用評估型的計量分析，如共引分析、書目耦合、作者模式等。[31]從而，本研究以內容主題為主要分析焦點，透過關鍵詞與顯著詞的統計，進行「文獻發表年代」（描述性分析）、「主題演化」以及「共現分析」（趨勢性分析），藉此呈現李喬研究論述的知識圖譜。

30 在進行科學文獻的計量分析時，文獻檢索多以近十年的研究為主，原因在於科學文獻引用的衰退率速度很快，但人文研究，特別是文學研究，其文獻引用較不受時間因素影響。

31 Hammarfelt, Björn. “Beyond Coverage: Toward a Bibliometrics for the Humanities.” *Research Assessment in the Humanities: Towards Criteria and Procedures*, edited by Michael Ochsner et al., Springer International Publishing, 2016, pp. 115-31.

四　分析結果與討論

（一）文獻發表年代分析

本文根據資料庫檢索所得之二二五篇之評論與研究文獻，依各年度發表時間與數量進行彙整，所得之分布結果如下圖一。

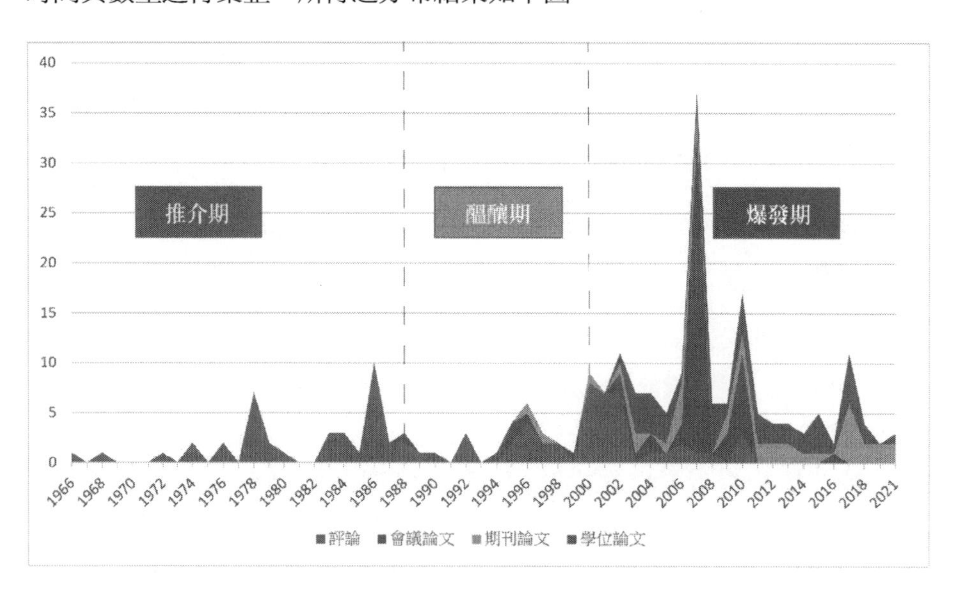

圖一　李喬文獻發表年代區塊圖

從圖一所呈現之分布變化，可大致看出李喬論述生產的幾個區段特徵。自一九六六年鍾肇政寫下於《自由青年》發表〈《飄然曠野》裡的李喬〉一文始，至一九八八年陳萬益於「第一屆當代中國文學國際學術會議」中發表〈母親的形象和象徵——《寒夜三部曲》初探〉一文前，關於李喬的論述，多是以刊載於報刊、雜誌之短篇評論為主。

一九九〇年賴松輝發表學位論文《李喬《寒夜三部曲》研究歷史語言》，標誌著李喬相關論述正式走進學院視野。該論文以《寒夜三部曲》為研究對象，探究其內容主題、文字風格、人物形塑、創作特色，並從臺灣文學史的角度進行作品的評價；一九九四年王淑雯發表學位論文《大河小說與族群認同：以《臺灣人三部曲》、《寒夜三部曲》、《浪淘沙》為焦點的分析》，雖不以單以李喬為專門討論對象，但開啟了學位論文撰寫「大河小說」研究起點。

一九九〇年至一九九九年可以視為一個李喬論述的醞釀期，此時李喬的相關論述文獻，雖然數量不多（21篇），但在類型上開始有了擴展，包含了評論、會議論文、學位論文、以及兩篇以李喬小說女性人物為主題的期刊論文。[32]二〇〇〇年後，李喬相關論述，無論從數量、類型或主題觀之，都呈現了一種爆發式的成長，至二〇二一年止，占了整體總數的百分之七十二。而這正與臺灣文學走入學術體制的關鍵時刻契合，自此之後，李喬論述的類型數量，從以評論為主，轉至以學術研究為主，此中，具有重要學術指標性的期刊論文，也幾乎都集中在此一時段，可以說，李喬的學術化與臺灣文學體制化，關係密切。

為了更能凸顯李喬論述在類型與數量上的變化，本文將相關數據統整為五個時間區段進行比較。由圖二可以看到，二〇〇〇～二〇〇九年這一個區間時段，李喬的研究論述產出數量最為龐大，各類型加總共計一〇四篇，占總體比例的百分之四十六，其中於二〇〇七年舉辦的「第五屆臺灣文化國際學術研討會——李喬的文學與文化論述」，衝高了整體的文獻數量。專場研討會的舉辦，對李喬論述的學術化，也有著重要的象徵意義與價值，除了彰顯李喬在臺灣文學中的地位外，也顯著的擴展了李喬文學與文化的論述主題與層面，讓李喬的論述更具理論性與議題性。而二〇一〇～二〇二一年這個時段中，也可看見李喬的相關研究論述持續保持穩定成長，特別是在學位論文與期刊論文的整體數量上，都有著顯著的提升。

32 分別為簡素琤，〈愛爾蘭文藝復興時期的文學與李喬「寒夜三部曲」裡女性形象在建國神話的寓義〉，發表於《明倫學報》第1期，以及張金墻：〈臺灣文學中的女性生活空間——以呂赫若、李喬、李昂的小說為主〉，發表於《臺灣新文學》第8期。

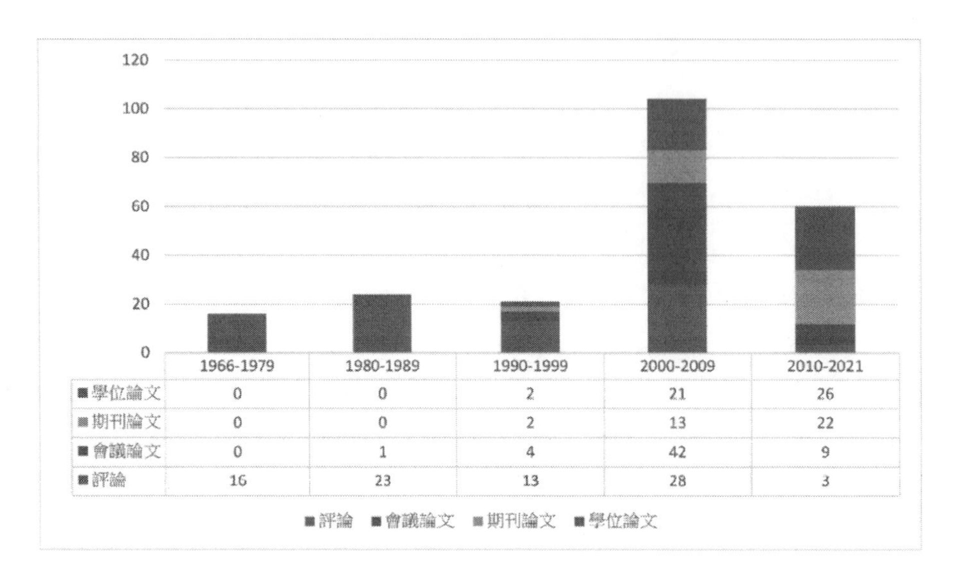

	1966-1979	1980-1989	1990-1999	2000-2009	2010-2021
■學位論文	0	0	2	21	26
■期刊論文	0	0	2	13	22
■會議論文	0	1	4	42	9
■評論	16	23	13	28	3

圖二　李喬文獻發表年代——數量堆疊圖

（二）主題演變分析

為了瞭解李喬文獻之主題演變，本文依據前述設定之時段，進行關鍵詞的統計分析。透過個時段出現之關鍵詞頻統計，可看出李喬論述文獻的演變過程。本文挑選各時段前十五個高頻詞依照詞頻高低進行排名，繪製成散點圖進行觀察，其結果如下圖三所示。凡關鍵詞之詞頻數越高者，排列位置便越靠下側，關鍵詞所顯示的圓點也越大，該圖除了呈現李喬論述之熱點關鍵詞外，亦能呈現李喬論述在不同時段中，關鍵詞的變化與差異。

從圖三中可以發現，在早期（1966-1979），李喬論述的關鍵詞，幾乎都以書名或篇名為主，如《結義西來庵》、〈山女〉、〈蕃仔林的故事〉、《飄然曠野》、《山園戀》等，且這個時期的李喬論述多為短篇評論，可知此時期多以李喬作品推介為主。

圖三　李喬論述主題關鍵詞十年散點圖

到了中期（1980-1999），可以觀察到，具有較高詞頻數的關鍵詞，仍是以李喬作品名稱為多，但從這個時期開始，也開了有了比較具體的主題連結，如「女性形象」、「土地意識與意象」、「國族與族群認同」等，只是這些主題性的關鍵詞，詞頻數較低，表示相關的主題論述，仍處於嘗試與發展階段。

自二〇〇〇年後，李喬論述之關鍵詞，開始有了多元的面貌，李喬重要的代表著作依然存在著高詞頻的現象，但主題性的關鍵詞種類明顯的增加，如「殖民與後殖民」、「女性形象」、「歷史敘事」、「國族與族群認同」、「現代主義與現代性」、「土地意識與意象」、「客家文學與文化」、「宗教神學」、「反抗書寫」、「戰爭書寫」等，且這些主題關鍵詞的詞頻之比例與分布也較為平均。另外，在圖三中也可以發現，自一九八〇年後的每個時間區段，《寒夜三部曲》一直都高居關鍵詞頻的榜首，這意味著自《寒夜三部曲》出版後（1979-1980），無論時間如何推衍，李喬作品如何更迭，此部作品始終占據李喬論述圖譜的中心地位，難以撼動。

為了更清楚的理解李喬論述的主題演變狀況，本文針對李喬論述關鍵詞「首次」出現之時間及其累計之詞頻，進行排序，呈現李喬論述文獻之主題變化過程（圖四）。其運作邏輯，即是將關鍵詞定位於首次出現的時間區間上，亦即透過圖四可以清楚的看見每個年代區間中出現的最新主題，藉以探勘其關鍵詞代表主題的演化軌跡；詞頻統計則不分時序累加於該關鍵詞，其散點大小，則表示了該主題關鍵詞整體被論及的程度。

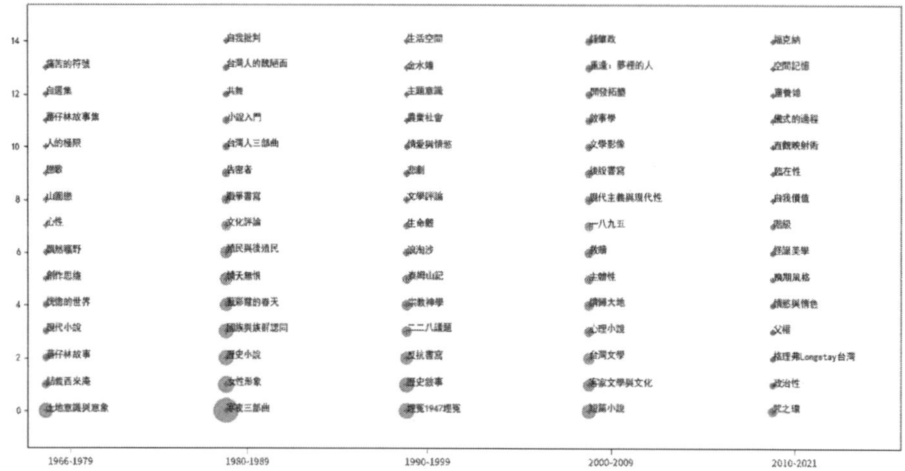

圖四　李喬文獻主題演化圖

如上圖所示，李喬作品最早被提及的重要主題就是其作品中的鄉土性，也就是「土地意識與意象」，配合圖三之散點圖，也可以看到，土地意識相關之主題，不論在哪個時間區段裡，都是一個會被提及的重要主題，其他如「寒夜三部曲」、「女性形象」、「歷史小說」、「國族與族群認同」等主題，也是自一九八〇年代後就被提出，但在往後的三十年裡，也仍舊不斷被提及與深化的重要主題。一九八九年，李喬以二二八事件為背景的長篇小說《埋冤．一九四七》開始連載，到了一九九四年，《埋冤．一九四七．埋冤》正式出版，也是在這個時段裡，李喬與二二八歷史書寫的議題，開始被關注，成為李喬論述文獻關鍵詞中，是僅次於《寒夜三部曲》（24%）外，最常被提及的小說作品（8%）。

二〇〇〇年後，李喬的短篇小說開始被重視，這或與《李喬短篇小說全集》於一九九九年出版有關。由於作家全集全面性的集結作家作品，能藉此一覽作家作品創作表現，探究作家創作思路與軌跡，因此全集的出版，對推動相關作家的研究，有很大的價值與助益。[33]短篇小說的研究同時帶動了其他主題發展，如「心理小說」、「現代主義與現代性」、「敘事學」等，可說都與短篇小說研究的啟動有關，此外，以客家文學與文化的類型研究也在這個時期有了開展。二〇〇八年李喬客語劇本《情歸大地》出版，同年改編電影《一八九五》上映，文學與影像的比較研究，也成為這個時期頗被關注的主題之一。

圖四所示最近期之時間區段（2010-2021），是為李喬研究與論述最新出現的關鍵詞。《咒之環》與《格理弗Long Stay台灣》雙雙於二〇一〇年出版，「晚期風格」的論述，可說是為李喬研究較為前沿的論述概念。另外，情慾與情色書寫、小說中的怪誕美學等主題，也是在近期才出現較為新穎的論述方向。

若將主題演化圖（圖四）搭配十年散點圖（圖三）綜合觀之，可以看到一個傾向，亦即，李喬論述的許多主題關鍵詞，在一九八〇～一九八九年間就已經被提出，且在往後的三十年間，不斷的被提出與深化，這些主題始終占據著李喬論述的核心位置。

這也正如楊翠所言，《寒夜三部曲》之所以受到如此關注，是因為其寫作的時間點，恰逢臺灣本土歷史解釋權開始鬆動、釋放，各家爭逐之際，因而更受到研究者的高度關注。但也由於《寒夜三部曲》具有特殊的歷史意義，受到研究者與評論者的偏愛，導致李喬文學整體豐富的圖景受到了忽視，產生了李喬文學脈絡的不完整，以及美學風格的刻板化印象，[34]若從上述的數據統計觀之，很大程度上印證了楊翠的說法。

為了更清楚呈現李喬文學論述的整體樣貌，本文透過「Gephi」可視化軟體，呈現了關鍵詞間的共現連結網絡。由下圖五可以明確的看到，「寒夜

33 汪淑珍：〈個人作家全集研究——以《李喬短篇小說全集》為例〉，《藝見學刊》2012年第3期，頁49-58。

34 楊翠：〈臺灣還有救嗎？——論李喬晚期小說的核心母題〉，《文史臺灣學報》2018年第12期，頁41-79。

三部曲」此一關鍵詞，占據著全圖的中心位置，有著最高的度中心性（degree centrality; 31），代表著這個詞在整體李喬研究論述中，有著較高的重要性。

下圖中，每種顏色都代表著一種「模塊化聚類」（modularity cluster），高度模塊化的網路，意味著在模塊內的節點，具有密集的連接，從圖五來看，可以看到幾個明確的聚類，其中便可清楚的看到，以「寒夜三部曲」此一關鍵詞為中心節點拓展而出的網路，有著較密集的連結度，且其連結的關鍵詞所呈現特徵，集中在「鄉土」、「寫實」、「歷史」、「國族」等面向。

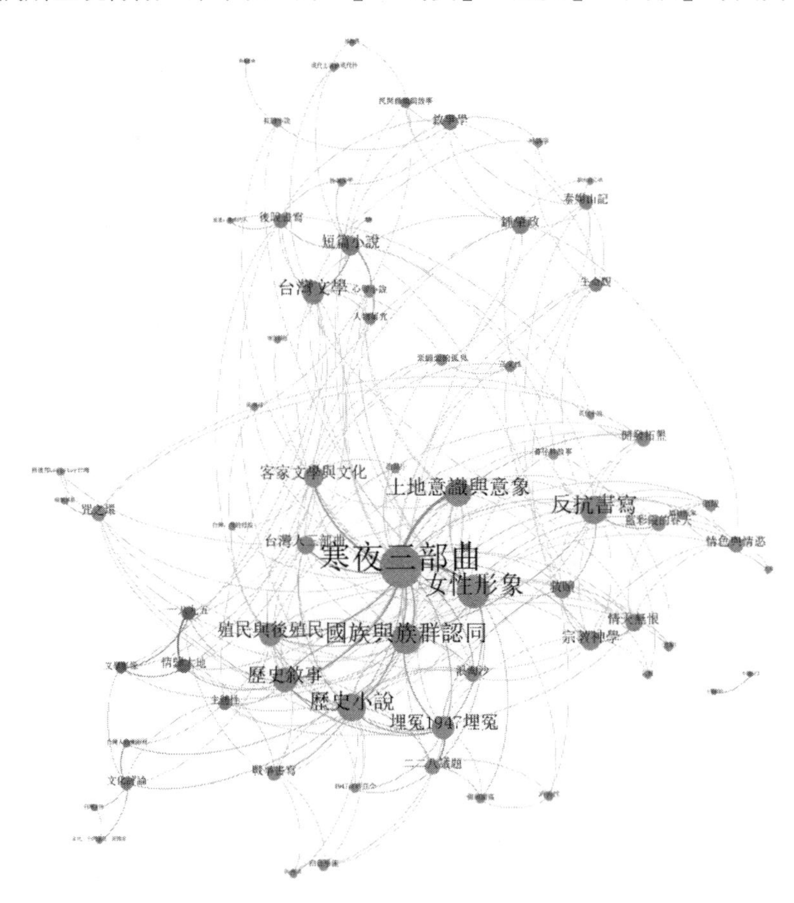

圖五　李喬文獻關鍵詞共現網路圖

搭配圖六之密度視圖（density visualization），能更清楚的看見，李喬整體的研究論述，其主要熱點位置。

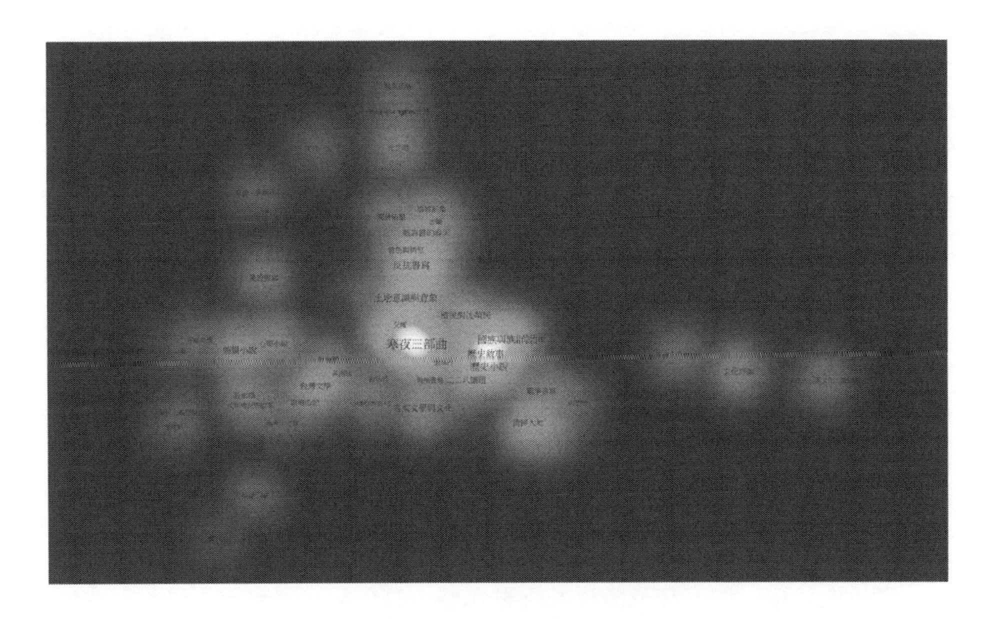

圖六　李喬文獻關鍵詞聚類密度視圖

本文所收集之二二五筆數據資料，時間跨度計有五十六年（1966-2021），從這些統計數據所呈現的現象來看，李喬文學在臺灣文學中的定位與認知，的確已有了明確的文學形象。但，從另一個角度來看，關於李喬論述的新主題與思維，實際上也都持續的在開展，儘管比重與延續性不高，且議題的整合也較為零散。

但，文學研究新議題的發酵與深化，需較長之醞釀時間，或待作家有新作表現，或有新的理論概念出現，才得以推動新議題的生成。另一方面，如前文所曾提及，人文學科的研究，在內容與主題的選擇上，本就有著不同於科學的高自由度與低依賴性，有著較強的原創意識，文學研究的屬性更特別是如此，因此，在一個研究網路的圖譜上，依賴性越低，分散性越高，若要形成另一個主題熱點，便需要更多的時間與人力投入，進行累積。

五　結論

本文嘗試以文獻計量分析的方法論，透過文獻年代描述、主題演化以及關鍵詞共現分析，探究李喬研究論述的整體樣貌，從中獲得下述幾點觀察與思考：

（一）方法論的反思

一、文獻計量作為一種方法，應用於單一作家文獻研究的回顧性分析，具有一定的挑戰性。首先遭遇的便是文獻類型的多樣性，一如前文所不斷強調，文學文獻與科學文獻在屬性及文化上有著極大的差異，文學文獻不論何種類型，幾乎都具有被引用與被參考的價值，且文獻分布的時段很長，出版的管道也很零散，資料庫收錄文獻覆蓋率低，這些因素都為文獻計量的分析應用，帶來一定的困難度。

二、由於單一作家涉及多樣的文獻類型，該如何統一彙整不同類型文獻的後設數據，成為另一種困難的挑戰。在文獻的統計分析中，後設數據影響著統計結果的精確性，但從本文的經驗來看，單一作家的文獻數據，缺乏統一規格的後設數據，因此需要研究者主觀的判斷與規整（如關鍵詞與顯著詞的補缺），這會造成數據無法被重複驗證的問題。

（二）研究發現

一、從文獻的年代分析觀之，李喬文獻研究自二〇〇〇年起開始了爆炸式的成長，本文認為，這與臺灣文學的體制化，亦即本土研究的機構化有著密切的關係。[35]二〇〇〇年後，本土研究機構在官方的支持下陸續設立，蓬

---

35 莊雅仲、陳淑容：〈研究臺灣：解嚴後臺灣的「本土」學院政治〉，《成大歷史學報》2013年第45期，頁253-278。

勃的臺灣研究，重新定義本土、文化、國家、國族、歷史等面向的主體意義及定位。而李喬作為本土意識鮮明的文學家、評論家與倡議者，在這樣的歷史發展中，有著明確的代表性與象徵意義。

二、也正因李喬如此鮮明的本土標記，使其在文學研究中，已然被定了型。本文從關鍵詞頻的統計，探究李喬文獻的主題演變，可以清楚的看見，「鄉土」、「歷史」、「國族」、「反抗」等研究，不論在哪個時段，都是李喬研究的重點主題，其中《寒夜三部曲》這部扛鼎之作，更是占據了李喬論述最核心的位置，許多重要主題的發展，幾乎都與此部作品有著緊密連結。

三、從現有之圖譜觀之，李喬研究的確存在偏斜之現象，但新的研究方面與議題，客觀的說，仍有持續的開展，如李喬作品中的美學形式、風格展現、創作手法等更深入李喬文學內在主題的探討，雖然在李喬文化思想大議題的光芒下，相較顯得黯淡，但事實上也已逐漸成形，從上文關鍵詞的共現分析中，便可看見，如心理小說、敘事學、神話學、怪誕美學、現代性等主題，也已形成聚類。

四、《寒夜三部曲》的特殊地位，除了這部作品表現了高超成熟的創作技巧外，臺灣政治與文化環境的特殊發展，也起了推波助瀾的影響。從李喬的例子也可以清楚的看到，文學與社會發展實有著緊密的關聯性，可以預期的是，當臺灣認同、本土意識、主體建立等臺灣意識漸趨穩定後，李喬研究將從文化議題轉向文學議題，如李喬的文學思想、創作技法、美學理論的建構等，或將可成為未來主要的研究趨勢。

而這一切，其實也正在發生中。

參考文獻

Babb, Genie. "Victorian Roots and Branches: 'The Statistical Century' as Foundation to the Digital Humanities." *Literature Compass*, vol. 15, no. 9, 2018.

Donthu, Naveen et al. "How to Conduct a Bibliometric Analysis: An Overview and Guidelines." *Journal of Business Research*, vol. 133, 2021, pp. 285-296.

Ellegaard, Ole and Johan A. Wallin. "The Bibliometric Analysis of Scholarly Production: How Great Is the Impact?" *Scientometrics*, vol. 105, no. 3, 2015, pp. 1809-1831.

Gumpenberger, Christian et al. "Humanities and Social Sciences in the Bibliometric Spotlight - Research Output Analysis at the University of Vienna and Considerations for Increasing Visibility." *Research Evaluation*, vol. 25, no. 3, 2016, pp. 271-278.

Hammarfelt, Björn. "Beyond Coverage: Toward a Bibliometrics for the Humanities." *Research Assessment in the Humanities: Towards Criteria and Procedures*, edited by Michael Ochsner et al., Springer International Publishing, 2016, pp. 115-131.

Harpham, Geoffrey Galt. "Beneath and Beyond the & Quot; Crisis in the Humanities & Quot." *New Literary History*, vol. 36, no. 1, 2005, pp. 21-36.

Ninkov, Anton et al. "Bibliometrics: Methods for Studying Academic Publishing." *Perspectives on Medical Education*, 2021.

Oeberst, Aileen et al. "What Is Knowledge? Who Creates It? Who Possesses It? The Need for Novel Answers to Old Questions." *Mass Collaboration and Education*, edited by Ulrike Cress et al., Springer International Publishing, 2016, pp. 105-124.

Ravichandra Rao, I. K. "Methodological and Conceptual Questions of Bibliometric Standards." *Scientometrics*, vol. 35, no. 2, 1996, pp. 265-270.

Rodrigues, Margarida and Mário Franco. "Bibliometric Review About Eco-Cites and Urban Sustainable Development: Trend Topics." *Environment, Development and Sustainability*, 2022.

Stuart, David. "Open Bibliometrics and Undiscovered Public Knowledge." *Online Information Review*, vol. 42, no. 3, 2018, pp. 412-418.

Swanson, Don R. "Undiscovered Public Knowledge." *The Library Quarterly: Information, Community, Policy*, vol. 56, no. 2, 1986, pp. 103-118.

Zupic, Ivan and Tomaž Čater. "Bibliometric Methods in Management and Organization." *Organizational Research Methods*, vol. 18, no. 3, 2014, pp. 429-472.

王瑞良、許子凡：〈臺灣包裝學術研究之文獻計量分析〉，《設計學研究》第22卷第2期，2019年，頁121-142。

汪淑珍：〈個人作家全集研究──以《李喬短篇小說全集》為例〉，《藝見學刊》2012年第3期，頁49-58。

莊雅仲、陳淑容：〈研究臺灣：解嚴後臺灣的「本土」學院政治〉，《成大歷史學報》2013年第45期，頁253-278。

許健將：〈文獻計量學在教育研究上之應用〉，《教育科學期刊》第18卷第1期，2019年，頁51-69。

陳文彥：〈教師領導知識基礎的文獻計量分析〉，《教育研究與發展期刊》第17卷第2期，2021年，頁1-35。

陳景花：〈正向心理學應用於運動研究之文獻計量分析〉，《臺灣運動心理學報》，第20卷第2期，2020年，頁45-72。

楊　翠：〈臺灣還有救嗎？──論李喬晚期小說的核心母題〉，《文史臺灣學報》第12期，2018年，頁41-79。

李　喬：〈序章〉，《重逢──夢裡的人：李喬短篇小說後傳》，臺北市：印刻文學生活雜誌出版公司，2005年，頁5-8。

郭英劍：〈數字人文：概念、歷史、現狀及其在文學研究中的應用〉，《江海學刊》第3冊，2018年，頁190-197。

聶雲霞、肖坤：〈數字人文視域下檔案學專業學生數據素養培育探析〉，《檔案學通訊》第3冊，2020年，頁95-103。

臺灣大眾劇場的接受論初探
——重讀《藍彩霞的春天》

劉亮延*

摘要

作為臺灣解嚴前的社會寫實主義小說，《藍彩霞的春天》打開地下色情娛樂產業的面紗，以及遭遇性剝削主體的創傷經驗，從抗拒到接受，從理解到毀滅。這部小說具備超越當時社會倫理框架，對性剝削主體的關注。本文彙整解嚴前臺灣大眾劇場史脈絡，除商業化型態以外，納入政治化型態，比較歌仔戲、歌廳秀、民族舞蹈、西洋歌曲的發展情形，擴大解釋其範疇。並借小說對照，闡述民間演藝型態的傳統與繼承，探討民間藝人的自覺與自主性，即主體接受情形。

關鍵詞：李喬（1934-）、臺灣大眾劇場、戒嚴、接受論

* 東海大學表演藝術與創作碩士學位學程專任助理教授。

本文從爬梳臺灣大眾劇場的範疇展開。大眾劇場的研究主要關注於商業化歌仔戲，商業化歌仔戲班多稱為歌劇團、歌舞團。除此以外，一九四九年以來，民族舞蹈、山地舞、美軍俱樂部西洋歌曲等其他大眾娛樂的種類變化多端，但在研究上始終較少人關注。本文從李喬小說《藍彩霞的春天》中找到線索，嘗試連結大眾劇場脈絡。通過高達美哲學詮釋學方法，從虛構敘事的詮釋性敘事中，理解其非虛構性。藉以提出表演藝術研究中虛構性的閱讀（間接文本的閱讀），有無可能轉移成接受性的閱讀。本文分作五節，第一節以詮釋學理論提問；第二節爬梳臺灣大眾劇場論述，並擴大至民族舞蹈、西洋歌曲等其他政治化類型；第三節以虛構敘事來詮釋大眾劇場史；第四節聚焦於探討藝人自覺，即藍彩霞接受論的問題。

一　「大衆劇場的理解」的理解：一個詮釋循環機會

德國哲學家高達美（H. Gadamer, 1900-2002）於一九六〇年出版的《真理與方法》建立詮釋學哲學。從古典文獻學開始，最早的詮釋學用來解釋經文、法律，稱作特殊詮釋學。到了浪漫主義時期發展成一般／普遍詮釋學，此時詮釋不再侷限於經典文獻，開始通過語法學與心理學對文本進行說明解釋，理解仰賴語法與心理的交融情形，所以「理解的問題同時也就是解釋的問題」、「所有的理解總已都是解釋了」。直到高達美為詮釋學引入了一套新的理論系統，稱作哲學詮釋學。哲學詮釋學針對理解（Verstehen／understanding）作出三個層次的定義，理解包含解釋、應用（Anwenden／apply）。此處的應用，「並不是指應用到某個外在具體事務上的文本理解」，應該說是「一種應用到理解者自己身上的理解」，在於主體若想理解，則「他就得把文本與自己所在的具體詮釋學處境給聯繫起來」同時，這個應用則細分成二個部分，一則為「實踐上的能力」，是一種能夠勝任某事的實踐能力，知道有關該事的諸般可能變化。一種實現自我屬己可能性的能力。即實踐知識；二則為「相互理解」，此處所指並非雙方主觀意見上達成一致，而是雙方「所欲理解之物」是一致的。兩人對於共同事務的不同理解取得了一種相容性。[1]前述理解的三個層次結合在一起，便形成理解的歷史性。

根據高達美的詮釋學理論加以推衍，欲理解「臺灣大眾劇場的理解」的方法，即理解「一九二〇～一九六五年間，在日本殖民政策下，為了求生而適應的臺灣民間演藝活動」的方法，便是讓雙方之間的理解（理解主體、成為客體的理解），奠基於理解主體有實踐與勝任的能力。以及雙方對於各自的不同理解，可以取得一個相容性。概言之，詮釋學作為理解之學，關注於主體在理解的存有之中。於是，詮釋的主體何以能在層層逼近、持續不斷、承擔勝任的對大眾劇場的理解之中？則必須首先創造出，主體對大眾劇場得以詮釋循環的機會。

臺灣大眾劇場，在研究上普遍定義起自日治時代，終到電視普及。然而，針對這樣一個共識，尚有幾個未竟的疑問。其一，此論點普遍以民間演藝活動逐漸被電影、電視取代為終結點。細究所指，其實為傳統演藝活動形式之消退，而非指觀賞需求、觀賞活動消退。其二，所謂大眾劇場的社會功能，如提供通俗娛樂，亦不在此終結點後便消失。無論農業社會或工商業社會，群眾對娛樂消遣的需要持續而不斷。故而形成本文提問動機。

換個角度來說，一方面而言，本文從傳播媒體與生活型態的因果推論中，發現到樂觀進步主義的懷疑。二方面，本文對臺灣社會在電視普及、人口激增、經濟發展中產生的大眾文化活動，輕易地就被大眾劇場的範疇加以排除實有所憂慮。例如，究竟其中如一九七〇年代與少女歌舞團無縫接軌，繼之而起的色情歌舞團，乃至一九八〇年躍上報紙廣告頁的歌廳牛肉場等大眾娛樂形式，概不屬大眾劇場之範疇，這樣一種界定該如何理解，又從何評估？

1　蔡偉鼎：〈論詮釋學之存有學轉向的語言哲學基礎〉，《東吳哲學學報》第20期（2009年），頁52-56。

二　臺灣大衆劇場的範疇

一八九五年以來，日治時期劇院上演的節目，無論放映電影，戲曲、新劇等演出、無不影響著民眾的集體情感，劇院興衰與大眾文化相互連結。[2] 一般而言，臺灣大眾劇場所指的歷史範疇，係為一九二〇年代直至一九六〇年代之間的劇院演藝娛樂活動，以及觀賞這些活動的記憶。臺灣大眾劇場的結束，研究共識皆以電視普及為界線。當電視機逐漸進入各家各戶，看電視不用錢，民眾進出劇院的意願便降低。

相關論者所謂劇院變遷下的大眾劇場史所指，即是以一九〇八年起高松豐次郎（1872-1952）於全臺投資建設了八個劇院起算，一九一七年後因經營不善轉賣、釋出股權而淡出臺灣；[3]後仍吸引日人、臺人經營，全臺戲院蓬勃發展，演出劇種從亂彈戲、歌仔戲、本地京班、外江戲班，同時期劇院也兼播映電影；皇民化期間，即便人戲演出受到政府的抑制，布袋戲卻獲得扶植機會快速發展；[4]人戲以歌仔戲為例，皇民化時期在夾縫中轉型，為求生存順勢胡撇仔化，對日當局要符合現代生活的表現，對臺戲迷又需滿足香豔奇情。被迫轉型的歷程，促使其朝向職業化發展，並擴大了它的文化包容度。[5]

戰爭時期，殖民政府推動皇民化運動，黃得時在一九四一年發表的〈談談臺灣的鄉土文學〉一文中，把臺灣漢人的「歌仔」（含山歌、相褒歌、小唱和兒歌）與《詩經》〈國風〉的高度相並而論，同時加上「原住民的歌舞」，定義為「鄉土文學」的三項主要內容。[6]從這個文獻，我們可以理解皇

2　邱坤良：《南方澳大戲院興亡史》（臺北市：印刻文學生活雜誌出版公司，2007年），頁27-36。

3　石婉舜：〈高松豐次郎與臺灣現代劇場的揭幕〉，《戲劇研究》第10期（2012年），頁44-49。

4　石婉舜：〈被動員的「鄉土藝術」：黃得時與大平洋戰爭期的布袋戲改造〉，《臺灣文學研究集刊》第8期（2010年），頁73-75。

5　石婉舜：〈「黑暗時期」顯影：「皇民化運動」下的臺灣戲劇（1936.9-1940.11）〉，《民俗曲藝》第159期（2008年），頁31-38。

6　石婉舜：〈被動員的「鄉土藝術」：黃得時與大平洋戰爭期的布袋戲改造〉，《臺灣文學研究集刊》第8期（2010年），頁70。

民化時期，接受日本現代教育的本土知識分子，受到明治啟蒙思潮民俗學影響，在鄉土文學的定義中納入了臺灣原住民族群的歌舞活動。其鄉土的界定，除了涉及民間、民俗、地方意涵，明顯已然出現戲曲觀念。根據王國維的戲曲理論，戲曲乃指發展至歌、舞、演合一的一種成熟的表演形式。而黃得時所劃定的鄉土文學，雖限定於文學，但卻是圍繞於歌舞的表演文學。據此推論，可見黃得時不僅保留中國語言文化的《詩經》傳統，更認定鄉土文學與民間歌謠基礎形式之間的關係。這個文獻可視作本地知識分子對民間演藝活動的基本界定，也就是臺灣大眾劇場的定義。

二戰後民間演藝活動一度復甦，但一九四七年的二二八事件以來，知識分了批判意識消聲匿跡，以本地語言為主的歌仔戲與布袋戲雖得以發展，但文化水平較低。[7]從唱片、電臺、電影到電視，其傳播媒體推陳出新一路變化，以雲林麥寮拱樂社為例，戰前原為拱範宮的南管子弟戲館閣，一九四五年轉型成歌劇團，在商業資本的經營下，戲劇文本受到重視，童生與丑角化小生的表演受到歡迎，全盛時期擴張成七團，是首創採用錄音班對嘴演出的劇團。拱樂社繼而發展成電影公司、歌舞團、甚至涉入早期電視節目的製播，跨足多種演藝型態，直到劇團結束營業。臺灣學界普遍將拱樂社的結束，理解為大眾劇場的年代結束。[8]

臺灣大眾劇場的界定，受到日本大眾演劇的影響。引述日本現代戲劇史文獻，在日本現代戲劇的引進與推廣過程中，亦曾出現過傳統演藝形式過渡轉換的階段。在舊換新的言說中，我們查見到舊式演藝，日文專稱作「大眾演劇」的身影。日本學者兵藤裕己指出，所謂新派劇的表演風格，又可理解成「女形」藝術，在口語訓練上師法於類似單口相聲的「落語」表演，雖然是更接近於日常口語，但其實是具有節奏特性的唱唸間雜形式。這些新派演員在當時多為素人，同時具有政治改革熱誠，他們向落語師學習的口語技

7 邱坤良：《飄浪舞臺：臺灣大眾劇場年代》（臺北市：遠流出版事業公司，2008年），頁269。

8 秦嘉嫄、蘇碩斌：〈消失為重生：試論戰後「拱樂社」歌仔戲及其劇本創作〉，《戲劇學刊》第11期（2010年），頁229。

術，在明治初期的社會中，有助於進行現代思潮的宣講。繼而更進階又從「歌舞伎」表演中學習身體動作，以達到身段、臺詞與樂隊應合的表演。[9]事實上，「女形演員」在明治初期一躍成為新舊兩派爭搶的表演者，而「女演員」則受制於傳統藝伎觀念，在藝術實踐上遭遇許多犧牲。曾受高松豐次郎之邀來臺演出的川上音二郎的劇團，就是沿用舊劇歌舞伎女形，並打著與女演員同臺為招牌而走紅日本的劇團。[10]

如果單純以表演形式來說明大眾劇場的情形，容易忽略其橫向連結。筆者注意到歌仔戲的研究並不曾將民族舞蹈、歌廳秀納入考量。而原住民樂舞的研究中，能夠連結歌仔戲脈絡，並進行比較的更少。相關研究中，歌仔戲與原住民樂舞兩者早已互不干係，除了歌仔戲中出現原住民題材，少見到以民間性、大眾文化為核心問題的跨劇種研究。藉由引述黃得時的文章，我們才重新注意到這個牽涉到表演形式的鄉土文學的界定。同時，日本現代化的新派劇，沿用前現代大眾演劇的形式痕跡易辨。故而，放諸皇民化時期的臺灣，為迎合大眾娛樂所需，由歌仔戲班發展出來的胡撇仔戲，便能加以理解。在這個認識的基礎上，本文以下嘗試納入民族舞蹈的脈絡，在不同表演形式的比較中，凸顯歌仔戲與民族舞蹈在觀眾接受論上的共通性，而非媒介理性的影響。

在戰後臺灣民族舞蹈與戲曲交流的現場，京劇演員替本土舞蹈家編創「國舞」，京劇演員受邀傳授身段技巧的案例時有所見。而歌仔戲與歌廳的交互關係，則常在劇院興衰史的研究中，與臺語電影崛起放在一起考量。細究起來，臺灣實際上銜接民族舞蹈、戲曲、歌廳三種民間演藝活動的團體，應屬「拱樂社」（1934-1977）跨越南管、歌仔戲、話劇、歌劇等發展出七團的產業化時代為代表。其次另有「藝霞歌舞團」（1958-1985）的相關討論，該團創辦人之一林香芸，與蔡瑞月、李彩娥、辜雅棽在臺灣民族舞蹈發展上

---

9 石婉舜：〈殖民地版新派劇的創成──「臺灣正劇」的美學與政治〉，《戲劇學刊》第12期（2010年），頁49。

10 劉亮延：〈抄襲即原創：《關於大野一雄》與舞譜〉，《藝術評論》第43期（2022年），頁36-38。

有較深淵源。[11]同時，此團演出的節目流程設計，雖無司儀或主持人，但節目內容中西合璧，從歌舞默劇到國內外各種民族舞蹈。此外，更早期的歌舞團還有「黑貓歌舞團」（1952-1965）。

電視普及之後，歌仔戲與歌廳的演出更趨蓬勃，觀看人數更多。其中有二位人物不能忽略，就是秀場主持人豬哥亮（1946-2017）與歌仔戲小生楊麗花（1944-）。細究楊麗花演出劇目，發現有關臺灣生活、臺灣歷史的劇目相對少見。這意味著電視歌仔戲全盛時期的二十餘年間（1971-1994），大眾的文化想像，皆是唐宋元明間王侯將相的新編歷史故事。楊麗花歌仔戲，作為一個重新將「忠孝節義」翻譯成為當代河洛語的戲曲招牌，創造出了臺灣觀眾對於傳統（文化正統）與本土的混合想像。同一時期，豬哥亮則以主持人的角色，掀起了本土歌廳秀的浪潮。從一九七七年開始，豬哥亮的歌廳秀演出，大致分為現場演出與錄影棚演出。一九八五年開始至一九九三年期間，以錄影帶節目出租收費的模式流傳全臺灣，包括《豬哥亮歌廳秀》（50集）、《巨登大歌廳》（12集）、《臺灣歌謠一百年》（5集）、《豬哥亮俱樂部》（8集）、《豬哥亮與嘉慶君》（20集，1987）等，每集節目長度約六十分鐘，主要形式以來賓歌舞出場、訪談、短劇形式，偶有長篇幅的話劇，甚至歌仔戲、黃梅戲穿插，其中《豬哥亮與嘉慶君》則是少數以短劇形式，無歌舞，由歌仔戲演員青蓉與豬哥亮搭檔演出的連續劇作品。

歌仔戲無庸置疑是臺灣主要的戲曲劇種，也是適應力相當強的表演形式，從落地掃開始，多於廟口搭臺演出，日治時期本地商人仿效日本商人開始經營劇院，進入室內劇場演出，達到全盛時期。皇民化時期，為符合治理政策，發展出了時裝和服混搭，兼唱流行歌，誇大戲謔的胡撇仔戲。戰後恢復短暫榮景，緊接著受到電影崛起受排擠，轉型成走唱賣藥團，廣播電臺演唱，繼而在一九七〇年與電視時期銜接，每天一集三十分鐘。

而豬哥亮歌廳秀，在一九八七年以前，受到戒嚴令下節目審查的影響，三臺無法播出，只能在歌廳售票演出，實況錄影通過租借影帶流通。歌廳秀

11 徐瑋瑩：〈「體」現中國？：1950-1960年代威權統治下的臺灣民族舞蹈與創作能動性〉，《文化研究》第26期（2018年），頁29。

的節目雖然也穿插有短劇、歌仔戲片段，但歌廳節目排程多樣化，由主持人串場。登臺的藝人來源以歌手、電視演員為主，較有規模的歌廳，以一個檔期為單位，設計節目流程。歌廳開演時間多為晚間，且多採連續演出，一週僅休一天。歌廳秀的歷史，受到戒嚴令的影響，一九四九年以來，大致與美軍基地俱樂部相關，否則違反「禁舞令」，私人舞會是非法活動。

上述歌廳與歌仔戲活動，在戒嚴時期皆受到中央政府控管，其相關政策皆依據蔣介石（1887-1975）於一九五三年發布的《民生主義育樂兩篇補述》（簡稱《補述》）。換句話說，一九四九年以後，臺灣大眾劇場的發展，直接受制於此一文件。通過此一文件發布後，從官員到民間的理解與詮釋，可以理解戒嚴時期，臺灣大眾劇場政治化的實際情形。政治化的大眾劇場，雖然作為政治宣傳的工具，但是以大眾化為旗幟，影響大眾文化的事實明確，淺移默化互相滲透至今，應當同屬大眾劇場的範疇。

戒嚴時期，歌舞秀與歌廳秀不是忠孝節義的陶冶，而是淫奢風氣的表現。「民族舞蹈」的概念，是一九五二年臺灣「民族舞蹈推行委員會」成立後才出現的產物。這是一個由國防部主導、跨部會的組織，主任委員為何志浩（1905-2007）將軍。通過這個組織，國民黨政府得以將民族舞蹈從國標交際舞中加以區隔。何志浩將軍稱前者為「激發精神力量的健康舞蹈」，後者則為「消蝕精神力量的病態舞蹈」。[12]民族舞蹈共有五個類型：戰鬥舞、勞動舞、聯歡舞、禮節舞、欣賞舞。可見所謂民族舞蹈，多是集體性的運動健身活動。這套強身健國的論述，可追溯到國民政府遷臺以前。交際舞受到官員排斥，成為獵巫對象，可從一九四七年七月，頒布於重慶國民參證會的禁舞令得知一二。研究指出「禁舞的律令雖然是以節約之名制定，但是禁舞的論述卻和身體舞動的倫理道德攸關」[13]，重慶時期對交際舞激烈的批評諸如「助長淫風」、「靡費金錢」、「傷風敗俗」隨處可見。國民政府遷臺前，在

12 徐瑋瑩：〈跳舞也能復國建國？：1950年代臺灣在總動員體制下的舞蹈論述，以民族舞蹈、交際舞為對照〉，《臺灣舞蹈研究》第14期（2019年），頁97-139、110-111。

13 徐瑋瑩：〈跳舞也能復國建國？：1950年代臺灣在總動員體制下的舞蹈論述，以民族舞蹈、交際舞為對照〉，頁114。

內戰氛圍下，舞廳已明文禁止營業。國府遷臺後，發現臺灣民間同樣也有舞廳，且是延續了日治時期便已開業的娛樂產業，臺灣各地也有戲院、舞廳。交際舞淫奢的論述，在臺灣經過重新包裝整理，以「反轉人們對舞蹈的偏見」為由，改換成了民族舞蹈的新形象重新上架，相關研究引述何志浩、鄧士萍、趙友培等發表於《民族舞蹈》月刊的文章用以說明舞蹈與道德的關係。政治美學化的舞蹈，不僅可以傳播善良風俗，更能匡世救國。[14]

蔣介石《補述》發表於一九五三年。這是舞蹈與禮樂相結合的論述，自此轉移了舞蹈與娛樂的關係。在這個新的論述裡，舞蹈除了可以端正社會風氣、凝聚群體向心力，還可以復興文化、反共復國。通過群舞「在響亮的歌聲中，透過運動節奏的同步性，與共享的情感氛圍，能夠產生集體歡樂的情緒感染而達到共同體的凝聚」，同時群舞還能「調節個人之間的差異性，達到群體一致化的目標」[15]。在一九五〇年代什麼都能作為反共復國利器的論述中，令人好奇之處在於「禮樂舞」與「社會治理」的對象，究竟是針對臺灣民間尚未開化之野？還是內戰失利後的共產黨的俗？問題是撤守到臺灣後，本地共產黨員或者間諜其實也沒有那麼多。也就是說，清算還是馴化，早已模糊不清。在《補述》禮樂舞的論述中，共產黨延安文藝倡議的秧歌舞，屬於「醜惡卑劣」，是「非禮」的舞蹈，相對的《補述》所提倡一種「符合節度的活動，不喜歡情緒性、自由度高、隨心所欲的形式。」[16]民族舞蹈在臺灣，自此便充當了「致節和」的唯一途徑。[17]

---

14 徐瑋瑩：〈跳舞也能復國建國？：1950年代臺灣在總動員體制下的舞蹈論述，以民族舞蹈、交際舞為對照〉，頁117

15 徐瑋瑩：〈跳舞也能復國建國？：1950年代臺灣在總動員體制下的舞蹈論述，以民族舞蹈、交際舞為對照〉，頁128

16 徐瑋瑩：〈跳舞也能復國建國？：1950年代臺灣在總動員體制下的舞蹈論述，以民族舞蹈、交際舞為對照〉，頁119

17 「禮的作用是『節』，樂的作用是『和』，在這節與和兩重作用之下，達到情感與理智和諧的境界。這才是禮樂的本義。」（秦孝儀主編，1984，頁237）「樂教以『中和』為主，後至闡述此種精義者甚多，致中國數千年的音樂，亦莫不以此為歸依。」（何志浩，1958，頁4）

與民族舞蹈的推廣幾乎同步發生的，是一九五二年臺灣省政府民政廳舉辦為期一個月的「改進山地歌舞講習會」，其依據「山地人民生活改進推動辦法」而辦理，「要將山地歌舞的內容融入中華文化精神，透過重整舞蹈形式達到官方期待的動作審美標準」[18]。重整便是一種「清潔化」的方式，較具體的手法是將山地歌謠的虛詞填入國語歌詞，擴大改編原住民歌舞成為「聯歡舞」，交由女青年大隊做勞軍康樂活動之用，用來體現《補述》的共同團結之訴求。民族舞蹈持續發展，到一九五〇年代末，更出現了以戲曲為基底的「國舞」。由於「國舞」需要更多技巧訓練，形成了一股精緻化舞蹈的浪潮，這樣一來便與官方所期待的大眾化舞蹈相背而馳，尤其在長達四十餘年的「中華民族舞蹈比賽」（1953-2002）中，個人炫技取代了禮樂節和，雖然一樣都叫民族舞蹈，以國舞名之，又都是京劇演員傳授，中華文化的色彩更濃厚，官方實也無可奈何。

「中華民族舞蹈比賽」自此風靡全臺，年齡層從小學到中學，比賽得獎往往作為升學的必要條件，雖由國防部主辦，但卻由教育部執行，通過比賽獎勵，中華民族浪漫想像逐年成形。只是實際參賽的節目，經常出現穿芭雷舞鞋搭配古代服飾的現象。也出現過少數民族新創禮俗，如蔡瑞月編創的〈苗女弄杯〉，便是一個文化拼貼的作品，「弄杯」來自湖南學生所描述的家鄉遊戲，實際上與苗族習俗並無關係。[19]為了讓學生參加比賽，經營舞蹈班的本土編舞家發揮各種「創意」奇想，常常出現苗疆不分（苗族與哈薩克族），更有藏印合一，粵客、蒙藏一家親的舞蹈創作出現，雖說中國文化儒釋道不分的情形已有很長歷史，但是需要通過翻譯而傳授（如外省戲曲演員傳授本省舞蹈家身段）、經過視覺材料而想像的創作，在競爭激烈的民族舞蹈比賽中可謂層出不窮。研究指出，本省籍舞蹈家如蔡瑞月、李彩娥等，均未曾表示編創民族舞蹈的年代迫於政治壓迫與無奈，「反而是感謝黨國提倡

18 徐瑋瑩：〈跳舞也能復國建國？：1950年代臺灣在總動員體制下的舞蹈論述，以民族舞蹈、交際舞為對照〉，頁21。

19 徐瑋瑩：〈跳舞也能復國建國？：1950年代臺灣在總動員體制下的舞蹈論述，以民族舞蹈、交際舞為對照〉，頁41。

民族舞蹈，讓他們能對民族舞蹈有更深的認識」[20]。舞蹈家李彩娥曾談過舞作〈王昭君〉的編創過程，她未曾去過大陸，也沒讀過中國歷史，不了解民族人物特性，在學生家長提供了流行歌曲王昭君的唱片，以及講了王昭君的故事後，編舞家從圖書館的資料，以及舅公家裡的琵琶，產生了靈感。針對這個舞作，她還自行設計髮型，並縫製舞衣。[21]

臺灣反共抗俄時期，族群文化的確真性問題（authenticity），已巧妙的被民族舞蹈的技術性追求所取代。由於沒有少數族群的實際經驗，編舞家僅能通過照片與音樂進行間接理解，構思表演與設計道具。在日治時期接受日本現代化教育，曾赴日學習現代舞、芭蕾舞的前輩舞蹈家李彩娥的相關研究便曾指出，當時舞蹈社主要是商業性運營的考量，創作乃為了比賽，而比賽單純是為了得分得獎。舞蹈競賽以體育競賽的模式推廣。舞蹈創作的文化內容跟著比賽規定而發展，充滿著各種浪漫冒險的幻想。而同時，相反案例發生在舞蹈家劉鳳學的案例上，她對於民族舞蹈比賽的編創作品越來越欠缺考據，純粹出於想像的現象十分不滿，為了表達不同意的立場，在參加了三屆民族舞蹈比賽之後便退出比賽，不再訓練學生參賽。這個案例足可驗證，延續臺灣大眾劇場的脈絡，在歌舞創作發表的場域中，一九五〇年代一度出現因文化確真性問題所引發的分歧點。

臺灣戒嚴時期所發展出的民族舞蹈，除了有欠缺文化確真性的缺失，在本土創作者短時間無法理解理論性的「禮樂舞」與「致節和」的情形、以及必須維持舞蹈社商業運作的雙重壓迫下，前輩舞蹈家雖然將關注點轉移到舞蹈專業技巧的追求（如國舞）。但卻在黨國政治立竿見影的情急之中，一邊受批評卻又一邊受重用。回顧一九五〇年代舞蹈發展，研究指出，民族舞蹈的結果，並非是自上而下的壓迫，應該理解成：上層管理階級必須仰賴舞蹈家年年都有樣板之作，得以體現中華文化特色，故而編創者，在夾縫中竟然

---

20 徐瑋瑩：〈跳舞也能復國建國？：1950年代臺灣在總動員體制下的舞蹈論述，以民族舞蹈、交際舞為對照〉，頁29。

21 徐瑋瑩：〈跳舞也能復國建國？：1950年代臺灣在總動員體制下的舞蹈論述，以民族舞蹈、交際舞為對照〉，頁45。

開始掌握創作自主性。在不古不今、不中不西、不倫不類之中，一九五〇年代的舞蹈實踐得利於不懂而敢為，民族舞蹈自下而上的創發力量，成為臺灣大眾劇場史中不得不正視的一個劇種。創作者全然地接受威權，進而恣意想像，反而成為了與文化霸權周旋的方法。美學政治化的批判，轉眼之間竟實現了無政府主義。研究指出「政治菁英與舞蹈名家在進退之間積極的攜手合作，成就了以反共為主要目標、復興中華文化為根的文化霸權」，為何如此，只因當權者沒有其他選擇，國族象徵在情急之中誕生。臺灣的民族舞蹈，終究體現的是一個想像的民族。

民族舞蹈該作何理解？除前述引用舞蹈家訪談的研究，亦有研究針對發行過二十九期的刊物《民族舞蹈》（1958-1961）為探討對象，從公眾媒體的編輯策略，探討意識形態的變化。[22]或從兩部舞蹈紀錄片《中國舞蹈》（1968），與《舞宴》（1995）的比較，探討舞蹈的身體如何具體化國家想像，以及這個想像在三十年之間從中國轉變為福爾摩沙臺灣的過程。[23]回顧一九五〇年代民間參與的歌舞表演活動，大部分都是競賽模式。國防部引用周公制樂，要推廣民族認同，方法是將民政訓政化，訓政康樂化，但卻無法阻擋康樂化後，以文化正統自居的個人主義表演（苗疆不分、藏印合一的民族舞蹈）大肆發展，成為奇觀。而民族特色本土化後的發展，則因緣際會轉移到了山地歌舞改良，以聯歡晚會節目的形式出現，少數族群的祭儀使用的神聖歌舞，在淺移默化之中，也沒有掙扎，就被整體聯歡化。

同時期民間戲曲的治理，則落在官方單位「歌仔戲改進會」的創立，其首要任務是在識字率不高的戲班圈裡大力推廣劇本創作，以及導演制度。一九五二年「臺灣省地方戲劇協進會」開始舉辦的地方戲劇競賽，一時之間能寫劇本者洛陽紙貴，實際上卻是開啟了直接引進中國其他劇種的劇目之開端，埋下了歌仔戲界劇本作者權的長期問題。至於歌廳秀場的演出活動，雖

22 石志如：〈1950年代《民族舞蹈》月刊意識形態論述結構之研究〉，《藝術學報》第105期（2019年），頁47-80。

23 盧玉珍：〈現代性與臺灣當代舞蹈映像：由迷戀「中國」到迷戀「福爾摩沙」〉，《文化研究》第18期（2014年），頁7-52。

然在戒嚴令、禁舞令下不能大張旗鼓，但聚集在美軍俱樂部周邊而經營的店家為數自然不少，各種美軍大兵喝酒鬧事的夜總會的社會新聞方興未艾，臺灣藝人捲入其中，形成了大眾劇場史研究的關鍵文本。

根據國立公共資訊圖書館的檔案，一九四五至一九七一年間公開發行的舊報紙資料庫，針對關鍵字「山地」搜尋共二五八筆新聞資料，最早資料始自一九四六年，當年度條目多以衛生、林業、農業為主。一九四七年開始有教育相關新聞。而在二五八筆資料中，「山地舞」的查詢共出現六十三次，主要出現在臺灣民聲報、更生報。「山地舞」最早一筆資料在一九四九年九月五日，標題「山地舞蹈隊在鳳山勞軍」[24]，內容是高雄縣瑪定鄉（一九五〇年改隸屏東縣，現名瑪家鄉）山地青年男女七十人，於九月四日早上九點，在鳳山戲院舉行舞蹈大會，並籌募該鄉福利事業基金，票價與電影相同，成人八角五分，節目共有三十多段，空前熱鬧。此外數筆資料皆與勞軍演出相關，直到一九五四年八月二十七日，出現一筆標題「殘共結子蜂飛去，如今倚門迎風塵，山地之花高菊花淚史」[25]，引起筆者注意。

該文作者署名白麗生，採專欄格式刊出。內容以戲迷的視角講述當時在高雄七賢三路「羅夢娜茶室」駐唱的歌手潘娜娜，三年前曾以「山地之花」高菊花（1932-2016）小姐之名轟動全省，她出身吳鳳鄉（今阿里山鄉），父親是吳鳳鄉長高一生（1908-1954），自幼姿色名鎮全鄉，民國三十九年（1950）畢業於臺中省女師範學院，隨後被派任到民雄國校（今嘉義縣民雄國小）任教，半年後調往阿里山香林國校，接著結識美軍駐派臺灣之青年，陷入熱戀，原本有赴美深造的計畫，但在青年返美後失去音信。高菊花在臺灣生下一女，父親因二二八事件後續清算遭捕入獄。文章結尾道「菊花為了掙扎生存，不顧一切奔來高雄市棲身。你們看她那強顏歡笑哪裡想得到夜闌人靜時，只有望月嘆氣，暗自摸哭痕吧！」這筆資料揭露了當年鄒族領袖高一生白色恐怖遇害的事件，事實上從一九四七年嘉義市爆發二二八事件以來，

24 〈山地舞蹈隊在鳳山勞軍〉，《臺灣民聲日報》，第9/5版，1949年，頁4。

25 白麗生：〈殘共結子蜂飛去，如今倚門迎風塵，山地之花高菊花淚史〉，《臺灣民聲日報》，第8/27版，1954年，頁3。

高一生前後二次遭到清算誣陷，一九五二年二度入獄，一九五四年四月十七日遭槍決。從時間上推估，高一生遭遇的政治迫害的新聞，在當時應該已經有很高能見度，同時作為歌星的高菊花也已經走紅，享高知名度，大眾媒體才會在槍決後四個月後，刊出該篇文章。白色恐怖遇害的新聞報導，從這篇小報式專欄文章來理解，當時輿論情形應為可報導，但不能細究，該文採取模糊策略，以小報記者的觀點，使用公主落風塵的腥羶詞彙，襯托突出歌星高菊花的悲慘身世，文章並未交代起訴罪名或相關審查過程。一九五六年，出現在軍系報紙，刊登高菊花演出劇照，圖說文字「歌星山地之花派娜娜，有人點她的歌唱，在麥克風前，沒有幾個觀眾，她卻也興高采烈的編舞。」[26]

同一年高雄地方報紙大華新聞，標題「京都茶廳的山地歌后派娜娜鬻歌一載靜候情郎渡海來」[27]，可知高菊花與美軍戀愛的新聞持續發燒了二年。一九六〇年中秋以後高菊花到臺中歌廳演唱，出現兩則報導，[28]此後她的報導便不再有過出現。

從數位化的舊報紙資料庫搜尋結果進行判斷，可以得知國府遷臺初期一九四六年開始，政府對原住民居住地區的治理較為被動，從衛生管理開始，拓展到農林資源分配，隨後出現教育相關新聞，皆為單向的政策宣達相關新聞。至於雙向往返的，由原住民族主動參與的活動，顯然只有山地舞蹈表演，同時還是緊扣著軍隊康樂活動需要的活動報導。我們於是理解，原住民族在國府初期成為了主動、一個可見的對象，確實是以唱歌跳舞開始的。原住民族在國民黨政府認識中的可生產力，從一開始便不是農林漁牧工，而是軍隊的康樂用途。尤其，「山地之花」的頭銜，更突出了訓政時期的二種大眾娛樂的形式：山地小姐與西洋音樂。

---

26 〈歌星山地之花派娜娜，有人點她的歌唱，在麥克風前，沒有幾個觀眾，她卻也興高采烈的編舞。〉，《攝影新聞》，第12/25版，1956年，頁1。

27 社論：〈京都茶廳的山地歌后派娜娜鬻歌一載靜候情郎渡海來〉，《大華新聞》，第9/1版，1956年，頁4。

28 〈派娜娜在中獻唱〉，《臺灣民聲日報》，第8/15版，1960年，頁2。〈山地之花名歌后「派娜娜」姑娘今來中表演，賞月遊客可飽眼福〉，《臺灣民聲日報》，第10/5版，1960年，頁2。

山地舞從軍營的勞軍演出開始，逐步發展到落成、動土、遷村、通車、接待外賓或運動會等場合，比較關鍵的轉變在一九六六年，在一篇報紙的投書文章中，將山地舞當成民族舞蹈。[29]自此，一九六八年的報紙上，「山地舞」成為歌廳演出節目，以廣告標語的方式出現，例如臺中聯美大歌廳的演出廣告上，出現「山地舞」的相關宣傳。[30]山地舞成為綜藝節目，登上了歌廳秀場的舞臺，或者電視臺歌唱節目的表演橋段。[31]直到一九七一年五月二十七日，一則「日月潭山地舞，妨害觀光發展，約法六章著令改善」[32]的報導，標示出民間舞臺史上一個新的轉折。該文批評阿里山的山地舞表演並限期改善，批評指出節目千篇一律、設備簡陋、場地衛生欠佳、歌舞小姐強拉遊客購買紀念品、還會接受遊客邀約私下到旅社表演、表演音樂噪音太大影響國小學生上學、阿里山鄒族德化社的表演非法向遊客收費。這篇報導顯示出，山地舞表演，在一九四九年以來，快速地從勞軍節目演變成觀光表演節目，意味著觀眾來源徹底改變，早期演出針對國內軍人，而後期演出則轉變成為美國軍人與眷屬。

這段期間，因戒嚴令影響，民間表演活動受到限制，演出要有牌照，且登記執照可以自由買賣，叫價不菲。一般而言，面對美軍市場的酒吧茶室營業區域多以港口、軍營周邊為主，高雄左營是美國海軍基地，臺中為空軍，臺北中山北路、天母一帶則為美軍顧問團活動區域。在這段時期，山地部落表演山地舞，部隊附近的酒吧茶室有歌星駐唱，無疑都是因應「駐臺美軍」（韓戰）與「渡假美軍」（越戰）而出現的新興行業。由於渡假美軍滯留時間較長，渡假期間常有眷屬陪同。[33]

---

29 龍種：〈舞〉，《臺灣民聲日報》，第4/22版，1966年，頁5。

30 聯美大酒店廣告，《臺灣民聲日報》，第12/28版，1968年，頁4。

31 〈吳靜嫻托懿芳今演唱山地舞〉，第3/28版，《臺灣民聲日報》，1971年，頁5。〈四位臺視明星今演山地舞蹈〉，《臺灣民聲日報》，1972年，頁5。

32 〈日月潭山地舞，妨害觀光發展，約法六章著令改善〉，《臺灣民聲日報》，第5/27版，1971年，頁3。

33 陳中勳：《失落在膚色底下的歷史：追尋美軍混血兒的生命脈絡》（臺北市：行人文化實驗室，2018年），頁159-193。

因此，即便電影逐漸占據劇院，播電影的戲院遠比經營舞臺演出的還多，表演團體也只能在劇院的各種檔期之間夾縫生存，從日語電影、臺語電影到黃梅調電影，從首輪戲院，漸漸轉移到二輪、三輪戲院，由於偏鄉地區警察取締稍微寬鬆，脫衣舞表演方興未艾，這種尤其能招攬觀眾的演出往往採取電影播映前偷演，或提前演等手法，觀眾也反應熱烈，尚可維持各團體生存運作，也謂適者生存各出奇招。簡言之，臺灣在一九五〇年代的表演場館，多與電影院共用，尤其在鄉鎮地區。至於都會地區的餐廳秀場一類的場館，要等到一九七〇年代才陸續建成。

一九五〇年代的觀光表演，受到警政治理，對內或對外標準不同，在轉換之間難免產生縫隙，而這種縫隙得以讓民間藝人求生，常常出現遊走兩邊的案例。譬如隨片登臺的臺語電影明星，也同時有歌廳酒吧作秀的邀約。另一方面，以歌舞團脫衣舞表演走紅的藝人，也會有單獨登臺的情形。[34]甚至，開始出現刻意裝扮成山地人表演山地舞的情形。[35]

至此，我們可以擴大解釋戰後臺灣大眾劇場的變遷，共分成三支。第一支是商業化的（被政策不鼓勵或抑制的）宮廟慶典、賣藥團到臺語戲曲電影、歌仔戲錄音班、廣播歌仔戲、電視歌仔戲。則第二支便是政治化的（被政策鼓勵或容許的）強身康樂舞、發展成民族舞蹈比賽、山地聯歡舞、美軍俱樂部駐唱西洋歌曲。以及第三支隱匿的，可以說是一九八七年解嚴之前，由於無人看管，為求生存而自主發展起來，他們暗中吸取上述兩支，轉而遁入地下產業，大眾劇場尚且不論的脈絡，即歌舞團、脫衣舞、餐廳秀、錄影帶歌廳秀、牛肉場、新興陣頭如電子花車等。這三個鮮有對話的脈絡既遠又近，交互重疊。可謂驗證了黃得時於一九四一年對深具表演應用實質的鄉土文學的定義。

---

34 如一九六八年十二月二十八日的報紙廣告，刊登臺中南夜舞廳之節目「性感舞星夢露小姐迷你熱舞」。根據邱坤良文章指出，口碑不錯的歌舞演員，多以外國電影明星之名來取藝名，獲取一個柔媚的名字激發性幻想。如馬麗莎、千代玲子、金文姬、山本富士子、安娜。邱坤良：《南方澳大戲院興亡史》，頁164。

35 電視綜藝節目出現「藝人表演山地舞」、「吳靜嫻托懿芳今演唱山地舞」、「四位臺視明星今演山地舞蹈」。

進一步以市場需求來分析這三個脈絡：一九五〇年代臺灣的大眾娛樂的環境，主要針對二個族群，一個對外，以渡假美軍為主，一個對內，以本地居民為主。在戒嚴的社會中，對外演出與對內演出場所相比，有著不同的取締標準，尤其在與色情相關的消費性文化中，我們明顯注意到「山地小姐強拉遊客購買紀念品」;「歌舞節目千篇一律，設備簡陋，表演場之內外環境衛生欠佳」這樣帶有文化歧視的負面評語，通過衛生、禮節等外部標準加以訓斥，尤其是在第三世界向第一世界文化展示的場合。然而，當警察取締本地脫衣舞時，卻又以「依法到場指導」的身份出現。文章描述「經營歌舞團的老闆都有一張老江湖的臉，泱大部分是軍警退修的外省人，憑藉到處都有老鄉當警察，多少可以方便些。」[36]警政威權扮演著雙面人角色，前者嫌惡排斥，後者老鄉同袍。更有甚者，在高菊花的案例中，警政威權甚至扮演了皮條客的角色，要誘使政治罪犯之女，代父賣身抵罪。[37]

三　《藍彩霞的春天》對大衆劇場史的詮釋

受制於學科特色，表演藝術的歷史研究除了通過政策制度史、報紙新聞、報紙廣告、評論投書、劇院建築的形式與尺度、出版劇本、劇照之外，對於具體演出的內容或現場情形，除非親歷親臨實則引述無憑。上列材料的細讀與解釋，構建了表現性的劇場史，此一方法即著眼於客觀史料的表現性問題。然而，針對表演藝術主體的問題，諸如表演者、經營者、觀眾等主體涉入情形的相關評估、彙整與比較，實則少有發展。

二〇一〇年起，非虛構文學在臺灣的出版市場開始受到重視，建立在早期報導文學的基礎之上，這一波非虛構文學的興起，主要得力於人文社會學科研究者的自省，甚至是隱藏於讀者心態中對知識扁平化的不滿。研究指出，臺灣報導文學的發展在一九九〇年代後一度萎縮，直到二〇一〇年起，

36 邱坤良：《南方澳大戲院興亡史》，頁159。

37 引述高菊花訪談。侯季然：《派娜娜紀錄片》，臺北市：野火樂集公司，2018年，DVD版。

由於重新架接於非虛構文學的潮流上，才得以重新發展。回顧一九九〇至二〇一〇年，其萎縮的主要原因，即來自對於事實性敘述（factual narrative）的過度依賴，使得文本喪失可讀性與親近感。近一步而言，「事實性敘述」與本文所指「客觀史料的表現性問題」相當接近。有鑑於此，有論者提出臺灣報導文學已朝非虛構文學轉向的相關評估建議中，除了應繼續考量文本可讀性之外，對於開發其他文類如諷刺、喜劇、傳奇，並且避免過度追求悲劇模式等，[38]對於晚近大眾劇場的研究而言，皆是深具啟發的提議。

令人好奇的是，臺灣劇場史上既然將大眾劇場的終結，歸咎於觀眾接受體驗的轉變，意即強化了媒介理性。我們有沒有機會推進一步，以觀眾需求的角度，來詮釋表演活動的變遷，藉此理解「大眾劇場的理解」。換言之，有無可能在表現性的劇場史之外，呈現一個接受性的劇場史。例如重新檢視歷史分期之間，觀眾所投向的目光，究竟如何前後關連與左右延續等問題。

基於以上基礎，面對臺灣大眾劇場的旁枝脈絡，本文將在黃得時定義的鄉土文學分類上，聚焦討論歌仔戲、原住民樂舞的變遷，藉以重新閱讀李喬壹玖捌陸年出版的社會寫實主義小說《藍彩霞的春天》，嘗試從這部小說的言說，延展大眾劇場的系譜。

《藍彩霞的春天》從歷經一九七〇年代狂飆後崩盤的房地產業揭開序幕，故事以從事「起販厝」[39]（戰後現代建築，連棟的透天房屋）泥水工的

---

38 楊傑銘：〈從「報導文學」到「非虛構寫作」的文化演繹史〉，《臺灣文學研究學報》第34期（2022年），頁128-132。

39 所謂「販仔厝」一詞，特別指的是一種現代化的建築，在臺灣工商社會轉型時期大量出現，通常建築形式為聯棟二層半透天。李文良：〈庄腳歷史學筆記1〉，「庄腳歷史學」系列（一），網址：https://kamatiam.org/，檢索時間：2023年10月26日。本文注意到這類建築從南到北，從西部到東部，水泥師傅依樣畫葫蘆，借建築師牌照自建自售。受到景氣起伏以及粗製濫造的影響，常常有銷售不佳的「販仔厝」建商破產積欠工資，最後成為爛尾樓。而常常有破產的業主，將產權過戶給欠薪的工人，資方連哄帶騙不僅清償了工資，更讓工人被迫買下半成屋，這一進一出產權轉移之後，工人負擔了銀行貸款，無中生出了本金利息。一九八〇年代的銀行放款年利率在百分之八與百分之玖之間，藍彩霞的父親，原本靠體力爭錢，承接了二戶營造商轉賣抵扣的房屋後，在很短的時間內，便花光了所有因為妻子車禍而獲得的賠償金。小說中他甚至都沒找銀行貸款，而是找上地下錢莊，窮途末路可想而知。

藍領家庭二個女兒為核心，講述二人輾轉於巡迴脫衣秀，應召站、茶室、最後結束在春宮秀的一生，小說內容呈現了當時的房地產與色情娛樂產業。小說場景的鋪陳，從高雄大寮鄉經縱貫線，依循著農業社會轉型工商業社會的發展脈絡一路北上，時間上聚焦在一九八〇～一九八三年間。

「高雄縣大寮鄉是逐漸邁向開發的鄉村。藍彩霞一家就在前莊村前莊路小巷，租一間灰瓦木屋居住」（頁13）[40]，主要人物藍彩霞，她有一位從事泥作工作的父親，因為兼職的身份，遭逢意外毫無保障，「他不是市政府的員工，不是盈實建築公司的固定工；他只是按日計酬的『自由工人』，不具備公保勞保身分，醫藥費當然唯有自理一途」（頁19）。藍彩霞是家中的二女，後母為了替父親醫病籌錢，在十六歲時，將她與家中三女，一起賣給了人口販子，輾轉成為雛妓。依照當時已頒布施行的兒少法，藍彩霞未成年勞工的身份，一旦經由監護人同意，便獲得合法性。從這個父母同意、且預付工資的合法勞動契約離家開始，兩個未成年少女喪失了行動自由。按照小說的時序推算，藍彩霞應是一位約略生於一九六九年的女孩。在小說之中，這位女孩最後徒手謀殺了控制她們姐妹多年的二位人口販子，定讞入獄。

《藍彩霞的春天》呈現了臺灣經濟上升時期底層階級的心理狀態，具體表達出作者文學觀念中「反抗即愛」的倫理學。在這部作品的相關研究中，論者著眼於分析李喬所倡議的反抗思想之反抗形式，以小說中人物採取的不同行動為例，如楊敏慧以自殺抗拒痛苦，孫淑美以沈默拒絕醜陋，王阿珠深呼吸以戰鬥追求理想；或者，通過國族化比喻來解釋作品標題，強調作品美學的政治化，如「藍」音近臺語「咱」（lán／我們）」，我們即臺灣人。又，受父權壓迫的妓的世界，可比喻做臺灣被殖民的歷史。[41]此外，賴松輝的論著特別提到李喬反抗哲學在小說中的體現，指出反抗哲學的實踐所指，並非反抗的外部行動、反抗對象的確立，或反抗精神的符號展現，而是在於反抗

---

40 李喬：《藍彩霞的春天》（臺北市：五千年出版社，1986年），頁13。本文中出現「引文」（頁數）者，皆出處此書，不再註腳說明。

41 李蕙如：〈李喬《藍彩霞的春天》中的反抗哲學〉，《臺北大學中文學報》第18期（2015年〉，頁4。

之主體意識的出現。李喬曾引述海德格現象學，指出反抗主體之存有的狀態，論者遂將其導引至解釋藍彩霞個人意志與心理結構的內在性。[42]

王德威曾指出《藍彩霞的春天》對於風月經驗、性虐待的描述令人嘆為觀止。李喬在一九八〇年代的小說除了具半鄉土主義色彩，還運用戲謔誇張的風格「將讀者的想像帶離寫實的侷限，使問題更趨多元複雜化」。[43]王德威的評論足見這個作品的呈現形式在當時文學市場造成的衝擊力道，同時也讓小說創作者田野調查的能力得以被重視。李蕙如轉引文獻指出李喬曾持續五年剪報，蒐集描述臺灣社會性工作者生活的文章與報導，作為寫作的間接經驗來源。[44]

從藍彩霞的視角，來呈現臺灣一九七〇年代出生的世代，以及隱身其中的集體無意識，深具研究價值。藍彩霞究竟是如何理解娛樂與色情混雜的行業？其理解的過程如何開展？也就是藍彩霞進入大眾劇場脈絡的過程，其過程又經歷哪些事件進而認識了自己？閱讀故事中藍彩霞遭遇之價值，已遠超過確真性的範疇。雖然小說家自言，他是通過報章雜誌與論言說的彙整而建立的虛構世界，撇除了親身經驗的顧慮。書寫的過程貼近於從理解啟動的三個哲學詮釋學的層次。即解釋、實踐能力的應用、相互理解的應用。

第一個層次是剪報彙編，成為小說家對雛妓私娼之理解的文本，蒐集剪報提供了解釋。第二個層次是小說設定，包含人物心理、敘述觀點、運鏡場景之經營，則為前項理解之理解，即理解之存有。其中包含實踐能力的應用，如小說寫作中諸般技術性操作。第三個層次是相互理解的應用，主要出現在小說寫作中，敘事者與人物角色之間，對於共同事務的不同理解取得了相容性。

---

42 賴松輝：〈主體、無、荒謬——從李喬的「反抗哲學」論《藍彩霞的春天》〉，《國立屏東大學學報（人文社會類）》（2022年），頁120-121。

43 王德威：〈尋找女主角的男作家　茅盾、朱西寧、黃春明、李喬〉，《中外文學》第14卷第10期（1986年），頁35-36。

44 李蕙如：〈李喬《藍彩霞的春天》中的反抗哲學〉，《臺北大學中文學報》第18期（2015年〉，頁3。

小說敘事者從娛樂色情業的社會新聞剪報出發，創造虛構世界。新聞報導與虛構文學之間存在著一種詮釋循環的關係。當時新聞的報導，並非大眾劇場，而是社會事件。社會事件主要由受害者與加害者組成，小說家從這些背景素材中創造出人物。這位小說人物被賣作人肉，經誘騙成為歌舞女郎。她們對表演雖然一知半解，談不上經過訓練，更別提故事中的行為手段都是為了生存，但是她從事表演卻是事實。同時，對於這種表演人員與表演類型的相關理解，除了從往往帶有歧視、奇觀意味的社會新聞中獲得，便是報紙分類廣告，或戲院海報。

勞工階級出於高利貸所迫不得已賣女抵債，無疑是一個大眾文學中常見的人物設定。社會底層的無奈，多從其經濟處境下手。但在臺灣發展進程中，農業時代雖然已有童養媳、綁戲囝仔等情形，戰後明目張膽人口販賣已較少見，但延續農業社會習俗，租賃童工的問題仍在，甚至還有逕向第三方轉移權力的案例。李喬尤其關注這類社會問題，他早期小說多次出現兒少性剝削的主題，並以原住民族雛妓為藍本的小說人物，如〈達瑪倫・尤穆〉（1978）、〈阿二妹的契哥〉（1981）、〈經營者〉（1981）。可見在臺灣社會快速發展期間情形，苗栗山區一帶，泰雅族或賽夏族部落中，這類問題層出不窮。

表面上《藍彩霞的春天》呈現的是人口販賣與雛妓問題，但從大眾劇場的脈絡來看，當可理解成一樁藝人犯罪的社會新聞事件。其中，小說對於藝人身份認同的鋪陳，當可作為民間藝人的全新闡釋。出生在高雄大寮鄉的藍彩霞與她的妹妹兩人，在未成年時被父母以五十萬租給了莊姓人口販子，合約使用共三年。離家以後，姐姐的第一個工作是出售處女之夜，而後兩姐妹加入「紅玫瑰歌舞團」，「脫光總比天天被人插強」，她們入行初始就被灌輸這個觀念。她們以清純女學生的人物設定登臺演出，引起熱烈迴響，但隨著歌舞團被取締，團員一群人被歌舞團主輾轉運送到臺中，歌舞團改業成為紅玫瑰應召站，然後經營得有聲有色，藍彩霞甚至走紅大臺中。過了幾年，由於遭到取締，姐妹倆又輾轉被人口販子送到中壢牛埔巷的一個私娼寮：春天茶行。

從藝人身份的認同過程來閱讀藍彩霞，這部小說在闡述主角心理狀態的變化上多有著墨，特別在藝人的價值觀與職業意願的層面。架構在一九八〇年代工商業社會的快速變遷脈絡裡，脫衣舞藝人的從業空間，受到戲院變遷的影響，也是一個從內臺到外臺，再重回室內歌廳的過程。以一九三四年創立的麥寮拱樂社為例，歌仔戲從落地掃、賣藥團進入戲曲電影時代，錄音班社的創新經營模式重燃生機，同時期市場中也出現更為時髦新潮的歌舞團、外江戲班、電影，各種節目輪流在室內劇場（戲院）進行售票公演。農業社會中，貧窮家庭為求溫飽，將孩子送進戲班，從綁戲囝仔（童伶）開始學習，父母與團主約定年限，藝人在走紅之後或自立門戶，或自由搭班。小說中驚心動魄的人口販賣、勞動剝削、性暴力、非法監禁、恐嚇詐欺等事件，從這個脈絡上與現實世界相對照，確實並非空穴來風毫無軌跡可循。小說中賣女抵債的情形，與民間歌仔戲班的組織經營型態相似。無論是性工作或者表演工作，父母將未成年兒少租賃給他人，用來從事商業交易。這種情形要直到一九七參年兒童福利法，一九八九年少年福利法頒布施行以後，童工、少工的問題才獲得法律保護。

李喬在小說中對於人口販賣、勞動剝削、性暴力、非法監禁、恐嚇詐欺等事件驚心動魄的描述，若與歌仔戲班「綁戲囝仔」的傳統相比，其人口販賣、未成年人非自主意願的被強迫性誘導，在法律的定義上其實並無差別。無論有無舉證表示從事直接性工作、或以赤身露體為賣點的表演工作、或通過實際性行為的表演工作，未成年人的父母將未成年兒少租賃給人，剝削童工從事商業交易，並替自己獲得利益。此類脈絡，在臺灣社會從農業轉型工商時期常見，而這個轉型時期絕不僅限於二十世紀戰後，由於沿海貿易通商的緣故，它可能有更長久的歷史。只是長久以來劇場史研究，由於難取得明確人證、事證或文本，故往往略而不談，所留下的資料除以戲班主經營史為中心，便是站在成功演員養成史的觀點，過分強調於刻苦勤奮的因然，以及藝術成就的必然，而遮蔽或簡化了虐待壓抑的主體經驗，以及勞動剝削的事實。

一九六二～一九六四年間，已經商業化轉型成功的歌仔戲團拱樂社，連續拍攝六部歌仔戲電影，皆以童生掛帥。當年的童生如許秀年，或已經過世的連明月、陳美雲，直到離世前依舊活躍在臺灣歌仔戲舞臺上。在針對當時拱樂社劇本全集的研究中，論者對戲劇文本中出現臺語、日語、華語多語言交融的情形加以說明，並指出當時雖有定本劇本，但實際演出現場仍保留即興活戲的空間之情形，進而對戰後民間戲劇的語言混種情形，做出被殖民者主體性的解釋。論者從拱樂社的劇本中，理解當時以戲謔調侃來面對社會政治處境的主體性展現，繼而特別說明了拱樂社以童生掛帥的特色，開創了有別於京劇娃娃生的局面，一個殖民地觀眾喜聞樂見的全新戲劇類型，甚至提到童生有可能提供一種被殖民者與殖民者威權之間的折衷與適應之形式。在另一方面，這顯示了歌仔戲又再度扮演了足以自由取用且溫柔順服，不至於直接顛覆，進而創造自己特色的資源與能力，在此意義上，囝仔生，它不是在定義某些東西是正統或符合規律的，而是這些新例子如何為批判論述開啟新的空間，且最終挑戰了傳統主題以及再現的領土。[45]

在戲曲史的書寫上，藝人言說的材料通常需經比對不能盡信。歷史上，受到知識程度的影響，戲曲藝人回憶錄的相關文獻，多由人代筆，藝人親寫的案例並不多見。功成名就的藝人，以回憶錄的形式回饋戲迷，所述之事尤需符合閱聽期待，禮教常倫，忠貞愛情，愛國之志等，兩岸菊壇皆有佳作。這類文獻，雖然擦脂抹粉的痕跡在所難免，卻往往都成為戲曲史的研究材料，成為極富代表性的，本文上列所指之歷史材料表現性的研究。除此之外，就剩下更為主觀偏頗的小報。事實上，除非親臨演出現場，或公開刊行的曲文，否則戲曲表演文本的閱讀，尤其是劇場性的相關細節，包括環境、社會、空間、藝人風格、觀眾輿論等，總是間接且殘缺。

比較上列二例，我們有機會重新理解歌仔戲史上解構殖民主義的事例，或具解殖作用的能動性主體，又甚至是足以成為批判論述新疆域，如囝仔生作為被創造出來的本土行當與本土戲劇類型，應該如何重新評估。如果說童生掛帥是臺灣大眾劇場的獨門創意，則爬梳其脈絡，承先啟後，整整十年之後，便出現了如小說所述，未成年者的色情表演產業。放諸全球解殖浪潮，

---

45 秦嘉嫄、蘇碩斌：〈消失為重生：試論戰後「拱樂社」歌仔戲及其劇本創作〉，《戲劇學刊》第11期（2010年），頁244

其系統支脈，實有必要加以理解並檢討。

四　歌舞團的傳習與培育：藝人接受論的視角

建立在房地產崩盤與販賣童工的背景上，就讀國中二年級，年紀不過十六歲的藍彩霞如是出場，「『起身吧！小姐！』英君過來牽彩霞的手，用土腔濃重的北平話說：『別耍脾氣，乖乖去。英君我會教妳，教妳輕輕鬆鬆工作——沒什麼好怕的，不損妳一根毛的！只要好好學，簡單啦。』」（頁36-37），此前她的大姐藍彩鳳交易後出逃，人口販子便回頭找父親索討，於事造成一次抵押二女兒與三女兒的情形。如果從傳習教育的立場來看，前輩帶後輩，意味著職業技術的傳承，以追求事半功倍最大效率的工作成果。輕鬆工作，不用怕，一回生二回熟。前輩同時身兼心理導師，安撫後輩。值得注意的是，一開口便以對象有意願從事此工作為假設，強行預設了主體的意願。在幾天相處，初步建立了關係之後，即便離開家後的主角，已經失去身體的隱私權，姐妹兩人皆已被人口販子扒光衣服欣賞，還被送到理容院梳妝打扮。姐妹二人也曾忍不住飢餓，大餐朵頤一番，放鬆了戒心與敵意。這位外省前輩更進一步以難得的機會加以誘導，與其任人應召，還不如順從跳舞，「告訴妳吧！這是機會，屏東那邊，一個舞團正需要人。脫光，總比天天遭人插強——雖然也難免⋯⋯」（頁54）。性交易與表演兩相權衡下，藍彩霞做出選擇，選擇成為表演者，是一個具有自主性的身份。

事實上，這位肩負教育培訓的外省大姐，在小說家的眼裡，也是一個具有同理心的人，在人物的塑造上，這位同屬共犯結構的壓迫者，並不是一個刻板化的惡人，她說：「我英君，只能幫你，教你，怎麼樣去忍受那些豬狗的踐踏。」甚至給出積極正面的生存之道：「『怕。是會怕，但是逃不掉，那就咬緊牙關來忍受！』英君說著說著，自己也眼眶泛紅了。」（頁56）此後，藝人登場，在正式成為脫衣舞秀的表演者之前，藍彩霞的初夜高價出售，英君替她細心打扮「粉紅色套裝、配上褐色半高跟皮鞋」（頁61），甚至在初夜之前夜，十六歲的少女也有懷春的私密夢想，「然而，那是美妙的夢，一種羞赧加上輕輕激蕩的浪漫想像；與其說是肉體的渴念，不如說是情懷心神的追尋，那是至美的醺然，至玄的神祕，而且是神聖的境地。」（頁60）小說家將因為好奇心蔓延而來的期待，提升到一種神聖性的比喻之中。少女藍彩霞的懷春理想，更進一步在小說中發展成為自我催眠的形象，主角從鏡中看見了自我之理想，她把那個鏡中幻覺當成了自己。因此，不可直視的神聖性，在反身性的關照當中，雖然是幻象，但卻被當成現實。「伊第一次『面對面』看清楚自己裸裡的胴體。是的，乳房已經相當豐滿，柔腰之下，臀部有些豐腴了；這是初春的景觀，在室的風光。」（頁71）

《藍彩霞的春天》呈現了經濟狂飆時期，臺灣底層的色情行業型態，以及從業人員反抗心態的形成過程。故事講述底層弱勢未成年少女被迫勞動，遭到性剝削的情形。在悲慘遭遇之中，她們互助互信，直到反抗壓迫，謀殺惡徒，最後認罪坐牢的過程。作品對性與暴力的描述直接，在一九八〇年代出版時一度遭禁。現今重讀，對於理解大眾劇場的變化與發展頗有幫助，儼然田野報告。未曾實際經歷那個時代的研究者，僅能通過大眾媒體如報紙、雜誌、電視等間接的檔案拼湊想像，而這部小說所能提供的細節，作為記實檔案，補足了臺灣表演藝術史的研究中，色情與娛樂產業齊心合作至少二十年的空白，以及少有論者親歷的研究限制。

小說中，臺灣大眾劇場史從一個屏東的流浪戲班的脈絡而展開，小說家描述了一九八〇年代歌舞團無路可去狗急跳牆的處境：「然而，一二年來，歌舞團已經逐漸走上窮途末路。主要的是電視的精采節目取一代了大部分的娛樂取向；青年們湧向大城市，大城市裡，除了電視之外，還有許多更引人更刺激的娛樂。至於鄉村小鎮，大多數是中老年人；歌舞團不能往城市發展，只有在小鄉小鎮流竄，在這裡，憑一般的搖乳擺臀──穿上涼快衣服表演是不夠看的，生存之道只有徹底地脫，以一絲不掛亮相。」（頁85）這部小說中所指的脫衣舞團，承接的是戰後戒嚴時期，本土內臺戲班受到電影浪潮影響，開始向外臺演出移轉，野臺戲班與賣藥團走演全臺的歷史。由於生意不佳，腦子動得快的年輕班主開始在鄉下舊戲院，招募非法童工，做巡迴突擊式的牛肉場脫衣秀。小說交代由於受到警察取締，脫衣舞歌舞團又轉型成了應召站、茶室，小說所描述的表演型態最後結束在性愛秀，由於女主角藍彩霞抵死不願意做這種表演而心生殺機。

根據口述資料[46]，一九五七年起受到臺語電影興起的影響[47]，更多的戲院加入播放電影的行列，早期歌仔戲班、歌舞團、新劇團（話劇）演出舞臺遭到限縮，產生生存危機。伴隨臺語電影浪潮，出現了「隨片登臺」的宣傳手法。延續了默片時期辯士的形式，男女主角隨片登臺唱歌，轉向成為促銷電影票房的手法。一九六二年《水蛙土》[48]隨片登臺時，開始有穿著暴露的歌舞女郎隨片登臺，贏得熱烈迴響。作為脫衣舞在臺灣的發展脈絡，這個現象給了「松柏歌舞團」的老闆靈感，成為臺灣本土第一個開始跳脫衣舞的歌舞團。一九六三年臺灣共出現上百個跳脫衣舞的歌舞團，北中南各地都有，持續了一二年，經過警察取締之後，一度降至十五、十六團，之後又恢復到二十多團，一九七〇年代一度又有五十多團的紀錄，直到一九八〇年代隨著戲院更新改建才沒落。此外，並非所有歌舞團都跳脫衣舞，晚近研究常出現的「黑貓歌舞團」、「藝霞歌舞團」的表演節目就並非一般的廉價脫衣舞。

小說描述了當時劇場與觀眾的情形，強化了大眾劇場接受論的根據。一九八〇年代裝潢很新的戲院，多半是從電影院改裝而來，上一波電影浪潮過去後，在許多偏遠地區，原本播放二三輪電影的戲院，紛紛轉型經營不同節目：「這裡是一家裝潢很新，但一看就知道是劣質材料將就而成的戲院；可容兩百人左右的座位上，現在坐了六成上下的觀眾。在前面三排裡，一片黑壓壓的人頭；他們雙眼圓睜，嘴巴半張，神情痴呆，四肢僵硬不曾動彈。有些『觀眾』還屁股離開座位，以半跪之姿，靠在舞臺邊沿仰首欣賞。」（頁87）不僅對劇院環境、觀眾反應有詳盡描述，小說中還出現了針對表演內容的描述，使我們得以一窺一九八〇年代脫衣舞秀的實境，節目排程分作歌舞

---

46 邱坤良：《南方澳大戲院興亡史》，頁157-165

47 柯基明導演：臺語電影《薛平貴與王寶釧》（臺中市：華興電影製片廠，1956年）。

48 郭柏霖導演：臺語電影《水蛙記》（信遠影業社，1957年）。轉引自梁良編：《中華民國電影影片上映總目（1949-1982）》（上、下冊）（臺北市：中華民國電影圖書館，1984年）。

與短劇不同段落安排：「金露露的舞步簡單極了，就是小跳步加上小墊步，由右而左，再由左而右，在身子內轉背臀朝外旋轉時，在第二度由右而左轉身時，雙臂齊張把晨縷撐開，於是豐挺碩大的雪白豪乳便完全『獻』了出來……。」（略）「只感到眼前一花，燈光轉紅，金露露上的晨縷綵帶齊杳，伊高大豐滿、雪白性感的赤裸之軀，已經在舞臺中央隨著急鼓，晃著搖著，抖著挺著；那晶瑩豐盈的豪乳，上下彈著跳著，顫抖著，腥紅乳尖點著撇著，畫著圓圈。接下去，伊小腹前挺，大腿抖動，肥臀猛搖……。」（頁88）（略）「觀眾瘋了，狂了，是滿足又痛苦的吶喊、尖叫。接下去，觀眾又安靜下來。小丑打扮的『主持人』說一段黃話消遣金露露肉彈之後，報告下一個節目：『三花嬉春』。老闆屬陳麗美上場了，是『三花』之主花呢。看樣是一齣啞劇；三個性感美女春情蕩漾，互相戲弄挑逗……。」（頁89）

通過描述歌舞團平日的演出內容，藍彩霞與藍彩雲的首次演出「處女之春」即將登場，小說在過程中反覆強調兩姐妹的驚訝、做夢也想不到、全身冷汗淋漓等，她兩對團裡幾位大姐臺上臺下判若兩人無法置信。小說在姐妹登臺前留下伏筆，暗示天真少女從抗拒→害怕到認同→接受的轉折。這個暗示可以作為小說家從反娼的倫理立場轉向，開始關注身份認同的問題，意即對妓主體的轉向：「彩霞倆相對默默，可是彼此心靈相通，這就交換了心意了；決定咬緊牙關，好好演出。所謂『演出』，正如朱老闆所說，只是把衣裙褻褲、乳罩逐件剝下，扔掉而已……。」（頁93）「彩霞已經脫掉上半身。伊上身裸裎的結果，換來的是觀眾的一半議論和一半歎息。——『彩雲！妳也攏總脫！卡緊！』伊脫了。伊一面看著姐姐的裸體，一面毫不猶疑的剝掉上衣，摔落『學生裙』。姐姐的雙眼發直，發直中燃燒著；那是藍汪汪的火焰——在燈光轉成水紅帶紫時刻，那兩盞火焰仍然是藍色的……。」（頁94）兩姐妹一前一後在臺上脫衣，姐姐看著妹妹也把衣服脫下後，心中燃起怒火。小說中更描述了妹妹脫下胸罩後的心理話，「伊脫了。很奇怪，居然沒有什麼難為情或痛心的感覺；而且這『一脫』的動作，似乎還引起心底深處某一種刺激感，甚至於好像是「快感」那種感覺……。『人，既然這樣；我也是一個人，那麼我……』伊心裡萌生這樣異樣的意念。——『死查某——脫光！內褲！快！快脫！』伊應聲而脫。這也沒什麼。反正是人。人，面對的，也是人。人，就是這樣。怎麼樣？不服氣嗎？妳媽媽妳阿祖妳祖婆，攏總這樣……伊想。」（頁95）小說家所描述的脫衣舞表演經驗，脫離了道德倫理的框架，進入表演者主體的精神狀態。身處在被壓迫、抗拒之中的主體，竟可指出「快感」的獲得。作為尚未發育完全的妹妹，她身穿國中生制服登臺，直到全身赤裸完成演出，對於這個超越普通色情理性的表演，屬於兒童性剝削、戀童癖的節目，觀眾的反應也特別值得注意，小說這樣描述：「今晚，觀眾真正地瘋狂了。有人裝成放聲大哭的乾號，有人猛烈拍擊座椅，好多人跳上椅子，雙手飛舞，狀如迷心；還有人衝撞而前，想要爬上舞臺，可惜你爭我擠，反而上不了臺……。」（頁96）這場秀在最高潮的時候，警察破門取締，抓走了負責人與藍彩霞，混亂中妹妹與團員被送到了一家理容院。

小說中，作者用了相當長的篇幅，呈現兩個少女的主體自覺與職業身份認同的過程。對於初夜，少女內心期待，但也同時自我厭惡。對於新鞋新衣新髮型，少女自然歡喜，但「立刻又被羞恥與悲哀淹沒」（頁61）。藍彩霞複雜的心理狀態，以一種反覆倒置的方式呈現，想要又排斥、喜歡又討厭。同時，在這樣模凌兩可、矛盾衝突的判斷之中，還出現了一段自願樂意的論述，特別值得分析。買藍彩霞初夜的客人，是一位從事豬肉外銷的生意人，他是這樣說的：「你哪安呢？你不是心甘情願的嗎？還是嫌我給的價錢太少？」（略）「我不想勉強人個！」（略）「那是你家代誌。我只問：答應，就『快快樂樂』來！」（略）「這是現金買賣，公平交易—那就免『哭喪著臉』知無？」（頁69-70）這些對話呈現出買方主觀理所應當的交易理性，但此刻少女僅是產品，作為實際賣方（收取費用）的莊姓人販，所承擔的所謂自願樂意的交易條件，僅在於提供產品的自願樂意。因之於此，產品自然無法作為主體，表達自我意願。這位嫖娼客錯把嫖妓之行為，當作了嫖妓之對象。或者是把對象行為化，即對象是誰並不重要，她僅被當作物品使用之。小說家在嫖客發表交易自願說的幾句話之間，刻意的交代了「他又把後半句變成北京話」（頁69），埋下一個文化霸權的因素。試想，嫖客所言引用商業倫理與買賣仁義，看似理所當然。然而，一旦選擇用不同的語言來表述，則強化的意圖便因而凸顯。用北京話說的「現金買賣，公平交易」如同加註引號般，無論對方是否能理解，已經意味著語言所挾帶的另外一種標準與規則，此處以突然切換之姿出現，形同暴力。

相較於姐姐藍彩霞的道德衝擊，妹妹藍彩雲的自覺在小說中顯得更為順期自然。姐姐被警察取締之後，妹妹從受人保護的女孩一夕之間長大，獨自一人與歌舞團其他年紀較長的阿姨一起生活工作，在一場私人宴會的脫衣舞表演上，妹妹的自覺如此展開：「伊自始即垂首目注交握的手掌，默默站著。伊聽不清楚這些老頭大人物——都可以當伊祖父的老東西在說什麼，笑什麼；只覺得突然置身於一群妖魔鬼怪身邊，逃脫是不可能的，乞求『放生』也絕無希望。那麼就面對它，面對迎向自己的每一分、秒；至於下一分秒變化如何？災難如何？那是下一分秒的事。受苦的生命，就是這樣。伊想到一這一點。」（頁103）至此，小說家開始刻畫一位未成年女孩的自覺，這個自覺如此的複雜，它混雜了勇氣、忍耐、接受、驕傲與瘋癲：「伊發現自己心田底處，有一奇異的聲音，一絲誘惑的信息。那就是：既然這樣，就接受它，就不要反抗它，就跳下去；因為是被迫的，因為是受害者，所以我。沒有罪。我如果有罪，那也該由『生我身軀的那個男人』負責——伊已經從腦際排除『爸爸』『父親』這些字眼——或者由社會負責。『既然這樣，我就下流下去吧！』伊得到這樣一個結論。」（頁129-130）直到這個道德狂飆瀕臨邊緣，小說場景從取締後暫避風頭的屏東北上來到臺中，故事中的「紅玫瑰少女歌舞團」轉型經營，成為當時尤其從臺中（文化城）發展起來的色情行業新型態「順風站」（應召站），甚至還擴大招工，暑假前登報招募四位新進員工，二位是來自山地門部落的山花少女，被康樂隊名號所騙，但身分證被扣，怎麼逃走都不知道。一位是國三就逃學逃家，看小報招收歌星訓練班，卻被人騙拐還拍了黃色錄影帶，因為不敢面對父母最後來到歌舞團。另外一位也是逃學逃家少女，被性侵的命運更悲慘。相較於這個歌舞團掛羊頭賣狗肉，四位少女的經歷似乎也不算什麼，只是藍家兩姐妹莫名其妙成為了歌舞團前輩，多少激發起一點價值感與榮譽感。小說在這個轉折處留下了一個相當值得注意的比喻，「時間不斷推移『業績』不斷提升；伊們逐漸冷漠逐漸麻木；不知什麼時日起，伊們開始異化成一種近於植物性的存在了。」（140）所謂的「植物性的」相對比於小說前半部所指動物性的、獸性的、不文明的。小說家用植物（botanical）對比動物，把越出了道德邊界，失去身體疆域，對明天沒有盼望的人所呈現出的漠然、遲鈍與呆滯比喻成植物，植物是漠然的（impersonal）自然，而動物是野蠻的（savage）文明。

這個「歌舞團」在臺中的經營頗有起色，姐姐藍彩霞在很短的時間拼出了口碑，也養成了抽煙喝酒的江湖習氣。藍彩霞的自覺與改變也是從認知到自己成為前輩開始：「我這樣也很好。妓女，也是一種人生。伊這樣想。我無法改變自己的命運，那就讓命運去安排。目前能做的，就是過一天，算一天；能享受什麼，就享受它。伊找到這種結論。」（頁156）「至此，伊把自己全投入『妓女』的事實裡，並且也鼓勵妹妹同樣來『努力』」。「……既然是這樣了，那就做一個出色的，被客人爭搶的名牌。伊這樣向妹妹說」（頁157）在臺中的日子，兩姐妹有了很大改變，只是色情行業的經營總是非法，何況經營者樹大招風難免要被取締，在藍家姐妹的三年租期內，最後還是又被轉手了一次，這次是到了中壢一家便宜低調的私娼暗寮。從南到北，從初夜的價格到私娼寮的價格，藍彩霞所經歷的全都是一樣的處境，無怪乎她發現了某種普遍性：「然而，以上種種居然完全不曾發生！這個人間，這個社會都好像是『一群嫖客』，或者說，『嫖客』，正是這個人間社會的『化身』，不斷以伊為工具，蹂躪伊，踐踏伊！沒有誰會憫惜伊，可憐伊！」（頁197）也是到了中壢以後，藍彩霞才算清楚作為一個性工作者的經濟模式、分潤比例，她意識到了自己的勞力付出，以及所製造出來的其他利潤都去到了哪裡，她終於認識到整個社會都是嫖客，而自己被剝削：「一個女人，一位妓女，憑著天生肉體自然本錢，加上一疊衛生紙，兩條小毛巾，如此這般，便生出如此大利大益；多少人，多少『家庭』以明以暗，分沾伊的辛苦所得，而又鄙之蔑之──這，就是妓女與社會的關係。」（頁217）

小說進入尾聲，我們可以注意到藍彩霞職業觀念逐步建立的過程。面對壓迫者時，人口販子莊姓父子時，藍彩霞懷恨在心。但在面對小說中，他們生活中的其他角色時，藍彩霞並非無法相處拒絕溝通，從很多事件中可知，這位少女不僅有同理心，更願意幫助別人。這篇長篇小說提供了藝人研究的可能性，主要從打開歌舞團的可見性開始，貼近描述藝人的日常生活，乃至她們的心理狀態，以及她們的良知與理性。小說中提到許多電視普及以後，臺灣大眾劇場遁入地下、未能記載的表演形式，除了脫衣舞秀、黃色短劇、還含括戀童癖秀、性虐待秀、女女秀，直到中止在活春宮秀。作為藍彩霞的道德底線，春宮秀成了心生殺機的轉折處。藍彩霞面對控制著自己的無恥男人向她提出春宮秀的要求時，她甚至連願意跟莊青桂好好過日子都說出口了，可見她身處的絕境，人性尊嚴中最後一絲希望從此破滅：「『……你，收我在身邊……專供你……我不要做春宮表演！不！死也不！』『……』他凝盯伊一陣，眼眸藍色異彩閃過，他猛地搖搖頭，咬牙說：『不行！不行！妳別胡思亂想。好好表演，給妳多一點錢，可以，但要賣力——既然做了，還怕什麼？關起門來和公開，有什麼不同？』」（頁311）

五　結語：表演主體的現身

冷戰期間，臺灣迎來幾批具有消費能力的觀光客，他們是美國軍人，第一批美軍因韓戰而駐臺，第二批因越戰抵臺渡假。越戰時期的美軍採義務役制，人數眾多素質不齊，服役期滿即刻反美。他們每年都有三十天的假期，故而若選擇留臺渡假，則時間特別長。為了要接待這些美國軍人，臺灣的觀光業因應而生。都會地區開設各種酒吧，其他地區則盡力爭取美軍遊覽，發展各種特色展演。尤其是經過民族舞蹈改良，又具有獵奇效果的原住民舞蹈。在這個背景下，花蓮「阿美文化村」於一九六二年創立，近幾年受到陸客銳減的效應影響，長達六十年的招牌於二〇一九年結束營業。當年創辦人林春瑛，曾任花蓮縣議員，從自家部落開始號招親戚認股，成立阿美文化村，以接待遊客、銷售農特產品、手工藝品，以及表演樂舞附帶解說為主要營業項目，隨著觀光業景氣起伏，六十年來場地數度搬遷（荳蘭社自家廣場、忠烈祠、田浦車站旁、吉安車站旁），但前後始終由同一家族經營。根據相關研究訪談，早在一九六二年之前，追溯至日治時期，花蓮平地阿美族三個部落（荳蘭、里漏、薄薄社），每個村都有舞蹈團，多用自家曬穀場演出。日治時期若有官員來訪，亦曾出現遊行歡迎的情形。里漏社更有赴日表演的照片檔案。

阿美文化村創辦初期的經營方式採股東模式。一九七〇～一九九〇全盛時期，一天有五、六場演出，加上額外東南亞、日本駐地、前線勞軍等邀約，演出場次更多。一九九〇年底因為原址火災而搬遷到南濱沿海現址。經營早期以單純表演為主，後期逐漸發展出紀念商品展售。研究指出，限地訪查時雖顯凌亂，因為非演出時間，園區大門深鎖，看起來房舍老舊，但整體尚未對外宣稱結束營業。[49]

阿美文化村的工作人員接受研究訪問指出，一九七〇年縣政府曾舉辦「阿美公主」比賽，結合阿美文化村的營運，用以招攬觀光客，效果顯著。此外，近來樂舞研究關注於指出，阿美文化村展示的所謂南勢阿美族的傳統服飾，將傳統以來慣用的黑色，直接改以紅色，以便顯眼喜慶。以及演出時使用的敲擊樂器，也把慣用的竹棍與榕樹枝，改成了木杵，以求提高音量。早先慣用的綁頭長頭巾，也改成了帽子式頭套，以便於穿脫。相關受訪者認為這都是「商業化」、「觀光化」追求現代便利的結果，但同樣也有受訪者表示，傳統形式其實更好看。

我們發現這些實際參與文化展演的主體，在主觀審美的部分有見機行事的特色，往往產生分歧；但在經濟效益的問題又上相當理性。然而，在法蘭克福學派觀點的批判下，花蓮阿美文化村的觀光活動僅止於「在文化觀光的凝視下，形成原住民族在商業模式的自我他者化認同的現象，對觀光客而言，形成以局部代全體的他異性」[50]換言之，觀光展演只是成為了別人眼中以為的那種阿美族人。由於認同無法內化，而形成主體意識，文化傳承的相關工作便無法維繫。可見得阿美文化村的問題，在晚近文化人類學的研究

---

49 呂傑華、陳孟君：〈花蓮「阿美文化村」觀光符碼對原住民圖像建構之研究〉，《臺灣原住民族研究》第4卷第2期（2011年），頁39-76。

50 葉秀燕：〈從原「汁」原「味」到原「知」原「衛」：反思原住民風味餐／廳的文化社會意涵〉，《臺灣人文生態研究》第11卷第1期（2009年），頁29-60。

中，多半給予負面評價。[51]

臺灣原住民族歌舞表演的脈絡，一九四九年以後，除了上述觀光發展之外，受到威權體制推動的民生育樂活動，其族群內部儀式性的活動，變形成為政治正確的聯歡健身舞。同時期，受到「中華民族舞蹈比賽」連續舉辦五十年不墜的誘因影響，原住民族聯歡舞也逐漸靠攏，增生出了另一種專門用來參賽的表演型態。不論從藝人視角，或觀眾視角，這兩種型態在接受論的層面，也都應當屬於大眾劇場的範疇。

在本文所論及大眾劇場的分支中，從歌仔戲來看，麥寮拱樂社作為商業化經營最成功的案例，在資本理性下，以定本劇本、錄音班、綁戲簽約培育新人。鼎盛時期同時有七團在各地巡演，展現了市場覆蓋式的影響力，創造了歌仔戲高峰。拱樂社在一九七七年轉讓，所培育的童生各自發展，成為臺灣歌仔戲發展的重要資源。而楊麗花的案例則相反，她出生在宜蘭員山傳統家族戲班，自小跟著母親登臺演出，以外臺演出居多。十三歲（1957）時成為「宜春園」團員且迅速走紅。十八歲（1962）時加入「賽金寶歌劇團」，搭上了臺語電影的浪潮，連續拍攝多部臺語電影，進而轉入電視歌仔戲，自始便將歌仔戲與「忠孝節義」劃上等號。兩者皆在臺灣大眾劇場史上扮演重要位置，前者以綁戲童伶的方式招募培育，在資本理性中生產娛樂商品。後者來自家族養成，搭上電影與電視浪潮，靠大眾傳播媒體成名，不定期舉辦售票公演，民間藝人無意間就肩負起了威權時代意識形態宣傳的任務，成為美學政治化的代表人物。

同時期，豬哥亮生於高雄左營，十四歲（1960）在高雄加入話劇團「新劇團」，邊演邊學，直到三十一歲時（1977）才獲得歌廳登臺的機會。舊戲院拆除改建，他正好搭上了新歌廳開幕的年代，以藝名豬哥亮出道。豬哥亮所經歷的話劇團，即是在美軍基地周邊場地表演的劇團，是受到美軍經濟影響的民間演藝活動。這種類型的演出場所，與上文提到派娜娜的駐唱場地同

51 呂傑華、陳孟君：〈花蓮「阿美文化村」觀光符碼對原住民圖像建構之研究〉，《臺灣原住民族研究》第4卷第2期，頁50。

屬一類。這類型的表演主體雖然一樣是商業社會的產品，但由於毋須背負政治文化意識形態，更能掌握觀眾需求與現場氣氛。

《藍彩霞的春天》中，藍彩霞因為喪失了尊嚴而生出勇氣，繼而徹底無畏於人生。小說所指的春天是監獄的春天，監獄竟比現實更有希望，對應著這位主角所經歷的苦難過往，以及她的當下滿足。《藍彩霞的春天》向我們提供了「大眾劇場的理解」，本文從中發現作者所理解的歌舞秀，不僅在職業價值觀上具有藝人的自覺，小說更探討了藝人自主的心理動機，呈現出藝人主體在主觀感受上的情形與過程，已然是貼近於接受性理論的詮釋。

從小說中大眾劇場的理解進行理解。這個小說扭轉了知識威權上對下的大眾文化書寫，所謂大眾劇場的大眾意涵，不再是一種可計量的、可預測的、發生於室內或室外的文化活動而已。它的重要性是讓我們可以從一個共同體的，日常遭遇的同儕視角，貼近一個表演主體。藍彩霞不僅符合鄉土文學的界定，更在於她在大眾劇場範疇中職業化的過程，成為一個逐步自主且自覺的現代化的案例。

文化展演或娛樂消費的此消彼長界線，伴隨社會經濟政治而變遷，以現在對文化主體性的要求，進行過去追求經濟自主之批判，也確實難為了阿美文化村。六十年的運營，一個民間的演藝團隊，歷史甚至遠比雲門舞集更悠久，仰賴於它的盈餘自足自立，養育長大的阿美族世代事實上也不在少數。根據詮釋人類學家維克多・特內（Victor Turner）在一九七〇年代提出的理論，文化展演（performances）具有過渡性、中介性（liminality），它是一系列程序的其中一個節點，展演與其背後的體系之間，同時具有有反射、交互的關係。藉著這個認識，筆者從臺灣大眾劇場的範疇展開論述，嘗試將山地舞、美軍俱樂部西洋歌曲、歌舞秀等納入大眾劇場史的表演型態之中。繼而從《藍彩霞的春天》來理解歌舞秀在一九八〇年代的變形，並關注在小說中對從業人員心態與認同的相關描述。筆者注意到作家處理受到階級與經濟因素壓迫的弱勢主體，並未採取對任何一方的道德前提批判，小說中的大眾劇場史，不僅有觀眾的癡傻、藝人的投身奉獻相互陪伴、性的現實與無奈，雖然有班主的貪婪、中介者的無賴卑鄙、工作人員的現實，但仍有深具同理心的同行前輩。這一個一九八〇年初期的非法戲班，內容與遭遇雖不美好，但作為一個虛構的表演班社，放在文學史脈絡來看，其接近於鴛鴦蝴蝶派小說伶人戲班一脈。就劇場史而言，它確實補足了一塊鮮有人在意的，解嚴之前的地下劇場型態。我們以大眾劇場來稱呼它，或以地下劇場為名恐怕也無仿。大眾與地下竟然就在解嚴前奏變的社會政治浪潮中，成為相互合作的共同體。這部小說解釋了「脫衣舞身體」是臺灣去軍事化前，民間集體無意識的化身。而這個抵抗威權「民族的身體」的反叛形式，承襲了從內臺到外臺，在電視來臨前便已奄奄一息的大眾劇場。他們重新以歌舞廳、應召站、檳榔站、新型態陣頭等形式現身，誇張鮮豔奇異，朝向九〇年代而去。

參考文獻

一　專書

李　喬：《藍彩霞的春天》，臺北市：五千年出版社，1986年。

邱坤良：《南方澳大戲院興亡史》，臺北市：印刻文學生活雜誌出版公司，2007年。

邱坤良：《飄浪舞臺：臺灣大眾劇場年代》，臺北市：遠流出版事業公司，2008年。

侯季然：《派娜娜紀錄片》，臺北市：野火樂集公司，2018年，DVD版。

陳中勳：《失落在膚色底下的歷史：追尋美軍混血兒的生命脈絡》，臺北市：行人文化實驗室，2018年。

二　期刊論文

王德威：〈尋找女主角的男作家　茅盾、朱西寧、黃春明、李喬〉，《中外文學》第14卷第10期，1986年，頁23-40。

石志如：〈1950年代《民族舞蹈》月刊意識形態論述結構之研究〉，《藝術學報》第105期，2019年，頁47-80。

石婉舜：〈「黑暗時期」顯影：「皇民化運動」下的臺灣戲劇（1936.9-1940.11）〉，《民俗曲藝》第159期，2008年，頁7-81。

石婉舜：〈高松豐次郎與臺灣現代劇場的揭幕〉，《戲劇研究》第10期，2012年，頁35-67。

石婉舜：〈被動員的「鄉土藝術」：黃得時與大平洋戰爭期的布袋戲改造〉，《臺灣文學研究集刊》第8期，2010年，頁59-84。

石婉舜：〈殖民地版新派劇的創成——「臺灣正劇」的美學與政治〉，《戲劇學刊》第12期，2010年，頁35-71。

呂傑華、陳孟君：〈花蓮「阿美文化村」觀光符碼對原住民圖像建構之研究〉，《臺灣原住民族研究》第4卷第2期，2011年，頁39-76。

李蕙如：〈李喬《藍彩霞的春天》中的反抗哲學〉，《臺北大學中文學報》第18期，2015年，頁1-13。

徐瑋瑩：〈「體」現中國？：1950-1960年代威權統治下的臺灣民族舞蹈與創作能動性〉，《文化研究》第26期，2018年，頁9-58。

徐瑋瑩：〈跳舞也能復國建國？：1950年代臺灣在總動員體制下的舞蹈論述，以民族舞蹈、交際舞為對照〉，《臺灣舞蹈研究》第14期，2019年，頁97-139。

李嘉媜、蘇碩斌：〈消失為重生：試論戰後「拱樂社」歌仔戲及其劇本創作〉，《戲劇學刊》第11期，2010年，頁227-250。

楊傑銘：〈從「報導文學」到「非虛構寫作」的文化演繹史〉，《臺灣文學研究學報》第34期，2022年，頁119-162。

葉秀燕：〈從原「汁」原「味」到原「知」原「衛」：反思原住民風味餐／廳的文化社會意涵〉，《臺灣人文生態研究》第11卷第1期，2009年，頁29-60。

劉亮延：〈抄襲即原創：《關於大野一雄》與舞譜〉，《藝術評論》第43期，2022年，頁33-86。

蔡偉鼎：〈論詮釋學之存有學轉向的語言哲學基礎〉，《東吳哲學學報》第20期，2009年，頁51-89。

盧玉珍：〈現代性與臺灣當代舞蹈映像：由迷戀「中國」到迷戀「福爾摩沙」〉，《文化研究》第18期，2014年，頁7-52。

賴松輝：〈主體、無、荒謬──從李喬的「反抗哲學」論《藍彩霞的春天》〉，《國立屏東大學學報（人文社會類）》，2022年，頁113-140。

三　報刊

〈山地之花名歌后「派娜娜」姑娘今來中表演，賞月遊客可飽眼福〉，《臺灣民聲日報》，第10/5版，1960年，頁2。

〈山地舞蹈隊在鳳山勞軍〉，《臺灣民聲日報》，第9/5版，1949年，頁4。
〈日月潭山地舞，妨害觀光發展，約法六章著令改善〉，《臺灣民聲日報》，第5/27版，1971年，頁3。
〈四位臺視明星今演山地舞蹈〉，《臺灣民聲日報》，1972年，頁5。
〈吳靜嫻托懿芳今演唱山地舞〉，第3/28版，《臺灣民聲日報》，1971年，頁5。
〈派娜娜在中獻唱〉，《臺灣民聲日報》，第8/15版，1960年，頁2。
〈歌星山地之花派娜娜，有人點她的歌唱，在麥克風前，沒有幾個觀眾，她卻也興高采烈的編舞。〉，《攝影新聞》，第12/25版，1956年，頁1。
白麗生：〈殘共結子蜂飛去，如今倚門迎風塵，山地之花高菊花淚史〉，《臺灣民聲日報》，第8/27版，1954年，頁3。
社　論：〈京都茶廳的山地歌后派娜娜鬻歌一載靜候情郎渡海來〉，《大華新聞》，第9/1版，1956年，頁4。
龍　種：〈舞〉，《臺灣民聲日報》，第4/22版，1966年，頁5。
聯美大酒店廣告，《臺灣民聲日報》，第12/28版，1968年，頁4。

李喬作品的經典性及文學史定位座談會

陳萬益

李喬先生、陳貴賢理事長，以及線上所有的朋友們。李喬先生的學術會議過去已經舉辦過好幾個場次，不過這一次大概是最特別的。在疫情嚴峻之下，陳惠齡教授主辦了非常特別的線上會議，我相信參加兩天的學術會議以後，大家都可以深深感受到李喬文學研究逐年的提升，他的讀者以及研究者也都能夠與時俱進，這兩天我們收穫非常多。最後，由我來主持座談，有五位老中青世代的學者、作家、朋友們，一起來談李喬作品的經典性以及文學史定位，本場次共計八十分鐘，我想我就不一一介紹他們的學經歷，按照順序請五位嘉賓來根據此主題發揮。首先，請詩人曾貴海醫師發表意見。

曾貴海

近百年的臺灣新文學史，文學經典幾乎沒有被提出來討論，但是經典似乎已經存在。這些作品與作者，他們必須接受時間的考驗、作品之間的競爭，避免被排除或是替代，這是必將面對的現實。

李喬的作品在臺灣文史上具有殊異性，體裁包羅萬象，且充分展現當代的現實性，也創造了作品表現的藝術特質。其實李喬有些作品很難被充分解讀。越偏重對於作品的詮釋，可能越無法全面精準地窺見深藏的隱喻跟意象，而造成誤讀，但是誤讀也是一種詮釋。在重讀跟誤讀之間，而產生了困擾並誕生新意。

我想談李喬在臺灣文學史上的一些個人觀點：第一：他從小就備受歧視，有著大病與小病，所以他對生滅及命運有很深的感受，晚年經常宣稱某一部新作是最後的遺言，可見他用多麼嚴肅的態度面對文學。因為極端窮困孤立的童年，使他理解地球上這些不幸的人類，因此許多作品都聚焦在苦難與救贖的主題上。在文學創作這條路上，可以說是非常幸運的作家，他遇到了許多良師益友，包括文學、哲學、歷史、佛學，支撐他在創作的準備工作上比其他人更紮實。他是一個好學的人，具備了豐富的常識與知識，這些知識許多來自日文書籍、佛學及西方文論，成為寫作重要的養分。早年勤讀佛學，譬如他所謂的內觀，及「直觀映象術」。我認為「直觀映象術」是一種修正的禪修與禪定。另外，他深感生命的無常及不確定性，使他常常認為天體必然趨向於毀滅與再生。另外，他對中國文化深層結構與當代臺灣文化心靈廣泛的審視與批判，希望找出臺灣人思想上集體的出路。李喬認同沙特的文學介入觀，必須積極參與存在的歷程，接受存在先於本質的存在哲學，進而轉化為反抗先於存在的反抗哲學觀，這是他一心堅持的文學信念。

我們談到他的作品必然會觸及他的時間觀跟空間觀，因為與一些作家的看法不盡相同。他的時間觀不是線性的時間觀，而像漩渦。現在過去跟未來是一個漩渦，所以現在也包容過去、過去也包容現在、現在也是未來、未來會回到現在。他對科學很執迷，如量子力學與黑洞理論。他也是一個徹底的悲觀主義者，一生堅持對生命的莊嚴，也對萬事萬物困惑，正由於困惑驅動了創作的動力。對於臺灣來講，他主張屬地主義的認同跟文化立國，超越族群的對立感，對於臺灣的人充滿了愛與悲。

大家避免去談及正典，這是一個比較性、創發性的問題。所以正典應該是一個競爭力跟實力的產物，是經過長時間不同詮釋觀點競爭存活下來的作品。正典的綜合力量，我認為有幾點：第一：是對象徵語言的把握跟能力及修辭學上的能力；第二個是原創性，李喬的作品有非常多的原創性，往往無法猜測文本開頭後的情節發展，會被他的作品所迷惑和吸引。另外，他對於生命的觀察跟神秘感，以及對萬事萬物的審查力非常強。加上豐富的文采以及真實面對有限生命的淡然，他對於宗教信仰的探索，使他能夠更深層的理解生命。

所謂正典即是，人性所有的騷動、負擔、希望以及死亡的恐懼，會成為追求文學、藝術的動力，使作品更加宏偉動人，並參與群體及社會基因的改造以及永生的慾望，因此，正典是讓人們共同感受文學的真正力量。

我覺得他在文學史上的地位是沒有辦法跟其他人互相比較，他跟其他人的作品在本質上、創作上和形式上，有明顯的差異。只有李喬能夠寫李喬的作品，是文學相當重要的特質。

非常高興能夠很坦白地給予李喬老師個人的評價。雖然有時候我們會在電話中，一談就是一個鐘頭、半個鐘頭，談有關於文學理論及臺灣文學的種種面向。但是談到他的作品，我很少用今天這些觀點在他面前表達對他的作品的尊重跟佩服，他是我的老師，也是我在文學創作的馬拉松，跑在我前面的朋友。

陳萬益

謝謝曾醫師，曾醫師是詩人，跟李喬先生也是老朋友。雖然一個主要是小說創作，但李先生也發表過《臺灣，我的母親》這樣的詩集。曾醫師是一位詩人，但是在文學、文化的關懷面向上，跟李喬先生是一致的。幾十年來長期關懷臺灣的社會、參與臺灣的社會運動，所以他對李先生有相當的認識跟評價，緊接著我們換江寶釵教授，江寶釵教授曾經舉辦過李喬先生的學術會議。那麼請在十五分鐘以內來進行報告，謝謝。

江寶釵

主席、李喬先生、還有各位與談人、在座的朋友。謝謝主辦單位，特別是陳惠齡教授的邀請，讓我可以參與一場知識的盛宴。我想從昨天跟今天的研討會，我們可以看到李喬作品的經典性，一個是持續有強而力的新作的問世，另外一個就是跨域多元的展現。我在這裡說明一個比較經驗化的閱讀，將李喬形容為有思想的存在、慾望的心理，以及地景的寫實。所以我們看李喬，有很多的現代主義或者是存在主義，可是我們也會看到他非常現實面的一部分。這一部分我曾經跟兩位外國教授做過一個計畫，是拍攝李喬小說中的地景。然後發現，那些地景非常寫實。這些特色就讓李喬非常地難以綜合分析。但也許我們可以用一句話來說，李喬一再用文學造反，他反傳統、反當代、反典型。也就是說，對於李喬而言，反對典型是非常重要。所以他就創造了他作品的極端的個人性，卻有一種新的典型性，於此便形成了曾醫師所說的正典性。

接下來我用場域的概念簡單談論，李喬的作品跟文學史對話。我把它分為三個部分，第一個是解嚴前，第二個是解嚴後，第三個是客家文化內涵的建構。我認為客家文學是臺灣文學非常重要的成分，因為有人會解釋為，客家人一方面強烈的保護自己的語言生活習慣、日常習俗、宗教信仰等等，但另外一方面，他們又很有計畫地適應臺灣性，讓臺灣文學包含了客家文學，也讓客家文學反過來成為臺灣文學的主題。我認為客家人是一個世界性、歷史性的，也就是說在時間上跟空間上是流動的。生活在臺灣的客家人其實是沒辦法創造出屬於全體客家民族的文學，他只能根據生活在臺灣所造就的文化創造，去形成、建構臺灣客家文學。所以這樣的省思、思維，不僅強調了臺灣客家文學的「臺灣屬性」以及「特性」，也一定的影響八〇、九〇年代客家運動，以及臺灣文學運動。這便是他為什麼會成為臺灣文學的很多運動中，非常有代表性的作家。所以我認為，因為客家的特質，加上他比較有危機感、時間迫切感，以及空間的狹仄感，即他們是最後一批到臺灣來，世居山地的。所以能構成臺灣文學中超越其他族群的重要性。

李喬在解嚴前，不僅小說很有成就，他是非常的全方位。他如何書寫族群內涵，這是我認為在解嚴前「臺灣性」的建構。之後，客家運動就風起雲湧了，李喬讓我覺得非常特殊的是，他先去談論認同的層次，認同的層次中，就會包括族群與國家的概念。我們也要瞭解任何的民族運動，其實都跟語言的建構是直接相關的。在語言的部分，客家語有很多的流失。李喬他自己看到的這部分。第二個，他提出了需要客家語言復振的需要，提到客家人便是要講會講客語、要能夠用客語書寫。李喬也去參與教育、文化以及主持的工作，如同他在公視用客語來介紹臺灣文學的作家和作品。而客家文學在書寫上有音字上的挑戰，加上四縣海陸腔調的不同，造成客家文學在書寫上面的困境。我很佩服李喬先生在復振客家語言方面，他找尋消失的、同時整理現有的，並且思考如何用客語稱呼現今社會的新事物。這便是復振語言的重要方向。再者，「硬頸」以前是一個負面的語彙，李喬用了他的小說，進行文化論述，去反轉「硬頸」成為一種正面堅定的形象。

陳萬益

謝謝江教授的報告，期待你寫成專著。接著請臺灣文學館前館長鄭邦鎮報告。

鄭邦鎮

今天的研討會，我很振奮的理由是，好比剛才《藍彩霞的春天》的心情，讓生命找到出口，讓生命找到尊嚴。

在疫情之下，清華大學臺文所還用線上的方式來進行，說明我們沒有被疫情打敗；李喬的作品、生命力、反抗哲學也在這裡完全表露無遺，這真是一個光榮的時刻。

對於李喬或者其他文學家的作品，我是不夠資格講話的，因為我基本上不是從事這樣的研究。只不過在生命的歷程當中，因緣際會有過一些接觸。我常常覺得自己是一個臺灣文學的計程車司機，或者是服務業，反正我做得很起勁。在這樣因緣當中，我漸漸瞭解，大家談論李喬有很多作品多好，我個人認為是不足為奇。一個作家本來就應該有很多好作品的。我認為李喬的作品，表現最重要的除了他自己強調「反抗」之外，我還覺得李喬立身處世的「講人話」、「做實事」，是了不起的事情。

現在還有很多人沒有在講人話，剛才劉慧真的詩裡面說，作家書房裡面有臺灣的歷史，但是臺灣的歷史還要從「臺灣書寫」的角度來表達。

最近有鼎鼎大名國民黨的蔡正元先生，寫了幾大冊的《臺灣島史記》。美國在臺協會 AIT 為了要強調臺灣史的研究，也特別請他去演講了四個小時。我因緣際會在網路上看到。當他講到臺灣一九一五年發生的噍吧哖事件（也就是李喬一九七七年最先寫的《結義西來庵》背景），他認為余清芳那些人是受孫中山武昌起義、辛亥革命的感召，心向「祖國」，要反抗日本殖民統治而起義的。我心想，這就牽涉到一個問題：「到底是不是『臺灣書寫』？」

我擔任國藝會董事期間，為了落實全方位的轉型正義，二〇一八年我在董事會上提案，爭取建立了一個新增的獎補助軌道。原本要命名為「臺灣文學轉型正義獎助」。但是因為「轉型正義」這四個字未達共識，最後我退讓折衷，叫做「臺灣書寫」，就是爭取這樣的核心價值，換得另設新的獎補助項目，當時大力支持的有蕭新煌董事等人。（五年後〔2023〕，臺灣書寫獎補助的的第一部作品《炭空》終於出版問世。）我舉這個例子，就在挑明「臺灣書寫」，還是「不臺灣書寫」。作為一個臺灣人，在臺灣做「臺灣書寫」，應是天經地義；可是從歷史脈絡來說，這卻需要生命中有清醒堅定的抵抗意識在裡面。就此而言，李喬就是其中非常傑出的一位。

我再舉李喬行事風格中「講人話」的四個故事：

第一個，一九九四年許世楷在黑名單解除後回臺，參加臺中立委選舉時，我擔任造勢演講場主持人，外獨會的廖中山教授上臺為許世楷講話。他只會講外省腔濃重的「國語」，聽眾不滿意，就大叫「聽無啦！聽無啦！講臺語啦、講臺語啦！」我替廖中山解圍，說：好，我們大家考他一下，看廖教授聽得懂、聽不懂臺語。我現在喊臺語「許、世、楷（Khóo Sè-khái）～」，看他會不會喊臺語「凍～蒜～（tòng-suán）～」。我就喊了三次考他，他果然回了三次臺語「凍～蒜～！」全場哈哈大笑。廖中山教授的臺語，就這樣算過關。同一場次，換李喬上臺講話，用華語，底下的聽眾又來了，一直喊著「講母語啦！講母語啦！」。因為聽眾不曉得李喬是客家人，李喬便請客家的范文芳教授上臺加入。李喬講一句母語客家話，要范文芳翻成一句國語，再由鄭邦鎮翻成一句臺語。每一句話都要經過三次翻譯，聽眾都受不了。李喬就說，我們今天是要把許世楷送進立法院，還是我們要在這邊計較用哪一個語言？於是聽眾靜下來。李喬不是在講母語、臺語、華語、客家話；他是在「講人話」。這是我當場領會，也最佩服的。

第二個故事，我跟李喬都是建國黨的，但是二〇〇〇千禧年，總統大選時，我代表建國黨參選，當時正反意見分歧。李喬出面打電話給我，他說：「鄭主席，鄭教授，你不要出來選『中華民國總統』啦，就我來跟你搭檔，你選總統，我選副總統，我們另闢一軌，競選『臺灣總統』，不要選『中華民國總統』。」李喬的意思是，把我這個擋路的車挪開，以便讓阿扁的車快速通過。但是，他用一個非常有人性，有歷史性和文化背景的角度發言。我雖然為了趁大選年可以做最大的政治動員，來宣揚臺灣獨立建國的必要、重要和方法，而沒有接受李喬的提議，但到現在都記得這件事情。因為在選中華民國總統的時候，正是推動臺灣建國理念的時機，好比在端午節就要賣粽子，而不要等端午節過了，才來賣。但是反過來說，我認定李喬的說詞，是契合他抱持的臺灣建國策略和「做實事」的風格，跟其他主進、勸退的口氣有別。

第三件事，二〇一七年，前衛出版社想為一九五九年發生在臺北市總統府旁的「武漢大旅社」白色恐怖、家破人亡、孤雛流離、無人敢問的驚悚大冤案，出版《武漢大旅社》的增訂再版，而邀我作序。我那時才知道有這冤案；也才知道原來早在冤案發生後過了三十六年的一九九五年，前衛已為受害者的家屬楊薰春、黃秀華出版了舊版的《武漢大旅社》了；更奇的是，那書開頭就是李喬擲地有聲、仗義執言的序文〈埋冤之島，新興國家〉了！這事經過二十二年，我才開眼，而這時距離一九五九年，已經過了五十八年了。

為避免以為是一本觀光指南，前衛主人林文欽兄接受我的建議，把新版書名改作《一九五九武漢大旅社》，我也寫了〈不認命，就抵抗！〉的增訂新版序文。如今這又成了二〇一七年的往事了。

根據揭開該慘案的作者黃秀華（1952-）——慘痛苦主黃學文、楊薰春夫婦之女——的回想：「李喬大師和我只見過一次面，後來也沒機會再相見。當時（1992）我在美國創立『臺灣外省子弟臺灣獨立支援會』FGTTI（First Generation Tawainese for Taiwan Independense）簡稱「外獨會」，並回臺灣招兵買馬，獲得熱烈迴響，促成『外省人臺灣獨立建國促進會』的成立（繼續沿用『外獨會』簡稱）。由於從美國回臺灣的陳文成和王康陸，連續離奇慘死；而『外獨會』的登記，又遭內政部以『主張分裂國土』之虞而駁回；且我也身處遭警方通緝拘捕之中。李喬大師跟我在一個演講場見了面，一句寒暄問好聊政治等等『廢話』都沒有，就直接叮嚀我，走在路上要眼觀四面，耳聽八方。他怕我『被車禍』。就像一個父親不放心第一次出門的兒女一樣，叮嚀再叮嚀。想起他在文學上的地位，卻對從未見過面的晚輩，如此憂心忡忡，真是令人感動。

在臺灣我認識的人不多，所以後來一九九五年我的《武漢大旅社》要出版時，就從美國打電話請求他賜序，他一口就答應了。這段溫馨正義的往事，李喬大師也許忘了，但我卻銘記於心。」

這確實是李喬一貫的作風「講人話」、「沒廢話」、「做實事」的力證。

至於「武漢大旅社」慘案發生六十四年後的二〇二三年九月，在黃秀華的母親，忍刑矢志，力抗不屈的楊薰春女士，如今九十四嵩齡之年，該案終獲平反，由蔡英文總統頒發平反證書，並進入國家賠償作業階段。這是後話。

第四個故事。在這之前，一九九五年底，我從靜宜大學中文系主任卸任，李喬就找我說：「老鄭老鄭，我交棒，該你了，」他當時依例主編了兩年的《臺灣文藝》。他看到我卸任，認為我有時間了，就向巫永福先生推薦，讓我也依例接任兩年總編輯。

我聽說吳濁流不但創刊，當時還自己一人連續主編了十二年，所以記得我在某一個場合說：「既然接手，我也立志編十二年吧。」當時陳萬益兄在場，說：「你說的喔，你說的喔！」我一接手，便知道自己說了大話，後悔來不及了。因為當時只有二百多個老訂戶，而且還分散在全世界。你若只是印那些訂戶的本數，每本的成本就會是天價；若印刷足夠平價的數量，便會每期剩下來很多庫存。李勤岸兄在美國聽了，跟我講：「《臺灣文藝》？已經過氣了，你為什麼要接呢？」雖然我不是這個領域的人，但我原是一個老編；我從高中時代就在做編輯，而這本代表臺灣精神的《臺灣文藝》，從一九六四創刊以來，前前後後有那麼多人獻身接棒，如今因緣來到我的肩上，我怎可閃避？何況是從李喬移交來的。李勤岸又說裡面都沒有臺語的作品，已無存在價值了。我便開闢篇幅，請他提供臺語稿件，不過後來並無下文。之後，我因參選臺中市長，搬離校內宿舍，在靜宜大學旁邊租了一棟三層樓的房子，就掛了「臺灣文藝」招牌，說要「給臺灣文藝一個家」，要「讓臺灣文藝起飛」。我曾跑去接洽中華航空公司，說讓華航的每一班機有一本《臺灣文藝》，免費的。他們並不接受，因為航機上不要會增加重量的東西。

我咬牙扛著，因後繼無人，我苦撐了三年，直到一九九九年要參選總統。那時，我仍覺得絕不能但求脫卸，必須嚴肅認真，慎選人手。想不到這時李喬又出現了。他說他在臺北找到金主，願意奧援，因此他再把《臺灣文藝》接回去，後來他又再編兩年。

總結來說，李喬總是「講人話、講真話、無廢話、做實事」。這也是他在文學志業之外，立身處世之中，最為特別的「俠義」典範啊！

陳萬益

接下來，我們請臺大臺文所的黃美娥教授發言。

黃美娥

謝謝主持人，李喬老師、與談人大家好。首先，我非常謝謝陳惠齡老師的邀請，在昨天的講評之後，今天還有機會參與座談會。她希望我可以在今天座談會的時候，把《李喬全集》編纂的情況，藉由座談會跟大家報告。關於今天的座談，剛剛前面幾位其實都談了李喬老師作品的經典性跟臺灣文學史的地位，包括曾貴海醫師所談的「正典」以及李喬老師作品中的「正典性」，還有江寶釵老師談論客家文學、客家的文化，還有客家語言復振中李喬老師的努力。鄭邦鎮老師也談到了「講人話」、「做人事」，以及臺灣書寫和臺灣精神。大家所談都是很好的觀察，接下來我便來介紹《李喬全集》的編纂情形。

在這兩天，其實聽到了很多人從理論切入李喬老師的作品，把很多精彩的面向相加相乘。其實我們也可以回到文獻資料、文本本身的基礎性閱讀。我認為作家經典性形成的基礎，也來自於作家全集的出版跟作品的完整性的。這次全集的內容編排，感謝李喬老師的信任、還有李喬文學協會會長等。這在我的學術史當中是很光榮的一刻。這一次邀請了很多的對於精通李喬研究的老師，包括楊翠、蔣淑貞、陳惠齡、黃惠禎、唐毓麗、明田川聰士、李舒亭、劉慧真、李舒琴等。所有人傾盡全力，其他尚有楊富閔、李秉樞、張怡寧等年輕助編與兼任助理的協助。

《李喬全集》共分為小說卷、散文卷、雜文卷、戲劇卷、評論卷跟文獻資料卷。這次除了收集李喬老師過去所知、可以找到的資料之外，另外還新找到了九十多萬字作品，特別是注意到李喬老師有很多的筆名，在李喬、壹闡提之外，又找到了十一個筆名。而如同剛剛寶釵老師所說，李喬老師其實是一個全才的作家。我們這次發現李喬老師早期所寫的漢詩詞，還有文言文的散文，以及一些劇本、小說。換句話說，李喬老師的寫作文類，包括漢詩詞、散文、新詩、小說、戲劇，還有文化、文學評論等等。而我們在看這些作品時，可以充分感受到李喬老師對於文類，甚至文體創作具有強烈企圖心。比如說他如何寫了戰後臺灣第一篇純粹的妓女小說，還有以歷史題材為主的類小說、後設小說。他本身也不斷地提到，他寫作上的變體；其他，這兩天大家還討論了《草木恩情》以及《游行飛三友記》這些散文當中的自然書寫，在在可以發現他與時俱進的地方。另外，我們還可以注意到文學、文化評論方面，過去文學界會注意到陳映真的第三世界論，我們應該回過頭來，好好地去瞭解同樣從鄉土文學出發的李喬，他不斷長期深化醞釀出的、非常具有系統表述的臺灣本土論。

雜文的部分也有很多精彩的地方，三木直大老師昨天專題演講裡，提到了喬老師九〇年代發表在日本《發言者》雜誌的系列文章。這些文章談到臺灣的處境問題，如何勾連到臺灣論、日本論跟東亞論，以及針對當時社會事件、政治動向、文化面貌的看法。簡單來說，李喬老師這些作品，是提供日本瞭解臺灣一個很重要的窗口。

再來，在《李喬全集》之中，我們可以看到他從一九五三到二〇二〇年，從摸索的起步、拓展到晚期風格的整體發展軌跡。尤其，當我拿到李喬老師二十一歲的漢詩文《連山集》的時候，單單看他的序言，已經涉及到人、宇宙、生命跟死亡，牽連到存在主義。最後，再看到二〇一八年他晚年所寫〈詭異成長史，蒙恩沉思記〉的時候，他說：「我被尼采嚇到、而叔本華的盲目意志論影響我半生」。我們看到這篇文章，就會立即明白什麼是李喬一生創作「變與不變」的旨趣，以及什麼是他從年輕到老始終感到興趣，很在意的寫作議題。此外，這兩天，許素蘭老師和楊翠老師，深刻討論了李喬反抗哲學演進的歷程，這也是貫串李喬作品精神的亮點。

而李喬老師可貴的地方，也包括了他對於語言形式的自我超越。蔣淑貞老師昨天很精彩談到他老年的作品，可以把它視為樂讀文本。我自己講評的時候，特別注意到他因為葉石濤、鍾肇政晚年寫了情色小說，而寫了《情世界：回到未來》。但我覺得葉老跟鍾老之作，比較像是延續生命力、力比多的一種展現，可是李喬老師，他老年的作品我很訝異。他非常在意虛實觀點，特意運用不同的符號表達，並且援引大量知識去辯證問題。這顯示出高度而濃烈的「愛智」傾向，大家都知道哲學就是「愛智之學」。他的那個「愛」「智」之學，「愛」跟「智」其實到老年的作品都還非常的清楚，未因年老而力衰，這點我非常佩服。

另一部分，要談他的文學史地位或定位時，也可以注意李喬創作與同時代的共時性發展，包括他的大河小說、早期的現代主義作品。甚至於，他還曾提到過，他看到楊青矗的作品出來之後，就決定把自己的作品扭一扭、轉一轉，所以當中也包含了某一些的競技。因此，我們如果想談出專屬李喬的特色或突破處，就得一起看鍾老、葉老之作，或是與鄭清文、黃春明等同時代作家，作家們在往前進的時候，有一些共向地方，但也會有一些殊向的地方。比較之後，我想李喬作品很重要的價值會是，他的宇宙觀、天地觀、人論，以及反抗哲學、臺灣文化論跟萬物存有的生界觀的問題。

我們當然也可以回顧目前文學史已有的評價書寫。例如葉石濤先生，他認為李喬老師是擅長趨使西方現代小說技巧的高手。他在評論六〇年代臺灣文學史時，就已高度評價李喬先生作品，稱讚他意識流、內心獨白、時空倒錯的寫作魅力，尤其是心理學的部分。而且，葉石濤還指出李喬跟一般的現代主義派的不同，因為他的世界觀有佛教的觀點，觸擊輪迴的問題。再來陳芳明老師，是放到七〇年代的鄉土文學去談論，一路談到他最後的政治小說表現。彭瑞金老師則是談李喬的《寒夜三部曲》和蕃仔林的故事等等。所以我們看到文學史著述當中，可以談短篇小說、大河小說、現代主義、鄉土文學。不過很有趣的是，這三位老師的評價角度是不太一樣的，這邊我並沒有要討論其中的問題。反而是全集出版之後，我覺得未來在文學史當中，李喬老師的雜文卷的地位，應該是要被肯定的。我對於李喬老師《雜文卷》或之前大家較熟悉的評論性作品，尤其是文化批評、臺獨文化論、還有臺灣性等，針對這些，我想到戰前李春生、戰後洪耀勳的哲學文獻，其實臺灣一直缺乏一個有系統的思想家，我想李喬老師這個部分非常出色。未來他的全集對臺灣文學意味著什麼呢？戰後第二代的作家李喬先生有一種自覺性，他一直覺得他自己願意當墊腳石，讓後來者踩過去。我覺得從賴和的反抗意識、反抗殖民主義、對現代性的反思，以及他對尼采作品的翻譯，到李喬的反抗哲學，這個「反抗」連結了存在主義、天體科學和生態思想，我覺得戰後第二代作家怎麼延續賴和的反抗哲學意識，兩者都跟存在主義有關、反抗有關。這是一個很好的連結。

除了《李喬全集》介紹和文學史地位思索之外，第二點我想談談李喬老師特殊的作家身分意義。我覺得李喬老師還有一個與眾不同的地方，他是一個在原住民、漢人跟客家之間，文化間性掌握最好的一個作家。因為蕃仔林本身就有一個臨界點。而他還是小男孩的時候，跟泰雅族酋長的互動使得他對於性跟死亡，那些漢人不談的，他可以很從容地、很有意思地去談論。我也覺得李喬老師作品，有一種神秘感跟幽默感，尤其是情節令人發笑的、荒謬的，那個跟黃春明、王禎和是不同的。而且，更重要是他的作品有一種神秘感，他自稱擁有一種直觀映象的寫作能力，在長篇小說《咒之環》中有提過。

第三點，他是抱持存在主義的鄉土文學作家，但他跟我們一般認識的現代主義、存在主義者的表現又不一樣。李喬老師說他對於噍吧哖事件所發生的一切感到不忍，所以他不能用虛構方式來處理小說。但是他的寫實，其實就是如葉石濤所說的：臺灣文學的寫實是來自於世界性的寫實主義。不只是從中國學來，還有日本跟歐洲，而李喬老師另外又加入了直觀映象術，「我」可以穿梭任何時空，那是物我一體、心我合一的概念。所以李喬老師的寫實是一個特別的存在。

最後，我想介紹李喬老師年輕時候曾經寫過一首詩，很有趣。他說：「宇宙那麼大，還不是只有我自己？幻滅才是永久的存在。傻孩子：我們愉快到底吧！」結果，對文學人李喬老師而言，一路走來的愉快究竟是什麼呢？會是他自己後來說的「我活著不創作，還要做什麼？」這件事嗎？這真是單純而艱難的娛樂。我想對於身為《李喬全集》主編的我，讓大家透過全集回到李喬老師從一九五三到二〇二〇年的漫長的創作歲月，去考察、感受他的整個創作歷程的精彩，就是我和其他分卷主編們的任務，我們會繼續努力，一定會好好完成這個有意義的任務。非常謝謝大家！

陳萬益

我們請年輕卻已經有可觀創作、參與助理編輯的楊富閔發言。

楊富閔

線上的各位老師、李喬老師好。首先，我要謝謝清華大學臺文所，謝謝陳惠齡老師的邀請，讓我有這個機會能夠參與這個盛會，同時，也藉此分享我自己閱讀李喬老師作品的一點心得。並表達作為一名創作者，我對李喬老師最深的一個敬意。今天我會分成兩個部分。第一個部分，我會分享在我的文學之路中，我曾經有過幾次與李喬老師的遭逢與相遇。那其次，我也想要藉由這個機會，跟大家來分享一本老師的著作。介紹給予新讀者以及舊讀者。

第一部分，李喬老師可以說是我的寫作上面的貴人。大學時期的時候開始參加文學獎，只要我投稿，遇到李喬老師是評審，我就一定會得獎，老師也都會給我最高分。所以一定要藉這個機會跟老師說「感謝」。李喬老師總是會給我得獎這件事情，其實在我心上形成了一個問題意識。我一直到今天，我都還在想：為什麼這樣這樣子？那特別值得一提的是，第五屆林榮三文學獎，那一年李喬老師是評審團的主席，那我記得他當年給我的第一名。李喬老師在討論作品的時候，他提到了一句話：「臺灣小說的語言正在蛻變當中」。我覺得這話可以當成是我跟李喬老師在茫茫人海中，相互指認的一句密碼。當很多場合，我們提到李喬老師的時候的關鍵字是《寒夜三部曲》、「歷史小說」、「大河小說」等。我總記得作為一個創作者跟研究者，其實李喬老師一出現的時候，我就會立刻想到「語言」這兩個字。這一年來，我很榮幸參與李喬老師全集校對，過程中我一行一行地讀下來，特別有感觸。

後來，我來到臺大臺文所就讀，有更多機會可以從學術的面向，進入李喬的文本。在美娥老師的帶領之下，曾經到苗栗的公館拜訪李喬老師。我印象特別深刻的是有一次，臺大臺文所舉辦了研討會，李喬老師有來參與以及參加晚宴。當天李喬老師單槍匹馬就出現在會場，他晚上要趕火車回苗栗，因此吃到一半，美娥老師請我帶老師去搭火車。我接到這個指令的時候非常的緊張。從知道老師要獨自回到苗栗、叫計程車，然後一路的陪伴，抵達臺北車站之後，我都如臨大敵。臺北車站對我來說，是一個百慕達三角，如果一個不小心，把李喬老師送到花蓮去怎麼辦才好。但是我也很光榮可以陪著一個重量級的小說家。

當天等車的時候，在文學層面上，他跟我討論以及分享非常多關於文學的想法，而在現實面上，我又非常的擔心，老師今天可不可以安全、順利地回到苗栗。我後來買了一張月臺票，與李喬老師一同候車，我內心的擔心一直都沒有消失。這個時候出現了一個非常有緣的畫面，在月臺上面，我看到了兩個男孩也一樣要搭同一台火車。那這兩位男生很巧的就是我們清華臺文所的高材生，也是創作的同業，是朱宥勳和蕭鈞毅。我就說「太好了，你們兩個記得幫我帶著老師，一起陪伴他可以安全到苗栗。」我們四個人還在那個月臺拍了一張合照。那張照片太珍貴，應該捐出來。我陪老師坐了計程車、送他來到火車站，然後又有兩位青年作家，接手接棒，陪老師坐自強號。是一個臺灣文學向前行的故事。

二〇一九年的時候，臺灣文學學會邀請我到苗栗的聯合大學擔任駐校作家，讓我有機會帶著老師的《生命劇場》，跟他有近距離的對話，老師那一天也送給了我一本他在研讀、而且做滿筆記的日文版《現代文學理論》。我也提出了一些對李喬老師閱讀的心得。這幾年，跟老師其實是互動的經驗，我覺得自己真的非常的有福氣。所以接下來，我想要藉這個機會，不管是給新讀者或者是舊讀者，我想聚焦在一本書，來跟大家分享。這本書是老師於一九八六年出版的《小說入門》。這是一本關於小說的本體論、創作論的書籍，我們可以稱為是一本小說寫作的工具書。對我來說，這是老師以小說為焦點，在創作二十幾年之後，嘗試去形構關於他的文學觀念的嘗試。我認為這是李喬很重要的一本論著，而且也是在建構臺灣文學理論很關鍵的一份材料。這本書最初其實是一九八二年到一九八五年在《臺灣日報》連載，有趣的是，這本書在市面上至今已有三個版本的流傳，分別是最早的一九八六年的時報版、一九九六年的大安版，以及二〇一六年春暉的版本。我想一本《小說入門》，這三十年來不同版本之間有三種版本，我們可以看到老師對於小說理念的變與不變。同時這一本書流傳的三十年，也恰好回應了，在解嚴以降，臺灣文學場域的種種的變化。比方說最早的時報的版本，其實有一份書單。這份書單，是李喬老師認為寫小說、讀小說可以閱讀的書單，但在後來在大安版時刪除了。而在大安版，老師增加了更多語言方面的文章，也回應了語言正是李喬老師念茲在茲的核心所在。最近這個春暉出版的版本則加了關於當前小說寫作趨勢的觀察。

換言之，這一本《小說入門》，在學術性、普及性、實用性上，我覺得在老師的創作、生涯有非常特殊的位置，它叫做《小說入門》，但是我覺得它不僅僅是《小說入門》，這一扇門打開之前，我們可以看到一九八六年之前李喬老師的創作；而在這一扇門打開之後，一直到在二〇二二年的這一天為止，則可以看到老師五十、六十、七十、八十歲之後的變化。所以我一直覺得這本書是此刻重說李喬故事很好的切入點。這本書的三種版本，我最喜歡的一篇，都是它的最後一篇，而最後一篇的內容，都沒有變過。它的篇名叫〈小說與人類同壽〉。這篇文章是一份期許，老師很自信地告訴我們小說不會死亡，不會死亡的小說有三個條件。第一，題材上可能是一個關於愛情、戰爭，或者與死亡相關的作品。其次，老師認為與人類同壽的小說的關鍵、核心靈魂正是「人物」。所以老師特別強調人物的刻畫。第三，老師覺得一篇不會死亡的小說，乃是根基於深刻的哲學的思考。我覺得這三點在一九八六年時候提出，在三十幾年後的今日，還是非常的不過時，同時具有啟發性。這篇文章的最後，老師給寫小說的人一些期勉。這一段話，我也想要念來作為今天的結尾。

老師寫說：「若問小說作家應該保持何種態度，如何走上與人類同壽之境，簡單的說：一是誠實，對自己、對作品、對讀者誠實；二是求變，包括技法與題材；三是努力思考成全自己的生命哲學與思想體系；四是，不存私心，以族群的一員發言；五是永遠盡心、完全地投入。」我第一次讀到這段話時，我覺得給我太大的正能量。我也回想，從多年前因為文學獎的關係，有幸與李喬老師幾次的相遇。語言是我們締結文學緣分的起點；再到今天這個場合、這個機會得以跟大家分享我閱讀李喬老師作品的心得，並以《小說入門》作為一個邀請，邀請大家走入文學之門，探究李喬老師複雜豐饒的文學世界。最後再次謝謝主辦單位，謝謝李喬老師。文學路上有你真好。

陳萬益

那麼剩下一點時間，主持人也有話要說，前面幾位來賓的發言都已經明白的說，李喬先生是戰後第二代作家，是客籍作家。作為客籍作家，在某一方面來講，他繼承鍾肇政的大河小說，以及《臺灣文藝》作為臺灣本土的文學發展基地。這樣的一個基礎是沒有問題的。不過，戰後第二代的作家跟戰後第一代鍾肇政先生，不太一樣的地方，也許也值得我們繼續去探索跟瞭解。

戰後第二代的作家，他們經歷過二二八事件。從他們的父親世代裡面，其實也承繼戰前，日本殖民壓迫的現實。他所經歷過戰後這幾十年的時間，基本上是威權統治壓迫、沒有言論自由的時代。如果從這樣的一個觀點來講，李喬作為戰後第二代的作家，剛剛鄭邦鎮說：李先生「說人話」，這個很誠實說出他心裡面的想法。這個當然已經很不容易。我願意說，李先生講的是，「一個勇者說出來的話」。從文學史的發展來講，我舉出兩點來說：第一點，一九七〇年代的時候，葉石濤先生在鄉土文學論戰，寫了一篇非常經典性的論述，拋出了「臺灣意識」這個詞語，一拋出來，馬上被陳映真強烈地攻擊，說有分離意識。可是文學史的發展，從七〇年代的鄉土文學之後，發展到七〇年代末、八〇年代初，有另外一個詞叫做「本土」。八〇年代初，李喬先生引發了一場很重要的、但在那時候是禁忌的臺灣文藝界的討論。

「臺灣文學」這個詞語在日本時代是很自然形成，沒有爭議的，甚至於殖民統治者也不壓制。但是一九四七年戰後初期，《橋》副刊論爭時，就被扣上帽子。你講臺灣文學也就是分離主義，就是地方主義。那麼李喬先生到了一九八〇年代，正式寫文章談到「臺灣文學」這個詞語的正解，這個正解也承繼了葉石濤先生所講的「臺灣意識」。他說：不論先來後到、不論哪個族群，只要你有臺灣意識、你寫臺灣的事情就是「臺灣文學」。文章拋出來之後就引發了八〇年代初期的臺灣意識、中國意識的論爭。後來也有人講說這是臺灣結、中國結。在那個時期，我自己當然包括在座很多學界的人是閉口不談臺灣、不敢講臺灣文學。第二點，李喬先生因為經歷過二二八，在他成長的過程裡面，他長期關注這件事情。這當然跟他的父親經歷過日本時代農民組合的抗爭，遭到巨大的傷害有關。二二八事變成為他長期追蹤、調查，而且希望能夠寫作的一個大事。這兩天下來，我注意到竟然沒有一篇論文，談到李喬先生的後期的鉅著《埋冤・一九四七・埋冤》，不要說所有的與會學者，因為時間的壓力不敢專注這部上下兩冊的厚書。連我自己當年，李喬先生自行印製發行這一套的時候，我便買了。可是也是畏於兩部厚書，負擔太重了，沒有仔細的讀。因為這一次的會議，我狠下心來，一定要把它看完。李先生這上下兩鉅冊的厚書，寫了二二八，上冊以史實為主，然後下冊以純文學的、虛構的方式為主，完成了這樣一部大書。

我看完之後的深深感受是，大家都知道李先生是客籍作家，從鍾肇政開始，我們在他們的作品裡面就被客籍女性的形象深深吸引。從燈妹經過藍彩霞到，《埋冤・一九四七・埋冤》的葉貞子，我覺得這個女性比藍彩霞有更進一步形象塑造，負託他對整個臺灣未來的前景。講到這一點，我就要說李喬先生小說強調的反抗精神。在上次山泉水基地，李喬先生講了一段很短，但是很感人、強而有力的一句話：「反抗就是愛」。如果拿來看葉貞子，這一個女性，當年在二二八的中山堂事件，同學慘死、她僥倖留下來，但是被強暴、懷孕，不得不生下一個雜種。最後，她決心把孩子生下來，自己照顧他。給他的一個名字叫「浦實」，日文中就是仇恨的意思。她以一種仇恨的心情，來面對她被外省人強暴生下來的這個雜種，她從恨、然後逐漸一步一步地轉成愛。然後把他帶大、受教育，然後成為一個有用的人。這個人其實也就是臺灣在二二八事件之後的新生。

這樣的一個形象，我覺得應該是在我閱讀李先生的作品，從燈妹、藍彩霞到葉貞子，一個最高、對於臺灣人文學、文化典型的重新塑造。我剛才說李先生的創作、他的言行是「勇者之言」，所以我才要提到「臺灣文學」，當大家不敢提的時候，他寫臺灣文學正解。還有一點，一直到現在，恐怕我們多數人都還不敢碰、不願意講的詞語，叫做「臺獨」。李先生的文學、文化論述裡面，卻強調他是一個文化臺獨的論者。請大家注意「勇者之言」，臺灣要走出新的生命，可能我們從李喬先生在悲觀之中，卻還是堅持他的信仰、努力創作的精神看見。我願意就此向李喬先生致敬。

2022「李喬文學、文化與族群論述國際學術研討會」會議議程表

二〇二二年五月二十日（五）第一天

<table>
<tr><td colspan="5">08:30-09:00 報　到</td></tr>
<tr><td>09:00
~
09:15</td><td colspan="4">開幕式
李永得（文化部部長）
楊長鎮（客委會主任委員）
黃樹民（中央研究院院士／清華大學人文社會學院院長）
陳貴賢（中央研究院原子與分子科學研究所所長／臺灣李喬文學協會會長）
王惠珍（清華大學台灣文學研究所所長）</td></tr>
<tr><td>09:15
~
10:05</td><td colspan="4">專題演講
講　題：李喬文學在日本的介紹和翻譯（日本における李喬文学の紹介と翻訳）
演講者：三木直大（廣島大學名譽教授）
引言者：王惠珍（清華大學台灣文學研究所所長）</td></tr>
<tr><td colspan="5">10:05-10:20 茶　敘</td></tr>
<tr><td rowspan="4">10:20
~
12:10</td><td colspan="4">第一場：土地・新形態・身體圖式</td></tr>
<tr><td>主持人</td><td>發表人</td><td>評論人</td><td>論文題目</td></tr>
<tr><td rowspan="2">蘇碩斌
國立臺灣文學館</td><td>高鈺昌
中央研究院
中國文哲所科技部</td><td>詹閔旭
中興大學台灣文學與
跨國文化研究所</td><td>〈(不)發聲的身體：《V與身體》的身體論述及其意涵〉</td></tr>
<tr><td>陳龍廷
臺灣師範大學
臺灣語文學系</td><td>翁聖峰
台北教育大學
台灣文化研究所</td><td>〈從李喬小說〈蜘蛛〉、〈恐男症〉論戒嚴時代的性愛恐懼症〉</td></tr>
</table>

時間	主持人	發表人	評論人	論文題目
10:20 - 12:10	蘇碩斌 國立臺灣文學館	蔣淑貞 陽明交通大學 人文社會學系	黃美娥 臺灣大學 臺灣文學研究所	〈李喬長篇小說半世紀來之遞嬗變遷〉
		楊雅儒 臺灣大學 臺灣文學研究所	簡義明 成功大學 台灣文學研究所	〈無救與呼救──論李喬新世紀書寫的「地觀」〉
12:10-13:20 午　餐				
13:20 - 14:45	第二場：精怪．文本性．文化論述			
	主持人	發表人	評論人	論文題目
	陳益源 成功大學 中國文學系	李舒中 長庚大學 人文及社會醫學科	魏貽君 東華大學 華文文學系	〈李喬文化論述的初步分析〉
		陳惠齡 清華大學 台灣文學研究所	洪淑苓 台灣大學 中國文學系	〈曠野妖、鄉土情與族群性：論李喬的魔神仔魍神敘事〉
		唐毓麗 高雄師範大學 文學院國文學系	王鈺婷 清華大學 台灣文學研究所	〈小說家是大說謊家？探索李喬《重逢──夢裡的人》的後設意圖與趣味〉
14:45-14:50 休　息				
14:50 - 16:15	第三場：創傷．情動力．外譯傳播			
	主持人	發表人	評論人	論文題目
	彭瑞金 靜宜大學 台灣文學系	劉慧真 臺灣李喬文學 協會理事	李癸雲 清華大學 台灣文學研究所	〈李喬文學中「父親創傷」（Father Wound）的克服與超越〉
		廖淑芳 成功大學 台灣文學研究所	黃文車 屏東大學 中國語文學系	〈論李喬《情天無恨──白蛇新傳》中的法暴力與人妖的情動與幻變〉
		林姵吟 香港大學 中文學院	林芳玫 臺灣師範大學 臺灣語文學系	〈翻譯台灣史：以李喬《寒夜三部曲》英譯和楊小娜《綠島》的中譯談起〉

<table>
<tr><td colspan="5">16:15-16:35 茶　敘</td></tr>
<tr><td rowspan="5">16:35
-
18:00</td><td colspan="4">第四場：介入・族群性・社會脈絡</td></tr>
<tr><td>主持人</td><td>發表人</td><td>評論人</td><td>論文題目</td></tr>
<tr><td rowspan="3">陳芳明
政治大學台灣文學研究所</td><td>劉亮延
東華大學原住民樂舞與藝術學士學位學程</td><td>戴華萱
真理大學
台灣文學系</td><td>〈解嚴前大眾劇場史再探：重讀李喬《藍彩霞的春天》〉</td></tr>
<tr><td>明田川聰士
日本獨協大學國際教養學部言語文化學科</td><td>朱惠足
中興大學台灣文學與跨國文化研究所</td><td>〈詮釋與創新：論李喬〈小說〉中安部公房之存在〉</td></tr>
<tr><td>蔡造珉
真理大學
台灣文學系</td><td>賴松輝
靜宜大學
台灣文學系</td><td>〈能劇上演，最後的狂言——李喬悲愴絕望的《生命劇場》？〉</td></tr>
<tr><td colspan="5">18:00 晚宴</td></tr>
</table>

二〇二二年五月二十一日（六）第二天

<table>
<tr><td colspan="5">08:45-09:00 報　到</td></tr>
<tr><td rowspan="5">9:00
-
10:50</td><td colspan="4">第五場：洄溯・生態系・文學政治</td></tr>
<tr><td>主持人</td><td>發表人</td><td>評論人</td><td>論文題目</td></tr>
<tr><td rowspan="3">陳貴賢
中央研究院
原子與分子
科學研究所</td><td>許素蘭
文學評論者</td><td>林淑貞
中興大學
中國文學系</td><td>〈自我超越與終極關懷——小說家李喬的變與不變〉</td></tr>
<tr><td>羅詩雲
致理科技大學
通識教育學部</td><td>丁威仁
清華大學
華文文學研究所</td><td>〈向生態懺情：論李喬《草木恩情》與《游行飛三友記》的生態政治與懷舊意識〉</td></tr>
<tr><td>陳佩甄
政治大學
台灣文學所</td><td>劉柳書琴
清華大學
台灣文學研究所</td><td>〈以恐怖之名：李喬〈告密者〉與冷戰感覺結構〉</td></tr>
</table>

		陸敬思 加拿大亞伯達大學 東亞研究學系	許俊雅 臺灣師範大學 國文學系	〈台灣戒嚴末日「曝光小說」：李喬及 80 年代初期台灣的「亡靈政治」（Necropolitics）〉
10:50-11:00 休　息				
11:00-12:25	**第六場：呈現・跨媒介・歷史意識**			
	主持人	發表人	評論人	論文題目
	廖振富 中興大學台灣文學與跨國文化研究所	王威智 清華大學 台灣文學所	陳國偉 中興大學台灣文學與跨國文化研究所	〈《生命劇場》的意念展演：試論李喬的後人文書寫〉
		黃儀冠 彰化師範大學 國文學系暨台文所	盛　鎧 聯合大學 台灣語文與傳播學系	〈從後殖民觀點重探李喬小說影視改編之族群傳播與歷史敘事〉
		余昭玟 屏東大學 中國語文學系	黃惠禎 聯合大學臺灣 語文與傳播學系	〈從《情歸大地》到《一八九五》──談李喬劇本／洪智育影本中的日本人形構〉
12:25-13:40 午　餐				
13:40-15:30	**第七場：文學・荒誕性・反抗哲學**			
	主持人	發表人	評論人	論文題目
	李瑞騰 中央大學 中國文學系	楊傑銘 靜宜大學 台灣文學系	張俐璇 臺灣大學 台灣文學研究所	〈在法的門前：論李喬《情天無恨：白蛇新傳》中的反抗敘事〉
		孫湊然 韓國國立木浦大學 中國語言文化系	吳佩珍 政治大學 台灣文學研究所	〈荒誕世界中的反抗者──李喬短篇小說初探〉

<table>
<tr><td rowspan="2">13:40
-
15:30</td><td rowspan="2"></td><td>申惠豐
靜宜大學
台灣文學系</td><td>祝平次
清華大學
中國文學系</td><td>〈基於文獻計量方法探究「李喬」作為一種文學知識的建構與趨勢〉</td></tr>
<tr><td>楊　翠
東華大學
華文文學系</td><td>蔡振念
中山大學
中國文學系</td><td>〈從痛苦出發：論李喬小說中的反抗哲學與主體的行動母源〉</td></tr>
<tr><td colspan="5">15:30-15:50 茶敘</td></tr>
<tr><td colspan="5">15:50-16:15《藍彩霞的春天》演劇場：李舒亭／「過家劇團」（引言人：石婉舜）</td></tr>
<tr><td>16:20
-
17:40</td><td colspan="4">座談會：「李喬作品的經典性及文學史定位」
主持人：陳萬益
與談人：曾貴海、江寶釵、鄭邦鎮、黃美娥、楊富閔</td></tr>
<tr><td colspan="5">17:40-18:10 作家李喬登場（引言人：林淇瀁／向陽）</td></tr>
<tr><td>18:15
-
18:30</td><td colspan="4">閉幕式
王惠珍（國立清華大學台灣文學研究所所長）
李舒琴（臺灣李喬文學協會代表）
陳惠齡（國立清華大學台灣文學研究所教授）</td></tr>
<tr><td colspan="5">18:30 晚宴</td></tr>
</table>

學術論文集叢書 1500033

千面李喬——2022 李喬文學、文化與族群論述國際學術研討會論文集

主　　編　陳惠齡
編　　輯　蕭亦翔
責任編輯　林以邠
特約校稿　林秋芬
贊助單位　國立清華大學台灣文學研究所
　　　　　王默人周安儀文學講座

發 行 人　林慶彰
總 經 理　梁錦興
總 編 輯　張晏瑞
編 輯 所　萬卷樓圖書股份有限公司
　　地址　臺北市羅斯福路二段 41 號 6 樓之 3
　　電話　(02)23216565
　　傳真　(02)23218698

發　　行　萬卷樓圖書股份有限公司
　　地址　臺北市羅斯福路二段 41 號 6 樓之 3
　　電話　(02)23216565
　　傳真　(02)23218698
　　電郵　SERVICE@WANJUAN.COM.TW
香港經銷　香港聯合書刊物流有限公司
　　電話　(852)21502100
　　傳真　(852)23560735

ISBN 978-626-386-022-3
2023 年 12 月初版一刷
定價：新臺幣 680 元

如何購買本書：
1. 劃撥購書，請透過以下郵政劃撥帳號：
　帳號：15624015
　戶名：萬卷樓圖書股份有限公司
2. 轉帳購書，請透過以下帳戶
　合作金庫銀行　古亭分行
　戶名：萬卷樓圖書股份有限公司
　帳號：0877717092596
3. 網路購書，請透過萬卷樓網站
　網址　WWW.WANJUAN.COM.TW
大量購書，請直接聯繫我們，將有專人為您服務。客服：(02)23216565　分機 610

如有缺頁、破損或裝訂錯誤，請寄回更換

國家圖書館出版品預行編目資料

千面李喬--2022 李喬文學、文化與族群論述國際學術研討會論文集/陳惠齡主編. -- 初版. -- 臺北市 : 萬卷樓圖書股份有限公司, 2023.12
　面 ;　公分. -- (學術論文集叢書 ; 1500033)
ISBN 978-626-386-022-3(平裝)
1.CST: 李喬 2.CST: 臺灣文學 3.CST: 文學評論 4.CST: 文集
863.407　　112020374